IL QUINTO TESTIMONE

MICHAEL CONNELLY

IL QUINTO TESTIMONE

Traduzione di
MARIAGIULIA CASTAGNONE

PIEMME

Questo romanzo è un'opera di fantasia. Personaggi e situazioni sono invenzioni dell'autore e hanno lo scopo di conferire veridicità alla narrazione e sono quindi utilizzati in modo fittizio. Qualsiasi analogia con fatti, eventi, luoghi e persone, vive o scomparse, è puramente casuale.

Pubblicato per

PIEMME

da Mondadori Libri S.p.A.

ISBN 978-88-566-9418-5

I Edizione febbraio 2014
Nuova edizione luglio 2023

Anno 2023-2024-2025 - Edizione 1 2 3 4 5 6 7 8 9 10

A Dennis Wojciechowski
con i miei ringraziamenti

Parte Prima

LE PAROLE MAGICHE

1

La signora Pena, seduta accanto a me sul sedile posteriore, si girò a guardarmi e alzò le mani in un gesto implorante. Poi iniziò a parlare. Aveva un accento molto marcato, ma nonostante questo aveva deciso di rivolgermi il suo appello finale in inglese.

«Mi aiuta, vero, signor Mickey?»

Guardai Rojas che, sul sedile anteriore, era voltato verso di noi, anche se questa volta non avevo bisogno della sua traduzione. Poi alzai lo sguardo sopra la spalla della signora Pena e attraverso il finestrino vidi la casa che cercava disperatamente di non perdere. Era una villetta di un rosa sbiadito, con due camere da letto e un giardinetto delimitato da una recinzione di rete metallica. I gradini che portavano all'ingresso erano coperti di graffiti, indecifrabili a parte il numero 13, che non faceva parte dell'indirizzo, ma equivaleva a una dichiarazione d'amore.

I miei occhi tornarono a posarsi su di lei. Aveva quarantaquattro anni e, nonostante l'aria sfinita, era piuttosto attraente. Viveva da sola con tre figli adolescenti e non pagava la rata del mutuo da nove mesi. La banca le aveva pignorato la casa e stava per metterla in vendita.

L'asta si sarebbe svolta di lì a tre giorni. Poco importava che l'immobile avesse un valore molto modesto e fosse situato in una zona di Los Angeles South dove la criminalità dilagava, qualcuno l'avrebbe comprata e la signora da proprietaria sarebbe diventata affittuaria, sempre che l'acquirente non l'avesse buttata fuori. Per anni aveva fatto affidamento sulla principale gang ispanica di Los Angeles, la *Florencia 13*. Ma i tempi erano cambiati e nessuna gang poteva risolvere un problema come il suo. Per questo aveva bisogno di un avvocato e, più precisamente, aveva bisogno di me.

«Dille che farò del mio meglio» spiegai a Rojas. «Sono quasi sicuro che riuscirò a bloccare l'asta e a contestare la validità del pignoramento. Almeno servirà a rallentare il procedimento e ci darà il tempo di elaborare un piano a lungo termine per aiutarla a rimettersi in piedi.»

Annuii, mentre Rojas traduceva. Avevo cominciato a utilizzarlo come autista e traduttore da quando avevo acquistato degli spazi pubblicitari sui canali radio in lingua spagnola.

Sentii il telefono cellulare che mi vibrava in tasca. Dalla brevità della vibrazione capii che si trattava di un messaggio; di solito le telefonate erano più insistenti. Decisi di ignorarlo. Quando Rojas terminò di tradurre, ripresi rapidamente a parlare, precedendo la mia potenziale cliente.

«Deve capire che questa non è una soluzione radicale. Posso prendere tempo e cercare di trattare con la banca. Ma non posso prometterle che riuscirà a tenersi la casa, anche perché al momento l'ha già persa. Farò di tutto per fargliela riavere, ma non può evitare di affrontare la banca.»

Rojas tradusse, accompagnando le parole con ampi gesti delle mani. La verità era che la donna avrebbe dovuto andarsene. Bisognava solo capire fino a che punto voleva che mi spingessi. Se invocavo la bancarotta personale avrei avuto a disposizione un altro anno prima del pignoramento. Comunque aveva ancora un po' di tempo prima di decidere.

«Dille anche che io devo essere pagato per il mio lavoro. Mille dollari subito e il resto con cadenza mensile.»

«Vorrà sapere qual è il totale e per quanto tempo dovrà continuare a pagare.»

Tornai a guardare la casa. Mi aveva invitato a entrare, ma io avevo preferito che il nostro colloquio si svolgesse in macchina. Quella era una zona dove le sparatorie erano all'ordine del giorno, ma la mia Lincoln era un'auto corazzata. L'avevo comprata usata dalla vedova di un membro del cartello di Sinaloa che era stato assassinato. Le portiere erano rinforzate e i finestrini, formati da tre strati sovrapposti di vetro laminato, erano a prova di proiettile, cosa che non si poteva dire delle finestre della villetta rosa. La lezione che avevo imparato dall'uomo di Sinaloa era che non si scende mai dalla propria auto a meno di non esservi costretti.

La signora Pena mi aveva detto che le rate del mutuo, che non pagava più da nove mesi, ammontavano a settecento dollari mensili. Non avrebbe effettuato alcun ulteriore pagamento per tutta la durata della controversia e questo significava che, più riuscivo a tener buona la banca, più soldi ci sarebbero stati per me.

«Diciamo duecentocinquanta al mese. È una tariffa scontata, vedi di farglielo capire e dille anche che non sono disposto a tollerare ritardi. Va bene anche una carta di credito, se ne possiede una. Assicurati solo che sia valida per almeno un anno.»

Rojas iniziò a tradurre, ricorrendo a un numero di parole molto maggiore di quello che avevo usato io, che accompagnò con i soliti gesti, mentre mi sfilavo di tasca il telefono. Il messaggio, che mi era stato inviato da Lorna Taylor, diceva CHIAMAMI SUBITO.

L'avrei richiamata alla fine del colloquio. In qualsiasi altro ufficio legale, Lorna avrebbe avuto il suo posto alla reception, dove avrebbe svolto le sue normali funzioni di segreteria. Ma visto che il mio ufficio era situato sul sedile posteriore della Lincoln, Lorna rispondeva al telefono e gestiva le questioni di tipo burocratico dall'appartamento di West Hollywood che condivideva con il mio investigatore capo.

Mia madre era nata in Messico e io capivo lo spagnolo più di quanto avessi mai lasciato credere. Così, quando la signora rispose, pur non cogliendo i particolari, afferrai il senso generale del discorso e tuttavia lasciai che Rojas mi traducesse tutto fino in fondo. La donna disse che sarebbe andata in casa a prendere i mille dollari di anticipo e poi promise di effettuare puntualmente i versamenti mensili. A me, non alla banca. Riflettei che, se fossi riuscito a farla rimanere nella casa per un anno, la mia parcella sarebbe stata di quattromila dollari. Niente male rispetto all'impegno richiesto. Era molto probabile che non dovessi nemmeno più incontrarla. Avrei iniziato un'azione legale in cui impugnavo il pignoramento, cercando di andare per le lunghe. Molto probabilmente non saremmo nemmeno finiti in tribunale. La mia giovane associata si sarebbe occupata della bassa manovalanza. La signora Pena sarebbe stata contenta e io con lei. Ma prima o poi i nodi sarebbero venuti al pettine, come succede sempre.

Non era un caso impossibile, ne ero convinto, anche se la donna avrebbe potuto rivelarsi una cliente problematica. La maggior parte dei miei clienti di solito interrompeva i pagamenti mensili perché aveva perso il lavoro o si trovava in condizioni di salute disperate. Lei aveva smesso di pagare perché i suoi tre figli, piccoli spacciatori, erano finiti in carcere e il modesto contributo che le versavano settimanalmente era cessato di colpo. Non era una storia che poteva attirare molte simpatie, ma la banca aveva giocato sporco. Avevo controllato il file sul mio portatile. A quanto pareva le avevano mandato degli avvisi di sollecito e la delibera di pignoramento, ma la signora sosteneva di non aver mai ricevuto niente e io le credevo. Quella in cui viveva non era il tipo di zona che gli ufficiali giudiziari frequentavano volentieri. Avevo il sospetto che quelle notifiche fossero finite in qualche cestino dei rifiuti e che gli incaricati avessero mentito, dichiarando di averle consegnate. Se riuscivo a dimostrarlo, avrei avuto la possibilità di liberarla dalle sgrinfie della banca.

La mia linea di difesa sarebbe stata questa: la povera donna non era mai stata avvertita del pericolo che stava correndo. La banca si era approfittata di lei, pignorando la casa senza darle la possibilità di saldare gli arretrati, il che meritava quanto meno un richiamo da parte del tribunale.

«D'accordo, accetto l'incarico» affermai. «Dille di andare a prendere i soldi, mentre io stampo il contratto e la ricevuta. Cominceremo a occuparcene oggi stesso.»

Le rivolsi un cenno di assenso accompagnato da un sorriso. Rojas tradusse, poi scese dall'auto e andò ad aprirle la portiera.

A questo punto entrai nel file che conteneva il contratto in spagnolo, vi inserii i dati necessari e lo inviai alla stampante, sistemata su un supporto apposito sul sedile anteriore. Poi mi misi a compilare la ricevuta per la somma da depositare sul conto fiduciario. La trasparenza era d'obbligo se volevo tenere a bada l'Agenzia delle Entrate. Potevo anche avere una macchina a prova di proiettile, ma il nemico da cui dovevo guardarmi era soprattutto l'Agenzia delle Entrate.

Era stato un anno duro per lo studio legale Michael Haller e Soci. Gli incarichi di tipo penale si erano molto ridotti per via della crisi economica. Non che il tasso di criminalità fosse diminuito; a Los Angeles i reati erano totalmente indifferenti all'andamento dell'economia. Ma i clienti paganti erano diventati merce rara. A quanto pareva, nessuno aveva più i mezzi per permettersi un difensore. Di conseguenza gli avvocati d'ufficio erano pieni di lavoro mentre i tipi come me morivano di fame.

Avevo un sacco di spese e una figlia di quattordici anni che frequentava una scuola privata e che, quando si parlava di college, sognava un luminoso futuro in una delle università più costose degli Stati Uniti. Dovevo fare qualcosa e quindi optai per quello che mi era sempre parso impensabile: occuparmi di diritto civile. L'unico settore che prosperava, in campo legale, era quello legato alle cause contro i pignoramenti delle abitazioni. Frequentai un paio di seminari, mi misi d'impegno, e cominciai a farmi pubblicità in inglese e in spagnolo. Aprii qualche sito in internet e cominciai a procurarmi gli elenchi delle persone soggette a pignoramento presso l'ufficio di stato civile. Fu così che entrai in contatto con la signora Pena. Il suo nome figurava su un elenco e io le scrissi una lettera in spagnolo offrendole i miei servizi. In seguito mi disse di aver appreso proprio da quella lettera che la sua casa era stata pignorata.

Si dice che basta darsi da fare perché i clienti arrivino. Era vero. Avevo più lavoro di quanto non riuscissi a svolgere – quel giorno, tanto per capirsi, oltre alla signora Pena avevo altri sei appuntamenti – tanto che, per la prima volta, mi ero preso un associato. L'epidemia di pignoramenti a livello nazionale stava rallentando, ma era tutt'altro che finita. La contea di Los Angeles mi avrebbe offerto pane e companatico per molti anni a venire.

Ogni singolo caso rendeva dai quattro ai cinquemila dollari, ma questo era un periodo della mia vita professionale in cui la quantità superava la qualità. Avevo più di novanta casi iscritti all'elenco delle cause a ruolo, il che voleva dire che mia figlia avrebbe potuto iscriversi alla USC, la University of Southern California, non solo, ma che avrebbe anche potuto fermarsi a frequentare un master.

C'erano quelli che pensavano che io facessi parte del problema, che aiutassi gli insolventi a fregare il sistema, ritardando la ripresa economica del paese. Certo, era una descrizione che si attagliava perfettamente ad alcuni dei miei clienti, ma altri, la maggior parte, erano vittime predestinate, che, allettate dal sogno americano di possedere una casa, erano state indotte con l'inganno a contrarre un'ipoteca che non avrebbero mai avuto i mezzi per ripagare. Ed erano stati nuovamente colpiti quando la bolla era esplosa e le banche senza scrupoli che avevano prestato loro i soldi ne avevano fatto carne da macello, in una frenesia di confische senza soluzione di continuità. La maggior parte di questi aspiranti proprietari non avevano alcuna speranza di cavarsela di fronte alla normativa ferrea che regolava i pignoramenti in California. Le banche non avevano nemmeno bisogno di ricorrere all'approvazione di un giudice per riprendersi una casa. Le grandi menti finanziarie ritenevano che questa procedura fosse giusta e necessaria. L'importante era che tutto continuasse a muoversi. Più in fretta la crisi avesse toccato il fondo, più in fretta sarebbe iniziata la ripresa. Andassero a dirlo alla signora Pena.

D'altra parte esisteva anche una teoria secondo cui tutto questo faceva parte di una cospirazione tra le banche più importanti del paese, volta a scardinare la legislazione sulla proprietà per sabotare il sistema giudiziario e alimentare a ciclo continuo l'industria dei pignoramenti. Personalmente, la cosa non mi convinceva. Ma da quando lavoravo in questo settore, avevo assistito a comportamenti così predatori e amorali da parte di manager stimati da farmi rimpiangere la vecchia criminalità tradizionale.

Rojas, in piedi accanto alla macchina, aspettava che la signora Pena tornasse con i soldi. Controllai l'orologio e mi accorsi che saremmo arrivati in ritardo all'appuntamento successivo, riguardante la confisca di un edificio commerciale a Compton. Abitualmente tendevo a raggruppare per zone i colloqui con i miei nuovi clienti, in modo da risparmiare tempo e benzina. Quel giorno mi sarei concentrato sulla zona sud di Los Angeles, mentre il giorno successivo mi sarei spostato a est. Due giorni a settimana lavoravo in macchina per contrattualizzare nuovi clienti, il resto del tempo lo dedicavo allo studio dei casi e all'elaborazione di una strategia.

"Su, si sbrighi, signora" dissi tra me e me. "Devo andare."

Mentre aspettavo, pensai di chiamare Lorna. Tre mesi prima avevo deciso di oscurare il mio numero di cellulare. Non l'avevo mai fatto quando mi occupavo di processi penali, ma ora, nel mondo nuovo del diritto civile, e soprattutto nei casi di pignoramento di beni immobili, non mi andava che se ne impadronissero cani e porci, compreso gli avvocati della controparte oltre che i miei stessi clienti.

«Ufficio legale Michael Haller e Soci» esordì Lorna, rispondendo alla chiamata. «Come posso aiutarla?»

«Sono io, ci sono novità?»

«Mickey, devi recarti subito alla divisione Van Nuys.»

Nella sua voce sentivo una nota di estrema urgenza. La divisione Van Nuys era la sezione della polizia di Los Angeles che si occupava delle operazioni nel territorio della San Fernando Valley, un'area in piena espansione nella parte nord della città.

«Oggi ho appuntamenti nella zona sud. Che cosa succede?»

«Hanno fermato Lisa Trammel. È stata lei a telefonare.»

Lisa Trammel era una mia cliente. Per essere più precisi, era stata la mia prima cliente da quando mi occupavo di pignoramenti di immobili. Ero riuscito a non farle confiscare la casa per otto mesi ed ero fiducioso di garantirgliela per un altro anno prima di far esplodere la bomba della bancarotta. Ma Lisa era molto frustrata e amareggiata dalle ingiustizie che le avevano avvelenato la vita, al punto che era molto difficile controllarla. Aveva iniziato a piazzarsi davanti alla banca con un cartello in cui denunciava le pratiche fraudolente e il comportamento spietato dei suoi manager, finché la banca non aveva ottenuto un ordine restrittivo temporaneo contro di lei.

«Perché l'hanno fermata? Ha violato l'ordinanza?»

«Mickey, l'hanno accusata di omicidio.»

Non era certo quello che mi aspettavo di sentire.

«Omicidio? E chi è la vittima?»

«L'hanno accusata di aver ucciso Mitchell Bondurant.»

La notizia mi zittì per un po'. Guardai fuori dal finestrino e vidi la signora Pena che usciva dalla porta di casa con un fascio di banconote in mano.

«D'accordo, attaccati al telefono e sposta tutti gli appuntamenti, poi di' a Cisco di recarsi a Van Nuys. Ci incontreremo lì.»

«Sarà fatto. Vuoi che si occupi Bullocks degli appuntamenti pomeridiani?»

Quello era il soprannome che avevamo dato a Jennifer Aronson, la giovane avvocatessa che avevo appena assunto, laureata di fresco alla Southwestern, la facoltà di legge situata negli ex grandi magazzini Bullocks sul Wilshire Boulevard.

«No, preferisco che non si immischi. Spostali e basta. Credo di avere con me il dossier di Lisa Trammel, ma la lista dei numeri di telefono è rimasta a te. Rintraccia la sorella. Lisa ha un figlio che molto probabilmente è a scuola, e bisogna che qualcuno vada a prenderlo.»

Chiedevamo ai clienti di compilare un lungo elenco di persone da contattare, nel caso non riuscissimo a rintracciarli direttamente se si fosse presentata la necessità di convocarli all'improvviso o quando non si facevano trovare per evitare di pagarmi una parcella.

«Lo faccio subito» disse Lisa. «Buona fortuna, Mickey.»

«Grazie.»

Interruppi la comunicazione e mi misi a pensare a Lisa Trammel. Non so perché, ma non ero sorpreso che fosse stata arrestata con l'accusa di aver ucciso l'uomo che stava cercando di portarle via la casa. Non che avessi mai pensato che saremmo arrivati a questo punto, ma dentro di me sapevo che qualcosa doveva succedere.

2

Mi affrettai a prendere i soldi che mi aveva portato la signora Pena e le rilasciai una ricevuta. Dopo aver firmato il contratto, gliene porsi una copia per il suo archivio. Presi il numero della carta di credito e lei promise che mi avrebbe riservato duecentocinquanta dollari al mese per tutto il tempo che mi fossi occupato di lei. La ringraziai, le strinsi la mano e aspettai che Rojas la riaccompagnasse alla porta.

Nel frattempo feci scattare l'apertura del bagagliaio e smontai dalla macchina. Il vano era abbastanza spazioso per contenere tre scatole di cartone con i fascicoli dei casi di cui mi stavo occupando e le forniture di ufficio di cui potevo aver bisogno. Trovai la cartelletta del caso Trammel nella terza scatola e la tirai fuori. Presi anche la cartella che utilizzavo solo quando dovevo recarmi in una centrale di polizia. Quando chiusi il baule, mi accorsi che qualcuno aveva disegnato con uno spray color argento un 13 stilizzato sulla vernice nera del portellone.

«Figli di puttana» esclamai. Tre villette più in là un paio di ragazzini stava giocando in un giardinetto, ma mi sembravano troppo giovani per essere dei graffitari. Per il resto la strada era deserta. Ero perplesso. Non solo non mi ero accorto dell'attacco, che evidentemente era avvenuto mentre ero a colloquio con la mia cliente, ma era da poco passata l'una e sapevo che gli affiliati alle gang erano creature notturne. Si guardavano bene dall'alzarsi ad accogliere il nuovo giorno e tutte le sue infinite possibilità fino al pomeriggio avanzato.

Mentre tornavo verso la portiera aperta con il fascicolo, notai Rojas che se ne stava fermo ai piedi dei gradini a chiacchierare con la signora Pena. Lo richiamai con un fischio, facendogli segno di raggiungermi. Dovevamo sbrigarci.

Mi misi a sedere e Rojas, ricevuto il messaggio, trotterellò verso l'auto salendo a sua volta.

«Si va a Compton?» mi domandò.

«No, cambio di programma. Dobbiamo andare a Van Nuys, e in fretta anche.»

«D'accordo, capo.»

Mise in moto e si avviò verso la Freeway 110. Non c'era una strada diretta che portasse a Van Nuys. Avremmo dovuto prendere la 110 fino in città, per poi imboccare la 101 in direzione nord. Non era certo la posizione migliore da cui partire, la nostra.

«Di che cosa stavate parlando?» domandai a Rojas.

«Mi ha chiesto di lei.»

«In che senso?»

«Ha detto che, a giudicare dal suo aspetto, poteva anche fare a meno di un traduttore.»

Annuii. Aveva ragione, i geni materni mi davano l'aria di uno che era nato a sud del confine e non a nord.

«Mi ha chiesto anche se era sposato. Le ho detto di sì, ma se vuole approfittarne posso anche tornare indietro, anche se ho l'impressione che quello che le interessa sia soprattutto uno sconto.»

«Grazie, Rojas» risposi asciutto. «Lo sconto l'ha già avuto, ma terrò presente il suggerimento.»

Prima di aprire il dossier, feci scorrere l'elenco dei nomi memorizzati nella rubrica del cellulare. L'idea era quella di cercare qualcuno, nella squadra investigativa di Van Nuys, che fosse disposto a passarmi qualche informazione. Il mio tentativo non riscosse alcun successo. Stavo affrontando un caso di omicidio alla cieca. E non era certo la posizione migliore da cui partire.

Spensi il telefono e lo misi in carica, poi aprii il fascicolo. Lisa Trammel era diventata mia cliente dopo aver ricevuto la lettera standard che mandavo ai proprietari delle case pignorate. Non ero certo l'unico avvocato a Los Angeles che usasse questo sistema, ma lei aveva risposto a me e non agli altri.

Gli avvocati con uno studio privato sono soliti scegliere i propri clienti, ma a volte compiono la scelta sbagliata. Con Lisa era andata così. Non vedevo l'ora di iniziare la mia nuova attività e, come clienti, cercavo gente nei guai, ma soprattutto vittime della prepotenza altrui. Persone troppo ingenue per reagire, per far valere i propri diritti. Il mio cliente ideale doveva essere un perdente ed ero convinto che Lisa fosse così. La donna corrispondeva perfettamente alla descrizione. Stava perdendo la casa per una serie di circostanze che si erano abbattute su di lei in rapida successione, con una sorta di effetto domino. Chi le aveva prestato i soldi aveva affidato la gestione del suo caso a un'organizzazione specializzata in pignoramenti che aveva imboccato una serie di scorciatoie, violando le regole. Avevo firmato un contratto, mi ero accordato per i soliti prelievi mensili sulla carta di credito e avevo iniziato a combattere la mia battaglia. Era un caso interessante e io ero molto motivato. Solo in seguito Lisa era diventata una vera seccatura.

Aveva trentacinque anni, era sposata e aveva un bambino di nove anni, Tyler. La casa era in Melba Avenue, a Woodland Hills, e nel 2005, quando lei e suo marito Jeffrey l'avevano comprata, Lisa insegnava scienze sociali alla Grant High mentre Jeffrey vendeva BMW alla concessionaria di Calabasas.

L'edificio, piuttosto grande, valeva 900.000 dollari ed era coperto da un'ipoteca di 750.000. Allora il mercato immobiliare godeva di ottima salute e ottenere un'ipoteca non era certo un problema. I Trammel si erano affidati a un gestore indipendente che era riuscito a farli accedere a un prestito a interesse basso, con una maxi rata allo scadere dei cinque anni. L'ipoteca, accumulata ad altre, era passata di mano due volte prima di trovare un domicilio stabile alla WestLand Financial, una controllata della WestLand National, la banca di Los Angeles il cui quartier generale era situato a Sherman Oaks.

Tutto filava liscio finché Jeff non aveva deciso che ne aveva abbastanza di fare il padre e il marito. Qualche mese prima della scadenza del pagamento finale se l'era svignata, lasciando la BMW M3 che usava come auto da dimostrazione al parcheggio della Union Station e Lisa con in mano il cerino acceso.

Potendo contare solo sul suo stipendio e con il figlio a cui pensare, la donna aveva guardato in faccia la situazione e aveva fatto le sue scelte. L'economia del paese si era totalmente fermata, come un aereo in stallo, e Lisa che, per tutta garanzia, aveva solo il suo stipendio di insegnante, non era riuscita a trovare un solo istituto di credito disposto a rifinanziarla. A quel punto aveva smesso di pagare, ignorando tutte le comunicazioni provenienti dalla banca. Quando la maxi rata finale era arrivata a scadenza, la proprietà era stata pignorata e io ero entrato in scena. Avevo mandato a Jeff e a Lisa una lettera, senza sapere che Jeff non faceva più parte del quadro.

Fu Lisa a rispondere.

Il cliente rompiscatole è quello che si rifiuta di capire i confini del rapporto con l'avvocato che lo rappresenta, nonostante, nel caso specifico, io li avessi definiti con chiarezza e ripetutamente. Lisa mi si presentò con la prima notifica di pignoramento. Accettai di rappresentarla e le dissi di stare tranquilla e di avere pazienza mentre cominciavo a darmi da fare. Ma per lei l'idea di starsene buona e quieta era una prospettiva inaccettabile. Mi telefonava ogni giorno. Quando decisi di intentare un'azione legale per portare il caso davanti a un giudice, iniziò a presentarsi in tribunale persino in occasione delle udienze di routine o dei rinvii. Doveva esserci, così come non poteva fare a meno di essere informata di ogni mia mossa, di leggere tutte le lettere che mandavo e di essere aggiornata su tutte le telefonate. Mi chiamava spesso, alzando la voce quando aveva l'impressione che non mi concentrassi abbastanza sul suo caso. Cominciai a capire perché il marito avesse tagliato la corda. Evidentemente era arrivato ai limiti della sopportazione.

Cominciai anche a nutrire dei sospetti sulla sua salute mentale, fino al punto di pensare che potesse soffrire di un disturbo bipolare. Le continue chiamate e le numerose interferenze avvenivano in modo ciclico. Le settimane in cui spariva si alternavano a quelle in cui telefonava di continuo finché non riusciva a parlarmi.

Tre mesi dopo che avevo cominciato a occuparmi del caso mi disse che aveva perso il lavoro di insegnante per via delle continue assenze. Fu a quel punto che le venne l'idea di chiedere i danni alla banca che le aveva pignorato la casa. Pareva che la banca fosse responsabile di tutto quello che le era successo, l'abbandono del marito, la perdita del lavoro, la minaccia di espropriazione.

Commisi l'errore di rivelarle alcuni aspetti delle mie indagini e l'eventuale strategia che avrei seguito. Lo feci per placarla, perché mi lasciasse in pace. L'esame dei documenti relativi al prestito aveva rivelato alcune incongruenze nei continui trasferimenti alle varie holding. C'erano degli indizi di frode che avrei potuto utilizzare quando fosse venuto il momento di negoziare una via d'uscita.

Ma la notizia non fece che esasperarla, rendendo sempre più ferrea la sua convinzione di essere vittima dello strapotere delle banche. Non le passava neanche per la testa il fatto che era stata lei a chiedere il prestito e che era comunque obbligata a ripagarlo. L'unica responsabile delle sue sofferenze era la banca. Per prima cosa decise di registrare un sito, *www.battiamociperlacasa.com*, che utilizzò per promuovere un'organizzazione denominata STELLE E STRISCE CONTRO L'INGIUSTIZIA, con il vantaggio di poter utilizzare la bandiera americana sui cartelli di protesta, convogliando così il messaggio che protestare contro i pignoramenti faceva parte della tradizione nazionale esattamente come la torta di mele.

Poi iniziò a marciare davanti alla sede centrale della WestLand, sul Ventura Boulevard, a volte da sola, a volte con il figlio, altre con persone che aveva conquistato alla causa. I cartelli che esibiva accusavano la banca di aver agito illegalmente e di aver privato le famiglie della propria abitazione, buttandole in strada.

Era abilissima a propagandare le sue iniziative. Andava spesso in televisione, a ripetere il solito discorsetto che presentava la gente come lei in veste di vittima dell'epidemia di pignoramenti, e non di cittadini insolventi. Avevo notato che su Channel 5 i video su di lei erano entrati a far parte del materiale d'archivio che veniva proiettato tutte le volte che si parlava di espropri. La California era il terzo stato in termini di quantità e di quel ciclone Los Angeles era l'epicentro. A commento delle notizie c'erano spesso Lisa e il suo gruppo, muniti di grandi cartelli che dicevano: LADRI DI CASE! BASTA CON I PIGNORAMENTI!

Con la scusa che quelle manifestazioni erano assembramenti illegali che ostacolavano il traffico e mettevano a repentaglio l'incolumità dei pedoni, la WestLand aveva chiesto e ottenuto un ordine restrittivo nei confronti di Lisa, che le impediva di stazionare a meno di cento metri da qualsiasi filiale della società e dai suoi impiegati. Ma lei, imperterrita, si era spostata con cartelli e seguaci davanti al tribunale dove venivano discusse le cause.

Mitchell Bondurant era un dirigente della WestLand, a capo dell'ufficio ipoteche. Il suo nome figurava sui documenti relativi alla proprietà di Lisa Trammel, di cui avevo una copia nel mio archivio. Gli avevo anche scritto una lettera, specificando quelle che, secondo me, erano le prove di pratiche fraudolente messe in atto dagli studi esterni a cui la banca aveva affidato il lavoro sporco di confiscare case e proprietà dei clienti inadempienti.

Lisa era autorizzata a vedere tutti i documenti che riguardavano il suo caso e aveva ricevuto copia della lettera. Nonostante il suo nome fosse quello che incarnava i tentativi di sottrarle la casa, Bondurant non si esponeva mai in prima persona, ma si celava dietro l'ufficio legale della banca. Non aveva risposto alla mia lettera e io non avevo mai avuto occasione di incontrarlo; non solo, ma avevo la netta sensazione che nemmeno Lisa Trammel lo conoscesse né gli avesse mai parlato. Ora però era morto e la polizia aveva fermato Lisa.

Imboccammo l'uscita che portava al Van Nuys Boulevard e ci dirigemmo verso nord. Il centro civico era costituito da una piazza su cui si affacciavano due palazzi di giustizia, una biblioteca, il municipio della zona nord e il complesso del Valley Bureau, che comprendeva la divisione Van Nuys. Attorno a questo nucleo principale erano situate le sedi di altre agenzie governative. Trovare un parcheggio era sempre un problema, ma in quel momento non era la mia preoccupazione principale.

Presi il telefono e chiamai il mio investigatore, Dennis Wojciechowski.

«Cisco, sono io, stai arrivando?»

Da ragazzo Wojciechowski aveva fatto parte di un gruppo di motociclisti denominato Road Saints, in cui però c'era già un altro tipo che si chiamava Dennis, così, visto che nessuno riusciva a pronunciare il suo cognome, gli toccò il soprannome di Cisco Kid, eroico *caballero* messicano a cui lo avvicinavano i capelli scuri e i baffi. I baffi erano spariti, ma il nome era rimasto.

«Sono già qui. Ti aspetto sulla panchina davanti alle scale della polizia.»

«Sarò lì tra cinque minuti. Hai parlato con qualcuno per caso?»

«Sì, è il tuo vecchio amico Kurlen a occuparsi del caso. La vittima, Mitchell Bondurant, è stata trovata nel garage della sede centrale della WestLand intorno alle nove di questa mattina. Giaceva per terra, nello spazio tra due macchine. Non si sa ancora da quanto tempo fosse lì, ma quando l'hanno trovato era già morto.»

«Causa della morte?»

«La faccenda è un po' strana. All'inizio avevano detto che gli avevano sparato, visto che un impiegato, che però si trovava a un altro piano, aveva dichiarato di aver sentito dei suoni molto simili a spari. Ma dopo aver esaminato il corpo, hanno concluso che era stato picchiato a morte. A quanto pare è stato colpito più volte con un corpo contundente.»

«E dove hanno prelevato Lisa Trammel?»

«Da quello che ho capito, sono andati a prenderla a casa sua, a Woodland Hills. Ho ancora delle telefonate da fare, ma per ora è tutto quello che so, mi dispiace.»

«Non preoccuparti. Presto sapremo tutto. Kurlen è sulla scena del crimine o con Lisa?»

«Mi hanno detto che sono stati lui e la sua partner a prelevare Lisa, quindi penso che sia con lei. La partner è una donna, una certa Cynthia Longstreth. È una nuova, non l'ho mai sentita nominare.»

Nemmeno io, ma forse era appena arrivata alla Omicidi e l'avevano affiancata a un veterano come Kurlen perché si facesse le ossa. Guardai fuori dal finestrino. Stavamo superando una concessionaria BMW, il che mi fece pensare al marito di Lisa, che aveva deciso di tagliare la corda, facendo naufragare il matrimonio. Mi domandai se Jeff Trammel sarebbe ricomparso ora che sua moglie era stata accusata di omicidio, se finalmente si sarebbe deciso a occuparsi del figlio che aveva abbandonato.

«Vuoi che chieda a Valenzuela di venire?» si informò Cisco. «È solo a un isolato di distanza.»

Fernando Valenzuela era un garante di cauzioni che utilizzavo per gli interventi nella San Fernando Valley. Ma sapevo che questa volta la sua presenza non sarebbe stata necessaria.

«Preferisco aspettare. Con un'accusa di omicidio è molto difficile ottenere la libertà su cauzione.»

«Eh sì, hai ragione.»

«Sai se la procura distrettuale ha già assegnato qualcuno al caso?»

Stavo pensando alla mia ex moglie, che lavorava negli uffici della procura distrettuale, a Van Nuys. Avrebbe potuto essere una fonte importante di informazioni, a meno che non fosse stata incaricata del caso. A questo punto ci saremmo trovati di fronte a un conflitto di interessi. Era già successo, ma Maggie McPherson non l'aveva gradito.

«Non ne so niente.»

Mi misi a riflettere su quale fosse il modo migliore di procedere. Avevo l'impressione che se la polizia avesse intuito la rilevanza del caso – l'omicidio poteva attirare l'attenzione su una delle catastrofi finanziarie più esplosive del momento – si sarebbe affrettata a bloccare qualsiasi fuga di notizie. Dovevo mettermi in moto subito.

«Cisco, ho cambiato idea. Non aspettarmi. Vai sulla scena del crimine e vedi un po' che cosa riesci a scoprire. Parla con quelli che sono lì, prima che scatti l'obbligo di silenzio.»

«Sei sicuro?»

«Sì. Qui basto io. Se ho bisogno ti chiamo.»

«D'accordo, buona fortuna.»

«Anche a te.»

Interruppi la comunicazione e fissai lo sguardo sulla nuca del mio autista.

«Rojas, volta a destra a Delano e portami a Sylmar.»

«Va bene.»

«Non so quanto ci metterò. Lasciami lì e poi tornatene a Van Nuys Boulevard e trova un colorificio. Vedi se riescono a togliermi quelle scritte sul portellone posteriore.»

Rojas mi lanciò un'occhiata nello specchietto retrovisore.

«Quali scritte?»

3

L'EDIFICIO DELLA POLIZIA, a Van Nuys, è una struttura multifunzionale di quattro piani che ospita la divisione di polizia, gli uffici dirigenziali del Valley Bureau e il carcere destinato alla parte settentrionale della città. Non era la prima volta che ci venivo e sapevo che, come succedeva in quasi tutte le stazioni di polizia di Los Angeles, tra me e il mio cliente si sarebbe frapposta una quantità di ostacoli.

Ho sempre avuto il sospetto che gli agenti assegnati al ricevimento venissero scelti dai loro superiori per la loro vaghezza e disinformazione. Se avete dei dubbi entrate in una qualsiasi stazione di polizia e dite al poliziotto che vi accoglie che vorreste presentare un reclamo contro un funzionario di polizia. Verificate quanto ci metterà a trovare il modulo giusto. Gli addetti al ricevimento di solito sono giovani, imbranati e involontariamente ignoranti, oppure anziani, pervicaci e abilissimi a fingere di non sapere.

Al banco del ricevimento della stazione di Van Nuys fui accolto da un agente che aveva il nome CRIMMINS stampato sull'uniforme stirata di fresco. Era un veterano con i capelli bianchi e lo sguardo vuoto da vero professionista, come ebbi modo di sperimentare non appena mi identificai come l'avvocato difensore di una cliente che mi aspettava in una delle stanze riservate ai detective. Per tutta risposta arricciò le labbra, indicando una fila di sedie di plastica dove, secondo lui, avrei dovuto accomodarmi in paziente attesa, finché non si sarebbe deciso a chiamare di sopra.

Di solito con i tipi come Crimmins la gente se la fa sotto dalla paura e quindi finisce per eseguire puntualmente quello che dicono perché non ha abbastanza fegato per fare altro. Ma non era il mio caso.

«Mi dispiace, ma non è così che funziona» gli dissi.

Crimmins strinse gli occhi. Nessuno doveva averlo ancora contraddetto quel giorno, meno che mai un avvocato che si occupava di difendere i criminali. Quindi la sua prima mossa fu quella di buttarla sul sarcastico.

«Ma davvero?»

«Sì, davvero. Prenda il telefono e chiami il detective Kurlen. Gli dica che Mickey Haller sta salendo da lui e che, se non mi fa incontrare la mia cliente nel giro di dieci minuti, attraverso la piazza e vado dal giudice Mills, in tribunale.»

Mi interruppi un momento perché il nome facesse il suo effetto.

«Sono sicuro che conosce benissimo il giudice Roger Mills. Fortunatamente per me, anche lui era un avvocato penalista prima di diventare magistrato. Già allora detestava farsi prendere per il naso dalla polizia, ma anche adesso, quando sente qualche storia del genere, non è che si diverta molto. Vi trascinerà entrambi in tribunale, lei e Kurlen, e si farà spiegare com'è che vi trastullate sempre con il solito giochetto, quello di impedire a un cittadino di vedere il suo avvocato, un diritto sancito dalla costituzione. L'ultima volta che è successo, al giudice Mills non sono piaciute le risposte che ha ricevuto, tanto che ha appioppato al tizio che se ne stava seduto dove è lei adesso una multa di cinquecento dollari.»

Sembrava che Crimmins facesse fatica a seguirmi. Doveva essere un uomo di poche parole. Sbatté le palpebre e allungò la mano verso il telefono. Lo sentii parlare direttamente con Kurlen, poi riattaccò.

«Conosce la strada, fenomeno?»

«Sì. Grazie per il suo aiuto, agente Crimmins.»

«Ci vediamo più tardi» disse, puntandomi contro un dito

come se fosse una pistola. Forse aveva bisogno di fare un ultimo gesto per potersi raccontare che, sì, l'aveva sistemato proprio a dovere quel figlio di puttana di un avvocato. Mi allontanai dal banco del ricevimento e mi diressi verso la nicchia dove era situato l'ascensore.

Al terzo piano il detective Howard Kurlen mi aspettava sorridendo. Ma il suo non era un sorriso di benvenuto, assomigliava piuttosto al ghigno del gatto che si è appena pappato il canarino.

«Se l'è spassata giù in basso, avvocato?»

«E come no!»

«Be', comunque è arrivato troppo tardi.»

«Cosa significa? L'avete arrestata?»

Allargò le braccia in un gesto di finto rammarico.

«È strano. Il mio partner l'ha portata via un attimo prima che ci avvertissero del suo arrivo.»

«Già, una vera coincidenza. Comunque voglio parlarle.»

«Dovrà passare attraverso la prigione.»

La procedura mi avrebbe portato via un'altra ora di attesa e questo spiegava il sorrisetto di Kurlen.

«Sicuro che il suo partner non possa fare dietrofront per riportarla giù? Non ci metterò molto.»

Lo chiesi ugualmente, anche se ero convinto di parlare al vento. Invece, con mia grande sorpresa, Kurlen sfilò il telefono dalla cintura e premette un pulsante per la composizione rapida. O era un'abile finta, o stava davvero facendo quello che gli avevo chiesto. Kurlen e io avevamo un vissuto difficile, non era la prima volta che ci capitava di scontrarci. Da parte mia, avevo cercato in più di un'occasione di distruggere la sua credibilità quando me l'ero trovato davanti sul banco dei testimoni. Non c'ero mai riuscito, ma l'esperienza aveva reso i rapporti assai poco cordiali. Ora però mi stava facendo un favore e non capivo perché.

«Sono io» disse Kurlen al telefono. «Riportala indietro.»

Rimase in ascolto per un attimo.

«Perché te lo dico io. Riportala e basta.»

Chiuse la comunicazione e mi fissò.

«Mi deve un favore, Haller. Avrei potuto farle perdere un mucchio di tempo. Qualche anno fa non ci avrei pensato due volte.»

«Lo so, le sono riconoscente.»

Si voltò per tornare nella sala detective e mi fece segno di seguirlo. Mentre camminava, mi disse con aria disinvolta: «Quando Lisa Trammel ci ha chiesto di chiamarla ha detto che lei si stava occupando della causa di pignoramento della casa».

«È esatto.»

«Anche mia sorella, che ha appena divorziato, si trova in un pasticcio del genere.»

Ecco spiegato il motivo della sua condiscendenza.

«Vuole che le parli?»

«No, voglio soltanto sapere se è meglio opporsi o lasciar perdere.»

La sala detective sembrava uscita da una macchina del tempo. Era in puro stile anni Settanta, con il pavimento di linoleum, le pareti in due tonalità di giallo e le scrivanie grigie con un bordo di gomma attorno agli spigoli. Kurlen rimase in piedi mentre aspettava che il suo partner riconducesse indietro la mia cliente.

Presi uno dei biglietti da visita che avevo in tasca e glielo porsi.

«Credo che sia più giusto battersi. Non posso occuparmi personalmente del problema di sua sorella, sarebbe conflitto di interessi. Ma se telefona in ufficio la farò seguire da una persona di fiducia. Le raccomandi solo di fare il suo nome.»

Kurlen annuì, poi prese un dischetto dalla scrivania e me lo porse.

«Tanto vale che glielo dia subito.»

Guardai il dischetto e gli chiesi: «Che cos'è?».

«È la registrazione del colloquio che abbiamo avuto con la sua cliente. Come vedrà, ci siamo interrotti appena ha pronunciato le parole magiche: "Voglio un avvocato".»

«Non mancherò di controllare. Posso chiederle per quale ragione l'avete accusata di omicidio?»

«Certo. Sospettiamo di lei sulla base di alcune ammissioni che si è lasciata sfuggire prima di chiedere un avvocato. Mi dispiace, ma abbiamo agito in base al regolamento.»

Alzai il dischetto, quasi puntandoglielo contro.

«Intende dirmi che ha confessato di aver ucciso Bondurant?»

«Non esattamente, ma ha ammesso alcuni fatti che le avevamo contestato e si è contraddetta più di una volta.»

«E per caso ha anche detto perché l'avrebbe fatto?»

«Non era necessario. La vittima stava per portarle via la casa, mi sembra un motivo sufficiente. Come movente non fa una piega.»

Avrei potuto dirgli che aveva torto, che stavo per bloccare l'espropriazione, ma decisi di tenere la bocca chiusa. Quello che mi premeva era raccogliere informazioni, non fornirle.

«C'è altro, detective?»

«Niente che io possa condividere con lei al momento. Il resto dovrà scoprirlo da solo.»

«Lo farò senz'altro. È già stato designato il procuratore distrettuale che si occuperà del caso?»

«No, che io sappia.»

Kurlen indicò con il capo il fondo della sala e, quando mi voltai, vidi Lisa Trammel che veniva condotta verso la porta di una stanza destinata agli interrogatori. I suoi occhi avevano il classico sguardo del cervo colpito dai fari di una macchina.

«Ha a disposizione quindici minuti» mi disse Kurlen. «E solo perché ho deciso di essere gentile. Non vale la pena di farsi la guerra.»

Un patto di non belligeranza molto temporaneo, pensai, mentre mi dirigevo verso la stanza in cui avevano portato Lisa.

«Ehi, aspetti un attimo» mi gridò Kurlen. «Devo ispezionare la cartella.»

Si riferiva alla mia ventiquattrore di cuoio, rinforzata internamente in alluminio. Avrei potuto obiettare che quell'ispezione violava la segretezza del rapporto tra me e la mia cliente, ma avevo fretta di parlarle. Tornai indietro, appoggiai la cartella su una scrivania e la aprii. Tutto quello che conteneva era il fascicolo di Lisa Trammel, un taccuino intonso, oltre ai nuovi contratti e al modulo per la procura che avevo stampato mentre venivo a Van Nuys. Era necessario che Lisa li firmasse, visto che il mio incarico fino a poco prima aveva riguardato soltanto il diritto civile, mentre ora aveva decisamente virato verso il penale.

Kurlen diede una rapida occhiata al contenuto poi mi fece cenno di richiuderla.

«Vero cuoio e fattura italiana» commentò. «Sembra la valigetta di un trafficante di droga. Non si sarà messo a frequentare la gente sbagliata, vero, Haller?»

E si esibì nuovamente in quel suo sorriso da gatto che si è pappato il canarino. Il senso dell'umorismo dei poliziotti era davvero molto particolare.

«Per la verità apparteneva a un corriere della droga» gli confidai. «Un cliente. Nel luogo dove è finito non ne aveva più bisogno e quindi l'ho presa a titolo di risarcimento. Vuol vedere anche lo scomparto segreto? Non è facilissimo da aprire.»

«Lasci perdere. È a posto.»

Chiusi la ventiquattrore e mi diressi nuovamente verso la stanza degli interrogatori.

«Comunque è stata fatta in Colombia» buttai lì.

Il partner di Kurlen era una donna e mi stava aspettando alla porta. Non la conoscevo e non mi diedi la pena di presentarmi. Il nostro rapporto non sarebbe mai stato amichevole, senza contare che molto probabilmente non avrebbe neanche ricambiato la mia stretta di mano per far colpo su Kurlen.

Tenne la porta aperta per farmi passare, ma io mi fermai sulla soglia.

«È tutto spento, vero? I registratori e gli altri sistemi di ascolto?»

«Esatto.»

«In caso contrario si tratterebbe di una violazione dei diritti della mia cliente.»

«Conosco la solfa.»

«Già, ma a volte ve la dimenticate, non è così?»

«Non ha molto tempo a sua disposizione, signore. Vuole utilizzarlo per parlare con la sua cliente o preferisce continuare a fare conversazione con me?»

Entrai e la porta si richiuse alle mie spalle. La stanza era molto piccola. Guardai Lisa Trammel e mi appoggiai l'indice sulle labbra.

«Che cosa significa?» chiese Lisa.

«Significa che devi stare zitta finché non ti autorizzo a parlare.»

Per tutta risposta scoppiò in un pianto dirotto, accompagnato da una serie di gemiti che sfociarono in una frase incomprensibile. Era seduta a un tavolo quadrato e, di fronte a lei, c'era un'altra sedia. Mi sedetti a mia volta e appoggiai la ventiquattrore sul tavolo. Sapevo benissimo che Lisa era stata piazzata lì per essere inquadrata dalla telecamera nascosta e quindi evitai di voltarmi a cercarla con gli occhi. Aprii invece la valigetta e l'accostai a me, nella speranza che la mia schiena servisse da schermo. Dovevo presumere che Kurlen e la sua partner vedessero e ascoltassero quello che succedeva nella stanza, il che spiegava l'atteggiamento di finta disponibilità del detective.

Mentre con la mano destra estraevo uno per volta il taccuino e i documenti, usai la sinistra per aprire lo scomparto segreto, poi premetti il pulsante di avvio sull'emittente di disturbo Paquin 2000. L'apparecchio emetteva un segnale RF a bassa frequenza che interferiva con qualsiasi dispositivo di ascolto situato entro una decina di metri. Se Kurlen e la sua socia ci stavano ascoltando illegalmente, non avrebbero sentito altro che un ronzio continuo.

La valigetta e il suo scomparto segreto avevano quasi una decina d'anni e, per quanto ne sapevo, il loro precedente proprietario era ancora in una prigione federale. L'avevo ereditata da circa sette anni, in un momento in cui i casi legati alla droga erano la mia fonte di guadagno. Sapevo che i rappresentanti della legge erano molto aggiornati sui sistemi di controllo e in dieci anni dovevano avere fatto passi da gigante rispetto all'aggeggio che possedevo, quindi non mi sentivo completamente a mio agio. Dovevo muovermi con cautela e speravo che la mia cliente facesse lo stesso.

«Lisa, cerca di stare attenta a quello che dici perché ho paura che ci ascoltino. Mi hai capito?»

«Sì, ma che cosa sta succedendo? È questo che non capisco.»

Mentre parlava, la sua voce si alzò progressivamente finché la frase si concluse con un urlo. Era una modalità a lei consueta, l'aveva già utilizzata molte volte mentre eravamo al telefono, quando mi occupavo del pignoramento. Ora che l'asticella si era alzata, dovevo richiamarla all'ordine.

«Non ti permettere di urlare con me, Lisa» le dissi in tono fermo. «Non mi occuperò del tuo caso se non impari a controllarti. D'accordo?»

«Sì, certo, scusami. Ma io sono innocente, non ho commesso quello di cui mi accusano.»

«Lo so, e ci batteremo per dimostrarlo. Ma niente urla.»

Visto che era tornata alla stazione di polizia prima di entrare in carcere, Lisa era ancora vestita con i suoi abiti. Sulla t-shirt che indossava, decorata con un disegno floreale, non erano visibili tracce di sangue così come sul resto dell'abbigliamento. Il viso era rigato di lacrime e i capelli scuri e ricci erano spettinati. Lisa era piccola e la luce cruda della stanza la faceva sembrare ancora più minuta.

«Devo farti qualche domanda» le dissi. «Dov'eri quando la polizia ti ha trovata?»

«A casa. *Perché mi stanno accusando?*»

«Lisa, ascoltami. Sono io che faccio le domande, tu devi solo restare calma. È molto importante che tu non perda il controllo.»

«Ma che cosa sta succedendo? Nessuno mi dice niente. Hanno dichiarato che sono in arresto per aver ucciso Mitchell Bondurant. Quando e come l'avrei fatto? Non mi sono nemmeno avvicinata a lui. C'era un ordine restrittivo, che ragione avrei avuto di trasgredire?»

Forse avrei fatto meglio a guardare il video che mi aveva dato Kurlen prima di parlare con lei, ma era evidente che stavo affrontando la situazione da una posizione svantaggiata.

«Lisa, questi sono i fatti. Sei in arresto con l'accusa di omicidio. Il detective Kurlen, il più anziano dei due poliziotti che sono venuti a prenderti, mi ha detto che hai fatto qualche ammissione...»

A questo punto iniziò a urlare, coprendosi il viso con le mani. Mi accorsi solo allora che era ammanettata. Un fiume di lacrime le inondò nuovamente il viso.

«Ma è falso! *Non ho fatto niente!*»

«Calmati, Lisa. Sono qui apposta per difenderti, ma non ci resta più molto tempo. Mi hanno dato dieci minuti, poi ti porteranno via.»

«Mi metteranno in prigione?»

Annuii a malincuore.

«E la libertà su cauzione?»

«È molto difficile ottenerla con un'accusa di omicidio. E anche se riuscissi a organizzare qualcosa, non avresti i soldi per...»

Un altro gemito lacerante riempì la stanza. A questo punto persi la pazienza.

«Lisa, smettila! È in gioco la tua vita. Devi ascoltarmi, sono il tuo avvocato e farò del mio meglio per tirarti fuori dai guai, ma ci vorrà del tempo. Adesso cerca di rispondere alle mie domande.»

«E mio figlio? Che ne sarà di Tyler?»

«In ufficio stanno cercando di mettersi in contatto con tua sorella. Il bambino resterà con lei finché non riesco a tirarti fuori.»

Feci molta attenzione a non alludere in alcun modo al tempo che ci sarebbe voluto. Poteva trattarsi di giorni, di mesi o anche di anni. O magari non sarebbe mai successo. Ma non era il caso di approfondire l'argomento.

Lisa annuì con sollievo all'idea che suo figlio sarebbe stato accudito dalla zia.

«E tuo marito? Hai un numero di telefono a cui possa chiamarlo?»

«No, non so dove sia e comunque non voglio che nessuno lo contatti.»
«Perché? Potrebbe occuparsi lui di suo figlio.»
«Neanche per sogno. Preferisco che sia mia sorella a prendersi cura di lui.»
Annuii, decidendo di lasciar perdere. Non era il momento di farle domande sul suo matrimonio.
«D'accordo, stai calma, parliamo di quello che è successo questa mattina. I detective mi hanno dato un video, ma preferisco sentirlo dalla tua viva voce. Mi hai detto che eri a casa quando sono arrivati. Che cosa stavi facendo?»
«Ero al computer. Stavo mandando delle mail.»
«A chi?»
«Ai miei amici, ai compagni di STELLE E STRISCE, per informarli che ci saremmo incontrati domani alle dieci davanti al tribunale e per ricordare loro di portare i cartelli.»
«D'accordo, e quando i due detective si sono presentati che cosa ti hanno detto esattamente?»
«Ha parlato solo l'uomo.»
«Il detective Kurlen.»
«Sì. Sono entrati e lui ha cominciato a farmi delle domande. Poi mi ha chiesto se non mi dispiaceva venire alla stazione di polizia per continuare il colloquio. Io gli ho domandato a che proposito e lui ha risposto che si trattava di Mitch Bondurant. Ma non mi ha detto che era morto, né che era stato ucciso. E io ho risposto di sì. Mi ero illusa che si fossero finalmente decisi a indagare. Non avevo la minima idea che l'indagine riguardasse me.»
«Bene, ti ha detto che avevi il diritto di non parlare e di esigere la presenza di un avvocato?»
«Sì, come in televisione.»
«E quando è successo esattamente?»
«Dopo che siamo arrivati, nel momento in cui mi ha comunicato che ero in arresto.»
«E come ci sei arrivata fin qui, sull'auto della polizia?»
«Sì.»
«E in macchina avete parlato?»

«No, ha passato tutto il tempo al telefono. Ho sentito che diceva, "è qui con me", e cose del genere.»

«Ti avevano già messo le manette?»

«No, non ancora.»

Kurlen era in gamba. Aveva viaggiato in auto con una presunta assassina senza ammanettarla, con tutti i rischi del caso, per evitare che si insospettisse, rifiutandosi di parlare. Una trappola perfetta. Anche perché avrebbe permesso all'accusa di sostenere che Lisa al momento non era in arresto e che le sue dichiarazioni erano state totalmente spontanee.

«Quindi ti hanno condotto qui e tu hai lasciato che ti interrogassero?»

«Sì, non avevo idea che mi avrebbero arrestata. Anzi, ero convinta che mi chiedessero di collaborare.»

«Quindi Kurlen non ti ha spiegato quello che avevano in mente?»

«No, mai. L'ho capito solo quando ha dichiarato che ero in arresto e che potevo fare una telefonata. È stato allora che mi ha ammanettato.»

Kurlen aveva fatto ricorso a una serie di vecchi trucchi, che erano ancora in uso proprio perché funzionavano. Avrei dovuto guardare il video per sapere esattamente che cosa aveva ammesso Lisa, sempre che l'avesse fatto. Era troppo turbata perché glielo chiedessi, senza contare che il tempo a disposizione doveva essere quasi scaduto. A conferma udii un forte colpo alla porta, seguito da una voce soffocata che mi annunciava che mi restavano solo due minuti.

«D'accordo, mi metterò subito al lavoro, ma prima ho bisogno di farti firmare un paio di documenti. Innanzi tutto, ecco il nuovo contratto che copre la difesa penale.»

Le porsi il documento costituito da un unico foglio, appoggiandovi sopra la penna, e lei iniziò a leggerlo.

«Millecinquecento dollari? Sono un mucchio di soldi e io non li ho.»

«È la parcella standard e dovrai versarla solo se si va al processo. Quanto ai soldi, ecco a cosa servono gli altri documenti. Il primo mi autorizza a negoziare eventuali accordi riguardanti libri o film basati sulla tua storia. Ho un agente che collabora con me su questo fronte. L'altro determina che i fondi provenienti da simili attività debbano essere utilizzati prioritariamente per pagare le spese legali.»

Sapevo che il caso avrebbe attirato l'attenzione generale. L'epidemia di pignoramenti aveva assunto le dimensioni di una catastrofe nazionale. Da una vicenda come quella di Lisa poteva nascere un libro, magari anche un film, e quindi le probabilità che io venissi pagato erano molto alte.

Lisa prese la penna e firmò i documenti senza rileggerli, dopodiché tornai a riporli nella valigetta.

«Lisa, quello che sto per darti è un consiglio di primaria importanza. Quindi ascolta con attenzione e cerca di tenerlo a mente.»

«D'accordo.»

«Non parlare del tuo caso con nessuno, a parte me. Né con i detective, né con le guardie carcerarie, né tantomeno con i tuoi compagni di detenzione. Non devi accennarne nemmeno a tua sorella o a tuo figlio. Se qualcuno ti farà delle domande, e puoi star sicura che te ne faranno, limitati a rispondere che il tuo avvocato ti ha ordinato di tacere.»

«Ma io non ho fatto niente di male. Sono innocente! Solo chi è colpevole deve tenere la bocca chiusa.»

Alzai il dito per ammonirla.

«Hai torto, non è così. Ho l'impressione che tu non mi prenda sul serio.»

«Non è vero, te l'assicuro.»

«E allora fai come ti dico. Tieni la bocca chiusa e stai attenta quando parli al telefono qui dentro; tutte le chiamate sono registrate. Nel corso delle telefonate evita qualsiasi accenno al caso, anche se all'altro capo della linea ci sono io.»

«Va bene, ho capito.»

«Se ti fa sentire meglio, limitati a una frase del genere: "Sono del tutto innocente, ma il mio avvocato mi ha consigliato di non fare commenti sulla mia situazione". Hai capito?»

«Sì. Cercherò di non dimenticarmene.»

La porta si aprì e sulla soglia comparve Kurlen. Mi scrutò

con sospetto e io pensai che avevo fatto bene a portare con me il Paquin 2000. Tornai a guardare Lisa.

«Senti, vedrai che si sistemerà tutto. Abbi pazienza e ricorda la regola aurea. Bocca cucita.»

Mi alzai.

«La prossima volta che ci vedremo sarà in occasione della prima udienza. Allora potremo parlare. Ora vai con il detective Kurlen.»

4

La mattina seguente Lisa Trammel fece la sua prima comparsa al Tribunale Superiore di Los Angeles con l'accusa di omicidio di primo grado, a cui l'ufficio del procuratore distrettuale aveva aggiunto anche l'aggravante della premeditazione. Le pene previste erano l'ergastolo senza libertà condizionata o la condanna a morte. Tutto questo dava grande potere all'accusa, che, come era facile immaginare, contava su un patteggiamento preprocessuale per evitare che si scatenasse un sentimento di solidarietà nei confronti dell'imputata. E quale modo migliore per ottenere il suo scopo che minacciarla con due pene così radicali?

L'aula era gremita di giornalisti, oltre che di membri e simpatizzanti dell'organizzazione fondata da Lisa. Nel corso della notte si era sparsa la voce che, a quanto sostenevano la polizia e il procuratore distrettuale, la confisca di una casa era stato il movente dell'omicidio di un banchiere e la storia di Lisa si era diffusa in modo capillare. Al disastro finanziario nazionale si era aggiunta una componente emotiva che giustificava la presenza di una simile folla.

Lisa si era molto calmata dopo ventiquattr'ore trascorse in carcere. Se ne stava immobile nella gabbia degli imputati, in attesa dei due minuti di audizione che le spettavano. Le assicurai che suo figlio era nelle mani attente della sorella, e le comunicai che lo studio Haller e Soci avrebbe fatto tutto il possibile per garantirle una difesa eccellente. La sua preoccupazione più immediata era quella di uscire di prigione per occuparsi del figlio e poter collaborare con noi.

Nonostante la prima udienza consistesse essenzialmente nell'indicazione dei capi d'accusa e costituisse il punto d'inizio del processo, rappresentava anche il momento più opportuno per richiedere la libertà su cauzione. Ed era questo che intendevo fare, visto che la mia filosofia era quella di non lasciare niente di intentato, anche se ero pessimista sugli esiti della mia richiesta. La legge autorizzava la libertà su cauzione, ma in caso di omicidio la cauzione arrivava a cifre spropositate, irraggiungibili per una persona comune. La mia cliente era una madre single, senza lavoro e con una minaccia di pignoramento che incombeva sul suo futuro. Una cauzione milionaria significava che non sarebbe uscita di prigione.

Il giudice Stephen Fluharty decise di dare la precedenza al caso Trammel per venire incontro alle esigenze dei media. Andrea Freeman, il pubblico ministero assegnato al caso, lesse le imputazioni e a questo punto il giudice fissò l'udienza per la settimana successiva. Fino a quel momento, Lisa Trammel non avrebbe potuto fare richiesta di patteggiamento. Le procedure di routine vennero espletate con una certa celerità e il giudice Fluharty stava per decretare un breve intervallo per permettere ai rappresentanti della stampa e delle televisioni di impacchettare le loro attrezzature e di andarsene, quando lo interruppi per chiedergli di stabilire la cauzione per la mia cliente. Con la mia mozione intendevo anche scoprire come avrebbe reagito l'accusa. Di tanto in tanto, nel corso della discussione sull'entità della somma, capitava anche che un pubblico ministero lasciasse filtrare qualcosa sulle prove a disposizione o sulla strategia che intendeva adottare. Ma Andrea Freeman era troppo furba per commettere un errore del genere. Obiettò che Lisa Trammel rappresentava una minaccia per la collettività e che quindi doveva essere tenuta in custodia cautelare, almeno per il momento. Sottolineò il fatto che la vittima non aveva avviato la procedura di pignoramento della casa di Lisa a titolo personale, ma che era solo l'anello di una catena e che quindi altre persone avrebbero potuto essere in pericolo se Lisa Trammel fosse stata messa in libertà.

Le sue ipotesi erano piuttosto scontate. Era chiaro fin dall'inizio che l'accusa avrebbe indicato il pignoramento come il movente dell'omicidio di Mitchell Bondurant. La Freeman era ricorsa a un argomento convincente per opporsi alla libertà provvisoria, ma non aveva rivelato granché sull'impianto accusatorio. Era brava e non era la prima volta che ci scontravamo in tribunale. Se ricordavo bene, contro di lei avevo sempre perso.

Quando arrivò il mio turno, obiettai che non c'era alcuna indicazione, meno che mai delle prove, da cui si potesse dedurre che Lisa Trammel rappresentava un pericolo per la collettività o che ci fosse rischio di fuga. E in mancanza di un elemento del genere il giudice non poteva negare il ricorso alla cauzione.

Fluharty prese una decisione salomonica, concedendo alla difesa il diritto di ricorrere alla cauzione, ma fissando la cifra a due milioni di dollari. Il risultato era che Lisa non sarebbe andata da nessuna parte. Non aveva i due milioni e quindi avrebbe dovuto ricorrere a un prestito che, con un interesse del dieci per cento, le sarebbe costato duecentomila dollari in contanti. Era un'ipotesi impraticabile e quindi sarebbe rimasta in carcere.

A questo punto il giudice decise per una sospensione, il che mi diede la possibilità di parlare per qualche minuto con la mia cliente prima che fosse portata via. Mentre il pubblico sfilava fuori dall'aula, la ammonii per l'ennesima volta di tenere la bocca chiusa.

«Adesso è ancora più importante, con i media che si sono scatenati sul caso. Possono cercare di contattarti anche in prigione, sia direttamente sia attraverso altri detenuti o qualche visitatore di cui ti fidi. Quindi ricordati...»

«Di non parlare con nessuno. Ho capito.»

«Bene. Voglio che tu sappia che tutto il mio staff si riunirà questo pomeriggio per esaminare la situazione ed elaborare una strategia. Pensa bene, c'è qualcosa in particolare che dovremmo sapere o su cui dovremmo riflettere? Qualcosa che possa aiutarci?»

«Ho una domanda da farti.»

«Avanti, ti ascolto.»

«Come mai non mi hai neanche chiesto se sono stata io a uccidere Bondurant?»

Vidi una delle guardie carcerarie entrare nella gabbia e avvicinarsi a Lisa per riportarla in cella.

«Perché non è importante per quello che devo fare. Non ho bisogno di conoscere la risposta per svolgere il mio lavoro.»

«Bel sistema! Non sono sicura di volere un avvocato difensore che non crede in me.»

«Be', sei libera di scegliere. Sono certo che fuori dalla porta del tribunale c'è una fila lunghissima di avvocati che farebbero carte false per occuparsi del tuo caso. Ma nessuno conosce i precedenti come me e, anche se affermassero di credere alla tua innocenza, non è detto che questo corrisponda a verità. Non lasciarti abbagliare dalle chiacchiere, Lisa. E poi questo sistema funziona in entrambi i sensi: io non ti faccio domande e tu non le fai a me.»

Mi interruppi, nel caso avesse voluto rispondermi, ma lei rimase in silenzio.

«Siamo d'accordo? Non intendo impegnarmi a fondo se hai intenzione di cercare qualcun altro al posto mio.»

«No, siamo d'accordo.»

«Bene, allora verrò a trovarti domani per aggiornarti sulla strategia che intendo seguire. Spero che quando ci vedremo il mio investigatore sarà già riuscito ad avere qualche informazione sulle eventuali prove che l'accusa intende portare.»

«Posso farti una domanda, Mickey?»

«Certamente.»

«Puoi prestarmi i soldi per la cauzione?»

La cosa non mi sorprese. Da un pezzo avevo smesso di tenere il conto dei clienti che mi avevano fatto la stessa richiesta. Forse nessuno aveva mai raggiunto una cifra simile, ma di sicuro non sarebbe stata l'ultima volta che mi sarebbe stata rivolta una domanda del genere.

«Non posso, Lisa. Tanto per cominciare, non li ho. In secondo luogo, è illegale che esistano transazioni del genere tra avvocato e cliente. Mi dispiace, ma non posso aiutarti. Purtroppo devi abituarti all'idea di restare in carcere almeno per tutta la durata del processo. Con la cifra che il giudice ha stabilito ti servono almeno duecentomila dollari solo per ottenere il prestito. Sono un sacco di quattrini e comunque, anche se li avessi, una buona metà servirebbe a pagare la parcella della difesa. Vedi anche tu che la libertà provvisoria si prospetta impossibile.»

Le sorrisi, ma evidentemente lei non vedeva niente di divertente in quello che le avevo appena detto.

«Mi domando se gli interessi vengono restituiti alla fine del processo.»

«No, restano a chi ha concesso il prestito, a copertura dei rischi. Se il beneficiario fuggisse, sarebbe lui a perdere i due milioni.»

«Non ho nessuna intenzione di farlo» rispose Lisa, alzando la voce. «Resterò qui a battermi per avere giustizia. L'unica cosa che voglio è stare con mio figlio. È un bambino, ha bisogno di sua madre.»

«Non mi stavo riferendo a te in particolare. Ti stavo solo dicendo come funzionano i prestiti per la cauzione. Comunque, la guardia alle tue spalle è stata molto paziente. Ora devi andare e anch'io devo mettermi al lavoro. Ci vediamo domani.»

Feci un cenno alla guardia che si avvicinò per riportare Lisa in cella. Mentre oltrepassavano la porta di ferro posta su un lato della gabbia, Lisa si voltò a guardarmi con occhi impauriti. Non aveva idea di che cosa l'aspettava, non sapeva che questo era solo l'inizio di quella che sarebbe stata la prova più terribile della sua vita.

Andrea Freeman si era fermata a parlare con un collega e questo mi permise di raggiungerla mentre stava lasciando l'aula.

«Ti va di prendere un caffè?» le chiesi. «Vorrei fare due chiacchiere.»

«Non devi parlare con i tuoi fan?»

«E chi sarebbero i miei fan?»

«Tutti quelli che sono in coda qui fuori, muniti di telecamere.»

«Preferisco chiacchierare con te. Anzi, già che ci siamo, potremmo anche stabilire una linea comune da tenere con i media.»

«D'accordo, ho qualche minuto libero. Preferisci andare al bar del seminterrato o vuoi venire con me negli uffici della procura distrettuale?»

«Meglio il seminterrato. Nel tuo ufficio dovrei passare il tempo a guardarmi le spalle.»

«Dalla tua ex moglie?»

«Sì, anche da lei, nonostante i rapporti tra noi siano molto migliorati.»

«Mi fa piacere saperlo.»

«Conosci Maggie?» C'erano almeno cinque viceprocuratori che lavoravano a Van Nuys.

«Superficialmente.»

Uscimmo dall'aula e ci fermammo uno accanto all'altro davanti ai giornalisti per annunciare che in questa fase iniziale del dibattimento non avremmo rilasciato alcuna dichiarazione. Mentre ci dirigevamo verso gli ascensori, almeno sei cronisti, quasi tutti appartenenti a giornali o televisioni le cui sedi erano in altre città, mi ficcarono in mano il loro biglietto da visita. Da una rapida scorsa vidi che si trattava di testate o di aziende televisive importanti, come il «New York Times», la CNN, Dateline, oltre a un famoso sito web come Salon, e al re dei programmi di intrattenimento, *60 Minutes*. In meno di ventiquattr'ore ero stato sbalzato dai casi di pignoramento di immobili nella zona sud di Los Angeles, che mi fruttavano duecentocinquanta dollari al mese ciascuno, a una vicenda che, molto probabilmente, sarebbe passata alla storia e in cui avevo il ruolo di avvocato difensore unico.

Non posso dire che la cosa mi dispiacesse.

«Ora siamo soli, quindi puoi anche toglierti quello stupido sorrisetto dalla faccia» disse Andrea Freeman quando si chiusero le porte dell'ascensore.

La guardai e questa volta sorrisi intenzionalmente.

«Era così evidente?»

«Oh, sì. Goditi questo momento, finché puoi.»

Era un modo piuttosto esplicito di ricordarmi cosa mi aspettava. Andrea Freeman era uno dei procuratori più ambiziosi del suo ufficio e si diceva che prima o poi si sarebbe presentata per il ruolo di procuratore distrettuale. Le voci di corridoio attribuivano la sua ascesa al colore della pelle e ai giochi di politica interna. Insomma, l'opinione comune sosteneva che a lei venivano assegnati i casi più importanti perché apparteneva a una minoranza, protetta da un'altra minoranza. Niente di più sbagliato. Era molto brava, questa era la verità. Lo sapevo bene, visto che con lei non ero mai riuscito a spuntarla. La sera precedente, la notizia che le sarebbe stato affidato il caso Trammel mi era piombata addosso con la violenza di un pugno. Faceva ancora male, ma non c'era rimedio.

Arrivati al bar del seminterrato, prendemmo il caffè al distributore e andammo a sistemarci in un angolo tranquillo. Lei si sedette in modo da controllare l'ingresso. Era una caratteristica di chi lavorava dal lato punitivo della legge, partendo dai semplici agenti di pattuglia fino ai procuratori. Non dare mai le spalle a un eventuale aggressore.

«Bene» esordii. «Eccoci qui. Ti accingi a perseguire una potenziale eroina, lo sai, vero?»

Freeman scoppiò a ridere, guardandomi come se fossi pazzo.

«E come no! Mai sentito che un assassino possa assurgere al ruolo di eroe.»

Mi balzò subito alla mente un famoso processo, tenutosi proprio a Los Angeles, che smentiva la sua affermazione, ma lasciai perdere.

«Forse ho esagerato. Volevo solo dire che le simpatie del pubblico in questo caso saranno tutte per l'imputata e che soffiare sul fuoco dei media non farà che aumentarle.»

«Per il momento è così. Ma quando si verranno a conoscere le prove e si entrerà nel vivo della questione, non credo che la simpatia del pubblico conterà più molto. Almeno dal mio punto di vista. Che cosa intendi dire, Mickey? Mi stai proponendo di patteggiare dopo una sola udienza?»

Scossi il capo.

«No, non ci penso proprio, anche perché la mia cliente sostiene di essere innocente. Quello che ti ho detto dipende solo dal fatto che il caso sta già attirando molta attenzione. Un produttore di *60 Minutes* mi ha appena messo in mano il suo biglietto da visita. Per questo vorrei stabilire un atteggiamento comune da tenere con i media. Hai appena parlato di prove. Spero che tu pensi di presentarle in tribunale e non di fornirle sottobanco al "L.A.Times" o a qualche altro organo del quarto stato.»

«Per me possiamo decidere che si tratta di un territorio proibito sin da ora. Non si parla con i media, per nessuna ragione.»

Aggrottai la fronte.

«Non so se sono pronto ad accettare una misura così drastica.»

Mi guardò come se l'avesse già messo in conto.

«Lo sospettavo. Allora cerchiamo di stare attenti. Parlo per tutti e due. Tanto per cominciare non esiterò a rivolgermi al giudice se avrò l'impressione che tu stia cercando di influenzare la giuria.»

«E io farò lo stesso.»

«Bene, almeno su un punto concordiamo. C'è dell'altro?»

«Quando comincerai a scoprire le carte?»

Bevve un lungo sorso prima di rispondere.

«Abbiamo già lavorato insieme. Sai che non sono il tipo che dice: "Levati le mutandine che poi me le levo io". Anche perché è una strada a senso unico, visto che la difesa le sue non se le toglie mai. Quindi preferisco muovermi con prudenza.»

«Penso che, comunque, dobbiamo arrivare a un accordo.»

«Be', potrai sempre lamentarti con il giudice, quando ce ne assegneranno uno, ma non ho nessuna intenzione di ballare il minuetto con un'assassina, indipendentemente da chi è il suo avvocato. E tanto perché tu lo sappia, ho già picchiato duro sul tuo amico Kurlen perché ti ha dato il dischetto con il video, ieri. Non sarebbe dovuto succedere e può ritenersi fortunato che non l'abbia fatto rimuovere. Consideralo un regalo da parte dell'accusa. Ma è l'unico che avrai, avvocato.»

Era la risposta che mi aspettavo. Andrea Freeman era un ottimo pubblico ministero, ma a parer mio il suo gioco non era pulito. Un processo era una schermaglia che si basava su fatti e prove, in cui entrambe le parti usufruivano degli stessi diritti e avevano gli stessi doveri di fronte alla legge. Ma Freeman utilizzava le regole come schermi dietro cui nascondere la realtà e il suo modo di procedere era pieno di sotterfugi. A lei non interessava far luce per portare a galla la verità; non sapeva nemmeno cosa fosse, la luce.

«Andiamo, Andrea. La polizia ha portato via il computer della mia cliente e tutte le sue carte. È roba sua e io ne ho assolutamente bisogno per costruire una strategia di difesa. Non è certo il frutto di una tua indagine personale.»

Freeman fece una smorfia e rimase in silenzio un istante come se stesse seriamente considerando la possibilità di un compromesso. Avrei dovuto capire che si trattava soltanto di una finta.

«Ho un'idea» disse poi. «Appena ci assegneranno un giudice, vai da lui e gli chiedi di riaverlo. Se mi dice di restituirtelo, lo farò subito. Altrimenti me lo tengo io.»

«Grazie tante.»

Lei sorrise.

«Prego.»

La risposta alla mia domanda di collaborazione e il tono sarcastico con cui me l'aveva propinata servì solo a enfatizzare un pensiero che si era andato formando nella mia mente sin da quando avevo saputo che sarebbe stata lei a occuparsi del caso. Dovevo trovare il modo di farle vedere la luce.

5

Lo studio Michael Haller e Soci si riunì al gran completo quel pomeriggio nel soggiorno di Lorna Taylor, a West Hollywood. Erano presenti Lorna, ovviamente, il mio investigatore Cisco Wojciechowski, visto che il soggiorno era anche suo, e la giovane associata Jennifer Aronson. Mi accorsi che Jennifer sembrava a disagio e dovetti ammettere che il luogo non era molto professionale. Avevo preso in affitto un ufficio temporaneo l'anno precedente, mentre lavoravo al caso Jason Jessup, e la cosa aveva funzionato. Sapevo che anche adesso sarebbe stato meglio avere un ufficio vero e proprio invece del soggiorno di un membro del mio staff. L'unico problema è che si trattava di un'altra spesa e che, finché non fossero arrivati i soldi dei diritti cinematografici e editoriali, sempre che fossi riuscito a trovare qualcuno che volesse fare un film o pubblicare un libro basato sulla storia di Lisa, c'era poco da scialare. Era per questo che avevo indugiato a prendere una decisione, ma ora, vedendo la delusione di Jennifer, capii che non potevo più aspettare.

«Bene, cominciamo» dissi, dopo che Lorna aveva portato a tutti delle bevande gassate e del tè freddo. «So che questo non è il modo più professionale di gestire uno studio legale, quindi cercheremo un ufficio al più presto. Nel frattempo...»

«Davvero?» mi interruppe Lorna, evidentemente stupita dalla notizia.

«Sì, l'ho appena deciso.»

«Oh, bene. Credevo che la mia casa ti piacesse.»

«Non si tratta di questo. È un po' che ci penso. Insomma, il fatto di avere assunto Bullocks ci ha fatto crescere e ho l'impressione che sarebbe meglio avere un indirizzo ufficiale. Con il vantaggio che non dovrei più essere io ad andare dai clienti, ma sarebbero loro a venire da noi.»

«Per me va bene. Purché non debba aprire bottega prima delle dieci e possa venire al lavoro in pantofole. Il fatto è che mi ci sono abituata.»

Capii che si era offesa. In passato eravamo stati sposati per un breve periodo e riconoscevo i segni. Me ne sarei occupato in seguito, ora era arrivato il momento di concentrarci sulla difesa di Lisa Trammel.

«Parliamo di Lisa, adesso. Ho avuto un incontro privato con l'accusa questa mattina, dopo la nostra prima comparsa in tribunale, e non è stato un successo. Non è la prima volta che mi confronto con Andrea Freeman e so che è un tipo tosto. Se c'è da discutere su qualcosa, lei discute. Se c'è del materiale utile da arraffare, potete stare certi che se lo tiene stretto finché il giudice non le ordina di mollarlo. In un certo senso la ammiro, ma non quando mi capita di averla come avversario. La conclusione è che riuscire a cavarle qualcosa è come strapparle un dente.»

«Secondo te si arriverà al processo?» chiese Lorna.

«Dobbiamo presumere di sì» risposi. «Nel breve colloquio con la nostra cliente, Lisa ha espresso con molta chiarezza il desiderio di battersi. Sostiene di non aver commesso il fatto, il che significa niente patteggiamento, almeno per il momento. Quindi dobbiamo prepararci al processo, pur lasciando aperte altre strade.»

«Aspetta un attimo» disse Jennifer Aronson. «Mi hai scritto una mail ieri sera chiedendomi di guardare il video dell'interrogatorio. Non è stata l'accusa a dartelo?»

Aronson era una venticinquenne minuta con i capelli corti, acconciati per darle un'aria di raffinata trascuratezza. Portava degli occhiali con una montatura vintage che nascondevano parzialmente i luminosi occhi verdi e proveniva da una facoltà di legge che non strappava commenti compiaciuti agli snobboni degli uffici legali del centro. Ma quando l'avevo intervistata per il posto di associata, avevo intuito una determinazione alimentata in gran parte da sentimenti negativi. Voleva provare a quegli imbecilli che avevano torto. L'avevo assunta all'istante.

«Il dischetto con il video mi è stato dato dal detective che si occupa del caso e la Freeman non era affatto contenta che fosse finito nelle mie mani. Quindi non aspettiamoci altro. Se vogliamo qualcosa, dovremo chiederlo al giudice, oppure procurarcelo per conto nostro. E a questo punto entra in ballo Cisco. Raccontaci che cosa hai scoperto fino adesso, grand'uomo.»

Tutti si voltarono a guardare il mio investigatore, che era seduto su una sedia girevole di cuoio accanto a un caminetto pieno di piante in vaso. Era vestito di tutto punto oggi, il che voleva dire che portava una camicia sopra la t-shirt. Ma anche la camicia non serviva granché a nascondere i tatuaggi e la pistola. Con quei bicipiti sporgenti assomigliava più al buttafuori di un locale di spogliarello che a un investigatore esperto, con molte frecce al suo arco.

Mi ci era voluto parecchio tempo per superare l'idea che quella specie di armadio mi avesse sostituito nel rapporto con Lorna. Ma ormai mi ero abituato, senza contare che era l'investigatore migliore che avessi mai conosciuto. Quando era più giovane e faceva parte del club di motociclisti dei Road Saints, i poliziotti avevano cercato di incastrarlo due volte per spaccio di droga. Da allora era nata in lui una sfiducia totale nei confronti della polizia. C'è gente che ai poliziotti concede il beneficio del dubbio. Cisco no, e questo lo rendeva particolarmente efficace nel suo lavoro.

«D'accordo, vi farò due rapporti distinti. Il primo riguarda la scena del crimine, il secondo la casa della cliente, che ieri è stata perquisita dalla polizia per diverse ore. Comincio dalla scena del crimine.»

Senza l'aiuto di appunti, iniziò a descrivere nei dettagli tutto quello che aveva scoperto alla sede centrale della WestLand National. Mitchell Bondurant era stato sorpreso dal suo aggressore mentre usciva dall'auto per recarsi al lavoro. Era stato colpito in testa almeno due volte con un oggetto sconosciuto, probabilmente da dietro. Non c'erano ferite di tipo difensivo sulle mani o sulle braccia, a dimostrazione del fatto che era stato reso innocuo quasi subito. Una tazza di caffè rovesciata con la scritta Joe's Joe era stata trovata per terra accanto a lui, insieme con la sua ventiquattrore, che giaceva aperta vicino alla ruota posteriore.

«E cosa mi dici degli spari che qualcuno sostiene di aver udito?» chiesi.

«Credo che li abbiano interpretati come una specie di ritorno di fiamma prodotto da un'automobile.»

«E sarebbe successo per due volte?»

«A volte capita. Comunque hanno escluso l'ipotesi di una sparatoria.»

Continuò con il suo rapporto. I risultati dell'autopsia non erano ancora arrivati, ma secondo Cisco la causa della morte doveva essere stato il trauma conseguente ai colpi. L'ora della morte non era ancora stata definita, ma era compresa in un intervallo di tempo che andava dalle 8.30 alle 8.50. Bondurant aveva in tasca uno scontrino emesso da una caffetteria a quattro isolati di distanza su cui era registrata l'ora: le 8.20. I responsabili dell'indagine ritenevano che il tempo minimo per arrivare al garage fosse di nove minuti e la chiamata al 911 da parte dell'impiegato della banca che aveva trovato il corpo risaliva alle 8.52.

Quindi l'ora della morte si collocava in un intervallo temporale di venti minuti. Non era particolarmente lungo, ma quando si dovevano documentare i movimenti di un imputato per fornirgli un alibi, poteva diventare un'eternità.

La polizia aveva interrogato tutti quelli che avevano parcheggiato sullo stesso piano della vittima, oltre a quelli che lavoravano in banca nel settore di Bondurant. Durante gli interrogatori, il nome di Lisa Trammel era stato fatto molto presto e in modo ricorrente. A quanto pareva Bondurant aveva detto di sentirsi minacciato da lei. Il suo settore teneva un file in cui erano stati elencati gli individui potenzialmente pericolosi e lei era il numero uno della lista. Come sapevamo tutti, le era stata inflitta un'ordinanza restrittiva perché non si avvicinasse troppo alla banca.

Ma il vero successo per la polizia era stato quando un'impiegata aveva dichiarato di aver visto Lisa Trammel mentre si allontanava dall'edificio della WestLand sul Ventura Boulevard nell'arco di tempo in cui era stato commesso l'omicidio.

«Chi è questa testimone?» chiesi, desideroso di approfondire subito l'elemento di pericolo che mi sembrava di intravedere.

«Si chiama Margo Schafer ed è una cassiera. Secondo le mie fonti non ha mai avuto contatti con la Trammel. Non si occupa di prestiti, ma la foto di Lisa è circolata nei diversi settori dell'azienda quando la nostra cliente ha ricevuto l'ordinanza restrittiva. Tutti sono stati invitati a non avere rapporti con lei e a segnalarne l'eventuale presenza. È per questo che la Schafer l'ha riconosciuta.»

«E il luogo in cui l'ha vista era all'interno della proprietà della WestLand?»

«No, era sul marciapiede a mezzo isolato di distanza. A quanto pare si stava dirigendo verso est, in direzione opposta a quella della banca.»

«Sappiamo niente di questa Margo Schafer?»

«Per il momento no, ma mi sto informando.»

Annuii. Di solito non era necessario che dicessi a Cisco in quali ambiti approfondire le indagini. A questo punto passò alla seconda parte del suo rapporto, la perquisizione in casa di Lisa Trammel. Estrasse un documento da una cartelletta, poi riprese a parlare.

«Lisa Trammel si offrì volontariamente, per usare le parole della polizia, di accompagnare i detective alla divisione Van Nuys un paio d'ore dopo l'omicidio. I poliziotti sostengono di non averla arrestata fino alla conclusione dell'interrogatorio. Servendosi di affermazioni da lei fatte nel corso dell'interrogatorio stesso e del racconto della testimone oculare, Margo Schafer, i detective hanno ottenuto un mandato di perquisizione che ha permesso loro di passare al setaccio la casa della Trammel, dove hanno trascorso circa sei ore in cerca di prove, tra cui un'eventuale arma del delitto e un piano scritto, sia in versione digitale sia cartacea, per la realizzazione dell'omicidio.»

Abitualmente, la perquisizione deve svolgersi entro un preciso arco di tempo. Al termine la polizia deve compilare un documento da consegnare in tribunale con l'elenco di tutti gli oggetti prelevati. A questo punto è responsabilità del giudice esaminare ciò che è stato preso, per assicurarsi che la polizia abbia agito entro i limiti del mandato. Cisco aggiunse che i detective Kurlen e Longstreth avevano consegnato il documento quella mattina e che lui ne aveva già ottenuto una copia dagli ufficiali giudiziari. A questo punto quel foglio diventava essenziale, poiché né la polizia né l'accusa avevano condiviso con la difesa le informazioni in loro possesso. Andrea Freeman aveva alzato le barricate, ma il mandato di perquisizione e l'attestato finale erano atti pubblici e quindi non poteva impedire che venissero divulgati. Personalmente mi erano serviti a comprendere in che modo la procura stava elaborando il suo impianto accusatorio.

«Per ora è sufficiente che tu elenchi solo i punti salienti» gli dissi. «In seguito, però, voglio una copia di tutto l'incartamento.»

«Eccola qui.»

«Posso averne una anch'io?» intervenne Jennifer Aronson.

Cisco mi guardò, quasi a chiedermi il permesso. Fu un momento imbarazzante. Sembrava che mi stesse domandando se la ragazza faceva davvero parte della squadra o non era piuttosto una sorta di supporto momentaneo che avevo assunto per l'occasione.

«Certamente» confermai.

«D'accordo. Allora, cominciamo. Per quanto riguarda l'arma, sono andati in garage e hanno preso tutti gli attrezzi muniti di manico che sono riusciti a trovare sul banco di lavoro.»

«E quindi non sanno ancora quale sia l'arma del delitto.»

«Lo specificherà l'autopsia» osservò Cisco. «Bisognerà confrontare gli oggetti con le ferite, un'operazione che richiede tempo, ma ho messo sotto controllo l'ufficio del medico legale. Quando lo scopriranno, lo sapremo anche noi.»

«D'accordo. C'è dell'altro?»

«Hanno requisito il computer portatile, un MacBook Pro di tre anni fa, e vari documenti connessi con il pignoramento della casa. Ed è qui che il giudice potrebbe trovarsi in difficoltà, perché non hanno compilato l'elenco dei documenti, forse a causa del numero. Parlano solo di tre cartelline, rispettivamente intitolate *Stelle e Strisce*, *Pignoramento uno* e *Pignoramento due*.»

Immaginavo che i documenti riguardanti il possibile esproprio fossero quelli che le avevo dato io, mentre quelli relativi all'organizzazione, così come il computer, potessero contenere i nomi dei membri del gruppo, un elemento interessante per la polizia, nel caso si fosse fatta l'idea che ci fossero dei complici.

«Oltre a questo hanno preso il telefono cellulare e un paio di scarpe che hanno trovato in garage. Ma la ciliegina sulla torta è costituita dal diario. Si limitano a indicarlo, senza fornire ulteriori descrizioni. E tuttavia, se Lisa si è lasciata andare alle sue farneticazioni contro la banca o contro la vittima in particolare, allora potrebbe esserci un problema.»

«Glielo chiederò domani mattina, quando andrò a trovarla. Torniamo un attimo al telefono cellulare. Hanno indicato specificamente nella richiesta di mandato che volevano prendere il cellulare? Stanno per caso pensando a una sorta di cospirazione volta a eliminare Bondurant?»

«No, non si accenna a niente del genere, ma nella richiesta è scritto che Bondurant aveva ricevuto molte telefonate anonime di natura minacciosa nei giorni precedenti la sua morte. Probabilmente stanno cercando di appurare se riescono a collegarle a Lisa.»

Annuii. Era molto importante decifrare le mosse che la parte avversa stava compiendo contro la mia cliente.

«È anche possibile che abbiano richiesto un altro mandato per ottenere i tabulati telefonici» osservai.

«Domani verifico» disse Cisco.

«Bene. Nient'altro che riguardi il mandato?»

«Le scarpe. Nell'elenco della polizia c'è una voce che riguarda un paio di scarpe trovate nel garage. Non si spiega perché siano state prese, ci si limita a dire che erano scarpe da donna, concepite per il giardinaggio.»

«Ed è l'unico paio che compare nell'elenco?»

«A quanto pare sì. Non ce ne sono altre.»

«Hai qualche particolare su eventuali impronte trovate sulla scena del crimine?»

«Niente di niente.»

«Va bene.»

Ero sicuro che il motivo per cui avevano preso le scarpe sarebbe diventato noto a breve. La perquisizione è come una grande rete in cui la polizia cerca di intrappolare il maggior numero di pesci possibile, compatibilmente con i limiti stabiliti dal tribunale. A volte, però, questo significa che nella rete restano impigliati anche oggetti che non hanno niente a che vedere con il caso.

«Comunque la lettura della richiesta di perquisizione è abbastanza interessante, sempre che uno riesca a superare gli errori di ortografia e di grammatica. Si sono basati largamente sull'interrogatorio, che peraltro abbiamo già visto nel video che ti ha passato Kurlen.»

«Alludi alle cosiddette ammissioni?»

Mi alzai e iniziai a camminare avanti e indietro in mezzo alla stanza. Anche Lorna si alzò e prese il mandato di perquisizione dalle mani di Cisco per farne una copia. Sparì in un bugigattolo lì accanto, dove aveva organizzato il suo ufficio e dove c'era la fotocopiatrice.

Aspettai che tornasse e porgesse la copia del documento a Jennifer per riprendere a parlare.

«Ecco come ci muoveremo. Per prima cosa abbiamo bisogno di un ufficio che si possa definire tale, possibilmente vicino al tribunale di Van Nuys, dove stabilire il nostro quartier generale.»

«Vuoi che me ne occupi io, Mick?» chiese Lorna.

«Sì, grazie.»

«Vedrò di trovare qualcosa che abbia nelle vicinanze un parcheggio e qualche buon posticino dove andare a mangiare.»

«Sarebbe fantastico se riuscissimo ad andare a piedi in tribunale.»

«D'accordo. Per quanto tempo lo vuoi?»

Riflettei per qualche istante. Mi piaceva lavorare sul sedile posteriore della Lincoln. Provavo un senso di libertà che mi stimolava i processi mentali.

«Lo affitteremo per un anno. Poi staremo a vedere.»

Lanciai un'occhiata a Jennifer. Aveva la testa china e stava prendendo appunti su un taccuino.

«Bullocks, ho bisogno che ti occupi dei nostri attuali clienti e che risponda a quelli che ci contatteranno. La pubblicità radiofonica continuerà per tutto il mese quindi non mi aspetto un calo della normale attività. Oltre a questo ho bisogno di un aiuto nel caso Trammel.»

Alzò lo sguardo su di me e i suoi occhi si illuminarono alla prospettiva di occuparsi di un caso di omicidio a meno di un anno da quando aveva ottenuto la licenza per esercitare.

«Stai calma» le dissi. «Non sei ancora diventata il mio vice. Dovrai fare un sacco di lavoro sporco. Come te la cavavi in diritto penale all'università?»

«Ero la migliore del mio corso.»

«Naturalmente. Be', vedi la copia del mandato di perquisizione che hai in mano? Devi analizzarla fin nei minimi dettagli in cerca di omissioni, dichiarazioni false, insomma tutto quello che può essere utilizzato al fine di presentare una mozione per la non ammissibilità delle prove. Voglio che tutto quello che hanno requisito in casa di Lisa Trammel venga escluso dal processo.»

Jennifer Aronson deglutì visibilmente. In parte perché il compito che le avevo affidato era particolarmente arduo: un sacco di lavoro per un risultato incerto. In un processo era molto raro che le prove non venissero ammesse, ma io non intendevo lasciare nulla di intentato e Aronson aveva il suo piccolo territorio di cui occuparsi. Era abbastanza intelligente da saperlo e questa era una delle ragioni per cui l'avevo assunta. «Ricordati che stai lavorando a un caso di omicidio» le dissi. «Quanti dei tuoi compagni di corso possono dire lo stesso?»

«Molto probabilmente nessuno.»

«Esatto. La tua mossa successiva sarà quella di prendere il dischetto con il video dell'interrogatorio e di analizzarlo in modo minuzioso. Cerca un passo falso da parte della polizia, qualsiasi cosa possa servirci per togliere di mezzo anche quello. Mi sembra di ricordare che in questo senso la Corte Suprema ha emesso una sentenza l'anno scorso. Ne sei al corrente?»

«No... è la prima volta che ho a che fare con un procedimento penale.»

«Be', allora informati. Kurlen si è dato un gran daffare per accreditare la versione che Lisa si era sottoposta all'interrogatorio volontariamente. Ma se riuscissimo a dimostrare che è stata manipolata, potremmo sostenere che, manette o meno, è stata in arresto sin dall'inizio. Se ci riusciamo, tutto quello che ha detto prima che le leggessero i suoi diritti non avrà più alcun valore.»

«Va bene» rispose Jennifer, tenendo gli occhi fissi sugli appunti.

«Hai ben chiaro il tuo compito?»

«Sì.»

«Bene, allora dacci sotto, ma non dimenticare gli altri clienti. Sono loro a pagare i conti, almeno per il momento.»

Mi voltai verso Lorna.

«E questo mi ricorda che devi metterti in contatto con Joel alla IPG perché cominci a far girare la storia. L'intera faccenda perderà di interesse se ci sarà un patteggiamento, e quindi deve cercare di stringere un accordo prima. Digli che non ci interessa una seconda tranche consistente, preferisco che si concentri sulla prima. Abbiamo bisogno di fondi per la difesa.»

Joel Gotler era l'agente di Hollywood che mi rappresentava. Lo utilizzavo ogni volta che avevo per le mani una storia che poteva essere trasformata in un libro o in un film. Questa volta non avremmo aspettato che fosse Hollywood a cercarci, ci saremmo mossi per primi per portare a casa un contratto.

«Tenta di convincerlo» continuai. «In macchina ho il biglietto da visita di un produttore di *60 Minutes,* tanto per darti l'idea di quanto la storia stia montando.»

«Lo chiamerò» convenne Lorna. «So cosa dirgli.»

Smisi di camminare avanti e indietro per riflettere sugli aspetti che non avevamo ancora considerato e su quello che sarebbe stato il mio ruolo. Poi guardai Cisco.

«Vuoi che indaghi sulla testimone?» mi chiese.
«Esatto. E anche sulla vittima. Voglio un quadro completo di entrambi.»
La richiesta fu accompagnata da un ronzio acuto proveniente dal citofono posto sulla parete, accanto alla porta della cucina.
«Scusate, ma è il cancello principale» spiegò Lorna, senza accennare a muoversi.
«Non rispondi?» le chiesi.
«No, non aspetto nessuno e i tizi che mi portano la spesa conoscono la combinazione. Sarà un rompiscatole. Si aggirano nel quartiere come zombie.»
«Va bene, allora continuiamo. Quella che ci manca è un'ipotesi alternativa, un altro possibile assassino.»
La frase suscitò l'interesse generale.
«Se si arriva al processo, non sarà sufficiente scagliarsi contro le teorie dell'accusa. Abbiamo bisogno di una difesa aggressiva. Dobbiamo distogliere l'attenzione della giuria da Lisa.»
Lo sguardo di Jennifer, fisso su di me, mi faceva sentire come un professore della facoltà di legge.
«Dobbiamo puntare su una presunzione di innocenza. Se riusciremo a elaborare in modo credibile una teoria di questo tipo, potremo esser certi di vincere.»
Il citofono suonò di nuovo. Un ronzio, seguito da altri due, lunghi e insistenti.
«Insomma, basta» sbottò Lorna.
Si alzò con aria seccata e si diresse verso l'apparecchio, premendo il pulsante che attivava la comunicazione.
«Sì, chi è?»
«È questo lo studio legale di Mickey Haller?» chiese una voce femminile dal timbro familiare, che però non riuscii subito a identificare. Il volume dell'apparecchio era basso e il suono aveva una vibrazione metallica. Lorna si voltò a guardarci con un'espressione perplessa. Il suo indirizzo non era stato inserito in nessuno degli spot pubblicitari e quindi come aveva fatto a trovarlo la donna che aveva appena suonato?
«Sì, ma riceviamo solo dietro appuntamento» rispose poi.

«Se vuole fissare un incontro con l'avvocato Haller, posso darle il nostro numero di telefono.»

«La prego, sono una sua cliente e ho bisogno di parlargli immediatamente. Mi chiamo Lisa Trammel.»

Fissai il citofono come se fosse collegato direttamente con la prigione di Van Nuys, dove Lisa avrebbe dovuto essere. Poi guardai Lorna.

«Sarà meglio aprire» le dissi.

6

Lisa Trammel non era sola. Quando Lorna aprì la porta, la mia cliente entrò in compagnia di un uomo che avevo già visto in tribunale durante l'udienza preliminare. Era seduto nella prima fila della galleria e l'avevo notato perché non aveva l'aspetto né di un avvocato né di un giornalista. Sembrava piuttosto appartenere al mondo di Hollywood. Ma non la Hollywood luccicante, l'incarnazione del successo, quanto l'altra, quella che il successo lo stava ancora cercando. In testa esibiva una pessima tintura, ma poteva anche trattarsi di un parrucchino, con pizzetto abbinato e doppio mento cadente. Aveva l'aria di un sessantenne che tentava con scarso successo di dimostrarne quaranta. Portava una giacca sportiva di cuoio nero su un pullover dolcevita marrone. Dal collo gli pendeva una catena d'oro a cui era appeso un ciondolo con il simbolo della pace. Chiunque fosse, sospettavo che forse era responsabile del fatto che Lisa girasse libera.

«Be', o sei scappata di prigione o hai pagato la cauzione» le dissi. «Mi sa che si tratta della seconda ipotesi.»

«Ci hai azzeccato» confermò Lisa. «Buongiorno a tutti. Vi presento Herbert Dahl, mio amico e benefattore.»

«Benefattore?» ripetei. «Vuol dire che ha pagato lei la cauzione?»

«Si tratta di un prestito» spiegò Dahl. «Garantito con il versamento del dieci per cento del totale.»

«So come funziona. E a chi ha chiesto il prestito?»

«A un certo Valenzuela, che ha sede proprio accanto alla prigione. Decisamente comodo. Tra l'altro sostiene di conoscerla.»

«È vero.»

Rimasi in silenzio per un attimo, chiedendomi come procedere, ma Lisa si intromise subito.

«Herb è un eroe. È stato lui a portarmi via da quell'orribile luogo. Ora sono libera di collaborare con voi per smascherare le bugie dell'accusa.»

Aveva già avuto a che fare con Jennifer Aronson, ma mai con Lorna o con Cisco. Si avvicinò e porse loro la mano, presentandosi, come se fosse un giorno qualsiasi in cui, terminati i convenevoli, ci saremmo subito messi al lavoro. Cisco mi lanciò un'occhiata a significare: "Cosa sta succedendo?". Mi strinsi nelle spalle perché non ne avevo la minima idea.

Lisa non aveva mai menzionato Herb Dahl, anche se l'uomo le era abbastanza amico da essere disposto a elargire duecentomila dollari sull'unghia per procurarle il denaro della cauzione. La cosa non mi sorprendeva, così come il fatto che non si fosse offerto con altrettanta sollecitudine di pagare i costi della difesa. E non mi sorprendeva nemmeno che Lisa fosse piombata in casa di Lorna con quell'aria di grande efficienza. Lisa era abilissima a tenere sotto controllo la sua emotività in presenza di estranei. Avrebbe incantato anche un serpente; chissà se Herb Dahl sapeva quello che lo aspettava. Forse si immaginava di essere lui a guidare il ballo, mentre in realtà era lei a manipolarlo.

«Lisa, ti spiace se andiamo nell'ufficio di Lorna a scambiare due parole in privato?»

«Penso che Herb debba sentire tutto quello che hai da dirmi. Ha intenzione di girare un documentario sul caso.»

«Be', dovrà fare a meno di assistere alla nostra conversazione perché tutte le comunicazioni tra te e il tuo avvocato sono riservate e confidenziali. Nel caso venisse convocato come testimone sarebbe costretto a riferire tutto quello che ha visto o sentito.»

«Oh... e non c'è un modo di inserirlo nel team legale?»

«Lisa, è meglio che tu venga con me. Ce la sbrigheremo in fretta» ripetei, indicando la stanza, e a quel punto lei si avviò.

La seguii all'interno e mi chiusi la porta alle spalle. Nel locale c'erano due scrivanie, una per Lorna e una per Cisco. Presi una sedia, la piazzai davanti a quella di Lorna e ci feci sedere Lisa, poi mi accomodai dall'altra parte.

«È strano questo ufficio» osservò lei. «Sembra una casa, più che un luogo di lavoro.»

«È una sede temporanea. Parliamo di questo tuo eroe, Lisa. Da quanto tempo lo conosci?»

«Da un paio di mesi, più o meno.»

«E dove l'hai incontrato?»

«Sui gradini del tribunale. È venuto a una delle manifestazioni di protesta del nostro gruppo. Ha detto che era interessato al movimento dal punto di vista cinematografico.»

«Davvero? Quindi sarebbe un regista?»

«Non proprio, diciamo che il suo ruolo abituale è più vicino a quello di un produttore. Ha molto successo. Si occupa anche di diritti cinematografici e editoriali. Sarà lui a gestire le trattative se qualcuno si farà avanti. Questo caso è destinato a far parlare di sé. In prigione mi hanno detto che ben trentasei giornalisti avevano chiesto di intervistarmi. Ovviamente non mi hanno lasciato parlare con nessuno, a parte Herb.»

«Herb è venuto a trovarti anche in prigione? Caspita, che accanimento!»

«Dice che quando si imbatte in una buona storia non si ferma davanti a niente. Ti ricordi di quella ragazzina che ha vissuto per una settimana sul pendio di una montagna, dopo che suo padre era uscito di strada, morendo nell'incidente? Be', è riuscito a farne fare un film per la televisione.»

«Sono molto colpito.»

«Già, è un uomo di successo.»

«Questo l'hai già detto. Quello che vorrei sapere è se hai stretto qualche tipo di accordo con lui.»

«Sì. Divideremo a metà gli introiti di ogni contratto, dopo aver detratto le sue spese, così potrà riprendersi gli interessi sulla cauzione. Mi sembra giusto. Lui è convinto che faremo un mucchio di soldi. Forse riuscirò a tenermi la casa, Mickey!»

«Hai firmato qualcosa? Avete un accordo scritto?»

«Oh, sì. Abbiamo fatto le cose per bene. Dovrà per forza darmi la mia parte.»

«Ne sei sicura? Non hai fatto vedere il contratto al tuo avvocato.»

«Be'... no. Ma Herb dice che la formulazione è standard. Insomma, la solita tiritera legale. Comunque l'ho letto da cima a fondo.»

Su questo non avevo dubbi, pensando a come si era comportata quando le avevo dato i contratti da firmare.

«Posso vederlo, Lisa?»

«L'ha tenuto Herb, devi chiederlo a lui.»

«Lo farò. Per caso gli hai parlato degli accordi che ci sono tra noi?»

«Di che accordi stai parlando?»

«Dei contratti che hai firmato ieri alla stazione di polizia, non ricordi? Uno riguardava l'incarico di rappresentarti nel corso del procedimento penale, mentre gli altri mi davano il mandato di negoziare la vendita dei diritti derivanti dalla tua storia, in modo da poter finanziare la tua difesa. Ricordi di aver firmato un foglio in cui mi concedevi un diritto di ritenzione?»

Lisa non rispose.

«Ho tre persone là fuori, l'hai visto anche tu, tutte impegnate a lavorare sul tuo caso. Finora non ci hai dato un penny, ma ogni settimana io devo versare loro uno stipendio, oltre a pagare le spese generali. Ecco perché nei contratti che hai firmato ieri mi autorizzavi a trattare per tuo conto la vendita dei diritti cinematografici e editoriali.»

«Oh... quella parte non l'ho letta.»

«Voglio chiederti una cosa. Per te è più importante avere la migliore difesa possibile per sfidare la sorte e riconquistare la libertà, o concludere un accordo per pubblicare un libro o realizzare un film?»

Lisa aggrottò la fronte, poi sviò rapidamente la domanda.

«Ma non capisci, io sono innocente.»

«No, sei tu che non capisci. Il fatto che tu sia innocente non conta in questo contesto. Quello che conta è che io riesca a dimostrarlo in tribunale. Sono io il tuo eroe, Lisa, e non Herb Dahl con la sua giacca di pelle e il simbolo della pace appeso al collo.»

Rimase in silenzio a lungo prima di rispondere.

«Non posso, Mickey. Mi ha appena tirato fuori di prigione. Gli sono costata duecentomila dollari; dovrà ben recuperarli.»

«Già, mentre i membri della tua difesa muoiono di fame.»

«Fidati, Micky, avrai i tuoi soldi. Mi spetta la metà di tutto. Ti pagherò.»

«Sì, dopo che si sarà ripreso i suoi duecentomila più le spese, che non si sa a quanto ammonteranno.»

«Dice di aver portato a casa mezzo milione di dollari per uno dei dottori di Michael Jackson. E si trattava solo di un intervista su un tabloid, mentre noi possiamo puntare a un film!»

Sentivo che ero sul punto di perdere la mia battaglia. Sulla scrivania, Lorna aveva un giocattolo antistress, uno di quei martelletti che usano i giudici, un prototipo che per un po' avevamo pensato di far riprodurre a scopo promozionale, con i dati dello studio stampati sul lato. Lo afferrai e lo strinsi forte, immaginandomi di avere tra le mani il collo di Herb Dahl.

Dopo qualche istante, la rabbia si placò. Quell'oggetto funzionava. Mi annotai mentalmente di invitare Lorna a proseguire con il progetto. Li avremmo distribuiti nelle finanziarie che si occupavano di concedere prestiti e nei mercatini.

«D'accordo» dissi. «Ne parleremo più tardi. Ora dobbiamo tornare di là. Devi congedare Herb perché dobbiamo parlare del tuo caso e non possiamo farlo in presenza di persone che non rientrano nella cerchia dei privilegiati. Più tardi lo chiamerai per dirgli di non muovere un dito senza la mia approvazione. Hai capito?»

«Sì.»

All'improvviso aveva un'aria umile e mite.

«Vuoi che gli dica io di andarsene o preferisci farlo tu?»

«Sarei più contenta se ci pensassi tu.»

«Non c'è problema. Be', penso che a questo punto sia tutto chiaro.»

Tornammo in soggiorno proprio mentre Dahl stava finendo di raccontare qualcosa.

«...e questo accadde prima che girasse il *Titanic*!»

A questo punto scoppiò a ridere, non imitato dagli altri, che evidentemente non riuscivano ad afferrare il suo spirito. Troppo hollywoodiano per loro.

«Dunque, Herb, ora dobbiamo rimetterci al lavoro e non possiamo farlo in presenza di estranei» gli dissi. «La accompagno fuori.»

«Ma come farà Lisa a tornare a casa?»

«Non si preoccupi, ci penseremo noi.»

Ebbe un attimo di esitazione e lanciò un'occhiata alla donna, come in cerca di aiuto.

«Va tutto bene, Herb» lo rassicurò lei. «Dobbiamo parlare del caso. Ti chiamerò appena arrivo a casa.»

«Me lo prometti?»

«Prometto.»

«Mick, posso accompagnarlo io, se vuoi» si offrì Lorna.

«Ti ringrazio, ma devo andare in macchina comunque.»

Dopo i saluti di rito io e Dahl uscimmo. Ogni appartamento aveva un'uscita che dava direttamente sull'esterno e noi ci avviammo lungo un viottolo che portava al cancello principale, che si apriva su Kings Road. Notai un pacco di elenchi telefonici, forse appena recapitato, che era stato lasciato sotto la cassetta delle lettere e lo usai per bloccare il cancello perché non si chiudesse.

Ci incamminammo verso la mia auto, parcheggiata lungo il marciapiede di fronte. Rojas era appoggiato alla carrozzeria, in corrispondenza della ruota anteriore, e stava fumando una sigaretta.

«Rojas» lo chiamai. «Puoi aprirmi il baule, per favore?»

Lui allungò una mano all'interno della vettura e fece scattare la serratura. Dissi a Dahl che volevo dargli una cosa e lui mi seguì.

«Non avrà intenzione di ficcarmi lì dentro, vero?»

«Direi di no, Herb, ma c'è qualcosa che voglio farle vedere.»

Quando arrivammo alla macchina, spalancai il portellone posteriore.

«Caspita, che organizzazione» esclamò, guardando le scatole che contenevano i fascicoli.

Non risposi, ma afferrai la cartellina con i contratti ed estrassi quelli che Lisa aveva firmato il giorno prima. Poi girai attorno all'auto e ne feci delle copie con l'apparecchio multifunzione situato sul sedile anteriore. Porsi le copie a Dahl e tenni gli originali.

«Li legga quando ha tempo.»

«Che cosa sono?»

«Sono i contratti di rappresentanza stipulati con Lisa. La solita tiritera legale. C'è anche una procura e un documento che mi concede il diritto di ritenzione su ogni tipo di entrata derivante dal suo caso. Li ha firmati ieri, come potrà verificare dalla data. Il che significa che qualsiasi contratto abbia firmato successivamente non è valido. Controlli bene la parte scritta in caratteri più piccoli. Vedrà che mi cede la gestione di tutte le cessioni derivanti dalla sua storia, libri, film, televisione, tutto.»

Notai che il suo sguardo si era indurito.

«Aspetti un attimo...»

«No, Herb, aspetti lei. Lo so che ha appena dovuto sborsare un bel pacco di quattrini per ottenere il prestito, senza contare quello che le è costato andare a prelevarla in prigione. Mi rendo conto che è stato un grosso investimento e vedrò di farle riavere i suoi soldi. Ma lei arriva per secondo, amico. Le conviene farsene una ragione e mettersi in coda. E non prenda iniziative senza parlarne prima con me.» Poi, tanto per sottolineare il concetto, diedi un colpetto al contratto che avevo in mano.

«Se non fa come le ho detto, le converrà cercarsi un avvocato, e anche in gamba. La farò rinchiudere per due anni e non vedrà un centesimo dei duecentomila che ha anticipato.»

A questo punto sbattei la portiera dell'auto con un gesto enfatico.

«Buona giornata» conclusi.

Lo lasciai lì e mi portai davanti al baule per rimettere al loro posto i documenti originali. Quando chiusi il portellone notai che una lieve traccia della scritta fatta dai graffitari persisteva, nonostante la vernice fosse stata cancellata. Il marchio della gang, *Florencia 13*, sarebbe rimasto impresso per sempre.

Oltrepassai Dahl che, immobile sul marciapiede, stava leggendo i contratti. Arrivato al cancello, presi un elenco telefonico dalla pila che lo teneva aperto e lo aprii a una pagina qualsiasi. La pubblicità del mio studio era lì, in bella vista, con la mia faccia sorridente in un angolo.

DIFENDETE LA VOSTRA CASA
NON LASCIATE CHE VE LA PIGNORINO
SENZA DAR BATTAGLIA

Studio legale Michael Haller e Soci

Telefonate al numero:
323-988-0761
O visitate il sito:
www.dallavostraparte.com
Se habla español

Controllai qualche altra pagina a caso per essere sicuro che l'annuncio fosse stato pubblicato su tutte, come da accordi, e lasciai cadere l'elenco sulla pila. Non sapevo nemmeno in quanti utilizzassero ancora l'elenco telefonico, ma comunque il mio messaggio era lì.

Quando tornai a casa di Lorna, mi aspettavano tutti in silenzio. L'arrivo di Lisa e del suo benefattore aveva suscitato una buona dose di imbarazzo, così cercai di sistemare le cose perché il gruppo ritrovasse la sua compattezza.

«Bene, adesso ci conosciamo tutti. Lisa, quando sei arrivata stavamo discutendo su come procedere e quali strategie adottare. Sarebbe stato meglio che ci fossi stata anche tu ma, francamente, ero quasi sicuro che non saresti uscita di prigione finché non fosse stato emesso un verdetto di non colpevolezza. Ma ora che sei qui, sono felice di coinvolgerti. C'è niente che ritieni di dover dire ai presenti?»

Mi sembrava di essere uno psicanalista impegnato in una terapia di gruppo, ma Lisa si rianimò all'idea di tenere banco.

«Sì, tanto per cominciare voglio ringraziarvi per tutto quello che state facendo per me. So che in un processo non è tanto importante che uno sia colpevole o innocente. Quello che conta sono le prove che si riescono a portare. Capisco il punto, ma penso che, almeno una volta, valga la pena di sentire quello che sto per dirvi. Non ho commesso quello di cui mi accusano. Non ho ucciso il signor Bondurant. Spero che mi crediate e che al processo riusciremo a provarlo. Ho un figlio piccolo, che ha un gran bisogno di stare con sua madre.»

Nessuno rispose, ma tutti annuirono con aria compunta.

«D'accordo» intervenni. «Prima del tuo arrivo ci stavamo assegnando i compiti: chi fa che cosa e via dicendo. Ora mi piacerebbe includere anche te nella suddivisione.»

«Ben volentieri, se c'è qualcosa che posso fare.»

Se ne stava seduta dritta sul bordo della sedia.

«I poliziotti hanno passato parecchie ore a casa tua dopo il tuo arresto. L'hanno frugata da cima a fondo e, forti dell'autorità che il mandato di perquisizione concedeva loro, hanno portato via alcuni oggetti da utilizzare come possibili prove. Abbiamo un elenco, che vorrei farti controllare. Tra gli altri, hanno prelevato anche il tuo computer portatile e tre cartellette denominate *Stelle e Strisce*, *Pignoramento Uno* e *Pignoramento Due*. A questo punto entri in gioco tu. Quando ci verrà assegnato un giudice, gli sottoporremo una mozione per chiedere che ci venga concesso di esaminarli, ma fino a quel momento ho bisogno che tu cerchi di specificare con una certa precisione quello che contenevano. In altre parole, che cosa c'è in quei documenti che ha attirato l'attenzione della polizia al punto da farli requisire?»

«Be', posso cercare di ricostruirlo. Comincerò stasera stessa.»

«Grazie. C'è un'altra cosa che voglio chiederti. Il fatto è che, se si arriva al processo, non devono esserci sorprese. Non voglio che nessuno sbuchi fuori all'improvviso o...»

«Perché hai detto se?»

«Scusa...»

«Hai detto: "Se si arriva al processo". Non capisco quel "se".»

«Mi è sfuggito, non è stato intenzionale. Comunque, tanto

perché tu lo sappia, un bravo avvocato di difesa ascolta sempre quello che gli offre l'accusa, perché spesso nel corso del negoziato ha modo di farsi un'idea della strategia della controparte. È un motivo in più per non rifiutare un colloquio.»

«Capisco, ma lo dico una volta per tutte, non ho nessuna intenzione di confessare qualcosa che non ho commesso. C'è un omicida che gira libero là fuori, mentre io devo subire tutto questo. La notte scorsa non sono riuscita a chiudere occhio. Continuavo a pensare a mio figlio. Non potrei più guardarlo in faccia se ammettessi di essere colpevole, mentre sono assolutamente innocente.»

Per un attimo mi parve che stesse per mettersi a piangere, ma poi riuscì a trattenersi.

«D'accordo» dissi con voce pacata. «E ora, Lisa, l'altra cosa di cui vorrei parlare è tuo marito.»

«Perché?»

Si irrigidì all'istante e capii che ci stavamo addentrando in un territorio impervio.

«Non sappiamo quasi niente di lui. Quando è stata l'ultima volta che l'hai sentito? C'è la possibilità che tutt'a un tratto si faccia vivo e ci causi dei problemi? Potrebbe testimoniare contro di te, citando altri episodi in cui magari hai dato sfogo a sentimenti di vendetta? Dobbiamo sapere a cosa andiamo incontro. Che poi si verifichi o meno è un'altra faccenda. Ma non possiamo ignorare l'esistenza di un eventuale pericolo.»

«Credevo che un coniuge non potesse essere chiamato a testimoniare.»

«No, non è così. Si può chiedere che un testimone venga escluso, ma nel caso specifico non c'è nessuna certezza che la richiesta venga accettata, soprattutto ora che non vivete più insieme. Hai idea di dove si trovi tuo marito al momento?»

Forse avevo barato un po' nel descriverle la situazione, ma era importante che mi mettessi in contatto con l'uomo per conoscere le dinamiche del loro matrimonio e capire se avrebbe potuto trasformarsi in un nemico. I coniugi separati sono come delle schegge impazzite, non si sa mai quali sorprese possano riservare. Forse si sarebbe riusciti a impedire che il marito testimoniasse in tribunale, ma non si poteva evitare che collaborasse con l'accusa fuori dall'aula.

«No, ne ho perso le tracce» rispose Lisa. «Ma presumo che prima o poi si farà vivo.»

«Perché?»

Alzò le mani con i palmi verso l'alto, come a dire che la risposta era ovvia.

«Perché ci sono di mezzo i soldi. Se guarda la televisione o legge i giornali e capisce quello che sta succedendo, si farà vivo certamente. Ci puoi contare.»

Era una risposta strana, come se suo marito avesse avuto l'abitudine di chiedere soldi, mentre sapevo che, ovunque fosse, ne stava spendendo molto pochi.

«Non mi hai detto che ha superato il limite della carta di credito in Messico?»

«Esatto, a Rosarito Beach. Ho dovuto annullarla, anche se era l'unica carta che avevamo, ma non mi sono resa conto che, eliminandola, non sarei più riuscita a rintracciarlo. E quindi non so dove si trovi.»

Cisco si schiarì la gola e intervenne.

«E non avete avuto contatti di altro tipo? Telefonate, mail, messaggi?»

«All'inizio c'è stato un breve scambio di mail, poi più nulla, finché non ha chiamato il giorno del compleanno di Tyler. Sei settimane fa.»

«E tuo figlio non gli ha chiesto dov'era?»

Lisa ebbe un attimo di esitazione prima di rispondere di no. Non era molto abile a mentire, così capii subito che c'era dell'altro.

«Dimmi a cosa stai pensando» le ordinai.

Lei rimase in silenzio, poi si arrese.

«Mi giudicherete una pessima madre, ma non gli ho passato Tyler. Abbiamo cominciato a litigare e io ho riattaccato. Mi sono subito sentita in colpa, ma non ho potuto richiamarlo perché il suo era un numero nascosto.»

«Così ha un cellulare?» le chiesi.

«Non so. Una volta ce l'aveva, ma il numero è fuori servizio da un po'. Quindi, o si è fatto prestare un telefono o ha un nuovo numero che si è ben guardato dal darmi.»

La storia di questo disastro coniugale aveva incupito tutti. Dopo un po' ripresi a parlare.

«Lisa, se ti contatta di nuovo, fammelo sapere subito.»

«Certamente.»

Mi voltai verso Cisco. Ci scambiammo un'occhiata muta, ma molto esplicita, e il mio investigatore capì perfettamente che gli stavo chiedendo di prendere informazioni sul marito itinerante della mia cliente. Non avevo nessuna voglia che sbucasse dal nulla nel bel mezzo del processo.

«Ancora un paio di cose, Lisa, poi avremo abbastanza elementi per cominciare.»

«Va bene.»

«Quando la polizia ha perquisito la tua casa ha preso anche altri oggetti di cui non abbiamo parlato. Uno è stato descritto come un diario. Puoi dirci di cosa si tratta?»

«Sì, stavo scrivendo un libro. Un libro sul mio percorso.»

«A quale percorso ti riferisci?»

«Al mio percorso interiore. Quello che ho compiuto da quando è cominciato il mio calvario. Il movimento, il fatto di aiutare la gente a battersi per non perdere la propria casa.»

«Quindi era una sorta di cronaca delle manifestazioni di protesta e via dicendo?»

«Esatto.»

«Ricordi se per caso hai citato Mitchell Bondurant da qualche parte?»

Abbassò il capo mentre si frugava nella memoria.

«Non mi pare, ma non lo escludo. Dopotutto era la persona che stava a monte di ogni decisione.»

«Hai mai accennato al desiderio di fargli del male?»

«No, di questo sono sicura. E comunque io non gli ho fatto proprio niente! Non sono stata io, te l'ho già detto!»

«Non è questo che mi interessa. Sto cercando di capire quali sono le prove che hanno raccolto contro di te. Quindi mi stai dicendo che questo diario non contiene niente che potrebbe costituire un problema, è così?»

«Esatto. Non c'è niente di pericoloso lì dentro.»

«Bene, sono contento.»

Guardai gli altri membri del gruppo. La schermaglia verbale con Lisa mi aveva fatto dimenticare quello di cui volevo ancora parlare, ma Cisco me lo suggerì prontamente.

«Non le chiedi della testimone?»

«Giusto. Ieri mattina al momento dell'omicidio di Bondurant non eri per caso vicino alla sede della WestLand National a Sherman Oaks?»

Attese un attimo prima di rispondermi, il che mi fece capire che c'erano delle complicazioni.

«Allora?»

«Mio figlio va a scuola a Sherman Oaks. Io lo accompagno in macchina tutte le mattine e passo davanti all'edificio.»

«Ho capito, quindi anche ieri ci sei passata. A che ora, più o meno?»

«Ma... potevano essere le otto meno un quarto.»

«Quando l'hai portato. Ma dopo che l'hai lasciato hai percorso la stessa strada in senso inverso?»

«Sì, come quasi tutti i giorni.»

«Concentrati su quello che hai fatto ieri, il resto non mi interessa. Sei passata davanti alla banca?»

«Sì, penso di sì.»

«Non te lo ricordi?»

«Certo che me lo ricordo. Ho preso il Ventura Boulevard fino a Van Nuys, poi ho proseguito verso la superstrada.»

«Sei tornata subito dopo aver lasciato Tyler o hai fatto qualcos'altro nel frattempo?»

«Mi sono fermata a prendere un caffè, poi mi sono diretta verso casa.»

«A che ora?»

«Non saprei dire, non ho guardato l'orologio. Poteva essere intorno alle otto e mezza.»

«Per caso sei scesa dalla macchina in prossimità della WestLand National?»

«No, certo che no.»

«Sei sicura?»

«Sì. Se fosse successo me lo ricorderei, non credi?»
«Va bene. E dove ti sei fermata a prendere il caffè?»
«Da Joe's Joe, tra Ventura Boulevard e Woodman Avenue. È il posto dove vado sempre.»
La risposta mi diede da pensare. Guardai Cisco, poi Jennifer. Cisco mi aveva detto che, al momento dell'aggressione, Mitchell Bondurant aveva in mano un bicchiere di carta con la scritta Joe's Joe. Decisi di non chiedere a Lisa se nel locale avesse visto Bondurant o avesse interagito con lui. Come suo difensore ero in qualche modo vincolato da quello che sapevo. Se lei mi avesse detto che non solo l'aveva visto, ma aveva persino scambiato qualche parola con lui, avrei dovuto insistere perché non cambiasse la sua versione se fosse stata chiamata a testimoniare.
Dovevo stare attento alle domande che le ponevo in questa fase preliminare, per evitare di ottenere delle informazioni che mi avrebbero condizionato in tempi successivi. Certo, si trattava di una contraddizione. Il mio compito era quello di raccogliere quanti più dati possibile, eppure c'erano cose che in questa fase preferivo non sapere. A volte un eccesso di informazioni può costituire un limite, mentre un po' di disinformazione allarga i confini entro cui costruire una strategia di difesa.
Jennifer Aronson mi stava fissando, come se si stesse chiedendo perché non ponevo a Lisa la domanda che tutti si aspettavano, ma io mi limitai a tranquillizzarla con un cenno del capo. Le avrei spiegato in seguito le ragioni del mio comportamento, una lezione che non le avevano certo insegnato all'università.
«Per oggi basta» dissi a Lisa, alzandomi. «Ci hai dato molto materiale su cui riflettere. Il mio autista ti accompagnerà a casa.»

7

Aveva quattordici anni, ma a cena voleva ancora i pancakes. Di solito mia figlia e io ci sedevamo in un séparé del Du-par, a Studio City. Era il nostro rito del mercoledì sera. E anche quella sera, dopo che ero andato a prenderla dalla madre, ci fermammo a mangiare prima di andare a casa mia. Lì, nel séparé, lei iniziò a fare i compiti e io mi misi a lavorare sui miei casi. Era una routine che mi stava particolarmente a cuore.

Gli accordi ufficiali prevedevano che io tenessi Hayley tutti i mercoledì sera e un fine settimana ogni due. Natale e il giorno del Ringraziamento toccavano alternativamente a me e a sua madre. Questo per quanto riguardava l'ufficialità, ma nell'ultimo anno le cose erano andate migliorando, tanto che spesso ci ritrovavamo tutti e tre. Natale, per esempio, l'avevamo passato insieme, come una vera famiglia, e a volte la mia ex moglie si univa a noi nel rito dei pancakes, un evento a cui tenevo particolarmente.

Ma quella sera eravamo solo Hayley e io. Il mio compito era quello di visionare i risultati dell'autopsia di Mitchell Bondurant, oltre a una serie di fotografie scattate nel corso dell'esame e altre che ritraevano il corpo al momento del ritrovamento nel garage della banca. Me ne stavo appoggiato allo schienale della panca per essere certo che né mia figlia né gli altri avventori riuscissero a sbirciare quelle immagini raccapriccianti, così lontane dalla dolcezza dei pancakes.

Nel frattempo, Hayley stava studiando scienze, in particolare il processo di combustione e i cambiamenti di stato della materia.

Quello che Cisco mi aveva riferito era esatto. L'esame autoptico aveva concluso che Bondurant era morto per un'emorragia cerebrale causata dalle molteplici ferite alla testa.

I punti di impatto erano tre. Il documento conteneva anche un disegno della testa della vittima, in cui risultava che i tre punti erano così vicini che una tazza da tè rovesciata li avrebbe coperti tutti.

Il disegno mi mise in agitazione. Tornai alla prima pagina del protocollo, che conteneva una descrizione della vittima. Mitchell Bondurant era alto più di un metro e ottanta e pesava quasi novanta chili. Non avendo le misure di Lisa Trammel a portata di mano chiamai il numero del cellulare che Cisco le aveva allungato quella mattina, visto che il suo era stato requisito dalla polizia. Era di vitale importanza riuscire a contattare un cliente in qualsiasi momento.

«Lisa, sono Mickey. Ho solo bisogno di sapere quanto sei alta.»

«Che cosa? Scusa Mickey, ma in questo momento sto cenando con degli amici.»

«Dimmi solo quanto sei alta, poi ti lascio andare. Ti prego solo di non barare. Cosa c'è scritto sulla carta d'identità?»

«Un metro e cinquantasette, mi pare.»

«Pensi che sia esatto?»

«Sì, perché?»

«Non importa. Torna alla tua cena. Buonanotte, Lisa.»

Riattaccai e scrissi il numero che mi aveva dato sul taccuino che avevo messo sul tavolo. Accanto vi notai anche l'altezza di Bondurant. Insomma, la vittima superava di quasi trenta centimetri la sua presunta assassina, ma i colpi che ne avevano determinato la morte erano stati inferti sulla cima della testa. Dal punto di vista della fisica dei corpi la cosa non funzionava e se, da una parte, era un tipo di problema su cui una giuria poteva rompersi la testa per poi decidere in maniera del tutto autonoma, dall'altra offriva alla difesa una via d'uscita decisamente interessante. Per farla breve, com'era possibile che la piccola Lisa Trammel avesse colpito proprio in quel punto Mitchell Bondurant, che era tanto più alto di lei?

Naturalmente la risposta dipendeva dalle dimensioni dell'arma e da qualche altro dettaglio, come la posizione della vittima. Se al momento dell'aggressione si fosse curvata, allora il ragionamento non filava più. Ma era una cosa da tener presente. Aprii rapidamente una delle cartelline sul tavolo ed estrassi l'elenco degli oggetti prelevati dalla polizia a casa di Lisa Trammel.

«A chi hai telefonato?» mi chiese Hayley.

«A una mia cliente. Volevo sapere quanto era alta.»

«E come mai?»

«Perché la sua altezza è importante per stabilire se davvero ha potuto commettere il crimine di cui l'accusano.»

Controllai il documento che avevo in mano. Sulla lista figurava un unico paio di scarpe, indicate come calzature da giardino. Niente tacchi alti o zeppe o modelli di altro genere. Ovviamente i detective avevano effettuato la perquisizione prima che fosse eseguita l'autopsia, ma la suola delle scarpe da giardino doveva essere priva di tacco. Se stavano suggerendo che Lisa le aveva addosso la mattina dell'omicidio, allora Bondurant l'avrebbe sovrastata di una trentina di centimetri, sempre che fosse stato in piedi al momento dell'aggressione.

Era una buona notizia, tanto che sottolineai tre volte le due diverse altezze sul mio taccuino. Ma poi cominciai a pensare al perché avessero preso quell'unico paio di scarpe. L'elenco non ne spiegava la ragione, ma il mandato di perquisizione autorizzava la polizia a prelevare tutto quello che poteva essere stato utilizzato per compiere il delitto. Gli agenti si erano concentrati proprio su quel paio, ma il perché restava ancora un mistero.

«La mamma dice che ti stai occupando di un caso importante.»

Guardai mia figlia. Non mi parlava spesso del mio lavoro, forse perché alla sua età la realtà era bianca o nera, senza zone grigie. La gente era buona o cattiva, e io, per vivere, rappresentavo i cattivi. Quindi non c'era molto altro da dire.

«Davvero? Be', sta attirando molta attenzione.»

«È con lei che stavi parlando, con la donna che ha ucciso l'uomo che voleva portarle via la casa?»

«Per il momento l'hanno solo accusata di averlo ucciso, non è stata condannata. Comunque era lei.»

«E perché hai bisogno di sapere quanto è alta?»

«Vuoi saperlo davvero?»

«Mmm.»

«Bene, sostengono che abbia ucciso un uomo molto più alto di lei, colpendolo sulla cima della testa con un corpo contundente. Volevo capire se la cosa era possibile.»

«E quindi Andy deve riuscire a provarlo.»

«Andy?»

«Sì, l'amica della mamma. La mamma dice che rappresenta l'accusa.»

«Intendi Andrea Freeman? Una signora di colore con i capelli molto corti?»

«Sì, proprio lei.»

Così era diventata *Andy.* E lei che sosteneva di conoscere la mia ex moglie solo superficialmente!

«Non sapevo che lei e la mamma fossero buone amiche.»

«Frequentano lo stesso corso di yoga e a volte escono insieme quando resto con Gina. Anche lei abita a Sherman Oaks.»

Gina era la babysitter che la mia ex convocava quando io ero impegnato o quando non voleva farmi sapere i dettagli delle sue serate. Oppure le poche volte che uscivamo insieme.

«Fammi un favore, Hay. Non parlare con nessuno di quello che ci siamo detti e nemmeno della mia telefonata. Sono cose molto riservate e non voglio che arrivino alle orecchie di Andy. Forse non avrei dovuto chiamare la mia cliente davanti a te.»

«Starò zitta, te lo prometto.»

«Grazie, tesoro.»

Rimasi un attimo in attesa, nel caso avesse voluto chiedermi qualcos'altro, ma la vidi immergersi nuovamente nel libro che aveva davanti.

Anch'io tornai ai risultati dell'autopsia e alle foto dei colpi mortali inferti alla testa di Bondurant. Il medico legale aveva rasato il capo in corrispondenza delle ferite e nella foto era stato inserito un righello per dare un'idea delle dimensioni.

La zona colpita era rosea e di forma circolare. La pelle era lacerata, ma il sangue era stato lavato via per mostrare le ferite. Due di esse erano quasi sovrapposte e la terza era poco lontana.

La forma circolare lasciata dall'arma del delitto mi fece pensare che Bondurant fosse stato colpito con un martello.

Non sono il mago del "fai da te", però con gli attrezzi me la cavo e sapevo che la superficie di impatto di molti tipi di martello era circolare, se non ovale. Ero sicuro che questo sarebbe stato confermato dal tecnico forense, ma era un vantaggio sapere le cose in anticipo. Notai, su ognuna delle ferite, la presenza di una piccola tacca a forma di V di cui mi sfuggiva il significato.

Controllai di nuovo la lista, ma non vidi elencato un martello tra gli attrezzi prelevati nel garage di Lisa Trammel. Era strano, anche perché erano stati requisiti oggetti di uso meno comune. Ancora una volta, questo poteva dipendere dal fatto che la perquisizione era avvenuta prima che fossero noti i risultati dell'autopsia, così la polizia aveva razziato una varietà di attrezzi, piuttosto che un oggetto specifico. Però la domanda chiave restava ancora senza risposta.

Dov'era il martello?

E Lisa aveva mai avuto un martello?

Si trattava di un'arma a doppio taglio. L'accusa avrebbe sostenuto che la mancanza di un martello su un banco da lavoro completamente attrezzato era un segno di colpevolezza. L'imputata aveva usato il martello per colpire e uccidere la vittima, poi se n'era liberata nel tentativo di occultare il suo coinvolgimento nel crimine.

La difesa, al contrario, avrebbe sostenuto che l'assenza di un martello era di per sé assolutoria. Niente arma del delitto, nessun collegamento tra l'imputata e il crimine.

Sulla carta sembrava una passeggiata. In realtà non andava sempre così. I giurati tendevano a schierarsi costantemente dalla parte dell'accusa, dando al pubblico ministero un innegabile vantaggio. Per una squadra, era come giocare sempre in casa.

Comunque mi presi un appunto: dovevo dire a Cisco che quel martello andava cercato con molta cura. Bisognava che parlasse con Lisa, verificasse quello che sapeva. Poi doveva rintracciare il marito, non fosse altro per chiedergli se della sua attrezzatura faceva parte anche un martello.

Le foto successive rappresentavano le ossa del cranio, liberate dal cuoio capelluto. Il danno era esteso; nei punti in cui era stato colpito, il cranio presentava fratture che si propagavano come onde a partire dal punto d'impatto. Le ferite erano state definite letali, conclusione a cui le foto davano ampio credito.

L'autopsia elencava diverse altre lacerazioni, abrasioni e persino una frattura sul resto del corpo, oltre a tre denti rotti, ma l'anatomopatologo le aveva interpretate come conseguenze del fatto che Bondurant era caduto a faccia in giù durante l'aggressione. Quando si era abbattuto sul pavimento del garage era privo di conoscenza, se non già morto. Era stata rilevata, invece, l'assenza di ferite causate da atteggiamenti difensivi.

Una parte del protocollo autoptico conteneva delle fotocopie a colori delle foto della scena del crimine, fornite al medico dal LAPD. Non si trattava di una serie completa, ma solo di sei scatti che mostravano la posizione del corpo *in situ*, cioè nel punto in cui era stato trovato. Naturalmente avrei preferito esaminare una serie di stampe originali, ma non sarei riuscito a ottenerle finché un giudice non avesse tolto l'embargo a cui *Andy* Freeman aveva sottoposto le informazioni in suo possesso.

Le foto del corpo di Bondurant, crollato tra due auto nel garage, erano state scattate da angolazioni diverse. La portiera anteriore sinistra di un SUV Lexus era aperta e per terra c'era una tazza con la scritta Joe's Joe e una piccola pozza di caffè rovesciato. Poco distante si vedeva una cartella aperta.

Il viso di Bondurant era rivolto verso il suolo, la parte posteriore e la cima della testa erano impregnate di sangue. Sembrava che i suoi occhi fossero aperti e fissassero il cemento. Nelle foto erano state evidenziate alcune gocce di sangue che punteggiavano il pavimento. Impossibile dire se fossero state causate dalle ferite o se fossero colate dall'arma del delitto.

La cartella mi lasciava perplesso. Perché era aperta? mi chiesi.

Forse qualcosa era stato sottratto. Possibile che l'omicida avesse trovato il tempo di frugare all'interno dopo aver ucciso Bondurant? Se fosse stato così, si trattava davvero di una mossa calcolata a freddo. Il garage, a quell'ora, si stava riempiendo delle auto dei dipendenti della banca che si recavano al lavoro. Rovistare in una cartella con il corpo della vittima disteso lì accanto costituiva un grande rischio, difficile da attribuire a qualcuno che avesse agito sulla spinta di una forte emozione o del desiderio di vendetta. Non era certo una mossa da dilettante.

Buttai giù qualche appunto e mi annotai di chiedere a Cisco se nel garage i posti erano assegnati. C'era per caso il nome di Bondurant sulla parete in corrispondenza dello spazio per la vettura? La premeditazione inclusa nell'imputazione indicava che, secondo l'accusa, Lisa Trammel sapeva dove Bondurant avrebbe parcheggiato e a che ora. Comunque, era tutto da dimostrare.

Chiusi le cartellette e le legai con un elastico.

«Tutto bene?» chiesi a Hayley.

«Sì, certo.»

«Hai quasi finito?»

«Alludi ai pancakes o ai compiti?»

«A entrambi.»

«Ho finito di mangiare, ma devo ancora fare sociologia e inglese. Però possiamo andare se vuoi.»

«Ho ancora degli altri documenti da guardare. Ho un'udienza domani.»

«Per l'omicidio?»

«No, si tratta di altro.»

«Allora è per qualcuno a cui stai cercando di salvare la casa?»

«Esatto.»

«Come mai ci sono tanti casi di questo tipo?»

Beata innocenza!

«Tutta colpa dei soldi, tesoro. L'avidità spinge le persone a comportamenti crudeli.»

La fissai per vedere se le mie parole l'avessero soddisfatta, ma lei continuava a guardarmi come se si aspettasse dell'altro. Nonostante i suoi quattordici anni e in netto contrasto con l'indifferenza generale, quello che le avevo detto aveva stimolato la sua curiosità.

«Be', ci vogliono un sacco di quattrini per comprare una casa o un appartamento. Ecco perché tanta gente vive in affitto. Le persone che acquistano una casa di solito versano un anticipo molto consistente, ma non possiedono quasi mai l'intera somma, quindi vanno in banca e si fanno prestare i soldi. La banca valuta la loro situazione economica, decide cioè se guadagnano abbastanza per essere solvibili e ripagare il prestito, che si chiama mutuo e che viene elargito di pari passo con un'ipoteca sull'immobile, a garanzia del creditore. Così, se tutto è a posto, una persona può comprarsi la casa che vuole e ripagare il mutuo con rate mensili distribuite su molti anni. Hai capito?»

«Sì, è un po' come se pagasse l'affitto alla banca.»

«In un certo senso. Ma se prendi una casa in affitto da un privato, la proprietà resta sua. Mentre, nel caso della banca, è previsto anche un passaggio di proprietà. La casa diventa tua. È un sogno molto diffuso, quello di possedere la casa in cui si vive.»

«E tu sei padrone di quella in cui vivi?»

«Sì, e anche la tua mamma.»

Annuì, ma non ero sicuro che il discorso fosse comprensibile a una ragazzina di quattordici anni. Comunque continuai.

«Dunque, un po' di tempo fa si decise di rendere più semplice l'acquisto di una casa. Bastava entrare in una banca o rivolgersi a una finanziaria privata per ottenere un prestito. Il problema era che a questo si accompagnava un alto tasso di corruzione e che molti prestiti sono stati concessi a persone che non avrebbero potuto ottenerli. Qualcuno mentì per raggiungere il suo scopo e spesso erano i finanziatori a mentire. Stiamo parlando di milioni di prestiti, Hay, una quantità che diventa molto difficile da controllare. Non ci sono abbastanza persone per farlo.»

«Vuoi dire che non c'era nessuno che potesse stare dietro ai pagamenti?»

«In parte, ma la verità è che la gente si prendeva degli impegni che non sarebbe mai riuscita a mantenere. E poi questi prestiti avevano interessi variabili, che potevano crescere in maniera consistente e da cui dipendeva l'entità della somma che il debitore doveva pagare ogni mese. A volte era previsto un pagamento finale allo scadere dei cinque anni, in cui doveva essere versata per intero la somma non ancora restituita. Per farla breve, l'economia nazionale entrò in crisi e a quel punto il valore delle case precipitò. Milioni di persone non riuscirono più a pagare le rate, e d'altra parte non potevano nemmeno vendere la loro abitazione perché valeva meno della cifra che dovevano ancora restituire. Ma alle banche e agli altri finanziatori che detenevano le ipoteche la cosa non importava. Quello che volevano era riavere i loro soldi, quindi, quando la gente cominciò a non pagare, si ripresero le case.»

«E a questo punto entri in gioco tu.»

«In alcuni casi. Ma ci sono milioni di pignoramenti in ballo. E per recuperare quello che hanno anticipato, ci sono molti che non guardano in faccia nessuno. Imbrogliano, mentono, agiscono al di fuori della legalità, ed è qui che intervengo io.»

La guardai. Forse l'avevo persa di nuovo. Tirai accanto a me l'altra pila di cartellette che avevo messo sul tavolo e aprii la prima.

«Ecco un caso di cui mi sto occupando» dissi, mentre leggevo. «Questa famiglia ha acquistato la casa sei anni fa, quando il pagamento mensile era di novecento dollari. Due anni più tardi, quando la merda ha colpito il ventilatore...»

«Papà!»

«Scusami. Due anni fa, dicevo, quando le cose sono cominciate ad andare storte, i tassi di interesse si sono alzati e con essi le rate mensili. Contemporaneamente il marito, che faceva l'autista di uno scuolabus, ha perso il lavoro dopo un incidente. Così marito e moglie sono andati in banca e hanno detto: "Ehi, abbiamo un problema. Possiamo modificare le condizioni del prestito per riuscire a pagare ugualmente il nostro debito?". È una procedura possibile, ma è qui che cominciano i guai. I due hanno fatto la cosa giusta, ma la banca li ha presi in giro. "Certo, pensiamoci" è stata la risposta. "Continuate a pagare quello che potete, mentre noi studiamo il modo in cui procedere."

Così i due hanno continuato a versare quello che potevano, ma non era abbastanza. Hanno aspettato e aspettato, ma dalla banca solo silenzio. Finché un giorno hanno ricevuto per posta la notizia che la casa era stata pignorata. Vedi, è contro questo tipo di comportamento che mi batto. È come la sfida tra Davide e Golia. Le istituzioni finanziarie agiscono in maniera spietata nei confronti delle persone, che trovano poca gente disposta a difenderle.»

Fu in quel momento, mentre spiegavo la situazione a mia figlia, che capii perché ero stato attirato da questa particolare branca del diritto. Certo, alcuni tra i miei clienti erano dei ciarlatani che volevano solo farsi beffe del sistema. Non erano migliori delle banche a cui facevano la guerra. Ma altri, invece, erano in buona fede. Erano gli emarginati, gli esclusi della società, e io volevo difenderli e fare di tutto perché riuscissero a stare nelle loro case il più a lungo possibile.

Hayley aveva alzato la matita e si capiva benissimo che non vedeva l'ora di rituffarsi nello studio appena io avessi concluso la mia tirata. Era una ragazzina bene educata, tutta sua madre.

«Spero di essere stato chiaro. Ora puoi tornare ai tuoi compiti. Vuoi qualcos'altro da bere? Oppure un dessert?»

«Papà, i pancakes sono un dessert.»

Portava l'apparecchio per i denti, tenuto insieme da elastici color verde mela, su cui, quando parlava, non potevo fare a meno di fissare lo sguardo.

«Sì, certo, hai ragione. Qualcosa da bere, allora?»

«Ti ringrazio, ma non ho più sete.»

«Va bene.»

Anch'io tornai al lavoro e mi misi davanti tre cartelline che riguardavano altrettanti casi di pignoramento. La pubblicità radiofonica mi aveva portato un sacco di lavoro, tanto che cercavamo sempre di raggruppare gli interventi in tribunale. La mattina seguente avevo tre udienze con il giudice Alfred Byrne nel tribunale del centro città. In tutti e tre i casi la tesi della difesa era che il pignoramento fosse illegale perché chi aveva finanziato il prestito aveva agito in modo fraudolento. In tutti e tre i casi ero riuscito a bloccare l'esproprio grazie alla documentazione presentata davanti alla corte. I miei clienti stavano ancora nelle loro case ed erano stati momentaneamente esentati dall'effettuare i loro versamenti mensili. La controparte vedeva tutto questo come una sorta di truffa, diffusa quanto l'epidemia di pignoramenti. In un certo senso mi disprezzavano, accusandomi a loro volta di frode e di voler soltanto rimandare un esito scontato.

La cosa non mi turbava. Chi viene dal diritto penale, è abituato a essere disprezzato.

«Sono arrivata troppo tardi per i pancakes?»

Alzai gli occhi e vidi la mia ex moglie che si infilava nel séparé. Appioppò rapida un bacio sulla guancia a Hayley, prima che questa potesse scostarsi. Mia figlia era nell'età in cui quel tipo di effusioni non erano più gradite. Peccato che Maggie non si fosse seduta accanto a me e non avesse appioppato a me quel bacio. Ma io potevo aspettare.

Le sorrisi e scostai i fascicoli per farle posto.

«Non è mai troppo tardi per i pancakes» osservai.

8

Lisa Trammel fu accusata formalmente di omicidio il martedì successivo, a Van Nuys. Era un'udienza di routine destinata soprattutto a mettere agli atti la dichiarazione dell'imputata e ad avviare le procedure per dare inizio al processo. E tuttavia, visto che la mia cliente aveva ottenuto la libertà su cauzione, noi non avevamo alcun interesse ad accelerare i tempi. Non c'era ragione di affrettarsi finché Lisa respirava aria di libertà. L'iter processuale doveva mettersi in moto lentamente, come un temporale estivo, per iniziare solo quando la difesa sarebbe stata pronta.

Ma l'accusa formale ebbe l'effetto di mettere agli atti la risposta di Lisa, un asciutto e sonoro «non colpevole», e di registrare il momento anche su video, a beneficio dei media. Nonostante le presenze fossero inferiori a quelle della sua prima comparsa, visto che la stampa e le televisioni nazionali avevano la tendenza ad astrarsi dallo svolgimento dettagliato dei processi, i media locali erano accorsi in massa, così da garantire una documentazione consistente.

La formulazione dell'accusa e l'udienza preliminare, che si limitava a una convalida formale delle imputazioni, erano state affidate al giudice della Corte Superiore Dario Morales. Dopo l'incriminazione, il caso sarebbe passato a un altro giudice, che si sarebbe occupato del processo.

Nonostante le avessi parlato per telefono quasi quotidianamente dal giorno del suo arresto, non vedevo Lisa da più di una settimana. Aveva declinato i miei numerosi inviti a incontrarci e adesso sapevo perché. Quella mattina, quando si presentò in tribunale, sembrava un'altra donna. I capelli avevano un taglio moderno e il viso era liscio e troppo roseo. Secondo le voci di corridoio, Lisa si era fatta iniettare una buona dose di Botox per risultare più attraente.

Ero convinto che questi cambiamenti, così come il nuovo completo elegante che indossava, fossero opera di Herb Dahl. I due sembravano inseparabili e il coinvolgimento dell'uomo stava diventando sempre più preoccupante. Il telefono del mio ufficio era bombardato da chiamate di produttori e sceneggiatori mandati da lui, i cui progetti venivano garbatamente ma costantemente declinati da Lorna. Bastava qualche rapido controllo su internet per scoprire che i protetti di Herb appartenevano alla vasta schiera dei frustrati e degli emarginati del mondo hollywoodiano. Non eravamo certo alieni a intascare una bella iniezione di quattrini per controbilanciare le spese sempre crescenti, ma le proposte avanzate finora erano del tipo compro-adesso-pago-poi, un genere di accordo che non avevamo alcuna intenzione di siglare. Anche perché, nel frattempo, il mio agente si stava dando da fare per portare a casa un contratto con un anticipo consistente, che mi avrebbe permesso di pagare gli stipendi, di affittare un ufficio e di restituire a Dahl quello che aveva anticipato per togliermelo definitivamente di torno.

Di solito nelle udienze di qualsiasi tipo, le informazioni più importanti non sono quelle che vengono verbalizzate. Dopo che la dichiarazione di innocenza da parte di Lisa venne debitamente messa agli atti e Morales ebbe fissato l'udienza successiva di lì a due settimane, dissi al giudice che la difesa doveva sottoporre un certo numero di mozioni alla considerazione della corte. Ricevuto il suo assenso, mi feci avanti e porsi all'assistente giudiziario cinque diversi documenti, di cui diedi una copia anche ad Andrea Freeman. I primi tre erano stati preparati da Jennifer Aronson dopo un esame approfondito della richiesta di un mandato di perquisizione presentata dal LAPD, del video dell'interrogatorio tenuto dal detective Kurlen, e da un altro paio di problemi, tra cui la definizione esatta del momento in cui Lisa era stata messa sotto arresto. La mia associata aveva trovato molte contraddizioni, errori procedurali e una visione falsata dei fatti. Nelle mozioni che aveva preparato si chiedeva l'esclusione dalle prove del video, così come di tutto quello che era stato prelevato nella casa dell'imputata.

Le mozioni erano state elaborate con cura e scritte in un linguaggio incisivo. Ero orgoglioso di Jennifer e anche di me stesso, per aver individuato il suo talento quando il suo curriculum era approdato sulla mia scrivania. Nonostante questo, sapevo benissimo che le sue richieste non avevano alcuna possibilità di venire accolte. Non esiste giudice disposto a eliminare delle prove in un caso di omicidio, se vuole che i suoi elettori continuino a votarlo. Il risultato era che il giudice avrebbe trovato il modo di mantenere lo status quo e di rimandare qualsiasi decisione alla giuria.

Ciò nonostante le mozioni di Jennifer Aronson avevano un ruolo importante nella strategia della difesa, perché a esse se ne accompagnavano altre due, volte a superare le barriere poste dall'accusa. Nella prima si chiedeva l'accesso a tutti i dati riguardanti il rapporto tra Bondurant e Lisa Trammel, in possesso della WestLand National, nella seconda si pretendeva che la difesa potesse esaminare il computer portatile, il cellulare di Lisa e tutti i documenti prelevati da casa sua.

Visto che Morales aveva tutto l'interesse ad agire in modo equo sia verso l'accusa sia verso la difesa, la mia strategia era quella di indurlo a una soluzione salomonica, e cioè a dividere il bambino in due, respingendo le mozioni che prevedevano l'eliminazione delle prove per accogliere invece quelle che chiedevano l'accesso alle informazioni. Ovviamente sia Morales sia la Freeman erano due vecchie volpi, e quindi avrebbero smascherato il mio tentativo all'istante. Ma il fatto che intuissero le mie mosse, non voleva dire che potessero bloccarle. Inoltre, avevo pronta una sesta mozione che non avevo ancora presentato alla corte e che doveva essere il mio asso nella manica.

Morales concesse ad Andrea Freeman dieci giorni di tempo per rispondere alle mozioni e aggiornò la seduta per procedere al caso successivo. A un buon giudice piace che le cose si muovano in fretta. Mi rivolsi a Lisa e le dissi di aspettarmi in corridoio perché dovevo conferire con l'accusa. Notai Dahl che l'aspettava in piedi davanti al cancelletto; sarebbe stato ben felice di scortarla fuori. Decisi di occuparmi di lui più tardi e mi avvicinai al tavolo dell'accusa. Andrea Freeman aveva la testa china e stava prendendo appunti su un taccuino.

«Ehi, Andy.»

Alzò gli occhi su di me. Aveva appena cominciato a sorridere, aspettandosi di vedere un volto amico, qualcuno che fosse abbastanza in confidenza da chiamarla con il suo diminutivo, ma quando si accorse che si trattava di me, il sorriso sparì all'istante. Posai la sesta mozione sul tavolo davanti a lei.

«Dalle un'occhiata quando hai un minuto. Ho intenzione di presentarla domani mattina. Non mi è sembrato opportuno inondare la corte con un mare di carte in un'unica soluzione. Tra l'altro ho preferito fartela vedere prima, visto che ti riguarda.»

«Riguarda me? Di che cosa stai parlando?»

Le voltai le spalle senza rispondere e attraversai l'aula diretto all'uscita. Mentre oltrepassavo la doppia porta vidi la mia cliente ed Herb Dahl che tenevano banco davanti a una folla di giornalisti e telecamere. Mi avviai rapidamente verso di lei, la presi per un braccio e la tirai via senza lasciarle finire la frase.

«Que-e-e-sto è tutto gente!» balbettai nella mia migliore imitazione di Porky Pig.

Lisa cercò di liberarsi, ma nonostante i suoi tentativi di sfilarsi dalla mia stretta, riuscii ad allontanarla dal branco e a portarla con me lungo il corridoio.

«Che cosa ti viene in mente?» protestò. «Che figura mi fai fare?»

«Io? Sei tu che ti metti nei guai con quel tipo. Ti ho detto di lasciarlo perdere. Guardati come sei combinata, con quel trucco da star di provincia. Questo è un processo, Lisa, non una versione di *Entertainment Tonight*.»

«Volevano conoscere la mia storia.»

Mi fermai solo quando fummo abbastanza lontano dalla folla per non essere sentiti.

«Non puoi dire ai media tutto quello che ti passa per la testa. Prima o poi può ritorcersi contro di te.»

«Di che cosa stai parlando? Era un'opportunità straordinaria per comunicare la mia versione dei fatti. Quello che mi stanno facendo è pura sopraffazione ed è arrivato il momento di parlare. Te l'ho già detto, solo i colpevoli tengono la bocca chiusa.»

«Il problema è che l'ufficio del procuratore distrettuale ha un ufficio comunicazioni che copia e archivia tutto quello che si dice di te sui giornali e in televisione. E se modifichi anche di poco quello che racconti da una volta all'altra, sei finita. Ti metteranno in croce davanti alla giuria. Quello che sto cercando di farti capire è che non vale la pena di correre un rischio simile. Devi lasciare che sia io a parlare al posto tuo. Ma se invece preferisci essere tu a raccontare la tua storia, allora dobbiamo preparare una sorta di versione ufficiale, che non subisca mutamenti, e che venga rilasciata in modo strategico e al momento giusto a dei media opportunamente scelti.»

«Ma questo è il ruolo di Herb. Lui deve assicurarsi che io non...»

«Lascia che ti spieghi di nuovo, Lisa. Herb Dahl non è il tuo avvocato, la sua priorità non sei tu, ma lui stesso, i suoi interessi. È strano che tu faccia tanta fatica a capire come stanno le cose. Te l'ho già detto, dacci un taglio.»

«No! Non posso e non voglio. Lui è l'unico per cui conto qualcosa.»

«Oh, Lisa, fra un po' mi metto a piangere. Se è davvero l'unico che si preoccupa per te, perché sta ancora concionando con quella gente?»

E indicai l'assembramento di giornalisti e fotografi. Dahl stava ancora tenendo banco, snocciolando particolari di cui il gruppo era avido.

«Che cosa sta raccontando, Lisa? Lo sai, forse? Perché io no, e la cosa è singolare, visto che tu sei l'imputata e io il tuo avvocato difensore. E lui che ruolo ha?»

«Diciamo che è il mio portavoce» ribatté Lisa.

Mentre stavamo osservando Dahl che puntava il dito indicando ora un giornalista ora l'altro, vidi aprirsi la porta dell'aula che avevamo appena lasciato. Ne uscì Andrea Freeman con in mano la mia sesta mozione, e iniziò a perlustrare il corridoio con lo sguardo. All'inizio lo fissò sul capannello di gente, poi lo distolse, quando si accorse che il motivo di tanta attenzione non ero io. Finalmente riuscì a individuarmi, allora cambiò direzione e puntò dritto su di me. Qualcuno dei giornalisti la chiamò, ma lei lo liquidò sbrigativamente con un gesto della mano.

«Lisa, vai a sederti su una di quelle panche e aspettami. E soprattutto non parlare con nessuno.»

«Perché?»

«Lascia perdere, obbedisci e basta.»

Mentre si allontanava, la Freeman mi piombò addosso come un falco. Aveva gli occhi che mandavano scintille ed era fuori di sé dalla rabbia.

«Cosa sono queste stronzate, Haller?» mi chiese, sventolando il documento. Non persi la calma, anche se si era avvicinata un po' troppo per i miei gusti.

«Be', mi sembra chiaro, no? È una mozione in cui si chiede che tu venga sostituita per via di un palese conflitto di interessi.»

«*Io?* Ma di che conflitto stai parlando?»

«Senti, Andy... posso chiamarti così, vero? Se lo fa mia figlia, penso di potermelo permettere anch'io, non ti pare?»

«Piantala con queste idiozie, Haller.»

«Certo, non c'è problema. Quanto al conflitto di interessi, il fatto è che tu hai parlato del caso con la mia ex moglie.»

«La quale, guarda caso, è un pubblico ministero e lavora nello stesso ufficio in cui lavoro io.»

«Questo è vero, ma le conversazioni a cui mi riferisco non sono avvenute in ufficio. Si sono svolte al corso di yoga e davanti a mia figlia e, chissà, forse anche in presenza di un buon numero di altre persone.»

«Oh, andiamo, non dici sul serio!»

«Certo. E vorrei anche sapere perché mi hai mentito.»

«E quando ti avrei mentito?»

«Quando ti ho chiesto se conoscevi la mia ex moglie e tu mi

hai risposto che la conoscevi solo superficialmente. Ma le cose non stanno così, vero?»

«Non avevo nessuna voglia di dilungarmi con te sull'argomento.»

«E quindi hai mentito. Non ho accennato alla faccenda nella mozione, ma posso sempre fare un'aggiunta, visto che non l'ho ancora presentata. Deciderà il giudice se si tratta di un punto importante oppure no.»

Si lasciò sfuggire un sospiro nervoso a titolo di resa.

«Che cosa vuoi?»

Mi guardai attorno. Nessuno poteva sentirci.

«Che cosa voglio, mi chiedi? Prima di tutto voglio dimostrarti che anch'io so usare le maniere forti. Tu fai la stronza con me? E io ti ricambio della stessa moneta.»

«Che cosa intendi dire, Haller? Mi stai proponendo uno scambio?»

Annuii. Stavamo arrivando al sodo.

«Sai, se domani presenterò questa mozione, tu potrai anche dire addio a questo caso. Il giudice si schiererà dalla parte della difesa per evitare di essere sostituito. Oltre a tutto sa benissimo che alla procura distrettuale i pubblici ministeri abbondano e che non gli sarà difficile ottenere un rimpiazzo.»

Indicai la marea di giornalisti che si accalcava nel corridoio, molti dei quali stavano ancora attorno a Herb Dahl.

«Vedi tutta quella gente? Be', puoi dimenticartela. Niente più conferenze stampa, niente titoli dei giornali, né riflettori puntati su di te. Il caso più importante della tua carriera bruciato in un attimo.»

«Tanto per cominciare, non credere che mi lascerò rovinare tanto facilmente, e non è affatto detto che il giudice Morales prenda sul serio le tue idiozie. Gli spiegherò che gioco stai facendo: quello di liberarti di un pubblico ministero di cui hai una paura fottuta.»

«Puoi raccontargli quello che vuoi, ma dovrai anche spiegargli, e non in privato, ma in aula davanti a tutti, come mai mia figlia, che ha quattordici anni, ieri sera a cena mi riferiva alcuni dettagli di questo caso.»

«È assurdo. Dovresti vergognarti di usarla per le tue manovre.»

«Stai insinuando che sono un bugiardo oppure che la bugiarda è lei? Possiamo convocarla a testimoniare, ma ho qualche dubbio che i tuoi capi gradirebbero lo spettacolo... e soprattutto l'eco che susciterebbe. "Procuratore distrettuale mette sulla graticola ragazzina quattordicenne, accusandola di mentire." Che cosa te ne pare?»

Andrea Freeman si voltò di scatto e fece per allontanarsi, poi si fermò. Sapevo di averla inchiodata. Avrebbe desiderato andarsene, ma non poteva. Voleva disperatamente quel caso e tutta la pubblicità che le avrebbe portato.

Si girò verso di me e mi guardò come se al posto mio ci fosse il vuoto.

«Te lo chiedo per l'ultima volta. Che cosa vuoi?»

«Per la verità, preferirei non presentare questa mozione domani. Così come preferirei ritirare quelle che ho già presentato per chiedere la restituzione degli oggetti di proprietà della mia cliente e il permesso di esaminare la documentazione relativa alla WestLand. Voglio solo un po' di collaborazione, la possibilità di scambiarci delle informazioni a partire da adesso. Non voglio andare dal giudice a piatire quello che mi spetta di diritto.»

«Potrei denunciarti all'ordine degli avvocati, lo sai.»

«Ottimo, io denuncio te e tu denunci me. Così indagheranno su entrambi e scopriranno che sei stata tu a comportarti in modo inappropriato, discutendo del caso con la ex moglie e con la figlia dell'avvocato difensore.»

«Non ne ho discusso con tua figlia. Lei si trovava lì.»

«Sono sicuro che terranno conto della distinzione.»

Lasciai che si arrovellasse per un attimo. Toccava a lei muoversi, ma aveva bisogno di un'ultima spinta.

«Ah, dimenticavo. Se dovessi presentare la mia mozione domattina, puoi star certa che ne approfitterei per fare due chiacchiere con il "Times". Chi si occupa di giudiziaria? La Salters? Sono sicuro che troverebbe la storia interessante. Una piacevole esclusiva.»

Annuì come se all'improvviso vedesse con chiarezza quello che l'aspettava.

«D'accordo, ritira le mozioni» disse. «Avrai tutto quello che hai chiesto per la fine della giornata di venerdì.»

«Facciamo domani.»

«Non c'è abbastanza tempo. Devo raccogliere il materiale e farlo fotocopiare e nel negozio ci sono code interminabili.»

«E allora giovedì pomeriggio, altrimenti presento la mozione.»

«D'accordo, bastardo.»

«Bene. Quando avrò quello che mi interessa, potremo cominciare a parlare di un eventuale patteggiamento. Grazie, Andy.»

«Vai a farti fottere, Haller. E togliti dalla testa che ci sarà un patteggiamento. Abbiamo tutto quello che ci serve per inchiodare la tua cliente e voglio proprio vedere la faccia che farai al momento del verdetto.»

Girò su se stessa e iniziò a camminare, poi si voltò e tornò verso di me.

«E non chiamarmi Andy. Non sei stato autorizzato a farlo.»

A questo punto si allontanò definitivamente in direzione degli ascensori, camminando a passi lunghi e decisi, e ignorando totalmente un giornalista che le trotterellava accanto per avere una breve dichiarazione.

Sapevo benissimo che non ci sarebbe stato alcun patteggiamento. La mia cliente non ne voleva sapere, ma avevo buttato l'amo e Andrea Freeman aveva abboccato. L'avevo fatto apposta, perché non se ne andasse con la sensazione di aver perso su tutti i fronti. Temevo che, in caso contrario, si sarebbe indurita troppo e sarebbe diventata impossibile da trattare.

Mi guardai attorno e vidi che Lisa mi aspettava tutta compunta sulla panca che le avevo indicato. Le feci cenno di alzarsi.

«Su, andiamocene da qui.»

«Ed Herb? Mi ha accompagnato lui questa mattina.»

«Con la sua auto o con la tua?»

«Con la sua.»

«Allora non ci sono problemi. Il mio autista ti porterà a casa.» Ci fermammo nella nicchia degli ascensori. Per fortuna Andrea Freeman era già scesa al secondo piano, dove si trovavano gli uffici della procura distrettuale. Premetti il pulsante di chiamata senza alcun esito, tanto che fummo raggiunti da Herb Dahl.

«Ehi, ve ne stavate andando senza di me?»

Non risposi, deciso a rinunciare a qualsiasi sfoggio di buone maniere.

«Hai intenzione di fottermi? Manderai tutto a puttane se continui a chiacchierare a ruota libera come ti ho visto fare. Forse pensi di servire la causa, ma non è così... a meno che la causa non si chiami Herbert Dahl.»

«Caspita, che razza di linguaggio. Non mi sembra adatto al luogo in cui ci troviamo.»

«Non mi interessa. Guardati bene dal parlare a nome della mia cliente, hai capito? Se lo fai un'altra volta, convocherò una conferenza stampa e ti giuro che non ti piacerà affatto quello che dirò di te.»

«D'accordo, da ora in poi terrò la bocca chiusa. Ma ho anch'io qualcosa da chiederti. Perché hai respinto tutti quelli che ti ho mandato? C'è gente che mi ha chiamato per dirmi che è stata trattata malissimo dal tuo staff.»

«Tu continua a mandarli e riceveranno lo stesso trattamento.»

«Ehi, conosco l'ambiente. È tutta gente a posto.»

«Sììì, *I campioni*.»

Dahl sembrava confuso. Lanciò un'occhiata a Lisa, poi tornò a guardare me.

«Che cosa significa?»

«È un film realizzato da uno dei produttori che ci hai mandato. La storia di una donna che se la fa con un giocatore di football. Lui la scopa tre o quattro volte al giorno, ma a un certo punto lei si stufa e decide di invitare tutta la squadra. Deve aver fatto un bel mucchio di soldi.»

Lisa aveva il viso immobile, come paralizzato. Avevo l'impressione che il mio racconto sulle conoscenze di Herb nel mondo del cinema non coincidesse con quanto le aveva propinato lui giorno dopo giorno.

«Già, è così che pensa di aiutarti, Lisa. È questo il genere di persone con cui vuole metterti in contatto.»

«Senti un po'» intervenne Dahl. «Hai idea di come è difficile realizzare qualcosa in questa città? Ci sono quelli che ci riescono e altri che stanno al palo. Non mi interessa quello che ha fatto la gente in passato, purché riesca a mettere in moto le cose adesso. Quelli che ti ho mandato sono persone a posto, in grado di farci fare un bel mucchio di soldi.»

Finalmente l'ascensore arrivò. Guidai Lisa all'interno, poi appoggiai la mano sul petto di Dahl e lo spinsi via lentamente.

«Stai lontano, Dahl. Riavrai i tuoi soldi e anche qualcosa in più. Ma non farti più vedere.»

Entrai in ascensore e mi voltai subito per controllare che non gli venisse in mente di infilarsi dentro all'ultimo momento. Lui non si mosse, ma continuò a fissarmi con uno sguardo carico d'odio finché le porte non si richiusero.

9

Il sabato mattina traslocammo nei nuovi uffici, situati in un appartamento di tre locali tra il Victory Boulevard e il Van Nuys. L'edificio era chiamato Victory Building, un nome che mi sembrava di buon auspicio. L'appartamento era completamente arredato e distava solo due isolati dal tribunale in cui Lisa Trammel avrebbe affrontato il processo.

Tutta la squadra era indaffarata a completare il trasloco, compreso Rojas che per l'occasione sfoggiava una t-shirt e un paio di bermuda sformati, da cui sbucavano i tatuaggi che gli coprivano interamente braccia e gambe. Difficile dire che cosa fosse più sconvolgente, se i tatuaggi o l'abbigliamento, così diverso dal solito completo che indossava quando mi accompagnava in giro.

Avevamo diviso lo spazio in modo che io avessi un ufficio tutto per me, mentre Cisco e Aronson avrebbero occupato la stanza più spaziosa e Lorna avrebbe presidiato la zona della reception, tra un locale e l'altro. Passare dal sedile posteriore della Lincoln a un ufficio con il soffitto a più di tre metri d'altezza, una scrivania in piena regola e un divano per un eventuale pisolino, era un grande cambiamento. La prima cosa che feci dopo essermi insediato fu di utilizzare il pavimento di legno lucido per distendervi sopra le ottocento pagine di documenti che avevo ricevuto da Andrea Freeman.

La maggior parte proveniva dalla WestLand e molti erano

carta straccia, la reazione di Andrea Freeman all'idea di essere manipolata dalla difesa. C'erano dozzine e dozzine di pagine sulla politica della banca e su vari tipi di procedure di cui non avevo assolutamente bisogno, che sistemai tutte in un'unica pila. C'erano anche le copie di tutte le comunicazioni indirizzate a Lisa Trammel, di cui ero già a conoscenza, che finirono in un'altra pila. E infine c'era una serie di comunicazioni interne alla banca o altre, tra la vittima e la compagnia esterna a cui la banca aveva delegato tutte le pratiche riguardanti i pignoramenti.

La compagnia era chiamata ALOFT e la conoscevo già perché me l'ero trovata contro in molti dei casi di cui mi ero occupato. Macinava montagne di lavoro e il suo compito era quello di raccogliere e ordinare tutti i documenti necessari alle laboriose procedure di pignoramento. Era un intermediario che permetteva alle banche e alle altre agenzie di prestito di non sporcarsi le mani cercando di requisire le case a chi le abitava. Le società come quella svolgevano tutto il lavoro senza che la banca dovesse nemmeno disturbarsi a mandare una lettera.

Era la documentazione che mi interessava di più e fu in mezzo a quelle carte che scoprii il documento che avrebbe cambiato il corso delle cose.

Mi spostai dietro la scrivania, mi sedetti e mi misi a fissare il telefono. C'era un numero incredibile di pulsanti che, ne ero certo, non avrei mai utilizzato. Finalmente scoprii quello che attivava la linea interna e lo premetti.

«Pronto!»

Nessuna risposta. Lo premetti di nuovo.

«Cisco? Bullocks? Mi sentite?»

Niente. Mi alzai e mi avviai verso la porta, deciso a comunicare con il mio staff alla vecchia maniera, quando udii finalmente qualcuno che mi rispondeva.

«Mickey, sei tu?»

Era la voce di Cisco. Tornai indietro e premetti il pulsante.

«Sì, sono io. Puoi venire un momento? Porta anche Bullocks.»

«Arriviamo subito.»

Qualche istante dopo il mio investigatore e la mia giovane associata entrarono nell'ufficio.

«Ehi, capo» esclamò Cisco, scrutando le pile di documenti ammonticchiate sul pavimento. «Il bello di avere un ufficio è che si possono sistemare le carte nei cassetti, negli armadietti e sugli scaffali.»

«Ci arriverò» risposi. «Chiudete la porta e sedetevi.»

Quando si furono accomodati all'altro lato della scrivania appena noleggiata, scoppiai a ridere.

«È tutto così strano» osservai.

«Prima o poi potrei anche abituarmi ad avere un ufficio» disse Cisco. «Ma Bullocks non sa neanche da che parte si comincia.»

«Parli tanto per parlare» protestò Jennifer. «L'estate scorsa ho fatto uno stage nello studio legale Shandler, Massey e Ortiz, dove avevo un ufficio tutto per me.»

«Chissà, forse in futuro ne avrai uno anche da noi. Coraggio, torniamo al lavoro. Cisco, hai portato il computer dal tipo che conosci?»

«Sì, gliel'ho lasciato ieri mattina. Gli ho detto che era urgente.»

Stavamo parlando del portatile di Lisa, che ci era stato restituito dalla procura distrettuale insieme al telefono cellulare e alle quattro scatole di documenti.

«E secondo te sarà in grado di dirci che cosa cercava l'ufficio del procuratore distrettuale?»

«Ci fornirà un elenco dei file che hanno aperto, indicando anche il tempo in cui sono rimasti aperti. Dovrebbe servirci a capire su che cosa si è concentrata la loro attenzione. Ma io non ci conterei troppo.»

«Perché?»

«Perché Andrea Freeman ha ceduto un po' troppo facilmente. Non credo che ci avrebbe restituito il computer se quello che conteneva fosse stato davvero importante.»

«È possibile.»

Né Cisco né Jennifer Aronson erano al corrente del patto che avevo stretto con la Freeman o delle leve di cui mi ero servito per convincerla. Mi rivolsi a Jennifer che, dopo aver preparato le mozioni all'inizio della settimana, si era dedicata a tracciare un quadro della vittima. L'approfondimento si era rivelato necessario dopo che Cisco aveva svolto qualche indagine da cui era emerso che non tutto filava liscio nel mondo personale di Mitchell Bondurant.

«Che cosa hai scoperto sulla vittima, Bullocks?»

«Be', devo controllare ancora parecchie cose, ma è indubbio che l'uomo si trovava sull'orlo di una voragine. Da un punto di vista finanziario, intendo.»

«E come è possibile?»

«Quando le cose andavano bene e ottenere soldi era facile, si è dato molto da fare in campo immobiliare. Tra il 2002 e il 2007 ha comprato e rivenduto ventuno proprietà, soprattutto di tipo residenziale. Ha fatto un bel po' di soldi e li ha rinvestiti in affari più consistenti. Poi l'economia è affondata e lui è rimasto con il cerino acceso.»

«Vuoi dire che è andato in malora?»

«Più o meno. Al momento della morte possedeva cinque grandi proprietà che non valevano nemmeno quello che le aveva pagate. A quanto pare, era più di un anno che stava cercando di venderle. Tra l'altro il pagamento finale di almeno tre di loro scadeva quest'anno, per un importo superiore a due milioni di dollari.»

Mi alzai, girai attorno alla scrivania, e cominciai a camminare avanti e indietro per la stanza. Il rapporto di Jennifer era eccitante. Non sapevo ancora come si poteva incastrare con il resto, ma ero sicuro che avrei trovato il modo di farlo.

«Dunque Bondurant, un dirigente del settore prestiti della WestLand, era vittima della stessa situazione in cui si trovavano le persone a cui cercava di requisire la casa. Quando i soldi non erano un problema, aveva contratto delle ipoteche che prevedevano un versamento conclusivo a cinque anni dalla firma, pensando come tutti che avrebbe venduto gli immobili o rinnovato le ipoteche ben prima della scadenza.»

«Senonché l'economia finisce nel cesso» intervenne Aronson. «Bondurant non riesce più a venderle e non può rinnovare le ipoteche perché il valore delle proprietà è notevolmente diminuito. Nessuna banca è disposta a farlo, nemmeno la sua.»

Aronson aveva l'aria perplessa.

«Jennifer, hai fatto un ottimo lavoro. Perché quella faccia?»

«Mi stavo solo domandando cosa c'entra tutto questo con l'omicidio.»

«Forse niente, o forse tutto.»

Tornai a sedermi e le porsi il documento di tre pagine che avevo scoperto tra le carte fornitemi dall'accusa. Lei le prese e le tenne in modo che anche Cisco potesse guardarle.

«Di che cosa si tratta?» mi chiese.

«Penso che sia il nostro asso nella manica.»

«Ho dimenticato gli occhiali nell'altro ufficio» si scusò Cisco.

«Leggi ad alta voce, Jennifer.»

«È la copia di una lettera raccomandata inviata da Bondurant a Louis Opparizio, presso l'ALOFT, la società di Tecnologie Finanziarie di proprietà di Opparizio. Ecco quello che dice: "Caro Louis, troverai qui acclusa una lettera scritta da un avvocato, tale Michael Haller, che rappresenta la proprietaria in uno dei casi di pignoramento di cui ti stai occupando per conto della WestLand". Segue il nome di Lisa, il numero della pratica e l'indirizzo. Poi continua: "Nella sua lettera l'avvocato Haller denuncia le procedure fraudolente adottate in questo caso. Noterai che segnala comportamenti specifici, tutti messi in essere dalla tua società. Come sai, perché ne abbiamo discusso, ci sono stati altri reclami. Queste nuove accuse contro l'ALOFT, se vere, mettono la WestLand in una posizione delicata e vulnerabile, specie se consideriamo il recente interesse del governo in materia di mutui e ipoteche. Quindi, a meno che non si arrivi a un accordo a tale riguardo, mi vedrò costretto a raccomandare al consiglio di amministrazione della WestLand di risolvere il contratto con la tua compagnia e di porre termine a ogni rapporto in essere. Di conseguenza la banca sarà tenuta a presentare presso le autorità competenti una denuncia per il monitoraggio delle attività finanziarie sospette. Ti prego di contattarmi al più presto per discutere l'argomento". Tutto qui. In allegato ci sono una copia della tua lettera originale e la ricevuta dell'ufficio postale. La lettera è firmata per conto di Bondurant da una certa Natalie, di cui non riesco a leggere il cognome. Vedo solo che comincia con la L.»

Mi appoggiai allo schienale della sedia foderata in cuoio e sorrisi mentre mi facevo rotolare una matita tra le dita come un prestigiatore. Jennifer, desiderosa di far colpo, intervenne subito.

«E quindi Bondurant si stava parando il culo. Non poteva non sapere che cosa stava combinando la società di Opparizio. Le banche hanno un rapporto di complicità con le aziende di questo tipo. A loro non importa quello che fanno, purché portino a casa il risultato. Però con questa lettera prende le distanze dall'ALOFT e dalle sue discutibili manovre.»

Mi strinsi nelle spalle, come ad ammettere che era un'ipotesi possibile.

«"A meno che non si arrivi a un accordo"» citai.

Mi lanciarono entrambi un'occhiata senza espressione.

«È quello che dice nella lettera.»

«Lo so, ma perché lo sottolinei?» mi domandò Jennifer.

«Leggendo tra le righe, non credo affatto che stesse prendendo le distanze. Lo scritto ha un tono minaccioso. Penso che Bondurant volesse entrare in società e, come hai detto, la lettera servisse a coprirgli le spalle, ma anche a mandare un messaggio in codice al destinatario. Come a dire che, se Opparizio non gli cedeva parte delle quote, lui avrebbe fatto in modo di sottrargli l'intera azienda. L'ha minacciato persino di presentare un RAS.»

«Che cos'è esattamente?»

«Significa Rapporto sulle Attività Sospette» spiegò Cisco. «È una pratica di routine, che le banche utilizzano in maniera indiscriminata.»

«E a chi la presentano?»

«All'Agenzia federale del commercio, all'FBI, ai Servizi Segreti, in realtà a chi vogliono.»

Intuivo che la mia teoria non li aveva convinti.

«Avete idea della montagna di quattrini che raccatta l'ALOFT?»

domandai. «È coinvolta in almeno un terzo dei casi di cui ci occupiamo. Lo so che è un procedimento poco attendibile, ma, immaginando che l'ALOFT gestisca un terzo dei casi di pignoramento dell'intera contea di Los Angeles, quello che intasca in parcelle ammonta a milioni di dollari. Dicono che solo in California si arriverà a circa dieci milioni di casi prima che la bolla si sgonfi, presumibilmente tra un paio d'anni.»

«Non hai tenuto conto dell'imminente cessione.»

«Quale cessione?» chiese Bullocks.

«Devi imparare a leggere i giornali. Opparizio sta per vendere l'ALOFT a un grosso fondo di investimento, chiamato LeMure. È una società per azioni e qualsiasi tipo di controversia potrebbe influenzare negativamente l'accordo e il prezzo delle azioni. Quindi non illudetevi, se Bondurant era disperato poteva creare dei problemi, e forse ne ha creati un po' troppi.»

Cisco annuì. Evidentemente aveva sposato la mia teoria.

«D'accordo. Bondurant stava per affrontare una catastrofe finanziaria» osservò. «Con tre pagamenti importanti prossimi alla scadenza e senza i mezzi per farvi fronte. Quindi decide di darsi da fare e cerca di ricattare Opparizio. E sarebbe per questo che è stato eliminato?»

«Esatto.»

Ora che avevo conquistato Cisco, feci ruotare la sedia in modo da mettermi di fronte a Jennifer Aronson.

«Non lo so» obiettò. «È una tesi azzardata, e non sarà facile da provare.»

«E chi dice che dobbiamo provarla? Il problema è trovare un modo per presentarla alla giuria.»

Era vero. Non dovevamo provare niente. Bastava che proponessimo la nostra versione e la giuria avrebbe fatto il resto. Dovevo solo piantare il seme del ragionevole dubbio per costruire un'ipotesi di innocenza. Mi protesi sulla grande scrivania di legno e guardai la mia squadra.

«Ecco la strategia. Opparizio è il nostro uomo di paglia, quello che presentiamo come se fosse colpevole. La giuria gli punterà gli occhi addosso e la nostra cliente se la filerà indisturbata.»

Scrutai le loro facce: nessuna reazione. Così continuai.

«Cisco, voglio che ti concentri su Louis Opparizio e sulla sua società. Scopri tutto quello che c'è da scoprire. La storia, i soci conosciuti, i dettagli della fusione. Voglio saperne di più sull'accordo e per la fine della prossima settimana voglio un mandato di comparizione che lo obblighi a testimoniare. Non sarà facile, ma servirà a movimentare la scena.»

Aronson scosse il capo.

«Aspetta un attimo. Vuoi dire che è solo un imbroglio, un giochetto della difesa? E che Opparizio non ha commesso il fatto? E se invece avessimo ragione noi e Lisa Trammel non c'entrasse niente? Se fosse davvero innocente?»

Mi rivolse uno sguardo ingenuo, pieno di speranza. Sorrisi e mi rivolsi a Cisco.

«Diglielo.»

Il mio investigatore si voltò verso di lei.

«Ragazzina, sei nuova di questo mondo, quindi per questa volta voglio essere comprensivo. Ma questa è una domanda che non si fa mai. Non ha nessuna importanza che i nostri clienti siano colpevoli o innocenti. Hanno tutti diritto allo stesso servizio.»

«Sì, ma...»

«Non ci sono ma» intervenni. «Stiamo parlando di strategia difensiva. Di come tutelare i nostri clienti nel miglior modo possibile, indipendentemente dai criteri di colpevolezza o di innocenza. Se vuoi occuparti di diritto penale, è così che devi ragionare. Non chiedere mai al tuo cliente se è stato lui a commettere un crimine. Qualsiasi essa sia, la sua risposta sarebbe solo un motivo di distrazione. Quindi è meglio ignorarla.»

Lei strinse le labbra fino a ridurre la bocca a una sottile linea dritta.

«Come te la cavi con Tennyson?» le chiesi. «Conosci *La carica della brigata leggera*?»

«Che cosa c'entra?»

«"Non stava a loro chiedersi il perché, il loro compito era combattere o morire." Siamo noi la brigata leggera, Bullocks. Ci battiamo contro un esercito più numeroso, meglio armato, assai più potente. Molto spesso la nostra è una corsa verso il suicidio. Non abbiamo nessuna possibilità di sopravvivere, né tanto meno di vincere. Ma a volte ci capita un caso in cui si apre uno spiraglio che ci fa ben sperare. Magari si tratta di un'illusione, ma vale sempre la pena di tentare. Quindi ci buttiamo, senza fare domande.»

«Penso che il verso sia "combattere *e* morire". È questo il senso del poema. I seicento di Balaklava non avevano alcuna scelta. Dovevano combattere e morire.»

«Vedo che conosci bene Tennyson. Ma io preferisco la mia versione. Il punto è: Lisa Trammel ha ucciso Mitchell Bondurant? Sinceramente non lo so. Lei sostiene di essere innocente e tanto mi basta. Se per te non è sufficiente, ti sposto da questo caso, così tornerai a occuparti di pignoramenti a tempo pieno.»

«No» si affrettò a dire Aronson. «Ormai sono dentro, preferisco continuare.»

«Non capita spesso che un giovane avvocato appena uscito dall'università affianchi la difesa in un processo importante.»

Lei mi guardò con gli occhi sgranati.

«Quindi dovrei affiancarti?»

Annuii.

«Te lo meriti. Hai fatto davvero un ottimo lavoro.»

Ma la luce nel suo sguardo si spense in fretta.

«C'è qualcosa che non va, Jennifer?»

«Non riesco a capire perché una cosa escluda l'altra. Perché non si possa dare il massimo, senza dimenticare la propria coscienza. Cercare il meglio a tutti i livelli.»

«Il meglio per chi? Per il cliente, per la società, o per noi stessi? Tu sei responsabile nei confronti del tuo cliente e del diritto. Tutto qui.»

La guardai a lungo prima di continuare.

«Non venirmi a parlare di coscienza» le dissi. «È una strada che ho già percorso, e non porta da nessuna parte.»

10

Dopo aver passato quasi tutta la giornata a sistemare l'ufficio, arrivai a casa che erano quasi le otto e trovai la mia ex moglie seduta sui gradini che portavano alla veranda. Era da sola. Nel corso dell'ultimo anno c'erano stati tra noi parecchi incontri senza che Hayley fosse presente e ora, vedendola, mi rallegrai all'idea che se ne prospettasse un altro. Ero esausto mentalmente e fisicamente, ma per Maggie la Belva ero disposto a tutto.

«Ehi, Mags. Hai dimenticato la chiave?»

Si alzò in piedi, ma dalla rigidità della postura e dal modo in cui si spolverava i pantaloni capii che qualcosa non andava. Quando arrivai in cima alla scala, mi protesi per darle un bacio sulla guancia, niente di impegnativo, ma lei si scostò con un movimento rapido, confermando così i miei sospetti.

«Sei come Hayley» le dissi. «Anche lei si scansa quando faccio per baciarla.»

«Be', non è per questo che sono venuta, Haller. E non ho usato la chiave per timore che tu potessi considerare un conflitto di interessi il fatto di avere in casa un pubblico ministero.»

Adesso capivo.

«Sei stata a yoga oggi? Hai visto Andrea Freeman?»

«Già, ci hai azzeccato.»

All'improvviso, mi parve di aver perso qualsiasi energia. Aprii la porta come un carcerato cui tocca entrare nella stanza dove riceverà l'iniezione letale.

«Su, vieni dentro. Cerchiamo di liberarci in fretta di questa faccenda.»

Lei eseguì con aria nervosa. Il mio ultimo commento doveva aver alimentato la sua rabbia.

«Sei veramente spregevole. Come hai potuto pensare di usare nostra figlia in modo così subdolo?»

Mi girai di scatto a guardarla.

«Io avrei usato nostra figlia? Ti ricordo che è stato qualcun altro a metterla in mezzo; io l'ho saputo solo per caso.»

«Non importa. Sei disgustoso.»

«No, sono un avvocato di difesa. E la tua cara amica Andy si è messa a parlare di me e del caso che rappresento con la mia ex moglie in presenza di mia figlia. Senza contare che mi ha mentito.»

«Che cosa stai dicendo? Hayley non racconta frottole.»

«Non sto parlando di lei. Sto parlando di *Andy*. Il primo giorno che ci siamo incontrati le ho chiesto se ti conosceva e lei mi ha risposto che si trattava di una conoscenza molto superficiale. Penso che concorderai anche tu che le cose non stanno esattamente così. E presumo che se noi descrivessimo questa situazione a dieci diversi giudici, non ce ne sarebbe uno che non la considererebbe conflittuale.»

«Senti, non ci siamo messe a discutere intenzionalmente di te o del caso. È saltato fuori per caso mentre eravamo a pranzo. Cosa dovrei fare, ripudiare i miei amici per causa tua? Non è così che funziona.»

«Se era davvero così poco importante, perché mi ha mentito?»

«Non si è trattato di una vera bugia. Non è la mia migliore amica. E forse voleva evitare che tu approfittassi della situazione, come invece hai fatto.»

«Così adesso le bugie si valutano secondo una scala di valori. Alcune sono indirette e irrilevanti, piccole menzogne senza conseguenze. È questo che intendi dire?»

«Haller, non fare l'idiota.»

«Vuoi qualcosa da bere?»

«Non voglio niente. Sono venuta a dirti che non solo hai messo in imbarazzo me e Hayley, ma hai fatto una pessima figura. Sei stato meschino, Haller. Hai sfruttato una frase innocente di tua figlia per procurarti un vantaggio. Una vera porcheria.»

Avevo ancora in mano la cartella. L'appoggiai sul tavolo della piccola sala da pranzo, poi afferrai lo schienale di una sedia e mi protesi in avanti come se stessi pensando a una risposta.

«Coraggio» esclamò Maggie, provocandomi. «Non sei quello che ha sempre la risposta pronta? Il grande difensore? Sentiamo cos'hai da dire.»

Scoppiai a ridere, scuotendo il capo. Quando si arrabbiava era così bella da essere disarmante, cosa di cui, purtroppo, era perfettamente consapevole.

«Non c'è niente di divertente. Minacci di rovinare una brillante carriera e ci ridi sopra.»

«Non mi sono mai sognato di fare una cosa simile. L'ho soltanto minacciata di farle togliere il caso. E hai ragione, non è affatto divertente. È solo che...»

«Che cosa, Haller? Sono rimasta seduta là fuori per due ore, a chiedermi se ti saresti mai fatto vivo perché volevo sapere cosa ti era scattato dentro per agire così.»

Mi allontanai dal tavolo e passai all'attacco, camminando verso di lei mentre parlavo, costringendola a indietreggiare fino a ridursi in un angolo, e concludendo il mio discorso con un dito puntato contro il suo petto.

«L'ho fatto perché sono un avvocato difensore e ho giurato di difendere i miei clienti al meglio delle mie capacità. È vero, ho visto un possibile vantaggio. Tu e la tua amica Andy avete superato un limite. Certo, è stata una cosa innocua, almeno per quanto ne so, ma questo non significa che il limite non sia stato superato. Se oltrepassi una recinzione su cui spicca un bel cartello con la scritta PROPRIETÀ PRIVATA, hai commesso un illecito anche se torni subito sui tuoi passi. È vero, ho usato questo illecito a mio vantaggio, per ottenere quello che mi serviva. Avrei avuto diritto di ottenerlo senza sotterfugi, se la tua amica non avesse approfittato della sua posizione per tenerselo stretto. Ha violato le regole? No. Si è comportata correttamente? Ancora una volta no. E una delle ragioni per cui ti scaldi tanto è che lo sai benissimo anche tu, così come sai che ho fatto la mossa giusta. Una mossa che avresti fatto anche tu.»

«Nemmeno sotto tortura. Non potrei mai scendere così in basso.»

«Stronzate.»

Mi allontanai, ma lei rimase nell'angolo.

«Che cosa ci fai qui, Maggie?»

«Che domanda! Ti ho appena detto perché sono venuta.»

«Già, ma avresti potuto telefonarmi o mandarmi una mail. Perché disturbarti a venire?»

«Volevo guardarti in faccia mentre ti affannavi a darmi una spiegazione.»

Mi voltai di nuovo verso di lei. Quella sua piazzata non era che un pretesto. Mi avvicinai e appoggiai una mano sulla parete, accanto alla sua testa.

«Sono state queste liti idiote a distruggere il nostro matrimonio» le dissi.

«Lo so.»

«Sono già passati otto anni dal giorno del nostro divorzio. Più o meno il tempo che siamo stati sposati.»

Otto anni, e ancora non ero riuscito a dimenticarla.

«Otto anni, e siamo ancora qui.»

«Già.»

«Lo sai, sei tu che sconfini, Haller. Sei tu che non ti curi delle recinzioni. Entri ed esci dalle nostre vite come e quando vuoi. E il bello è che te lo lasciamo fare.»

Mi chinai lentamente, finché le arrivai così vicino da respirare la sua stessa aria. La baciai piano, poi con più decisione quando cercò di dire qualcosa. Non volevo sentire altre parole. Non ne potevo più delle parole.

Parte Seconda

PRESUNZIONE DI INNOCENZA

11

L'UFFICIO ERA ORMAI CHIUSO ma io ero ancora alla mia scrivania, a prepararmi per l'udienza preliminare. Era un venerdì dell'inizio di marzo e mi sarebbe piaciuto poter aprire una finestra per fare entrare la brezza della sera. Ma l'appartamento era munito di finestre verticali ermeticamente chiuse, di cui Lorna non si era accorta quando aveva ispezionato i locali e firmato il contratto di affitto. Questo inconveniente mi faceva provare molta nostalgia per il sedile posteriore della Lincoln, dove potevo aprire il finestrino e respirare aria fresca ogni volta che me ne veniva voglia.

Mancava una settimana all'udienza preliminare e la preparazione consisteva soprattutto nel cercare di anticipare gli argomenti che Andrea Freeman, la mia controparte, avrebbe portato davanti al giudice.

L'udienza preliminare è il primo passo verso il processo ed è quasi esclusivamente monopolizzata dall'accusa. Lo stato ha il compito di presentare la sua interpretazione del caso alla corte e a quel punto il giudice decide se le prove sono sufficienti per procedere. La soglia del ragionevole dubbio resta un miraggio lontano e la valutazione del giudice si fonda solo sul numero e la qualità delle prove che dovrebbero supportare l'imputazione. In caso affermativo ha inizio il dibattimento in piena regola.

Il trucco, almeno per quello che riguardava la Freeman, sarebbe stato quello di presentare prove sufficienti a ottenere l'approvazione del giudice, senza scatenare l'intera artiglieria, ben sapendo che io avrei cercato di ribaltare qualsiasi argomento avesse presentato.

È evidente che l'accusa in questa prima fase ha la vita facile. Nonostante lo scopo dell'udienza preliminare sia quello di controllare che lo stato, rappresentato dall'accusa, non calpesti i diritti dell'individuo, il gioco è sempre lo stesso e di questo bisogna ringraziare l'assemblea di stato della California.

Preoccupati dalla durata dei processi penali, emersa nel corso di una disamina del sistema giudiziario, gli uomini politici decisero di passare all'azione. L'opinione prevalente fu che una giustizia lenta era profondamente ingiusta e poco importava che quest'idea fosse in conflitto con uno degli aspetti fondanti del diritto stesso, quello di avere una difesa forte e vigorosa. L'assemblea aggirò questo piccolo inconveniente e votò a favore della riforma che prevedeva alcune misure atte a rendere più agile il processo. Così l'udienza preliminare cessò di essere il momento in cui l'accusa scopriva tutte le sue carte per diventare un gioco a nascondino. I testimoni convocati, al di là dell'investigatore che aveva condotto le indagini, erano pochi, le testimonianze indirette venivano autorizzate invece di essere scoraggiate e il pubblico ministero si accontentava di esibire meno della metà delle prove che aveva a disposizione. Il minimo indispensabile per ottenere l'incriminazione.

Il risultato fu che quasi tutti i casi finirono per passare l'esame del giudice incaricato e che l'udienza preliminare si trasformò in un incontro di routine.

Nonostante questi inconvenienti, l'appuntamento non era privo di valore per la difesa. Nel caso specifico, avrei potuto intravedere quello che bolliva in pentola e avrei avuto l'opportunità di interrogare i testimoni a mia volta e di discutere sulle prove presentate. Da questo derivava la necessità di prepararmi: dovevo prevedere le mosse di Andrea Freeman e decidere la mia controffensiva.

L'idea del patteggiamento era da dimenticare. La Freeman non aveva alcuna intenzione di cedere e la mia cliente aveva scelto la via del processo, che si sarebbe tenuto in aprile o al più tardi in maggio, ma non potevo dire che la cosa mi dispiacesse. Avevamo per le mani una carta vincente e se Lisa Trammel voleva giocarsela, dovevo essere pronto.

Le ultime settimane erano trascorse in un'altalena di fatti positivi e negativi. Come avevo previsto, il giudice Morales non aveva accolto la mozione in cui chiedevamo di non tener conto dell'interrogatorio da parte della polizia e degli oggetti prelevati durante la perquisizione in casa di Lisa. Questa decisione aveva sgombrato la strada al pubblico ministero, permettendogli di costruire un impianto accusatorio basato sul movente, sull'opportunità e sulle affermazioni dell'unica testimone oculare. C'erano la causa di pignoramento e le molte manifestazioni di protesta contro la banca organizzate da Lisa. C'erano le ammissioni che lei aveva fatto durante l'interrogatorio. E soprattutto c'era Margo Schafer che sosteneva di aver visto Lisa a un isolato dalla banca pochi minuti dopo l'omicidio.

Ma la difesa che stavamo costruendo attaccava queste certezze e si basava a sua volta su prove favorevoli all'accusata.

Non era stata identificata l'arma del delitto e lo zelo dell'accusa nel voler dimostrare che una piccola macchia di sangue trovata su una chiave inglese nel garage di Lisa apparteneva a Mitchell Bondurant si era rivelato un boomerang dopo che le analisi avevano decretato che quel sangue non apparteneva a lui. Naturalmente il pubblico ministero avrebbe evitato di parlarne durante l'udienza preliminare, ma l'avrei fatto io. È compito della difesa additare gli errori commessi durante le indagini e ritorcerli contro l'accusa.

Inoltre Cisco aveva raccolto delle informazioni che potevano invalidare le osservazioni della loro unica testimone oculare, anche se non avremmo giocato quella carta fino al processo. E infine avevamo la presunzione di innocenza. La mia teoria stava prendendo corpo. Avevamo chiesto un mandato di comparizione per Louis Opparizio e la sua società, l'ALOFT, entrambi al centro della mia strategia di difesa.

Ma nessuna delle prove o delle tattiche difensive sarebbe

emersa durante l'udienza preliminare. Freeman avrebbe chiamato a deporre il detective Kurlen, che avrebbe esposto al giudice l'intero caso, evitando però di addentrarsi nei punti in cui la tesi dell'accusa era più debole. Oltre a lui, sarebbero comparsi il medico legale e il tecnico di laboratorio che aveva effettuato le analisi.

La testimone oculare, Margo Schafer, era l'unico problema. Mi sembrava improbabile che Freeman la chiamasse a deporre, anche perché Kurlen avrebbe parlato dell'interrogatorio dal suo punto di vista, anticipando in un certo senso quello che Schafer avrebbe poi detto durante il processo. Per l'udienza preliminare era più che sufficiente. D'altra parte, poteva convocarla per farmi venire allo scoperto. Se, nel corso del controinterrogatorio, avessi rivelato il modo in cui pensavo di gestire la testimone, avrei aiutato l'accusa a prepararsi meglio per il processo.

Non erano altro che sotterfugi, ma per me, dovevo ammetterlo, costituivano la parte più interessante di tutta la vicenda. Le manovre che si svolgevano fuori dall'aula erano più rilevanti di quello che succedeva al suo interno, dove tutto confluiva in una sorta di rito, ben lontano dall'improvvisazione che preferivo.

Stavo sottolineando il nome di Margo Schafer sul mio taccuino quando udii squillare il telefono nella zona della reception. Avrei potuto rispondere anche dal mio apparecchio, ma decisi di lasciar perdere. L'ufficio era chiuso da un pezzo e io sapevo che le telefonate dirette al numero che compariva sulla pagina pubblicitaria dell'elenco telefonico venivano deviate sul nuovo numero. Se si trattava di qualcuno che aveva bisogno di un consiglio legale, come era possibile, avrebbe lasciato un messaggio.

Presi il fascicolo con le analisi e me lo misi davanti. Conteneva il rapporto sul sangue prelevato da un piccolo solco nel manico della chiave inglese. Era stato effettuato con estrema urgenza da un laboratorio esterno a cui l'accusa aveva preferito affidarsi, piuttosto che rivolgersi a una struttura statale che l'avrebbe fatta attendere molto più a lungo. Doveva essere rimasta molto delusa quando aveva scoperto che il sangue non era quello di Mitchell Bondurant. Si trattava di un'innegabile battuta di arresto: se i due campioni fossero stati identici avremmo dovuto dimenticarci l'eventualità di un'assoluzione e Lisa sarebbe stata costretta ad accettare il patteggiamento. Ma ora Freeman sapeva che potevo sventolare il rapporto davanti alla giuria, accusando la procura distrettuale di aver portato delle prove inconsistenti.

Un altro punto a nostro favore era rappresentato dal fatto che le telecamere di sorveglianza poste sulla banca e nel garage non avevano registrato alcuna immagine di Lisa Trammel nei momenti immediatamente precedenti e successivi all'omicidio. Le telecamere non coprivano l'intero edificio, ma poco importava. Si trattava indubbiamente di un dato positivo.

In quel momento il mio cellulare iniziò a vibrare. Lo estrassi dalla tasca e guardai il display. La telefonata proveniva dal mio agente, Joel Gotler. Ebbi un attimo di esitazione, poi risposi.

«Fai le ore piccole» esordii.

«Già. Non leggi le mail?» chiese Gotler. «È da un po' che ti ho scritto.»

«Mi dispiace, sono davanti al computer ma ho avuto da fare. Che cosa c'è?»

«Abbiamo un bel problema. Non leggi *Deadline Hollywood*?»

«No, che cos'è?»

«È un blog. Se sei vicino al computer, aprilo.»

«Adesso?»

«Sì, in questo istante.»

Richiusi il fascicolo e lo spostai di lato. Accesi il computer portatile, entrai nel sito di *Deadline Hollywood* e cominciai a farlo scorrere. Mi sembrava un elenco di notizie sui contratti che erano appena stati siglati e sui dati del box office con una spruzzata di pettegolezzi qua e là. Chi aveva comprato o venduto, chi aveva cambiato agenzia, chi saliva e chi scendeva, cose di questo genere.

«Ci sono. Che cosa devo cercare?»

«Vai giù fino alle tre e quarantacinque di oggi pomeriggio.»

I post erano pubblicati in ordine cronologico. Seguii le indicazioni di Gotler e arrivai al messaggio che gli interessava. Bastò il titolo a farmi uscire di testa.

La Archway si aggiudica la storia vera di un omicidio
Produzione Dahl/McReynolds
Alcune fonti hanno riportato che la Archway Pictures ha versato un anticipo di sei cifre, su un totale di alcuni milioni di dollari, per acquisire i diritti cinematografici di un recente caso di omicidio. L'imputata, Lisa Trammel, è rappresentata da Herb Dahl, che produrrà insieme a Clegg McReynolds della Archway. L'offerta comprende anche i diritti televisivi e documentaristici. Il finale della storia, comunque, deve ancora essere scritto, visto che il processo contro Lisa Trammel, accusata di aver ucciso l'uomo che voleva portarle via la casa, inizierà solo tra due mesi. Nel corso di una conferenza stampa McReynolds ha detto che la vicenda di Lisa Trammel servirà a puntare i riflettori sull'epidemia di pignoramenti che ha colpito il paese negli ultimi anni.

«Brutto figlio di puttana» esclamai.

«Giusto» commentò Gotler. «Cosa diavolo sta succedendo? Mi sono dato un gran daffare a vendere questa roba ed ero molto vicino a chiudere con la Lakeshore quando leggo la notizia. Mi stai prendendo in giro, Haller? Ti pare bello pugnalarmi alle spalle?»

«Senti un po', non so cosa stia succedendo. So solo che ho un contratto con Lisa Trammel.»

«Conosci questo Dahl? Io sì, è un farabutto.»

«Lo so, lo so. Aveva cercato di fare il furbo, ma io l'ho messo al suo posto. Ha fatto firmare qualcosa a Lisa, ma...»

«Vuoi dire che lei si è fatta intrappolare?»

«No, cioè sì, ma dopo che si era già impegnata con me. Il mio contratto è precedente.»

Mi interruppi di colpo. I contratti. Mi ricordavo di aver fatto delle copie e di averle date a Dahl. Poi avevo rimesso gli originali all'interno della cartellina nel baule della Lincoln, purtroppo sotto gli occhi dell'uomo.

«Bastardo!» esclamai.
«Che cosa succede?»
Guardai le cartelline impilate in un angolo della scrivania. Erano tutte legate al caso Trammel, ma, per pigrizia, non avevo portato quelle che stavano nel baule della Lincoln. Avevo pensato che fossero tutti vecchi contratti legati a casi ormai superati e mi ero dimenticato di quelli firmati da Lisa. O forse non sapevo se mi sarebbe piaciuto lavorare in una gabbia di cemento.
«Joel, ti richiamo tra un momento.»
«Ehi, ma cosa...»
Interruppi la comunicazione senza lasciarlo finire e mi diressi alla porta. Il Victory Building era dotato di un garage a due piani che non era annesso all'edificio. Per raggiungerlo dovetti camminare fino all'isolato successivo. Risalii a passo di corsa la rampa e, arrivato al secondo livello, mi diressi verso la mia auto, facendo scattare il portellone del baule con il telecomando mentre mi avvicinavo. La Lincoln era l'unico veicolo rimasto. Aprii la cartellina che conteneva i contratti e mi chinai per esaminarla alla piccola luce interna.
Il contratto firmato da Lisa Trammel non c'era.
Dire che schiumavo di rabbia è poco. Ficcai il fascicolo al suo posto e richiusi il portellone con violenza. Tirai fuori il telefono e chiamai Lisa mentre mi avviavo verso l'uscita. Mi rispose la segreteria telefonica.
«Lisa, sono il tuo avvocato. Eravamo rimasti d'accordo che avresti risposto sempre alle mie chiamate, indipendentemente dall'ora e da quello che stavi facendo. Ma a quanto pare te ne sei dimenticata. Richiamami subito. Voglio parlarti del tuo amichetto Herb e del casino che ha appena combinato. Sono sicuro che ti ha già detto tutto, ma quello che non sai è che gli farò pagare caro questo scherzo. Si pentirà di essere nato. Aspetto la tua chiamata.»
Scesi la rampa stringendo il telefono in mano e notai di sfuggita due uomini che la stavano percorrendo in senso inverso, finché uno di loro non mi apostrofò.
«Ehi, sei tu, vero?»

Mi fermai perplesso, con la mente ancora rivolta a quello che avevo appena scoperto.

«Mi scusi?»

«Sei l'avvocato, no? Quello che va in televisione.»

Si fecero più vicini. Erano giovani, portavano un giubbotto ed entrambi avevano le mani in tasca. Non avevo nessuna voglia di fermarmi a fare conversazione.

«Mi dispiace, ma vi state sbagliando.»

«No, amico, sei proprio tu. Ti ho visto con i miei occhi.»

Mi arresi.

«Sì, mi sto occupando di un caso che richiama un sacco di attenzione.»

«Già proprio così. E com'è che ti chiami?»

«Mickey Haller.»

Appena pronunciai il mio nome, vidi quello che era rimasto in silenzio togliersi le mani di tasca e raddrizzare le spalle. Indossava dei guanti neri senza dita. Non faceva abbastanza freddo per portare i guanti e solo in quel momento mi venne in mente che non stavano andando certo a prendere la loro auto, visto che al secondo livello era rimasta solo la mia. Quei due volevano me.

«Che cosa...»

Il muto mi interruppe con un sinistro all'altezza della vita. Mentre mi piegavo sentii il suo destro che si abbatteva sulle costole. A quel punto lasciai cadere il telefono, poi fui avvolto da una specie di nebbia. Ricordo solo che cercai di mettermi a correre, ma quello che aveva parlato mi bloccò la strada e mi fece voltare, inchiodandomi i gomiti ai fianchi.

Anche lui indossava un paio di guanti neri.

12

Mi risparmiarono solo la faccia. Era l'unico punto del corpo che non mi facesse soffrire quando mi svegliai al Centro di Terapia Intensiva dell'Holy Cross. Il computo dei danni comprendeva trentotto punti sul cuoio capelluto, nove costole fratturate, quattro dita rotte, i reni ammaccati e un testicolo con una torsione di centottanta gradi rispetto alla sua posizione naturale. Il mio torace aveva assunto il colore di una prugna e la mia urina era scura come la Coca-Cola.

L'ultimo ricovero ospedaliero mi aveva lasciato in eredità la dipendenza dall'ossicodone, una circostanza per cui avevo rischiato di perdere mia figlia e la mia carriera. Questa volta decisi che me la sarei sfangata senza il ricorso ad alcun sostegno chimico. Ma non avevo fatto bene i miei conti. Due ore dopo aver preso la mia decisione stavo supplicando le infermiere, gli inservienti e chiunque mi capitava a tiro perché mi facessero una flebo. Quando si decisero, il medicamento eliminò il dolore, ma mi diede l'impressione di fluttuare troppo vicino al soffitto. Impiegarono un paio di giorni per trovare il giusto equilibrio tra sofferenze e allucinazioni e a quel punto accettai di ricevere visite.

Due tra i primi visitatori furono un paio di detective della divisione Van Nuys, sezione Crimini contro la Persona, che si chiamavano rispettivamente Stilwell ed Eyman. Mi posero delle domande elementari per completare il rapporto, ma il loro interesse per scoprire chi fossero i miei aggressori era pari a zero. Dopotutto, ero l'avvocato difensore di una presunta assassina che i loro colleghi erano riusciti a incastrare. In altre parole, non si sarebbero certo sprecati per me.

Quando Stilwell chiuse il suo taccuino capii che non solo era finito l'incontro, ma si erano anche concluse le indagini. Mi disse che mi avrebbe informato se avessero scoperto qualcosa.

«State dimenticando un particolare» osservai.

Parlavo a denti stretti per evitare che anche il minimo movimento mi provocasse delle trafitture dolorose alla gabbia toracica.

«Di che si tratta?» mi chiese Stilwell.

«Non mi avete chiesto di descrivere i miei aggressori. Non vi siete nemmeno preoccupati di sapere se erano bianchi o di colore.»

«Pensavamo di chiederglielo più avanti. I dottori sono stati categorici. Solo visite brevi.»

«Volete prendere un appuntamento per il futuro?»

Non mi risposero e io intuii che non sarebbero tornati.

«Capisco. Vi saluto e sono contento che la sezione in cui lavorate si stia occupando così attivamente del mio caso. Mi fa sentire al sicuro.»

«Forse non si è trattato di un'aggressione intenzionale» obiettò Stilwell. «I due potevano essere rapinatori in cerca di un bersaglio facile.»

«Sapevano chi ero.»

«Ci ha detto che l'hanno riconosciuta per averla vista in televisione e sui giornali.»

«Non è esattamente così. Vi ho detto che me l'hanno fatto credere. Sono due cose diverse e se foste minimamente interessati l'avreste capito anche voi.»

«Ci sta accusando di non tenere nel debito conto un atto di violenza commesso da due balordi?»

«È così. E chi vi dice che fossero due balordi?»

«Lei ha sostenuto di non conoscerli. Quindi, a meno che non abbia cambiato idea, l'ipotesi più attendibile è che si tratti di violenza indiscriminata. Oppure l'hanno riconosciuta e hanno pensato di punirla, in quanto rappresentante della legge che difende gli assassini e la feccia dell'umanità. Ci sono diverse interpretazioni possibili.»

La rabbia aveva acuito il dolore, e a parte questo ero stanco e volevo che se ne andassero.

«Non importa» dissi. «Tornate in ufficio e completate il vostro rapporto. Dimenticate questa faccenda. Da ora in poi me ne occuperò io.»

Chiusi gli occhi, non c'era altro da fare.

Quando li riaprii vidi Cisco che, seduto su una sedia in un angolo, mi stava fissando.

«Ehi, Capo» disse piano, come se la sua solita voce tonante avesse potuto aggravare il mio stato di salute. «Come va?»

Mentre cercavo di riscuotermi diedi qualche colpo di tosse che mi provocò delle fitte lancinanti ai testicoli.

«Centottanta gradi verso sinistra.»

Sorrise, pensando che stessi delirando, ma io ero abbastanza lucido per sapere che questa era la sua seconda visita e che nella precedente gli avevo chiesto di svolgere qualche indagine.

«Che ore sono? Ho perso il senso del tempo a furia di dormire.»

«Le dieci e dieci.»

«Di giovedì?»

«No, è già venerdì mattina, Mick.»

Il mio sonno era durato più di quanto pensassi. Cercai di mettermi a sedere, ma questa volta il movimento mi scatenò un incendio nel fianco sinistro.

«Cristo!»

«Tutto a posto, Capo?»

«Hai qualcosa per me, Cisco?»

Si alzò e si avvicinò al letto.

«Non molto, ma ci sto ancora lavorando. Ho dato un'occhiata al rapporto della polizia. Non c'è granché neanche lì, ma dicono che sei stato trovato dagli uomini delle pulizie, che arrivano verso le nove. Giacevi privo di conoscenza sulla rampa che porta al secondo livello, quindi hanno chiamato la centrale.»

«Doveva essere successo da poco. Non hanno visto altro?»

«No, stando a quanto c'è scritto. Ma ho intenzione di recarmi sul posto stanotte per interrogarli personalmente.»

«Bene. Niente di strano in ufficio?»

«Abbiamo controllato tutto. Non ci sono tracce che qualcuno sia entrato. Non manca niente, anche se è rimasto aperto tutta la notte. Il bersaglio eri tu, Mick, non l'ufficio.»

La flebo funzionava sulla base di un sistema computerizzato che, a intervalli regolari, mi faceva colare nel corpo le dolci gocce che mi arrecavano sollievo. Il computer si trovava in un'altra stanza, e il genio che l'aveva programmato era diventato il mio eroe. Sentii il medicinale diffondersi attraverso il braccio fino al petto. Rimasi in silenzio, in attesa che le mie povere terminazioni nervose si placassero.

«Che cosa pensi, Mick?»

«Ho in testa un gran vuoto. Ti ho detto che non li ho riconosciuti, vero?»

«Non alludevo a loro, quanto piuttosto a chi li ha mandati. Cosa ti dice l'istinto? Credi che ci sia dietro Opparizio?»

«Potrebbe essere. Sa che gli stiamo addosso. D'altra parte, non riesco a pensare a nessun altro.»

«Che ne dici di Dahl?»

Scossi il capo in segno di diniego.

«E perché? Mi ha già rubato i contratti, procedendo per conto suo. Che bisogno aveva di accanirsi?»

«Chissà, forse per bloccarti, almeno per un po'. O per aggiungere un po' di pepe al progetto, per rendere la storia ancora più inquietante.»

«Mi sembra tirata per i capelli. Preferisco l'ipotesi Opparizio.»

«Ma perché mai l'avrebbe fatto?»

«Più o meno per la stessa ragione. Per rallentarmi, o a titolo di avvertimento. È chiaro che non vuole venire a testimoniare e che farebbe di tutto pur di non far emergere la merda che ho raccolto su di lui.»

Cisco si strinse nelle spalle.

«Non so perché, ma non mi convince.»

«Comunque non ha importanza. Se credono di impressionarmi si sbagliano di grosso.»

«Cosa pensi di fare con Dahl? Ti ha rubato i contratti.»
«Ci sto riflettendo. Il giorno in cui uscirò di qui avrò messo a punto un piano per dargli una bella regolata.»
«E quando ti dimetteranno?»
«Quando avranno deciso se togliermi la palla sinistra oppure no.»
Cisco rabbrividì come se si fosse trattato della sua palla sinistra.
«Già, cerco di non pensarci.»
«D'accordo, passiamo ai fatti. Mi hai parlato di due bianchi sulla trentina, che indossavano un giubbotto di cuoio e i guanti. Non ti è tornato in mente nient'altro?»
«No.»
«Nessun accento specifico?»
«No, che io ricordi.»
«Cicatrici, tatuaggi, segni particolari?»
«Purtroppo no. Tutto si è svolto molto in fretta.»
«Credi che riusciresti a riconoscerli se li vedessi in mezzo ad altri indiziati?»
Si riferiva alla possibilità di esaminare delle foto segnaletiche della polizia.
«Forse uno dei due, quello che parlava. L'altro l'ho guardato di sfuggita. Dopo che mi ha colpito, ho smesso di vederci.»
«Ho capito. Be', continuerò a lavorarci.»
«C'è altro, Cisco? Comincio a essere provato.»
Chiusi gli occhi, come per enfatizzare le mie parole.
«Be', Maggie mi ha chiesto di chiamarla appena ti svegliavi. Tutte le volte che è venuta a trovarti con Hayley, stavi dormendo.»
«Chiamala pure e dille di svegliarmi se dormo. Voglio vedere mia figlia.»
«D'accordo, le chiederò di portarla dopo la scuola. Cambiando argomento, Bullocks vorrebbe farti approvare e firmare la mozione dilatoria che intende presentare a fine giornata.»
Aprii gli occhi. Cisco si era spostato dall'altra parte del letto.
«Di che cosa stai parlando?»
«Della mozione per rimandare l'udienza preliminare. Vuol

chiedere al giudice di posticiparla di un paio di settimane, visto quello che ti è accaduto.»

«Non se ne parla.»

«Mick, è venerdì e l'udienza è fissata per martedì. Anche se ti dimettono in tempo, non sarai in condizione di presentarti in aula.»

«Se la può cavare da sola.»

«Chi, Bullocks?»

«Già, proprio lei. È in gamba e ce la farà.»

«Sarà anche brava, ma è alle prime armi. Sei sicuro di voler affidare a una ragazza che è appena uscita dall'università la gestione dell'udienza preliminare di un caso di omicidio?»

«Siamo solo all'inizio e Lisa Trammel dovrà comunque affrontare il processo, indipendentemente dalla mia presenza martedì. Possiamo soltanto sperare che l'accusa scopra le sue carte, almeno parzialmente, ma Jennifer sarà lì per riferirci.»

«Pensi che il giudice lo permetterà? Potrebbe ritenerla una manovra per permettere a Lisa di ricusare la difesa, se fosse incriminata formalmente.»

«Se Lisa è d'accordo, andrà tutto bene. La chiamerò e le dirò che fa parte della nostra strategia. Basta che Jennifer passi qualche ora con me durante il fine settimana e riuscirò a prepararla.»

«Ma quale sarebbe la tua strategia, Mick? Perché non aspetti di esserti ripreso?»

«Voglio che credano di essere riusciti a spaventarmi a morte.»

«A chi ti riferisci?»

«A Opparizio o a chiunque altro abbia organizzato l'aggressione. Voglio che si convincano di avercela fatta, di avermi terrorizzato. All'udienza preliminare si presenta Jennifer e poi arriviamo dritti al processo.»

Cisco annuì.

«Capito.»

«Bene. Adesso vai e telefona a Maggie. Dille di svegliarmi, indipendentemente dal parere contrario delle infermiere, soprattutto se viene con Hayley.»

«Lo farò, Capo. Uhm... c'è un'altra cosa.»

«Che cosa?»

«Rojas è fuori, in sala d'attesa. Voleva entrare anche lui, ma gli ho detto di aspettare lì. È venuto anche ieri, ma stavi dormendo.»

Annuii. Non avevo pensato a Rojas.

«Hai controllato il baule della macchina?»

«Sì, ma non ho visto tracce di effrazione. Niente graffi sulla carrozzeria.»

«Bene. Quando esci, mandalo dentro.»

«Vuoi vederlo da solo?»

«Sì.»

«D'accordo.»

Se ne andò e io presi il telecomando che serviva a regolare il letto. Faticosamente feci alzare lo schienale fino a inclinarlo di quarantacinque gradi, così da non essere più completamente sdraiato. La manovra comportò una serie di fitte infuocate che si diffusero nella gabbia toracica.

Rojas entrò con aria titubante, agitando la mano in segno di saluto.

«Ehi, avvocato Haller, come va?»

«Ho visto giorni migliori. E tu come te la cavi?»

«Bene, bene. Volevo solo farle un salutino.»

Era nervoso come un gatto randagio. E io sapevo perché.

«Sei stato gentile a venirmi a trovare. Siediti là, sulla sedia nell'angolo.»

«D'accordo.»

L'avevo indirizzato lì per poterlo vedere bene. Volevo che non mi sfuggisse niente del linguaggio del corpo, che già stava mostrando i segni tipici della dissimulazione, sguardo sfuggente, sorrisi inopportuni, eccessiva gestualità delle mani.

«Le hanno detto per quanto ancora dovrà restare qui?» mi chiese.

«Ancora qualche giorno, credo. Almeno finché non avrò smesso di pisciare sangue.»

«Caspita, è tremendo! Secondo lei li prenderanno, quelli che l'hanno ridotta così?»

«Non mi sembra che si stiano dannando per trovarli.»

Rojas annuì e io non aggiunsi altro. A volte il silenzio dice più delle parole. A quel punto il mio autista si strofinò i palmi delle mani sulle cosce e si alzò.

«Be', non volevo disturbarla. Avrà bisogno di dormire.»

«No, ora sono ben sveglio e non ho un filo di sonno. Puoi restare, Rojas. Che fretta c'è? Non ti sarai messo a lavorare per qualcun altro?»

«Ma no, naturalmente. Come le viene in mente?»

Tornò a sedersi con una certa riluttanza. Era stato un mio cliente prima di diventare il mio autista. L'avevano beccato in possesso di merce rubata e, tanto per peggiorare la situazione, aveva dei precedenti. L'accusa voleva mandarlo in galera, ma io riuscii a ottenere la libertà condizionata. Mi doveva tremila dollari, ma era disoccupato, visto che, a subire il furto, era stato il suo datore di lavoro. Gli proposi di pagarmi poco per volta, facendomi da autista e da interprete dallo spagnolo e lui accettò. Cominciai a dargli cinquecento dollari alla settimana, a cui si aggiungevano i duecentocinquanta che trattenevo come rata da scontare sul debito. Dopo tre mesi non mi doveva più niente, ma era rimasto con me a paga intera. Ero convinto che fosse contento e che rigasse dritto, ma, come si suol dire: "Ladro una volta, ladro per sempre".

«Avvocato Haller, quando uscirà di qui, sarò a sua disposizione ventiquattr'ore su ventiquattro. Non voglio più che vada in giro da solo. Anche se dovesse andare allo Starbucks in fondo alla strada, ci sarò io ad accompagnarla.»

«Grazie, Rojas. Dopotutto è il meno che tu possa fare, no?»

«Ma...»

Sembrava confuso, ma neanche tanto. Sapeva dove stavo andando a parare, quindi decisi di arrivare al sodo senza perdere altro tempo.

«Quanto ti ha pagato?»

Rojas si agitò sulla sedia.

«Non capisco a cosa si riferisce.»

«Avanti, Rojas, smettila di menare il can per l'aia. È imbarazzante.»

«Non so di cosa stia parlando, davvero. Forse è arrivato il momento di andare.» E si alzò in piedi.

«Noi non abbiamo un accordo formale, Rojas. Non abbiamo un contratto, un impegno verbale, niente. Se esci da questa stanza, ritieniti licenziato. È questo che vuoi?»

«Potrebbe licenziarmi comunque, anche se avessimo un contratto, anche senza motivo.»

«Ma io ce l'ho un motivo, Rojas. Herb Dahl mi ha detto tutto. Tra ladri, l'onore non esiste. Sostiene che l'hai chiamato per dirgli che gli avresti procurato tutto quello che gli serviva.»

Il bluff funzionò. Vidi la rabbia esplodere negli occhi di Rojas. A buoni conti, avevo piazzato un dito sul campanello nell'eventualità di dover chiamare un'infermiera.

«Bugiardo schifoso! Brutto topo di fogna!»

Annuii.

«Una descrizione molto appropriata.»

«Non l'ho mai chiamato. È stato quel figlio di puttana a farsi avanti. Ha chiesto di poter dare una rapida occhiata al baule. Avrei dovuto sapere che ci sarei andato di mezzo io.»

«Pensavo che tu fossi più furbo di così, Rojas. Quanto ti ha dato?»

«Quattrocento dollari.»

«Meno dei soldi che ti do io alla settimana. Senza contare che ora non avrai più nemmeno quelli.»

Rojas si avvicinò al letto. Avevo il dito ben saldo sul pulsante del campanello, nel caso gli saltassero i nervi e mi aggredisse.

«Avvocato Haller... ho bisogno di questo lavoro. Ho una famiglia da mantenere.»

«La storia si ripete. Hai il vizio di fregare chi ti dà lavoro. Non hai imparato la lezione?»

«Sì, signore, eccome se l'ho imparata. Ma lui mi ha detto che voleva solo dare un'occhiata a delle carte poi, quando le ha prese e io ho cercato di fermarlo, mi ha detto che le avrebbe raccontato tutto. Mi aveva incastrato.»

«Hai ancora i quattrocento dollari?»

«Sì, non ho speso neanche un centesimo. Quattro bei bigliettoni da cento, e non hanno certo l'aria di essere falsi.»

Gli indicai di tornarsene a sedere. Non volevo che mi stesse così vicino.

«Bene, è arrivato il momento di fare una scelta, Rojas. Puoi uscirtene da quella porta con i tuoi quattrocento e sarà la fine del nostro rapporto. Oppure posso darti una seconda possibilità e...»

«La prego, mi dia un'altra possibilità. Mi dispiace tanto per quello che è successo.»

«D'accordo, ma devi guadagnartela. Devi aiutarmi a sistemare il casino che hai combinato. Ho intenzione di citare Dahl per appropriazione indebita e tu dovrai testimoniare per spiegare esattamente come sono andati i fatti.»

«Lo farò, ma nessuno crederà a quello che dico.»

«Qui entrano in gioco i tuoi quattrocento dollari. Dovunque siano, ho bisogno che tu me li porti.»

«Li ho con me, nel portafoglio.»

Balzò in piedi e tirò fuori dalla tasca il portafoglio.

«Sfilali con due dita» gli dissi, unendo il pollice e l'indice a titolo di esempio.

«Riescono a prendere le impronte digitali anche sulle banconote?»

«Certo. E se riuscissimo a rilevare quelle di Dahl, l'avremmo incastrato, indipendentemente dalle frottole che potrà raccontare.»

Aprii un cassetto del comodino. In una busta di plastica, chiusa con una cerniera lampo, c'erano il mio portafoglio, le chiavi e qualche moneta spicciola, tutte cose raccolte dai paramedici che mi avevano soccorso nel garage del Victory Building. Lasciai cadere il contenuto nel cassetto e porsi la busta a Rojas perché ci infilasse i soldi.

«Adesso metti le banconote qui dentro e richiudi.»

Eseguì e a quel punto gli indicai con un cenno di consegnarmi la busta. I biglietti da cento erano intatti, senza un segno; dovevano essere nuovi, il che aumentava la possibilità di trovare delle impronte digitali chiare.

«D'ora in poi di questa faccenda si occuperà Cisco. Avrà bisogno anche delle tue impronte digitali.»

«Mmm...»

Rojas aveva lo sguardo fisso sulla busta.

«Che cosa c'è?»

«Mi chiedevo se potrò recuperarli» osservò con un'occhiata nostalgica alle banconote.

Infilai la busta nel cassetto e lo richiusi di scatto.

«Cristo, Rojas, vattene fuori dai piedi prima che cambi idea e ti licenzi in tronco.»

«Mi dispiace, adesso vado.»

«A te dispiace solo di essere stato beccato, tutto qui. E ora sparisci. Devo essere rincoglionito per averti dato un'altra possibilità.»

Rojas indietreggiò con la coda tra le gambe, come un cane. Quando uscì, abbassai lentamente il letto cercando di non pensare al suo tradimento né al mandante dell'aggressione né a qualsiasi altra cosa avesse a che fare con il caso. Alzai gli occhi sulla sacca di liquido chiaro che mi pendeva sopra la testa e aspettai la scarica benedetta che avrebbe sconfitto almeno temporaneamente il dolore.

13

Come previsto, Lisa Trammel fu rinviata a giudizio con l'accusa di omicidio dal giudice Dario Morales alla fine di un'udienza preliminare che durò l'intera giornata e che si svolse nel Tribunale Superiore di Van Nuys. La procura distrettuale, nella persona di Andrea Freeman, si servì principalmente del detective Howard Kurlen per presentare un insieme di prove indiziarie che rapidamente incastrarono Lisa. Andrea varcò la soglia oltre la quale si rende necessario il processo con la velocità di un centometrista e il giudice fu ugualmente rapido a decidere di incriminare Lisa. Pura routine, nessuna sorpresa.

La mia cliente era seduta al tavolo della difesa, ma io non c'ero. Jennifer Aronson condusse la difesa al meglio delle sue possibilità, anche se, ovviamente, partiva sfavorita. Il giudice aveva dato corso all'udienza solo dopo aver interrogato in modo esaustivo Lisa, per essere sicuro che la sua decisione di procedere senza di me fosse stata presa in modo responsabile e autonomo, e che lei fosse consapevole delle conseguenze. Lisa dichiarò davanti alla corte che era al corrente della mancanza di esperienza dibattimentale di Jennifer e rinunciò a utilizzare in futuro la formula di "difesa inefficace" per ricusare la sentenza finale.

Io guardai gran parte dell'udienza preliminare chiuso in casa, dove stavo trascorrendo la convalescenza. Il canale KTLA 5, unico tra tutti, aveva trasmesso in diretta la seduta mattutina, prima di tornare alla solita sequela di insipidi talk show pomeridiani, il che voleva dire che avevo perso solo le ultime due ore. La cosa non mi turbava perché a quel punto avevo capito benissimo dove si sarebbe andati a parare. Era tutto scontato e in un certo senso rimasi deluso dall'assoluta mancanza di novità, che mi impediva di intuire come si sarebbe comportata l'accusa durante il processo.

Come avevamo deciso durante i nostri incontri preparatori nella mia stanza di ospedale, Aronson non presentò testimoni, né argomentazioni per limitare la portata delle prove presentate dall'accusa. Avevamo scelto di riservare al processo qualsiasi elemento volto a sostenere la presunzione di innocenza, perché a quel punto la necessità di dimostrare la colpevolezza oltre ogni ragionevole dubbio avrebbe messo accusa e difesa più o meno su un piano di parità. Quindi Jennifer utilizzò in modo molto limitato il controinterrogatorio dei testi presentati dallo stato. Erano tutte persone avvezze a testimoniare in un'aula di tribunale, soprattutto Kurlen, l'esperto della Scientifica e il medico legale. Andrea Freeman non chiamò Margo Schafer al banco dei testimoni, limitandosi a chiedere a Kurlen di riferire il suo colloquio con la testimone oculare che sosteneva di aver visto Lisa Trammel a un isolato dal luogo del delitto. Non c'era molto da ricavare dalla presentazione dell'accusa, quindi la nostra strategia era stata quella di osservare e aspettare. Di prenderci il nostro tempo, insomma. Saremmo passati all'attacco nel corso del processo, quando le nostre opportunità sarebbero state indubbiamente migliori.

Alla fine dell'udienza Lisa fu rinviata a giudizio e obbligata a comparire davanti al giudice Coleman Perry, al sesto piano dello stesso tribunale. Perry era un altro giudice con cui non avevo mai avuto a che fare. Ma poiché sapevo che la sua aula era una delle quattro possibili destinazioni per la mia cliente, avevo preso qualche informazione dai miei colleghi della difesa. A quanto risultava era un uomo molto corretto, ma tutt'altro che conciliante. Tutto filava liscio finché non lo si contrariava, dopodiché era capace di serbare rancore fino alla fine del processo.

Due giorni dopo mi sentii finalmente pronto a tornare in pista. Le mie dita rotte erano tenute ferme dall'ingessatura e i lividi che mi segnavano il torace stavano passando dal viola acceso a una sbiadita tonalità giallastra. Mi avevano tolto i punti dal cuoio capelluto, tanto che riuscivo a pettinarmi in modo da nascondere la cicatrice, con un riporto che pareva occultare un principio di calvizie. Ma la notizia migliore era che il mio testicolo, che i dottori avevano deciso di non rimuovere chirurgicamente, stava lentamente tornando nella posizione originaria per conto suo. All'ultimo controllo effettuato dalle mani esperte del medico, la torsione si era ridotta a trenta gradi e stava migliorando di giorno in giorno. Non era ancora chiaro se sarebbe tornato a funzionare come prima o se sarebbe appassito sul posto, come un pomodoro non colto.

Mi ero messo d'accordo con Rojas perché portasse la Lincoln davanti a casa alle undici in punto. Scesi lentamente i gradini, appoggiandomi a un bastone da passeggio. Il mio autista mi aiutò a sistemarmi sul sedile posteriore e io, muovendomi con grande cautela, mi ritrovai al solito posto, pronto a ricominciare. Poi Rojas si mise al volante e ci avviammo a gran velocità giù per la discesa.

«Vacci piano, Rojas. Sono ancora troppo dolorante per mettermi la cintura di sicurezza. Evita di farmi volare contro il parabrezza.»

«Mi scusi, Capo, non ci ho pensato. Dove andiamo oggi? In ufficio?»

L'appellativo di "capo" l'aveva preso da Cisco. Personalmente detestavo essere chiamato così, anche se corrispondeva esattamente al mio ruolo.

«In ufficio ci andremo dopo. Ora portami alla Archway Pictures su Melrose.»

«D'accordo.»

La Archway era uno studio cinematografico di secondo piano che si trovava di fronte alla Paramount. Fondato per venire incontro alla domanda sempre crescente di locali insonorizzati, si era trasformato in uno studio autonomo sotto la guida del defunto Walter Elliot. Ogni anno produceva un certo numero di film, contribuendo ad aumentare il tipo di domanda per cui era nato. Tra l'altro, Elliot era stato mio cliente tempo prima.

Rojas ci mise venti minuti per portarmi a destinazione. Quando si fermò davanti al gabbiotto della sicurezza posto all'ingresso, sotto l'arco che portava il nome dello studio, abbassai il finestrino e dissi alla guardia che ero lì per vedere Clegg McReynolds. Mi chiese il nome e un documento d'identità, e io gli porsi la patente.

Si ritirò all'interno per consultare un computer e notai che aggrottava la fronte.

«Mi dispiace, signore, ma lei non è registrato. Ha un appuntamento?»

«No, ma sono sicuro che McReynolds vorrà incontrarmi.»

Avevo preferito non annunciare la mia visita.

«Purtroppo non posso lasciarla entrare senza appuntamento.»

«Può telefonargli per dirgli che sono qui? Sarà contento di vedermi. Lei sa chi è, vero?»

Come a dire, non scherzare con il fuoco.

La guardia richiuse la porta mentre telefonava. Lo vidi parlare attraverso il vetro e notai che sull'apparecchio si era accesa una luce rossa. Poi riaprì la porta e mi porse il ricevitore, attaccato a un lungo filo. Lo presi e alzai il finestrino a mia volta, rendendogli pan per focaccia.

«Pronto, sono Michael Haller. Parlo con il signor McReynolds?»

«No, sono la sua segretaria personale. In che cosa posso esserle utile? Non vedo nessun appuntamento sull'agenda e, per dire la verità, non so nemmeno chi sia lei.»

Era una voce femminile, giovane e sicura di sé.

«Sono il tipo che potrebbe rovinare la vita al suo capo se non me lo passa immediatamente.»

Ci fu un attimo di silenzio, poi la voce riprese.

«Non mi piace il suo tono minaccioso. Il signor McReynolds al momento è sul set.»

«Non si trattava di una minaccia. Era esattamente quello che intendo fare. Dove si trova il set?»

«Non ho alcuna intenzione di dirglielo. Lei non si avvicinerà di un passo a Clegg finché non mi avrà detto perché vuole vederlo.»

Notai che l'aveva chiamato con il nome proprio; quei due dovevano essere in confidenza. In quel momento sentii un clacson abbaiare alle mie spalle. Dietro la nostra auto si stava formando una lunga fila di vetture. La guardia batté con le nocche sul finestrino, poi si chinò cercando di sbirciare all'interno. La ignorai. Un secondo clacson strombazzò impaziente.

«Mi dia ascolto e risparmierà al suo capo un sacco di grane. È a conoscenza del progetto che ha annunciato la settimana scorsa, quello sulla donna accusata di aver ucciso un dirigente della banca che le stava pignorando la casa?»

«Sì.»

«Be', è probabile che non ne abbia colpa, ma il suo capo ha acquistato i diritti illegalmente. Penso che sia stato vittima di una truffa e io sono venuto per mettere le cose a posto. Mi creda, è un'opportunità unica, altrimenti Clegg McReynolds rischia di finire inghiottito dalle sabbie mobili.»

Questa dichiarazione finale fu sottolineata dal frastuono del clacson proveniente dalla macchina immediatamente dietro di noi e da una serie di rapidi colpi sul finestrino.

«È sì o no. Parli con la guardia.»

Abbassai il vetro e porsi il telefono all'uomo che me lo strappò di mano, imbufalito, e se lo accostò all'orecchio.

«Che cosa succede? Ho qui una fila di auto che arriva fino in strada.»

Rimase in ascolto, poi tornò all'interno del gabbiotto e riappese il telefono.

«Padiglione nove» disse. «Avanti dritto, poi in fondo a sinistra. Non può sbagliarsi.»

Gli rivolsi un sorrisetto d'intesa e alzai il finestrino mentre l'auto si rimetteva in movimento.

Il padiglione nove era una struttura insonorizzata abbastanza grande da ospitare un aeroplano. Tutt'attorno erano parcheggiati i camion che contenevano i materiali per il set, le roulotte destinate agli attori e i furgoni che provvedevano alla ristorazione. Quattro limousine ultra lunghe erano ferme una dietro l'altra, con il motore acceso e gli autisti allertati, in attesa che, alla fine delle riprese, i divi di turno tornassero a occuparle.

Sembrava che stessero girando un film importante, ma io non avrei avuto l'occasione di vedere di che cosa si trattava. Una giovane donna e un uomo più maturo stavano procedendo lungo il vialetto che collegava il padiglione nove al dieci. A giudicare dalla cuffia che portava attorno al collo, la ragazza doveva essere un'assistente di produzione. Nel vedere la mia auto che si avvicinava, allungò un braccio a indicarla.

«Lasciami qui» dissi.

Rojas si fermò ma, mentre stavo per aprire la portiera, il telefono cellulare prese a squillare. Lo tirai fuori e guardai lo schermo. Numero privato, diceva la scritta. Era la stessa che un tempo compariva quando a telefonarmi erano i clienti coinvolti nel traffico di droga. Utilizzavano dei telefoni a buon mercato, di cui si liberavano subito per evitare di essere intercettati e localizzati. Ignorai la chiamata e lasciai il telefono sul sedile. "Se vuoi che ti risponda," pensai "devi dirmi chi sei."

Smontai lentamente, senza prendere il bastone. Mai rivelare una debolezza, diceva sempre mio padre, il genio del foro, quindi mi incamminai lentamente verso il produttore e la sua assistente.

«È lei Haller?» gridò l'uomo.

«Esatto» risposi.

«La informo che la produzione da cui ho appena dovuto assentarmi per colpa sua costa duecentocinquantamila dollari l'ora. Siamo stati costretti a interromperla perché potessi uscire a parlare con lei.»

«La ringrazio molto. Cercherò di essere il più breve possibile.»

«Bene. Che cos'è questa storia della truffa? Nessuno mi ha mai truffato.»

Lo guardai senza parlare, in attesa. Gli ci vollero solo cinque secondi per sbottare di nuovo.

«Ha intenzione di dirmelo oppure no? Non posso perdere tutta la giornata.»

Lanciai un'occhiata in direzione della sua assistente, poi tornai a fissarlo.

«E no, la ragazza rimane. Non parlerò con lei senza un testimone.» Evidentemente aveva colto il messaggio.

Mi strinsi nelle spalle ed estrassi dalla tasca un miniregistratore portatile, che alzai dopo averlo acceso per mostrare la luce rossa che brillava.

«Vuol dire che anch'io registrerò la nostra conversazione.»

McReynolds guardò il congegno e io colsi nei suoi occhi un'espressione preoccupata. In un posto come Hollywood poteva essere pericoloso immortalare la propria voce su un arnese del genere. Non sarebbe stata la prima volta che qualcuno si cacciava nei guai.

«D'accordo, lo spenga e Jenny se ne va.»

«Clegg!» protestò lei.

McReynolds allungò una mano e le diede una sonora sculacciata sul sedere.

«Ti ho detto di andare.»

La giovane donna si allontanò con l'aria umiliata, come una scolaretta.

«Ci sono volte in cui bisogna trattarle per forza così» spiegò McReynolds.

«È il modo giusto per metterle in riga.»

McReynolds annuì, guardandosi bene dal cogliere il sarcasmo nella mia voce.

«Allora, Haller, si decide a dirmi qualcosa?»

«Purtroppo lei si è fatto prendere per i fondelli da Herb Dahl, il suo socio nell'affare Lisa Trammel.»

McReynolds scosse energicamente il capo.

«Impossibile. Il nostro ufficio legale ha revisionato l'accordo; non c'è neanche una virgola fuori posto. Anche la donna l'ha firmato. Nel film potrei persino trasformarla in una puttana sovrappeso che va pazza per i cazzi di colore, senza che lei possa fare obiezione. Quel contratto è perfetto.»

«E già, peccato che il vostro ufficio legale non abbia tenuto conto del fatto che nessuno dei due era nella condizione di cedere i diritti della storia. L'unico che li detiene sono io. È stata Lisa Trammel a cedermeli prima che Dahl comparisse sulla scena e si piazzasse in seconda posizione. Ma siccome ci teneva a salire di un gradino, ha pensato bene di rubare i contratti originali dalla cartellina che li conteneva. Purtroppo la cosa non può funzionare. Ho un testimone oculare che ha assistito al furto e Dahl ha lasciato le impronte digitali un po' dappertutto. Verrà accusato di frode e di furto e a questo punto lei deve decidere se vuole condividere la sua sorte...»

«Mi sta minacciando o è un tentativo di estorsione? Nessuno mi ha mai estorto del denaro.»

«Non si tratta di estorsione. Voglio solo quello che mi spetta. E quindi, o si tiene come socio Dahl, oppure decide di mettersi d'accordo con me.»

«È troppo tardi. Ho firmato. Abbiamo firmato tutti.» E si voltò per allontanarsi.

«L'ha già pagato?»

Si girò di nuovo.

«Sta scherzando? Lei non conosce Hollywood.»

«E quindi probabilmente quello che ha firmato è solo un'intesa preliminare.»

«Certo. Il contratto vero e proprio arriverà tra un mese.»

«Il che significa che il vostro accordo non è ancora definitivo. Vi siete limitati ad annunciarlo. È così che si fa a Hollywood, no? Quindi ha ancora due possibilità. Se vuole cambiare è ancora in tempo, se preferisce tenersi un accordo fasullo è libero di farlo.»

«Mi sembrano tutte chiacchiere. Quel progetto mi piace ed è stato Dahl a portarmelo.»

Annuii, come se capissi il suo dilemma.

«Faccia come crede, ma domattina andrò alla polizia e presenterò una denuncia. Lei verrà accusato di collusione in un tentativo di frode.»

«È assurdo, io non ho fatto niente. Ero totalmente all'oscuro di questa storia finché non me ne ha parlato lei!»

«Questo è vero, ma non è servito a farle cambiare idea. La sua decisione è stata quella di schierarsi dalla parte del ladro, nonostante sapesse come stavano le cose. Si chiama collusione ed è per questo che la denuncerò.»

Mi ficcai la mano in tasca e ne estrassi il registratore. Glielo mostrai in modo che vedesse che la luce rossa era ancora accesa.

«Ho intenzione di bloccare il suo film per tanto di quel tempo, che quando si tornerà a girarlo sarà la ragazza che lei ha appena sculacciato a dirigere questo posto.»

A questo punto mi allontanai, ma lui mi richiamò.

«Aspetti un momento, Haller!»

Mi voltai. McReynolds aveva lo sguardo rivolto verso la scritta che campeggiava sulla montagna, simbolo di un mondo da cui tutti erano attirati.

«Che cosa devo fare?» mi domandò.

«Deve stringere lo stesso accordo con me. A Dahl ci penserò io, e può essere sicuro che non la passerà liscia.»

«Ho bisogno di un numero di telefono da passare ai nostri avvocati.»

Tirai fuori un biglietto da visita e glielo porsi.

«Non si dimentichi, voglio una risposta oggi stesso.»

«Gliela darò.»

«A proposito. Che cifra avevate concordato?»

«Un anticipo di duecentocinquantamila su un totale di un milione. E altri duecentocinquanta per produrre il film.»

Feci un cenno d'intesa. Duecentocinquantamila dollari potevano ben finanziare la difesa di Lisa Trammel e quello che restava avrebbe potuto finire nelle tasche di Herb Dahl. Dipendeva tutto da come intendevo gestire la faccenda e dal mio desiderio di comportarmi correttamente con un ladro. Personalmente avrei voluto ammazzarlo, ma la bara se l'era trovata da solo, nel progetto che aveva cercato di vendere.

«Mi stia bene a sentire, perché credo che in questa città non ci sia nessuno disposto a fare un'affermazione del genere, ma io non sono interessato a produrre. Può riservare questa parte dell'accordo a Dahl.»

«Sempre che non finisca in carcere.»

«Inserisca una clausola che preveda l'integrità del contraente.»

«Sarebbe la prima volta. Spero che l'ufficio legale sappia come muoversi.»

«È stato un piacere fare affari con lei, Clegg.»

Ancora una volta mi girai e mi diressi verso la macchina. Questa volta l'uomo mi raggiunse e prese a camminare accanto a me.

«Teniamoci in contatto. Avremo bisogno di lei come consulente tecnico, soprattutto per quanto riguarda la sceneggiatura.»

«Ha il mio biglietto da visita.»

Quando arrivai alla Lincoln, Rojas mi stava tenendo aperta la portiera. Mi infilai all'interno con molta cautela, attento a non urtare le parti intime, poi mi voltai verso McReynolds.

«Ancora una cosa» mi disse lui. «Avevo pensato a Matthew McConaughey come protagonista maschile. Sarebbe perfetto. Ma a suo parere qual è l'attore che può impersonare lei?»

Gli sorrisi e allungai la mano verso la maniglia.

«Ce l'ha davanti» gli risposi.

Poi richiusi la portiera e attraverso i vetri affumicati vidi un'espressione perplessa stamparsi sul suo viso.

Dissi a Rojas di dirigersi verso Van Nuys.

14

Rojas mi disse che il mio telefono aveva squillato ripetutamente mentre stavo parlando con McReynolds. Lo controllai ma non trovai messaggi. A quel punto aprii il registro chiamate e vidi che, nei dieci minuti in cui ero stato a colloquio con il produttore, ne erano arrivate quattro provenienti da un numero privato. Gli intervalli tra una e l'altra erano diversi, tanto da far escludere che si trattasse di una ripetizione automatica dovuta all'errore di invio di un fax. Qualcuno aveva cercato di raggiungermi, ma evidentemente non aveva ritenuto di dovermi lasciare un messaggio.

Chiamai Lorna e le dissi che stavo per arrivare in ufficio. La informai dell'accordo con McReynolds e le dissi che molto probabilmente sarebbe arrivata una telefonata dall'ufficio legale della Archway prima della fine della giornata. Era molto eccitata all'idea che il caso stesse portando dei soldi invece di succhiarli e basta.

«C'è altro?»

«Andrea Freeman ha chiamato due volte.»

Pensai alle quattro chiamate che erano arrivate sul mio cellulare.

«Le hai dato il mio numero di cellulare?»

«Sì.»

«Non ho potuto rispondere ma non ha lasciato messaggi. Dev'essere successo qualcosa.»

Lorna mi dettò il numero che le aveva lasciato Andrea.

«Magari riuscirai a parlarle se la chiami subito. È meglio che ci salutiamo.»

«Va bene, ma dove sono gli altri in questo momento?»

«Jennifer è in ufficio e ho appena sentito Cisco. È in giro a fare indagini.»

«Che tipo di indagini?»

«Non me l'ha detto.»

«Va bene, tanto tra poco ci vediamo.»

Conclusi la telefonata e chiamai Andrea Freeman. Non la sentivo da quando ero stato aggredito dai due con i guanti neri. Persino Kurlen era venuto a trovarmi per verificare come stavo, ma la mia potentissima controparte non si era degnata nemmeno di mandarmi una cartolina. E, tutt'a un tratto, sei telefonate in un colpo. La mia curiosità era alle stelle.

Rispose dopo uno squillo e andò subito al sodo.

«Potresti fare un salto da queste parti?» mi chiese. «Vorrei proporti qualcosa prima che abbia inizio la gara.»

Era il suo modo di dire che, nonostante tutto, era disponibile a concludere la faccenda con un patteggiamento, prima che si mettesse in moto la macchina processuale.

«Mi sembrava di aver sentito che non mi avresti fatto nessun'offerta.»

«Be', diciamo che ci ho riflettuto a mente fredda. Non ho cambiato opinione su come ti sei mosso fino a ora, ma non vedo perché la tua cliente debba pagare per i tuoi errori.»

Era successo qualcosa, lo sentivo. Era sorto un problema, una prova che era venuta a mancare o un testimone che aveva cambiato versione. Mi venne in mente Margo Schafer, la testimone oculare. Forse era proprio lei il problema. Dopotutto la Freeman non l'aveva convocata durante l'udienza preliminare.

«Non ho nessuna intenzione di venire nell'ufficio della procura distrettuale. Vieni tu nel mio o incontriamoci in territorio neutrale.»

«Non ho paura di entrare nell'accampamento nemico. Dammi l'indirizzo.»

Eseguii e concordammo di incontrarci di lì a un'ora. Interruppi la telefonata e cercai di concentrarmi per capire che cosa poteva essere andato storto sul fronte dell'accusa. Ma, comunque esaminassi la situazione, mi sembrava che l'unico punto debole fosse proprio la Schafer.

Il mio telefono cominciò a vibrare e io abbassai gli occhi sullo schermo.

Numero privato.

Doveva essere di nuovo Andrea Freeman, che forse mi stava richiamando per annullare l'appuntamento e rivelarmi che la precedente telefonata era stata una farsa, un'ulteriore manovra ispirata al manuale di manipolazione psicologica di cui l'accusa faceva ampio uso. Premetti il pulsante di risposta e mi collegai.

«Sì?»

Silenzio.

«Pronto.»

«Parla Michael Haller?»

Era una voce maschile, che non riconobbi.

«Sì, e lei chi è?»

«Jeff Trammel.»

Per qualche strana ragione mi ci volle un momento per identificare il nome, poi la memoria mi tornò di colpo. Era il marito di Lisa Trammel che si rifaceva vivo, come il figliol prodigo.

«Ah, sì, come sta?»

«Bene, direi.»

«Chi le ha dato il mio numero?»

«Ho parlato con Lisa questa mattina, tanto per aggiornarmi sulle novità. Mi ha detto lei che dovevo chiamarla.»

«Sono contento che l'abbia fatto, Jeff. È al corrente della situazione in cui si trova sua moglie?»

«Sì, me ne ha accennato.»

«Non ha visto la televisione? Ne hanno parlato diffusamente.»

«Non c'è televisione dove sono io. E non so leggere lo spagnolo.»

«Dove si trova esattamente, Jeff?»

«Preferisco non dirglielo. Finirebbe per riferirlo a Lisa e non mi va che venga a saperlo proprio adesso.»

«Ha intenzione di tornare per il processo?»
«Non lo so, non ho soldi.»
«Se le mandassimo i soldi del viaggio, potrebbe tornare ad assistere sua moglie e suo figlio in questo momento difficile. Potrebbe anche testimoniare, Jeff. Sarebbe importante se anche lei parlasse della casa, della banca e di tutte le pressioni che avete subito.»
«Oh, no, non ci penso nemmeno. Non sarei in grado e poi non mi sembra giusto.»
«Nemmeno per salvare sua moglie?»
«La mia ex moglie, per essere precisi, anche se non abbiamo ancora divorziato.»
«Che cosa vuole, Jeff? Vuole dei soldi?»
A questo punto ci fu una lunga pausa. Finalmente sarebbe uscito allo scoperto. Invece quando riprese a parlare mi sorprese.
«Non voglio niente, signor Haller.»
«È sicuro?»
«Voglio solo restarne fuori. Questa non è più la mia vita.»
«Dov'è la sua vita adesso? In quale paese si è trasferito?»
«È inutile che continui a chiedermelo. Non ho intenzione di dirglielo.»
Ero frustrato. Avrei voluto tenerlo al telefono come un poliziotto a caccia di un indizio, solo che di indizi non ce n'erano.
«Senta, Jeff, detesto parlare di questo, ma il mio lavoro mi obbliga a non lasciare niente di intentato, e se perdiamo la causa e ci sarà una condanna, Lisa rischia la pena di morte. Arriverà un momento in cui i suoi familiari e gli amici potranno rivolgersi alla corte per dire tutto il bene che pensano di lei. Sarà anche il momento in cui presenteremo le circostanze attenuanti, la sua battaglia per la casa, per esempio. Mi piacerebbe poter contare sulla sua testimonianza.»
«Allora prevede di perdere.»
«No, niente affatto. Anzi, sono convinto del contrario. Il caso si basa unicamente su prove indiziarie, con un'unica testimone oculare che, secondo me, possiamo distruggere senza difficoltà. Ma dobbiamo essere pronti anche all'esito opposto. È sicuro di non volermi dire dove si trova, Jeff? Le garantisco

la massima riservatezza, ma devo ben sapere dove mandarle dei soldi, no?»

«Ora devo andare.»

«E i soldi, Jeff? Come facciamo?»

«La richiamerò.»

«Jeff?»

Non c'era più.

«L'avevo quasi convinto» dissi a Rojas.

«Mi dispiace, Capo.»

Appoggiai il telefono sul bracciolo e guardai fuori. Eravamo sulla 101, all'altezza del Cahuenga Pass. Mancava ancora una ventina di minuti all'arrivo.

Jeff Trammel non aveva rifiutato la mia offerta di denaro la seconda volta che gliene avevo parlato.

La telefonata successiva fu per la mia cliente. Quando rispose, udii sullo sfondo il suono del televisore.

«Lisa, sono Mickey. Dobbiamo parlare.»

«D'accordo.»

«Puoi spegnere il televisore?»

«Certo, scusa.»

Aspettai e dopo un attimo ci fu silenzio.

«Eccomi.»

«Prima di tutto mi ha chiamato tuo marito. Gli hai dato tu il mio numero?»

«Sì, sei stato tu a chiedermelo, non ti ricordi?»

«Già, stavo solo controllando se mi aveva detto la verità. Comunque non ho cavato un ragno dal buco. A quanto pare, non ha nessuna intenzione di tornare.»

«È quello che ha detto anche a me.»

«Hai idea di dove si trovi? Se lo sapessi, potrei mandare Cisco a cercare di convincerlo a darci una mano.»

«Niente da fare, non si è sbottonato.»

«Forse è ancora in Messico. A quanto pare è al verde.»

«Già, così mi ha detto. Vorrebbe che gli mandassi una parte dei proventi dei diritti cinematografici.»

«Gli hai parlato anche di questo?»

«Ci sarà un film, Mickey. Non può non saperlo.»

«E dove ti ha chiesto di mandarglieli?»

«Mi ha detto di depositarli alla Western Union, così avrebbe potuto ritirarli da una qualsiasi delle loro sedi.»

Sapevo che la Western Union aveva diverse sedi a Tijuana e in altre cittadine del Messico. Mi era già capitato di inviare denaro ad altri clienti. Avremmo potuto effettuare il nostro deposito e poi cercare la filiale in cui i soldi erano stati prelevati. Ma se Jeff Trammel fosse stato abbastanza furbo, non si sarebbe recato nell'ufficio più vicino alla sua abitazione, e noi saremmo stati al punto di partenza.

«D'accordo» dissi. «Penseremo più tardi a Jeff. Volevo anche dirti che l'accordo tra Herbert Dahl e la Archway è cambiato.»

«E come mai?»

«Adesso al posto di Herb ci sono io. Lui può ancora produrre il film, se mai lo faranno. Sempre che non lo sbattano in galera. Quindi qualcosa finirà per guadagnarci. Anche tu ci guadagnerai perché, dopo aver saldato la parcella del tuo team di difesa, ti terrai il resto, che sarà sicuramente molto più di quello che avresti mai preso da Herb.»

«Non puoi fare una cosa simile, Mickey! È stato lui a organizzare tutto.»

«Be', lui l'ha fatto e io l'ho disfatto. Clegg McReynolds non aveva nessuna intenzione di essere immischiato nei casini legali in cui si sarebbe trovato Dahl. Puoi riferirglielo tu oppure puoi farmi chiamare, come preferisci.»

Lisa rimase in silenzio.

«C'è un'altra cosa, ed è importante. Mi stai ascoltando?»

«Sì, sono qui.»

«Sono diretto in ufficio dove ho un appuntamento con il pubblico ministero. È stata lei a chiedermelo. Penso che ci sia sotto qualcosa, un problema nella strategia dell'accusa. Mi ha accennato alla possibilità di un accordo e ti assicuro che non avrebbe mai messo piede nel mio ufficio se non fosse stata costretta a farlo. Volevo solo che lo sapessi. Ti chiamerò quando sarà finito l'incontro.»

«Non sono disposta ad accettare compromessi, a meno che

non intenda piazzarsi in cima alla scalinata del tribunale per annunciare ai quattro venti che sono innocente.»

Sentii che l'auto stava imboccando una curva e guardai fuori dal finestrino. Rojas aveva lasciato la freeway per evitare il traffico.

«Non credo che abbia in mente questo, ma sono tenuto a informarti delle alternative che ti si offrono. Non voglio che tu diventi una sorta di martire della causa per cui hai scelto di batterti. Devi prendere in considerazione tutte le opzioni che si presentano.»

«Non intendo dichiararmi colpevole. Punto e basta. C'è altro di cui vuoi parlare?»

«Nient'altro, per il momento. Ti chiamerò più tardi.»

Tornai ad appoggiare il telefono sul bracciolo. Ero stanco di parlare. Chiusi gli occhi, con l'intenzione di riposare un po'. Cercai di muovere le dita all'interno del gesso. Il tentativo mi fece vedere le stelle, ma fu proficuo. Il dottore che aveva esaminato le lastre aveva dichiarato che, a suo parere, il danno si era verificato quando uno degli aggressori mi aveva calpestato la mano mentre ero già a terra, fortunatamente privo di conoscenza. Secondo lui la mia mano sarebbe guarita completamente.

Nell'universo buio, dietro le mie palpebre abbassate, vidi gli uomini con i guanti neri camminare verso di me. Era un film che si ripeteva spesso. Mentre si avvicinavano, scorsi nel loro sguardo solo un'espressione di gelida indifferenza. Per loro era un lavoro come un altro. Per me, invece, erano quattro decenni di autostima che si frantumavano come le ossa della mia mano.

Dopo un po' sentii Rojas che, dal posto di guida, mi diceva: «Ehi, Capo, siamo arrivati».

15

QUANDO ENTRAI, LORNA, che era seduta alla scrivania, mi fece un cenno di avvertimento con la mano, indicando la porta del mio ufficio. Voleva segnalarmi che Andrea Freeman mi stava aspettando. Feci una rapida deviazione verso l'altra stanza, bussai e aprii la porta. Cisco e Bullocks erano seduti ai loro posti. Mi diressi verso Cisco e posai il mio telefono davanti a lui.

«Mi ha chiamato il marito di Lisa. Più di una volta. Sullo schermo compare la dicitura "numero privato". Puoi vedere se riesci a fare qualcosa?»

Si strofinò un dito sulle labbra, mentre rifletteva sulla mia richiesta.

«Il nostro operatore telefonico offre un servizio che permette di rintracciare le chiamate. Se gli fornisco l'ora esatta in cui sono arrivate, forse riuscirà a scoprire il numero da cui sono state fatte. Ci vuole qualche giorno e comunque non è possibile identificare il luogo da cui proviene la chiamata. Soltanto la polizia è in grado di collocarla geograficamente.»

«A me interessa solo il numero. La prossima volta voglio essere io a chiamarlo, invece del contrario.»

«Ho capito.»

Mentre stavo per andarmene, mi voltai a guardare Jennifer Aronson.

«Bullocks, ti va di venire nel mio ufficio a sentire che cosa ha da dire il viceprocuratore distrettuale?»

«Certo, mi farebbe molto piacere.»

Quando entrammo, Andrea Freeman, seduta su una sedia davanti alla mia scrivania, era intenta a leggere le mail sul cellulare. Era vestita in modo molto casual: blue jeans e pullover. L'abbigliamento escludeva che quel giorno si fosse recata in tribunale. Sentendo la porta che si richiudeva, alzò gli occhi.

«Ciao Andrea, vuoi qualcosa da bere?»

«No, ti ringrazio.»

«Conosci Jennifer, vero? C'era lei all'udienza preliminare.»

«Certo, Jennifer la muta. Non ha spiccicato parola.»

Mentre giravo attorno alla scrivania lanciai un'occhiata alla mia associata e vidi che il viso e il collo cominciavano a colorarsi, così cercai di toglierla dall'imbarazzo.

«Per la verità qualche parola avrebbe voluto dirla, ma aveva degli ordini severissimi. Problemi di strategia. Jennifer, avvicina quella sedia.»

Lei trascinò la sedia verso la scrivania e si sedette.

«Eccoci qui» dissi. «Che cosa porta un rappresentante dell'Ufficio del procuratore distrettuale nel mio umile studiolo?»

«Be', ci stiamo avvicinando al momento fatale e ho pensato che forse non conoscevi il giudice Perry come lo conosco io.»

«Sei ottimista. In realtà non lo conosco per niente.»

«Bene, detesta le complicazioni. Non gli interessa comparire sui media, vuole solo che le cose scorrano lisce. Quindi ho pensato che valesse la pena di discutere tra noi ancora un po' prima di affrontare un processo in piena regola.»

«Ancora un po'? E quando mai abbiamo discusso?»

«Ti interessa parlarne oppure no?»

Mi appoggiai allo schienale e presi a far oscillare la sedia avanti e indietro come se stessi rimuginando sulla faccenda. Era tutta scena, e lo sapevamo entrambi. Freeman non era mossa dal desiderio di compiacere il giudice Perry, c'era ben altro che bolliva in pentola. Qualcosa doveva essere andato storto, forse a vantaggio della difesa. Mossi le dita all'interno dell'ingessatura, cercando di alleviare il prurito.

«Bene...» dissi. «Non so esattamente se è a questo che ti riferisci, ma ogni volta che parlo di patteggiamento con la mia cliente, lei mi manda a quel paese. Non c'è niente da fare, vuole il processo. Certo, è un teatrino che ho già visto molte volte. Prima no, no, no, poi di colpo sì.»

«Già.»

«Ma in questo caso ho le mani legate, Andrea. La mia cliente mi ha proibito per ben due volte di avvicinarmi a te con un'offerta. Non voleva che fossi io ad aprire le danze. Però questa volta l'iniziativa l'hai presa tu e quindi potrebbe anche funzionare. Comunque tocca a te scoprire le carte. Dimmi quello che hai in mente.»

Andrea Freeman annuì.

«È vero, sono stata io a chiamarti. Comunque vorrei che fosse chiaro che questo colloquio deve restare tra noi. Niente di quello che ci diciamo può uscire da questa stanza se non riusciremo a raggiungere un accordo.»

«Non preoccuparti, te lo garantisco.»

Anche Jennifer fece un cenno d'assenso con il capo.

«Bene, ecco la nostra proposta che, tra l'altro, ha già ricevuto il benestare dei vertici. Abbiamo deciso di trasformare l'accusa da omicidio premeditato a omicidio colposo e di chiedere una condanna di media entità.»

Annuii, spingendo in fuori il labbro inferiore, a far credere che giudicavo l'offerta interessante. In realtà pensavo che, se era disposta a fare una simile marcia indietro, avrei potuto strapparle ben altro a favore della mia cliente. Era impensabile che il procuratore distrettuale si facesse avanti con una proposta di questo tipo, se non ci fosse qualcosa di profondamente sbagliato nell'impianto accusatorio. A mio parere il caso non aveva mai avuto basi solide, ma ora la situazione doveva essere precipitata e toccava a me scoprire perché.

«È un'offerta interessante» commentai.

«Puoi ben dirlo. Abbiamo eliminato i capi d'imputazione più pesanti. Pensi che acconsentirà?»

«Non lo so. È stata chiara sin dall'inizio: niente patteggiamento. Vuole il processo. Posso provare a convincerla, c'è qualcosa però che mi incuriosisce.»

«Di che cosa si tratta?»

«Non riesco a spiegarmi la ragione di un'offerta così generosa. Dev'essere andato storto qualcosa nel vostro piano d'attacco per adottare una strategia così riduttiva.»

«Non la definirei riduttiva. La tua cliente finirà comunque in prigione e giustizia sarà fatta. Non c'è niente che non va nella nostra strategia, ma i processi sono lunghi e costosi. L'ufficio del procuratore distrettuale è orientato verso soluzioni diverse, purché abbiano una loro ragione, come in questo caso. Comunque, se la proposta non ti interessa, tolgo il disturbo.»

Alzai le mani in segno di resa e vidi che il suo sguardo si fissava sull'ingessatura.

«Il problema non sono io. È la mia cliente che deve decidere e io sono tenuto a darle quante più informazioni possibile. Non è la prima volta che mi capita una cosa del genere. Di solito un accordo così favorevole nasconde qualcosa di losco. Lo si accetta e poi si scopre che il principale testimone è inattendibile o che l'accusa ha trovato delle prove a discolpa dell'imputato, su cui anche la difesa avrebbe messo le mani se solo avesse avuto dell'altro tempo.»

«Be', non è questo il caso. Comunque l'offerta è valida ventiquattr'ore, dopodiché verrà ritirata.»

«E se si riducesse ulteriormente la pena?»

«*Cosa?*» Era quasi un grido.

«Andiamo, lo so che quella non è la tua migliore offerta. Hai ancora una carta di riserva, non negarlo. Omicidio colposo, una pena modesta. Diciamo dai cinque ai sette anni.»

«Mi vuoi distruggere. I media mi faranno a pezzi.»

«È possibile, ma so che il tuo capo non ti ha mandato qui senza darti un'alternativa.»

Si appoggiò allo schienale e fissò Jennifer, poi lasciò scorrere lo sguardo tutt'attorno alla stanza, indugiando sugli scaffali pieni di libri che facevano parte dell'arredamento.

Aspettai, poi guardai a mia volta la mia giovane associata e le strizzai l'occhio. Sapevo cosa stava per arrivare.

«Mi dispiace per la tua mano» disse la Freeman. «Dev'essere stato molto doloroso.»

«Per la verità non ho sentito niente. Ero già privo di conoscenza quando me l'hanno stritolata.»

Alzai un'altra volta la mano e agitai le dita, così che le punte si mossero lungo il bordo superiore del gesso.

«Posso già muoverle» osservai.

«Vada per la pena leggera, ma voglio una risposta entro ventiquattr'ore. E naturalmente quello che ci siamo detti non deve uscire da questa stanza. L'unica con cui ne puoi parlare è la tua cliente.»

«Mi sembrava che questo punto fosse già stato chiarito.»

«D'accordo, allora non c'è altro. Posso andare.»

Si alzò e si avviò, e io la seguii con Jennifer Aronson. A questo punto la conversazione prese una piega amichevole, nutrita di banalità senza importanza, come spesso avviene dopo un incontro importante.

«Chi sarà il prossimo procuratore distrettuale?» le chiesi.

«Ne so quanto te» rispose Andrea Freeman. «Per il momento non c'è ancora un candidato forte.»

Attualmente l'ufficio era retto da un procuratore distrettuale ad interim, a seguito della nomina del precedente titolare a una carica importante presso la procura generale, a Washington. Le elezioni si sarebbero svolte in autunno, ma per il momento i candidati in lizza erano assai poco interessanti.

Terminata la conversazione, ci stringemmo la mano e Freeman lasciò l'ufficio.

«Allora, cosa ne pensi?» dissi, tornando a sedermi e guardando Jennifer.

«Credo che tu abbia ragione. L'offerta era già buona all'inizio e poi è stata ulteriormente migliorata. C'è qualcosa che non va.»

«Sì, ma che cosa? Non possiamo sfruttarlo a nostro favore se non sappiamo di che cosa si tratta.»

Mi allungai verso il telefono, premetti il pulsante della linea interna e chiesi a Cisco di raggiungerci, poi rimasi a dondolarmi sulla sedia in silenzio mentre lo aspettavo. Quando entrò, posò il mio cellulare sulla scrivania e si accomodò nel posto lasciato libero da Andrea Freeman.

«Credo di aver trovato una traccia. È da verificare, ma forse ci siamo.»

«Grazie.»

«Cosa voleva il pubblico ministero?»

«Ha paura, ma non sappiamo perché. Hai già passato al setaccio tutti gli elementi che ci ha dato, testimoni compresi, ma vorrei che ripetessi l'operazione. Qualcosa è cambiato, o forse una qualche prova su cui contavano si è dimostrata un bidone. E dobbiamo scoprire cos'è.»

«Forse si tratta di Margo Schafer.»

«E come è possibile?»

Cisco scrollò le spalle.

«Parlo per esperienza. I testimoni sono spesso inaffidabili. La Schafer è un elemento fondamentale della linea accusatoria, che si basa unicamente su indizi. Metti che la perdano per strada o che si riveli poco convincente, be', a questo punto hanno un bel problema. Già così non le sarà facile convincere la giuria di avere veramente visto Lisa nelle vicinanze della banca.»

«Le hai parlato?»

«Si è rifiutata di incontrarmi e non è obbligata a farlo.»

Aprii uno dei cassetti della scrivania e tirai fuori una matita. La spinsi con la punta nell'apertura del gesso, poi la manovrai avanti e indietro per grattarmi il palmo della mano.

«Che cosa stai facendo?» mi chiese Cisco.

«Tu cosa dici? Mi gratto. Durante l'incontro con la Freeman volevo urlare dal prurito.»

«Sai cosa dicono quando prude il palmo della mano?» intervenne Jennifer.

La guardai, chiedendomi se non ci fosse un qualche doppio senso nella domanda.

«No, dimmelo tu.»

«Se si tratta della mano destra, stai per ricevere del denaro. Se è la sinistra, stai per sborsarlo. Ma se ti gratti, impedisci che una delle due cose succeda.»

«Te l'hanno insegnato alla facoltà di legge, Bullocks?»

«No, lo diceva sempre mia madre. Era molto superstiziosa.»

«Be', se è così, ho appena risparmiato un bel mucchio di quattrini.»

Estrassi la matita dall'ingessatura e la rimisi nel cassetto.

«Cisco, fai un altro tentativo con la Schafer. Cerca di coglierla di sorpresa. Incontrala dove non si aspetterebbe mai di trovarti. Vedi come reagisce, magari si lascerà convincere a parlarti.»

«D'accordo.»

«Se non riesci, torna a spulciare nella sua vita. Forse scoprirai qualcosa di cui finora non ci siamo accorti.»

«Se c'è, lo troverò.»

«Ci conto.»

16

Come immaginavo, Lisa Trammel non volle nemmeno sentir parlare di un patteggiamento in seguito al quale sarebbe finita in carcere per sette anni, nonostante il fatto che, se fosse stata condannata in un regolare processo, avrebbe rischiato di restarci per un tempo infinitamente più lungo. Puntava all'assoluzione e non potevo darle torto. Mentre continuavo a ignorare i motivi che avevano spinto l'accusa a cambiare atteggiamento, l'offerta di una soluzione non ostile alla difesa mi faceva pensare che temessero davvero di uscire sconfitti. Se la mia cliente era intenzionata a sfidare la sorte, non mi sarei tirato indietro. Dopotutto non era la mia libertà a essere in gioco.

La sera successiva, mentre ero diretto a casa al termine di una giornata di lavoro, chiamai Andrea Freeman per darle la cattiva notizia. Aveva lasciato diversi messaggi in segreteria, ma non l'avevo richiamata deliberatamente per tenerla un po' sulla corda. Ma, a quanto scoprii, la Freeman non era stata affatto consumata dall'ansia. Quando le dissi che la mia cliente non accettava l'offerta, scoppiò a ridere.

«Be', Haller, forse dovresti richiamare quando qualcuno ti lascia un messaggio. Ho cercato di mettermi in contatto con te diverse volte questa mattina. La mia offerta è stata ritirata alle dieci. Se la tua cliente l'avesse accettata ieri sera, si sarebbe risparmiata un bel vent'anni di prigione.»

«Chi è stato a ritirarla, il tuo capo?»

«No, sono stata io. Ho cambiato idea, tutto qui.»

Non riuscivo a capire che cosa avesse potuto ribaltare la situazione in meno di ventiquattr'ore. A quanto sapevo, l'unica novità era stata la mozione presentata dall'avvocato di Louis Opparizio per annullare l'ordine di comparizione emesso dalla difesa. Ma non riuscivo a vedere il nesso tra questo fatto e l'improvviso cambio di direzione dell'accusa.

Visto che non rispondevo, Andrea Freeman si affrettò a concludere la telefonata.

«Ci vediamo in tribunale, avvocato.»

«Sì, ma non credere che me ne starò con le mani in mano.»

«Di che cosa stai parlando?»

«Sto parlando del fatto che non lascerò niente di intentato per scoprire la ragione per cui mi hai offerto di patteggiare. Forse ritieni che ormai sia tutto a posto, ma scoprirò di che cosa si trattava. E quando arriveremo al processo, ti farò una bella sorpresina.»

Scoppiò in una risata così fragorosa che tutta la mia esibita sicurezza svanì all'istante.

«Come ti ho già detto, ci vediamo in tribunale» ribadì.

«Puoi contarci.»

Appoggiai il telefono sul bracciolo e mi misi a riflettere su quanto era successo. D'improvviso ebbi una folgorazione. Forse avevo trovato la chiave per svelare il segreto di Andrea Freeman.

La lettera di Bondurant a Opparizio si era confusa nella massa di documenti che mi aveva mandato, e forse anche lei l'aveva trovata solo di recente, rendendosi conto all'improvviso di come avrei potuto utilizzarla nella mia linea difensiva. A volte succede.

Un pubblico ministero lavora a un caso che sembra sorretto da prove schiaccianti, tanto che finisce per ritenersi invincibile. La difesa procede con quello che ha, e altre eventuali prove restano celate a lungo, per emergere solo in seguito, forse troppo tardi.

Non avevo dubbi, doveva trattarsi della lettera. Il giorno prima Andrea era terrorizzata e ora era tornata alla sua abituale arroganza. Perché? L'unica novità che si era verificata era la mozione per annullare l'ordine di comparizione. Tutt'a un tratto capii qual era la sua strategia. L'accusa avrebbe appoggiato la mozione e, se Opparizio non avesse testimoniato, io non avrei potuto presentare la lettera alla giuria.

Tutto questo avrebbe rappresentato una pericolosa battuta d'arresto per la difesa. Dovevo prepararmi a combattere, perché quella lettera era la colonna portante della mia strategia.

Decisi di mettermi il telefono in tasca. Basta telefonate. Era venerdì sera, potevo accantonare il caso e tornare a occuparmene il mattino seguente. Non c'era niente che non potesse aspettare.

«Rojas, metti un po' di musica. È finita la settimana, amico!»

Rojas premette il pulsante che azionava il lettore cd. Mi ero dimenticato quello che c'era inserito, ma lo riconobbi subito. Era Ry Cooder che cantava *Teardrops Will Fall*, un classico degli anni Sessanta. Era la musica giusta, una canzone sull'amore perduto e la solitudine.

Il processo sarebbe cominciato in meno di tre settimane. Anche se non avessimo scoperto quello che Andrea Freeman stava nascondendo, eravamo carichi e pieni di grinta. Avevamo ancora prove importanti da produrre, alcuni testimoni da convocare, ed eravamo pronti per affrontare la battaglia. Ogni giorno che passava, mi sentivo sempre più sicuro che le cose sarebbero andate per il verso giusto.

Il lunedì successivo mi sarei chiuso in ufficio e avrei iniziato a preparare nel dettaglio la mia linea difensiva. La presunzione di innocenza si sarebbe svelata un po' per volta, testimonianza dopo testimonianza, fino a trasformarsi in un'onda che avrebbe travolto qualsiasi dubbio.

Ma ora volevo godermi il fine settimana e prendere le distanze da Lisa Trammel e da tutto il resto. Cooder stava cantando *Poor Man's Shangri La*, la canzone sugli alieni che piombavano su Chávez Ravine, prima che la località fosse sottratta alla gente per costruirci il Dodger Stadium.

What's that sound, what's that light?
Streaking down through the night.

Dissi a Rojas di alzare il volume. Abbassai il finestrino posteriore e lasciai che il vento e la musica si mescolassero in un unico suono.

UFO *got a radio*
Little Julian singing soft and low
Los Angeles down below
DJ *says we gotta go*
To El Monte, to El Monte, pa El Monte
Na, na, na, na, na
Livin' in a poor man's Shangri La.

Chiusi gli occhi, mentre l'aria mi scompigliava i capelli.

17

ROJAS MI LASCIÒ DAVANTI AI GRADINI, che salii faticosamente mentre lui sistemava la Lincoln nel garage. La sua macchina era parcheggiata in strada. Tra un attimo se ne sarebbe andato per tornare a prendermi lunedì, come al solito.

Prima di entrare, mi diressi all'estremità della terrazza per guardare Los Angeles dall'alto. Il sole non sarebbe tramontato prima di un paio d'ore e nel punto in cui mi trovavo il rumore che saliva dalla città ricordava il fischio di un treno. Il sibilo basso di un milione di sogni che cozzavano gli uni con gli altri.

«Va tutto bene?»

Mi voltai e vidi Rojas in cima alle scale, che mi fissava.

«Sì, certo. Perché?»

«Non so. L'ho vista lì fermo e ho pensato che forse c'era qualche problema. Magari era rimasto chiuso fuori.»

«No, stavo solo ammirando il panorama.»

Mi avviai verso la porta di casa e tirai fuori le chiavi.

«Rojas, ti auguro un buon fine settimana.»

«Anche a lei, Capo.»

«Ehi, penso che dovresti smetterla di chiamarmi Capo.»

«Va bene, Capo.»

«Come non detto.»

Girai la chiave nella serratura e spinsi il battente. Venni immediatamente salutato da un coro di voci acute. «Sorpresa!»

Una volta mi avevano sparato nella pancia nell'attimo stesso in cui avevo aperto la porta, ma questa sorpresa era di tutt'altro genere. Mia figlia mi corse incontro e mi abbracciò. La strinsi a me, mentre mi guardavo attorno. C'erano tutti: Cisco, Lorna, Bullocks, Harry Bosch, il mio fratellastro, con sua figlia Maddie. Era venuta anche Maggie, che mi si avvicinò e mi baciò sulla guancia.

«Ehi, ho delle brutte notizie» dissi. «Oggi non è il mio compleanno. Temo che vi siate lasciati fuorviare da qualcuno che aveva una gran voglia di mangiarsi una fetta di torta.»

Maggie mi diede un colpetto sulla spalla.

«Il tuo compleanno è lunedì, un pessimo giorno per una festa a sorpresa.»

«Ah, non ci avevo pensato.»

«Su, vai fuori e invita Rojas a entrare. Ha già aspettato abbastanza e non credo che si fermerà ancora a lungo. Volevamo solo farti gli auguri.»

La baciai a mia volta sulla guancia, poi le sussurrai all'orecchio: «E tu? Anche tu hai intenzione di filartela in fretta?».

«Vedremo.»

Mi rimase accanto mentre mi districavo tra una serie di strette di mano, baci e colpetti sulle spalle. Era stata una bella idea, del tutto inaspettata. Fui fatto accomodare su una sedia isolata, come su un trono, e qualcuno mi mise in mano un bicchiere di limonata.

Il party durò un po' più di un'ora, il che mi permise di conversare con tutti i miei ospiti. Erano mesi che non vedevo Harry Bosch. Mi avevano detto che era passato a trovarmi in ospedale, purtroppo mentre dormivo. L'anno precedente avevamo lavorato allo stesso caso e in quell'occasione avevo indossato i panni inconsueti del pubblico ministero. Mi era piaciuto che ci trovassimo dalla stessa parte e avevo pensato che quell'esperienza ci avrebbe avvicinato. Purtroppo non era andata così. Bosch era rimasto sulle sue, come sempre, e la cosa mi aveva addolorato, come sempre.

Appena possibile mi avvicinai a lui e restammo fianco a fianco davanti alla finestra da cui si godeva una vista straordinaria della città.

«Da qui è difficile non amare Los Angeles, vero?» osservò.

Gli lanciai un'occhiata, poi tornai a guardare il panorama. Anche lui stava bevendo una limonata. A quanto mi aveva detto, aveva smesso di bere alcolici quando sua figlia era andata a vivere con lui.

«Già, è così» commentai.

Trangugiò quello che restava della limonata e mi ringraziò per l'invito. Gli dissi che poteva lasciarci Maddie, se la ragazzina avesse voluto rimanere con Hayley più a lungo, ma lui rispose che intendeva portarla al poligono di tiro la mattina seguente.

«Al poligono di tiro? Porti tua figlia al poligono di tiro?»

«Ho in casa delle pistole. È meglio che impari a usarle.»

Scossi il capo. Chissà, forse aveva ragione lui.

Bosch e sua figlia furono i primi ad andarsene e poco dopo la serata era finita. Si congedarono tutti, tranne Maggie e Hayley, che avevano deciso di fermarsi a dormire.

Mi sentivo esausto. Quell'ultimo mese aveva lasciato il segno. Feci una lunga doccia, poi mi infilai a letto. Dopo poco mi raggiunse Maggie, che era rimasta a chiacchierare con Hayley finché non si era addormentata. Chiuse la porta e a quel punto capii che il mio regalo di compleanno era finalmente arrivato.

Non si era portata la camicia da notte. Sdraiato sulla schiena, la guardai mentre si spogliava per poi infilarsi sotto le coperte accanto a me.

«Sei un fenomeno, Haller» sussurrò.

«Che cosa ho combinato questa volta?»

«Non sai stare al tuo posto.»

Mi si accostò, poi montò su di me. Si chinò, sfiorandomi il viso con i capelli, poi mi baciò e cominciò a muovere il bacino lentamente, accostandomi le labbra all'orecchio.

«È tutto normale, nessuna alterazione dell'attività, è questo che ha detto il dottore, no?»

«Proprio così.»

«Adesso controlliamo.»

Parte Terza

SHÉHÉRAZADE

18

A Louis Opparizio non piaceva ricevere ordini. Essendo un avvocato, sapeva che l'unico modo per trascinarlo in tribunale a deporre era quello di appioppargli un mandato di comparizione. Evitare il mandato significava schivare l'obbligo di testimoniare. Sia che avesse avuto una soffiata o che fosse abbastanza furbo da averlo capito da sé, il fatto è che scomparve nell'attimo stesso in cui iniziammo a cercarlo. Nessuno sapeva dove fosse finito e tutti i trucchi per rintracciarlo si conclusero in un nulla di fatto. Che fosse partito per l'estero o fosse rimasto a Los Angeles, la sua ubicazione restava un mistero.

Opparizio poteva contare su una cosa molto importante, che indubbiamente facilitava i suoi sforzi per non farsi trovare. I soldi. Con i quattrini si può sparire quando si vuole e Opparizio ne era consapevole. Possedeva diverse case in molti stati, un'infinità di mezzi di trasporto e persino un jet privato che gli permetteva di trasferirsi rapidamente da una all'altra delle sue proprietà. E quando si spostava, sia che fosse da stato a stato o semplicemente dalla sua casa di Beverly Hills al suo ufficio, sempre a Beverly Hills, era immancabilmente protetto da una falange di guardie del corpo.

Eppure in tutto questo c'era anche un aspetto negativo, ancora una volta i soldi. L'enorme fortuna che aveva accumulato, gestendo per conto delle banche o di altri istituti di credito le aste delle abitazioni pignorate, aveva creato in lui una sorta di dipendenza. Opparizio si era abituato al lusso e aveva acquisito i gusti e i desideri dei super ricchi.

Fu per questo che alla fine riuscimmo a trovarlo.

Mentre gli dava la caccia, Cisco Wojciechowski aveva raccolto un'enorme quantità di informazioni, su cui ci basammo per preparargli una trappola elaborata, che richiedeva un coordinamento perfetto. Facemmo recapitare al suo ufficio un opuscolo estremamente curato che annunciava un'asta esclusiva, riguardante un quadro di Aldo Tinto. Il quadro sarebbe stato esposto per essere esaminato dagli eventuali acquirenti soltanto per due ore a partire dalle sette di sera, il primo giovedì del mese. Il luogo era lo Studio Z, situato nella Bergamot Station, un centro artistico e culturale di Santa Monica. Le offerte dovevano arrivare entro la mezzanotte.

La presentazione aveva un'aria molto professionale. La descrizione del quadro era stata tratta da un catalogo di arte on line, basato essenzialmente su collezioni private. Da un profilo di Opparizio, comparso due anni prima su una rivista di settore, sapevamo che era diventato un collezionista di opere di arte contemporanea e che l'italiano Aldo Tinto, recentemente scomparso, era per lui una sorta di ossessione. Quando un uomo telefonò al numero che avevamo riportato sull'opuscolo e si presentò come un rappresentante di Louis Opparizio chiedendo un appuntamento per esaminare il quadro, fu chiaro che ce l'avevamo fatta.

Il gruppo entrò nella vecchia stazione ferroviaria, che adesso ospitava una serie di gallerie d'arte, all'ora stabilita. Mentre tre uomini della sicurezza, muniti di occhiali da sole, si piazzavano all'esterno, altri due si misero a setacciare lo Studio Z per poi segnalare che tutto era sotto controllo. Solo a quel punto Opparizio emerse dall'imponente Mercedes.

All'interno della galleria fu accolto da due donne che lo conquistarono con i loro sorrisi e l'entusiasmo per l'arte e, in particolare, per il quadro che stava per visionare. Una di loro gli porse un bicchiere di champagne, un Cristal Roederer millesimato, per celebrare l'evento. L'altra gli diede uno spesso pacchetto di documenti sull'opera e sulla sua storia ma Opparizio, che aveva una mano occupata a reggere il bicchiere, in quel momento non aveva modo di aprirlo. La ragazza gli disse che avrebbe potuto leggerselo con calma più tardi e che gli conveniva ammirare il dipinto prima che arrivasse il cliente successivo. Fu condotto quindi in una stanza in mezzo alla quale, su un cavalletto decorato, era stato sistemato il quadro, ora coperto da un drappo di satin. Un unico riflettore illuminava il centro della stanza. Lo invitarono a scoprire il dipinto e una ragazza con un paio di guanti lunghi gli prese dalla mano il bicchiere di champagne.

Opparizio mosse qualche passo in avanti, la mano alzata ad anticipare il gesto. Tolse il drappo con cura e sotto, appeso al cavalletto, vide il mandato di comparizione. Perplesso, si protese a guardare, forse pensando che quella fosse l'opera del maestro italiano.

«È stato convocato a testimoniare» disse Jennifer Aronson. «Quello che ha davanti è il documento originale.»

«Non capisco» obiettò lui, ma capiva benissimo.

«Dal momento in cui lei è entrato, l'intera scena è stata registrata su video» aggiunse Lorna.

Si avvicinò alla parete e premette un interruttore. La stanza si riempì di luce e lei indicò due telecamere sistemate in alto, sopra di loro. Jennifer alzò il bicchiere di champagne, simulando un brindisi.

«Abbiamo anche le sue impronte, nel caso siano necessarie.» E alzò di nuovo il bicchiere verso una delle telecamere.

«No» disse Opparizio.

«Sì» ribatté Lorna.

«Ci vediamo in tribunale» lo salutò Jennifer.

Le donne si diressero verso la porta laterale della galleria dove una delle mie Lincoln, guidata da Cisco, le aspettava. Il loro lavoro era terminato.

Così erano andate le cose. Ora mi trovavo nell'aula dell'onorevole Coleman Perry e mi preparavo a difendere la validità del mandato di comparizione di Opparizio, il cuore stesso della mia strategia. La mia associata, Jennifer Aronson, era seduta accanto a me al tavolo della difesa e vicino a lei c'era la nostra cliente, Lisa Trammel. Al tavolo opposto si trovava Louis Opparizio con i suoi due avvocati, Martin Zimmer e Landon Cross. Il posto di Andrea Freeman era più arretrato, in prossimità della recinzione. In quanto pubblico ministero nella causa penale in cui rientrava quest'udienza, anche lei era parte interessata, seppure indirettamente. Tra il pubblico c'era pure il detective Kurlen, che era seduto in terza fila, in galleria. Il motivo della sua presenza era per me un mistero.

L'udienza era stata richiesta da Opparizio che, con il suo team di avvocati, si proponeva di contestare il mandato di comparizione e di annullare la sua partecipazione al processo.

A questo proposito avevano ritenuto prudente informare anche Andrea Freeman dell'udienza, nel caso l'accusa avesse ritenuto opportuno non far comparire Opparizio davanti alla giuria. Nonostante in questo caso il ruolo di Andrea Freeman fosse essenzialmente quello dell'osservatore, le era consentito intervenire ogni qual volta lo ritenesse opportuno. Comunque, anche se non l'avesse fatto, l'udienza le avrebbe permesso di familiarizzare con la strategia processuale della difesa.

Era la prima volta che vedevo Opparizio. Aveva una corporatura massiccia, che lo faceva sembrare più largo che alto, e la pelle del viso era tirata fino allo spasimo, forse dal bisturi o forse da anni di tensione. Tutto in lui parlava di soldi, dall'abbigliamento al taglio dei capelli. Ma dietro il suo aspetto impeccabile si intuiva un che di spietato, che avrebbe potuto sfociare in un omicidio o nell'ordine di eseguirlo per conto suo.

Gli avvocati di Opparizio avevano chiesto al giudice che l'udienza venisse condotta a porte chiuse, per evitare che quanto veniva rivelato arrivasse ai media e potesse quindi influenzare la giuria, che si sarebbe riunita il giorno seguente. Ma tutti lì dentro sapevano che la richiesta non nasceva da ragioni altruistiche. Era vero, l'udienza a porte chiuse impediva che risvolti inquietanti riguardanti Opparizio arrivassero ai media, ma la giuria c'entrava poco o niente. Quello che si temeva era un altro tipo di uditorio, l'opinione pubblica.

Da parte mia, mi opposi energicamente alla richiesta, obiettando che una decisione simile avrebbe creato dei sospetti sul processo a venire, il che era molto peggio che influenzare la giuria. Perry, che era stato nominato in una regolare elezione, era molto attento al giudizio della gente e quindi si dichiarò d'accordo con me e decise che l'udienza sarebbe stata aperta al pubblico. Mi complimentai con me stesso; avevo segnato un punto a favore della difesa.

I rappresentanti dei media erano pochi, ma più che sufficienti per il mio scopo. Gli inviati del «Downtown Business Journal» e del «Los Angeles Times» erano seduti in prima fila. Un documentarista freelance, che vendeva filmati a tutti i canali, se ne stava nella zona destinata alla giuria con la sua telecamera. Ero io che l'avevo preavvertito, chiedendogli di essere presente. Avevo pensato che qualche giornalista e la telecamera solitaria avrebbero innervosito Opparizio al punto da garantirmi il risultato che mi auguravo.

Dopo aver negato il permesso di tenere l'udienza a porte chiuse, il giudice andò subito al sodo.

«Avvocato Zimmer, lei ha presentato una mozione chiedendo che il suo rappresentato sia esentato dal testimoniare nel corso del processo contro Lisa Trammel. La invito a esporre le sue argomentazioni.»

Zimmer, con l'aria di uno che la sa lunga, si alzò per rispondere al giudice.

«Ne sarò molto lieto, vostro onore. Io mi limiterò a esporre i fatti riguardanti il modo in cui è stato presentato il documento al mio cliente, mentre il mio collega, l'avvocato Cross, tratterà l'altro punto in discussione.»

Poi Zimmer iniziò a lamentarsi del fatto che il mio ufficio aveva architettato una truffa via posta per organizzare la trappola che aveva permesso di consegnare a Opparizio il mandato di comparizione. Sostenne che l'opuscolo lussuoso utilizzato come esca era uno strumento illegale e che il fatto di averlo fatto recapitare tramite i servizi postali costituiva un crimine che invalidava qualsiasi azione successiva. Chiese quindi che alla difesa venisse proibito qualsiasi ulteriore tentativo di costringere Opparizio a testimoniare.

Non dovetti nemmeno alzarmi per protestare, e per fortuna, perché qualsiasi movimento mi faceva vedere le stelle. Il giudice si limitò ad alzare una mano per fermarmi e poi liquidò seccamente la tesi di Zimmer, sostenendo che la sua interpretazione era indubbiamente interessante, ma ridicola e priva di fondamento.

«Suvvia avvocato Zimmer, qui si fa sul serio» commentò Perry. «Non ha niente di più consistente da sottoporci?»

Opportunamente redarguito, Zimmer si sedette, lasciando la parola a Landon Cross, che si alzò per affrontare il giudice.

«Vostro onore, Louis Opparizio è un uomo che gode di grande prestigio e di notevoli mezzi. È totalmente estraneo al crimine di cui tratta questo processo e si oppone al fatto che il suo nome venga danneggiato da un'eventuale convocazione. Come ho già detto, non ha niente a che vedere con la vicenda, non è sospettato di niente ed è all'oscuro di qualsiasi dettaglio riguardante il caso. Non può fornire alcuna informazione, né a favore né contro l'imputata. Obietta al fatto che il collegio di difesa lo chiami a testimoniare inutilmente, utilizzandolo per sviare l'attenzione dalla linea dell'accusa. Invito l'avvocato Haller ad andare a pescare in altre acque.»

Cross si voltò e fece un cenno con la mano in direzione di Andrea Freeman, seduta vicino alla recinzione.

«Vostro onore, mi permetta di aggiungere che il pubblico ministero sostiene pienamente la mozione volta ad annullare l'ordine di comparizione.»

Il giudice girò la sedia e mi guardò.

«Avvocato Haller, vuole rispondere lei alle obiezioni dell'avvocato Cross?»

Mi alzai lentamente. Tenevo in mano il martelletto di gomma che avevo preso sulla mia scrivania e lo manipolavo con le dita, non più imprigionate dal gesso, ma ancora rigide.

«Sì, vostro onore. Trovo molto azzeccata l'allusione a una battuta di pesca fatta dall'avvocato Cross. È vero che, se venisse autorizzata, questa testimonianza avrebbe alcuni margini di incertezza, la stessa che ha il pescatore quando lancia la sua lenza senza sapere che cosa abboccherà. Ma questo dipende dal fatto che il signor Opparizio e il suo consiglio di difesa hanno reso praticamente impossibile svolgere un'indagine soddisfacente sull'omicidio di Mitchell Bondurant. Il signor Opparizio e i suoi scagnozzi hanno sistematicamente ostacolato...»

A questo punto Zimmer scattò in piedi, protestando ad alta voce.

«Vostro onore, mi oppongo decisamente all'uso di un simile linguaggio! Evidentemente l'avvocato Haller vuole far colpo sui media a spese del mio cliente. Insisto ancora una volta perché il procedimento venga spostato nel suo ufficio.»

«Rimarremo qui, come ho deciso» rispose Perry. «Comunque, avvocato Haller, non le permetterò di convocare il testimone solo per potersi esibire davanti alla giuria. Devo saperne di più. In che modo è connesso al caso di cui ci stiamo occupando?»

Annuii con l'aria di chi si era preparato la risposta da tempo.

«Il signor Opparizio è fondatore e amministratore delegato di una società che svolge attività di mediazione nei casi di pignoramento. Quando Mitchell Bondurant ha deciso di pignorare la casa dell'imputata, ha incaricato il signor Opparizio di occuparsene. A mio parere questo fatto lo rende un personaggio chiave in questo caso, tenuto conto anche del fatto che, a quanto l'accusa ha dichiarato pubblicamente, il movente dell'omicidio è proprio il pignoramento.»

Zimmer balzò nuovamente in piedi prima che il giudice potesse rispondere.

«È un'affermazione ridicola! La società del signor Opparizio ha centottantacinque dipendenti, distribuiti in un ufficio di tre piani.»

«Evidentemente i pignoramenti sono un affare redditizio» commentai.

«Avvocato» mi riprese il giudice.

«Il signor Opparizio non ha niente a che fare con il pignoramento della casa dell'imputata, se non fosse che nel corso dell'anno se ne è occupata la sua società, insieme a centomila altri casi simili.»

«Ha detto centomila, avvocato Zimmer?» chiese il giudice.

«È esatto, vostro onore. La società ha gestito circa duemila pignoramenti alla settimana per più di due anni, compreso quello relativo alla casa dell'imputata. Il signor Opparizio non sa niente del suo caso. Era uno tra tanti e non se ne è mai occupato personalmente.»

Il giudice parve sprofondare nei suoi pensieri, come se avesse sentito abbastanza. Avevo sperato di non dover rivelare il mio asso nella manica, soprattutto davanti al pubblico ministero, anche se molto probabilmente Andrea Freeman era già al corrente della lettera di Bondurant e aveva avuto modo di valutarne l'importanza.

Aprii la cartelletta che era appoggiata sul tavolo davanti a me e che conteneva la lettera originale e quattro copie, pronte per essere distribuite.

«Vostro onore, con il permesso della corte, vorrei chiedere al signor Opparizio il nome della sua segretaria personale.»

Perry non rispose subito, atteggiando la bocca a una smorfia perplessa.

«Vuole sapere chi è la sua segretaria?»

«Sì, esatto.»

«E perché desidera saperlo?»

«Lo scoprirà presto, se mi permette di chiederlo.»

«D'accordo. Signor Opparizio, l'avvocato Haller vorrebbe conoscere il nome della sua segretaria personale.»

«Certo, giudice. In realtà sono due. Una si chiama Carmen Esposito e l'altra Natalie Lazarra.»

Tornò ad appoggiarsi allo schienale, mentre il giudice rivolse nuovamente lo sguardo su di me. Era arrivato il momento di rivelare la mia carta vincente.

«Signor giudice, ho qui alcune copie di una lettera raccomandata scritta da Mitchell Bondurant, la vittima dell'omicidio, e inviata al signor Opparizio. È stata ricevuta e firmata dalla sua segretaria personale, Natalie Lazarra. La lettera era inclusa nel materiale riguardante l'indagine che mi è stato trasmesso dall'accusa. Ho chiesto al signor Opparizio di testimoniare in aula perché vorrei porgli alcune domande.»

«Mi dia la lettera» disse Perry.

Mi avvicinai e gliene porsi una copia, e altrettanto feci con Zimmer. Mentre tornavo al mio posto passai accanto ad Andrea Freeman e offrii una copia anche a lei.

«Grazie, ma ce l'ho già.»

Con un cenno d'assenso proseguii e mi fermai dietro il tavolo, dove rimasi in piedi.

«Vostro onore, può concederci una breve sospensione per esaminare lo scritto?» chiese Zimmer. «È la prima volta che lo vediamo.»

«D'accordo, la seduta è sospesa per quindici minuti» replicò Perry, scendendo dallo scanno e avviandosi verso il suo ufficio. Volevo vedere se gli avvocati di Opparizio sarebbero usciti dall'aula, ma poiché nessuno si muoveva, rimasi lì anch'io, augurandomi che si innervosissero all'idea che potessi sentire qualcosa. Mi piegai verso Jennifer Aronson e la mia cliente.

«Che cosa stanno facendo?» sussurrò Jennifer. «È impossibile che non abbiano mai visto quella lettera.»

«Sono sicuro che l'accusa ne ha dato loro una copia. Opparizio si comporta come se fosse il più furbo del reame. Adesso vedremo se lo è davvero.»

«Che cosa vuoi dire?»

«Che l'abbiamo incastrato. Sa benissimo che, in base al Quinto emendamento, potrebbe avvalersi della facoltà di non rispondere e a questo punto l'ordine di comparizione andrebbe a farsi friggere. Ma sa anche che, se invocasse il Quinto emendamento davanti ai media, sarebbero guai. La richiesta verrebbe interpretata come un segno di debolezza.»

«E allora che cosa farà, secondo te?» chiese Lisa.

«Cercherà di salvare la faccia.»

Mi alzai e con fare disinvolto cominciai a camminare dietro i tavoli. Zimmer girò la testa a guardarmi poi si accostò ulteriormente al suo cliente. A un certo punto tornai dalla Freeman, che non si era mossa dalla sua sedia.

«A che punto interverrai?»

«Be', ho pensato che posso anche farne a meno.»

«Avevano già la lettera, vero? Gliel'hai passata tu.»

Si strinse nelle spalle, senza commentare. Alzai gli occhi su Kurlen, seduto a tre file di distanza.

«Che cosa ci fa qui?»

«Sai com'è, nel caso avessimo bisogno di lui.»

Non mi era di grande aiuto.

«La settimana scorsa, quando mi hai proposto di patteggiare, era perché avevi trovato la lettera, vero? Te la sei vista brutta, eh?»

Mi guardò e sorrise, ma non si degnò di rispondere.

«Che cosa è cambiato? Perché hai ritirato la proposta?»

Ancora nessun commento.

«Pensi che ricorrerà al Quinto emendamento?»

Silenzio.

«Se toccasse a me, è esattamente quello che farei. Ma per quanto riguarda lui...»

«Lo sapremo presto» disse, con l'aria di tagliar corto.

Tornai al mio tavolo e mi sedetti. Lisa Trammel mi sussurrò che ancora non le era chiaro quello che stava succedendo.

«Vogliamo che Opparizio venga a testimoniare al processo. Lui non ne ha nessuna intenzione, ma l'unico modo per farsi esonerare è quello di ricorrere al Quinto emendamento. Se lo fa, per noi è la fine. Lui è la nostra arma segreta, è indispensabile che salga sul banco dei testimoni.»

«E pensi che deciderà in questo senso?»

«Scommetterei di no. Finirebbe per perderci la faccia. È alle battute finali di una grande fusione e sa che se si rifiuta di parlare, avrà addosso tutti i mezzi di comunicazione. È così sicuro di sé che forse è convinto di riuscire a cavarsela. Per quanto mi riguarda, spero proprio che sia così.»

In quel momento il giudice rientrò in aula e riprese l'udienza, dando la parola a Zimmer.

«Vostro onore, voglio che sia messo a verbale che, contrariamente al parere dei suoi avvocati, il mio cliente mi ha ordinato di ritirare la mozione in cui contestavamo il mandato di comparizione.»

Il giudice annuì, strinse le labbra e posò gli occhi su Opparizio.

«Quindi il vostro cliente è disposto a testimoniare davanti alla giuria.»
«Sì, vostro onore.»
«È sicuro della sua scelta, signor Opparizio? Non intende accogliere il parere dei suoi avvocati? Sono professionisti di grande esperienza.»
«Sì, vostro onore, è così.»
«Allora la mozione è ritirata. C'è nient'altro di cui volete discutere davanti alla corte prima di domattina, quando cominceremo a selezionare la giuria?»
A questo punto i suoi occhi lo tradirono. Lo sguardo si posò su Andrea Freeman; evidentemente il giudice sapeva che c'era dell'altro. La Freeman si alzò, con in mano una cartellina.
«Sì, vostro onore, posso avvicinarmi?»
«Prego, procuratore Freeman.»
Andrea mosse qualche passo, poi si fermò, in attesa che gli avvocati di Opparizio finissero di raccogliere le loro cose e si allontanassero. Infine prese posto dietro il tavolo dell'accusa, rimanendo in piedi.
«Mi lasci indovinare» disse Perry. «Vuole forse parlare dell'elenco dei testimoni presentato dall'avvocato Haller?»
«Sì, giudice, è così. Ho anche una questione riguardante le prove da sottoporle. Da dove vuole che cominci?»
Una questione riguardante le prove. Ecco perché aveva convocato Kurlen.
«Iniziamo dalla lista dei testimoni. Me lo sentivo che avrebbe avuto da obiettare.»
«Sicuro, vostro onore. L'avvocato Haller ha inserito nell'elenco anche la sua associata. Ora mi sembra che debba scegliere se preferisce che collabori con lui nel corso del processo o si presenti a testimoniare. L'avvocato Aronson ha già rappresentato la difesa nel corso dell'udienza preliminare, quindi l'accusa obbietta a questo improvviso cambiamento che la vedrebbe come testimone.»
Andrea Freeman si sedette e il giudice si voltò a guardarmi.
«In effetti mi sembra una decisione piuttosto tardiva, avvocato Haller» osservò.

Mi alzai in piedi.

«È possibile, vostro onore, ma è in gioco la libertà della mia cliente. A questo proposito vorrei chiedere alla corte la massima comprensione. L'avvocato Aronson ha preso parte attiva nella difesa contro la procedura di pignoramento ai danni della signora Trammel e siamo giunti alla conclusione che sarebbe importante se potesse spiegare ai giurati qual era la situazione al momento dell'omicidio di Mitchell Bondurant.»

«E quindi ha pensato bene di includerla nel collegio di difesa e di convocarla come testimone. Non sono disposto ad accettare una cosa simile nella mia aula.»

«Vostro onore, quando ho inserito nell'elenco il nome dell'avvocato Aronson mi aspettavo che il pubblico ministero avrebbe avuto da ridire. Comunque, la difesa si rimette alla decisione della corte.»

Perry guardò Andrea Freeman per capire se c'erano altre obiezioni, ma lei rimase in silenzio.

«Benissimo» disse. «Ha appena perso un valido aiuto, signor Haller. Permetterò all'avvocato Aronson di testimoniare, ma domani, quando inizieremo a selezionare la giuria, lei dovrà presentarsi da solo. L'avvocato Aronson non dovrà farsi più vedere fino al momento in cui verrà chiamata sul banco dei testimoni.»

«Grazie, vostro onore. Vorrei chiederle se, una volta conclusa la sua testimonianza, potrà riprendere il suo posto nel collegio di difesa.»

«Non mi sembra un problema» disse Perry. «Avvocato Freeman, non aveva un'altra questione da sottoporre alla corte?»

Andrea si alzò, mentre io mi sedevo e mi allungavo per afferrare la penna, pronto a prendere appunti. Il movimento mi provocò una fitta lacerante al torace, tanto che trattenni a fatica un gemito.

«Vostro onore, so che la difesa avrà da protestare, ma nel tardo pomeriggio di ieri abbiamo ricevuto i risultati dell'analisi del dna, ricavato da una piccola traccia di sangue trovata su una scarpa dell'imputata, che è stata prelevata durante la perquisizione della casa e del garage il giorno dell'omicidio.»

Sentii un pugno invisibile che mi colpiva lo stomaco, sovrapponendosi al dolore alle costole. Intuivo che quanto avevo appena sentito modificava radicalmente la situazione.

«Il dna rinvenuto sulla scarpa è identico a quello della vittima. Prima che la difesa dia sfogo alle sue lamentele, devo informare la corte che il ritardo con cui è stata eseguita l'analisi è stato causato in parte dal sovraccarico di lavoro del laboratorio e in parte dalle dimensioni ridotte della macchia stessa, di cui era necessario preservare un campione per la difesa.»

Lanciai in aria la penna, che rimbalzò sul tavolo e cadde a terra, poi mi alzai di scatto.

«Vostro onore, questa è una vergogna! Tirare fuori questa storia adesso è semplicemente scandaloso. Comunque hanno avuto un pensiero gentile a lasciare un avanzo anche per noi. Ci precipiteremo oggi stesso a farlo analizzare, per essere pronti domani, quando dovremo scegliere la giuria.»

«Sono d'accordo con lei, avvocato» intervenne il giudice. «La faccenda preoccupa anche me. Procuratore Freeman, l'accusa aveva in mano la prova sin dall'inizio. Com'è possibile che la presenti il giorno prima della selezione della giuria?»

«Vostro onore, sono perfettamente consapevole di quanto questa circostanza complichi le cose per la corte e per la difesa. Ma questa è la situazione. Sono venuta a conoscenza dei risultati alle otto di questa mattina, quando ho ricevuto il rapporto del laboratorio. Questa è la prima opportunità che ho avuto di informarne la corte. Quanto alle ragioni del ritardo, sono più di una. Sono sicura che la corte è consapevole della quantità di lavoro che si trovano ad affrontare i laboratori di stato. I casi di cui si occupano sono molto numerosi e anche se gli omicidi hanno la priorità, non possono trascurare il resto. Abbiamo deciso di non rivolgerci a un laboratorio privato, che sicuramente avrebbe operato con maggiore celerità, perché eravamo preoccupati per le dimensioni del campione. Se qualcosa fosse andato storto con degli esterni, avremmo perso l'occasione di analizzare il sangue, di cui, come ho detto, abbiamo tenuto una parte a disposizione della difesa.»

Continuai a scuotere il capo in segno di frustrazione, mentre aspettavo che arrivasse il mio turno di parlare. Era vero, la situazione era radicalmente cambiata. Mentre fino a questo momento il caso si era fondato unicamente su indizi, ora esisteva una prova diretta che collegava l'imputata al delitto.

«Avvocato Haller» mi richiamò il giudice. «Non ha niente da dire?»

«Certo, signor giudice. Sono convinto che la tempistica sia tutt'altro che casuale. Vorrei che la corte comunicasse all'accusa che è troppo tardi per saltar fuori con una trovata del genere. Chiedo formalmente che questa cosiddetta prova venga esclusa dal processo.»

«E se rimandassimo l'inizio del dibattimento?» chiese il giudice. «Questo potrebbe darle la possibilità di effettuare le sue analisi.»

«Non sono le analisi il problema, quanto la necessità di modificare l'intera strategia difensiva. L'accusa sta cercando di trasformare un processo indiziario in un dibattimento sorretto da prove scientifiche. Al di là delle analisi, ho bisogno di tempo per ripensare l'intero impianto difensivo. È una catastrofe, vostro onore, a cui bisognerebbe opporsi, se non altro per motivi di correttezza.»

Andrea Freeman avrebbe voluto rispondere, ma il giudice non glielo concesse. Mi parve un segnale positivo finché non lo vidi guardare il calendario appeso alla parete dietro la postazione dell'assistente giudiziario. A questo punto capii che stava cercando di rimediare concedendomi dell'altro tempo, il che significava che avrebbe ammesso l'analisi del dna tra le prove.

Ero stato sconfitto. Tornai a sedermi e Lisa Trammel si chinò verso di me.

«Mickey, questo è assurdo. Si tratta di una trappola» sussurrò in tono disperato. «È impossibile che il sangue di Bondurant sia finito sulle mie scarpe. Devi credermi.»

Alzai la mano per farla tacere. Era irrilevante che le credessi o meno. La realtà era che il caso stava prendendo una piega del tutto inaspettata e non c'era da stupirsi che la Freeman avesse ritrovato tutta la sua arroganza. All'improvviso fui colpito da un pensiero che mi indusse ad alzarmi in piedi di scatto. Una fitta lancinante mi attraversò la schiena procurandomi un dolore così forte che mi piegai sul tavolo.

«Va tutto bene, avvocato Haller?»

Mi raddrizzai lentamente.

«Sì, vostro onore, ma devo aggiungere qualcosa se me lo permette.»

«Proceda pure.»

«Vostro onore, la difesa mette in dubbio la veridicità di quanto sostenuto dall'accusa, e cioè che ha appreso i risultati delle analisi del dna solo questa mattina. Tre settimane fa l'accusa ha fatto alla mia cliente un'offerta molto allettante, concedendole ventiquattr'ore per decidere. Poi...»

A quel punto la Freeman sbottò. «Vostro onore.»

«Non interrompa» le ordinò il giudice. «Continui, avvocato Haller.»

Avevo garantito ad Andrea Freeman che non avrei divulgato la sua proposta di patteggiamento, ma a questo punto non ritenevo più di dover mantenere la mia promessa.

Non era più tempo di convenevoli.

«Grazie, vostro onore. Dunque, riceviamo l'offerta il giovedì sera, ma il venerdì mattina il procuratore Freeman la toglie inspiegabilmente dal tavolo. Mi sembra che a questo punto il mistero sia stato svelato. L'accusa era già a conoscenza tre settimane fa di questo ipotetico test del dna, ma ha deciso di non dire niente per sorprendere la difesa alla vigilia del processo.»

«Grazie, avvocato Haller. Che cosa ha da dire, procuratore?»

Il giudice aveva un'espressione tesa che tradiva la sua irritazione. Evidentemente quello che avevo appena rivelato doveva averlo colpito.

«Vostro onore» proruppe Andrea Freeman in tono indignato. «Niente è più lontano dalla verità. È presente in aula il detective Kurlen, il quale sarà ben felice di testimoniare sotto giuramento che il risultato delle analisi è stato recapitato nel suo ufficio durante il weekend, e che lui stesso ha aperto la busta alle sette e mezza di questa mattina, quando è arrivato in ufficio. A questo punto mi ha avvertita, dandomi modo di parlarne alla corte. L'ufficio del procuratore distrettuale non se l'è presa comoda, come invece sostiene la difesa. Quanto a me, ritengo che le accuse che mi sono state rivolte siano ingiuriose e del tutto prive di fondamento.» Il giudice lanciò un'occhiata all'aula e individuò Kurlen in terza fila.

«Perché ha ritirato l'offerta prima della scadenza?» chiese ad Andrea Freeman.

Una domanda da un milione di dollari, che parve gettare la donna nell'imbarazzo, forse perché era convinta che il giudice non avrebbe insistito nella sua indagine.

«Vostro onore, la decisione è dipesa da problemi interni che penso sia meglio non divulgare in aula.»

«Se vuole che la prova venga presa in considerazione, le consiglio di essere meno generica, problemi interni o meno.»

Andrea Freeman annuì.

«Sì, vostro onore. Come sa, c'è un procuratore distrettuale ad interim da quando il signor Williams è stato chiamato all'ufficio del procuratore generale degli Stati Uniti, a Washington. Questo ha provocato una situazione per cui a volte non c'è chiarezza nella comunicazione e nelle linee guida da seguire. Mi basti dire che quel giovedì l'offerta per l'avvocato Haller era stata approvata a livello dirigenziale, mentre il venerdì mattina mi fu detto che, per ragioni interne, doveva essere ritirata.»

Erano tutte sciocchezze, ma le aveva articolate in maniera convincente e io non avevo niente da contrapporre. Eppure, dal tono con cui, quel venerdì, mi aveva comunicato che l'offerta era stata ritirata, avevo intuito che la sua decisione dipendeva da qualcosa di nuovo e di diverso, e che non aveva niente a che fare con i problemi interni dell'ufficio.

A questo punto il giudice comunicò la sua delibera.

«La selezione della giuria verrà posticipata di dieci giorni lavorativi per dare alla difesa il tempo di effettuare il test del dna, se lo riterrà necessario, e per permetterle di adeguare l'impianto difensivo ai nuovi elementi che sono emersi. Da parte sua l'accusa dovrà essere pronta a collaborare e a fornire senza indugio il materiale biologico da analizzare. La selezione della giuria avrà inizio tra due settimane a partire da oggi. La corte si aggiorna.»

Il giudice scese rapidamente dal suo scanno. Fissai la pagina bianca a cui era aperto il mio taccuino. Ero stato annientato.

Lentamente mi accinsi a riempire la cartella.

«E adesso cosa facciamo?» chiese Jennifer.

«Non lo so, devo pensarci.»

«Bisogna rifare il test» disse Lisa in tono concitato. «Il loro è sicuramente sbagliato. È impossibile che sulle mie scarpe ci sia il sangue di quell'uomo.»

La guardai. I suoi occhi scuri avevano un'espressione intensa e sincera.

«Non preoccuparti. Vedrai che troverò una soluzione.»

Il mio ottimismo aveva un sapore amaro. Lanciai un'occhiata ad Andrea Freeman. Stava frugando tra i fascicoli che aveva in cartella. Mi avvicinai, ma lei mi liquidò con una sbirciata in tralice. Non aveva nessuna intenzione di ascoltare le mie proteste.

«A quanto pare, le cose sono andate esattamente come volevi» le dissi.

Non reagì, ma chiuse la cartella e si diresse verso l'uscita. Prima di oltrepassare il cancelletto, si girò a guardarmi.

«Se vuoi giocare pesante, devi prima farti i muscoli» mi disse.

19

Le due settimane successive passarono in fretta, ma non furono prive di progressi. Rielaborai la linea della difesa e mi attrezzai in vista del dibattimento. Dopo che un laboratorio indipendente – quattromila dollari di parcella con sovrapprezzo per l'urgenza – ebbe confermato i risultati sul dna esibiti dall'accusa, mi adoperai per amalgamare quel dato devastante in una strategia che riconosceva, sì, l'esattezza dell'indagine scientifica, ma la rendeva compatibile con l'innocenza della mia cliente: puntavo a dimostrare, insomma, che era stata incastrata. E, a mano a mano che mi convincevo della bontà di quella linea difensiva, riprendevo fiducia. Quando finalmente ebbe inizio il vaglio dei giurati, mi dedicai con rinnovato vigore alla selezione di persone presumibilmente inclini ad accettare la versione dei fatti che avrei propinato loro.

Al quarto giorno dei lavori, Andrea Freeman mi sferrò un colpo basso. Stavamo completando l'elenco dei candidati tra cui scegliere i dodici definitivi, ed era una delle rare volte in cui, seppure per ragioni diverse, l'accusa e la difesa concordavano sulla composizione della giuria. Entrambi la volevamo costituita da lavoratori, uomini e donne, che abitavano in una casa di proprietà, con famiglie in cui entravano due stipendi, e un livello di scolarizzazione basso: pochi con il diploma di scuola superiore, nessuno con un titolo di studio più avanzato: il vero "sale della terra". Così composta, mi andava benissimo. Cercavo persone che, nell'attuale difficile crisi economica, si trovassero in bilico sull'orlo della povertà, vivessero sotto la costante minaccia di vedersi portar via la casa e fossero quindi riluttanti a mostrarsi benevoli con un banchiere.

Dal canto suo, nell'approfondire la situazione economica dei potenziali giurati, l'accusa puntava a scegliere persone che lavoravano sodo e che malvolentieri avrebbero commiserato chi smetteva di pagare le rate del mutuo. E così, fino al quarto giorno, né io né Andrea Freeman avevamo sollevato obiezioni sui giurati, ed entrambi confidavamo di poter trasformare i prescelti nei propri paladini.

Il colpo basso arrivò a metà mattina, quando il giudice Perry annunciò una breve pausa. Andrea Freeman si alzò e chiese di poter conferire con lui e con me in relazione a un nuovo elemento probatorio appena emerso. Chiese anche che potesse intervenire il detective Kurlen. Perry acconsentì e raddoppiò la durata della pausa portandola a mezz'ora. Ci dirigemmo all'ufficio del giudice, io alle spalle della Freeman, che a sua volta seguiva la stenotipista. Ultimo a entrare fu Kurlen, che portava un grosso involucro avvolto in carta pesante e sigillato con il nastro adesivo rosso che si usa per conservare i reperti, un pacco voluminoso che sembrava contenere qualcosa di pesante. Ma a far presagire il contenuto era il tipo di confezione. I reperti biologici sono avvolti nella carta, perché un imballaggio di plastica intrappola l'aria e l'umidità e può danneggiarli. Mi fu subito chiaro che l'accusa stava per lanciarmi un'altra bomba, come quella del dna.

«Ecco che ci siamo di nuovo» borbottai sottovoce entrando nell'ufficio del giudice.

Perry andò a sedersi dietro la scrivania; la finestra alle sue spalle si affacciava a sud e inquadrava le colline di Sherman Oaks. Andrea Freeman e io ci mettemmo l'uno di fianco all'altra di fronte a lui; Kurlen prese una sedia accanto a un tavolo vicino, e la stenotipista si appollaiò su uno sgabello alla destra del giudice.

«Verbalizzeremo la seduta» disse Perry. «Procuratore Freeman, cominci pure.»

«Giudice, mi premeva conferire con lei e con la difesa perché prevedo che l'avvocato Haller si metterà a ululare alla luna non appena vedrà quello che ho da esibire.»

«Avanti allora» disse Perry.

A un cenno della testa del procuratore, Kurlen cominciò a togliere il nastro adesivo che legava l'involucro. Non aprii bocca. Notai che la sua mano destra era coperta da un guanto di gomma.

«L'accusa, che è entrata in possesso dell'arma del delitto, intende usare quest'ultima come reperto e la mette a disposizione della difesa per eventuali accertamenti» dichiarò brevemente Andrea Freeman.

Kurlen aprì la busta e sfilò un martello. Un attrezzo da carpentiere con una testa circolare di acciaio satinato e un'impugnatura di legno di sequoia rivestito di gomma nera. Vidi che la testa aveva un intaglio e intuii che combaciava con la lesione cranica catalogata durante l'autopsia.

Mi alzai rabbiosamente e mi allontanai dalla scrivania.

«Oh, avanti!» dissi furibondo. «Volete prendermi in giro?»

Mi volsi verso la parete in fondo all'ufficio, attrezzata con scaffali pieni di testi giuridici, mi misi le mani sui fianchi e tornai a girarmi verso la scrivania.

«Giudice, mi perdoni il linguaggio, ma questa è una stronzata. L'accusa non può comportarsi così. Tirar fuori una cosa simile alla vigilia delle arringhe introduttive. Abbiamo quasi concluso la scelta della giuria e all'improvviso ecco la presunta *arma del delitto*?»

Il giudice si appoggiò allo schienale quasi a distanziarsi dal martello che Kurlen teneva in mano.

«Le conviene raccontarci una storia solida e convincente, procuratore Freeman» disse.

«Lo farò, giudice. Non ho potuto presentare questo reperto prima di stamattina. Volentieri spiegherò perché...»

«È stato lei a consentirglielo!» dissi, interrompendola e puntando un dito verso il giudice.

«Per favore, avvocato Haller, non si permetta di puntarmi un dito addosso» disse Perry, cercando di controllarsi.

«Mi scusi, ma è colpa sua. Lei ha chiuso un occhio su quella panzana del dna. Dopodiché non c'è motivo perché l'accusa non ritenti il colpo...»

«*Per favore*, avvocato, le conviene fare attenzione. Non ci vuole molto, anzi ci manca pochissimo perché si ritrovi a contemplare l'interno di una cella di detenzione. Sappia che non si punta il dito contro un giudice e non gli si rivolge la parola nei modi da lei usati. Chiaro?»

Tornai a girarmi verso la scaffalatura dei testi giuridici e respirai a fondo. Non mi restava che cercare di volgere la situazione a mio favore e fare in modo che, alla fine dell'incontro, il giudice si sentisse debitore nei miei confronti.

«Chiaro» concessi alla fine.

«Bene» disse Perry «si rimetta seduto. Ascoltiamo quello che hanno da dirci il procuratore Freeman e il detective Kurlen. Mi auguro che sia qualcosa di buono.»

Tornai sui miei passi con aria riluttante e, come un bambino punito, mi lasciai cadere sulla sedia.

«Avanti, procuratore Freeman, parli pure.»

«Sì, vostro onore. Il martello ci è stato consegnato lunedì nel tardo pomeriggio. Un giard...»

«Grandioso!» sbottai. «Lo sapevo. Così ha aspettato che per quattro giorni lavorassimo alla selezione della giuria prima di decidere...»

«*Avvocato Haller*» ringhiò il giudice. «Non mi faccia perdere la pazienza. La smetta di interrompere. Procuratore Freeman, continui, la prego.»

«Sì, vostro onore. Come ho detto, abbiamo ricevuto il reperto dalla divisione Van Nuys della polizia di Los Angeles lunedì pomeriggio. Forse è meglio che sia il detective Kurlen a illustrarle la procedura di conservazione e consegna del reperto alla procura.»

Con un gesto della mano Perry fece segno a Kurlen di continuare.

«È accaduto che un giardiniere al lavoro in un cortile di Dickens Street, vicino a Kester Avenue, lo abbia trovato la mattina di lunedì scorso in un arbusto davanti alla casa di un suo cliente che si trova a meno di due isolati dietro la banca. Il giardiniere lavora per conto dell'azienda Gardenia e non sa niente dell'omicidio. Pensando che l'attrezzo appartenesse al suo cliente, glielo ha lasciato sulla veranda. Il proprietario, un certo Donald Meyers, l'ha visto al ritorno dal lavoro, intorno alle cinque di quel pomeriggio. Capì subito che non era suo. Si ricordò però di avere letto sui giornali dell'omicidio Bondurant; in particolare gli venne in mente un servizio in cui si diceva che l'arma del delitto, forse un martello, non era stata trovata. Ha chiamato il giardiniere e, ascoltata la sua versione, si è rivolto alla polizia.»

«Bene, ci ha raccontato come siete venuti in possesso del martello, ma non ci ha spiegato perché ne sentiamo parlare tre giorni dopo.»

Andrea Freeman annuì: era pronta a rispondere alla domanda.

«Giudice, ovviamente ci siamo premurati di accertare da dove venisse il reperto e di controllare i successivi passaggi di mano fino a noi. Lo abbiamo immediatamente consegnato alla Scientifica perché lo analizzasse e solo ieri sera, a udienza finita, abbiamo avuto i risultati.»

«Cosa dicono?»

«Le uniche impronte digitali sull'arma appartengono a...»

«Alt!» dissi esponendomi ancora una volta alla furia del giudice. «Perché non chiamiamo l'oggetto con il suo nome? Indicarlo a verbale come "arma" è una congettura gratuita.»

«Sta bene» acconsentì la Freeman anticipando il giudice. «Le uniche impronte *sul martello* erano quelle del signor Meyers e del giardiniere, Antonio Ladera. Ma due elementi lo collegano solidamente al nostro caso. Il sangue, una piccola macchia nel punto di innesto della testa nel manico, è stato identificato come appartenente a Mitchell Bondurant. Abbiamo voluto accelerare l'accertamento rivolgendoci a un laboratorio esterno, dopo che l'avvocato Haller aveva contestato il precedente test. Abbiamo poi consegnato il martello all'ufficio del medico legale perché lo confrontasse con le lesioni subite dalla vittima. È stata constatata la corrispondenza. Avvocato

Haller, lo chiami martello, attrezzo o come le pare, ma per me è l'arma del delitto. Ho qui una copia del referto del laboratorio.»

Infilò la mano nella busta, tolse due documenti tenuti insieme con una graffetta e me li porse con un sorriso soddisfatto.

«Molto gentile da parte sua» dissi con sarcasmo. «La ringrazio di cuore.»

«Oh, c'è anche questo.»

Tornò a infilare la mano nella busta e ne trasse due fotografie, formato 20 per 25 centimetri: ne porse una al giudice e l'altra a me. Vi si vedeva un banco da falegname sovrastato da una serie di attrezzi appesi in una bacheca sulla parete retrostante. Lo riconobbi per averlo visto nel garage di Lisa Trammel, quando ero stato lì.

«La foto mostra il garage di Lisa Trammel. È stata scattata il giorno dell'omicidio durante la perquisizione condotta su mandato del magistrato. Noterete che manca un attrezzo dai ganci della bacheca, e lo spazio libero ha le dimensioni di questo martello da carpentiere.»

«Una follia.»

«La Scientifica lo ha identificato come un modello della Craftsman Sears, venduto esclusivamente in una confezione speciale per carpentieri, che comprende duecentotrentanove pezzi. Sulla base di questa fotografia abbiamo identificato più di cento altri attrezzi inclusi in quella confezione. Manca il martello che Lisa Trammel ha buttato tra i cespugli dopo essersi allontanata dal luogo del delitto.»

Il mio cervello era in subbuglio. La linea difensiva che avevo preparato presupponeva che la mia cliente fosse stata incastrata, ma un conto era spiegare una goccia di sangue su una scarpa, un conto era trovare una giustificazione al fatto che l'arma del delitto fosse di proprietà dell'imputata. A ogni rivelazione diventava esponenzialmente più difficile battersi in favore della teoria dell'imboscata. Per la seconda volta in tre settimane, sulla difesa si abbatteva un colpo devastante. Ero ammutolito. Il giudice si voltò verso di me. Dovevo intervenire, ma non avevo gli elementi per una rimonta efficace.

«È un reperto convincente, avvocato Haller» disse. «Non ha niente da replicare?»

Niente, non avevo niente, ma come un pugile al tappeto chiamai a raccolta le forze per risollevarmi prima che il conteggio arrivasse a dieci.

«Vostro onore, il rinvenimento di questo cosiddetto reperto, che cade dal cielo con tempismo perfetto, avrebbe dovuto essere comunicato istantaneamente alla corte e alla difesa. Non tre giorni dopo, neppure un giorno dopo. Se non altro per consentirmi di controllarlo adeguatamente, sottoporlo ai test e confrontare i risultati con quelli dell'accusa. Il martello è rimasto tra gli arbusti per quanto... tre mesi? ed ecco che – *voilà!* – abbiamo il dna che coincide con quello della vittima. Puzza di messinscena. Ed è troppo tardi, vostro onore. Abbiamo perso il treno. Domani siamo chiamati a pronunciare le arringhe introduttive. L'accusa ha avuto un'intera settimana per prepararsi a inserire il martello nell'atto di incriminazione. Cosa posso fare a questo punto?»

«Intendeva esordire con la sua arringa o si riservava di aspettare che venisse il turno della difesa?» mi chiese il giudice.

«Pensavo di pronunciarla domani» mentii. «L'ho già scritta. Ma la notizia avrebbe potuto influenzare la selezione dei giurati che sono già stati nominati. Giudice, tutta questa faccenda puzza. Io so solo che cinque settimane fa l'accusa non aveva in mano niente. Il procuratore Freeman è venuto nel *mio* studio per offrirmi un patteggiamento. Che lo ammetta o no, allora aveva una tremenda paura ed era disposta a concedermi tutto quello che chiedevo. E all'improvviso si trova il dna sulla scarpa. Non basta: salta fuori il martello. Sono coincidenze che sollevano molti dubbi. Ma basterebbe il modo subdolo con cui i reperti sono stati prodotti per giustificarne il respingimento.»

«Vostro onore,» intervenne Andrea Freeman non appena ebbi finito «posso replicare all'avvocato Haller?»

«Non occorre, procuratore Freeman. Come ho detto, abbiamo delle prove molto convincenti. Arrivano in un momento inopportuno, ma sono reperti di cui la giuria deve tener conto. Acconsento a che siano acquisiti, ma concederò alla difesa il tempo di prepararsi. Adesso torniamo in aula e completiamo le nomine dei giurati. Lascerò loro un lungo fine settimana e li convocherò per l'udienza di lunedì mattina, quando ascolteranno le arringhe introduttive e avrà inizio il dibattimento. Avvocato Haller, ha tre giorni per prepararsi. Dovrebbero bastarle. Nel frattempo i suoi collaboratori, compresa quella giovane di belle speranze che ha fatto i miei stessi studi giuridici, possono darsi da fare per trovare gli esperti che controllino il martello.»

Scossi la testa. Non mi bastava. Dovevo picchiare sodo su quel punto.

«Vostro onore, chiedo la sospensione del processo finché la questione dell'acquisizione delle prove non sia risolta in appello.»

«Vada pure in appello, avvocato. È un suo diritto. Ma il processo non si ferma. Ci vediamo lunedì.»

Mi fece un cenno della testa che io interpretai come una minaccia. Se fossi ricorso in appello, non se ne sarebbe dimenticato durante il dibattimento.

«Ci sono altri punti da discutere?» chiese.

«Nessuno da parte mia» disse la Freeman.

«Avvocato Haller?»

Mi venne meno la voce e scossi la testa in segno di diniego.

«Allora torniamo in aula a completare la selezione della giuria.»

Lisa Trammel mi aspettava, pensosa, al tavolo della difesa.

«Che cosa è successo?» mi chiese con un sussurro ansioso.

«È successo che ce l'hanno di nuovo messo in quel posto. Questa volta è finita.»

«Che intendi dire?»

«Intendo dire che hanno trovato quel martello del cazzo che hai buttato in un cespuglio dopo avere ammazzato Mitchell Bondurant.»

«È da pazzi. Io...»

«No, la pazza sei tu. Possono collegare il martello direttamente a Bondurant e possono collegarlo a te. Proviene da quel tuo fottutissimo banco da falegname. Non so come hai fatto a essere così stupida, ma questo non c'entra. Al confronto, le macchie di sangue sulle scarpe sono un'inezia. Adesso devo inventarmi qualcosa per patteggiare con la Freeman, che non ha nessun bisogno di patteggiare. Le prove sono a prova di bomba: perché dovrebbe venire a patti?»

Lisa tese la mano e mi afferrò per il bavero della giacca. Mi attirò a sé e a denti stretti sibilò: «Come ho fatto a essere così stupida, mi chiedi. La risposta è che non lo sono stata affatto, e lo sai benissimo anche tu. Te l'ho detto fin dal primo giorno: hanno voluto incastrarmi. Volevano togliermi di mezzo e così hanno fatto. Ma non sono stata io. L'hai sempre saputo anche tu che il colpevole è Louis Opparizio. Voleva sbarazzarsi di Mitchell Bondurant e io sono diventata il suo capro espiatorio. Bondurant gli ha mandato quella lettera. È cominciato tutto da lì. Io non...».

Le mancò la voce mentre le lacrime le rigavano le guance. Appoggiai una mano sulla sua, e la staccai con calma dal bavero. I giurati stavano prendendo posto sui banchi e non volevo che si accorgessero del conflitto tra me e la mia cliente.

Volsi lo sguardo verso il seggio del giudice e notai che Perry ci stava osservando.

«È pronto, avvocato Haller?»

Guardai la cliente, poi di nuovo il giudice.

«Sì, vostro onore, sono pronto.»

20

Mi pareva di avere perso la partita senza averla nemmeno cominciata. Domenica pomeriggio, diciotto ore prima dell'arringa introduttiva, con il processo ancora da iniziare, io mi stringevo ai miei collaboratori, pronto ad ammettere la sconfitta.

«Non capisco» disse Jennifer Aronson nel silenzio greve che avvolgeva il mio ufficio. «Hai detto che ti serviva una presunzione di innocenza, una spiegazione alternativa. Te la fornisce Opparizio. L'hai in pugno. Che difficoltà ci sono?»

Volsi lo sguardo su Cisco Wojciechowski. Eravamo soltanto noi tre. Io ero in pantaloncini e maglietta; Cisco indossava la sua tenuta da equitazione, jeans neri e una canottiera sportiva di tipo militare. Jennifer Aronson era vestita come se avesse dovuto presentarsi in tribunale. Aveva dimenticato che era domenica.

«Non ce la faremo mai a portare Opparizio sul banco dei testimoni» dissi.

«Ha rinunciato a opporsi all'ordine di comparizione» protestò Jennifer.

«Non importa. Il processo si basa sulle prove contro Lisa Trammel. Non si tratta di scoprire se forse è stato qualcun altro a commettere l'omicidio. I "forse" non contano. Posso chiamare Opparizio sul banco dei testimoni in quanto persona informata della pratica di pignoramento della casa dell'imputata e dell'attuale epidemia di casi analoghi. Ma non posso certo sperare di trasformarlo in un presunto colpevole. Il giudice non me lo permetterà, a meno che non dimostri l'esistenza di prove rilevanti. Siamo arrivati a un buon punto, ma contro di lui non abbiamo niente che si possa definire rilevante secondo i criteri di legge. Non abbiamo quell'elemento determinante che lo inchioda all'omicidio.»

Jennifer era decisa a non cedere.

«La Costituzione garantisce all'imputato ogni possibile mezzo di difesa, e un'ipotesi alternativa di colpevolezza rientra in questa dizione.»

Citava la Costituzione. Era forte nella teoria, ma carente nella pratica.

«Vai a leggerti la causa *California contro Hall* del 1986.» Puntai il dito verso il suo computer portatile, all'angolo della mia scrivania, e lei, china sulla tastiera, prese a digitare.

«Sai com'è rubricato?»

«Prova "41 California".»

Non appena la sentenza comparve sullo schermo, cominciò a scannerizzarla. Guardai Cisco che non aveva idea di quello che stessi facendo.

«Leggi ad alta voce i paragrafi pertinenti» le dissi.

«Uh... "La prova che un soggetto diverso dall'imputato aveva il movente o l'opportunità di commettere il reato in questione non è sufficiente a sollevare l'obiezione del ragionevole dubbio... La prova della colpevolezza di un soggetto diverso dall'imputato è rilevante e ammissibile soltanto se evidenzia il legame tra questo altro soggetto e il compimento del reato..." D'accordo, è la fine.»

Annuii.

«Hai ragione. Se non riusciamo a collocare Opparizio o uno dei suoi sgherri in quel garage, siamo fottuti.»

«La lettera non basta?» chiese Cisco.

«No. La Freeman mi prenderà a calci se sostengo che quella lettera apre una porta. Dà a Opparizio un movente, è vero, ma non lo collega direttamente al delitto.»

«Merda.»

«Così stanno le cose. In questo momento non abbiamo niente in mano. Perciò non abbiamo una strategia difensiva. Non bastava il dna, ci voleva anche il martello. Il martello ci inchioda – scusate il gioco di parole – e supporta alla perfezione la tesi accusatoria.»

«Il rapporto del nostro laboratorio dice che non ci sono connessioni biologiche con Lisa» intervenne Jennifer. «Un esperto della Craftsman è pronto a dichiarare che è impossibile stabilire se il martello proviene da quella specifica confezione. Sappiamo inoltre che la porta del garage non era chiusa a chiave. Anche se il martello appartenesse all'imputata, chiunque avrebbe potuto prenderlo. E chiunque avrebbe potuto macchiare di sangue le sue scarpe.»

«Sì, sì, lo so. Non basta dire quello che sarebbe potuto accadere. Dobbiamo dimostrare quello che *è* realmente accaduto e dobbiamo poterlo sostenere. Opparizio è la chiave. Bisogna metterlo con le spalle al muro senza che la Freeman salti su a obiettare a ogni domanda, mettendone in dubbio la rilevanza.»

Jennifer era ancora riluttante a cedere.

«Ci deve essere qualcosa.»

«C'è sempre qualcosa. Ma noi non l'abbiamo ancora trovato.»

Feci ruotare la sedia e mi trovai faccia a faccia con Cisco, che aggrottò la fronte e annuì. Sapeva quello che lo stava aspettando.

«Tocca a te, amico» dissi. «Trova qualcosa. La Freeman ci metterà una settimana a presentare il caso. È il tempo che hai a disposizione. Ma se domani decido di correre i miei rischi e dichiaro che l'assassino è qualcun altro, devo anche portare le prove di quanto affermo.»

«Ricomincerò daccapo» disse Cisco. «Vedrai che troverò qualcosa, ma tu domani fa' quello che devi fare.»

Annuii più in segno di gratitudine che di speranza. Non mi illudevo che ci fosse qualcosa da scoprire. La mia cliente era colpevole e la giustizia avrebbe trionfato. Fine della storia.

Abbassai lo sguardo sulla scrivania. Sopra c'erano le foto della scena del delitto e i vari rapporti. Presi la foto che mostrava la ventiquattrore della vittima spalancata sul pavimento del garage. Un particolare che mi era rimasto impresso fin dall'inizio e aveva alimentato in me la speranza che la mia cliente fosse innocente... fino a quando il giudice non aveva deciso di acquisire le due prove che gli erano state presentate ultimamente.

«Non abbiamo ancora ricevuto un rapporto sul contenuto della ventiquattrore, vero? Quindi non sappiamo se manca qualcosa» osservai.

«No, non abbiamo niente» disse Jennifer.

Avevo affidato a lei il controllo del materiale man mano che ci veniva passato dall'accusa.

«Insomma, la ventiquattrore è rimasta aperta e nessuno ha cercato di appurare se mancava qualcosa?»

«Abbiamo l'elenco di quello che conteneva. La polizia lo ha inventariato, ma dubito che abbia inserito quello che forse *non* c'era. Kurlen è furbo. Non ci ha lasciato scappatoie.»

«Andrà in giro con quella ventiquattrore ficcata in culo dopo che avrò finito con lui al banco dei testimoni.»

Jennifer arrossì. Io puntai il dito sul mio investigatore.

«Cisco, la ventiquattrore. Sappiamo cosa conteneva. Chiedi alla segretaria di Bondurant. Scopri se è sparito qualcosa.»

«Ho già tentato. Si è rifiutata di parlarmi.»

«Prova di nuovo. Mostrale i bicipiti. Convincila.»

Cisco flettè i muscoli e Jennifer arrossì di nuovo. Mi alzai.

«Vado a casa a lavorare all'arringa introduttiva.»

«Sei sicuro di volerla tenere domani?» chiese Jennifer. «Se aspetti fin quando verrà il nostro turno, forse Cisco avrà trovato qualcosa.»

Scossi la testa.

«Il giudice mi ha concesso il fine settimana perché gli ho detto che avrei esordito esponendo la mia linea difensiva. Se mi rimangio la parola, mi rinfaccerà di avergli fatto perdere il venerdì. Ce l'ha già con me perché sono sbottato nel suo studio.»

Girai intorno alla scrivania e porsi a Cisco le foto della ventiquattrore.

«Ragazzi, ricordatevi di chiudere a chiave.»

Rojas non era di servizio la domenica. Mi misi al posto di guida e tornai a casa da solo. Il traffico era scorrevole e non ci impiegai molto, nonostante mi fossi fermato a comprare una pizza in un localino italiano in fondo a Laurel Canyon Avenue. Non mi diedi la briga di parcheggiare la macchina nel garage vicino alla sua gemella, ma la lasciai ai piedi della scala, la chiusi a chiave e raggiunsi la porta d'ingresso. Soltanto quando fui sulla veranda, mi accorsi che qualcuno mi stava aspettando.

Purtroppo non si trattava di Maggie, ma di un uomo che non avevo mai visto prima e che in quel momento se ne stava seduto su una poltroncina pieghevole in un angolo. Era di corporatura minuta, scarmigliato e malmesso, con la barba di una settimana. Teneva gli occhi chiusi e la testa piegata all'indietro. Stava dormendo.

Non ero preoccupato per la mia sicurezza. Era da solo e le mani non erano coperte da guanti neri. Eppure cercai di non fare rumore mentre infilavo la chiave nella toppa e aprivo la porta. Non appena entrato, richiusi silenziosamente e poggiai la pizza sul tavolo della cucina. Raggiunsi la camera da letto e dalla mensola superiore della cabina armadio – fuori della portata di mia figlia – presi la scatola di legno con la Colt Woodsman che avevo ereditato da mio padre. Aveva una storia tragica, a cui speravo di non dover aggiungere un altro brutto capitolo. Vi infilai un intero caricatore, tornai sulla veranda e, afferrata l'altra poltroncina pieghevole, la portai di fronte all'uomo addormentato. Solo quando mi fui seduto, con la pistola appoggiata in grembo, lo scossi con il piede all'altezza del ginocchio.

Si svegliò di soprassalto, gli occhi sgranati, saettando attorno lo sguardo, finché lo posò su di me e sulla pistola.

«Ehi, amico, aspetta un momento!»

«No, aspetta tu un momento. Chi sei? Cosa vuoi?»

Non puntai la pistola; rimasi calmo. Lui levò le mani in atto di resa.

«Avvocato Haller, vero? Io sono Jeff, Jeff Trammel. Abbiamo parlato al telefono... ricorda?»

Lo fissai. Ecco perché non lo avevo riconosciuto: non avevo mai visto una sua fotografia. Non ce n'erano in casa di Lisa. Quando suo marito se l'era filata, lei aveva cancellato ogni traccia della sua presenza.

Ed eccolo qui, lo sguardo di un uomo braccato e l'aria di un cane bastonato. Intuii perché era venuto da me.

«Come sapeva dove abito? Chi le ha detto di venire qui?»

«Nessuno me l'ha detto. Sono venuto e basta. Sul sito web dell'ordine degli avvocati ho trovato il suo recapito postale, non quello dell'ufficio. Quando sono arrivato, ho visto che era l'indirizzo di una casa e ho pensato che fosse la sua abitazione. Non ho cattive intenzioni; ho solo bisogno di parlarle.»

«Avrebbe potuto telefonarmi.»

«Ho esaurito il credito e non ho soldi per acquistare una ricarica.»

Decisi di condurre un piccolo test su Jeff Trammel.

«Dov'era quando mi ha telefonato?»

Si strinse nelle spalle come se non fosse più importante tenere segreta quell'informazione.

«A Rosarito in Messico. Mi sono trasferito lì.»

Era una menzogna. Cisco aveva rintracciato la chiamata di Jeff. Conoscevamo il numero del suo cellulare, che aveva agganciato la cella di Venice Beach, a quasi quattrocento chilometri da Rosarito.

«Di cosa vuole parlarmi?»

«Posso aiutarla.»

«Aiutarmi? In che modo?»

«Ho parlato con Lisa. Mi ha raccontato del martello. Non è suo... cioè, nostro. Posso dirle dove si trova il nostro. Posso portarla sul posto.»

«D'accordo. Dov'è?»

Con un cenno di assenso, volse lo sguardo verso destra e sulla città sottostante, da cui si levava il rumore costante del traffico, come un ronzio sordo.

«Ecco il punto, avvocato. Ho bisogno di soldi. Voglio tornare in Messico. Non mi serve una grossa somma; mi accontento di poco, non so se mi capisce.»

«Quanto sarebbe questo poco?»

Adesso che parlavo la sua lingua, si girò a guardarmi negli occhi.

«Diecimila, amico. Le arriveranno un sacco di soldi dall'affare del film e diecimila non sono molti. Se me li dà, io le consegno il martello.»

«Tutto qui?»

«Sì, amico, e resterò fuori dei piedi.»

«Che ne dice di testimoniare a favore di Lisa al processo? Ricorda? Ne abbiamo parlato.»

Scosse la testa in segno di diniego.

«No, niente da fare. Non sono il tipo che sale sul banco dei testimoni. Posso aiutarla dall'esterno, per così dire. Portarla nel luogo dove si trova il martello, cose del genere. Herb ha detto che il martello è il reperto più importante nelle mani dell'accusa. Stronzate, perché io so dov'è quello vero.»

«Ha parlato anche con Herb Dahl?»

Dalla smorfia mi accorsi che il nome gli era sfuggito. Evidentemente doveva tenere Herb fuori dalla conversazione.

«No, no. Lisa mi ha riferito quello che lui le ha detto. Io non lo conosco neanche.»

«Mi permetta di chiederle una cosa, Jeff. Come faccio a sapere che il martello che intende consegnarmi è quello che ci interessa? Come posso essere certo che non è una storiella inventata da lei, Lisa ed Herb?»

«Perché lo so, ne sono sicuro. Sono stato io a lasciarlo lì dove si trova!»

«Ma si rifiuta di testimoniare. E io mi ritrovo con un martello e senza una spiegazione. Lo sa che cosa significa bene fungibile, Jeff?»

«Be'... no.»

«Significa intercambiabile, sostituibile. Per la legge, un bene è fungibile se può essere rimpiazzato con uno identico. È quello che lei mi propone, Jeff. Il suo martello non serve a niente se non ci spiega come lo ha avuto. E dovrà spiegarlo sul banco dei testimoni. Altrimenti è tutto inutile...»

«Eh...»

Sembrava mortificato.

«Dov'è il martello, Jeff?»

«Non glielo dico. È tutto quello che ho.»

«Non le darò un centesimo, Jeff. Non glielo darei neanche se le credessi. Non vanno così le cose. Ci pensi su e mi faccia sapere.»

«Va bene.»

«E adesso fuori di qui.»

Tenendo la pistola al mio fianco, entrai in casa, chiudendo a chiave la porta dietro di me. Afferrai le chiavi che avevo posato sulla confezione della pizza e mi precipitai a chiudere anche la porta sul retro, poi, camminando rasente il fianco della casa, raggiunsi un cancello di legno che dava sulla strada. Lo socchiusi e cercai Jeff Trammel.

Non lo vidi, ma sentii un motore che si avviava. Attesi per qualche istante e, non appena la macchina mi passò accanto, uscii dal cancello per tentare di leggere la targa. Troppo tardi. Era una berlina blu e stava scendendo lungo i tornanti della collina. Mi ero concentrato troppo sulla targa per arrivare a identificarne il modello o la marca. Non appena la vidi superare la prima curva, tornai indietro di corsa a prendere la mia auto.

Se volevo seguirlo, dovevo arrivare ai piedi della collina in tempo per vedere se svoltava a sinistra o a destra su Laurel Canyon Boulevard, altrimenti le probabilità di rintracciarlo si sarebbero dimezzate.

Niente da fare. Quando la Lincoln raggiunse l'incrocio con Laurel Canyon, la berlina blu era sparita. Mi fermai al segnale di stop e senza esitare svoltai a destra dirigendomi a nord verso la San Fernando Valley. È vero che Cisco aveva scoperto che la telefonata era stata fatta a Venice, ma per il resto il caso gravitava intorno alla San Fernando Valley e fu lì che puntai.

La strada, a corsia unica nella salita che verso nord tagliava sopra le colline di Hollywood, diventava a due corsie nella discesa verso la valle, ma non riuscii ugualmente a raggiungere Trammel e ben presto mi accorsi che avevo preso la direzione sbagliata, quella che portava a Venice.

Detesto la pizza fredda o riscaldata e quindi mi fermai a mangiare al Daily Grill, all'incrocio tra Laurel e Ventura Boulevard. Parcheggiai nel garage sotterraneo ed ero quasi arrivato alla scala mobile quando mi resi conto di avere la pistola infilata nella tasca posteriore dei pantaloni. Non era il caso di girare con addosso un'arma, così, tornato alla macchina, la infilai sotto il sedile e controllai due volte di aver chiuso a chiave la portiera.

Era presto, ma il ristorante era affollato. Poiché non mi andava di aspettare che si liberasse un tavolo, mi sedetti al bar e ordinai tè freddo e pasticcio di pollo. Poi tirai fuori il cellulare e chiamai la mia cliente.

«Lisa, sono il tuo avvocato. Sei stata tu a mandare da me tuo marito?»

«Be', gli ho detto che avrebbe fatto bene a incontrarti.»

«È stata un'idea tua o di Herb Dahl?»

«Mia. Cioè, Herb era qui, ma ho avuto io l'idea. Gli hai parlato?»

«Sì.»

«Ti ha portato a prendere il martello?»

«No. Voleva diecimila dollari.»

Ci fu una pausa. Aspettai.

«Non mi sembra molto in cambio di qualcosa che può demolire l'accusa.»

«I reperti non si comprano, Lisa. Se lo si fa, si perde la causa. Dove abita tuo marito di questi tempi?»

«Non me l'ha detto.»

«Gli hai parlato di persona?»

«Sì, è venuto qui. Sembrava un barbone.»

«Devo trovarlo per consegnargli un mandato di comparizione.»

«Non testimonierà. A nessun costo. È stato chiaro in proposito. Ha in mente solo i soldi e vuole vedermi soffrire. Neppure suo figlio gli interessa. Non ha nemmeno chiesto di vederlo.»

Dopo avermi messo davanti il piatto il cameriere mi riempì il bicchiere. Infilai la forchetta nella crosta del pasticcio per lasciar sprigionare il vapore. Ci sarebbero voluti dieci minuti prima che si intiepidisse al punto giusto.

«Lisa, ascoltami, è importante. Hai idea di dove abita Jeff?»

«No. Mi ha detto che veniva dal Messico.»

«Non è vero. È sempre rimasto qui.»

Parve sorpresa.

«Come lo sai?»

«Per via dei tabulati telefonici. Lascia perdere, non importa. Se ti chiama o viene da te, devi scoprire dove sta. Promettigli dei soldi o quello che ti pare, ma cerca di localizzarlo. Se riusciamo a portarlo in tribunale, dovrà per forza tirar fuori il martello.»

«Tenterò.»

«Non basta tentare, Lisa. Devi scoprirlo. È in ballo la tua vita.»

«Va bene, va bene.»

«Quando vi siete visti non ti ha parlato del martello?»

«Non proprio. Si è limitato a dirmi: "Ti ricordi che avevo l'abitudine di tenere il martello in macchina per usarlo nei pignoramenti?". Quando lavorava alla concessionaria, gli capitava di dover pignorare i veicoli degli acquirenti insolventi. Immagino che tenesse il martello a portata di mano per difendersi o per scardinare le portiere delle macchine.»

«Insomma, ti ha detto che teneva nella sua auto il martello originale, quello che fa parte della serie di attrezzi presenti nel suo garage?»

«Credo di sì. Era nella BMW, che è stata portata via dopo che lui è scomparso.»

Annuii. Avrei detto a Cisco di indagare e di confermarmi se un martello era stato trovato nel bagagliaio della BMW usata da Jeff Trammel.

«Bene, Lisa. Chi sono gli amici di Jeff? Qui, in città.»

«Non lo so. Aveva degli amici al lavoro, ma non li ha mai portati a casa. Non frequentavamo molta gente.»

«Sai come si chiamavano i colleghi con cui era in contatto?»

«No.»

«Lisa, non mi stai aiutando.»

«Mi dispiace. Non mi viene in mente nessuno. Non avevo simpatia per i suoi amici. Gli avevo ingiunto di tenermeli lontano.»

Scossi la testa e poi pensai a me stesso. Chi erano i miei amici al di fuori della vita professionale? E Maggie avrebbe saputo rispondere alle domande che avevo rivolto a Lisa?

«D'accordo, Lisa. Non c'è altro per il momento. Concentrati sulla giornata di domani. Ricordati quello che ti ho detto su come comportarti davanti alla giuria. Molto dipende dal tuo atteggiamento.»

«Lo so. Sono pronta.»

Bene, pensai. Magari lo fossi stato anch'io.

21

Lunedì mattina, il giudice Perry, che intendeva recuperare parte del tempo perduto il venerdì precedente, decise di limitare le arringhe introduttive a trenta minuti per ciascuna delle parti. E sì che avevamo lavorato sodo durante il fine settimana, tenuto conto che all'inizio si prevedeva che ciascuno di noi, accusa e difesa, avrebbe parlato per un'ora. La verità era che a me quella delibera andava benissimo. Dubitavo che avrei superato i dieci minuti. Più cose la difesa annuncia, più si espone agli strali dell'accusa nella fase conclusiva. Quindi, meno si dice meglio è. Ma limitando la durata delle arringhe, il giudice ci lanciava un chiaro messaggio. Ci diceva, in sostanza, che noi eravamo semplici comparse e che la conduzione del dibattimento era saldamente nelle sue mani.

Fu Andrea Freeman a cominciare e mentre lei parlava, io, come d'abitudine, presi a fissare i giurati. Ascoltavo con attenzione, pronto a sollevare obiezione da un momento all'altro, ma non una volta girai gli occhi dalla sua parte. Volevo capire come reagivano i giurati e se le mie intuizioni su di loro avrebbero trovato conferma.

Andrea Freeman fu chiara e persuasiva. Nessun istrionismo, nessuno sfoggio. Sguardo puntato sulla vittoria.

Stando al centro dello spazio riservato alle parti, davanti alla giuria, esordì: «Quello che ci porta qui, oggi, è la rabbia omicida di una persona, il suo bisogno di sfogare la frustrazione per i propri fallimenti».

Naturalmente raccomandò ai giurati di non lasciarsi fuorviare dalla difesa, dalle sue fumose argomentazioni e dagli specchietti per le allodole che avrebbe utilizzato. Sicura della fondatezza dell'accusa, tentò di demolirmi.

«La difesa si adopererà per farvi credere cose non vere. Complotti e manovre. Abbiamo un omicidio, un delitto gravissimo, ma la storia è semplice. Non lasciatevi fuorviare. State in guardia e ascoltate attentamente. Assicuratevi che ogni singolo fatto sia convalidato da prove. Prove certe e concrete.

L'omicidio è stato premeditato con cura. L'assassino conosceva le abitudini di Mitchell Bondurant. Lo ha aspettato e poi, rapidamente e intenzionalmente, lo ha aggredito. L'omicida è Lisa Trammel, e questo processo è stato istruito perché giustizia sia fatta.» Così dicendo, puntò il dito accusatore verso la mia cliente. Lisa, che avevo precedentemente istruito, la guardò senza battere ciglio.

Io ero concentrato sul giurato numero tre, seduto in prima fila, in posizione centrale. Leander Lee Furlong Jr. era il mio asso nella manica, la mia quinta colonna, il giurato che avrebbe sempre votato per me. Anche a costo di bloccare il verdetto della giuria, ne ero certo.

Circa mezz'ora prima che avesse inizio la procedura di selezione dei giurati, l'ausiliaria mi aveva dato l'elenco degli ottanta nomi che componevano la prima serie di candidati. Avevo passato la lista al mio investigatore, che nel corridoio del palazzo di giustizia si era messo al lavoro sul suo portatile.

Internet fornisce molte strade per indagare sul passato di ciascun candidato e sull'ambiente da cui proviene, soprattutto quando nel processo si trattano temi di natura finanziaria, come il pignoramento della casa. Chi entra negli elenchi dei potenziali giurati riempie un questionario con alcune domande di base. Sia lei sia i suoi parenti stretti siete stati coinvolti in una causa di pignoramento? Le è mai stata pignorata la macchina? È mai incorso in una procedura di fallimento? Queste sono le domande chiave. Chi avesse risposto affermativamente sarebbe stato escluso dal giudice o dall'accusa, perché considerato prevenuto o inadatto a valutare con equità le prove.

Ma il questionario era generico, con aree grigie tra le righe e ampi spazi interpretativi. A questo punto entrava in gioco Cisco. Il giudice non aveva ancora finito di esaminare il primo elenco di dodici potenziali giurati e di valutare i rispettivi questionari, che già Cisco era tornato da me con una serie di informazioni su diciassette degli ottanta. Cercavo persone che avevano avuto esperienze difficili e forse nutrivano rancore contro le banche o le istituzioni governative. I diciassette rappresentavano un campionario umano diversificato: alcuni avevano chiaramente mentito negando di avere subito procedure fallimentari o pignoramenti; altri avevano promosso cause civili contro questa o quella banca. Fino a Leander Furlong.

Leander Lee Furlong Jr., ventinove anni, era assistente del direttore di un supermercato di Chatsworth e aveva risposto negativamente alla domanda se gli fosse stata pignorata la casa. Cisco, però, non si era limitato a cercare nei siti locali. Ampliando l'indagine ai siti nazionali, aveva trovato il riferimento a un immobile di proprietà di un certo Leander Lee Furlong, battuto all'asta nel 1994 a Nashville, Tennessee. A chiederne il pignoramento era stata la First National Bank of Tennessee.

I nomi erano troppo insoliti perché non fossero apparentati. All'epoca della vendita all'incanto, il mio potenziale giurato aveva tredici anni. Doveva essere stato suo padre a perdere la proprietà a favore della banca, anche se Leander Lee Furlong Jr. non ne aveva fatto menzione nel questionario.

Mentre continuava la selezione della giuria, che si protrasse per due giorni, io aspettavo nervosamente che Furlong venisse sorteggiato e interrogato dal giudice, dal procuratore in rappresentanza dell'accusa e da me in rappresentanza della difesa. Nel frattempo scartai un bel po' di promettenti candidati, ricusandoli perentoriamente per lasciare uno spazio sui banchi della giuria.

Finalmente, il quarto giorno, arrivò il suo momento. Quando lo sentii parlare con l'accento del Tennesse, seppi che era il mio uomo. Di sicuro provava rancore contro la banca che aveva pignorato la casa dei suoi genitori e aveva nascosto quell'informazione per poter entrare a far parte della giuria.

Furlong superò trionfalmente l'esame del giudice e del procuratore dando le risposte giuste e presentandosi come un uomo timorato di Dio, un gran lavoratore, con valori tradizionali e una mentalità aperta. Quando fu il mio turno, la tirai per le lunghe ponendo qualche domanda generica, poi gli piombai addosso con una specifica. Dovevo essere sicuro che mi sarebbe stato utile. Gli chiesi se a suo avviso le persone che subivano il pignoramento della propria casa meritavano di essere disprezzate, oppure se riteneva che potessero esserci delle ragioni che impedivano alla gente di onorare il pagamento di un mutuo. Con quel suo accento strascicato del Sud, disse che ogni situazione rappresentava un caso a sé e che sarebbe stato sbagliato generalizzare.

Dopo alcuni minuti e qualche altra domanda, il procuratore diede il suo benestare e io concordai. Furlong era nella giuria. A questo punto non mi restava che sperare che non saltasse fuori la sua storia familiare, altrimenti sarebbe stato escluso alla velocità del lampo.

Stavo violando le regole? Tenevo un comportamento poco etico nel non rivelare il segreto di Furlong? Dipendeva dalla definizione che si dà all'espressione *parente stretto*. Il significato cambia con il passare degli anni. Il fascicolo di Furlong diceva che era sposato e aveva un figlio, un ragazzo. La moglie e il figlio erano i suoi parenti stretti. Per quanto ne sapevo, suo padre poteva anche essere morto. La domanda, così come era formulata, «Sia lei sia i suoi parenti stretti siete stati coinvolti in una causa di pignoramento?», senza che fosse precisata la parola *mai*, lasciava un margine di libertà all'interpretazione.

Era un'area grigia, ma io non mi sentivo tenuto a sottolineare le lacune del questionario, aiutando così l'accusa. Andrea Freeman aveva il mio stesso elenco, senza contare che disponeva dei servizi della polizia di Los Angeles e della procura. Di sicuro in quei due apparati c'era qualcuno con le stesse capacità del mio investigatore. Che facessero il loro mestiere, scoprendo quello che c'era da scoprire.

Mentre la Freeman cominciava a posare i mattoni del suo

impianto accusatorio – l'arma del delitto, la testimone oculare, il sangue sulle scarpe dell'imputata, le manifestazioni di ostilità della stessa verso la banca – continuai a osservare Furlong. Sedeva con i gomiti appoggiati ai braccioli della sedia, le punte delle dita congiunte davanti al viso come se volesse nascondersi, mentre dalle fessure sbirciava il procuratore. Quel suo atteggiamento diceva che la mia intuizione era stata giusta. Potevo contare su di lui.

Andrea Freeman cominciò a perdere un po' di slancio mentre, con una certa concitazione, si sforzava di spiegare come tutti gli elementi probatori confluissero a dimostrare la colpevolezza dell'imputata al di là di ogni ragionevole dubbio. Sapendo che avrebbe potuto dilungarsi nell'arringa finale, saltò molti punti e giunse rapidamente alla conclusione.

«Signore e signori, questa storia è disegnata con il sangue. Seguite le sue tracce e arriverete a Lisa Trammel. Ha ucciso Mitchell Bondurant. Lo ha privato della vita. È arrivato il momento che giustizia sia fatta.»

Ringraziò i giurati e riprese il suo posto. Era arrivato il mio turno. Abbassai la mano sotto il tavolo per controllare che la cerniera dei pantaloni fosse chiusa. Se vi è capitato anche una sola volta di trovarvi davanti a una giuria con la cerniera aperta, potete star certi che non vi capiterà mai più.

Mi alzai e mi fermai nel punto esatto in cui fino a quel momento era stata Andrea Freeman. Cercai di non rivelare la sofferenza che le mie membra ammaccate mi procuravano ancora. Poi presi la parola.

«Signore e signori, voglio cominciare con una breve introduzione. Mi chiamo Michael Haller e, nella mia qualità di avvocato, difendo Lisa Trammel da una gravissima accusa. La nostra Costituzione le garantisce, come garantisce a ogni imputato, una difesa convinta e vigorosa, quella appunto che io intendo fornirle nel corso di questo processo. Se nell'esplicare il mio mandato, urterò la vostra sensibilità in un modo o nell'altro, chiedo scusa in anticipo, ma ricordatevi, vi prego, che il mio operato non deve riflettersi negativamente su di lei.»

Tornai al tavolo della difesa e levai la mano come a presentare l'imputata.

«Lisa, le spiace alzarsi per un momento?»

Lisa Trammel si mise in piedi e si girò leggermente verso la giuria, passando con lo sguardo dall'uno all'altro dei giurati. Appariva risoluta, indomita. Come le avevo raccomandato di mostrarsi.

«Ecco Lisa Trammel, la donna che l'accusa vi chiede di giudicare colpevole di questo delitto. È alta un metro e cinquantasette, pesa quarantanove chili con addosso i vestiti, e fa la maestra. Grazie. Può sedersi.»

Lisa si sedette e io tornai a girarmi verso i giurati, guardandoli uno a uno mentre parlavo.

«Concordiamo con il procuratore Freeman che si è trattato di un delitto brutale, violento, commesso a sangue freddo. Nessuno doveva togliere la vita a Mitchell Bondurant, e chiunque l'abbia fatto ne risponderà davanti alla legge. Ma il giudizio non deve essere affrettato. Purtroppo, invece, è quello che è successo in questo caso, e io ve lo dimostrerò. Gli investigatori si sono limitati a considerare piccoli fatti contingenti, che sembravano convalidarsi a vicenda. Ma hanno perso di vista la prospettiva più ampia nella quale va inquadrato il delitto in questione. Hanno perso di vista il vero assassino.»

Sentii la voce della Freeman che dietro di me diceva: «Vostro onore, possiamo conferire?».

Perry aggrottò la fronte, ma poi ci fece segno di avvicinarci al suo seggio. Seguii il procuratore, già formulando dentro di me la replica all'obiezione che mi aspettavo. Il giudice azionò un apparecchio per la distorsione dei suoni in modo che i giurati non potessero sentirci e noi ci raggruppammo accanto al suo scanno.

«Giudice» esordì Andrea Freeman «non mi piace interrompere un'arringa introduttiva, ma quella dell'avvocato Haller non sembra tale. Intende contrastarci con fatti che in qualità di rappresentante della difesa gli è lecito addurre? Esibire prove in suo possesso? Oppure ritiene di dover parlare in termini generici di un misterioso assassino che è sfuggito a tutti?»

Il giudice mi guardò in attesa della mia reazione. Sbirciai l'orologio.

«Giudice, contesto l'obiezione. Ho parlato per meno di cinque minuti dei trenta che mi spettano e l'accusa eccepisce che non ho ancora dato il calcio d'inizio. Vuole screditarmi davanti alla giuria? Le chiedo pertanto di considerare l'obiezione alla stregua di una contestazione dell'intera linea difensiva da me adottata e di non consentire nuove interruzioni.»

«Penso che l'avvocato abbia ragione» disse Perry. «Troppo presto per obiettare. Partirò dal presupposto che lei, procuratore, contesti l'intero impianto difensivo e quindi interverrò personalmente quando lo riterrò opportuno. Ritorni al banco dell'accusa e si metta seduta.»

Spense l'apparecchio per la distorsione dei suoni e spostò nuovamente la sedia verso il centro dello scanno, mentre Andrea Freeman e io tornavamo ai nostri tavoli.

«Come dicevo prima di essere interrotto, è necessario fare riferimento a un quadro più ampio e la difesa ve lo illustrerà. L'accusa vuole farvi credere che si tratta di una semplice vendetta. Ma l'omicidio non è mai semplice, e se si cercano scorciatoie in un'indagine o in un processo, si rischia di perdere di vista molti elementi importanti, tra cui l'assassino. Lisa Trammel non conosceva nemmeno Mitchell Bondurant. Non lo aveva mai incontrato. Non aveva motivo di ucciderlo; il movente addotto dall'accusa è falso. Il procuratore sosterrà che l'imputata ha ucciso Mitchell Bondurant perché lui intendeva pignorarle la casa. La verità è che le cose non stavano così e ve lo dimostrerò. Il movente è come il timone di un'imbarcazione. Se lo togliete, l'imbarcazione si muoverà secondo i capricci del vento. E il movente su cui si basa l'accusa è incoerente come il vento.»

Mi infilai le mani in tasca, abbassando lo sguardo. Contai mentalmente fino a tre e quando levai gli occhi, mi volsi direttamente a Furlong.

«Alla base di questo caso c'è il denaro. L'epidemia di pignoramenti che si è abbattuta sul paese. Non si tratta di un semplice gesto di vendetta. Quello che è stato ucciso con fredda determinazione è un uomo che minacciava di rivelare la corruzione delle nostre banche e di quanti eseguivano i pignoramenti. Il nodo di questa vicenda è il denaro, coloro che lo possiedono e che non intendono rinunciarvi per nessun motivo, anche a costo di uccidere.»

Mi fermai di nuovo e, spostandomi appena, volsi lo sguardo sui giurati fino a fermarmi su una certa Esther Marks, una ragazza madre che lavorava come capoufficio in un centro di abbigliamento. Probabilmente guadagnava meno di un uomo nella sua stessa posizione e ritenevo che potesse schierarsi dalla parte della mia cliente.

«Lisa Trammel è stata incastrata per un omicidio che non ha commesso. Ha peccato di ingenuità e ha fatto il gioco di qualcuno. Ha protestato contro pratiche di pignoramento spietate e fraudolente, ha lottato, contro di lei è stata emessa un'ordinanza restrittiva. Tutto questo l'ha resa sospetta agli occhi di investigatori pigri e svogliati, che hanno identificato nell'imputata il perfetto capro espiatorio.»

I giurati avevano tutti gli occhi puntati su di me. Avevo catturato la loro attenzione.

«Le prove raccolte dall'accusa non reggeranno» dissi. «Le demoliremo pezzo a pezzo. Il verdetto di colpevolezza deve essere emesso al di là di ogni ragionevole dubbio. Vi invito a prestare grande attenzione e a pensare con la vostra testa. Se lo farete, vi assicuro che avrete più ragionevoli dubbi di quanti possiate aspettarvi. Vi rimarrà soltanto una domanda. Perché? Perché accusare questa donna di omicidio? Perché sottoporla a una prova così terribile?»

Un'ultima pausa, poi con un cenno del capo li ringraziai per l'attenzione. Ritornai rapido al mio posto e mi sedetti. Lisa mi posò una mano sul braccio come per ringraziarmi di essermi battuto per lei. Era un gesto che avevamo concordato come parte della scenografia e, pur sapendo che era un comportamento studiato, mi fece sentire meglio.

Il giudice concesse un intervallo di un quarto d'ora prima dell'inizio delle testimonianze. Mentre tutti uscivano dall'aula, io rimasi al mio tavolo. L'arringa introduttiva non era stata che l'ultimo atto della determinazione con cui avevo affrontato il caso. Andrea Freeman avrebbe tenuto banco per i prossimi giorni, ma ora sapeva che non avrei mollato.

«Grazie, Mickey» disse Lisa Trammel alzandosi e andando incontro a Herb Dahl che era venuto a prenderla.

Feci scorrere lo sguardo dall'uno all'altra.

«Aspetta a ringraziarmi» dissi.

22

DOPO L'INTERVALLO, ANDREA FREEMAN attraversò il cancelletto seguita dai testimoni che io definivo "coreografici", perché la loro deposizione, spesso suggestiva ma raramente utile a dimostrare la colpevolezza o l'innocenza dell'imputata, faceva parte dell'impianto accusatorio e preparava la scena per i testimoni che sarebbero venuti in seguito.

La prima teste fu una certa Riki Sanchez, addetta alla reception. Era stata lei a trovare il corpo della vittima nel parcheggio del garage. Le sue dichiarazioni erano importanti perché servivano a stabilire l'ora della morte e a trasmettere ai giurati, che in fondo sono persone comuni, lo sgomento che si prova quando ci si imbatte in un cadavere.

Riki Sanchez era una pendolare che veniva a lavorare ogni giorno da Santa Clarita Valley e si atteneva a una rigorosa routine. Dichiarò che entrava nel garage della banca alle 8.45, il che le dava dieci minuti per parcheggiare, raggiungere l'ingresso riservato al personale e trovarsi alla reception alle 8.55 in attesa che, alle nove in punto, la banca aprisse i battenti.

Anche il giorno dell'omicidio aveva seguito la stessa routine: aveva trovato uno spazio libero a una decina di posti da quello riservato a Mitchell Bondurant, era scesa dalla macchina, l'aveva chiusa a chiave e si era diretta al passaggio che collegava il garage con il palazzo della banca. In quel momento aveva scoperto il cadavere. Dapprincipio aveva visto soltanto il caffè rovesciato, poi la ventiquattrore aperta sul pavimento e infine Mitchell Bondurant a faccia in giù, coperto di sangue.

Si era chinata accanto all'uomo e aveva controllato se fosse ancora vivo; quindi aveva estratto il cellulare e chiamato il numero di emergenza.

Succede raramente che si possa conquistare qualche punto nel controinterrogatorio dei testi "coreografici", che per lo più rendono deposizioni specifiche e limitate, e difficilmente contribuiscono a chiarire il dubbio sull'innocenza o la colpevolezza. Ma non si sa mai, così, mentre la interrogavo, buttai lì qualche domanda tanto per vedere se saltava fuori qualcosa.

«Signora Sanchez, ci ha descritto la sua tabella di marcia con grande precisione, ma in realtà, una volta che lei entra nel garage della banca, i suoi schemi saltano, non è vero?»

«Non credo di avere capito la domanda.»

«Intendo dire che lei non ha un posto riservato dove parcheggiare e quindi, da questo punto di vista, ogni giorno le tocca improvvisare. Entra nel garage e si mette a cercare: non è così?»

«Sì, più o meno. La banca non è ancora aperta e ci sono molti spazi liberi. Io di solito vado al secondo piano e lì parcheggio. È quello che ho fatto quel giorno.»

«D'accordo. Le è mai capitato in passato di fare il tratto a piedi fino alla banca in compagnia del signor Bondurant?»

«No. Di solito lui arrivava prima di me.»

«Il giorno in cui ha trovato il corpo del signor Bondurant, in quale punto del garage ha visto l'imputata Lisa Trammel?»

Rimase in silenzio come se fosse una domanda trabocchetto. E lo era.

«Io non... cioè, non l'ho vista.»

«Grazie, signora Sanchez.»

La successiva teste fu la centralinista che aveva risposto alla chiamata di Riki Sanchez. Si chiamava LeShonda Gaines e la sua deposizione servì soprattutto ad acquisire il nastro con la registrazione della telefonata. Azionare il nastro fu una manovra superflua ed esageratamente teatrale, ma il giudice l'aveva autorizzata respingendo l'obiezione che avevo sollevato nella fase preliminare del processo. Andrea Freeman consegnò ai giurati, al giudice e alla difesa la trascrizione della chiamata prima di farla ascoltare.

GAINES: Di che emergenza si tratta?
SANCHEZ: C'è un uomo qui. Credo che sia morto. È coperto di sangue e non si muove.
GAINES: Come si chiama, signora?
SANCHEZ: Riki Sanchez. Mi trovo nel parcheggio della WestLand National a Sherman Oaks.
(pausa)
GAINES: In Ventura Boulevard?
SANCHEZ: Sì. Mandate qualcuno.
GAINES: Sono in arrivo la polizia e i paramedici.
SANCHEZ: Credo che sia già morto. C'è molto sangue.
GAINES: Sa chi è la vittima?
SANCHEZ: Credo che si tratti del signor Bondurant, ma non ne sono sicura. Vuole che lo giri?
GAINES: No, aspetti la polizia. Ha l'impressione di essere in pericolo, signora Sanchez?
(pausa)
SANCHEZ: Non credo. Non vedo nessuno qui attorno.
GAINES: Aspetti la polizia e resti in linea.

Non mi diedi la briga di controinterrogare la teste. Non c'era niente di interessante per la difesa.

Andrea Freeman sferrò il suo primo colpo basso non appena venne congedata la Gaines. Pensavo che a questo punto avrebbe chiamato l'agente che era intervenuto per primo sul luogo del delitto, per chiedergli le circostanze particolareggiate del suo arrivo, i dettagli della scena del crimine, e per dare ai giurati le relative foto. Ma a deporre fu invece Margo Schafer, la testimone oculare che aveva dichiarato di avere visto Lisa Trammel nelle vicinanze del luogo del delitto. Capii immediatamente la sua strategia. Invece di lasciare che i giurati andassero a pranzo con le immagini del delitto davanti agli occhi, li avrebbe congedati in un momento cruciale, dopo che nel dibattito era emerso il primo elemento che collegava direttamente l'imputata all'omicidio.

Era una buona strategia, ma Andrea Freeman non sapeva quello che sapevo io sulla sua teste. Speravo che il mio turno per il controinterrogatorio arrivasse prima della pausa pranzo.

Margo Schafer era una donna minuta. Era pallida e nervosa quando salì sul banco dei testimoni e dovette regolare l'asta del microfono abbassandola dalla posizione in cui l'aveva lasciata LeShonda Gaines. Nell'interrogatorio disse di essere un'impiegata addetta a uno degli sportelli della banca e di essere tornata al lavoro quattro anni prima, quando i figli erano cresciuti. Non aveva particolari aspirazioni di carriera; le piaceva quello che faceva e il contatto con il pubblico.

Dopo qualche altra domanda personale posta con l'intento di creare un rapporto tra la teste e la giuria, la Freeman entrò nel merito, interrogandola sulla mattina dell'omicidio.

«Ero in ritardo» raccontò Margo Schafer. «Devo essere al mio posto alle nove. Come prima cosa vado nel caveau a prendere i contanti e firmo il foglio di presenza. Di solito sono alla cassa alle nove meno un quarto. Ma quel giorno ero rimasta imbottigliata nel traffico a causa di un incidente.»

«Ricorda esattamente di quanto fosse in ritardo, signora Schafer?» le chiese la Freeman.

«Dieci minuti esatti. Lo so, perché guardavo continuamente l'orologio sul cruscotto.»

«Quando è arrivata nelle vicinanze della banca, ha notato qualcosa che l'ha preoccupata?»

«Sì.»

«Che cos'era?»

«Ho visto Lisa Trammel che camminava sul marciapiedi, allontanandosi dalla banca.»

Mi alzai per obiettare: la teste non poteva sapere da dove la presunta Lisa Trammel si stesse allontanando. Il giudice accolse l'obiezione.

«In che direzione andava la signora Trammel?» chiese Andrea Freeman.

«Verso est.»

«Dove si trovava l'imputata rispetto alla banca?»

«A mezzo isolato verso est e stava proseguendo in quella direzione.»

«Cioè si allontanava dalla banca?»

«Sì.»

«A che distanza dall'imputata si trovava lei quando l'ha vista?»

«Io procedevo verso ovest su Ventura Boulevard; viaggiavo sulla corsia centrale in attesa di immettermi sulla rampa che mi avrebbe portato al garage della banca. L'imputata era a tre corsie di distanza da dove mi trovavo io.»

«Lei però teneva gli occhi sulla strada, no?»

«No. Ero ferma a un semaforo quando l'ho vista.»

«Diciamo quindi che l'imputata era circa a novanta gradi da dove si trovava lei.»

«Sì. Dall'altra parte della strada rispetto a me.»

«Come mai conosceva Lisa Trammel?»

«Perché la sua foto è appesa nella mensa della banca e nel caveau, e circa tre mesi fa l'hanno mostrata a tutti i dipendenti.»

«Come mai?»

«Perché la WestLand aveva ottenuto un'ordinanza restrittiva che vietava all'imputata di avvicinarsi a meno di trecento metri dalla nostra sede. Ci hanno mostrato la sua foto e ci hanno detto di avvertire immediatamente i nostri superiori se l'avessimo vista nelle vicinanze.»

«Può dire alla giuria a che ora ha visto Lisa Trammel camminare sul marciapiedi in direzione est?»

«Sì, erano le 8.55.»

«Perciò, alle 8.55 Lisa Trammel si allontanava verso est in direzione contraria a quella della banca, giusto?»

«Sì, giusto.»

Seguirono alcune altre domande il cui obiettivo era quello di confermare che Lisa Trammel si trovava a mezzo isolato dalla banca pochi minuti dopo la chiamata di emergenza che denunciava l'omicidio. Andrea Freeman concluse l'interrogatorio alle 11.30, e il giudice mi chiese se preferivo anticipare l'intervallo per il pranzo e cominciare il controinterrogatorio subito dopo.

«Giudice, credo che mi basterà mezz'ora. Preferirei cominciare subito. Sono pronto.»

«Molto bene, avvocato Haller, proceda.»

Mi alzai e raggiunsi il leggio situato tra il tavolo dell'accusa e i seggi dei giurati. Portavo con me un taccuino e due pannelli, appoggiati l'uno contro l'altro in modo che si vedesse solo il dorso. Li appoggiai per terra su un lato del leggio.

«Buongiorno, signora Schafer.»

«Buongiorno.»

«Nella sua deposizione lei ha dichiarato che, quel giorno, lei era in ritardo per un incidente stradale, vero?»

«Sì.»

«Si è imbattuta nell'incidente mentre si recava al luogo di lavoro?»

«Sì, è accaduto subito dopo l'incrocio con Van Nuys Boulevard. Una volta superato l'ingorgo, il traffico è tornato fluido.»

«Su quale lato di Ventura Boulevard si è verificato?»

«Ecco il punto. È successo sulla carreggiata opposta, ma tutti quelli che procedevano sul mio lato hanno pensato bene di rallentare per curiosare.»

Scrissi un appunto sul taccuino e affrontai un altro tema.

«Signora Schafer, mi sono accorto che il procuratore si è dimenticato di chiederle se la signora Trammel portava un martello quando lei l'ha vista. Aveva in mano un oggetto del genere?»

«No. Però portava una borsa, come quelle della spesa, abbastanza grande per contenere un martello.»

Era la prima volta che sentivo parlare di una borsa della spesa. Non se ne accennava negli atti depositati dall'accusa. Margo Schafer si rivelava un testimone utile all'acquisizione di nuovi elementi.

«Una borsa della spesa? Le è capitato di parlarne alla polizia o al procuratore Freeman?»

La teste ci rifletté per un po'.

«Non ne sono sicura. Forse no.»

«A quanto ricorda, la polizia non le ha chiesto se l'imputata avesse in mano qualcosa?»

«No, credo di no.»

Non sapevo se quel particolare avesse qualche rilevanza, ma per il momento decisi di non approfondire e di virare in una nuova direzione. È sempre meglio che il teste non sappia dove si vuole andare a parare.

«Signora Schafer, pochi minuti fa lei ha dichiarato che si trovava a tre corsie di distanza dal marciapiedi sul quale, stando alla sua deposizione, ha visto l'imputata, ma mi sembra un calcolo errato, non le pare?»

La domanda la lasciò interdetta.

«No... direi di no.»

«A che altezza si trovava quando ha visto l'imputata?»

«All'incrocio con Cedros Avenue.»

«In quel punto ci sono due corsie su Ventura Boulevard per il traffico diretto a est, vero?»

«Sì.»

«E poi c'è la corsia per immettersi su Cedros Lane?»

«Sì, giusto. In tutto tre corsie.»

«E la corsia che svolta per arrivare al parcheggio lungo il marciapiedi?»

Sul suo viso comparve un'espressione esasperata.

«Non si tratta di una vera e propria corsia.»

«Era pur sempre uno spazio tra lei e la donna che ha riconosciuto come Lisa Trammel, vero?»

«Se lo dice lei. Mi sembra una pignoleria.»

«Davvero? Ritengo invece che si tratti di precisione, non le pare?»

«Secondo me, tutti, o quasi tutti, direbbero che tra me e l'imputata c'erano tre corsie.»

«Be', l'imbocco per il parcheggio è largo almeno quanto una macchina, forse anche di più, non è d'accordo?»

«Va bene, se vuole andare per il sottile diciamo pure che le corsie erano quattro. Ho sbagliato.»

Era una concessione risentita, addirittura rancorosa. Ero sicuro che la giuria aveva capito chi era l'ostinato tra noi due.

«Ci sta quindi dicendo che quando ha dichiarato di avere visto la signora Trammel, lei era a una distanza di quattro corsie, e non di tre, come nella sua precedente deposizione. Giusto?»

«Giusto. Mi sono sbagliata, lo ammetto.»

Presi un appunto sul taccuino, che in realtà non significava niente, ma volevo che la giuria pensasse che tenevo una specie di punteggio. A questo punto mi chinai sui pannelli, li separai l'uno dall'altro e ne sollevai uno.

«Vostro onore, vorrei mostrare alla teste una fotografia del luogo di cui stiamo parlando.»

«L'accusa l'ha visto?»

«Era contenuto nel cd che ho depositato insieme agli atti. Non ho specificamente fornito il pannello al procuratore Freeman e il procuratore non mi ha chiesto di vederlo.»

In mancanza di un'obiezione da parte dell'accusa, il giudice mi disse di proseguire e di identificare il primo pannello come reperto 1A. Installai un cavalletto nello spazio tra gli scanni dei giurati e il banco dei testimoni. L'accusa pensava di usare le lavagne luminose per presentare i suoi reperti e successivamente vi sarei ricorso anch'io, ma in quel momento volevo avvalermi dei metodi tradizionali. Posizionai il pannello e ritornai al leggio.

«Signora Schafer, riconosce l'immagine fotografica appoggiata sul cavalletto?»

Era una foto scattata dall'alto, formato 75 per 125 centimetri, di Ventura Boulevard, comprendente due isolati. Jennifer l'aveva scaricata da Google Earth e a noi era costata solo il prezzo dell'ingrandimento e il montaggio sul pannello.

«Sì. È una veduta dall'alto di Ventura Boulevard. Si riconoscono la banca e anche l'incrocio con Cedros Avenue a un isolato di distanza.»

«Le spiace avvicinarsi e con l'evidenziatore indicare il punto in cui ritiene si trovasse Lisa Trammel?»

La teste guardò il giudice quasi a chiedergli l'autorizzazione. Perry annuì e lei, scesa dal banco, prese un evidenziatore nero appoggiato sul cavalletto e cerchiò una zona sul marciapiedi a mezzo isolato dall'ingresso della banca.

«Grazie, signora Schafer. Ora, può mostrare alla giuria dove si trovava la sua macchina quando, stando alle sue dichiarazioni, lei ha visto dal finestrino Lisa Trammel?»

Segnò un punto nella corsia centrale che distava dal semaforo una trentina di metri.

«Grazie, signora. Può tornare al banco dei testimoni.»

Margo Schafer rimise l'evidenziatore sul cavalletto e riprese il suo posto.

«Secondo lei, quante macchine aveva davanti a sé al semaforo?»

«Almeno due, forse tre.»

«E sulla corsia alla sua sinistra? C'erano delle macchine in attesa di svoltare?»

Fu pronta a rispondere senza cadere nel tranello.

«No, non ce n'erano. Avevo una visuale chiara del marciapiedi.»

«Lei mi sta dicendo che nell'ora di punta non c'erano macchine sulla corsia di svolta a sinistra?»

«Non alla mia altezza, ma io ero in fila dietro ad altre macchine. Forse qualcuno davanti a me aspettava di svoltare, ma accanto a me non c'era nessuno.»

Chiesi al giudice di poter mettere sul cavalletto il secondo pannello, reperto 1B, e mi fu concesso. Era un altro ingrandimento di una foto fatta da Cisco un lunedì, un mese dopo l'omicidio. L'aveva scattata dal finestrino della sua macchina mentre si trovava sulla corsia centrale di Ventura Boulevard in prossimità del semaforo, diretto verso ovest, alle 8.55. L'ora era indicata nell'angolo di destra sul fondo dell'immagine.

Tornato al leggio, chiesi a Margo Schafer di descrivermi quello che vedeva.

«È la foto dello stesso tratto, scattata da terra. Questo è il bar Danny's Deli. A volte ci andiamo all'ora di pranzo.»

«Sì. Per caso sa se il bar è aperto all'ora della prima colazione?»

«Sì, è aperto.»

«Ha mai fatto colazione lì?»

Andrea Freeman si alzò per obiettare.

«Giudice, non vedo che cosa c'entri questo con la deposizione della teste o con gli elementi del processo.»

Perry si voltò a guardarmi.
«Se vostro onore mi concede un momento, dimostrerò perché la mia domanda è rilevante.»
«Continui, avvocato, ma faccia in fretta.»
Tornai a Margo Schafer.
«Ha avuto occasione di far colazione da Danny's, signora?»
«No, non ci sono mai stata di mattina.»
«Ma lei sa che è un bar molto frequentato a quell'ora, vero?»
«Mah, non saprei.»
Non era la risposta che avrei voluto ottenere, ma mi era utile. Era la prima volta che la teste rispondeva in modo evasivo, evitando di proposito un'ammissione ovvia. I giurati che avessero notato quel particolare avrebbero cominciato a dubitare della sua imparzialità e a considerarla riluttante.
«Mi permetta di chiederle quali altre strutture in quell'isolato sono aperte alle nove del mattino?»
«Molti sono negozi e non sono ancora aperti. Lo si vede dalle insegne nella foto.»
«Come si spiega allora che tutti i parcheggi a tempo sono occupati? Sono clienti di Danny's?»
Andrea Freeman obiettò dicendo che la teste non era qualificata a rispondere alla domanda. Il giudice accolse l'obiezione e mi disse di passare ad altro.
«Il lunedì mattina alle 8.55, quando lei ha dichiarato di avere visto Lisa Trammel a quattro corsie di distanza, ricorda quante macchine erano parcheggiate davanti al bar e lungo il marciapiedi?»
«No, non ricordo.»
«Pochi minuti fa lei ha dichiarato, e se desidera posso chiedere che le venga letta la sua risposta, di avere avuto una visione chiara di Lisa Trammel. Quindi, stando alla sua testimonianza, non c'erano macchine nella corsia di parcheggio?»
«Forse c'erano delle macchine, ma io ho visto chiaramente l'imputata.»
«Anche le altre corsie erano sgombre?»
«Sì, non c'era niente che mi ostacolasse la visuale.»
«Lei ha detto che era in ritardo perché le auto che procede-

vano verso ovest si muovevano lentamente per via di un incidente. È esatto?»

«Sì.»

«Un incidente sulle corsie in direzione est?»

«Sì.»

«Quanto era lunga la fila di macchine sulle corsie in direzione est, se anche quella che andava nell'altra direzione era così consistente da farla arrivare al lavoro con dieci minuti di ritardo?»

«Non me lo ricordo.»

Ottima risposta, per quel che mi riguardava, naturalmente. Il teste che simula fa segnare sempre dei punti alla difesa.

«Non è forse vero, signora Schafer, che per scorgere l'imputata sul marciapiedi lei doveva guardare oltre due corsie di traffico intenso, rallentato dall'incidente, più un'intera corsia destinata al parcheggio?»

«So solo di averla vista. Era lì.»

«E portava anche una grossa borsa. È così?»

«Sì, è così.»

«Che tipo di borsa?»

«Una di quelle che ti danno nei grandi magazzini.»

«Di che colore era?»

«Rossa.»

«Saprebbe dire se era vuota o piena?»

«Non ne ho idea.»

«L'imputata teneva la borsa di fianco o davanti a sé?»

«Di fianco. La reggeva con una mano.»

«Si direbbe che lei ricordi bene questa borsa. Guardava la borsa o il viso della donna che la portava?»

«Ho avuto il tempo di guardare la borsa e il viso, tutti e due.»

Scossi la testa scorrendo i miei appunti.

«Signora Schafer, sa quanto è alta Lisa Trammel?»

Mi voltai verso la cliente e le feci cenno di alzarsi in piedi. Avrei dovuto chiedere al giudice di autorizzarmi, ma intendevo incalzare la teste e non volevo inciampare in qualche ostacolo. Perry non protestò.

«Non ne ho idea» rispose.

«Sarebbe sorpresa se le dicessi che è alta un metro e cinquantasette?»

Al mio cenno Lisa tornò a sedersi.

«No, non ne sono sorpresa.»

«Un metro e cinquantasette, eppure lei l'ha vista al di là di quattro corsie piene di macchine.»

Andrea Freeman obiettò, come ero sicuro che avrebbe fatto. Perry accolse l'obiezione, ma l'importante per me era stato richiamare l'attenzione sulla corporatura della mia cliente. Mi accorsi, guardando l'orologio, che mancavano due minuti a mezzogiorno. Lanciai la mia ultima offensiva.

«Signora Schafer, può indicare sulla fotografia il punto del marciapiedi dove ha visto l'imputata?»

Gli occhi di tutti si puntarono sulla fotografia. A causa della fila di macchine presenti nel parcheggio a ore, i pedoni non erano identificabili. La Freeman saltò in piedi per obiettare: la difesa cercava di imbrogliare le carte. Perry ci chiamò davanti a sé e si rivolse a me con durezza.

«Avvocato Haller, l'imputata è nella foto? Sì o no?»

«No, vostro onore.»

«Allora lei tenta di trarre in inganno la teste. Non permetterò che succeda. Levi quella fotografia.»

«Vostro onore, non tento di trarre in inganno nessuno. La teste poteva limitarsi a dire che l'imputata non era nella foto. Ma è chiaro che i passanti oltre le file di macchine non sono visibili e io sto cercando di dimostrarlo alla...»

«Non mi interessa quello che lei sta cercando di fare. Tolga quella foto e se si azzarda a fare un'altra mossa del genere, rischierà di essere incriminato per oltraggio alla corte. Capito?»

«Sissignore.»

«Vostro onore,» intervenne la Freeman «è opportuno avvertire la giuria che l'imputata non è nella foto.»

«Sono d'accordo. Riprendete i vostri posti.»

Tornando al leggio, tolsi dal cavalletto i pannelli con le foto.

«Signore e signori,» disse il giudice «vogliate tenere conto del fatto che l'imputata non è nella foto che l'avvocato della difesa vi ha mostrato.»

Così formulata, quella precisazione alla giuria mi stava bene. Avevo segnato un punto in ogni caso. Il fatto che i giurati dovessero essere avvertiti che l'imputata non era nella foto sottolineava il fatto che non sarebbe stato facile identificare qualcuno sul marciapiedi.

Il giudice mi ordinò di continuare il controinterrogatorio e io, chinandomi sul microfono, dissi: «Nessun'altra domanda».

Mi sedetti e infilai sotto il tavolo i pannelli con le foto. Avevano fatto un buon servizio. Mi ero preso una lavata di capo dal giudice, ma ne era valsa la pena.

23

Lisa Trammel era estasiata per come avevo condotto il controinterrogatorio di Margo Schafer. Perfino Herb Dahl si congratulò con me durante l'interruzione della seduta per la pausa pranzo. Consigliai a entrambi di conservare la calma. Eravamo nella prima fase del dibattimento; i testi come Margo Schafer erano i più facili da gestire ed eventualmente mettere in difficoltà. Ci aspettavano giorni più complessi e testimonianze più ostiche. Su questo potevano giurarci.

«Non m'importa» disse Lisa. «Sei stato meraviglioso e quella puttana bugiarda ha avuto quello che si meritava.»

Quell'affermazione era così carica di odio che mi bloccai prima di rispondere.

«L'accusa può ancora ridarle credibilità quando la interrogherà a sua volta, dopo pranzo.»

«E tu la demolirai di nuovo nel controinterrogatorio.»

«Be', non è esattamente il mio scopo quello di demolire le persone.»

«Vieni a pranzo con noi, Mickey?»

Sottolineò le parole prendendo sotto braccio Dahl e confermando così quello che avevo intuito, cioè che non erano soltanto soci in affari.

«Non c'è neanche un locale carino qui attorno» continuò. «Noi andiamo sul Ventura Boulevard a cercare un bel posticino. Potremmo anche provare Danny's Deli.»

«Ti ringrazio, ma preferisco tornare in ufficio. I miei collaboratori sono troppo impegnati per raggiungermi. Devo andare io da loro.»

Lisa mi lanciò un'occhiata incredula, ma la cosa mi lasciò del tutto indifferente. Il fatto che la rappresentassi in tribunale non voleva dire che dovessi pranzare con lei e con l'uomo che meditava di fregarla, malgrado la loro storia sentimentale... sempre che di questo si trattasse. Quindi mi allontanai per conto mio, diretto al Victory Building.

Lorna si era recata da Jerry's Deli, a Studio City, per comprare dei panini ripieni di tacchino, insalata e maionese. Mentre mangiavo seduto alla mia scrivania, raccontai a Cisco e Bullocks come era andata l'udienza della mattina. Anche se non avevo condiviso l'entusiasmo della mia cliente, ero però soddisfatto di come si era svolto l'interrogatorio di Margo Schafer. Ringraziai Jennifer per i pannelli che, secondo me, avevano fatto una buona impressione sulla giuria. Niente funziona più di un'immagine se si vuole mettere in dubbio un testimone oculare.

Finito il resoconto, chiesi di essere aggiornato sul loro lavoro. Cisco era ancora impegnato a vagliare i dati dell'indagine della polizia, alla ricerca di errori e ipotesi infondate che avrei potuto sfruttare nel controinterrogatorio di Kurlen.

«Bene, ho un gran bisogno di munizioni» dissi. «Bullocks, hai trovato niente?»

«Ho passato quasi tutta la mattina a studiare la pratica di pignoramento. La mia deposizione sarà inattaccabile.»

«D'accordo, prenditi tutto il tempo che ti serve. Non credo che il nostro turno verrà prima della prossima settimana. A quanto pare, Andrea Freeman vuole procedere a ritmo serrato, ma ha ancora molte persone da ascoltare e ho l'impressione che non siano solo fumo.»

Succede spesso che l'accusa e la difesa riempiano gli elenchi dei testimoni per fare in modo che la controparte non sappia chi sarà effettivamente chiamato a deporre e quali saranno le testimonianze decisive. Non credevo, però, che la Freeman fosse ricorsa a questo sotterfugio. Il suo elenco era stringato e tutti i nomi citati avevano qualcosa da dire.

Intinsi il mio panino in una delle mille chiazze che il condimento, gocciolando, aveva lasciato sulla carta che lo avvolgeva. Jennifer indicò uno dei due pannelli che avevo riportato dopo l'udienza. Era quello con la foto scattata da terra, che avevo usato per mettere in difficoltà Margo Schafer.

«Non è stata una mossa azzardata? E se la Freeman non avesse mosso obiezione?»

«Ero sicuro che l'avrebbe fatto. E se non l'avesse fatto lei, ci avrebbe pensato il giudice. Generalmente non apprezzano che si faccia lo sgambetto ai testimoni.»

«Sì, ma a questo punto la giuria sa che hai mentito.»

«Non ho mentito. Ho posto una domanda alla teste. Poteva indicare dov'era Lisa nella foto? Non ho detto che era nella foto. Se avesse avuto modo di rispondere, avrebbe dato una risposta negativa. Tutto qui.»

Jennifer aggrottò la fronte.

«Tieni a mente il mio consiglio, Bullocks. Non lasciarti andare a scrupoli di coscienza. Qui si gioca duro. Lo faccio io con la Freeman e lo fa lei con me. Ho giocato d'azzardo, e mi sono preso una sgridata da Perry. Ma mentre noi eravamo a rapporto davanti al giudice, i giurati, tutti i giurati, fissavano quella foto e pensavano che difficilmente Margo Schafer aveva realmente visto quello che sosteneva. È così che funziona. Bisogna essere freddi e calcolatori. A volte, anche se raramente, ci si aggiudica un punto, ma spesso non succede.»

«Lo so, ma non vuol dire che la cosa mi piaccia» disse in tono sbrigativo.

«Già, lo pensavo.»

24

Fui sorpreso che Andrea Freeman non chiamasse Margo Schafer sul banco dei testimoni per cercare di riparare al danno che avevo arrecato alla sua deposizione. Di sicuro aveva in mente qualcosa per recuperarne la credibilità, ma avrebbe agito in un momento successivo. Convocò invece il sergente David Covington della polizia di Los Angeles, che era stato il primo ad accorrere nel garage della WestLand National dopo la telefonata di Riki Sanchez.

Covington era un veterano di lungo corso e un valido teste per l'accusa. Con la precisione un po' buffa di chi ha visto più cadaveri di quanti possa ricordare e altrettante volte si è presentato a deporre, raccontò di avere constatato, appena arrivato sul posto, che la vittima era stata assassinata. Disse di avere impedito l'accesso all'intero garage, di avere isolato Riki Sanchez e gli altri possibili testimoni, e di avere disposto un cordone di polizia al secondo piano, dove si trovava il corpo.

Durante la sua deposizione le fotografie della scena del crimine furono proiettate in tutta la loro crudezza su due lavagne luminose che pendevano dal soffitto. Quelle immagini, più ancora della testimonianza di Covington, diedero la certezza che si trattava di omicidio, un omicidio di cui era imputata la mia cliente.

Avevo ottenuto un piccolo risultato positivo nelle schermaglie preprocessuali riguardanti le foto del luogo del delitto. Avevo chiesto che non fossero mostrate, in particolare mi ero opposto a che gli ingrandimenti fossero esposti sul cavalletto antistante i banchi dei giurati. Avevo sostenuto che erano di pregiudizio alla difesa. Le fotografie di una vittima di omicidio sono sempre sconvolgenti e provocano forti emozioni, quindi è facile che le immagini risveglino nei giurati un sentimento di ostilità nei confronti dell'imputato, a prescindere dalle prove che lo collegano al delitto. Ma Perry prese una decisione salomonica. Limitò a quattro le foto che l'accusa poteva mostrare e disse alla Freeman di proiettarle in contemporanea sulle lavagne luminose, limitando così le dimensioni delle immagini. Mi ero aggiudicato un piccolo vantaggio, ma sapevo che non bastava l'ordine del giudice per annullare la reazione viscerale dei giurati. Era pur sempre una vittoria dell'accusa.

Le quattro foto che Andrea Freeman scelse per mostrare Bondurant a faccia in giù sul pavimento del garage erano le più cruente.

Nel controinterrogatorio mi concentrai su una sola immagine e cercai di distogliere i giurati dal pensiero di dover vendicare l'omicidio. A questo proposito, non c'è sistema più efficace che martellare il testimone con un'infinita serie di domande, domande che a volte restano senza risposta, ma che servono a seminare il dubbio.

Con il permesso del giudice, usai il telecomando per eliminare tre delle immagini, tenendone soltanto una.

«Sergente Covington, vorrei richiamare la sua attenzione sulla foto contrassegnata come reperto tre. Può dirmi cosa si vede in primo piano?»

«Una ventiquattrore aperta.»

«Era aperta quando lei è arrivato sulla scena del delitto?»

«Sì.»

«Così come la vediamo nella foto?»

«Sì.»

«Ha chiesto ai testimoni o a chiunque altro se qualcuno l'avesse aperta dopo che era stata trovata la vittima?»

«Ho chiesto alla teste che aveva chiamato la centrale di emergenza se fosse stata lei ad aprirla. Ha risposto di no. Non ho indagato oltre e ho lasciato il compito ai detective.»

«Lei ha dichiarato di avere lavorato come agente di pattuglia per i ventitré anni in cui ha prestato servizio?»

«Sì, è così.»

«Ha risposto a molte chiamate di emergenza?»

«Sì.»

«Che cosa ha pensato vedendo la ventiquattrore aperta?»

«Niente di particolare. Faceva parte della scena del crimine.»

«L'esperienza non le ha suggerito che forse l'omicidio era stato commesso a scopo di rapina?»

«Non proprio. Non sono un detective.»

«Se lo scopo di questo delitto non è stato la rapina, perché l'omicida avrebbe perso del tempo per aprire la ventiquattrore della vittima?»

La Freeman sollevò obiezione prima che Covington potesse rispondere. Disse che la domanda travalicava l'esperienza e la competenza del teste.

«Il sergente Covington ha fatto soltanto servizio di pattuglia. Non è un detective. Non ha mai condotto indagini su casi di rapina.»

Il giudice annuì.

«Avvocato Haller, concordo con l'accusa.»

«Vostro onore, credo che il sergente Covington, anche se non è un detective, sia intervenuto spesso sui luoghi dove si erano svolte delle rapine e abbia condotto numerose indagini preliminari. Penso che sia in grado di rispondere a una domanda su che impressione ha avuto di questa particolare scena del crimine.»

«Accolgo l'obiezione del procuratore. Passi alla domanda successiva.»

Sconfitto su questo punto, guardai gli appunti che mi ero preparato per il controinterrogatorio di Covington. Confidavo di avere installato nelle teste dei giurati il dubbio che il movente dell'omicidio potesse essere una rapina, ma non mi bastava. Decisi di tentare un bluff.

«Sergente, dopo essere accorso a seguito della telefonata di emergenza e avere controllato la scena del crimine, ha chiamato gli investigatori, i medici legali, la Scientifica?»

«Sì, ho preso contatto con la centrale operativa, confermando che avevamo un omicidio e chiedendo l'intervento degli investigatori della divisione Van Nuys.»

«In attesa che arrivassero è rimasto a controllare la scena del crimine?»

«Sì, è quello che si fa abitualmente, finché non si passano le consegne alla squadra investigativa. Nel caso specifico al detective Kurlen.»

«Le è capitato di accennare all'ipotesi che l'omicidio fosse a scopo di rapina?»

«No.»

«Ne è sicuro, sergente?»

«Sicurissimo.»

Scrissi qualcosa sul mio taccuino, uno scarabocchio qualsiasi, tanto per impressionare la giuria.

«Non ho altre domande.»

Covington fu congedato, e sul banco dei testimoni salì uno dei paramedici che, in risposta alla telefonata di emergenza, si erano recati sul luogo del delitto. Dichiarò che al suo arrivo la vittima era già morta. La deposizione durò cinque minuti: alla Freeman interessava soltanto avere la conferma del decesso e io non avevo niente da guadagnare da un controinterrogatorio.

Fu quindi la volta del fratello della vittima, Nathan Bondurant, che confermò di avere identificato il cadavere, circostanza necessaria per procedere a un'incriminazione. La Freeman cercò di utilizzare quella deposizione per scuotere emotivamente la giuria, come aveva fatto con le foto della scena del crimine. Il teste, tra le lacrime, riferì di essere stato prelevato dalla polizia e portato nell'ufficio del medico legale dove aveva riconosciuto nella vittima il fratello minore. La Freeman gli chiese quando lo aveva visto per l'ultima volta e l'uomo raccontò che, una settimana prima, erano andati insieme a vedere una partita dei Lakers.

È buona norma non assillare un testimone in lacrime. Di solito non si ottiene niente dal controinterrogatorio di un familiare della vittima, ma la Freeman aveva aperto una porta e io decisi di varcarla. Se non gestivo la situazione con delicatezza, rischiavo di apparire inutilmente spietato.

«Signor Bondurant, capisco il dolore per la sua perdita e le rivolgerò soltanto qualche breve domanda. Lei ha accennato al fatto di essere andato con suo fratello alla partita dei Lakers una settimana prima di questo orribile omicidio. Di che cosa avete parlato in quell'occasione?»

«Di molte cose. Mi è difficile ricordarmene in questo momento.»

«Soltanto di sport e dei Lakers?»

«No, naturalmente no. Era mio fratello. Abbiamo parlato d'altro, gli ho chiesto se aveva una relazione sentimentale. Cose di questo tipo, insomma.»

«Aveva una relazione sentimentale?»

«No. Mi ha detto che il lavoro lo occupava troppo.»

«Che altro ha detto del suo lavoro?»

«Soltanto che lo impegnava molto e che, con i pignoramenti e tutti i problemi che comportavano, era un momento difficile per chi gestiva i mutui. Comunque è stato abbastanza sbrigativo.»

«Le ha accennato agli immobili di sua proprietà e ai relativi problemi?»

La Freeman obiettò dicendo che non erano temi rilevanti. Chiesi di conferire con lei e con il giudice, e mi fu concesso. Quando ci riunimmo sostenni che, come avevo già dichiarato alla giuria, non mi sarei limitato a smontare l'imputazione contro la mia cliente, ma avrei condotto una difesa costruttiva nel senso di produrre prove a sostegno di un'ipotesi accusatoria alternativa.

«Questo controinterrogatorio fa parte di quell'ipotesi alternativa, giudice. Bondurant aveva delle difficoltà finanziarie e la sua morte è da collegarsi ai tentativi di togliersi dai guai. Penso di aver diritto di muovermi liberamente nell'interrogare i testi prodotti dall'accusa.»

«Giudice,» ribatté la Freeman «non è detto che qualcosa sia rilevante solo perché lo afferma la difesa. Il fratello della vittima non ha alcuna conoscenza diretta dei problemi finanziari di Mitchell Bondurant o di come aveva investito i suoi soldi.»

«Se è vero, giudice, basta che Nathan Bondurant lo dica e io passerò ad altro.»

«Bene, obiezione respinta. Continui, avvocato Haller.»

Tornato al leggio, riproposi la domanda al teste.

«Me ne ha parlato molto brevemente, senza entrare nei dettagli» rispose il teste.

«Che cosa le ha detto precisamente?»

«Mi ha detto che i suoi investimenti immobiliari stavano andando malissimo. Non mi ha precisato quanti fossero e a quanto ammontassero. Non ha aggiunto altro.»

«Cosa intendeva dire a proposito dei suoi investimenti immobiliari?»

«Che gli costavano più di quanto valessero.»

«Ha detto che stava cercando di venderli?»

«Ha detto che vendendoli ci avrebbe rimesso moltissimo.»

«Grazie, signor Bondurant. Non ho altre domande.»

Andrea Freeman completò la serie dei testimoni minori chiamando a deporre Gladys Pickett, che si identificò come capo degli operatori agli sportelli nella filiale principale della WestLand National, quella di Sherman Oaks. Dopo avere precisato le incombenze di Gladys Pickett nella banca, la Freeman affrontò i punti principali.

«Nella sua qualità di capoufficio, quante sono le persone che fanno riferimento a lei, signora Pickett?»

«Una quarantina.»

«Uno di loro è Margo Schafer?»

«Sì, Margo è addetta a uno sportello.»

«Vorrei che tornasse con la memoria alla mattina dell'omicidio di Mitchell Bondurant. Margo Schafer si è dimostrata particolarmente preoccupata quando si è rivolta a lei?»

«Sì.»

«Può spiegare alla giuria il motivo della preoccupazione di Margo Schafer?»

«È venuta a dirmi di avere visto Lisa Trammel in prossimità dei nostri uffici, che camminava sul marciapiedi in direzione contraria a quella della banca.»

«Perché ne era preoccupata?»

«La fotografia di Lisa Trammel era affissa nei locali della mensa e nel caveau, e ci avevano raccomandato di riferire ai nostri superiori se mai l'avessimo vista.»

«Lo sa perché erano state date quelle direttive?»

«Sì, la banca aveva ottenuto un'ordinanza restrittiva che proibiva all'imputata di avvicinarsi ai nostri uffici.»

«Sa dire alla giuria a che ora Margo Schafer l'ha avvertita di avere visto Lisa Trammel nei pressi della banca?»

«Sì, non appena arrivata al lavoro. È la prima cosa che ha fatto.»

«Registrate l'ora in cui gli impiegati arrivano in ufficio?»

«C'è un registro nel caveau nel quale sono indicati gli orari di arrivo.»

«Corrispondono al momento in cui gli operatori agli sportelli vengono a ritirare il contante per le varie operazioni?»

«Esatto.»

«Sa a che ora Margo Schafer si è registrata il giorno in questione?»

«Erano le nove e nove minuti. È stata l'ultima a presentarsi quel giorno. Era in ritardo.»

«È stato allora che le ha detto di avere visto Lisa Trammel?»

«Esatto.»

«A quell'ora lei sapeva che Mitchell Bondurant era stato assassinato nel garage della banca?»

«No, non lo sapeva ancora nessuno perché Riki Sanchez era rimasta nel garage fino all'arrivo della polizia e poi era stata trattenuta per essere interrogata. Non avevamo idea di quello che era successo.»

«Quindi non ha nessun fondamento l'ipotesi che Margo Schafer si sia inventata l'episodio dopo avere saputo che il signor Bondurant era stato ucciso, vero?»

«Esattamente. Mi ha detto di avere visto l'imputata prima che lei, io o chiunque altro all'interno della banca sapessimo della fine di Bondurant.»

«In che momento lei ha appreso dell'omicidio del signor Bondurant e ha fornito alla polizia l'informazione avuta da Margo Schafer?»

«Circa mezz'ora dopo. Ovviamente abbiamo ritenuto di dover informare la polizia che quella donna era stata vista nelle vicinanze.»

«Grazie, signora Pickett. Non ho altre domande.»

Era la prima grande vittoria di Andrea Freeman fino a quel momento. Gladys Pickett aveva demolito in gran parte i risultati che avevo ottenuto nel controinterrogatorio di Margo Schafer. Dovevo decidere se lasciare perdere o insistere, magari peggiorando la situazione. Decisi di limitare le perdite e proseguire su un altro binario. Mai fare una domanda se non si sa quale sarà la risposta, era la regola. Perfetta per il caso in questione. Gladys Pickett si era rifiutata di parlare con il mio investigatore. Non era escluso che la Freeman mi avesse teso una trappola, non scoprendo tutte le sue carte durante l'interrogatorio e facendo in modo che fossi io a cadere nel tranello con qualche domanda inopportuna.

«Non ho niente da chiedere alla teste» dissi senza muovermi dal mio posto.

Il giudice Perry congedò Gladys Pickett e dispose una pausa di quindici minuti. Mentre tutti uscivano dall'aula, la mia cliente si chinò verso di me.

«Perché non l'hai tartassata?» mi chiese con un sussurro.

«Chi? Gladys Pickett? Non ho voluto rischiare di peggiorare le cose con una domanda sbagliata.»

«Stai scherzando? Dovevi distruggerla come hai fatto con Margo Schafer.»

«La differenza era che con la Schafer avevo qualcosa su cui fare leva, mentre non avevo elementi per torchiare la Pickett. Incalzare qualcuno senza avere niente in mano porta al disastro. Meglio desistere.»

Vidi che lo sguardo le si incupiva per la rabbia.

«Potevi almeno sforzarti» sibilò a denti stretti.

«Senti, Lisa, l'avvocato sono io e quindi decido io...»

«Va bene, va bene. Ora devo andare.»

Si alzò, superò di corsa il cancelletto e si precipitò verso l'uscita. Sbirciai Andrea Freeman per capire se si era accorta della discussione sorta tra me e la mia cliente. Mi rivolse un sorriso d'intesa, segnalandomi che l'aveva notata.

La seguii per vedere come mai avesse sentito l'esigenza di allontanarsi in modo così brusco. Come misi piede fuori dell'aula, fui immediatamente attirato da una folla di giornalisti e cameramen che si assiepava attorno a una delle panche poste lungo le pareti, tra un'aula e l'altra. Erano tutti concentrati a riprendere Lisa che abbracciava suo figlio Tyler il quale, davanti ai flash, appariva assai a disagio.

«Santo cielo» sussurrai tra me.

Scorgendo verso il margine del gruppo la sorella di Lisa, mi avvicinai.

«Che cosa succede, Jodie? Lisa sa benissimo che per ordine del giudice non le è consentito incontrare qui suo figlio.»

«Lo so. Tyler non entrerà in aula. Ha avuto mezza giornata libera a scuola e mia sorella ha voluto che lo portassi qui. Credo che speri di influenzare a suo favore l'opinione pubblica mostrandosi con il piccolo Ty.»

«Sì, ma tutto questo conta ben poco per il processo. Lasci perdere quello che le dice Lisa: non lo riporti più qui.»

Mi guardai intorno per vedere se c'era Herb Dahl. Ero sicuro che quell'incontro tra madre e figlio fosse una sua trovata e volevo dire anche a lui le stesse cose che avevo detto a Jodie. Ma non c'era traccia di quel fallito. Forse aveva pensato bene di starsene alla larga.

Rientrai nell'aula. Mi restavano ancora dieci minuti e decisi di impiegarli a rimuginare sul fatto che lavoravo per una cliente antipatica, che cominciavo a disprezzare.

25

DOPO L'INTERVALLO, ANDREA FREEMAN passò alla fase successiva, quella che, con un'espressione mutuata dall'antropologia, io definisco dei cacciatori-raccoglitori, cioè dei tecnici della scena del crimine. Le loro testimonianze avrebbero costituito la piattaforma per introdurre il detective Howard Kurlen, titolare dell'indagine.

Il primo cacciatore-raccoglitore fu William Abbott, del servizio di medicina legale, che aveva fatto il primo sopralluogo sulla scena del crimine, documentando lo stato del cadavere e organizzando il trasporto all'obitorio, dove si sarebbe poi svolta l'autopsia.

Nella sua deposizione riportò quanto aveva osservato sul luogo del delitto, le lesioni subite dalla vittima e gli oggetti personali trovati sul cadavere: il portafoglio, l'orologio, gli spiccioli e un fermaglio per le banconote contenente 183 dollari in contanti. C'era anche lo scontrino del bar Joe's Joe, utile per determinare l'ora del delitto.

Al pari di Covington, Abbott fu molto concreto. Per lui la scena di un crimine violento era pane quotidiano. Così decisi di concentrarmi su questo aspetto, quando venne il mio turno di interrogarlo.

«Signor Abbott, da quanto tempo lavora nell'ufficio del medico legale?»

«Da ventinove anni.»

«Trascorsi tutti in servizio nella contea di Los Angeles?»
«Sì.»
«Quante volte è stato chiamato sulla scena di un delitto?»
«Oh, un'infinità. Probabilmente qualche migliaio.»
«Ne sono sicuro. Immagino che si sia trovato spesso davanti a spettacoli di grande violenza.»
«È la natura umana.»
«Che mi dice di questo caso? Lei ha esaminato e fotografato le ferite della vittima, vero?»
«Sì. Fa parte del protocollo che seguiamo prima di rimuovere il cadavere.»
«Lei ha davanti a sé il rapporto sulla scena del delitto, che è stato acquisito tra le prove nella fase istruttoria. Le spiace leggere alla giuria il secondo paragrafo della sua relazione?»
Abbott girò la pagina e trovò il paragrafo.
«"Si notano sulla sommità del cranio tre distinte lesioni, tutte inferte con particolare violenza, che hanno provocato un danno devastante. La posizione del corpo indica che la vittima ha perso immediatamente conoscenza, ancor prima di crollare a terra." A questo punto, tra parentesi, c'è la parola "accanimento".»
«È proprio questo che mi interessa. Cosa intendeva comunicare con quell'aggiunta?»
«Semplice: a uccidere sarebbe bastato uno solo dei tre colpi. La vittima aveva perso conoscenza e forse era già morta quando era caduta a terra. Era bastato il primo colpo a ucciderla, il che indica che i due colpi successivi sono stati vibrati quando era già crollata. Ecco l'accanimento. Per come la vedo io, c'è stato un eccesso di violenza.»
Abbott probabilmente pensava di avermi dato una risposta che avrei preferito non ricevere. Anche la Freeman era della stessa idea. Ma si sbagliavano entrambi.
«Nel suo riepilogo lei afferma di avere percepito una sorta di coinvolgimento emotivo da parte dell'assassino: è così?»
«Sì, è quello che ho pensato.»
«Che tipo di preparazione professionale ha in termini di indagini per omicidio?»
«Ho seguito un corso di sei mesi trent'anni fa, all'inizio della

carriera. E un paio di volte all'anno abbiamo dei corsi di aggiornamento, dove ci illustrano le ultime tecniche investigative.»

«Sono aggiornamenti che riguardano le indagini per omicidio?»

«Non tutti, ma per la maggior parte sì.»

«Non è un dato acquisito in un caso di omicidio che l'accanimento indichi una conoscenza preesistente tra la vittima e il suo assassino, un rapporto personale?»

«Uh...»

A questo punto intervenne Andrea Freeman, la quale si alzò per obiettare che Abbott non era un investigatore specializzato in omicidi e che la domanda della difesa presumeva una preparazione che lui non possedeva. Non dovetti nemmeno oppormi perché il giudice, levando la mano prima che io iniziassi a parlare, le disse che io avevo condotto l'interrogatorio fino a quel punto senza che l'accusa si opponesse. Nessuna obiezione era stata sollevata quando Abbott aveva declinato i propri titoli e la sua esperienza professionale nel campo degli omicidi.

«Lei ha giocato d'azzardo, procuratore Freeman. Pensava che le sarebbe tornato utile. Ora non può tirarsi indietro. Il teste risponda alla domanda.»

«Continui, signor Abbott» dissi.

Abbott guadagnò tempo chiedendo che la stenotipista gli leggesse la domanda. A quel punto il giudice lo sollecitò di nuovo a rispondere.

«Sì, è un'ipotesi» rispose infine.

«Ipotesi?» chiesi. «Che vuol dire?»

«In un delitto ad alto impatto di violenza non si deve trascurare l'eventualità che la vittima conoscesse personalmente il suo assassino.»

«Quando parla di delitto ad alto impatto di violenza, intende un crimine in cui sia presente l'accanimento?»

«Sì, è esatto.»

«Grazie, signor Abbott. Quali altre osservazioni ha avuto modo di fare sulla scena del delitto? Si è fatto un'opinione sulla forza necessaria a produrre le brutali lesioni che compaiono sulla testa del signor Bondurant?»

La Freeman obiettò di nuovo, sostenendo che Abbott non era un medico legale e non aveva le conoscenze idonee per rispondere a quella domanda. Questa volta Perry le diede un contentino e accolse l'obiezione.

«Nessun'altra domanda» dissi, ritenendomi soddisfatto di quello che avevo ottenuto.

Il teste successivo fu Paul Roberts, criminologo, membro dell'unità della polizia, composta da tre specialisti, che aveva esaminato la scena del delitto. Fu una deposizione più tranquilla di quella di Abbott, perché Andrea Freeman lo tenne al guinzaglio. Roberts descrisse le procedure, precisò quanto aveva raccolto sulla scena del crimine e successivamente analizzato nel laboratorio della Scientifica. Nel controinterrogatorio riuscii soltanto a mettere in evidenza, a vantaggio della cliente, la scarsità di elementi probatori concreti.

«Può dire alla giuria dove si trovavano le impronte digitali che lei ha raccolto sul luogo del delitto e che successivamente sono risultate corrispondere a quelle dell'imputata?»

«Non abbiamo trovato alcuna impronta digitale appartenente all'imputata.»

«Può dire alla giuria quali campioni di sangue raccolti sul luogo del delitto sono da attribuire all'imputata?»

«Anche in questo caso, non abbiamo trovato niente.»

«Capelli? Fibre? Altri elementi? Sicuramente lei ha collegato l'imputata al luogo del delitto grazie alla presenza di capelli o di fibre.»

«No.»

Mi allontanai di qualche passo dal leggio quasi a liberarmi dal senso di frustrazione che provavo, poi tornai ad avvicinarmi.

«Avvocato Haller,» intervenne il giudice «non dia spettacolo.»

«Grazie, vostro onore» disse Andrea Freeman.

«Non mi rivolgevo a lei, procuratore.»

Fissai la giuria a lungo prima di formulare la successiva e ultima domanda.

«In definitiva, signor Roberts, lei e i suoi collaboratori avete raccolto in quel garage qualche elemento concreto, anche minimo, che collegasse Lisa Trammel al luogo del delitto?»

«In quel garage? No, non abbiamo trovato niente.»
«Grazie. A questo punto non ho altre domande.»
Sapevo che la Freeman avrebbe avuto buon gioco, interrogando nuovamente Roberts, perché avrebbe potuto chiedergli chiarimenti sul sangue di Bondurant rinvenuto sul martello e sulle scarpe trovate nel garage della mia cliente, visto che l'uomo faceva parte dell'unità investigativa che aveva esaminato entrambi i luoghi. Ma non credevo che l'avrebbe fatto. Andrea Freeman aveva studiato il copione fino all'ultimo dettaglio e qualsiasi cambiamento avrebbe alterato il ritmo che aveva voluto imprimere al caso, con il rischio di togliere pathos alla scena finale, quando tutti gli elementi sarebbero confluiti a sostegno della sua ricostruzione. Era troppo in gamba per mettere a repentaglio un crescendo di quel tipo. Per il momento avrebbe ingoiato il rospo in attesa di assestarmi il colpo decisivo.
«Desidera porre altre domande al teste?» le chiese il giudice dopo che fui tornato al mio posto.
«No, vostro onore, nessuna domanda.»
«Il teste può allontanarsi.»
Sul risvolto interno del fascicolo che era posato sul tavolo davanti a me, avevo incollato l'elenco dei testi della Freeman. Cancellai con un tratto di penna i nomi di Abbott e di Roberts e rapidamente passai in rassegna quelli che restavano. Non era ancora finito il primo giorno del dibattimento e già l'elenco si era ridotto di un bel po'. Con una rapida scorsa ai nomi ancora in lizza capii che probabilmente era venuto il momento del detective Kurlen. Una fase delicata per l'accusa. Con un'occhiata all'orologio mi accorsi che erano le 16.25. Si era stabilito che la seduta finisse alle 17. Se Kurlen fosse salito in quel momento sul banco dei testimoni, il giudice avrebbe sospeso l'udienza quando la deposizione era ancora alle prime battute. Forse la Freeman avrebbe potuto portarlo a rivelare qualcosa su cui le sarebbe piaciuto far riflettere la giuria durante la notte, ma rischiava di scompigliare le carte. Secondo me, avrebbe deciso che non ne valeva la pena.
Di nuovo diedi una scorsa all'elenco per vedere se tra quei nomi ci fosse il cosiddetto testimone jolly, cioè qualcuno che

poteva essere spostato a piacimento nel corso del dibattimento. Non lo individuai e guardai il procuratore, incerto su quale sarebbe stata la sua mossa.

«Procuratore Freeman, chiami il suo prossimo teste» sollecitò il giudice.

Lei si alzò e si rivolse a Perry.

«Vostro onore, prevedo che il prossimo interrogatorio e relativo controinterrogatorio si protrarranno per parecchio tempo. Mi appello all'indulgenza della corte perché mi sia concesso di rinviare la deposizione all'inizio dell'udienza di domattina, per evitare interruzioni.»

Il giudice guardò l'orologio sulla parete in fondo all'aula e scosse lentamente la testa.

«No, non è possibile. Abbiamo più di mezz'ora davanti a noi e non intendo buttarla via. Chiami il suo prossimo teste, procuratore Freeman.»

«Sì, vostro onore. L'accusa chiama Gilbert Modesto.»

Non mi ero sbagliato sul testimone jolly. Modesto era il responsabile della Sicurezza alla WestLand National. Ovviamente la Freeman riteneva che la sua deposizione potesse essere inserita in un momento qualsiasi del processo senza interrompere il ritmo e compromettere la tensione.

Dopo essere salito sul banco dei testimoni e avere prestato giuramento, Modesto descrisse la propria esperienza nella vigilanza e l'incarico che svolgeva per la Westland National. L'accusa proseguì con domande sui suoi movimenti la mattina dell'uccisione di Mitchell Bondurant.

«Non appena ho saputo che la vittima era Mitch, ho tirato fuori, per consegnarlo alla polizia, il fascicolo intitolato *Minacce*.»

«Vuole spiegarci di cosa si tratta?»

«È un fascicolo che contiene tutte le lettere intimidatorie di posta ordinaria e di posta elettronica inviate alla banca o al personale della banca. A queste vanno aggiunte anche le minacce che arrivano per telefono, tramite terzi o segnalate dalla polizia. Abbiamo un protocollo per valutare la gravità di ciascuna ed evidenziare i nomi potenzialmente pericolosi.»

«Lei conosce bene il fascicolo?»
«Certo, lo studio regolarmente. È il mio mestiere.»
«Quanti nomi vi comparivano il giorno dell'omicidio Bondurant?»
«Non li ho contati, ma direi che si trattava di qualche dozzina.»
«Tutte le minacce alla banca e ai suoi funzionari erano ritenute fondate?»
«No. La regola è che inseriamo nel fascicolo intimidazioni di ogni tipo. Fondate o meno, noi le inseriamo. Pensiamo che nella gran parte dei casi non si tratti di cose serie, quanto degli sfoghi di persone arrabbiate, deluse o scontente.»
«Nel fascicolo, quel giorno, qual era il nome più rilevante in termini di pericolosità?»
«Quello dell'imputata, Lisa Trammel.»
La Freeman fece una pausa a effetto. Osservai i giurati: quasi tutti tenevano gli occhi fissi sulla mia cliente.
«Come mai, signor Modesto? L'imputata aveva rivolto una minaccia specifica contro la banca o qualche funzionario?»
«No, non aveva fatto minacce, ma era coinvolta nella battaglia contro i pignoramenti. Aveva partecipato a manifestazioni di protesta all'esterno della banca prima che i nostri legali ottenessero un'ordinanza restrittiva temporanea che le ingiungeva di non avvicinarsi ai nostri uffici. Le sue iniziative erano percepite come minacce e, a quanto pare, avevamo ragione.»
Balzai in piedi, chiedendo al giudice di cancellare l'ultima parte della risposta di Modesto, in quanto pregiudiziale e provocatoria. Il giudice accolse l'obiezione e ammonì Modesto di tenere per sé quelle considerazioni.
«Signor Modesto,» riprese Andrea Freeman «lei sa se Lisa Trammel avesse mai rivolto minacce dirette contro qualcuno della banca, compreso Mitchell Bondurant?»
Un'altra regola base è quella di volgere a proprio vantaggio ogni punto debole. La Freeman, che in quel momento faceva al teste le domande che avrei dovuto rivolgergli io, mi privava della possibilità di formularle con il giusto tono di voce e la giusta dose di indignazione.

«No, non in modo specifico. Ma eravamo dell'idea che in termini di gravità delle minacce lei fosse una persona da tenere d'occhio.»

«Grazie, signor Modesto. A quale funzionario della polizia di Los Angeles ha consegnato il fascicolo?»

«Al detective Kurlen, titolare dell'indagine. Mi sono rivolto direttamente a lui.»

«Ha avuto occasione di tornare a parlare con il detective Kurlen quel giorno?»

«Ci siamo parlati alcune volte a mano a mano che l'indagine procedeva. Mi ha chiesto informazioni sulle telecamere di sorveglianza nel garage e altri particolari del genere.»

«L'ha contattato una seconda volta?»

«Sì, quando sono venuto a sapere che una nostra impiegata, addetta a uno sportello, aveva segnalato al suo capoufficio di avere visto Lisa Trammel nei pressi della banca quella mattina. Convinto che fosse un'informazione utile da inoltrare alla polizia, ho chiamato il detective Kurlen e disposto un colloquio tra lui e la nostra impiegata.»

«Si riferisce a Margo Schafer?»

«Sì, esattamente.»

La Freeman concluse qui l'interrogatorio diretto e toccò a me controinterrogare. Decisi che mi conveniva giocare a rimpiattino, gettare il seme del dubbio e tornare in seguito a raccogliere i frutti.

«Signor Modesto, nella sua qualità di responsabile della sicurezza alla WestLand, lei è al corrente dell'azione di pignoramento che la banca aveva avviato contro Lisa Trammel?»

Modesto negò con un enfatico cenno della testa.

«No, questa è materia dei servizi legali. Io non ne ero al corrente.»

«Quando ha consegnato al detective Kurlen il fascicolo con il nome di Lisa Trammel in cima alla lista delle persone potenzialmente pericolose, lei ignorava se l'imputata stesse per perdere la casa o no. È così?»

«Sì, esatto.»

«Lei non sapeva che la banca intendeva rinunciare al pignoramento perché aveva affidato la gestione delle pratiche a una società coinvolta in attività fraudolente...»

«Obiezione!» strillò Andrea Freeman. «Si presumono fatti di cui non ci sono prove.»

«Accolta» disse Perry. «Avvocato Haller, faccia attenzione.»

«Sì, vostro onore. Signor Modesto, quando ha consegnato il fascicolo al detective Kurlen, lei ha fatto specificamente il nome di Lisa Trammel o si è limitato a lasciargli il fascicolo perché se lo studiasse per conto proprio?»

«Gli ho detto che l'imputata era in cima all'elenco.»

«Il detective le ha chiesto il perché?»

«Non ricordo. Ricordo di avergli parlato dell'imputata ma non sono sicuro se ho segnalato il nome di mia iniziativa o se è stato il detective a chiedermelo specificamente.»

«Quando ha detto al detective Kurlen che Lisa Trammel costituiva una minaccia, lei non sapeva a che punto fosse la sua pratica di pignoramento, vero?»

«No, non ne avevo idea.»

«Quindi nemmeno il detective Kurlen ne era informato. Giusto?»

«Non posso parlare per il detective Kurlen. Lo domandi a lui.»

«Lo farò, non si preoccupi. Non ho altre domande per il momento.»

Ritornando al mio tavolo, lanciai un'occhiata alla parete in fondo. Mancavano cinque minuti alle cinque e sapevo che per quel giorno era finita. La preparazione di un processo richiede sempre molto lavoro. Al termine della prima giornata si è sopraffatti da un'ondata di stanchezza e io la sentivo arrivare.

Il giudice ammonì i giurati che non traessero conclusioni su quello che avevano visto e sentito quel giorno. Raccomandò loro di non leggere i giornali, di non discutere del processo né tra loro né con altri, e alla fine li congedò.

La mia cliente si allontanò con Herb Dahl, che era tornato in tribunale, e io uscii subito dopo Andrea Freeman.

«Buon inizio» le dissi.

«Neanche il tuo è andato male.»

«Sappiamo entrambi che all'inizio si colgono i frutti che stano sui rami più bassi. È dopo che cominciano i guai.»

«Sì, sarà una bella battaglia. Buona fortuna, Haller.»

Arrivati nel corridoio, ciascuno se ne andò per la sua strada. Andrea imboccò la scala che portava agli uffici della procura; io mi avviai all'ascensore e poi a piedi verso lo studio. Ero stanco, ma avevo ancora del lavoro da svolgere. Kurlen sarebbe stato sul banco dei testimoni per tutta la giornata l'indomani e io dovevo essere pronto.

26

«È CHIAMATO A DEPORRE il detective Howard Kurlen.»

In piedi accanto al tavolo dell'accusa, Andrea Freeman si girò e sorrise al detective che avanzava lungo il corridoio, con due grossi incartamenti rilegati in blu sotto il braccio, contenenti gli elementi dell'inchiesta. Superò la transenna e si diresse verso il banco dei testimoni. Sembrava a proprio agio, come se si trattasse di una riunione di routine. Appoggiò i due fascicoli sul ripiano antistante la sedia e levò la mano per prestare giuramento. A questo punto mi lanciò un'occhiata in tralice. Appariva controllato, calmo, distaccato, ma entrambi conoscevamo il nostro copione, e di sicuro si stava chiedendo che cosa avessi in serbo per lui.

Kurlen indossava un completo blu di buon taglio e una cravatta di un vivace color arancione. Si metteva sempre in ghingheri quando doveva deporre. Mi accorsi anche di un'altra cosa: non aveva neanche un capello grigio. Quasi sessant'anni e non un filo grigio tra i capelli. Doveva esserseli tinti.

Vanità. Chissà se avrei potuto sfruttare questa debolezza nel controinterrogatorio.

Dopo aver prestato giuramento, Kurlen si sedette e si mise comodo. Sarebbe potuto restare lì tutta la giornata e forse anche di più. Prese la brocca dell'acqua posta accanto all'ufficiale giudiziario, si riempì il bicchiere, bevve un sorso e si voltò verso la Freeman. Era pronto.

«Buongiorno, detective Kurlen. Per iniziare vorrei che illustrasse alla giuria la sua esperienza e la sua storia professionale.»

«Sarò lieto di farlo» disse Kurlen, sorridendo con aria cordiale. «Ho cinquantasette anni e sono entrato nel corpo di polizia di Los Angeles ventiquattro anni fa, dopo dieci passati nei Marines. Da nove anni sono in servizio presso la squadra Omicidi della divisione Van Nuys. In precedenza, sono stato per tre anni presso la divisione Foothill.»

«Quanti casi di omicidio ha trattato?»

«Questo è il mio sessantunesimo. Prima di entrare nella squadra Omicidi, per sei anni ho svolto indagini su altri reati: rapine, furti con scasso, furti d'auto.»

In piedi davanti al leggio, Andrea Freeman girò una pagina del suo taccuino pronta a entrare nel cuore dell'interrogatorio.

«Detective, cominciamo dalla mattina dell'omicidio di Mitchell Bondurant. Può illustrarci le fasi iniziali dell'indagine?»

Bella mossa quella di usare il "noi", che lasciava intendere come i giurati e il procuratore fossero parte della stessa squadra. Non dubitavo delle capacità professionali di Andrea Freeman ed ero certo che avrebbe dato il meglio di sé con il suo teste chiave, anche perché sapeva che, se fossi riuscito a incrinare la deposizione di Kurlen, il suo impianto accusatorio avrebbe rischiato di sfasciarsi.

«Ero alla mia scrivania quando, intorno alle 9.15, il commissario si è avvicinato a me e alla mia collega, detective Cynthia Longstreth, informandoci che era stato commesso un omicidio nel garage della sede centrale della WestLand National in Ventura Boulevard. La detective Longstreth e io ci siamo recati immediatamente sul posto.»

«Siete andati sul luogo del delitto?»

«Sì, senza indugio. Siamo arrivati alle 9.30 e abbiamo messo sotto controllo la scena del crimine.»

«Ci spieghi che cosa intende.»

«La priorità è quella di preservare e raccogliere quanto si trova sul luogo in cui è stato commesso il delitto. Gli agenti di pattuglia avevano già isolato la zona e tenevano lontano i curiosi. Una volta accertato che tutto era sotto controllo, ci siamo divisi i compiti. La mia collega avrebbe coordinato l'indagine sul posto, mentre io avrei svolto gli interrogatori preliminari dei testimoni, che gli agenti di pattuglia avevano trattenuto.»

«La detective Longstreth ha meno esperienza di lei, vero?»

«Sì. Lavora con me nella squadra Omicidi da tre anni.»

«Perché ha affidato alla collega giovane il delicato incarico di condurre l'indagine sulla scena del crimine?»

«L'ho fatto perché sapevo che erano presenti gli agenti della Scientifica e del medico legale, tutti professionisti con molti anni di esperienza, e che Cynthia sarebbe stata in buone mani.»

La Freeman pose quindi una serie di domande sui testimoni, a cominciare da Riki Sanchez, che aveva scoperto il cadavere e aveva chiamato la polizia. Kurlen era a suo agio e rispondeva con disinvoltura. Pensai che l'aggettivo più giusto per descriverlo era "piacevole".

Personalmente mi innervosiva, ma dovevo aspettare il mio momento per incastrarlo e sapevo che forse l'occasione non si sarebbe presentata prima della fine della giornata. Nel frattempo non mi restava che sperare che la giuria non si innamorasse di lui.

Andrea Freeman era abbastanza sveglia da sapere che non bastava la simpatia per monopolizzare l'attenzione dei giurati, quindi si spostò dai preliminari e cominciò a costruire l'accusa contro Lisa Trammel.

«Detective, c'è stato un momento durante l'indagine in cui è saltato fuori il nome dell'imputata?»

«Sì. Il responsabile della Sicurezza della banca è sceso in garage e ha chiesto di parlare con me o con la mia collega. Dopo esserci scambiati poche parole, l'ho accompagnato nel suo ufficio per controllare insieme i video delle telecamere posizionate all'entrata e all'uscita del garage e negli ascensori.»

«Questi video vi hanno fornito qualche indizio?»

«Dapprincipio niente. Nessuno che portasse un'arma o si comportasse in modo sospetto prima o dopo la presumibile ora del delitto. Nessuno che si allontanasse correndo. Niente di sospetto sulle vetture che erano entrate o uscite. Naturalmente abbiamo controllato tutte le targhe. Ma in quel primo momento non abbiamo notato nel video nulla che potesse esserci d'aiuto. Naturalmente nessuna delle telecamere aveva filmato l'omicidio. Un dettaglio, questo, che ci faceva supporre che l'assassino sapesse dove erano situate.»

Mi alzai per obiettare all'ultima frase di Kurlen. Il giudice accolse l'obiezione, ordinò di cancellare la frase dal verbale e disse alla giuria di non tenerne conto.

«Detective,» riprese la Freeman «stava per dirci come nel corso dell'indagine si è imbattuto nel nome di Lisa Trammel.»

«Sì, esatto. Il signor Modesto, responsabile della Sicurezza alla WestLand, mi ha consegnato un fascicolo, denominato *Minacce*, che conteneva numerosi nomi di persone pericolose, compreso quello dell'imputata. Poco dopo il signor Modesto mi ha informato che Lisa Trammel era stata avvistata quella mattina nei pressi della banca.»

«Quindi il nome dell'imputata è emerso nel corso dell'indagine. Esatto?»

«Sì, esatto.»

«Cosa ha fatto dopo avere ricevuto questa informazione?»

«Sono tornato sul luogo del delitto e ho mandato la mia collega a interrogare la testimone che dichiarava di avere visto Lisa Trammel vicino alla banca. Era importante verificare quel dato. Ho cominciato quindi a esaminare il fascicolo per studiare i nomi e i dettagli relativi alle presunte intimidazioni.»

«Ha tratto conclusioni immediate?»

«Ero convinto che nessun individuo elencato in quel fascicolo potesse essere definito come persona informata dei fatti, sulla base di quanto veniva riportato su ognuno di loro e sui relativi contenziosi con la banca. Ovviamente avremmo approfondito le indagini. Lisa Trammel, tuttavia, si segnalava perché sapevo dal signor Modesto che qualcuno aveva dichiarato di averla vista nei pressi della banca all'ora del delitto.»

«A questo punto, dunque, la vicinanza di Lisa Trammel al luogo del delitto e l'ora in cui era stata avvistata erano diventati elementi chiave della sua indagine?»

«Sì, il fatto che fosse vicina indicava che le sarebbe stato possibile accedere al garage. Esaminando la scena del crimine sembrava presumibile che qualcuno avesse aspettato la vittima per aggredirla. Il signor Bondurant aveva un posto macchina fisso con il nome sul muro e vicino c'è un pilastro portante. La nostra idea iniziale era che l'assassino si fosse nascosto dietro quel pilastro e fosse rimasto ad aspettare che il signor Bondurant parcheggiasse. Sembrava che il primo colpo gli fosse stato sferrato da dietro, appena era sceso dalla macchina.»

«Grazie, detective.»

Dopo qualche altra domanda al teste circa le indagini svolte sul luogo del delitto, Andrea Freeman tornò a concentrarsi sull'imputata.

«A un certo momento la sua collega l'ha raggiunta per riferirle del colloquio con l'impiegata che aveva dichiarato di avere visto Lisa Trammel vicino alla banca, giusto?»

«Sì. È sembrato a entrambi, alla mia collega e a me, che l'identificazione fatta dalla testimone fosse attendibile. Discutendo la posizione di Lisa Trammel, abbiamo capito che era urgente conferire con lei al più presto.»

«Detective, stavate esaminando la scena del crimine, avevate un fascicolo pieno di nomi di persone che avevano un atteggiamento ostile nei confronti della banca e dei suoi dipendenti... perché ritenevate così urgente coinvolgere Lisa Trammel?»

Kurlen si appoggiò allo schienale della sedia e assunse la posa del veterano saggio e smaliziato, che conosce bene il proprio mestiere.

«C'erano alcune cose riguardanti la signora Trammel che ci hanno messo in allerta. Il contenzioso che aveva con la banca riguardava il pignoramento del suo immobile, e cioè il settore dei mutui. La vittima era un alto dirigente che operava in quell'ambito, era normale cercare un collegamento. Inoltre, e più importante...»

«Mi permetta di interromperla, detective. Ha parlato di collegamento. Sa se la vittima e Lisa Trammel si conoscessero?»

«Allora non lo sapevo. Eravamo, sì, al corrente che la signora Trammel aveva ripetutamente protestato contro il pignoramento della sua casa e che l'azione di esproprio era stata avviata dal signor Bondurant, la vittima. Ma allora non sapevamo se i due si conoscessero o si fossero mai incontrati.»

Era una mossa astuta, che metteva in evidenza i punti deboli dell'impianto accusatorio prima che lo facessi io e, proprio per questo, complicava il mio compito.

«D'accordo, detective. L'ho interrotta quando stava per dirci qual era il secondo motivo per agire d'urgenza nei confronti della signora Trammel.»

«Mi premeva spiegare che un'indagine per omicidio è una realtà fluida. È necessario muoversi con scrupolo e con cautela, ma nello stesso tempo bisogna procedere nella direzione indicata dagli indizi. Se non lo si fa, si mettono a rischio i risultati e forse si provocano altre vittime. Abbiamo sentito l'esigenza di prendere contatto con Lisa Trammel. Non potevamo darle il tempo di distruggere le prove o di nuocere ad altri. Dovevamo intervenire.»

Controllai la giuria. Kurlen era al suo meglio. Tutti gli occhi erano puntati su di lui. Se Clegg McReynolds avesse davvero realizzato un film da questa storia, Kurlen avrebbe dovuto interpretare se stesso.

«Cos'ha fatto, detective?»

«Abbiamo controllato la patente di guida di Lisa Trammel, ci siamo procurati il suo indirizzo e siamo andati a casa sua.»

«Chi è rimasto sulla scena del crimine?»

«Parecchie persone. Il nostro coordinatore, i tecnici della Scientifica, i collaboratori del medico legale. Avevano ancora molto da fare, e noi avremmo comunque dovuto aspettare. Il fatto che siamo andati a casa di Lisa Trammel non ha compromesso né la scena del delitto né l'indagine.»

«Chi è il vostro coordinatore?»

«Il responsabile della squadra Omicidi, detective Jack Newsome. Era il funzionario di grado più alto.»

«Capisco. Cos'è accaduto quando siete arrivati a casa di Lisa Trammel? L'avete trovata lì?»

«Sì. Abbiamo bussato alla porta e lei ha aperto.»

«Ci può descrivere quello che è successo in seguito?»

«Ci siamo identificati e abbiamo detto che stavamo indagando su un reato. Non abbiamo specificato la natura del reato, ci siamo limitati a dichiarare che si trattava di un episodio di estrema gravità. Le abbiamo chiesto di poter entrare per farle qualche domanda. Lei ha acconsentito e ci ha fatto accomodare.»

Sentii il telefonino vibrare in tasca e capii di avere ricevuto un messaggio. Lo tirai fuori di soppiatto tenendolo sotto il tavolo per non farmi vedere dal giudice. Era di Cisco.

«*Ho bisogno di parlarti. Devo mostrarti una cosa.*»

Risposi, e ne seguì una rapida conversazione digitale.

«*Controllato l'autenticità della lettera?*»

«*No, si tratta di altro. Sono ancora al lavoro sulla lettera.*»

«*Ci vediamo dopo l'udienza. Portami la lettera.*»

Rimisi in tasca il cellulare e tornai a seguire l'interrogatorio. La lettera in questione era arrivata nel pomeriggio precedente nella mia casella postale. Era anonima, ma se Cisco mi avesse confermato l'autenticità del contenuto, avrei potuto contare su un'arma potente.

«Come si è comportata la signora Trammel quando siete andati da lei?»

«Mi è sembrata tranquilla» disse Kurlen. «Non pareva particolarmente curiosa di sapere perché volevamo parlarle o di quale reato si trattasse. Era piuttosto indifferente.»

«Dove si è svolto il colloquio?»

«Ci ha portati in cucina e ci siamo seduti al tavolo. Ci ha chiesto se volevamo del caffè o dell'acqua, ma noi abbiamo rifiutato.»

«A quel punto avete cominciato a interrogarla?»

«Sì, le abbiamo chiesto se era rimasta in casa quella mattina. Ha risposto di sì, tranne verso le otto, quando aveva accompagnato suo figlio a scuola a Sherman Oaks. Le ho chiesto se si fosse fermata da qualche parte tornando a casa e lei ha detto di no.»

«Che cosa avete pensato allora?»

«Che qualcuno mentiva. Avevamo una testimone che dichiarava di averla vista vicino alla banca intorno alle nove. Quindi, o si trattava di un errore o Lisa Trammel mentiva.»

«Che avete fatto allora?»

«Le ho chiesto se era disposta a venire con noi alla sede della polizia dove sarebbe stata interrogata e le avremmo mostrato delle fotografie. Ha accettato e l'abbiamo portata a Van Nuys.»

«L'avete informata che era un suo diritto quello di non rilasciare dichiarazioni senza la presenza di un avvocato?»

«Non in quel momento. Non era ancora sospettata. Era soltanto una persona il cui nome era emerso in quella prima fase delle indagini. Non ho creduto che fosse necessario informarla dei suoi diritti costituzionali per il momento. Non eravamo neanche vicini a un'imputazione, c'era soltanto una contraddizione tra quello che ci aveva detto lei e quanto dichiarato da una testimone. Dovevamo approfondire quella discrepanza prima di considerarla una persona sospetta.»

Ancora una volta, Andrea Freeman cercava di rattoppare i buchi prima che io potessi approfittarne. Era frustrante, ma non potevo farci niente. Mi dedicai ad annotare le domande che avrei rivolto a Kurlen, quelle non anticipate dall'accusa.

Con grande maestria il procuratore riportò Kurlen nella stanza della sede di Van Nuys dove era stato con la mia cliente. Si servì di lui per introdurre il video della seduta, che fu proiettato su due lavagne luminose. Jennifer Aronson aveva già tentato con buoni argomenti di impedirne la visione, ma inutilmente, e il giudice Perry l'aveva autorizzata. Avremmo potuto opporci dopo la condanna, ma molto difficilmente avremmo ottenuto qualcosa. Spettava a me cambiare le carte in tavola e trovare un modo per convincere la giuria che l'imputata non era stata trattata con equità, che le era stata tesa una trappola in cui la mia cliente, che era innocente, era caduta.

Il video era stato girato dall'alto e, come difesa, mi accorsi subito che la proiezione mi dava un piccolo vantaggio, perché Howard Kurlen era un omone e Lisa Trammel piccolina. Seduti ai lati opposti del tavolo, si aveva l'impressione che lui la sopraffacesse, la inchiodasse al suo posto, persino la intimorisse. Mi stava bene. Faceva parte della strategia che progettavo per il controinterrogatorio.

L'audio era chiaro e il suono nitido. Contro la mia obiezione, ai giurati e a tutte le parti del processo fu consegnata la trascrizione del colloquio perché potessero leggerlo in contemporanea al filmato. Avevo obiettato perché volevo che i giurati guardassero, non leggessero. Volevo che nella loro memoria si fissasse l'immagine dell'uomo grande e grosso che soggioga la donna piccola e fragile. Le parole scritte sulla pagina non trasmettevano quel messaggio.

Kurlen cominciò in tono informale, elencando i nomi delle persone presenti nella stanza e chiedendo a Lisa Trammel se si trovasse lì volontariamente. La mia cliente rispose di sì, ma la crudezza delle immagini e l'angolatura della ripresa smentivano le sue parole. Aveva l'aria di essere tenuta prigioniera.

«Perché non comincia a raccontarci i suoi movimenti di oggi?» le chiese Kurlen.

«Da che momento?» replicò Lisa.

«Da quando si è svegliata. Che ne dice?»

Lisa Trammel descrisse la sua routine mattutina: si era alzata, aveva preparato suo figlio e lo aveva accompagnato a scuola. Il ragazzino frequentava una scuola privata e per arrivarci, a seconda del traffico, ci volevano dai venti ai quaranta minuti. Dopo averlo lasciato a scuola si era fermata per un caffè e poi era rientrata.

«A casa sua ha dichiarato di non essersi fermata da nessuna parte. Adesso invece dice di essersi fermata a prendere un caffè?»

«Immagino di essermi dimenticata di questo particolare.»

«Dove si è fermata?»

«Da Joe's Joe su Ventura Boulevard.»

Da esperto qual era, Kurlen diede una svolta brusca all'interrogatorio cogliendo la sua preda di sorpresa.

«È passata vicino alla WestLand National stamattina?»

«No. Di questo allora si tratta?»

«Se qualcuno dicesse di averla vista lì, mentirebbe?»

«Sì. Ma chi lo ha detto? Non ho violato l'ordinanza restrittiva. Voi...»

«Conosce Mitchell Bondurant?»

«Conoscerlo? No. So chi è, so cosa fa, ma non lo conosco.»

«Lo ha visto oggi?»

Lisa Trammel fece una pausa e questo fu un danno. Dal video si capiva che le rotelline del suo cervello erano in funzione. Stava considerando se dire la verità. Sbirciai verso i giurati. Erano tutti con il viso rivolto all'insù, verso il video.

«Sì, l'ho visto.»

«Ci ha appena detto di non essersi avvicinata alla WestLand.»

«Non mi sono avvicinata, infatti. Guardi, io non so chi le ha detto di avermi vista alla banca. Se è stato Bondurant, ha mentito. Non ero lì. L'ho visto, ma al bar...»

«Perché non ce l'ha detto stamattina a casa sua?»

«Detto che cosa? Non me l'avete chiesto.»

«Si è cambiata da stamattina?»

«Cosa?»

«Ha cambiato vestito questa mattina dopo essere tornata a casa?»

«Senta, di che si tratta? Mi avete chiesto di venire qui e ora mi trovo incastrata. Non ho violato l'ordinanza. Io...»

«Ha aggredito Mitchell Bondurant?»

«Cosa?»

Kurlen non rispose. Fissava Lisa Trammel, che era a bocca aperta per la sorpresa. Controllai i giurati. Avevano ancora gli occhi fissi sulle lavagne luminose. Speravo che vedessero quello che vedevo io. Sorpresa e sgomento autentici sul viso della mia cliente.

«Allora è questo... Mitchell Bondurant è stato aggredito? Sta bene?»

«No, è morto. A questo punto è mio dovere leggerle i suoi diritti.»

Kurlen le lesse il paragrafo e l'imputata pronunciò le parole magiche, le quattro parole più intelligenti che le fossero uscite di bocca.

«Voglio il mio avvocato.»

Così si concluse il colloquio, e il video si chiuse con l'immagine di Kurlen che arrestava Lisa Trammel con l'imputazione di omicidio. Così si concluse anche la testimonianza di Kurlen. Andrea Freeman mi colse di sorpresa quando all'improvviso si sedette dicendo di avere finito con il teste. Doveva ancora illustrare alla giuria la perquisizione della casa dell'imputata. Doveva parlare del martello. Evidentemente non sarebbe stato Kurlen a testimoniare su quei punti.

Erano le 11.45. Il giudice sospese l'udienza in anticipo. Questo mi dava un'ora e quindici minuti per finire di prepararmi al controinterrogatorio. Ancora una volta avremmo recitato il nostro copione davanti alla giuria.

27

Raggiunsi il leggio portando con me due grossi fascicoli e il fedele taccuino. I fascicoli non mi servivano per il controinterrogatorio, ma contavo sul fatto che facessero una buona impressione. Mi presi tutto il tempo necessario per disporli sul leggio con calma, perché volevo tenere Kurlen sulla corda. La mia idea era di trattarlo come lui aveva fatto con la mia cliente. Muovevo la mano ora con bruschi scatti, ora con una lieve oscillazione; puntavo la sinistra mentre lui si aspettava la destra: insomma una serie di attacchi mordi e fuggi mirati a confonderlo.

L'accusa aveva giocato d'astuzia, suddividendo la deposizione tra i due detective per impedirmi di concentrare un attacco compatto soltanto su uno di loro. Adesso affrontavo Kurlen e molto più tardi me la sarei vista con la sua collega, Cynthia Longstreth. La coreografia era una delle specialità di Andrea Freeman, e ne stava dando prova.

«Può cominciare, avvocato Haller» mi incitò il giudice.

«Sissignore, sto mettendo in ordine i miei appunti. Buon pomeriggio, detective Kurlen. Iniziamo dalla scena del crimine.»

«Come preferisce.»

«Grazie. Per quanto tempo lei e la sua collega siete rimasti sul luogo del delitto prima di dare la caccia a Lisa Trammel?»

«Be', non direi che le abbiamo dato la caccia. Noi...»

«Non le avete dato la caccia perché non era sospettata?»

«È uno dei motivi.»

«Vuol dire che era solo una persona informata dei fatti? È questa la vostra definizione?»

«Sì, esatto.»

«Allora quanto tempo siete rimasti sulla scena del delitto prima di mettervi a braccare questa donna che non era sospettata, ma solo informata dei fatti?»

Kurlen consultò i suoi appunti.

«La mia collega e io siamo arrivati sul posto alle 9.27, e siamo rimasti lì fino alle 10.39, quando ci siamo allontanati insieme.»

«Il che corrisponde a un'ora e dodici minuti, o alternativamente a settantadue minuti. È questo il tempo che siete rimasti sul luogo del delitto prima di andare a fermare una donna che non era neanche sospettata. Ho capito bene?»

«Se vuole metterla così.»

«E lei come la mette, detective?»

«Tanto per cominciare, il fatto di lasciare la scena del crimine non poneva problemi di sorta perché rimaneva affidata al controllo e alle direttive del coordinatore della squadra Omicidi. Senza contare i tecnici della Scientifica, anch'essi sul luogo. Il nostro lavoro non era quello di sorvegliare la scena del crimine, quanto quello di seguire gli indizi, e gli indizi ci portavano a Lisa Trammel. Non era una persona sospettata quando siamo andati da lei, ma lo è diventata quando ha cominciato a rilasciare dichiarazioni contraddittorie e incoerenti durante il colloquio.»

«Si riferisce al colloquio nella sede della divisione Van Nuys?»

«Esatto.»

«Bene. Quali erano le dichiarazioni contraddittorie e incoerenti cui ha appena accennato?»

«A casa sua aveva dichiarato di non essersi fermata da nessuna parte dopo aver accompagnato il figlio a scuola. Al commissariato si è improvvisamente ricordata di aver fatto una sosta in un caffè e di avere visto la vittima. L'imputata sostiene di non essere mai stata nei pressi della banca, ma un testimone ci ha riferito di averla vista a mezzo isolato di distanza. Questa è stata la prima grossa contraddizione.»

Gli sorrisi scuotendo la testa come se mi trovassi a trattare con un sempliciotto.

«Detective, lei sta scherzando, vero?»

Fu la prima volta che Kurlen mi lanciò un'occhiata infastidita. Era quello che volevo. Se quel gesto fosse stato percepito come un segno di arroganza, tutti mi avrebbero scusato quando avessi cominciato a umiliarlo.

«No, non sto scherzando. Prendo il mio lavoro con grande serietà.»

Chiesi al giudice di permettermi di rivedere una parte del colloquio con la Trammel. Ottenuta l'autorizzazione, feci avanzare rapidamente la registrazione video, controllando i minuti che scorrevano nella parte bassa dello schermo. Rallentai alla velocità normale non appena raggiunsi il momento in cui la Trammel rispondeva negando di essere stata nei pressi della WestLand National.

«È passata vicino alla WestLand National stamattina?»

«No. Di questo allora si tratta?»

«Se qualcuno dicesse di averla vista lì, mentirebbe?»

«Sì. Ma chi lo ha detto? Non ho violato l'ordinanza restrittiva. Voi...»

«Conosce Mitchell Bondurant?»

«Conoscerlo? No. So chi è, so cosa fa, ma non lo conosco.»

«Lo ha visto oggi?»

«Sì, l'ho visto.»

«Ci ha appena detto di non essersi avvicinata alla WestLand.»

«Non mi sono avvicinata, infatti. Guardi, io non so chi le ha detto di avermi vista alla banca. Se è stato Bondurant, ha mentito. Non ero lì. L'ho visto, ma al bar...»

«Perché non ce l'ha detto stamattina a casa sua?»

«Detto che cosa? Non me l'avete chiesto.»

Interruppi il video e guardai Kurlen.

«Detective, secondo lei, dove si è contraddetta Lisa Trammel?»

«Lei sostiene di non essere stata nei pressi della banca e noi abbiamo una testimone che dichiara di averla vista lì.»

«La contraddizione è tra due dichiarazioni rilasciate da persone diverse, ma Lisa Trammel non ha contraddetto se stessa. Giusto?»

«Avvocato, lei ne fa una questione semantica.»

«Risponda alla mia domanda, detective.»

«D'accordo, la contraddizione è tra due dichiarazioni diverse.»

Kurlen non riteneva importante quella distinzione, ma io speravo che lo fosse per la giuria.

«Non è forse vero che Lisa Trammel non si è contraddetta quando ha negato di essere stata nei pressi della banca il giorno dell'omicidio?»

«Non saprei. Non conosco tutte le dichiarazioni che l'imputata ha reso da allora.»

Ora si mostrava irascibile, il che mi stava bene.

«D'accordo, detective. Per quanto ne sa, l'imputata ha mai contraddetto la sua prima affermazione, quella in cui dichiarava di non essersi trovata nei pressi della banca?»

«No.»

«Grazie, detective.»

Chiesi al giudice di poter rivedere un'altra sequenza del video, e mi fu concesso. Mi portai a uno dei primi momenti dell'interrogatorio e fermai l'immagine. Chiesi quindi di proiettare sull'altra lavagna luminosa le foto della scena del delitto fornite dall'accusa e di lasciare il video sulla prima. Il giudice mi autorizzò.

La foto, eseguita con il grandangolo, mostrava quasi per intero la scena del crimine. Vi si vedevano il cadavere di Bondurant, la sua macchina, la ventiquattrore aperta e il caffè rovesciato per terra.

«Detective, mi consenta di richiamare la sua attenzione sulla foto contraddistinta come reperto tre. Può descrivermi quello che vede in primo piano?»

«Si riferisce alla ventiquattrore e al cadavere?»

«Che altro vede, detective?»

«Be', il caffè rovesciato e, sulla sinistra, il contrassegno per segnalare il punto in cui è stato trovato il frammento di tessuto che successivamente è stato identificato come parte del cuoio capelluto della vittima. Non lo si vede nella foto.»

Chiesi al giudice di non tenere conto della parte della risposta che riguardava il frammento di tessuto in quanto non c'entrava con la domanda: avevo chiesto a Kurlen di descrivere quello che si vedeva nella foto, non quello che non si vedeva. Il giudice non accolse la mia obiezione e decise che l'intera risposta era valida. Continuai, senza scoraggiarmi.

«Detective, riesce a leggere la scritta sul lato del bicchiere di caffè?»

«Sì. C'è scritto Joe's Joe. Un bel bar, molto noto, a quattro isolati dalla banca.»

«Ottimo, detective. I suoi occhi sono migliori dei miei.»

«Forse perché sono abituati a cercare la verità.»

Guardai il giudice allargando le braccia, come un allenatore di baseball che ha appena visto dichiarare buono un tiro che era chiaramente un fallo. Prima che potessi reagire, il giudice gli fu addosso.

«Detective!» abbaiò. «Si controlli.»

«Mi scusi, vostro onore» disse Kurlen contrito, guardandomi fisso. «Sembra che l'avvocato Haller faccia emergere la parte peggiore di me.»

«Non è una giustificazione. Se ci ricasca, noi due avremo un problema serio.»

«Non succederà, vostro onore, lo prometto.»

«La giuria non tenga conto del commento del teste. Avvocato Haller, continui e concluda su questo punto.»

«Grazie, vostro onore. Farò del mio meglio. Detective, mentre si trovava sulla scena del crimine per quei settantadue minuti e prima che si allontanasse per andare a interrogare la signora Trammel, ha accertato di chi fosse il bicchiere di caffè?»

«Be', successivamente abbiamo scoperto che...»

«No, no, no, non le ho chiesto quello che avete scoperto successivamente. La mia domanda riguardava i settantadue minuti durante i quali lei è rimasto sulla scena del delitto. In quell'intervallo di tempo, prima di andare a casa di Lisa Trammel in Woodland Hills, lei sapeva di chi fosse quel caffè?»

«No, non lo avevamo ancora accertato.»

«D'accordo. Allora lei non sapeva chi aveva versato quel caffè sulla scena del delitto, vero?»

«Obiezione. La domanda contiene già la risposta» saltò su Andrea Freeman.

Era un'obiezione inutile, ma le serviva a farmi perdere il ritmo.

«Respinta» disse il giudice prima che io potessi reagire. «Risponda alla domanda, detective. Sapeva chi aveva lasciato cadere quel bicchiere di caffè sulla scena del delitto?»

«In quel momento, no.»

Tornai al video e avviai il segmento che avevo individuato e preparato. Si riferiva all'inizio dell'interrogatorio, quando Lisa Trammel descriveva quello che aveva fatto la mattina dell'omicidio.

«Dopo aver lasciato mio figlio a scuola, ho percorso in macchina un tratto di Ventura Boulevard e mi sono fermata a prendere un caffè. Poi mi sono diretta a casa.»

«Ricorda se ha preso un caffè grande o piccolo?»

«Grande. Bevo molto caffè.»

Fermai il video.

«Mi dica, detective. Perché le ha chiesto se da Joe's Joe aveva preso un bicchiere di caffè grande o piccolo?»

«Bisogna gettare una rete grande per raccogliere tanti pesci.»

«Non è stato perché credeva che il bicchiere di caffè fosse quello di Lisa Trammel?»

«Era una possibilità.»

«L'ha considerata una delle ammissioni a cui accennava prima?»

«Ho pensato che fosse importante a quel punto dell'interrogatorio, ma non parlerei di ammissione.»

«Ma poi, dopo ulteriori domande, l'imputata le ha detto di avere visto la vittima da Joe's Joe, vero?»

«Sì, è così.»

«Non è stato allora che ha cambiato idea sul bicchiere trovato sul luogo del delitto?»

«Si trattava solo di un'ulteriore informazione. Eravamo all'inizio dell'indagine. Non avevamo alcun riscontro che la vittima fosse stata da Joe's Joe. Avevamo la dichiarazione dell'imputata che era in contrasto con quella di una testimone con cui avevamo già parlato, oltre al fatto che Lisa Trammel sosteneva di avere visto Mitchell Bondurant nel caffè, anche se il dato non era ancora stato accertato.»

«Si rende conto che un'affermazione da lei giudicata contraddittoria, alla fine si è rivelata perfettamente coerente con i fatti?»

«In quest'unico caso.»

Kurlen non cedeva. Sapeva che tentavo di metterlo con le spalle al muro, ma non intendeva indietreggiare.

«Detective, non è disposto ad ammettere che, tutto considerato, l'unica contraddizione emersa durante l'interrogatorio di Lisa Trammel è stato che, mentre l'imputata ha sempre negato di essersi trovata nei pressi della banca, una testimone ha affermato di averla vista da quelle parti?»

«È facile giudicare le cose a posteriori, ma quella era una contraddizione importante, e lo è tuttora. Una teste attendibile colloca l'imputata sulla scena del delitto e questo non è cambiato da allora.»

«Una teste attendibile, la definisce. E le è bastato un breve interrogatorio per classificarla tale?»

Impressi alla mia voce un tono che esprimeva in pari misura rammarico e smarrimento. L'accusa obiettò dicendo che stavo assillando il testimone perché non riuscivo a ottenere le risposte che volevo. Il giudice respinse l'obiezione, ma lei aveva lanciato alla giuria un messaggio utile, l'idea che non ottenevo quello che volevo. Ed era così.

«Il primo colloquio con Margo Schafer è stato breve» disse Kurlen. «Ma poi è stata interrogata parecchie volte da investigatori diversi e la sua versione non è cambiata. Sono convinto che abbia realmente visto l'imputata.»

«Buon per lei, detective. Torniamo al bicchiere. C'è stato un momento in cui ha capito di chi fosse il caffè versato sulla scena del delitto?»

«Sì. Abbiamo trovato nella tasca della vittima uno scontrino di Joe's Joe, emesso quella mattina alle otto e ventinove. A quel punto abbiamo concluso che il bicchiere di caffè sul luogo del delitto era il suo, il che è stato confermato in seguito dalle analisi delle impronte digitali. Bondurant è sceso dalla macchina con in mano il caffè e l'ha lasciato cadere quando è stato aggredito alle spalle.»

Annuii rivolgendo un'occhiata alla giuria, per accertarmi che fosse chiaro che in realtà riuscivo a ottenere le risposte che volevo.

«Che ora era quando avete scoperto la ricevuta nella tasca della vittima?»

Kurlen controllò i suoi appunti ma non trovò la risposta.

«Non lo so con esattezza perché a rinvenire lo scontrino è stato l'aiutante del medico legale, incaricato di controllare le tasche della vittima e inventariare i suoi effetti personali. È una pratica abituale, prima che il cadavere sia affidato al medico legale.»

«Ma è successo un bel po' dopo che lei e la sua collega vi siete messi a dare la caccia a Lisa Trammel. Giusto?»

«Non mi sembra corretto. Lo scontrino è stato trovato dopo che siamo andati a parlare con la Trammel.»

«L'aiutante del medico legale l'ha chiamata per avvertirla del ritrovamento?»

«No.»

«Ha saputo dello scontrino prima o dopo avere arrestato Lisa Trammel con l'accusa di omicidio?»

«Dopo. Ma avevamo altre prove a sostegno...»

«Grazie, detective. Si limiti a rispondere alle domande, se non le spiace.»

«Era un elemento in più per fare emergere la verità.»

«Grazie. Siamo qui per questo. Ora, non le pare di avere arrestato Lisa Trammel sulla base di dichiarazioni che allora le sembravano contraddittorie e incoerenti e che successivamente si sono rivelate non solo coerenti, ma per nulla in contraddizione con le prove e i fatti?»

Kurlen rispose meccanicamente.

«Avevamo la testimone che collocava l'imputata vicino al luogo del delitto all'ora in cui è stato compiuto.»

«Ma era l'unica cosa che avevate, vero?»

«C'erano anche altre prove che la legavano all'omicidio. Abbiamo il martello e...»

«Mi sto riferendo al momento dell'arresto» strillai. «La prego di rispondere alle domande, detective.»

«Ehi» esclamò il giudice. «Solo una persona in quest'aula può permettersi di alzare la voce, avvocato Haller, e quella persona non è lei.»

«Chiedo scusa, vostro onore. Potrebbe raccomandare al teste di rispondere alle domande che gli vengono poste e non a quelle che ha in mente lui?»

«Consideri che la raccomandazione sia stata fatta. Proceda, avvocato.»

Nella breve pausa che mi concessi per riprendere le fila dell'interrogatorio, guardai la giuria. Cercavo una reazione di solidarietà, ma non la colsi. Neppure da Furlong, che evitò di incrociare il mio sguardo. Tornai a Kurlen.

«Ha accennato al martello. Il martello dell'imputata. Un elemento di prova che non aveva al momento dell'arresto, vero?»

«È così.»

«Non è forse vero che, una volta effettuato l'arresto e resosi conto che le dichiarazioni contraddittorie sulle quali si basava non erano in realtà contraddittorie, lei ha cominciato a cercare elementi probatori a sostegno del teorema che aveva elaborato?»

«Non è per niente vero. Avevamo una teste, ma non ci eravamo preclusi altre possibili direzioni di indagine. Non avevamo né preconcetti né paraocchi. Sarei stato contento di poter lasciar cadere l'accusa nei confronti dell'imputata, ma con il procedere dell'indagine e le prove che andavamo accumulando un'ipotesi del genere era da escludere.»

«Non si trattava solo di prove; c'era anche il movente, no?»

«La vittima stava per confiscare la casa dell'imputata. Mi sembrava che potesse essere un movente valido.»

«Ma lei non era al corrente dei dettagli del pignoramento; sapeva solo che la procedura era in corso, no?»

«Sì, e anche che c'era un'ordinanza restrittiva temporanea nei suoi confronti.»

«Sta dicendo che questa ordinanza era di per sé un movente per uccidere Mitchell Bondurant?»

«No, non è quello che ho detto. L'ordinanza era l'elemento di un quadro più ampio.»

«Un quadro più ampio che l'ha portata a dare un giudizio affrettato, detective?»

Andrea Freeman saltò su sollevando un'obiezione che il giudice accolse. Mi stava bene. Non mi interessava la risposta di Kurlen; mi interessava che la domanda restasse nella mente dei giurati.

Con un'occhiata all'orologio situato sulla parete centrale dell'aula, mi accorsi che erano le 15.30. Dissi al giudice che intendevo indirizzare il controinterrogatorio verso un tema diverso e che per questa ragione consigliavo di anticipare la pausa pomeridiana. Il giudice accettò e licenziò la giuria per quindici minuti.

Tornai a sedermi al tavolo della difesa; la mia cliente mi strinse l'avambraccio con forza.

«Sta andando benissimo!» sussurrò.

«Vedremo. Abbiamo ancora molta strada da fare.»

Spinse la sedia all'indietro per alzarsi.

«Vuoi un caffè?» mi chiese.

«No, devo fare una telefonata, ma tu vai pure e ricordati di non aprir bocca con i giornalisti. Anzi, non aprirla con nessuno.»

«Lo so, Mickey. Il silenzio è d'oro.»

«Vedo che hai capito.»

Si allontanò e la guardai uscire dall'aula, ma non vidi il suo tenace accompagnatore, Herbert Dahl.

Tirai fuori il cellulare e chiamai Cisco. Rispose al primo squillo.

«Sono fuori tempo massimo. Mi serve la lettera.»

«Ce l'hai.»

«Che vuoi dire? Hai la conferma?»

«È tutto a posto.»
«Per fortuna siamo al telefono.»
«Perché, Capo?»
«Perché ti avrei baciato.»
«Uh, meglio lasciar perdere.»

28

Utilizzai i pochi minuti restanti dell'intervallo per preparare la seconda parte del controinterrogatorio di Kurlen. L'informazione comunicatami da Cisco avrebbe influenzato il seguito del processo. Di lì a poco tutti rientrarono in aula, e io raggiunsi il leggio pronto a continuare. Restava un ultimo punto da toccare prima di arrivare alla lettera.

«Detective Kurlen, torniamo alla foto della scena del delitto che si vede sullo schermo. Ha appurato a chi appartenesse la ventiquattrore trovata aperta accanto al corpo della vittima?»

«Sì, era di Mitchell Bondurant. Conteneva oggetti appartenenti a lui e sulla piastrina della serratura c'erano le sue iniziali.»

«Quando è arrivato sul luogo del delitto e ha visto la ventiquattrore aperta vicino al cadavere, che impressione ne ha avuto?»

«Nessuna. Cerco di tenere la mente sgombra da ogni preconcetto, soprattutto nella prima fase di un'indagine.»

«La ventiquattrore aperta l'ha portata a pensare che il movente fosse la rapina?»

«Tra le tante possibilità, sì.»

«Si sarà detto: ecco un banchiere ucciso e una ventiquattrore aperta vicino a lui, che cosa cercava l'assassino?»

«Era un'ipotesi verosimile. Ma poi...»

«Grazie, detective.»

L'accusa si alzò per dire che non avevo lasciato al teste abbastanza tempo per rispondere compiutamente alla domanda. Il giudice accolse l'obiezione e lasciò che Kurlen completasse la risposta.

«Stavo appunto dicendo che la rapina era soltanto una delle possibili spiegazioni. La ventiquattrore aperta poteva anche essere un trucco per dare l'idea che si trattasse di una rapina.»

Proseguii senza un attimo di tregua.

«Ha accertato che cosa era stato preso dalla ventiquattrore?»

«Da quanto abbiamo saputo e tuttora sappiamo, non era stato portato via niente. Ma non avevamo un inventario del contenuto della valigetta. Abbiamo chiesto alla segretaria del signor Bondurant di controllare le pratiche e i documenti per determinare se mancasse qualcosa. A quanto ci ha riferito, non manca niente.»

«Ha qualche altra spiegazione che giustifichi il fatto che la cartella fosse aperta?»

«Come ho già detto, potrebbe essere stato un trucco per metterci su una falsa pista. Ma crediamo anche che ci siano buone probabilità che la valigetta si sia aperta cadendo sul pavimento di cemento durante l'aggressione.»

Assunsi un'espressione incredula.

«Come è arrivato a tale conclusione?»

«Il meccanismo di chiusura era difettoso. Bastava un piccolo urto o una vibrazione per far scattare la serratura, aprendola. Abbiamo condotto degli esperimenti e scoperto che cadendo su una superficie rigida da un'altezza di un metro e mezzo si apriva una volta su tre.»

Annuii e proseguii come se quell'informazione mi giungesse nuova, anche se l'avevo già acquisita da uno dei rapporti investigativi depositati dall'accusa all'inizio del procedimento.

«Insomma, mi sta dicendo che c'è una possibilità su tre che la ventiquattrore si sia aperta quando il signor Bondurant l'ha lasciata cadere?»

«Esatto.»

«E lei ritiene che una volta su tre sia una buona percentuale?»

«Direi di sì.»

«Ma è più probabile che la ventiquattrore non si sia aperta in quel modo.»

«Può metterla così, se vuole.»

«Il che significa che qualcuno l'ha aperta, giusto?»

«Sì, ma sappiamo che non è stato portato via niente. Perciò non c'era alcuna ragione per aprirla se non quella di indirizzarci verso una falsa pista. La nostra teoria è che si sia aperta urtando il terreno.»

«Osservando la fotografia della scena del delitto, ha notato che nessun oggetto è caduto fuori della valigetta?»

«Sì.»

«Nel suo incartamento ha l'inventario del contenuto? Può leggercelo?»

Kurlen ci mise un po' a trovarlo e poi lo lesse alla giuria. La ventiquattrore conteneva sei documenti, cinque penne, un iPad, una calcolatrice, un'agendina con indirizzi e due taccuini intonsi.»

«Il contenuto era lo stesso quando ha condotto gli esperimenti per capire se la valigetta si sarebbe aperta cadendo a terra?»

«Sì, il contenuto era simile.»

«Quante volte, tra le tante che l'avete lasciata cadere, gli oggetti sono rimasti tutti all'interno della valigetta?»

«Quasi sempre. Raramente si sono disseminati all'esterno.»

«È stata questa la conclusione del suo esperimento scientifico, detective?»

Con un movimento ostentato del polso spuntai parecchie voci sul mio taccuino. A questo punto affrontai il tema più importante del mio controinterrogatorio.

«Detective, lei ci ha detto di avere ricevuto dalla WestLand National un fascicolo che attestava un certo livello di pericolosità dell'imputata e conteneva altre informazioni su di lei. Ha controllato gli altri nomi contenuti nel documento?»

«Abbiamo esaminato il fascicolo parecchie volte e condotto qualche verifica anche su altre persone, ma con l'accumularsi delle prove a carico dell'imputata, abbiamo ritenuto superfluo proseguire in quella direzione.»

«Non era nelle vostre intenzioni inseguire vaghi sospetti

quando ormai avevate sottomano un'indiziata, è questo che intende?»

«Non la metterei così. Abbiamo condotto un'indagine scrupolosa ed esauriente.»

«Quindi, secondo lei, un'indagine scrupolosa ed esauriente comporta il fatto di seguire tutti gli indizi, anche quelli che non portavano nella direzione di Lisa Trammel. È così?»

«Naturale. È il nostro lavoro.»

«Ha esaminato i documenti del signor Bondurant e cercato elementi che non fossero legati a Lisa Trammel?»

«Sì.»

«Lei ha dichiarato di avere indagato sulle minacce rivolte alla vittima. Ha indagato anche sulle minacce che la vittima poteva avere fatto ad altri?»

«Mi sta chiedendo se la vittima aveva minacciato qualcuno? No, che io ricordi.»

Chiesi alla corte il permesso di avvicinarmi al teste con il reperto numero due, di cui distribuii copia a tutte le parti. Andrea Freeman obiettò, ma in modo puramente meccanico, perché il punto riguardante la lettera che Bondurant aveva inoltrato a Louis Opparizio era già stato deciso in fase istruttoria. Perry respinse l'obiezione e mi autorizzò a procedere, se non altro per riequilibrare a mio favore l'autorizzazione concessa all'accusa di introdurre tra le prove il martello e il dna.

«Detective Kurlen, lei ha in mano una lettera che Mitchell Bondurant ha inviato per posta raccomandata a Louis Opparizio, presidente dell'ALOFT, una società che gestisce le pratiche di pignoramento della WestLand National. Le spiace leggerla alla giuria?»

Kurlen fissò a lungo la pagina.

«"Caro Louis, troverai qui acclusa una lettera scritta da un avvocato, tale Michael Haller, che rappresenta la proprietaria in uno dei casi di pignoramento di cui ti stai occupando per conto della WestLand. La proprietaria si chiama Lisa Trammel; il mutuo, numero 0409719, è intestato congiuntamente a lei e al marito, Jeffrey Trammel. Nella sua lettera l'avvocato Haller denuncia le procedure fraudolente adottate in questo caso.

Noterai che segnala comportamenti specifici, tutti messi in essere dalla tua società. Come sai, perché ne abbiamo discusso, ci sono stati altri reclami. Queste nuove accuse contro l'ALOFT, se vere, mettono la WestLand in una posizione delicata e vulnerabile, specie se consideriamo il recente interesse del governo in materia di mutui e ipoteche. Quindi, a meno che non si arrivi a un accordo a tale riguardo, mi vedrò costretto a raccomandare al consiglio di amministrazione della WestLand di risolvere il contratto con la tua compagnia e di porre termine a ogni rapporto in essere. Di conseguenza la banca sarà tenuta a presentare presso le autorità competenti una denuncia per il monitoraggio delle attività finanziarie sospette. Ti prego di contattarmi al più presto per discutere l'argomento."»

Kurlen mi porse il documento, come se non lo riguardasse. Ignorai il gesto.

«Grazie, detective. La lettera accenna alla presentazione di un rapporto su attività finanziarie sospette. Sa di che si tratta?»

«È una procedura che le banche sono tenute a intraprendere presso la Commissione federale per il commercio, se sospettano che ci siano state frodi finanziarie.»

«Aveva mai visto la lettera che ha in mano, detective?»

«Sì, l'ho vista.»

«Quando?»

«Esaminando i documenti della vittima. L'ho notata allora.»

«Può dirmi in che data è avvenuto?»

«Non ricordo la data esatta. Direi di essere venuto a conoscenza di questa lettera due settimane dopo l'inizio dell'indagine.»

«Cioè due settimane dopo l'arresto di Lisa Trammel con l'accusa di omicidio. Ha condotto altre indagini quando è venuto a conoscenza di questa lettera? Ha chiesto di conferire con Louis Opparizio?»

«Ho iniziato a indagare, ma quando ho appurato che il signor Opparizio aveva un solido alibi per l'ora del delitto, non ho proseguito.»

«Non ha indagato sulle persone che lavorano per Opparizio? Avevano tutte un alibi?»

«Non lo so.»

«Non lo sa?»

«Esatto. Ho sospeso le indagini perché mi sembrava una disputa di affari più che un solido movente per compiere un omicidio. Non ho ritenuto che il tono della lettera fosse minaccioso.»

«Non le sembra insolito che oggi, nell'epoca delle comunicazioni veloci, la vittima abbia scelto di inviare una raccomandata invece che una mail, un messaggio sul cellulare o un fax?»

«Non proprio. Ci sono le copie di molte altre lettere spedite per raccomandata. È un modo per conservare la documentazione di una trattativa di affari.»

Annuii. Abbastanza logico.

«Sa se il signor Bondurant avesse attivato la procedura di controllo su Louis Opparizio o sulla sua società?»

«Ho verificato presso la Commissione federale per il commercio. No, non l'aveva fatto.»

«Ha controllato presso qualche altro ente governativo se ci sono state inchieste su Louis Opparizio o la sua società?»

«Per quanto mi è stato possibile, ma non è emerso niente.»

«Per quanto le è stato possibile. Insomma per lei tutta questa faccenda portava in un vicolo cieco. Esatto?»

«Sì, esatto.»

«Si è informato presso la Commissione federale, ha controllato un alibi e poi ha lasciato cadere le indagini. Lei aveva già un'indiziata con tutti i requisiti per essere ritenuta colpevole, non aveva bisogno di altro. Esatto?»

«Un caso di omicidio non è mai facile. È necessario essere attenti e precisi. Si deve guardare sotto ogni pietra.»

«Che mi dice dei Servizi segreti degli Stati Uniti? Ha guardato sotto quella pietra?»

«I Servizi segreti? Non capisco.»

«Ha mai avuto contatti con i Servizi segreti degli Stati Uniti durante la sua indagine?»

«No.»

«Che mi dice dell'ufficio del procuratore degli Stati Uniti a Los Angeles?»

«Non ho avuto contatti neanche con loro. Io parlo per me;

non posso parlare per conto della mia collega o di altri funzionari che hanno lavorato a questo caso.»

Buona risposta ma non sufficiente. Vedevo con la coda dell'occhio Andrea Freeman, seduta sull'orlo della sedia, pronta a saltar su da un momento all'altro per obiettare alla linea che aveva assunto il controinterrogatorio.

«Detective Kurlen, sa che cos'è un avviso di garanzia?»

La Freeman saltò in piedi prima che il teste potesse rispondere. Obiettò e chiese di conferire con me e con il giudice.

«Credo che ci convenga ritirarci nel mio studio per discutere di questo punto. I giurati e il personale giudiziario restino ai loro posti mentre conferisco con l'avvocato Haller e il procuratore Freeman. Andiamo.»

Da uno dei miei fascicoli tirai fuori un documento con la relativa busta e seguii la Freeman verso lo studio del giudice. Le possibilità erano due, o riuscivo a volgere la situazione a mio favore o rischiavo di finire in carcere per disprezzo della corte.

29

Il giudice Perry non era per niente contento. Appena entrati nel suo studio, senza neppure sedersi alla scrivania, si volse verso di me a braccia conserte fissandomi con lo sguardo duro e, prima di parlare, attese che la stenotipista fosse pronta a registrare il nostro colloquio.

«Avvocato Haller, il procuratore Freeman ha sollevato obiezione perché, a quanto pare, sente per la prima volta parlare dei Servizi segreti, del procuratore generale degli Stati Uniti, di un avviso di garanzia federale, e si chiede che cosa c'entri tutto questo con il processo in corso. Alla sua obiezione aggiungo la mia perché non ricordo che si sia mai accennato al governo federale e non le permetterò di rimestare nel torbido davanti alla giuria. Se ha qualcosa in mano, lo tiri fuori subito e mi dica come mai il procuratore Freeman non ne sa niente.»

«Grazie, giudice» disse Andrea Freeman indignata, con le mani sui fianchi.

Tentai di allentare la tensione allontanandomi di qualche passo e avvicinandomi alla finestra che inquadrava la veduta dei monti di Santa Monica. Le case appollaiate sulle creste sembravano scatole di fiammiferi, che il primo terremoto avrebbe spazzato via. Sapevo cosa voleva dire abitare sull'orlo di un baratro.

«Vostro onore, è pervenuta nel mio ufficio una busta anonima che conteneva la copia di un avviso di garanzia emesso dalle autorità federali nei confronti di Louis Opparizio e dell'ALOFT. Nel documento Opparizio veniva informato di un'indagine in corso per accertare se ci fossero gli estremi della frode nelle pratiche di espropriazione da lui avviate per conto delle banche sue clienti.»

Esibii il documento e la busta.

«Ecco la lettera. È datata due settimane prima dell'omicidio e appena otto giorni dopo quella di contestazione che Bondurant ha spedito a Opparizio.»

«Quando ha ricevuto questa presunta busta anonima?» chiese Andrea Freeman in tono molto scettico.

«L'ho trovata ieri nella mia cassetta postale, ma l'ho aperta nel corso della notte. Se il procuratore non mi crede, chiamerò la persona che gestisce il mio ufficio, alla quale potrà porre tutte le domande che desidera. È stata lei a ritirarla dalla cassetta postale.»

«Mi mostri la lettera» chiese il giudice.

Gliela porsi insieme con la busta. La Freeman si avvicinò per leggerla a sua volta. Il testo era breve e il giudice me la restituì subito, senza chiedere all'accusa se avesse finito.

«Avrebbe dovuto esibirla questa mattina» disse il giudice. «O almeno avrebbe dovuto consegnarne una copia al procuratore, avvertendo che intendeva produrla in giudizio.»

«Giudice, ha ragione. Ma è evidente che il documento è una fotocopia ed è arrivato per posta. Mi è capitato in precedenza di cadere in un tranello. Probabilmente è capitato a tutti. Volevo assicurarmi che fosse autentico prima di utilizzarlo. La conferma mi è arrivata meno di un'ora fa, durante l'intervallo.»

«Chi ti ha dato la conferma?» chiese Andrea Freeman, anticipando il giudice.

«Non conosco i dettagli. Il mio investigatore si è limitato a dirmi che l'autenticità della lettera è stata confermata dalle autorità federali. Se desidera ulteriori dettagli, posso chiamarlo a deporre.»

«Non sarà necessario perché sono sicuro che il procuratore Freeman provvederà a effettuare dei controlli direttamente. Ma è stato inopportuno utilizzare il documento durante il controinterrogatorio, avvocato Haller. Avrebbe dovuto informare la corte che l'aveva ricevuto per posta e che prevedeva di introdurlo nel dibattimento dopo i necessari controlli. Lei ha colto alla sprovvista l'accusa e la corte.»

«Chiedo scusa. Era mia intenzione gestire la cosa nei modi dovuti. Immagino che si tratti di un comportamento acquisito dopo che l'accusa mi ha colto di sorpresa almeno due volte, presentando delle prove di cui non sapevo niente.»

Perry mi lanciò un'occhiata severa, ma ero sicuro di avere colpito nel segno. Mi sembrava un giudice imparziale e credevo che avrebbe agito di conseguenza. Sapeva che la lettera era regolare e costituiva un elemento di vitale importanza per la difesa. In base a un fondamentale principio di equità, doveva permettermi di usarla. L'accusa intuì le stesse cose e tentò di prevenirlo.

«Sono le 16.15, vostro onore. Chiedo che il dibattimento sia aggiornato per consentirmi di assimilare questo nuovo materiale probatorio e prepararmi adeguatamente per domattina.»

Perry scosse la testa.

«Non mi va di perdere tempo» disse.

«Neanche a me» replicò Andrea Freeman. «Ma è indubbio che, come lei stesso ha appena detto, sono stata colta alla sprovvista. La difesa era tenuta a esibire il documento stamattina. Non può permettere all'avvocato Haller di avvalersene senza che l'accusa sia pronta a condurre i propri accertamenti e a indagare sul contesto di questa informazione. Le chiedo quarantacinque minuti, giudice. L'accusa ne ha il diritto.»

Il giudice mi guardò per vedere se intendevo obiettare. Alzai le mani.

«Per me è lo stesso, giudice. Il procuratore Freeman può prendersi tutto il tempo che vuole, ma resta il fatto che Opparizio era ed è indagato dalle autorità federali per i suoi rapporti con le banche, tra cui la WestLand. La vittima avrebbe potuto essere un potenziale testimone contro di lui, lo dice chiaramente la lettera esibita in giudizio. La polizia e l'accusa hanno ignorato completamente questo aspetto e ora il procuratore vuole dare la colpa della superficialità con cui sono state condotte le indagini a chi la sottolinea...»

«D'accordo, avvocato. Non siamo davanti alla giuria in questo momento» disse Perry interrompendomi. «Capisco il suo punto di vista. Oggi sospenderò l'udienza prima del solito ma domattina, alle nove in punto, riprenderemo. Mi aspetto che le parti si presentino pronte perché non ci saranno ulteriori dilazioni.»

«Grazie, vostro onore» disse Andrea Freeman.

«Torniamo in aula» disse Perry.

E così fu.

La mia cliente non mi mollò di un passo quando ce ne andammo dal palazzo di giustizia. Voleva sapere quali altri dettagli avevo sull'indagine federale. Herb Dahl ci stava alle calcagna, come la coda di un aquilone. Mi metteva a disagio parlare con quei due.

«Senti, non so cosa significhi, Lisa. Il giudice ha sospeso l'udienza prima del solito oggi. Accusa e difesa avranno modo di lavorarci. Stai in disparte per un po' e lascia a me e ai miei collaboratori il compito di occuparcene.»

«Ma forse la lettera è quello che ci vuole, no?»

«Cosa intendi dire?»

«È la prova che non sono stata io!»

Mi fermai e mi girai verso di lei, che mi scrutava per cogliere un segno affermativo. Qualcosa nella sua disperazione mi fece pensare per la prima volta che forse era stata davvero incastrata per l'omicidio di Bondurant.

Ma non era da me credere nell'innocenza di un mio patrocinato.

«Senti, Lisa, spero che si potrà dimostrare chiaramente alla giuria che esiste un'alternativa alla tua incriminazione, completa di movente e opportunità. Ma non esaltarti, è meglio. Forse quella lettera non dimostra niente. Mi aspetto che domani l'accusa salti fuori con qualche argomentazione che impedirà alla giuria di tenerne conto. Dobbiamo essere pronti a controbattere, ma anche a continuare senza l'aiuto di quella lettera.»

«Non è possibile. È una prova!»

«Lisa, tutto può essere messo in discussione. Sarà il giudice a decidere. La cosa buona è che ha un debito con noi, anzi due: uno per il martello e l'altro per il dna, che sono sbucati dal nulla. Spero quindi che si comporterà bene e che noi riusciremo ad acquisire la lettera come prova. Ora salutiamoci, perché devo tornare in ufficio e mettermi a lavorare.»

Lei mi aggiustò la cravatta e il colletto della giacca.

«D'accordo, ho capito. Fai quello che devi fare, ma chiamami stasera. Voglio sapere come stanno le cose alla fine della giornata.»

«Se avrò tempo, Lisa. Ti chiamerò se non sarò troppo stanco.»

Guardando al di sopra della sua spalla, vidi Dahl a mezzo metro di distanza. In quel momento mi tornava utile.

«Herb, bada a lei. Portala a casa. Devo lavorare.»

«Non preoccuparti. Ci penso io.»

Giusto, perché preoccuparsi? Avevo già abbastanza gatte da pelare, eppure non potevo fare a meno di essere in ansia per la mia cliente che si allontanava con Dahl. Quel tipo era sincero o pensava solo a tutelare il suo investimento? Li guardai attraversare la piazza e dirigersi al parcheggio. Passai davanti alla biblioteca e mi avviai verso il mio ufficio. Ero ancora più eccitato di Lisa per la possibilità che mi era caduta in grembo, solo che non lo davo a vedere. Non mostrare mai le carte finché l'avversario non mette sul tavolo le sue.

Tornai in ufficio carico di adrenalina, cullandomi in quella sensazione di leggerezza che si manifesta dopo un improvviso colpo di fortuna. Cisco e Jennifer Aronson mi aspettavano. Cominciarono a parlare simultaneamente tanto che dovetti alzare le mani per interromperli.

«Calma, calma» dissi. «Uno alla volta, e comunque comincio io. Perry ha sospeso l'udienza in anticipo per dare all'accusa il tempo di studiare la lettera. Dobbiamo essere pronti a parare il colpo domattina perché voglio tirarla fuori davanti alla giuria. Cisco, dimmi tutto quello che hai scoperto.»

L'esaltazione che mi pervadeva fin da quando ero uscito dal palazzo di giustizia continuò quando ci riunimmo nel mio ufficio. Andai alla scrivania. Il sedile era ancora tiepido, il che voleva dire che qualcuno aveva lavorato lì tutto il pomeriggio.

«Allora,» cominciò Cisco «abbiamo la conferma che la lettera è autentica. L'ufficio del procuratore generale degli Stati Uniti non ha voluto riceverci, ma ho scoperto che l'agente dei Servizi segreti nominato nella lettera, Charles Vasquez, è stato assegnato a un'unità operativa che, unitamente all'FBI, sta esaminando le varie angolature della truffa dei mutui nella California meridionale. Vi ricordate che l'anno scorso tutte le grandi banche hanno interrotto temporaneamente gli espropri e al Congresso i deputati hanno detto di voler condurre un'inchiesta?»

«Sì, ho temuto di restare senza lavoro finché le banche non avessero ripreso i pignoramenti.»

«Già, una delle inchieste avviate riguardava proprio la zona di Los Angeles. Lattimore ha messo in piedi un'unità operativa.»

Reggie Lattimore era il procuratore degli Stati Uniti assegnato al nostro distretto. Lo avevo conosciuto anni prima quando faceva l'avvocato d'ufficio. Successivamente aveva cambiato ruolo ed era diventato procuratore federale, e da allora ci muovevamo in orbite diverse. Io cercavo di stare alla larga dalla corte federale. Lo vedevo di tanto in tanto che pranzava a un self-service in città.

«Potete star certi che non ci riceverà. E Vasquez?»

«Ho cercato di parlargli. L'ho raggiunto al telefono, ma non appena ha saputo di che si trattava, ha rifiutato di commentare. L'ho richiamato una seconda volta, ma mi ha chiuso il telefono in faccia. Se vogliamo parlare con lui, dovremo citarlo in giudizio.»

Sapevo per esperienza che notificare a un agente federale un'ingiunzione a comparire era come mettersi a pescare senza avere un amo in cima alla lenza.

«Forse non sarà necessario» dissi. «Il giudice ha sospeso l'udienza in anticipo per dare tempo all'accusa di esaminare la lettera. Secondo me, sarà Andrea Freeman a convocare Lattimore o Vasquez per ottenere da loro una deposizione, prima che arriviamo noi. Poi cercherà di dare a quella testimonianza il significato che vuole lei.»

«Sicuramente vorrà evitare che la cosa le scoppi tra le mani durante la fase destinata alla difesa» intervenne Jennifer, con un tono da veterana delle aule di giustizia. «Vedrete che chiamerà subito Vasquez sul banco dei testimoni.»

«Cosa sappiamo di questa unità operativa?» chiesi.

«Non conosco nessuno al suo interno» disse Cisco. «Ma conosco qualcuno di abbastanza vicino per sapere quello che succede. L'unità operativa è naturalmente una creatura politica. L'idea era che le manovre fraudolente sono tali e tante che sarebbe stato facile impallinare qualcuno. In tal caso, gli agenti si sarebbero meritati dei titoli cubitali su tutti i giornali e avrebbero dato l'impressione di riuscire a intervenire per raddrizzare le cose. Opparizio è il bersaglio perfetto: ricco, arrogante, repubblicano. Ma, qualunque cosa abbiano in mente, sono appena all'inizio.»

«Non importa. L'avviso di garanzia ci basta. Darà l'impressione che la lettera di Bondurant non era campata per aria.»

«Credi davvero che le cose siano andate in questo modo, oppure sfruttiamo la coincidenza per incanalare l'attenzione della giuria nella direzione che ci interessa?» chiese Jennifer.

Era ancora in piedi, sebbene io e Cisco ci fossimo già seduti. C'era qualcosa di simbolico in quella situazione. Come se, non sedendosi con noi mentre mettevamo a punto una strategia difensiva, lei volesse farci intendere che non aveva nessuna intenzione di vendere l'anima.

«Non importa, Bullocks» dissi. «Abbiamo un lavoro da svolgere, cioè segnare un punto a favore di una persona non colpevole. Come ci arriviamo...»

Non fu necessario che completassi. Leggevo sul suo viso che stentava ad accettare le lezioni che impartiva la vita, e cioè quello che accadeva fuori dalle aule scolastiche. Tornai a rivolgermi a Cisco.

«Chi ci ha fornito la lettera?»

«Questo non lo so» disse. «Dubito che sia stato Vasquez. Al telefono si è mostrato troppo sorpreso e nervoso. Secondo me, è stato qualcuno nell'ufficio del procuratore generale degli Stati Uniti.»

Ero anch'io di quell'idea.

«Forse lo stesso Lattimore. Potrebbe essere utile ai federali inchiodare Opparizio a una deposizione giurata, se riuscissimo a farlo salire sul banco dei testimoni.»

Cisco annuì. Era una possibilità come un'altra. Proseguii.

«Cisco, nel messaggio che mi hai inviato mentre ero in aula, hai scritto che avevi da dirmi dell'altro.»

«Ho qualcosa da mostrarti. Non appena finiremo, dovresti venire con me.»

«Dove?»

«Preferisco non dirti niente.»

Dall'espressione rigida del suo viso capii che non intendeva parlare davanti a Jennifer. Nutriva ancora qualche diffidenza nei suoi confronti. Raccolsi il messaggio e tornai a rivolgermi a lei.

«Bullocks, volevi dirmi qualcosa quando sono arrivato?»

«No, volevo solo parlare di quando andrò a deporre. Ma abbiamo ancora qualche giorno davanti. Meglio concentrarci sugli aspetti più urgenti.»

«Sicura? Posso fermarmi.»

«No, va' con Cisco. Avremo tempo domani.»

Intuivo che qualcosa della conversazione iniziale la turbava. Lasciai correre e mi alzai. Capivo il suo turbamento, anche se non lo condividevo. L'idealismo è duro a morire.

30

GUIDAVO PERSONALMENTE LA LINCOLN, perché Cisco era venuto in ufficio in moto. Seguendo le sue indicazioni, imboccai Van Nuys Boulevard in direzione nord.

«Si tratta del marito di Lisa?» chiesi. «Lo hai trovato?»

«No, niente del genere, Capo. Si tratta dei due tizi nel garage.»

«Quelli che mi hanno aggredito? Li puoi collegare con Opparizio?»

«Sì e no. So chi sono, ma ignoro se siano collegati con Opparizio.»

«Chi diavolo me li ha scatenati contro?»

«Herb Dahl.»

«Cosa? Stai scherzando?»

«Magari!»

Guardai il mio investigatore. Avevo assoluta fiducia in lui, ma non capivo la logica di Dahl: perché aizzarmi contro due teppisti? Avevamo litigato per la faccenda dei diritti cinematografici, ma che vantaggio avrebbe avuto mandando qualcuno a fracassarmi le costole e a strizzarmi i coglioni? Al momento dell'aggressione, avevo appena scoperto che lui aveva concluso l'accordo con McReynolds e quelli mi avevano massacrato di botte prima ancora che potessi elaborare una protesta.

«Raccontami tutto, Cisco, da cima a fondo.»

«Va bene. Mi hai detto che non ti fidavi di Dahl e mi hai

chiesto di prendere informazioni su di lui. L'ho fatto. Ho anche detto a un paio dei miei ragazzi di tenerlo d'occhio.»

«I tuoi ragazzi sarebbero i Saints?»

«Proprio loro.»

Una volta, molto tempo prima che sposasse Lorna, Cisco andava in giro con i Road Saints, un club di motociclisti che si collocava tra l'associazione criminale degli Hell's Angels e quella massonica degli Shriners. Era riuscito a prendere le distanze dai Saints con la fedina penale pulita, ma aveva mantenuto i contatti. Anch'io per molto tempo ero stato legato a loro e, nella veste di consulente interno al gruppo, ero intervenuto per risolvere le beghe che affliggevano i membri, dalle infrazioni al codice della strada, alle risse, allo spaccio di droga. Così avevo conosciuto Cisco, che allora si occupava di indagini sulla sicurezza per conto del club, e avevo cominciato ad avvalermi della sua collaborazione quando si trattava di affrontare un caso di natura penale. Il resto era storia.

In più occasioni Cisco era ricorso ai Saints e il gruppo aveva il merito di avere salvato la mia famiglia da una potenziale minaccia all'epoca del caso Louis Roulet. Non mi sorprendeva quindi che ancora una volta li avesse avvicinati, solo che non si era preso la briga di avvertirmi.

«Perché non me l'hai detto?»

«Non volevo complicarti la vita. Hai già il processo Trammel che ti occupa a tempo pieno; potevo sbrigarmela io con i due farabutti che ti hanno malmenato.»

Non si riferiva solo ai maltrattamenti fisici. Intendeva tenermi al riparo, sapendo che a volte la batosta psicologica è peggiore delle botte. Non voleva che mi distraessi, né che continuassi a guardarmi alle spalle.

«Sta bene, ho capito» dissi.

Cisco infilò la mano nel giubbotto di cuoio nero e tirò fuori una fotografia piegata. Me la porse e io aspettai a guardarla finché non mi fermai al semaforo di Roscoe. Riconobbi Herb Dahl: stava salendo in macchina con i due picchiatori in guanti neri che, con piglio da professionisti, mi avevano atterrato nel parcheggio sotterraneo del Victory Building.

«Li riconosci?» mi chiese.

«Sì, sono loro» dissi, sentendomi montare un groppo di rabbia in gola. «Maledetto Dahl! Gliela farò pagare.»

«È un'idea. Gira a sinistra. Entriamo nel complesso.»

Guardai nello specchietto e mi infilai nella corsia di svolta proprio mentre il semaforo mi autorizzava a proseguire. Ci stavamo dirigendo a ovest e dovetti abbassare l'aletta parasole per ripararmi dalla luce del tramonto. Sapevo che per complesso intendeva il club dei Saints, che sorgeva vicino alla fabbrica di birra sull'altro lato della Freeway 405. Da molto tempo non andavo da quelle parti.

«Quando è stata scattata la foto?» chiesi.

«Mentre eri in ospedale.»

«Ce l'hai da allora?»

«Calma. Non è che io abbia contatti quotidiani con i ragazzi. E loro non sapevano del pestaggio. Vedendo Dahl con questi due tizi, hanno scattato un paio di foto e non me le hanno mostrate perché per più di un mese non le hanno neanche stampate. Una cazzata, lo so, ma i miei non sono professionisti, anzi sono dei fannulloni. Mi assumo tutta la responsabilità. Se vuoi accusare qualcuno, dai la colpa a me. Ho visto quelle foto ieri notte per la prima volta. Quello che mi hanno detto, anche se non hanno scattato foto, è di aver visto Dahl consegnare a quei due stronzi un rotolo di banconote. È tutto molto chiaro, secondo me. Dahl li ha ingaggiati perché ti dessero una ripassata, Mick.»

«Figlio di puttana.»

Mi sentii invadere da quello stesso senso di impotenza che avevo provato mentre uno degli aggressori mi teneva stretto per le braccia e l'altro mi massacrava con i pugni. Mi inondai di sudore e, quasi per solidarietà, una serie di fitte mi attraversò le costole e i testicoli.

«Se mai mi capitano sotto le mani...»

Mi interruppi e guardai Cisco. Sul suo viso aleggiava un lieve sorriso.

«Allora è così? Quei due sono nella sede del club?»

Non rispose ma mantenne quel suo lieve sorriso.

«Cisco, sono nel mezzo di un processo e mi stai dicendo che il tizio che tiene al laccio la mia cliente è lo stesso che ha organizzato quell'aggressione? Non ho tempo di occuparmi di questo, amico. Ho troppo...»

«Vogliono parlarti.»

Mi passò subito la voglia di protestare.

«Li hai già interrogati?»

«No. Aspettavo te. Ho pensato che toccava a te rompere il ghiaccio.»

Proseguii in silenzio per il resto della strada, chiedendomi cosa mi aspettasse. Di lì a poco mi fermai davanti a una serie di edifici sul lato est della fabbrica. Cisco scese per aprire il cancello e immediatamente l'odore aspro della fermentazione invase la macchina.

Il complesso era chiuso da una recinzione di rete metallica in cima alla quale correva un filo di ferro ritorto tagliente come un rasoio. La sede del club, un blocco di cemento nel mezzo di uno squallido spiazzo, contrastava con la fila di moto lucenti parcheggiate davanti. Soltanto Harley e Triumph, nessun trabiccolo di poco conto.

Entrammo, sostammo qualche istante per abituarci alla penombra e poi vidi Cisco che si avvicinava a un bar self-service dove, appollaiati sugli sgabelli, stavano due uomini con dei giubbotti di cuoio.

«Siete pronti?» chiese.

I due scesero di scatto. Entrambi erano sul metro e novanta e superavano abbondantemente i cento chili. Lavoravano su commissione. Cisco me li presentò come Tommy Guns e Bam Bam.

«Da questa parte» disse Tommy.

Ci condussero lungo un corridoio alle spalle del bar. C'erano delle porte su entrambi i lati. Ne aprirono una a metà della parete di destra ed entrammo in una stanza senza finestre, con muri e soffitto neri, e un'unica lampadina che pendeva dal soffitto. Nella penombra intravidi, appesi alle pareti, degli schizzi che ritraevano uomini barbuti con lunghe capigliature. Mi resi conto che era una specie di cappella a ricordo dei membri del gruppo caduti. Guardandomi intorno, la prima cosa che mi venne in mente fu il film *Pulp Fiction*; la seconda fu che non volevo restare lì. Sul pavimento giacevano due uomini incaprettati, con le braccia e i piedi legati dietro la schiena e la testa infilata in un sacchetto nero.

Chinatosi, Bam Bam prese a sfilare i sacchetti scatenando un coro di lamenti e gemiti da far paura.

«Aspetta» dissi a Cisco. «Non posso restare qui. Mi stai mettendo nei pasticci...»

«Sono loro?» chiese Cisco, interrompendo la mia protesta. «Guardali bene. Non devi sbagliarti.»

«Io? Cosa c'entro io. Non ti ho chiesto di fare niente del genere.»

«Calmati! Sei qui solo per guardare. Sono loro?»

«Gesù Cristo!»

I due avevano la bocca tappata da un nastro adesivo che si avvolgeva intorno alla testa, il viso gonfio e sfigurato dai lividi che si stavano formando intorno agli occhi. Il pestaggio era stato violento. Le facce non corrispondevano a quelle che ricordavo dal garage del Victory Building e neppure alla fotografia che Cisco mi aveva mostrato poco prima. Mi chinai a osservarli. I due mi guardarono terrorizzati.

«Non sono in grado di affermarlo» dissi.

«Sì o no, Mick.»

«Quando mi hanno pestato, non se la facevano addosso dalla paura e non avevano la bocca tappata.»

«Togliete il nastro adesivo» ordinò Cisco.

Bam Bam avanzò tirando fuori un coltello a serramanico che si aprì con uno scatto, e prese a tagliare alla meglio il nastro adesivo sul viso di uno dei due, che poi tirò via di colpo strappando ciocche di capelli sulla nuca. L'uomo gemette per il dolore.

«Chiudi il becco, stronzo» urlò Tommy Guns.

Il secondo, messo sull'avviso da quello che era successo al primo, sopportò lo strappo senza emettere un suono. Bam Bam buttò i bavagli in disparte e, portandosi alle spalle dei due, afferrò i nodi delle corde che legavano le braccia e le gambe, e li girò sul fianco perché potessi vederli meglio.

«Non ammazzarci» disse uno con voce strozzata dalla paura. «Non abbiamo agito a titolo personale, ci hanno pagati. Avremmo potuto accopparti, ma non l'abbiamo fatto.»

All'improvviso lo riconobbi dalla voce: era quello che aveva parlato nel parcheggio.

«Sono loro» dissi indicandoli. «Lui parlava, l'altro pestava. Li hai identificati?»

Cisco annuì come se il riconoscimento fosse stato una mera formalità.

«Sono i fratelli Mack. Joey è il Predicatore, Angel è il Picchiatore.»

«Ascolta, non ci hanno neanche spiegato il motivo» urlò il Predicatore. «Vi prego. Abbiamo sbagliato. Noi...»

«E certo che avete sbagliato!» urlò Cisco, con voce vibrante di collera. «E adesso pagate. Chi vuole essere il primo?»

Il Picchiatore cominciò a gemere. Cisco si avvicinò a un tavolino da gioco sul quale era posata una serie di pistole e di attrezzi, oltre al rotolo di nastro adesivo. Dopo aver scelto una chiave inglese e un paio di tenaglie, tornò dov'era prima. Pensavo e speravo che fosse una messinscena, uno spettacolo da Oscar. Posandogli una mano sulla spalla, lo trattenni per impedirgli di avvicinarsi ai due. Non fu necessario che parlassi; il mio messaggio era chiaro. Lasciami provare, era il senso.

Presi a Cisco la chiave inglese e mi accucciai davanti ai due, come un catcher su un campo da baseball. Soppesai per qualche secondo il robusto attrezzo, saggiandone il peso prima di parlare.

«Chi vi ha ingaggiati per picchiarmi?»

Il Predicatore rispose immediatamente. Non ci teneva a proteggere nessuno, tranne se stesso e suo fratello.

«Un tizio che si chiama Dahl. Ci ha detto di pestarti ma di non ammazzarti. Non puoi farlo, amico.»

«Posso fare quel che mi pare. Come hai conosciuto Dahl?»

«Non lo conosciamo. Abbiamo un contatto comune.»

«Chi?»

Nessuna risposta. Non dovetti aspettare a lungo prima che Bam Bam si mostrasse degno del nome che portava. Li colpì entrambi sulla mascella con pugni cadenzati come il movimento di un pistone. Il Predicatore sputava sangue quando mi fornì il nome.

«Jerry Castille.»

«Chi è Jerry Castille?»

«Senti, non dirlo a nessuno.»

«Non siete nella posizione di dirmi quello che posso o non posso fare. Chi è Jerry Castille?»

«Il rappresentante sulla West Coast.»

Aspettai, ma non uscì altro.

«Non ho tutta la notte davanti, amico. Rappresentante di cosa?»

Quello con la bocca sanguinante annuì facendo intendere che sapeva che c'era una sola via per cavarsela.

«Di una certa organizzazione della East Coast. Capito?»

Guardai Cisco. Herb Dahl aveva contatti con la criminalità organizzata della East Coast? Mi sembrava improbabile.

«No, non ci siamo. Sono un avvocato e voglio risposte dirette. Di quale organizzazione si tratta? Hai esattamente cinque secondi...»

«Jerry Castille lavora per Joey Giordano di Brooklyn. Contento? A questo punto siamo spacciati, perciò va' a farti fottere.»

Indietreggiò e mi sputò addosso un grumo di saliva mista a sangue. Avevo lasciato in ufficio la giacca e la cravatta. Mi guardai la camicia bianca e vidi la macchia che la imbrattava appena fuori della zona che sarebbe stata coperta dalla cravatta.

«Hai rovinato una camicia con il monogramma, pezzo di merda» disse Tommy Guns, che si era intromesso all'improvviso. Sentii l'impatto brutale del suo pugno, ma non capii chi avesse colpito perché il suo corpo massiccio mi copriva la visuale. Si ritrasse e scorsi il Predicatore che sputava qualche dente.

«Camicia col monogramma, amico» disse Tommy Guns, quasi volesse giustificare la cattiveria.

Mi raddrizzai.

«Lasciateli andare» dissi.

Cisco e i due Saints si girarono verso di me.
«Liberateli» ripetei.
«Sei sicuro?» chiese Cisco. «Probabilmente correranno da quel figlio di puttana di Castille e gli diranno che sappiamo di lui.»
Abbassai lo sguardo sui due che giacevano a terra e scossi la testa.
«No, non lo faranno. Se dicono di aver parlato, per loro è finita. Liberateli e facciamo come se non fosse successo niente. Se ne staranno quieti finché i lividi non saranno passati. Caso chiuso.»
Mi chinai sui due.
«Sta bene così? D'accordo?»
«Sì» disse il Predicatore, che sul labbro superiore aveva un bozzo delle dimensioni di una biglia.
Guardai suo fratello
«D'accordo? Voglio sentirlo da tutti e due.»
«Sì, sì, d'accordo» disse il Picchiatore.
Guardai Cisco. Avevamo finito. Lui impartì gli ordini.
«Ascolta, Tommy. Non muovetevi fino a sera. Li lasciate qui e aspettate che venga buio. Poi tirateli su e portateli dove vi dicono loro. Scaricateli e piantateli lì da soli. Capito?»
«Sì.»
Povero Tommy Guns! Sembrava deluso.
Diedi un'ultima occhiata ai due, che se ne stavano lì, coperti di sangue, e loro mi guardarono. La sensazione di avere potere di vita o di morte su quei due uomini fu come una scarica elettrica. Cisco mi diede un colpetto sulla spalla e lo seguii fuori della stanza, chiudendomi la porta alle spalle. Imboccammo il corridoio, ma a un tratto lo fermai trattenendolo per un braccio.
«Non dovevi farlo. Non dovevi portarmi qui.»
«Stai scherzando? Certo che dovevo portarti qui.»
«E perché?»
«Perché ti hanno fatto del male. Ti hanno ferito dentro. Hai perso qualcosa, Mick, e se non lo ritrovi, non sarai più utile né a te né agli altri.»

Lo fissai a lungo e alla fine annuii.
«Non temere, me lo sono già ripreso.»
«Bene. Non parliamone più. Puoi riportarmi in ufficio a prendere la moto?»
«Certamente, andiamo.»

31

MENTRE ERO IN AUTO, dopo avere lasciato Cisco nel garage, pensavo alle leggi dello stato e alla legge della strada, e alla differenza tra le due. Mi presentavo davanti ai giudici battendomi perché le leggi su cui si reggeva il diritto venissero applicate in modo equo e nelle forme di rito. Ma l'evento a cui avevo appena assistito nella stanza buia non era stato né equo né rituale.

Eppure non ne ero turbato. Cisco aveva ragione. Dovevo riprendermi l'anima prima di poter tornare a controllare la situazione in un'aula di giustizia o in qualsiasi altro luogo. Mi sentivo come rinato. Aprii i finestrini della Lincoln e lasciai entrare l'aria della sera mentre percorrevo Laurel Canyon diretto a casa.

Questa volta Maggie aveva usato la sua chiave. Era già dentro quando arrivai, una sorpresa gradita. China davanti al frigorifero, ne stava esaminando il contenuto.

«Sono venuta perché avevi l'abitudine di fare un po' di scorte prima di un processo. Di solito il tuo frigorifero sembrava un supermercato, tanto era pieno. Cos'è successo? È completamente vuoto.»

Lasciai cadere le chiavi sulla tavola. Dal lavoro era andata a casa a cambiarsi. In quel momento indossava un paio di jeans stinti, una camicia di cotone grezzo e sandali con la zeppa di sughero. Sapeva che mi piaceva quel tipo di abbigliamento.

«Questa volta non ho fatto in tempo.»

«Peccato. Se l'avessi saputo mi sarei organizzata diversamente. Questa è l'unica serata della settimana in cui ho una babysitter.»

Mi rivolse un sorriso malizioso. Come mai non vivevamo più insieme? mi domandai.

«Se andassimo da Dan's?»

«Dan Tana's? Pensavo che ci andassi solo dopo aver vinto una causa. Non dire gatto finché non l'hai nel sacco.»

Sorrisi scuotendo la testa.

«No, no. Se ci andassi solo quando vinco una causa, non cenerei lì quasi mai.»

Mi puntò un dito contro e sorrise. Era una specie di balletto, che conoscevamo bene. Chiuse il frigorifero e uscì dalla cucina passandomi vicino senza darmi un bacio.

«Dan Tana's rimane aperto fino a tardi» disse.

La guardai percorrere il corridoio verso la camera da letto e, prima che entrasse, la vidi sfilarsi la camicia dalla testa.

Fu uno strano rapporto. Dentro di me restavano le impressioni di quello che avevo visto e provato nella stanza nera dei Saints. Forse la residua aggressività o lo sfogo di una rabbia impotente condizionavano in qualche modo i miei movimenti. Spingevo con troppa forza, le mordevo le labbra, le stringevo i polsi sopra la testa. La dominavo e sapevo quello che significava. Maggie all'inizio mi assecondò; forse la incuriosiva la novità. Poi la curiosità si trasformò in preoccupazione, voltò il viso e si dibatté per liberare le mani. Le serrai i polsi con maggiore forza. Alla fine, vidi che gli occhi le si riempivano di lacrime.

«Perché?» le sussurrai all'orecchio, premendole il naso tra i capelli.

«Smettila» disse.

A quella parola, l'aggressività, lo slancio, il desiderio fluirono via in una specie di drenaggio psicologico. Le lacrime e l'invocazione di smetterla mi paralizzarono completamente. Mi scostai, portandomi sul bordo del letto. Mi coprii gli occhi con un braccio, ma sentivo il suo sguardo su di me.

«Che cosa ti ha preso? Ti stai vendicando su di me per quello che ti succede in tribunale?»

La sentii alzarsi.
«Maggie, no! Assolutamente no. Il tribunale non c'entra per niente.»
«E allora che cosa c'è?»
Ma la porta del bagno si era chiusa prima che potessi rispondere e il rumore della doccia sovrastò il suono della mia voce.
«Te lo spiegherò a cena» dissi pur sapendo che non poteva sentirmi.

Il ristorante era pieno zeppo, ma Christian ci raggiunse subito e ci procurò un tavolo appartato sulla sinistra. Durante i quindici minuti di percorso per raggiungere in macchina West Hollywood, non ci eravamo scambiati una parola. Io avevo cercato di intavolare una conversazione su nostra figlia, ma Maggie non aveva dato segno di voler uscire dal suo silenzio. Non avevo insistito. Mi ripromettevo di ritentare al ristorante.
Ordinammo entrambi una bistecca "Helen" con contorno di pasta, alla "Alfredo" per Maggie e alla bolognese per me. Maggie scelse un rosso, io ordinai una bottiglia di acqua frizzante. Dopo che il cameriere si fu allontanato, le misi una mano sul polso, con delicatezza questa volta.
«Mi dispiace, Maggie. Ricominciamo.»
Lei allontanò il braccio.
«Mi devi una spiegazione, Haller. Non hai fatto l'amore con me stasera, è stata un'altra cosa. Non so cosa ti stia succedendo. Non puoi trattare nessuno in quel modo, tanto meno me.»
«Non credi di esagerare? Per un po' ti è piaciuto, lo sai.»
«Poi hai cominciato a farmi male.»
«Mi dispiace. Non era mia intenzione.»
«Non cercare di farla passare per una cosa casuale. Se vuoi tornare con me, ti conviene dirmi quello che hai in mente.»
Scuotendo la testa, levai lo sguardo sulla sala affollata. Il televisore, posto in alto nella zona bar, trasmetteva un incontro dei Lakers. C'erano tre file di gente dietro ai fortunati clienti abituali seduti sugli sgabelli, con gli occhi fissi sullo schermo. Il cameriere ci servì da bere e così ebbi un attimo di respiro prima che Maggie tornasse a prendermi di mira.

«Dimmi qualcosa, Michael, altrimenti me ne vado. Prendo un taxi.»
Bevvi un lungo sorso d'acqua e la guardai.
«Non c'entrano né il tribunale né Andrea Freeman; non ha a che fare con niente e nessuno. Ti sta bene?»
«No, non mi sta bene. Dimmi cos'è successo.»
Appoggiai il bicchiere e incrociai le braccia sul tavolo.
«Cisco ha trovato i due che mi hanno aggredito.»
«Dove? E chi sono?»
«Non importa. Non ha chiamato la polizia, non li ha denunciati.»
«Vuoi dire che li ha lasciati andare?»
Scossi la testa.
«No, li ha fermati. Lui e due dei Saints. L'ha fatto per me. Li ha portati nella loro sede e mi ha detto di farne quello che volevo. Ha detto che ne avevo bisogno.»
Allungò la mano sulla tovaglia a quadri e me la posò sul braccio.
«E tu cos'hai fatto, Haller?»
La fissai per un momento.
«Niente. Li ho interrogati e poi ho detto a Cisco di lasciarli andare. So chi li ha ingaggiati.»
«Chi?»
«Non voglio parlarne. Non è importante. Ma la sai una cosa, Maggie? In ospedale, in attesa di sapere se sarebbe guarito il testicolo che quelli mi avevano strizzato, passavo il tempo a figurarmi immagini violente su come volevo vendicarmi. Torture alla Hieronymus Bosch. Stronzate medievali. Volevo vederli soffrire. Poi mi capita l'occasione e, credimi, è stato come se quei due non esistessero più. Ho lasciato perdere... e poi ti ho trovata a casa mia e...»
Si appoggiò allo schienale. Fissava il vuoto e aveva sul viso un'espressione di tristezza mista a rassegnazione.
«Sono incasinato, vero?»
«Vorrei che non me lo avessi raccontato.»
«Perché sei un procuratore?»
«Già, proprio così.»

«Sei stata tu a insistere per saperlo. Forse era meglio se ti raccontavo una frottola, per esempio che ce l'avevo con Andrea. Ti sarebbe andato bene, vero? Una bega tra un uomo e una donna... l'avresti capita.»

Mi guardò.

«Non farmi la lezioncina.»

«Scusa.»

Rimanemmo in silenzio guardando quello che succedeva nel bar. Gente che beveva, che era felice. Almeno all'apparenza. I camerieri in smoking che andavano in giro e si infilavano tra i tavoli.

Quando arrivarono i piatti, sentii che non avevo fame, anche se davanti a me c'era la migliore bistecca della città.

«Posso farti un'ultima domanda?» mi chiese Maggie.

Mi strinsi nelle spalle. Non capivo perché tornava su quella storia, ma accondiscesi.

«Coraggio.»

«Sei sicuro che Cisco e i suoi lasceranno andare quei due?»

Tagliai la bistecca e sul piatto si allargò una chiazza di sangue. Era poco cotta. Levai lo sguardo su Maggie.

«No, non sono sicuro.»

Ritornai alla bistecca e con la coda dell'occhio vidi Maggie che faceva segno al cameriere.

«Preferisco portarmela via. Può chiamarmi un taxi e consegnarmi fuori il pacchetto?»

«Certamente. Faccio subito.»

L'uomo si allontanò in fretta con il piatto.

«Maggie» dissi.

«Mi serve del tempo per pensarci.»

Si alzò dal tavolo.

«Ti accompagno in macchina.»

«No, meglio di no.»

Ferma vicino al tavolo, aprì il portafoglio.

«Lascia stare. Faccio io.»

«Ne sei sicuro?»

«Se non trovi il taxi, va' in fondo alla strada al Palm. Lì dovrebbero esserci.»

«Va bene. Grazie.»

Si allontanò; avrebbe aspettato fuori del ristorante il pacchetto con la bistecca e il contorno. Allontanai il piatto di qualche centimetro e osservai il suo bicchiere di vino che era ancora mezzo pieno. Ero ancora lì a contemplarlo quando, cinque minuti più tardi, riapparve Maggie con il pacchetto in mano.

«Hanno chiamato un taxi. Arriverà da un momento all'altro.»

Prese il bicchiere e sorseggiò il vino.

«Parliamone dopo il processo» disse.

«D'accordo.»

Posò il bicchiere sul tavolo, si chinò per darmi un bacio sulla guancia e se ne andò. Rimasi lì a riflettere... forse quell'ultimo bacio mi aveva salvato la vita.

32

Il giudice Perry si sedette. Eravamo tutti nel suo ufficio quel mercoledì mattina alle 9.05: io, Andrea Freeman e la stenotipista del tribunale. Prima di riprendere il processo, il giudice aveva acconsentito alla richiesta dell'accusa, che aveva chiesto un colloquio a porte chiuse. Attese che ci fossimo seduti, poi controllò che le dita della stenotipista poggiassero sui tasti della macchina.

«Bene, questa riunione fa parte del procedimento *Stato della California contro Trammel.* Tutto quello che verrà detto qui dentro sarà messo a verbale. Procuratore Freeman, è stata lei a chiedere questo incontro. Spero che non vorrà altro tempo per esaminare la questione dell'avviso di garanzia da parte delle autorità federali.»

La Freeman si protese in avanti sulla sedia.

«No, giudice. Non c'è niente che valga la pena di esaminare. Ho studiato ogni aspetto della questione, ma non mi è stato di utilità approfondire la materia di cui si stanno occupando le autorità federali. È ormai chiaro che l'avvocato Haller tenta di far deragliare il processo con una serie di cavilli che sono del tutto irrilevanti per il caso su cui deve pronunciarsi la giuria.»

Mi schiarii la gola, ma il giudice intervenne prima di me.

«Nella fase preliminare abbiamo affrontato l'ipotesi che a commettere il reato fosse stata una terza persona. Ecco perché lascio alla difesa un certo margine di manovra. Ma l'accusa deve concedermi qualcosa a questo punto. Il fatto che lei si opponga alla richiesta dell'avvocato Haller, e cioè che venga ammesso come prova l'avviso di garanzia, non lo rende irrilevante.»

«Capisco, giudice, ma...»

«Chiedo scusa» dissi. «Posso intervenire? Vorrei rispondere all'insinuazione che io sto sviando il processo.»

«Lasci che il procuratore Freeman concluda la sua argomentazione, poi avrà tutto il tempo di dire la sua, avvocato Haller. Glielo prometto. Procuratore Freeman?»

«Grazie, vostro onore. Io sto dicendo che un avviso di garanzia federale di per sé non significa quasi niente. È soltanto un documento che informa che è *in corso* un'indagine. Non è un'imputazione. Non è neppure una denuncia. Non significa che hanno trovato o troveranno qualcosa. È soltanto uno strumento usato dai federali per dire: "Ehi, abbiamo qualche sospetto e intendiamo andare a fondo". Ma nelle mani dell'avvocato Haller può trasformarsi in uno strumento foriero di sventura, con il rischio che la responsabilità del reato venga addossata a una persona estranea a questo processo. Sul banco degli imputati siede Lisa Trammel, e la faccenda dell'avviso di garanzia non è rilevante per questo dibattimento. Chiedo che non si permetta all'avvocato Haller di proseguire con il controinterrogatorio del detective Kurlen.»

Il giudice si era appoggiato allo schienale con le mani sul petto e le dita premute le une contro le altre. Si girò per guardarmi in faccia. Finalmente era arrivato il mio momento.

«Giudice, se fossi nella sua posizione, chiederei al procuratore, che sostiene di avere studiato a fondo l'avviso di garanzia e la ragione per cui è stato emesso, se sia stato istituito un gran giurì federale che si occupi dei pignoramenti fraudolenti nella California meridionale. Le chiederei inoltre come è arrivata alla conclusione che un avviso di reato federale non significa "quasi niente". Mi sembra che non si stiano dando alla corte gli elementi adeguati a valutare il significato di quell'avviso di garanzia o l'impatto sul processo in corso.»

Girandosi verso la Freeman, il giudice puntò un dito nella sua direzione.

«Cosa ribatte, procuratore Freeman? È stato nominato un gran giurì?»

«Giudice, mi mette in una posizione imbarazzante. I gran giurì lavorano in segreto e...»

«Siamo tutti amici qui» disse il giudice severamente. «Esiste un gran giurì?»

Lei annuì dopo un istante di esitazione.

«Sì, vostro onore, esiste un gran giurì, ma non ha convocato alcun testimone in relazione a Louis Opparizio. Come ho detto, l'avviso di garanzia non è altro che una comunicazione su un'indagine in corso. L'avviso porta, sì, la firma del procuratore generale degli Stati Uniti, ma è stato redatto da un agente dei Servizi segreti che si occupa dell'indagine sui mutui. L'agente è giù nel mio ufficio. Se la corte lo desidera, posso farlo venire qui tra dieci minuti perché vi confermi quello che ho appena detto. L'avvocato Haller ha messo in atto tutta una serie di effetti speciali, ma non c'era alcuna indagine in corso all'epoca della morte del signor Bondurant. C'era soltanto l'avviso di garanzia.»

Il suo intervento fu un errore. Dicendo che Vasquez, l'agente dei Servizi segreti che aveva redatto la lettera, si trovava nel palazzo di giustizia, la Freeman aveva messo il giudice in una posizione difficile. Il fatto che l'agente fosse lì a portata di mano rendeva più difficile liquidare la questione. Intervenni prima che Perry potesse replicare.

«Giudice, dato che, a quanto pare, l'agente federale che ha scritto l'avviso di garanzia è qui, nel palazzo di giustizia, suggerirei all'accusa di chiamarlo a replicare alle dichiarazioni che eventualmente otterrò dal detective Kurlen nel controinterrogatorio. Se il procuratore Freeman è così sicuro che l'agente confermerà l'irrilevanza dell'avviso di garanzia, perché non farglielo ammettere in aula, davanti alla giuria? Mi metterà al tappeto. Ricordo, però, alla corte che ieri si è già parlato di questa questione durante la testimonianza di Kurlen. Riprendere il controinterrogatorio senza farne più cenno o dire alla giuria di dimenticarsene o di non ascoltare il campanello di allarme, potrebbe essere più dannoso alla collettività che non fare piena luce su tutta la faccenda.»

Perry rispose senza esitazione.

«Sono incline a pensare che lei abbia ragione su questo punto, avvocato Haller. Non mi va l'idea che i giurati abbiano rimuginato tutta la notte su questo misterioso avviso di garanzia e il giorno dopo restino a bocca asciutta.»

«Vostro onore, posso riprendere la parola?» intervenne rapidamente la Freeman.

«No, non credo che sia necessario. Non è il caso di perdere altro tempo. Meglio continuare in aula.»

«Ma, vostro onore, c'è un'altra questione urgente che la corte non ha ancora considerato.»

Il giudice assunse un'espressione seccata.

«E quale sarebbe, procuratore Freeman? La mia pazienza ha un limite.»

«Ammettere che sia acquisita tra le prove una deposizione sull'avviso di garanzia indirizzato al teste chiave della difesa rischia di complicare le cose e magari indurre Opparizio ad avvalersi del diritto di non rispondere riconosciutogli dal Quinto emendamento. Louis Opparizio e il suo avvocato potrebbero ritornare sulla loro decisione, se l'avviso di garanzia fosse introdotto nel processo e discusso pubblicamente. Quindi è possibile che la strategia difensiva dell'avvocato Haller si concluda con il rifiuto di deporre del suo teste chiave, il suo uomo dello schermo. Voglio che si metta a verbale che se l'avvocato Haller intende proseguire su questa strada, dovrà accettarne le conseguenze. La prossima settimana, quando Opparizio dirà che non gli conviene deporre e contesterà il mandato di comparizione, non voglio che la difesa esiga di ricominciare tutto daccapo.»

Il giudice annuì dandole ragione.

«Sarebbe come se uno che ha ammazzato i genitori chiedesse alla corte di essere clemente con lui perché è orfano. Avvocato Haller, la avverto che se conduce la partita in questo modo, deve essere pronto ad accettarne le conseguenze.»

«Ho capito, giudice,» dissi «e mi assicurerò che abbia capito anche la mia cliente. Ho soltanto un'obiezione: Louis Opparizio non è l'uomo dello schermo e lo dimostrerò.»

«Non le mancherà l'occasione. Bene, il tempo passa. Torniamo in aula.»

Uscii alle spalle di Andrea Freeman, mentre il giudice si fermava per indossare la toga. Mi aspettavo che mi aggredisse verbalmente, invece non lo fece.

«Ben fatto, avvocato» disse.

«Grazie.»

«Hai idea di chi ti abbia mandato la lettera?»

«Magari lo sapessi.»

«I federali ti hanno contattato? Secondo me, vogliono scoprire chi fa trapelare informazioni che dovrebbero restare segrete.»

«Nessuno si è fatto vivo. Forse sono i federali stessi ad aver fatto filtrare la notizia. Se Opparizio testimonierà, non potrà poi rimangiarsi le proprie dichiarazioni. Chi lo sa, forse anch'io sono uno strumento nelle mani dei federali. Ci hai mai pensato?»

A quell'ipotesi lei rallentò il passo. Superandola, le sorrisi.

Appena entrato in aula, scorsi Herb Dahl seduto in prima fila, dietro il banco della difesa. Repressi la voglia di farlo volare oltre la transenna e sbattergli il muso sul pavimento di pietra. Io e la Freeman raggiungemmo i nostri rispettivi tavoli, e sussurrando ragguagliai la mia cliente su quello di cui avevamo discusso nello studio del giudice. Poi Perry entrò e contemporaneamente entrarono i giurati.

Con l'arrivo del detective Kurlen che tornò a sedersi al banco dei testimoni il quadro era completo. Afferrai i miei fascicoli e il taccuino e andai al leggio. Avevo la sensazione che fosse passata una settimana, non un giorno, da quando il controinterrogatorio era stato interrotto, ma mi comportai come se fosse passato meno di un minuto.

«Detective Kurlen, al momento dell'interruzione le stavo chiedendo se fosse al corrente di un avviso di garanzia federale. Può rispondere ora alla domanda?»

«A quanto ne so, se le autorità federali intendono raccogliere informazioni su un individuo o una società, a volte inviano un avviso che comunica a quell'individuo o società che sono oggetto del loro interesse e che vorrebbero discutere con loro. È come se dicessero: "Incontriamoci e chiariamo la cosa per evitare fraintendimenti".»

«Tutto qui?»

«Non sono un agente federale.»

«Secondo lei, è un fatto serio ricevere un avviso dal governo federale che comunica a qualcuno che si sta investigando su di lui?»

«Potrebbe esserlo, immagino. Ritengo che la serietà del provvedimento dipenda dalla gravità del reato sul quale si investiga.»

Chiesi al giudice di potermi avvicinare al teste con un documento. L'accusa obiettò e chiese che la sua dichiarazione fosse verbalizzata. Il giudice la respinse senza commentare e mi disse che potevo porgere il documento al teste.

Dopo averlo dato a Kurlen, tornai al leggio e chiesi al giudice di contrassegnare il documento come prova numero tre, addotta dalla difesa. Chiesi quindi al detective di leggere l'avviso di garanzia.

«Egregio signor Opparizio, con la presente la infor...»

«Si fermi» interruppi. «Le spiace leggere e descrivere l'intestazione?»

«Dice: "Ufficio del procuratore degli Stati Uniti, Los Angeles". Su un lato è raffigurata un'aquila; sull'altro, la bandiera degli Stati Uniti. Posso leggere ora?»

«Sì, vada pure avanti.»

«"Egregio signor Opparizio, con la presente la informiamo che, nei confronti della società di Tecnologie Finanziarie Anthony Louis Opparizio, nota come ALOFT, e individualmente nei suoi confronti, un'unità intergovernativa speciale sta svolgendo indagini a tutti i livelli in relazione alla frode dei mutui nella California meridionale. La notifica di questa lettera comporta il divieto da parte sua di rimuovere o distruggere documenti o altro materiale connesso con l'attività della suddetta società. Qualora voglia discutere le forme e i modi dell'indagine avviata e collaborare con i membri dell'unità operativa, non esiti a prendere contatto personalmente o tramite il suo legale con il sottoscritto o con Charles Vasquez dei Servizi segreti, titolare dell'indagine. Se non intende collaborare, sarà contattato in tempi brevi dagli agenti dell'unità operativa. Ancora una volta le ricordiamo di non distruggere i materiali attinenti alla sua attività e di non rimuoverli dai suoi uffici o dalle sedi a essi collegati. La mancata ottemperanza a questi divieti, sanzionati dalla legge degli Stati Uniti d'America, costituisce reato. Con osservanza, Reginald Lattimore, procuratore degli Stati Uniti, Los Angeles." Questo è il testo dell'avviso; seguono in calce i numeri di telefono di tutti gli interessati.»

Un mormorio sordo percorse l'aula. Come la maggior parte dei cittadini, non conoscevo la formulazione degli avvisi di garanzia federali. Così veniva applicata la legge nella nuova era. Ero sicuro che la cosiddetta unità operativa altro non fosse che un gruppetto quasi simbolico di agenti messi a disposizione da un qualche ente governativo sprovvisto di fondi. Invece di avviare un'indagine con tutti i crismi, tentava di seminare il panico, convincendo i destinatari di quegli avvisi a costituirsi e invocare clemenza. Un piano per catturare i pesci piccoli, meritarsi qualche titolone in prima pagina e cantar vittoria. Uno del calibro di Opparizio probabilmente avrebbe usato come carta igienica l'originale dell'avviso di garanzia ricevuto per raccomandata. Ma a me importava che quell'avviso servisse a tenere fuori del carcere la mia cliente.

«Grazie, detective Kurlen. Adesso può dirci la data della lettera?»

Kurlen controllò prima di rispondere.

«È datata 18 gennaio di quest'anno.»

«Detective, ha mai visto quell'avviso prima di ieri?»

«No. Perché avrei dovuto vederlo? Non ha niente a che fare...»

«Chiedo al giudice che non venga verbalizzata questa risposta» intervenni rapidamente. «La mia domanda si limitava a chiedere se il teste aveva visto la lettera.»

Il giudice disse a Kurlen di rispondere soltanto alla domanda rivoltagli.

«Non avevo mai visto quell'avviso prima di ieri.»

«Grazie, detective. Ora, tornando all'altra lettera che ieri le ho chiesto di leggere, quella scritta dalla vittima, Mitchell Bondurant, a questo stesso Louis Opparizio cui è indirizzato l'avviso di garanzia federale... ce l'ha a portata di mano?»

«Mi dia un momento per tirarla fuori dal mio incartamento.»

«Si accomodi.»

Kurlen trovò la lettera nel fascicolo, la prese e la levò in aria.

«Bene. Può leggerci la data di questa lettera?»

«10 gennaio di quest'anno.»

«La lettera è stata inoltrata al signor Opparizio tramite raccomandata, vero?»

«Sì, tramite raccomandata. Non so dirle se il signor Opparizio l'abbia ricevuta o l'abbia letta. La firma sulla ricevuta è di un'altra persona.»

«Non importa chi abbia firmato. È un fatto che è stata inviata il 10 gennaio, giusto?»

«Sì, credo di sì.»

«Anche la seconda lettera, l'avviso di garanzia inviato dall'agente dei Servizi segreti, è stata spedita tramite raccomandata, giusto?»

«Sì, esatto.»

«La data del 18 gennaio è attestata dal timbro postale?»

«Sì.»

«Mi lasci ricapitolare per vedere se ho capito bene. Il signor Bondurant manda a Louis Opparizio una raccomandata nella quale lo minaccia di denunciare le presunte pratiche fraudolente attuate dalla sua società e, otto giorni dopo, un'unità operativa federale manda al signor Opparizio un'altra raccomandata, nella quale lo informa che è in corso nei suoi confronti un'indagine per espropriazione fraudolenta. La successione temporale è corretta, detective Kurlen?»

«Sì, per quanto mi consta.»

«E poi, a meno di due settimane di distanza, il signor Bondurant è brutalmente assassinato nel parcheggio sotterraneo della WestLand. Giusto?»

«Sì, giusto.»

Mi interruppi e mi grattai il mento, come se fossi immerso in profonde riflessioni. Volevo tenere i giurati sulla corda. Avrei voluto guardarli in faccia, ma sapevo che avrei rivelato il mio gioco. Così continuai con la posa del pensatore.

«Detective, lei ha dichiarato di aver prestato un lungo e onorato servizio nella squadra Omicidi. Giusto?»

«Sì, ho una vasta esperienza.»

«In via ipotetica, si rammarica di non avere saputo allora quello che sa oggi?»

Kurlen socchiuse gli occhi come se fosse confuso, sebbene sapesse benissimo quello che facevo e dove volevo arrivare.

«Non sono sicuro di aver capito la domanda.»

«Mettiamola così: le avrebbe giovato avere queste due lettere in mano il primo giorno dell'indagine sull'omicidio Bondurant?»

«Certamente, perché no? Magari potessi raccogliere fin dal primo momento tutte le prove e le informazioni! Ma non succede mai.»

«In via ipotetica, se lei avesse saputo che la vittima, Mitchell Bondurant, aveva mandato una lettera in cui minacciava di denunciare il comportamento illegale di un altro individuo appena otto giorni prima che costui apprendesse di essere il destinatario di un avviso di garanzia, non avrebbe pensato che le si apriva davanti un'altra strada investigativa da percorrere?»

«Difficile da dire.»

A questo punto guardai i giurati. Rifiutando di ammettere quello che il buon senso gli imponeva di ammettere, Kurlen si stava arrampicando sui vetri. Non occorreva essere un investigatore per capirlo.

«Difficile? Mi sta dicendo che se avesse avuto queste informazioni e queste lettere il giorno dell'omicidio, le sarebbe stato difficile indagare nella direzione da esse indicata e non le avrebbe ritenute indizi significativi?»

«Sto dicendo che non abbiamo tutti i dettagli e quindi è difficile dire se sono significativi o no. Ma, in linea generale, ogni indizio è una traccia da seguire. Semplice.»

«Semplice, eppure lei non è mai andato a fondo in questa direzione. È così?»

«Non avevo l'avviso di garanzia. Come potevo seguire quella traccia?»

«Aveva la lettera della vittima, ma non ha fatto niente, vero?»

«No, non è affatto vero. Ho controllato la lettera, ma non aveva a che fare con l'omicidio.»

«Non è forse vero che in quel frattempo lei si era già fatto un'idea del possibile omicida e non intendeva cambiarla né si sarebbe lasciato deviare dalla strada intrapresa?»

«No, non è vero. Non è affatto vero.»

Fissai Kurlen a lungo sperando che sul mio viso si potesse leggere il disgusto.

«Nessun'altra domanda» dissi alla fine.

33

Andrea Freeman tenne Kurlen al banco dei testimoni per altri quindici minuti per chiarire alcune sue dichiarazioni e fece del suo meglio per dare alla versione da lui resa le stimmate di uno sforzo impavido di lotta al crimine. Quando ebbe finito, lanciai una battuta a Kurlen perché ero convinto di essere in vantaggio. Mi ero prodigato per dimostrare che aveva condotto l'indagine con il paraocchi e credevo di essere riuscito nel mio intento.

L'accusa, evidentemente convinta che fosse urgente affrontare il tema dell'avviso di garanzia federale, chiamò a deporre Charles Vasquez, agente dei Servizi segreti. Di lui, ventiquattro ore prima, il procuratore non sapeva niente, ma ora era inserito nell'elenco accuratamente orchestrato dei testi. Avrei potuto oppormi adducendo che non avevo avuto il tempo di prepararmi per il controinterrogatorio, ma mi dissi che era meglio non far pressioni sul giudice Perry. Mi conveniva, prima, ascoltare quello che l'agente aveva da dire nell'interrogatorio diretto.

Vasquez era sui quarant'anni, aveva carnagione e capelli scuri. Alle domande preliminari rispose spiegando di essere stato un agente dei Servizi antidroga prima di entrare nei Servizi segreti. Dalla caccia agli spacciatori era passato a quella dei falsari e infine, presentatasi l'occasione, si era arruolato nell'unità operativa per i pignoramenti. Disse che l'unità comprendeva un supervisore e dieci agenti provenienti dai Servizi segreti, dall'FBI, dai

Servizi postali e da quelli di riscossione tributaria. Il supervisore faceva parte dell'ufficio del procuratore generale degli Stati Uniti, ma gli agenti, che lavoravano in coppia, erano in larga misura autonomi e potevano perseguire gli obiettivi che ritenevano più opportuni.

«Agente Vasquez, il 18 gennaio di quest'anno lei ha redatto un cosiddetto avviso di garanzia a nome di Louis Opparizio. Era sottoscritto dal procuratore generale degli Stati Uniti, Reginald Lattimore. Lo ricorda?»

«Sì, lo ricordo.»

«Prima di esaminare il documento, può spiegare alla giuria con precisione che cos'è un avviso di garanzia?»

«È uno strumento per stanare persone sospette e criminali.»

«Cioè?»

«In sostanza comunichiamo agli interessati che stiamo conducendo indagini sulle loro attività, iniziative e commerci. L'avviso di garanzia invita il destinatario a presentarsi per discutere la situazione con gli agenti. E così avviene in un'alta percentuale di casi. Talvolta porta all'avvio di un procedimento, talaltra fa scattare ulteriori indagini. È uno strumento utile perché l'attività investigativa è molto costosa. Non abbiamo fondi sufficienti. Se l'avviso porta a un'imputazione del destinatario oppure lo convince a collaborare o, ancora, mette in luce una solida traccia investigativa, per noi è tanto di guadagnato.»

«Per quanto riguarda l'avviso inviato a Louis Opparizio, che cosa l'ha indotta a inoltrarglielo?»

«Io e il mio collega conoscevamo il suo nome perché era già saltato fuori in altri casi sui quali stavamo lavorando. Non necessariamente sotto un profilo di illegalità. Il fatto è che la società di Opparizio macina pignoramenti senza tregua, come diciamo noi. Gestisce le pratiche burocratiche e le procedure di esproprio per molte banche attive nella California meridionale. Migliaia di casi. Ci imbattevamo continuamente in questa società, la ALOFT, e a volte c'erano delle lamentele sui metodi usati. Con il mio collega ho deciso di andare un po' a fondo. Abbiamo mandato l'avviso per capire come avrebbe reagito l'interessato.»

«Intende dire che volevate provocare una reazione?»
«Qualcosa di più. Come ho detto, c'era molto fumo intorno alle attività dell'ALOFT. Cercavamo l'arrosto. A volte la reazione a un avviso di garanzia ci dice quali passi fare successivamente.»
«All'epoca in cui avete redatto e inviato l'avviso di garanzia, avevate in mano qualche indizio che Louis Opparizio o la sua società avessero commesso dei reati?»
«No, non in quel momento.»
«Cosa è successo dopo che avete inviato l'avviso?»
«Niente fino a oggi.»
«Louis Opparizio ha risposto all'avviso di garanzia?»
«Ha risposto un avvocato dicendo che il signor Opparizio era molto favorevole a un'eventuale indagine perché avrebbe avuto modo di dimostrare che la sua era un'attività pulita.»
«Vi siete avvalsi dell'opportunità che vi veniva data e avete indagato sul signor Opparizio e la sua società?»
«Non abbiamo avuto il tempo. Abbiamo in corso parecchie altre indagini che sembrano più promettenti.»
La Freeman controllò i suoi appunti prima di concludere.
«Insomma, agente Vasquez, Louis Opparizio e l'ALOFT sono al momento indagati dalla sua unità operativa?»
«Tecnicamente no, ma intendiamo dare un seguito all'avviso di garanzia.»
«La sua risposta, dunque, è no?»
«Esatto.»
«Grazie, agente Vasquez.»
Si sedette. Era raggiante e ovviamente compiaciuta della testimonianza resa dall'agente. Mi alzai con il mio taccuino e presi posto al leggio. Mi ero appuntato alcune domande poste durante l'interrogatorio diretto.
«Agente Vasquez, sta dicendo alla giuria che il soggetto che non risponde immediatamente al vostro avviso di garanzia presentandosi e confessando è di sicuro innocente di ogni reato?»
«No, non ho detto questo.»
«Visto che il signor Opparizio non lo ha fatto, lei ritiene che non ci sia niente di cui debba rispondere?»
«No.»

«È sua abitudine inviare avvisi di garanzia a persone che considera del tutto estranee a ogni attività criminale?»

«No.»

«Qual è lo spartiacque, agente? Quand'è che un soggetto riceve un avviso di garanzia?»

«In sostanza se il mio radar intercetta qualcosa di sospetto, io svolgo delle indagini preliminari ed eventualmente invio l'avviso. Non lo mandiamo a casaccio a destra e a sinistra. Sappiamo quello che facciamo.»

«Lei, il suo collega o qualcun altro della sua unità operativa ha mai parlato con Mitchell Bondurant a proposito dell'ALOFT e della sua gestione?»

«No, non l'abbiamo fatto. Nessuno l'ha fatto.»

«Avrebbe potuto essere un vostro interlocutore?»

L'accusa sollevò obiezione, ritenendo che la domanda fosse vaga. Il giudice la sostenne. Decisi di soprassedere, lasciando che la domanda senza risposta continuasse ad aleggiare davanti alla giuria.

«Grazie, agente Vasquez.»

L'accusa riprese la presentazione del caso chiamando a testimoniare il giardiniere che aveva trovato il martello tra gli arbusti di una casa a un isolato e mezzo dal luogo del delitto. Una deposizione che filò liscia e si svolse rapidamente, di per sé poco significativa finché non si fosse saldata con quelle dei periti nominati dall'accusa. Segnai un punto a favore della difesa nel momento in cui portai il giardiniere ad ammettere che aveva lavorato intorno a quegli arbusti almeno una dozzina di volte prima di trovare il martello. Un piccolo seme piantato per la giuria; il dubbio che il martello fosse stato lasciato lì molto dopo l'omicidio.

Seguirono, citati dall'accusa, altri testimoni, tutti marginali, come il proprietario della casa nel cui giardino era stato trovato il martello, e i poliziotti che di volta in volta avevano avuto l'incarico di custodirlo fino alla consegna al laboratorio della Scientifica. Non mi presi la briga di controinterrogare. Non avrei messo in dubbio che fosse quella l'arma del delitto o contestato la regolarità delle procedure nella trafila dei successivi affidamenti. La mia strategia era di dare per scontato che il martello era servito a uccidere Mitchell Bondurant e che apparteneva a Lisa Trammel.

Una mossa inattesa, ma l'unica a cui potevo ricorrere per sostenere la teoria della messinscena a danno dell'imputata. L'ipotesi che, prima di sparire in Messico, Jeff Trammel avesse messo il martello nel bagagliaio della BMW non aveva portato a niente. Cisco era riuscito a localizzare la macchina, ancora in uso presso la concessionaria dove Jeff Trammel aveva lavorato, ma non c'era alcun martello nel bagagliaio dell'auto e, stando al gestore del parco macchine, non c'era mai stato. Lasciai perdere la storia di Jeff Trammel, considerandola un vano tentativo di spremere dei soldi per delle informazioni che avrebbero potuto aiutare la moglie.

Il dibattito sull'arma del delitto ci fece arrivare all'ora di pranzo e il giudice, come era diventata sua abitudine, sospese l'udienza con quindici minuti di anticipo. Mi volsi alla mia cliente per invitarla a pranzo.

«Ed Herb? Gli ho promesso che avrei pranzato con lui» disse.

«Può venire anche Herb.»

«Davvero?»

«Sì, perché no?»

«Perché pensavo che... non importa. Glielo dirò.»

«Bene. Vi porto io.»

Rojas venne a prenderci e, percorrendo Van Nuys Boulevard, arrivammo all'Hamlet vicino a Ventura. Il ristorante esisteva da decenni e, sebbene fosse migliorato nell'aspetto dai tempi in cui si chiamava Hamburger Hamlet, la cucina era sempre la stessa. L'interruzione anticipata dell'udienza ci consentì di evitare la fila del mezzogiorno e ci fu subito assegnato un tavolo appartato.

«Mi piace questo locale, ma non ci vengo da secoli» disse Dahl.

Mi sedetti di fronte a lui e a Lisa. Non commentai il suo entusiasmo per il ristorante. Ero troppo occupato a pensare a come condurre il gioco durante il pranzo.

Ci affrettammo a ordinare perché, malgrado l'intervallo più lungo, non avevamo molto tempo a disposizione. La conversazione si concentrò sul processo e su come Lisa ne percepiva lo sviluppo. Fino a quel momento era soddisfatta.

«Da ogni testimone riesci a ottenere qualche ammissione che mi aiuta. Notevole.»

«Il problema è se riesco a ottenerne a sufficienza» dissi. «Ricordati che la montagna si fa più ripida man mano che si procede. Conosci *Shéhérazade*? Musica classica, di Ravel, credo. La eseguono ogni anno all'Hollywood Bowl.»

Due paia di occhi vacui mi guardarono.

«Be', non importa. È un lungo brano musicale, che dura una quindicina di minuti. Inizia lentamente con pochi strumenti e poi acquista intensità e potenza per culminare in un crescendo fino al finale grandioso in cui suonano tutti gli strumenti dell'orchestra. In contemporanea le emozioni degli ascoltatori acquistano intensità fino a raggiungere l'acme. È un brano straordinario, vi piaccia o non vi piaccia la musica classica. Ed è così che procede la pubblica accusa. Sta costruendo la sua sinfonia. Il meglio deve ancora venire e alla fine tutti gli strumenti suoneranno insieme: tamburi, violini, corni. Capisci, Lisa?»

Annuì, riluttante.

«Non intendo scoraggiarti. Sei piena di energia, speranza, buone intenzioni; continua a esserlo. La giuria lo percepisce, e ci è utile quanto quello che faccio io. Ma ricordati: la montagna si fa più ripida. L'accusa ha ancora un asso nella manica: le perizie tecniche. I giurati vanno pazzi per le prove scientifiche che offrono loro una via d'uscita, e cioè la possibilità di delegare ad altri la decisione. Molti sono contenti di essere stati selezionati per far parte di una giuria. Pensano che per un po' non andranno a lavorare, che se ne staranno seduti in prima fila ad ascoltare un caso interessante, un caso di vita vera, invece di prendere la metropolitana. Ma alla fine devono guardarsi in faccia e decidere. Decidere della vita di un altro. Credimi: non molti ne hanno voglia. La scienza li aiuta. "Be', se il dna corrisponde, allora non si può sbagliare. Colpevole come da imputazione." Vedi? È questo che ci aspetta, Lisa, e non voglio che tu ti faccia troppe illusioni.»

Con l'aria dell'uomo di mondo Dahl le pose una mano sul

braccio che lei aveva appoggiato sul tavolo e le diede una stretta incoraggiante.

«Cosa faremo con il dna?» chiese Lisa.

«Niente» dissi. «Non possiamo fare niente. Prima del processo ti ho detto che l'avremmo fatto analizzare dai nostri tecnici. La risposta è stata la stessa. La prova regge.»

Aveva abbassato lo sguardo con aria sconfitta e vidi spuntare le lacrime, che era quello che volevo. La cameriera scelse quel momento per portarci i piatti. Aspettai che fossimo di nuovo soli prima di continuare.

«Dai, Lisa. Il dna è solo una messinscena.»

Mi guardò confusa.

«Mi pareva che avessi appena detto che il risultato è stato confermato.»

«È vero, ma non vuol dire che non ci sia una spiegazione. Affronterò la prova del dna. Come dicevi quando ci siamo seduti, il mio compito è di gettare il seme del dubbio in ogni tessera del mosaico. Poi speriamo che quando tutti i pezzi saranno al loro posto e l'accusa esibirà l'opera completa alla giuria, quei piccoli semi di dubbio siano nel frattempo germogliati in qualcosa che può cambiare completamente il quadro. Se ci riusciremo, andremo ad abbronzarci.»

«Che cosa intendi dire?»

«Che potremo tornare a casa e andare a prendere la tintarella in spiaggia.»

Le sorrisi e lei ricambiò il sorriso. Le lacrime avevano rovinato il complicato trucco che si era fatta quella mattina.

Il resto del pranzo passò in chiacchiere, con Lisa e il suo cicisbeo che si perdevano in osservazioni futili e oziose sul sistema della giustizia penale. Succede sempre con i clienti. Non sanno niente di legge, ma sono prontissimi a dirmi quello che non va. Aspettai finché lei non si portò alla bocca l'ultima forchettata di insalata.

«Lisa, il tuo mascara si è sciolto durante la prima parte della nostra conversazione. È importante che tu dimostri quanto sei forte. È meglio che tu vada a rimetterti in sesto.»

«Non posso farlo in tribunale?»

«No. Non possiamo sapere chi incontreremo. Nessuno deve pensare che tu abbia trascorso l'intervallo del pranzo a piangere. Vai. Io intanto dirò a Rojas che venga a prenderci.»
«Mi ci vorrà qualche minuto.»
Controllai l'orologio.
«Fai con comodo. Chiamerò Rojas quando sarai di ritorno.»
Dahl si alzò per farle spazio e permetterle di uscire dall'angolo. Restammo soli. Avevo spinto di lato il mio piatto e mi appoggiavo al tavolo con i gomiti. Tenevo le mani allacciate davanti alla bocca, come un giocatore di poker che alza le carte per nascondere l'espressione del viso. Un buon avvocato è essenzialmente un buon negoziatore. Era arrivato il momento di negoziare l'uscita di scena di Dahl.
«Dahl... è ora che tu te ne vada.»
Sorrise lievemente come se non avesse capito.
«Che vuol dire? Siamo venuti qui insieme.»
«Mi riferisco al processo. È ora che tu sparisca dalla vita di Lisa.»
Aveva ancora un'aria perplessa.
«Non sparirò dalla sua vita. Io le sono molto vicino. Ho impegnato un sacco di soldi in questa storia.»
«I tuoi soldi se ne sono andati. Per quanto riguarda Lisa, è una farsa che si conclude in questo preciso momento.»
Trassi dalla tasca interna della giacca la foto che Cisco mi aveva dato la notte prima e che mostrava Herb con i fratelli Mack. Gliela porsi. Lui le diede una rapida occhiata e scoppiò in una risata stentata.
«D'accordo. Chi sono?»
«I fratelli Mack. I due che hai ingaggiato per massacrarmi di botte.»
Scosse la testa e lanciò un'occhiata verso il corridoio sul retro che portava alle toilette. Tornò a volgersi verso di me.
«Scusami, Mickey, ma non so di cosa tu stia parlando. Ricordati che abbiamo concluso un accordo sui diritti cinematografici. Un film maturato in circostanze che sicuramente l'Ordine degli avvocati della California sarà interessato a esaminare. A parte questo...»

«Mi stai minacciando, Dahl? Se è così, fai un grave errore.»
«No, nessuna minaccia. Sto solo cercando di capire da dove salti fuori.»
«Salto fuori da una stanza scura dopo un'interessante conversazione con i fratelli Mack.»
Dahl tornò a piegare la foto e me la restituì.
«Quei due? Mi hanno chiesto dei consigli, nient'altro.»
«Consigli? Sei sicuro che non hanno voluto soldi? Abbiamo delle foto che lo attestano.»
«Forse ho dato loro qualche dollaro. Mi hanno chiesto di aiutarli e sembravano abbastanza perbene.»
Fu il mio turno di sorridere.
«Lo sai che sei bravo, Herb. Ma hanno spiattellato tutto. Perciò bando alle stronzate e veniamo al punto.»
Si strinse nelle spalle.
«D'accordo, la scena è tua. Cosa si rappresenta?»
«Si rappresenta quello che ho detto all'inizio. Te ne vai, Herb. Dai a Lisa il bacio d'addio; dai il bacio d'addio anche ai diritti cinematografici. Dai il bacio d'addio ai soldi.»
«Quanti baci. Cosa ho in cambio?»
«Non vai in galera. Ecco quello che hai in cambio.»
Scosse la testa e tornò a guardare al di sopra della spalla.
«Non stanno così le cose, Mick. Vedi, non erano soldi miei. Non venivano da me.»
«Da chi allora? Da Jerry Castille?»
I suoi occhi ebbero un guizzo. Quel nome lo aveva colpito come un pugno invisibile. Aveva capito che i fratelli Mack erano crollati e avevano parlato.
«Sì, so di Jerry e anche di Joey a New York. I delinquenti non hanno il senso dell'onore, Herb. I fratelli Mack sono pronti a cantare come Sonny e Cher. La canzone si intitola *I've Got You, Babe*, ti ho beccato e impacchettato in una bella confezione. Se non sparisci dalla mia vita e da quella di Lisa, lascerò la foto nell'ufficio del procuratore distrettuale dove – guarda un po' – lavora la mia ex moglie. La quale ex moglie è assai dispiaciuta per come sono stato aggredito e sarà lei a sostenere l'accusa.

Prevedo che le basterà una mattina per portarti davanti al gran giurì e tu, testa di cazzo, andrai a picco per lesioni e ti saranno date le circostanze aggravanti. Il che vuol dire che alla condanna saranno aggiunti tre anni. In quanto vittima, insisterò sull'aggravio di pena. Per il testicolo che mi hai strizzato. Tutto considerato, ti aspettano quattro anni di galera, Herb. E una cosa voglio che tu sappia: non ci sono simboli di pace che tengano nel carcere di Soledad.»

Dahl appoggiò i gomiti sul tavolo e si sporse in avanti. Per la prima volta lessi la disperazione nel suo sguardo.

«Non sai che cazzo stai facendo. Non sai con chi dovrai vedertela.»

«Ascolta, stronzo – posso chiamarti stronzo? – non me ne frega un cazzo con chi dovrò vedermela. Ti guardo negli occhi e voglio che tu vada fuori dei coglioni e...»

«No, non hai capito. Io posso aiutarti. Tu credi di sapere come stanno le cose? Non sai niente. Ma posso insegnarti qualcosa, Haller. Posso aiutarti ad andare in spiaggia, dove tutti ci abbronzeremo.»

Mi distanziai da lui, appoggiando il braccio sullo schienale imbottito del séparé. Ero perplesso. Mossi una mano con uno scatto del polso come se fosse tutto una gran perdita di tempo.

«Su, insegnami qualcosa.»

«Credi che io mi sia unito a quella sua marcia di protesta e le abbia detto: "Su facciamo un film?". Che testa di cazzo! Mi hanno mandato lì. Prima ancora che Bondurant facesse la fine che ha fatto, io mi ero già avvicinato a Lisa. Credi che fosse per caso?»

«Mandato da chi?»

«Chi, secondo te?»

Lo fissai e sentii che si incastravano tutti gli elementi del caso, come gli affluenti che si riversano nel fiume. L'ipotesi dell'innocenza non era più un'ipotesi: la trappola era reale.

«Opparizio.»

Fece un rapido cenno di assenso. In quel momento vidi Lisa che si avvicinava lungo il corridoio sul retro, gli occhi luminosi e brillanti per comparire davanti alla corte. Tornai a guardare Dahl. Volevo fargli molte domande, ma non avevamo tempo.

«Nel mio ufficio stasera, alle sette. Da solo. Per parlare di Opparizio. Mi dirai tutto se non vuoi che io vada in procura.»

«Non testimonierò mai contro di lui. Mai.»

«Alle sette.»

«Ho appuntamento con Lisa per cena.»

«Inventa una scusa. Cambia il programma. Trovati lì. Adesso andiamo.»

Mentre Lisa arrivava, scivolai fuori del séparé. Chiamai Rojas col cellulare.

«Siamo pronti. Vieni a prenderci davanti al ristorante.»

34

Quando la corte rientrò in aula, l'accusa chiamò a deporre la detective Cynthia Longstreth, che lavorava in coppia con Kurlen. Andrea Freeman stava confermando la mia teoria, e cioè che la sua versione di *Shéhérazade* sarebbe culminata con la scienza. Era una buona regia, la sua. Servirsi di quello che non poteva essere messo in dubbio. Descrivere l'indagine con le testimonianze di Kurlen e della Longstreth e terminare con le perizie scientifiche, per poi concludere con la deposizione del medico legale e con i test del dna. Una bella struttura difficilmente attaccabile.

Cynthia Longstreth non aveva più l'aria dura e severa di quando l'avevo incontrata alla divisione Van Nuys. Indossava un abito che la faceva sembrare una maestra più che un funzionario di polizia, una metamorfosi che avevo notato altre volte nelle detective donne e che mi lasciava sempre stupefatto. Mi era capitato spesso di trovarmi davanti a una teste che, su suggerimento della procura o di propria iniziativa, si era trasformata per apparire più gradevole e simpatica alla giuria. Ma se avessi osato farlo presente al giudice, o a chiunque altro, avrei rischiato di essere tacciato di misoginia.

Così mi limitavo quasi sempre a sorridere e a mandar giù.

L'accusa aveva riservato alla Longstreth la descrizione della seconda metà dell'indagine. La testimonianza avrebbe riguardato soprattutto la perquisizione della casa di Lisa Trammel e quello che vi era stato trovato. Non mi aspettavo sorprese in questa fase. Dopo avere acquisito a verbale le generalità e le qualifiche professionali della teste, il procuratore andò subito al punto.

«Si è fatta rilasciare dal magistrato un mandato di perquisizione per accedere alla casa di Lisa Trammel?» le chiese.

«Sì.»

«Può indicarci la procedura che si segue per ottenere il mandato?»

«Si presenta al magistrato una richiesta, indicando i fatti e gli elementi che fanno ritenere necessaria una perquisizione. In questo caso mi sono basata sulla dichiarazione della teste che aveva visto l'imputata nelle vicinanze della banca e sulle dichiarazioni contraddittorie dell'imputata stessa durante l'interrogatorio. Il mandato è stato rilasciato e sottoscritto dal giudice Companioni e noi ci siamo recati nella casa di Woodland Hills.»

«A chi si riferisce dicendo "noi"?»

«Il mio collega, il detective Kurlen, e io abbiamo deciso di portare sul luogo un videografo e una squadra di tecnici della Scientifica per esaminare tutto quello che avremmo trovato durante la perquisizione.»

«Quindi l'intera operazione di perquisizione è stata registrata su video?»

«Be', non proprio tutta. Io e il mio collega ci siamo divisi per fare più in fretta, ma c'era un solo cameraman, che ovviamente non poteva riprendere entrambi. Lo chiamavamo quando trovavamo qualcosa che ci sembrava utile requisire per sottoporlo a un esame successivo.»

«Capisco. Ha portato il video oggi?»

«Sì. È già stato inserito nel registratore ed è pronto per essere visionato.»

«Perfetto.»

E così la giuria si guardò un video di novanta minuti accompagnato dalla spiegazione della Longstreth. La macchina da presa aveva inquadrato gli agenti mentre arrivavano a casa dell'imputata e, prima di entrare, facevano un giro completo intorno all'edificio. Durante la ripresa del cortile posteriore, Cynthia Longstreth ebbe cura di indicare ai giurati un tratto terrazzato, coltivato a erbe aromatiche, dove il terreno era stato rivoltato di recente. Sembrava la scena di un film che, in un crescendo magistrale, faceva montare la tensione fino al momento in cui la macchina da presa sarebbe entrata nel garage.

Mi era difficile concentrarmi sulla testimonianza. Dahl aveva lanciato una bomba quando aveva rivelato il collegamento con Opparizio. Continuavo a pensare ai possibili sviluppi di quell'informazione e all'impatto che avrebbe potuto avere sul processo. Non vedevo l'ora che l'udienza finisse e arrivassero le sette.

Il video mostrava che per entrare in casa si era utilizzata la chiave confiscata a Lisa Trammel dopo il suo arresto, senza forzare la serratura. Una volta all'interno, gli agenti avevano condotto una perquisizione sistematica dei locali che sembrava seguire uno schema collaudato. Avevano controllato gli scarichi della doccia e della vasca da bagno alla ricerca di eventuali tracce di sangue, e lo stesso avevano fatto con la lavatrice e l'asciugatrice. La parte più minuziosa della perquisizione era stata quella riguardante gli armadi: ogni indumento era stato attentamente esaminato e sottoposto a trattamento chimico per evidenziare eventuali tracce di sangue.

La macchina da presa aveva seguito la detective Longstreth mentre usciva di casa da una porta laterale, attraversava un piccolo portico e raggiungeva un'altra porta, che non era chiusa a chiave e si apriva sul garage. A questo punto Andrea Freeman interruppe il video. Come una esperta regista, stava esasperando la suspense, così attentamente creata.

«Quello che avete trovato nel garage si è rivelato molto importante per l'indagine, vero?»

«Sì, è così.»

«E che cosa avete trovato?»

«Be', direi che è più importante quello che non abbiamo trovato.»

«Può essere più chiara?»

«Sì. C'era un banco da lavoro, che occupava la parete in fondo al garage, fornito di una serie completa di attrezzi da falegname. Molti pendevano dai ganci infissi in un pannello forato posto sopra il banco e altrettanto lungo. A ogni gancio corrispondeva il nome di un attrezzo. Ciascuno aveva una sua precisa collocazione.»

«Può farcelo vedere?»

Riavviato il video, si ebbe un'inquadratura frontale del banco da lavoro. A questo punto la Freeman azionò il fermo immagine.

«Questo è il banco, giusto?»

«Sì.»

«Vediamo gli attrezzi appesi ai ganci del pannello. Manca qualcosa?»

«Sì, manca il martello.»

L'accusa chiese al giudice di autorizzare la teste a scendere dal banco dei testimoni e a usare un puntatore laser per mostrarci dove si trovava il gancio del martello. Il giudice glielo concesse.

Dopo averlo indicato, la detective ritornò al banco dei testimoni.

«Il gancio era specificamente contrassegnato come quello cui era appeso il martello?»

«Sì.»

«Quindi il martello non c'era?»

«Non lo abbiamo trovato da nessuna parte, né in casa né nel garage.»

«Avete identificato la marca e il modello dei diversi attrezzi appesi alla parete?»

«Sì. Abbiamo potuto stabilire che i Trammel avevano l'intero assortimento di utensili della Craftsman, che viene venduto in un'unica confezione. Si tratta di una serie di duecentotrentanove pezzi denominata "Tutto per il falegname".»

«Sarebbe stato possibile comprare il martello come pezzo sciolto al di fuori di quella specifica confezione?»

«No. Quel particolare modello era venduto solo all'interno della confezione.»

«È successo che nel corso dell'indagine fosse consegnato alla polizia un martello trovato vicino al luogo in cui era stato assassinato Mitchell Bondurant?»

«Sì, un giardiniere ne ha trovato uno in un gruppo di cespugli, a un isolato e mezzo dal garage nel quale era stato commesso l'omicidio.»

«Lo ha esaminato?»

«Brevemente prima di consegnarlo alla Scientifica perché lo analizzasse.»

«Che tipo di martello era?»

«Un martello da carpentiere.»

«Di che marca?»

«Era prodotto dalla Craftsman e distribuito dalla Sears.»

La Freeman fece una pausa, quasi si aspettasse un sussulto di sorpresa da parte della giuria, mentre tutti sapevano dove voleva arrivare. Si avvicinò al suo tavolo e aprì un sacchetto marrone, del tipo usato per conservare le prove, da cui estrasse un martello contenuto in una busta di plastica. Tenendolo sospeso in aria, ritornò al leggio.

«Vostro onore, mi consente di avvicinarmi alla testimone con una prova prodotta in giudizio?»

«Concesso.»

Andrea si avvicinò alla Longstreth e le porse il martello.

«Detective, le chiedo di identificare l'attrezzo che ha in mano.»

«È lo stesso che è stato rinvenuto dal giardiniere e che è stato consegnato a me. Sul sacchetto ci sono le mie iniziali e il numero del mio distintivo.»

Ripreso il martello, la Freeman chiese che fosse inserito tra i reperti acquisiti dall'accusa, e il giudice autorizzò. Dopo averlo rimesso sul proprio tavolo, la Freeman ritornò al leggio e riprese l'interrogatorio.

«Lei ha dichiarato di avere consegnato il martello alla Scientifica perché lo analizzasse. Giusto?»

«Sì.»

«In seguito ha ricevuto la relazione del perito legale?»

«Sì, eccola.»

«Quali sono state le conclusioni?»

«Sono emersi due elementi interessanti. In primo luogo ha identificato nel martello quello prodotto per la specifica confezione di "Tutto per il falegname" della Craftsman Sears.»

«La stessa trovata nel garage dell'imputata?»

«Sì.»

«Da cui peraltro il martello mancava.»

«Sì.»

«E l'altro elemento?»

«Sono state trovate tracce di sangue sul manico.»

«Pur essendo stato rinvenuto in mezzo ai cespugli, dove era rimasto per parecchie settimane?»

Mi alzai per obiettare, osservando che non esistevano prove, né testimoniali né materiali, che indicassero per quanto tempo il martello era rimasto tra i cespugli.

«Il martello è stato trovato parecchie settimane dopo l'omicidio» intervenne a sua volta la Freeman. «È ragionevole supporre che sia rimasto lì durante quel periodo.»

Replicai immediatamente, prima ancora che il giudice mi autorizzasse a farlo.

«Giudice, l'accusa non ha prodotto alcun elemento probatorio né alcuna testimonianza in base alla quale si possa concludere che il martello sia rimasto tra i cespugli per tutto quel tempo. Anzi, il giardiniere ha dichiarato di avere lavorato in prossimità di quei cespugli almeno una dozzina di volte dal giorno dell'omicidio e di averlo visto soltanto quella mattina. Sarebbe stato facile lasciarlo lì la notte prima...»

«Obiezione!» strillò Andrea Freeman. «L'avvocato Haller sta anticipando la sua teoria difensiva.»

«Basta!» muggì il giudice. «E vale per entrambi. L'accusa riformuli la domanda in modo da non dare per scontati fatti non provati.»

La Freeman abbassò lo sguardo sui suoi appunti, mentre cercava di calmarsi.

«Detective, ha notato la presenza di sangue sul martello quando le è stato consegnato?»

«No.»

«Quanto sangue è stato trovato?»

«La relazione della Scientifica parla di tracce. Una piccolissima quantità sotto la parte superiore dell'impugnatura di gomma che riveste il manico di legno.»

«E che cosa ha fatto dopo avere ricevuto la relazione?»

«Mi sono adoperata per far esaminare il dna presso un laboratorio privato di Santa Monica.»

«Perché non si è servita del laboratorio criminologico regionale dell'Università della California? Non è questa la procedura abituale?»

«Sì, ma abbiamo voluto abbreviare i tempi. Avevamo dei fondi a disposizione e abbiamo pensato di muoverci in fretta. Comunque i risultati sono stati controllati dal nostro laboratorio.»

La Freeman si interruppe e chiese al giudice di includere la relazione della Scientifica tra le prove addotte. Non sollevai obiezioni e il giudice accolse la richiesta. A questo punto, cambiando linea di interrogatorio, l'accusa sospese le domande sul dna, lasciando che, a conclusione della sua presentazione del caso, fosse l'esperto della Scientifica a illustrare i risultati del test.

«Torniamo al garage, detective. Ha trovato nient'altro di rilevante?»

Obiettai di nuovo per la formulazione della domanda, basata sul presupposto che si fosse trovato qualcosa di rilevante quando in realtà non risultava che fosse stato così. Era un'obiezione di scarsa efficacia, ma la avanzai ugualmente perché l'ultima schermaglia era servita a smorzare lo slancio dell'accusa e io volevo continuare in quella direzione. Il giudice le disse di riformulare la domanda.

«Detective, finora lei ha parlato di quello che non è stato trovato nel garage, nel caso specifico il martello. Cosa può dirci invece su quello che ha trovato?»

La Freeman si volse verso di me come per chiedere la mia approvazione. Annuii e le sorrisi. Ora pareva tener conto della mia presenza, segno che l'avevo disturbata con le due ultime obiezioni.

«Abbiamo trovato un paio di scarpe da giardinaggio e abbiamo ottenuto una reazione positiva al test col Luminol.»

«Il Luminol è un composto chimico che rivela la presenza di sangue ai raggi ultravioletti, giusto?»

«Sì. Lo si usa per individuare la presenza di sangue nei punti in cui le tracce sono state ripulite o lavate.»

«Dove è stato trovato il sangue in questo caso?»

«Sulla stringa della scarpa sinistra.»

«Perché questo particolare paio di scarpe è stato sottoposto al test del Luminol?»

«È procedura normale esaminare le scarpe e gli indumenti di un possibile indiziato quando si cercano eventuali tracce di sangue. C'era sangue sul luogo del delitto e quindi abbiamo agito supponendo che l'aggressore si fosse macchiato. In secondo luogo, avevamo osservato che di recente erano stati fatti dei lavori nel giardino posteriore. Il terreno era stato rivoltato, e tuttavia le scarpe erano pulite.»

«Mi sembra comprensibile che uno si pulisca le scarpe prima di entrare in casa.»

«Certo, ma il fatto è che le scarpe non erano in casa. Le abbiamo trovate nel garage, in una scatola di cartone che conteneva del terriccio, presumibilmente proveniente dal giardino. Eppure le scarpe erano pulitissime. Questo particolare ci ha colpito.»

Il procuratore fece avanzare il video fino al punto in cui apparivano le scarpe. Erano collocate l'una accanto all'altra in una scatola che di lato portava la scritta Coca-Cola ed era posata su una mensola sotto il banco da falegname, probabilmente il luogo dove venivano riposte d'abitudine.

«Sono queste le scarpe?»

«Sì, si vedono i tecnici della Scientifica che le prelevano.»

«Sta dicendo che si è insospettita vedendole pulite, nonostante la scatola che le conteneva fosse sporca di terriccio?»

Obiettai, dicendo che l'accusa tentava di orientare la risposta. La mia obiezione fu accolta, ma la giuria aveva recepito il messaggio. L'accusa proseguì.

«Cosa vi ha fatto pensare che le scarpe fossero di Lisa Trammel?»

«Erano piccole, ovviamente scarpe da donna; inoltre abbiamo trovato in casa una foto che mostrava l'imputata intenta a lavorare in giardino con addosso quelle scarpe.»

«Grazie, detective. Che ne è stato delle scarpe e della stringa che avete sottoposto al test del Luminol?»

«Questa volta abbiamo consegnato la stringa al laboratorio dell'Università statale della California perché eseguisse il test del dna.»

«Perché non vi siete rivolti al laboratorio privato?»

«La traccia di sangue era piccolissima. Abbiamo deciso di non correre il rischio di compromettere l'esemplare affidandolo a un laboratorio esterno. Il mio collega e io lo abbiamo consegnato personalmente al laboratorio dell'università. Abbiamo mandato anche altri campioni di confronto.»

«Si spieghi meglio.»

«Abbiamo inviato separatamente al laboratorio dei campioni di sangue della vittima perché fossero messi a confronto con quello trovato sulla scarpa.»

«Perché separatamente?»

«Per evitare ogni possibile contaminazione.»

«Grazie, detective Longstreth. Per il momento non ho altre domande.»

Il giudice sospese l'udienza per la pausa pomeridiana, prima che io cominciassi il controinterrogatorio. La mia cliente, ignara del motivo per cui l'avevo invitata a pranzo, mi chiese di raggiungere lei e Dahl per prendere il caffè insieme. Declinai, dicendo che dovevo scrivere le domande per il controinterrogatorio. In realtà erano già pronte, e lo erano perché l'interrogatorio condotto da Andrea Freeman era andato esattamente come avevo previsto, anche se prima del processo avevo pensato che l'accusa si sarebbe servita solo di Kurlen per avere una deposizione complessiva sul martello, le scarpe e la perquisizione della casa di Lisa Trammel.

Passai la pausa al telefono con Cisco, preparandolo all'incontro con Dahl. Gli dissi di ragguagliare Jennifer e, per sicurezza, di convocare al Victory Building Tommy Guns e Bam Bam. Non sapevo se Dahl avrebbe giocato lealmente o no, ma non mi sarei lasciato cogliere impreparato.

35

DOPO L'INTERVALLO, CYNTHIA LONGSTRETH ritornò sul banco dei testimoni e il giudice mi ordinò di iniziare il controinterrogatorio. Senza preamboli, affrontai direttamente i punti che volevo mettere in rilievo per la giuria. In primo luogo intendevo evidenziare il fatto che, il giorno stesso dell'omicidio, la polizia aveva controllato il quartiere, compresa la casa dell'imputata e presumibilmente la zona circostante in cui successivamente era stato trovato il martello.

«Detective, non l'ha turbata il fatto che il martello sia stato rinvenuto tanto tempo dopo, nonostante fosse così vicino alla scena del delitto e all'interno di un perimetro setacciato palmo a palmo?»

«No, non proprio. Dopo il ritrovamento, mi sono recata sul luogo. I cespugli sono fitti e quindi non mi sono sorpresa che il martello fosse rimasto lì per tutto quel tempo. Anzi, mi sono detta che era stato un colpo di fortuna ritrovarlo.»

Buona risposta. Cominciavo a capire perché l'accusa avesse suddiviso tra Kurlen e la Longstreth le dichiarazioni testimoniali. La detective si dimostrava bravissima, forse migliore del suo collega che in teoria era più esperto di lei. Proseguii. Una delle regole del gioco è di prendere le distanze da un errore. Inutile cercare di porvi rimedio insistendo sul punto.

«Passiamo alla casa di Woodland Hills. Non ritiene che la perquisizione di quella casa sia stata un fiasco?»

«Un fiasco? Non direi.»
«Avete trovato gli indumenti insanguinati dell'imputata?»
«No.»
«Avete trovato il sangue della vittima negli scoli della doccia o del bagno?»
«No.»
«Nella lavatrice?»
«No.»
«Nel corso di questo processo, quali prove ha prodotto l'accusa che siano state rinvenute in casa dell'imputata? Non mi riferisco al garage, ma all'abitazione.»
La teste impiegò parecchio tempo a compilare un inventario mentale. Alla fine scosse la testa.
«Al momento non ricordo, ma non significa che la perquisizione sia stata un buco nell'acqua. A volte non trovare niente è utile quanto trovare qualcosa.»
Feci una pausa. Mi stava provocando. Voleva che le chiedessi di spiegare quella sua affermazione, ma chissà dove mi avrebbe portato. Decisi di fare marcia indietro, di non abboccare all'amo e di passare a un altro punto.
«Sta bene, comunque la prova che avete raccolto è stata trovata nel garage, vero?»
«Sì, è così.»
«Ci stiamo riferendo alla scarpa con tracce di sangue e all'assortimento di attrezzi dal quale mancava il martello, vero?»
«Sì, giusto.»
«Ho omesso niente?»
«Non mi pare.»
«Bene, lasci che le mostri qualcosa sulle lavagne luminose.»
Afferrai il telecomando che Andrea Freeman aveva lasciato sul leggio per comodità. Ripresi il video della perquisizione, tenendo gli occhi puntati sulle immagini che scorrevano all'indietro. Appena superate quelle che mi interessavano, fermai il video e lo riportai in avanti fino alla scena giusta. Qui feci una pausa.
«Può dire alla giuria cosa succede a questo punto?»
Premetti il tasto PLAY e le immagini ripresero a scorrere, mostrando la Longstreth e uno dei tecnici della Scientifica che si

allontanavano dalla casa e attraversavano il portico verso la porta del garage.

Poi si sentì la sua voce registrata.

«Forse avremo bisogno della chiave che ha Kurlen» disse.

Ma sullo schermo apparve la sua mano guantata che girava il pomolo della porta.

«Non serve. È aperta.»

Lasciai scorrere le immagini mentre lei e il tecnico entravano nel garage e accendevano la luce. Poi le bloccai di nuovo.

«Era la prima volta che entrava nel garage, detective?»

«Sì.»

«Ho visto che accendeva le luci. Nessuno della sua squadra era entrato in precedenza?»

«No, nessuno.»

Lentamente tornai indietro con le immagini fino al punto in cui aveva aperto la porta per entrare. Mentre si rivedeva la scena, le porsi la domanda successiva.

«Noto che non usa una chiave per entrare nel garage. Come mai?»

«Come si può vedere, la porta si è aperta quando ho girato il pomolo. Non era chiusa a chiave.»

«Sa perché?»

«No, so solo che non era chiusa a chiave.»

«C'era qualcuno in casa quando sono arrivati gli agenti che hanno condotto la perquisizione?»

«No, la casa era vuota.»

«La porta dell'abitazione era chiusa a chiave, vero?»

«Sì. La signora Trammel l'aveva chiusa a chiave quando aveva accettato di seguirci nella sede della divisione Van Nuys.»

«Lo aveva fatto di sua iniziativa o glielo avevate suggerito voi?»

«L'aveva fatto di sua iniziativa.»

«Sicché ha chiuso a chiave la porta di casa, ma ha lasciato aperta la porta che conduce al garage, giusto?»

«Sembra di sì.»

«È corretto affermare che la porta non era chiusa a chiave quando siete arrivati con il mandato di perquisizione?»

«Sì, corretto.»

«Il che vuol dire che chiunque avrebbe potuto entrare nel garage mentre Lisa Trammel era in stato di fermo al commissariato di polizia?»

«Sì, è un'eventualità possibile.»

«A proposito, quando lei e il detective Kurlen siete andati via con la signora Trammel quella mattina, avete lasciato qualcuno a controllare la casa per assicurarvi che niente venisse sottratto o manomesso?»

«No, non l'abbiamo fatto.»

«Non avete pensato che sarebbe stato prudente, tenuto conto che nella casa potevano esserci elementi di prova utili in un'indagine per omicidio?»

«In quel momento Lisa Trammel non era sospettata. Era soltanto una persona con cui ci sembrava utile parlare.»

Fui quasi sul punto di sorridere, e lo fu anche la teste. Era riuscita a evitare la trappola che le avevo teso. Era davvero brava.

«Ah, non era sospettata, giusto. Secondo lei, per quanto tempo quella porta è rimasta aperta, con il rischio che chiunque potesse entrare nel garage?»

«Non sono in grado di dirlo. Ignoro da quanto fosse aperta ed è possibile che non venisse chiusa abitualmente.»

Annuii e feci una pausa dopo la sua risposta.

«Lei o il detective Kurlen avete incaricato la Scientifica di controllare se ci fossero impronte digitali sulla porta del garage?»

«No.»

«E perché no?»

«Non l'abbiamo ritenuto necessario. Stavamo perquisendo una casa, non la scena di un delitto.»

«Mi permetta di chiederle, in via del tutto ipotetica, se secondo lei una persona capace di progettare un omicidio e di portarlo a compimento avrebbe lasciato un paio di scarpe con tracce di sangue in un garage non chiuso a chiave. Soprattutto dopo essersi presa la briga di sbarazzarsi dell'arma del delitto.»

Andrea Freeman obiettò, adducendo la complessità della domanda e notando che riguardava semplici supposizioni. Non mi importava. Avevo formulato la domanda non perché la

Longstreth mi desse una risposta, ma come spunto di riflessione per la giuria.

«Ritiro la domanda, vostro onore» dichiarai. «Non ho altro da chiedere alla teste.»

Mi allontanai dal leggio e andai a sedermi. Fissai con intenzione i giurati, passando di fila in fila. Da ultimo, indugiai su Furlong nel posto numero tre. Il fatto che sostenesse il mio sguardo mi parve di buon auspicio.

36

Herb Dahl venne da solo. Cisco gli andò incontro sulla porta dell'ufficio e lo scortò nello studio dove lo aspettavo. Davanti alla mia scrivania c'era una sedia che era stata lasciata appositamente vuota, mentre Jennifer Aronson sedeva alla mia sinistra. Cisco sarebbe rimasto in piedi, come da regia. Doveva avere un'aria riflessiva e camminare avanti e indietro, tenendo Dahl sulle spine, per il timore che una parola sbagliata potesse scatenare quel gigante in maglietta nera attillata.

Non gli offrii niente, né caffè, né acqua, né una bibita. Non mi persi in saluti e non feci alcuno sforzo per allentare la tensione. Venni subito al dunque.

«Herb, siamo qui per appurare quello che hai fatto esattamente, e quali siano stati o tuttora siano i tuoi rapporti con Louis Opparizio, prima di decidere che cosa fare. Sono libero da impegni fino a domattina alle nove, perciò abbiamo tutta la notte, se necessario.»

«Prima di cominciare, voglio sapere cosa me ne viene se collaboro» disse Dahl.

«Te l'ho detto prima, a pranzo. Il vantaggio è che non finirai in galera. In cambio devi raccontarmi quello che sai. Altre promesse non ne faccio.»

«Non testimonierò, ma ti fornirò qualche informazione, qualcosa di meglio di una testimonianza in tribunale.»

«Vedremo. Comincia dal principio. Mi hai confermato oggi

che ti avevano ordinato di unirti al picchetto di protesta di Lisa Trammel. Comincia da qui.»

Dahl annuì, ma poi cambiò idea.

«Meglio cominciare da prima, dall'inizio dell'anno scorso.»

Mi arresi alzando le mani.

«Fa' come ti pare. Abbiamo tutta la notte.»

Dahl si mise a raccontare una lunga storia su un film che aveva prodotto un anno prima, intitolato *Blood Racer*. Era la storia edificante di una ragazzina che riceveva in regalo un cavallo di nome Chester e scopriva, tatuato all'interno del labbro inferiore dell'animale, un numero; il segno che Chester era un purosangue, da anni creduto morto nell'incendio di un granaio.

«La ragazza e suo padre fanno qualche altra ricerca e...»

«Senti un po',» lo interruppi «la storia sarà anche graziosa, ma veniamo a Louis Opparizio. Ho tutta la notte, ma cerca di non divagare.»

«Ma parte tutto da qui, dal film. Doveva costare poco secondo i miei calcoli, ma io amo i cavalli fin da quando ero un ragazzino. Credevo davvero di poter cambiare marcia con questo.»

«Cambiare marcia?»

«Sì, con un film vero, non la robaccia in DVD che si vede in giro. Quella storia era un diamante grezzo, ne ero convinto, e se ci fossimo mossi bene, avremmo potuto farne qualcosa di speciale, da proiettare in un gran numero di sale. Ma ci occorrevano soldi per gli effetti speciali, la colonna sonora, gli arrèdi scenici.»

Si arriva sempre ai soldi.

«Te li sei fatti prestare?»

«Sì, e li ho investiti nel film. Una stupidaggine, lo so. Il nuovo prestito si aggiungeva a quello che avevo ottenuto all'inizio. Il regista era un maniaco della perfezione, uno spagnolo. Parlava l'inglese a stento, però lo abbiamo ingaggiato. Riprendeva la stessa scena all'infinito, una l'ha girata trenta volte in un cazzo di snack bar! Risultato: siamo rimasti senza il becco di un quattrino e mi serviva mezzo milione solo per finire il film. Non sai a quante porte ho bussato, ma niente da fare. Eppure adoravo quel film. Per me era il piccolo capolavoro che avrebbe potuto sfondare.»

«Ti sei fatto dare i soldi da un usuraio» disse Cisco da dietro la sedia di Dahl.

Dahl si girò per guardarlo e annuì.

«Uno che conosco. Un tipo con il naso a becco.»

«Come si chiama?» chiesi.

«Non vi serve saperlo» disse Dahl.

«Sì, che ci serve. Come si chiama?»

«Danny Greene.»

Lanciai un'occhiata a Cisco. Bisognava controllare.

«Va bene. Allora hai preso mezzo milione da Danny Greene. E poi che è successo?»

Dahl alzò le mani con i palmi all'insù in un gesto desolato.

«Non è successo niente. Ho finito il film ma non sono riuscito a venderlo. L'ho portato a tutti i festival del Nordamerica e nessuno lo ha voluto. L'ho portato all'American Film Market, ho affittato una suite al Loews di Santa Monica e l'ho venduto soltanto in Spagna. Naturale, era il paese di quello stronzo del regista.»

«E Danny Greene non era per niente contento, eh?»

«No che non lo era. Cioè, avevo pagato le rate puntualmente, ma era un prestito a sei mesi e ha chiesto il saldo. Io non ero in grado di pagarglielo. Gli ho dato l'anticipo che mi ha versato la Spagna, ma mancava ancora molto. Il film dev'essere doppiato e non avrei visto un quattrino prima della fine di *quest'*anno, quando finalmente uscirà. Ero fottuto.»

«Cosa è successo?»

«Un giorno Danny si presenta a casa mia. Quando lo vedo penso che sia venuto a spaccarmi le gambe. Invece mi dice che hanno bisogno di me per un lavoro a lungo termine e che, se accetto, lui modifica il debito, diminuendolo di un bel po'. Non mi restavano alternative. Potevo dire di no a Danny Greene? No, non è così che funziona.»

«Hai detto di sì?»

«Indovinato. Ho detto di sì.»

«Cosa ti hanno chiesto di fare?»

«Di avvicinarmi ai gruppi di protesta. Facevano capo a un'organizzazione denominata STELLE E STRISCE CONTRO L'IN-

GIUSTIZIA. Dovevo infiltrarmi tra di loro. Così ho conosciuto Lisa. Lei era a capo del movimento.»

Cose da matti, ma gli diedi corda.

«Ti hanno detto il perché?»

«Non proprio. Mi hanno detto che c'era un tizio, un paranoico, che voleva sapere cosa aveva in mente Lisa. Insomma, se organizzava una manifestazione di protesta o qualcosa di simile, io dovevo riferire a Danny dove si sarebbe svolta, qual era il motivo e così via.»

Ci doveva essere qualcosa di vero in quella storia. Mi venne in mente l'affare LeMure, una società quotata in borsa. Opparizio aveva tentato di venderle l'ALOFT. Per evitare che l'affare andasse a monte, gli conveniva tenere gli occhi ben aperti e non perdere di vista Lisa Trammel. Una brutta pubblicità avrebbe potuto ostacolare la vendita. Gli azionisti non avrebbero accettato un'acquisizione men che pulita.

«D'accordo, e poi?»

«Non c'è molto altro. Fondamentalmente dovevo raccogliere informazioni. Mi sono avvicinato a Lisa ma un mese dopo lei è rimasta incastrata nell'omicidio Bondurant. A quel punto Danny torna a farsi vivo. Pensavo che mi avrebbe detto che l'affare era sfumato perché Lisa era in galera. Invece mi ha ingiunto di pagare la cauzione per liberarla. Mi ha dato i soldi in una busta, duecentomila. Una volta che l'avessi tirata fuori, dovevo fare la stessa cosa con voi: infiltrarmi nel vostro gruppo, capire quello che stavate facendo e riferire.»

Lanciai un'occhiata a Cisco. Il suo atteggiamento pensoso non era più una finzione. Sapevamo entrambi che Dahl forse era la punta dell'iceberg, in grado di minare alla base l'impianto accusatorio e affondarlo. A questo punto sapevamo anche che Lisa Trammel, per quanto fosse una persona sgradevole, molto probabilmente era innocente.

E se lei era innocente...

«A che punto della storia compare Opparizio?» chiesi.

«Be', in realtà non compare... almeno non direttamente. Ma Danny, quando lo chiamo, mi chiede di appurare quello che avete su Opparizio. Dice esattamente così: "Cosa hanno su

Opparizio?". A questo punto mi è venuto il dubbio che forse era per lui che stavo lavorando.»

Non replicai subito. Feci girare la sedia da una parte all'altra, mentre ripensavo a tutta quella storia.

«Dahl, lo sai cosa non capisco e non salta fuori dalla tua storia?» disse Cisco.

«Cosa?»

«La parte che ti riguarda... quella dei due che hai ingaggiato per dare una lezione a Mick. Quella l'hai lasciata fuori, stronzo.»

«Già, come la mettiamo?» chiesi.

Dahl dondolò la testa avanti e indietro con aria di finta innocenza.

«Ehi, me l'hanno detto loro di farlo. Sono stati loro a mandarmi quei due.»

«Perché mi hanno picchiato? Cosa gliene veniva?»

«Ti ha rallentato, no? Vogliono che Lisa sia condannata e hanno cominciato a pensare che eri troppo bravo. Per questo hanno cercato di metterti i bastoni tra le ruote.»

Dahl evitò di guardarmi negli occhi, fingendo di togliersi un filo immaginario dai pantaloni. Pensai che forse aveva mentito sul motivo dell'aggressione contro di me. Era la prima nota falsa che coglievo nella sua confessione. Mi dissi che aveva agito di sua iniziativa, che forse era lui a volermi fuori gioco.

Diedi un'occhiata a Jennifer, poi spostai lo sguardo su Cisco. A parte la risposta evasiva di Dahl, a questo punto avevamo un'opportunità. Sapevo che Dahl ci avrebbe offerto di fare il doppio gioco, di passare a Opparizio informazioni false.

Dovevo pensarci. Mi sarebbe stato facile passare a Dahl informazioni fuorvianti da inoltrare a Danny Greene. Ma sarebbe stata una manovra rischiosa, per non parlare del lato etico.

Mi alzai e indicai a Cisco la porta.

«Restate qui per un minuto. Voglio conferire in privato con il mio investigatore.»

Uscimmo nell'atrio, mi chiusi la porta alle spalle. E mi accostai alla scrivania di Lorna.

«Lo sai che vuol dire?» chiesi.

«Vuol dire che vinceremo questo caso, cazzo.»

Aprii il cassetto di mezzo della scrivania e tirai fuori la pila dei menu a domicilio offerti dai ristoranti della zona e dalle catene di fast food.

«No, vuol dire che, se quei due sono gli assassini di Bondurant, abbiamo mandato tutto a puttane con quella piccola messinscena al club dei Saints.»

«Non capisco perché, Capo.»

«Già, che cosa hanno fatto i tuoi compari di quei due?»

«Esattamente quello che ho detto di fare. Li hanno mollati. In seguito mi hanno riferito che avevano chiesto di essere lasciati in una bottiglieria in centro. Tutto qui. È andata così, Mick.»

«Comunque è un bel casino.»

Con i menu in mano, mi avviai verso il mio ufficio. Dietro di me Cisco disse: «Tu ci credi a Dahl?».

Mi voltai a guardarlo prima di aprire la porta.

«Fino a un certo punto.»

Entrai e appoggiai i menu nel mezzo della scrivania. Tornai a sedermi e guardai Dahl. Era un tipo losco, che avrebbe fatto qualsiasi cosa per i soldi. E io stavo per allearmi con lui.

«Dovremmo lasciar perdere» disse Jennifer.

La guardai.

«A che cosa alludi?»

«Al fatto di usarlo per passare false informazioni a Opparizio. Meglio portarlo sul banco dei testimoni e fargli raccontare la storia davanti alla giuria.»

Dahl protestò immediatamente.

«Vi ho detto che non ho nessuna intenzione di testimoniare. E lei chi cazzo è?»

Alzai la mano con gesto pacificatore.

«D'accordo, non ti chiamerò» dissi. «Se anche volessi, non potrei obbligarti, anche perché non c'è niente che colleghi questa storia con Opparizio. Lo hai mai conosciuto?»

«No.»

«Lo hai mai visto prima?»

«Sì, in tribunale.»

«In un'occasione precedente a questa?»

«No. Non ne avevo nemmeno sentito parlare prima che me lo nominasse Danny.»

Con un'occhiata a Jennifer, scossi la testa.

«Sono troppo furbi per aver stabilito un legame diretto. Il giudice non lo lascerebbe neppure avvicinarsi al banco.»

«Allora perché non chiamiamo Danny Greene a testimoniare?»

«Che cosa abbiamo in mano per costringerlo a deporre? Invocherebbe il Quinto emendamento prima ancora che gli chiedessimo come si chiama. No, c'è un'unica strada.»

Attesi un'altra protesta, ma Jennifer tacque, un po' imbronciata. Tornai a guardare Dahl. Nutrivo verso di lui una profonda antipatia: era falso come i capelli posticci che aveva in testa. Ma questo non mi impedì di fare il passo successivo.

«Dahl, come ti metti in contatto con Danny Greene?»

«Di solito lo chiamo intorno alle dieci.»

«Tutte le sere?»

«Sì, è andata così durante il processo. Vuole che gli faccia un resoconto dettagliato. Risponde quasi sempre, oppure mi richiama poco dopo.»

«D'accordo. Allora diamoci dentro e ordiniamo qualcosa da mangiare. Stasera chiamerai da qui.»

«Che cosa devo dire?»

«Abbiamo tempo per pensarci, da adesso all'ora della telefonata. Penso che in sostanza dovrai dirgli che Louis Opparizio non ha di che preoccuparsi quando salirà sul banco dei testimoni. Gli dirai che abbiamo bluffato e che non ci sono pericoli in vista.»

37

Giovedì era la giornata in cui, orchestrati dal procuratore, tutti gli elementi dell'impianto accusatorio sarebbero confluiti in un grandioso crescendo.

Fin dal mattino di lunedì, Andrea Freeman aveva tirato accuratamente le fila gestendo le variabili e le incognite, come le mie sparate e l'intrusione dell'avviso di garanzia federale, in una progressione strategica che avrebbe portato a una travolgente resa dei conti. Giovedì sarebbe stato il giorno dedicato alla scienza, il giorno in cui le prove materiali e testimoniali si sarebbero saldate con l'inesorabilità del dato scientifico.

Era una buona strategia, ma a quel punto intendevo capovolgere le sue conclusioni. In un'udienza si deve sempre tener conto di tre cose. Gli elementi noti, le incognite che si riescono a prevedere, e quelle che colgono di sorpresa. Spetta alle due parti, l'accusa e la difesa, gestire le prime due eventualità ed essere pronte a parare la terza. Ed era esattamente sul fronte della sorpresa che io intendevo intervenire. Avevo capito la strategia di Andrea Freeman da un pezzo, ma lei non avrebbe intuito la mia finché non ci fosse caduta dentro come nelle sabbie mobili e le note della sua *Shéhérazade* non si fossero spente nel silenzio.

Il primo teste dell'accusa fu il dottor Joachim Gutierrez, l'assistente del medico legale che aveva eseguito l'autopsia sul cadavere di Mitchell Bondurant. Usando macabre diapositive per le quali, con blanda convinzione, avevo sollevato un'obiezione che era stata respinta, il medico condusse i giurati in un viaggio magico e misterioso nel corpo della vittima, catalogando ogni livido, abrasione, dente rotto. Ovviamente si soffermò a lungo sulle lesioni provocate dai tre colpi inferti dall'arma del delitto e le illustrò, mostrandole sulle lavagne luminose. Indicò quale era stato il primo colpo e perché era stato fatale, poi descrisse gli altri due inferti con accanimento, quando la vittima era già caduta a faccia in giù, e dichiarò che in base alla sua esperienza il surplus di ferocia derivava da un intenso stato emotivo. I tre colpi stavano a indicare che l'assassino nutriva un odio personale nei confronti della vittima. Avrei potuto sollevare obiezione, ma il tema mi parve utile a giustificare una domanda che tenevo in serbo.

«Dottore,» chiese a un certo punto la Freeman «la vittima è stata colpita brutalmente tre volte sulla sommità della testa entro un'area del diametro di dieci centimetri. Come può stabilire quale di questi colpi sia stato inferto per primo e quale sia stato quello fatale?»

«È possibile accertarlo attraverso una procedura piuttosto semplice. I colpi sulla cima del cranio hanno prodotto due tipi di frattura. L'impatto immediato e più devastante ha interessato una zona circoscritta dove l'arma, abbattendosi, ha prodotto una frattura depressa calvariale, un modo tecnico per dire che ha causato un'ammaccatura o una frattura del cranio.»

«Un'incrinatura?»

«Vede, le ossa hanno una certa elasticità. Con lesioni di questo tipo – un impatto violento e traumatico – il cranio si infossa secondo la forma dello strumento usato. Le conseguenze sono due: linee di frattura parallele tra loro sulla superficie, digradanti come in una gradinata, e sul fondo una profonda frattura depressa. Questo avvallamento produce delle schegge, o frammenti ossei, che penetrano nella dura madre, il rivestimento interno, e direttamente nel cervello. Spesso, come è accaduto in questo caso, la scheggia si conficca in profondità nel tessuto cerebrale con la forza di un proiettile, provocando istantaneamente la fine delle funzioni cerebrali e quindi la morte.»

«Come un proiettile, ha detto. Significa che i tre colpi sulla testa della vittima sono stati così violenti da essere letteralmente equivalenti a tre proiettili di arma da fuoco?»

«È così. Ma a uccidere è stato solo uno di questi frammenti, il primo.»

«Questo mi porta alla domanda iniziale. Come si può accertare quale delle tre lesioni sia stata la prima?»

«Posso mostrarlo, se ne ho il permesso.»

Il giudice acconsentì e Gutierrez proiettò sulle lavagne luminose il diagramma di un cranio visto dall'alto, dove erano evidenziati in blu i tre punti su cui si era abbattuto il martello. Le altre fratture erano tracciate in rosso.

«Per determinare la sequenza dei colpi in una situazione di trauma multiplo cominciamo con l'esaminare le fratture secondarie, quelle in rosso. Le ho definite parallele, o digradanti, perché si dispongono a gradinate intorno al punto d'impatto. Un avvallamento di questo genere può interessare tutta la volta cranica; nel caso specifico, le linee di frattura si estendono da un lato all'altro dell'intera regione temporo-parietale. Ma si interrompono quando raggiungono una frattura già esistente per il semplice fatto che questa assorbe la forza dell'impatto successivo. Perciò, studiando il cranio della vittima e seguendo le fratture parallele, è possibile determinare quale è stata provocata per prima. Senza contare che, risalendo al punto d'impatto, diventa semplice stabilire l'ordine delle lesioni.»

Nel disegno sullo schermo, i numeri 1, 2, 3 indicavano la successione dei colpi. Il primo colpo – quello fatale – si era abbattuto sulla sommità della testa.

La Freeman prese le mosse da qui e passò buona parte della mattinata a spremere il teste, insistendo su cose ovvie e ponendo domande ripetitive o non pertinenti. Per due volte il giudice le chiese di proseguire. Cominciai a credere che fosse arrivata a un punto di stallo. Forse doveva tenere il dottor Gutierrez sul banco dei testimoni per tutta la mattina perché il successivo teste non era ancora arrivato oppure si era reso irreperibile.

Eppure non dava segni di nervosismo. Concentrata su Gutierrez, lo guidava con risolutezza verso la conclusione a cui mirava, quella di stabilire attraverso l'interrogatorio un saldo collegamento tra il martello trovato in mezzo ai cespugli e le ferite sulla testa della vittima.

Quindi passò agli effetti speciali. Nel corso dell'autopsia, Gutierrez aveva fatto un calco del cranio di Mitchell Bondurant, ne aveva fotografato lo scalpo e aveva prodotto delle stampe che mostravano le lesioni in grandezza naturale.

Quando gli diedero il martello identificato come l'arma del delitto, Gutierrez lo tolse dal sacchetto di plastica e mostrò come la testa piatta e circolare corrispondesse perfettamente alle ferite e alle ammaccature sul cranio. Il martello, inoltre, aveva una tacca sul bordo superiore della testa, che serviva a trattenere un eventuale chiodo. La forma della tacca era chiaramente visibile nella depressione lasciata sul cranio. Le tessere del mosaico accusatorio combaciavano, incastrandosi alla perfezione. Un elemento probatorio fondamentale stava acquistando consistenza agli occhi della giuria, cosa di cui Andrea Freeman era visibilmente raggiante.

«Dottore, avrebbe qualche esitazione a dichiarare che questo attrezzo avrebbe potuto produrre la ferita mortale alla vittima?»

«Nessuna.»

«Si rende conto che questo martello non è un pezzo unico, vero?»

«Naturalmente. Non sto dicendo che le ferite sono state causate da questo specifico esemplare. Mi limito a dire che questo martello, o un altro identico, è sicuramente l'arma del delitto. Non posso essere più preciso di così.»

«Grazie, dottore. Parliamo ora della tacca sulla testa dell'attrezzo. Cosa può dirci della sua posizione e della sua corrispondenza con la forma della ferita?»

Gutierrez sollevò il martello e indicò la tacca.

«Qui si colloca il chiodo, il martello lo trattiene e quindi lo si conficca nella superficie del materiale su cui si sta lavorando. Visto che la tacca è situata sul bordo superiore, quello magnetizzato, esaminando le ferite possiamo capire da quale direzione sono stati inferti i colpi.»

«Può essere più preciso?»

«La vittima è stata colpita alle spalle.»

«Quindi è possibile che non abbia visto l'aggressore?»

«Esatto.»

«Grazie, dottor Gutierrez. Non ho altre domande per il momento.»

Il giudice mi indicò che potevo cominciare il controinterrogatorio e mentre passavo accanto alla Freeman, questa mi lanciò un'occhiata impassibile che però trasmetteva un messaggio preciso: "E adesso fai del tuo meglio, coglione".

Era esattamente la mia intenzione. Appoggiai sul leggio il taccuino, mi strinsi il nodo della cravatta, tesi le braccia per sistemare i polsini della camicia e guardai il teste. Lo avrei avuto in pugno prima di tornare al mio tavolo.

«Negli uffici del medico legale la chiamano dottor Guts, cioè dottor Budella. È vero?»

Era una buona domanda per cominciare. Il teste si sarebbe chiesto quali altre informazioni confidenziali avessi su di lui e che cosa doveva aspettarsi.

«Sì, qualche volta. In modo informale, direi.»

«Perché, dottore?»

L'obiezione dell'accusa che riteneva irrilevante la domanda attirò l'attenzione del giudice.

«Avvocato Haller, vuole dirmi che cosa c'entra la sua domanda con la ragione per cui siamo qui oggi?» mi chiese.

«Se avrà modo di rispondere, il dottor Gutierrez vi spiegherà che la sua esperienza di patologo non si estende all'analisi delle ferite craniche e alle forme degli attrezzi.»

Perry ci rimuginò sopra e poi annuì.

«Il teste risponda.»

Tornai a rivolgermi a Gutierrez.

«Dottore, può rispondere alla domanda: perché la chiamano dottor Guts?»

«Perché sono specializzato nella diagnosi delle malattie gastrointestinali. E poi Guts richiama il mio cognome.»

«Grazie, dottore. Può dirci quante volte ha avuto occasione di comparare un martello con una ferita sul cranio di una vittima?»

«Questa è la prima volta.»
Annuii per sottolineare il punto.
«Quindi lei è in un certo senso un esordiente rispetto a un omicidio commesso con un corpo contundente?»
«Sì, è vero, ma ho condotto il confronto con scrupolo e cautela. Le mie conclusioni non sono sbagliate.»
Tipico complesso di superiorità. Sono un medico, non sbaglio.
«Le è mai capitato di sbagliare nel deporre come teste in un processo?»
«Tutti commettono errori. Sono sicuro di sì.»
«Che mi dice del caso Stoneridge?»
La Freeman fu pronta a obiettare, come mi aspettavo. Chiese al giudice di poter conferire con lui e con me, e il giudice ci fece cenno di avvicinarci. Sapevo che non avrei potuto continuare lungo quella linea, ma la mia domanda aveva sicuramente instillato dei sospetti nella giuria. Da quel poco che si era detto, ora sapevano che in qualche momento del passato Gutierrez aveva fornito una testimonianza errata. Non mi serviva altro.
«Giudice, sappiamo dove vuole arrivare l'avvocato della difesa. Il caso Stoneridge non solo è irrilevante ai fini del procedimento in corso, ma le indagini non sono terminate e non c'è stata alcuna conclusione ufficiale.»
«Ritiro la domanda.»
Un'occhiataccia ostile da parte dell'accusa.
«Nessun problema. Ne ho pronta un'altra.»
«Oh, all'avvocato basta che la giuria senta la domanda; non gli interessa la risposta. Giudice, vorrei che intervenisse perché il comportamento della difesa non è corretto.»
«Ne prendo nota. Ora ricominciamo e lei, avvocato, Haller, si controlli.»
«Grazie, vostro onore.»
Il giudice avvertì i giurati di non tenere conto della mia domanda e ricordò loro che sarebbe stato un errore, al momento del verdetto, valutare altri elementi al di fuori delle prove addotte e delle testimonianze rese. Mi disse quindi di procedere e io imboccai una strada diversa.

«Dottore, ritorniamo all'inizio, azzeriamo quanto dichiarato sulla ferita fatale e occupiamoci dei dettagli. Lei ha detto che si tratta di frattura infossata, vero?»

«L'ho definita frattura depressa calvariale.»

Vado in brodo di giuggiole quando un teste dell'accusa mi corregge.

«D'accordo. Per caso ha misurato la depressione lasciata dall'impatto traumatico?»

«In che senso, misurata?»

«Ne ha misurato la profondità?»

«Sì. Posso consultare i miei appunti?»

«Certamente, dottore.»

Gutierrez controllò la sua copia del rapporto dell'autopsia.

«Sì, abbiamo denominato la ferita mortale uno-A. Ne ho misurato attentamente contorni e profondità. Vuole i dati?»

«È quello che intendevo chiederle. Ci dica, dottore, come l'ha misurata?»

Gutierrez rispose leggendo la relazione.

«Le misurazioni sono state prese in quattro punti della zona interessata dall'impatto. Se pensiamo al quadrante di un orologio, sono state effettuate in corrispondenza dei numeri tre, sei, nove, dodici. L'incavo sulla superficie della testa del martello era in corrispondenza del dodici.»

«E che cosa ha dedotto da queste misurazioni?»

«La distanza tra i punti era minima, meno di un quarto di centimetro. La profondità media delle ferite era di sette millimetri.»

Sollevò lo sguardo dalle note, mentre io scrivevo i dati, sebbene li avessi già presenti dal protocollo dell'autopsia. Sbirciai i giurati e mi accorsi che alcuni li stavano annotando nei loro taccuini. Buon segno.

«Osservo, dottore, che di questa parte del suo lavoro non si è discusso nell'interrogatorio condotto dal procuratore Freeman. Che cosa le dicono questi dati in relazione all'angolo d'impatto dell'arma?»

Gutierrez si strinse nelle spalle. Lanciando un'occhiata alla Freeman, recepì il suo messaggio: prudenza.

«In realtà questi numeri non ci dicono niente.»

«Davvero? Il fatto che la frattura – la depressione, come la chiama – fosse uniforme in tutti i punti misurati non indica che il martello è stato calato sulla testa della vittima con una traiettoria perpendicolare?»

Gutierrez tornò a consultare gli appunti. Era uno scienziato e io gli avevo appena posto una domanda di tipo scientifico. Conosceva la risposta, ma capiva di essere finito su un campo minato. Sentiva che il procuratore, a meno di tre metri da lui, si stava innervosendo, anche se non capiva perché.

«Dottore, vuole che le ripeta la domanda?»

«No, non occorre. È necessario ricordare che in ambito scientifico un decimo di centimetro può essere molto significativo.»

«Sta dicendo che il martello non si è abbattuto uniformemente sul signor Bondurant?»

«No» replicò infastidito. «Sto solo dicendo che spesso le cose non sono chiare e nette come la gente pensa. Comunque sì, sembra che il martello abbia colpito la vittima a perpendicolo.»

«Grazie, dottore. Esaminando le misurazioni della profondità delle ferite inferte al secondo e al terzo colpo, i dati non sono così uniformi, vero?»

«Esatto. I due successivi colpi hanno una deviazione di tre centimetri ciascuno, rispetto al primo.»

L'avevo in pugno, ormai. Mi allontanai dal leggio e cominciai a muovermi sulla sinistra nello spazio tra il leggio e i banchi dei giurati. Infilai le mani in tasca e assunsi un atteggiamento di grande sicurezza.

«Allora, dottore, la ferita fatale sarebbe stata inferta dall'alto in basso sulla testa della vittima, le altre due in modo diverso. Come si spiega questa differenza?»

«Con la posizione del cranio. Il primo colpo ha interrotto la funzione cerebrale istantaneamente. Le abrasioni e le altre ferite – il dente rotto, per esempio – indicano che la vittima è caduta di schianto dalla posizione eretta in cui si trovava. È probabile che il secondo e il terzo colpo l'abbiano raggiunta quando era già a terra.»

«Lei ha appena detto che le altre lesioni "indicano che la vittima è caduta di schianto". Perché è sicuro che la vittima fosse in piedi quando è stata aggredita alle spalle?»

«Lo attestano le abrasioni sulle ginocchia.»

«Quindi non era in ginocchio al momento dell'aggressione?»

«È improbabile. Le abrasioni sulle ginocchia indicano il contrario.»

«E se fosse stato accucciato?»

«Impossibile, considerato il danno alle ginocchia. Una serie di profonde abrasioni e la frattura della rotula.»

«Non ha dubbi allora che la vittima fosse in piedi quando l'ha raggiunta il colpo fatale?»

«Nessun dubbio.»

Era forse l'affermazione più importante dell'intero processo, ma sorvolai come se si fosse trattato di una risposta di routine.

«Grazie, dottore. Ora torniamo al cranio per un momento. Secondo lei, quale spessore ha il cranio nella zona in cui sono stati inferti i colpi?»

«Dipende dall'età del soggetto. Il cranio si irrobustisce con la crescita.»

«Ci riferiamo a Mitchell Bondurant, dottore. Quale spessore aveva il suo cranio? Lo ha misurato?»

«Sì. Aveva uno spessore di 0,8 centimetri nell'area dell'impatto.»

«Lei ha svolto delle ricerche o condotto dei test per determinare la forza con cui era necessario vibrare i colpi per produrre una frattura mortale?»

«No.»

«È a conoscenza di ricerche in questo settore?»

«Sì, sono state condotte delle ricerche, ma le conclusioni hanno un ampio margine di incertezza. Credo che ogni caso sia unico e non si possa procedere sulla base di studi generali.»

«Non è un risultato comunemente condiviso che la forza minima necessaria a produrre una frattura infossata sia di 450 chilogrammi per centimetro quadrato?»

La Freeman si alzò per obiettare. Disse che stavo ponendo

domande al di fuori del settore di competenza del dottor Gutierrez.

«L'avvocato Haller non ha esitato a sottolineare nel suo controinterrogatorio che il teste è esperto in malattie del tratto intestinale, non in elasticità ossea o fratture infossate.»

In quella situazione di parità, senza vincitori o vinti, lei sceglieva il male minore: bruciare il testimone piuttosto che permettermi di proseguire con domande a cui lui non sapeva rispondere.

«Obiezione accolta» disse il giudice. «Prosegua, avvocato Haller. Passi alla domanda successiva.»

«Sì, giudice.»

Sfogliai rapidamente alcune pagine del mio taccuino e finsi di leggere, guadagnando così qualche minuto per valutare la prossima mossa. Mi girai a guardare l'orologio sulla parete di fondo: mancavano quindici minuti alla pausa pranzo. Dovevo agire in fretta se volevo che i giurati uscissero dall'aula con un interrogativo sul quale riflettere.

«Dottore, ha annotato quanto era alta la vittima?»

Gutierrez consultò i suoi appunti.

«Il signor Bondurant era alto un metro e ottantacinque al momento della morte.»

«Sicché la sommità della testa si trovava a un'altezza di un metro e ottantacinque. Giusto, dottore?»

«Sì.»

«Anzi, di più, tenuto conto delle scarpe che il signor Bondurant indossava. Corretto?»

«Sì, forse quattro, cinque centimetri in più per via dei tacchi.»

«Sta bene. Sapendo quanto era alta la vittima e sapendo che il colpo mortale è stato calato perpendicolarmente alla sommità della sua testa, è possibile risalire all'angolatura dell'aggressione?»

«Non capisco cosa intenda con angolatura dell'aggressione.»

«Davvero? Mi riferisco all'angolatura tra il martello e la zona dell'impatto.»

«Impossibile determinarlo, perché non sappiamo qual era la postura della vittima nel momento in cui è stata aggredita, se per caso si fosse chinata per evitare il colpo. Non conosciamo esattamente la situazione.»

Gutierrez annuì nel concludere la risposta, quasi fosse orgoglioso di come aveva affrontato quella difficoltà.

«Ma, dottore, nel corso dell'interrogatorio lei ha dichiarato al procuratore che il signor Bondurant era stato colto di sorpresa alle spalle, non ricorda?»

«Sì.»

«Non le sembra in contraddizione con quanto appena dichiarato, e cioè che il signor Bondurant si sarebbe chinato per evitare il colpo? Quale delle due versioni è quella giusta, dottore?»

Messo alle strette, Gutierrez reagì come avviene quasi sempre quando qualcuno si sente con le spalle al muro. Con arroganza.

«Io ho dichiarato nella mia deposizione che non sappiamo con precisione cosa sia successo in quel garage o quale fosse la postura della vittima o in quale posizione fosse il cranio quando è stato inferto il colpo mortale. Fare ipotesi particolareggiate e giudicare col senno di poi a questo punto è da sciocchi.»

«Sta dicendo che è da sciocchi cercare di capire cosa è successo in quel garage?»

«No! Non è quello che sto dicendo. Lei isola dal contesto le singole parole e ne distorce il significato.»

La Freeman non poteva lasciar correre. Si alzò per obiettare e disse che assillavo il teste. Non era così, e il giudice respinse l'obiezione, ma la breve interruzione bastò a Gutierrez per ricomporsi e tornare a un atteggiamento di tranquilla superiorità. Decisi di venire al dunque. Avevo utilizzato la deposizione del dottor Guts per preparare il terreno alla testimonianza del mio perito, che sarebbe avvenuta nel corso della fase del dibattimento destinata alla difesa, ma era arrivato il momento di concludere.

«Dottore, secondo lei, se potessimo determinare la posizione della vittima e la direzione della testa al momento di quel primo colpo mortale, sarebbe possibile precisare l'inclinazione dell'arma quando si è abbattuta?»

Gutierrez rifletté sulla domanda più a lungo di quanto ci avessi messo io a formularla e alla fine annuì con riluttanza.

«Sì, ci fornirebbe qualche spunto di riflessione.»

«Grazie, dottore. La mia successiva domanda è la seguente. Se conoscessimo questi dati – posizione, direzione, angolatura dell'arma – non potremmo formulare qualche supposizione sulla statura dell'aggressore?»

«Non ha senso. Sono dati che non conosciamo.»

Alzò le mani con un gesto di impotenza e si voltò verso il giudice come a chiedere aiuto. Non l'ottenne.

«Dottore, lei non sta rispondendo alla domanda. Mi permetta di ripetergliela. Se noi conoscessimo questi fattori, potremmo fare qualche ipotesi sulla statura dell'aggressore?»

Abbassò le mani con aria sconfitta.

«Sicuramente, è ovvio, ma noi non li conosciamo.»

«"Noi", dottore? Forse intende dire che lei non conosce questi fattori perché non li ha presi in esame.»

«No, io...»

«Ci sta forse dicendo che non ha voluto acquisire questi dati perché avrebbero rivelato che l'imputata, alta un metro e cinquantasette, non avrebbe potuto...»

«Obiezione!»

«...uccidere un uomo di venticinque centimetri più alto di lei?»

Per fortuna, in California i giudici non usano più il martelletto, altrimenti Perry avrebbe fracassato il piano di legno dello scanno.

«Accolta! Accolta! Accolta!»

Presi il mio taccuino e, con l'aria delusa e un gesto di resa, lo richiusi.

«Non ho altre domande.»

«Avvocato Haller,» abbaiò il giudice «l'ho ripetutamente ammonita a non dare spettacolo davanti alla giuria. Consideri che questo è l'ultimo richiamo che le faccio. La prossima volta non sarà priva di conseguenze.»

«Ho capito, vostro onore. Grazie.»

«I giurati non terranno conto dell'ultimo scambio tra l'avvocato della difesa e il testimone. Che sia cancellato dal verbale dell'udienza.»

Mi sedetti senza alzare gli occhi verso i giurati. Tutto era andato per il meglio, lo percepivo. Sentivo che mi stavano fissando, che erano dalla mia parte.

Forse non tutti, ma quanto bastava.

38

NELL'ORA DELLA PAUSA PRANZO illustrai a Lisa Trammel come, secondo me, si sarebbe svolta l'udienza del pomeriggio. Avevo spedito Herb Dahl a sbrigare una commissione fasulla per poter restare da solo con la mia cliente. Le spiegai come meglio potevo i rischi che avremmo corso mentre l'accusa concludeva la sua parte e la difesa stava per venire alla ribalta. Era spaventata, ma si fidava di me e di più non si poteva chiedere a un cliente. Non appena la corte si fu riunita, il procuratore chiamò a testimoniare la dottoressa Henrietta Stanley, che si presentò, capo del laboratorio criminologico regionale di Los Angeles presso l'Università statale della California. Prevedevo che sarebbe stato l'ultimo teste dell'accusa e che la sua deposizione avrebbe avuto un momento cruciale: la conferma che il dna del sangue trovato sul martello e sulla scarpa da giardinaggio di Lisa Trammel corrispondeva a quello di Mitchell Bondurant.

Il dato avrebbe chiuso il cerchio, e il sangue sarebbe stato l'elemento unificante. La mia intenzione era di derubare l'accusa di quei momenti di gloria.

«Dottoressa Stanley,» esordì Andrea Freeman «lei ha condotto o supervisionato l'analisi del dna in merito all'indagine sulla morte di Mitchell Bondurant?»

«Ho confermato un'analisi condotta da un laboratorio esterno e ho condotto un'altra analisi di persona. Aggiungo che ho due assistenti di laboratorio che collaborano con me e svolgono, sotto la mia supervisione, gran parte del lavoro.»

«A un certo punto delle indagini le è stato chiesto di analizzare una piccola traccia di sangue trovata sul martello per confrontare il dna con quello della vittima, è così?»

«Ci siamo rivolti a un laboratorio esterno perché era fondamentale arrivare a un risultato in tempi brevi. Io ho supervisionato la procedura e confermato i dati ottenuti.»

«Vostro onore?» Ero in piedi al tavolo della difesa. Il giudice parve seccato che interrompessi l'interrogatorio.

«Sì, avvocato Haller?»

«Per risparmiare tempo alla corte ed evitare che la giuria debba ascoltare una lunga spiegazione sull'analisi e la comparazione del dna, la difesa rinuncia.»

«Rinuncia a che cosa, avvocato?»

«Al controinterrogatorio della teste circa il sangue sul martello. La difesa ammette che è quello di Mitchell Bondurant.»

Il giudice non ebbe esitazioni. La possibilità di abbreviare il procedimento di un'ora o forse di più gli era gradita, anche se il mio intervento non lo convinceva del tutto.

«D'accordo, avvocato, ma sappia che non potrà impugnare questa testimonianza nella fase difensiva. Le sta bene?»

«Lo so, giudice. Non sarà necessario metterla in discussione.»

«La sua assistita non si oppone a questa decisione?»

Mi girai appena verso Lisa Trammel e la indicai.

«È perfettamente informata sulla strategia difensiva e acconsente. È anche disposta a verbalizzare il suo consenso se è necessario.»

«Non credo. Cosa ne pensa l'accusa?»

Andrea Freeman era sospettosa, come se fiutasse una trappola.

«Giudice,» disse «l'ammissione della difesa che il sangue trovato sul martello è di Mitchell Bondurant dev'essere inequivocabile. Chiedo che l'imputata rinunci formalmente a sollevare l'eccezione di patrocinio inefficace.»

«Non mi sembra il caso» disse Perry. «Ma chiederò il consenso dell'imputata.»

Pose quindi varie domande a Lisa che confermò di essere d'accordo sulla rinuncia.

Poi Perry si girò e si mosse sul suo seggio per portarsi più vicino alla giuria.

«Signore e signori, la teste intendeva spiegarvi la procedura scientifica relativa all'identificazione e comparazione del dna per permettervi di stabilire se esiste compatibilità tra il sangue trovato sul martello e quello della vittima Mitchell Bondurant. La difesa dichiara di accettare i risultati e di non avere obiezioni al riguardo. Quello che ne consegue è che il sangue trovato sul manico del martello rinvenuto tra gli arbusti nei pressi della banca è effettivamente quello della vittima, Mitchell Bondurant. Il dato viene assunto come prova e lo farò mettere a verbale perché possiate valutarlo al momento di deliberare.»

Con un cenno del capo tornò al centro dello scanno e disse al procuratore di procedere. Quella mossa inattesa le aveva fatto perdere il ritmo, così Andrea Freeman chiese al giudice qualche momento per riprendere il filo e ricominciare l'interrogatorio. Infine alzò gli occhi sulla teste.

«Dottoressa Stanley, il sangue sul martello non era l'unico campione che le è stato chiesto di analizzare. Giusto?»

«Sì, esatto. Ci è stato dato anche un altro campione trovato su una scarpa nella proprietà dell'imputata. Nel garage, credo.»

«Vostro onore,» dissi alzandomi di nuovo «anche su questo punto la difesa rinuncia al controinterrogatorio.»

Questa volta il mio intervento fu seguito da un silenzio assoluto. Non un sussurro dal pubblico, l'assistente giudiziario, che stava telefonando, aveva smesso di parlare, le dita della stenotipista si erano immobilizzate sui tasti. Silenzio assoluto.

Il giudice, che fino a quel momento aveva tenuto il mento appoggiato sulle dita, rimase in quella posa per un lungo istante prima di farci segno di avvicinarci.

Quando Andrea Freeman e io gli fummo davanti, mormorò.

«Avvocato Haller, avevo sentito parlare di lei prima di questo processo. Da più di una fonte mi era stato detto che è un avvocato capace e tenace. Mi sento costretto a chiederle, tuttavia, se si rende conto di quello che sta facendo. Accetta davvero ciò che sostiene l'accusa, e cioè che il sangue trovato sulla scarpa della sua assistita appartiene alla vittima? Ne è sicuro, avvocato Haller?»

Annuii come ad ammettere che aveva ragione a dubitare della mia strategia difensiva.

«Giudice, anche noi abbiamo analizzato i campioni, che hanno confermato la corrispondenza dei due reperti con il sangue della vittima. La scienza non mente e la difesa non intende fuorviare la corte o la giuria. Se il processo serve a cercare la verità, allora che la verità venga alla luce. La difesa rinuncia al controinterrogatorio. Proveremo in seguito che le tracce di sangue sono state messe appositamente. È questa la verità dei fatti, non che il sangue non è quello della vittima. Confermiamo che il sangue è quello di Mitchell Bondurant e siamo pronti a procedere.»

«Vostro onore, posso intervenire?» chiese la Freeman.

«Dica pure.»

«L'accusa si oppone alla rinuncia della difesa.»

Alla fine aveva capito. Il giudice era allibito.

«Non capisco. Non ha quello che voleva? L'ammissione definitiva che il sangue trovato sulla scarpa dell'imputata è quello della vittima.»

«Vostro onore, la dottoressa Stanley è la mia ultima teste. L'avvocato della difesa cerca di scavarmi il terreno sotto i piedi togliendomi la possibilità di presentare le prove nel modo in cui desidero presentarle. La deposizione di questa teste è devastante per la difesa. L'avvocato rinuncia per attenuare l'impatto che avrebbe sulla giuria. Ma entrambe le parti devono essere d'accordo sulla rinuncia. Ho sbagliato ad accettarla per quanto riguarda il martello, ma non intendo rifare l'errore per le scarpe. L'accusa si oppone.»

Il giudice non cedette. Vedeva la possibilità di accorciare il processo di almeno mezza giornata e non era incline a lasciarsi scappare l'occasione.

«Procuratore, lei sa che la corte può respingere la sua opposizione per motivi di economia giudiziaria. Preferirei non dover ricorrere a tanto.»

Le stava dicendo di non contrastarlo, di accettare la mia rinuncia.

«Mi dispiace, vostro onore, ma l'accusa obietta.»

«Obiezione respinta. Ritorni al suo posto.»

E così andò. Come già fatto per il martello, il giudice confermò ai giurati la rinuncia della difesa al controinterrogatorio e promise loro che avrebbero ricevuto un documento con la descrizione degli elementi probatori e dei fatti accettati dall'accusa e dalla difesa, prima che si ritirassero per deliberare. Ero riuscito a smorzare il crescendo dell'accusa. Invece di concludere con il rullo dei tamburi e la trionfale parata delle prove che urlavano «È LEI L'ASSASSINA! È LEI L'ASSASSINA! È LEI L'ASSASSINA!» il procuratore era stato costretto a concludere in sordina. La Freeman era furibonda. Sapeva quanto contano le parole conclusive al culmine di un intervento. Non si può ascoltare *Shéhérazade* per dieci minuti e poi interrompere la musica a due minuti dalla fine.

Si sentiva danneggiata, senza contare che la sua ultima teste sarebbe stata la prima della difesa. Rinunciando al controinterrogatorio, avevo dato l'impressione che i risultati del dna fossero le pietre fondanti della mia difesa e lei non poteva farci niente. Aveva usato tutte le sue cartucce e non le restava altro. Dopo avere congedato la dottoressa Stanley, si sedette al tavolo e prese a consultare gli appunti, probabilmente chiedendosi se dovesse richiamare Kurlen o la Longstreth per chiudere con una valutazione sintetica e complessiva di tutte le prove. Ma quella manovra non era esente da rischi. Le loro precedenti testimonianze erano state tutte preparate, ma ora le mancava il tempo per farlo.

«Procuratore Freeman,» le chiese il giudice infine «ci sono altri testi?»

La Freeman si volse ai giurati. Probabilmente era convinta di avere in mano un verdetto di condanna. Pazienza se le prove non erano state esibite secondo la sua coreografia. Comunque erano lì, acquisite e messe a verbale. Il sangue della vittima sul martello e sulle scarpe dell'imputata. Più che sufficiente a darle la sicurezza che, sì, il verdetto sarebbe stato sicuramente favorevole all'accusa.

Si alzò lentamente, continuando a guardare i giurati. Poi, girandosi, si rivolse al giudice.

«L'accusa ha finito, vostro onore.»

Fu un momento solenne e ancora una volta tutti rimasero immobili e in silenzio, stavolta per un minuto intero.

«Bene» disse il giudice alla fine. «Nessuno di noi pensava di arrivare così presto a dare la parola alla difesa. Avvocato Haller, è pronto a procedere?»

Mi alzai in piedi.

«Sì, la difesa è pronta.»

Il giudice annuì. Sembrava ancora turbato dalla mia decisione di dare per acquisita la presenza del sangue della vittima sulle scarpe dell'imputata.

«Anticiperemo la pausa pomeridiana» disse. «Alla ripresa dell'udienza, sarà il turno della difesa.»

Parte Quarta

IL QUINTO TESTIMONE

39

Se avevo lasciato tutti di stucco con la tattica adottata nelle ultime fasi dell'intervento dell'accusa, il primo passo quando ebbi la parola non contribuì ad attenuare nella mente di alcuni osservatori i dubbi circa la mia competenza. Non appena ciascuno ebbe ripreso il suo posto dopo la pausa pomeridiana, mi avvicinai al leggio e feci un'altra mossa azzardata.

«La difesa chiama a deporre l'imputata, Lisa Trammel.»

Il giudice chiese silenzio mentre la mia cliente si avvicinava al banco dei testimoni. Che fosse chiamata a deporre era già una sorpresa che scatenò nell'aula un'ondata di chiacchiere e bisbigli, ma il fatto che fosse stata chiamata per prima lasciò tutti stupefatti. Generalmente un avvocato difensore è riluttante a far deporre i propri clienti. È una scelta decisamente pericolosa: non si è mai certi di quello che un cliente potrà dire perché il difensore stesso non crede mai del tutto alla versione che gli è stata fornita. Essere colti in flagrante menzogna mentre si è sotto giuramento sul banco dei testimoni, davanti a dodici persone chiamate a decidere sulla propria innocenza o colpevolezza, è devastante.

Ma questo caso era diverso. Lisa Trammel era sempre stata molto decisa nel dichiararsi innocente, non si era mai contraddetta nel replicare alle prove che le venivano contestate e non aveva mai mostrato il minimo interesse per un patteggiamento. Sulla base di questi presupposti e di quanto avevo saputo sui rapporti tra Herb Dahl e Louis Opparizio, avevo finito per considerarla diversamente dall'inizio del processo. Aveva più volte protestato la propria innocenza davanti alla giuria e, la notte prima, avevo deciso che si doveva darle l'occasione di ribadirla non appena se ne fosse presentata l'occasione.

Nel prestare giuramento, l'imputata ebbe un lieve sorriso, che forse ad alcuni sembrò fuori luogo. Non appena si fu seduta e il suo nome fu messo a verbale, affrontai il tema.

«Lisa, l'ho vista sorridere leggermente mentre giurava di dire la verità. Perché?»

«Oh, be', nervosismo. E sollievo.»

«Sollievo?»

«Sì, sollievo. Ho finalmente l'occasione di esporre la mia versione. Di dire la verità.»

Un bell'inizio. Le posi brevemente le domande di rito: chi era, cosa faceva per vivere, la sua situazione matrimoniale, toccando anche la questione della proprietà della casa.

«Conosceva la vittima, Mitchell Bondurant?»

«Non di persona, ma di nome.»

«Che intende dire?»

«Be', nel corso dell'ultimo anno, quando ho cominciato ad avere difficoltà con il pagamento del mutuo, sono andata un paio di volte in banca per esporgli il mio caso. Non mi hanno mai permesso di parlargli, ma lo vedevo nel suo ufficio attraverso la parete di vetro. Era assurdo: lo vedevo, ma non potevo entrare in contatto con lui.»

Lanciai un'occhiata alla giuria. Nessuno assentiva, ma la risposta della mia cliente e l'immagine evocata erano perfette. Il banchiere trincerato dietro una parete di vetro, gli oppressi e gli sfortunati al bando.

«Lo ha mai visto da qualche altra parte?»

«La mattina dell'omicidio l'ho visto al bar nel quale mi fermo abitualmente. Era in fila, poco dietro di me. Ecco perché ero confusa quando ho parlato con i poliziotti. Mi facevano domande sul signor Bondurant e io lo avevo appena visto. Non sapevo che era morto. Non mi ero resa conto di essere interrogata in relazione a un omicidio di cui ignoravo tutto.»

Fino a questo punto si stava muovendo bene. Diceva le cose di cui avevamo discusso nei minimi dettagli e si era riferita alla vittima con assoluto rispetto, addirittura con compassione.

«Quella mattina ha parlato con il signor Bondurant?»

«No, non volevo fargli credere che gli stavo alle costole; temevo che mi denunciasse. Inoltre, lei mi aveva avvertita di evitare ogni incontro con i funzionari della banca. Così, appena preso il mio caffè, me ne sono andata.»

«Lisa, lei ha ucciso il signor Bondurant?»

«No! No, naturalmente.»

«L'ha seguito di soppiatto con un martello preso dal suo garage e lo ha colpito con tanta forza da farlo stramazzare a terra morto?»

«No!»

«Lo ha colpito altre due volte quando era già a terra?»

«No!»

Mi interruppi come se volessi studiare i miei appunti. Volevo che i suoi dinieghi echeggiassero nell'aula e nella mente di ciascun giurato.

«Lisa, lei ha acquistato una certa popolarità per essersi opposta al pignoramento della sua casa, vero?»

«Non era mia intenzione. Volevo soltanto conservare la casa per me e mio figlio. Ho fatto quello che mi pareva giusto e ho finito col richiamare molta attenzione.»

«Ma questo non era un fatto positivo per la banca, vero?»

L'accusa obiettò sostenendo che l'imputata non era in grado di rispondere alla domanda per mancanza di sufficienti informazioni. Il giudice accolse l'obiezione e mi disse di passare ad altro.

«C'è stato un momento nel quale la banca ha tentato di fermare la sua protesta e le attività conseguenti?»

«Sì, sono stata citata in giudizio e la banca ha ottenuto un'ordinanza restrittiva. Non mi era più consentito di protestare negli uffici della banca. Così ho protestato in tribunale.»

«L'hanno seguita in molti?»

«Sì, ho cominciato con una protesta in rete a cui si sono unite centinaia di persone, molte delle quali erano sul punto di perdere la casa, come me.»

«Lei ha acquistato grande visibilità da quando è a capo di questo gruppo, vero?»

«Sì, credo di sì. Non ho mai cercato di attirare l'attenzione su di me, ma su quello che facevano le banche, sulle frodi che commettevano nel momento in cui pignoravano le case.»

«Quante volte si è parlato di lei in televisione o sui giornali?»

«Non ne ho tenuto il conto, ma sono comparsa anche sulle reti nazionali, la CNN e la Fox.»

«A proposito di risonanza nazionale, Lisa, la mattina dell'omicidio lei è passata davanti alla WestLand National a Sherman Oaks?»

«No.»

«Non era lei sul marciapiedi ad appena un isolato di distanza?»

«No, non ero io.»

«Allora la testimone che ha dichiarato di averla vista mentiva nonostante fosse sotto giuramento?»

«Non voglio dare del bugiardo a nessuno, ma non ero io. Forse si è confusa.»

«Grazie, Lisa.»

Abbassai lo sguardo sui miei appunti e cambiai argomento. Passando a un altro tema e preparandomi a porre altre domande, avrei dato l'impressione di voler mettere a suo agio la mia cliente; in realtà la mia intenzione era di mettere a loro agio i giurati. Non mi andava che cominciassero a ragionare per proprio conto. Volevo monopolizzare la loro attenzione e centellinare i fatti, uno per uno, nell'ordine scelto da me.

«Di solito chiude a chiave la porta del suo garage?»

«Sì, sempre.»

«Come mai?»

«Il garage non è collegato all'abitazione. Per andarci è necessario uscire di casa. Per questo lo chiudo a chiave. Ci sono dentro molte cianfrusaglie, ma anche oggetti costosi. Per mio marito quegli attrezzi erano preziosi. Nel garage tengo anche la bombola dell'elio per gonfiare i palloncini. Non voglio che i ragazzi del quartiere ci entrino. Una volta ho letto che una donna con un garage come il mio, indipendente dalla casa, vi aveva trovato dentro un tizio intento a rubare, che poi l'aveva stuprata. Ecco perché chiudo sempre a chiave.»

«Ha idea del perché non fosse chiuso a chiave quando la polizia ha perquisito la sua casa, il giorno dell'omicidio?»

«No.»

«Quando ha visto per l'ultima volta il martello al suo posto sopra il banco da lavoro nel garage?»

«Non ricordo di averlo mai visto. Era mio marito a occuparsi degli attrezzi. Io non so usarli.»

«Neanche gli attrezzi da giardinaggio?»

«No, quelli li uso abitualmente perché sono io a occuparmi del giardino.»

«Ha idea di come sia stato possibile che una macchiolina di sangue del signor Bondurant sia finita su una delle sue scarpe da giardino?»

Lisa guardò davanti a sé con espressione turbata. Il mento le fremeva quando rispose.

«Non lo so, non so dare una spiegazione. Non usavo quelle scarpe da molto tempo e non ho ucciso il signor Bondurant.»

Pronunciò le ultime parole in un tono supplichevole, che trasmetteva disperazione e aveva l'accento della verità. Feci una pausa perché quella voce indugiasse nell'aria, sperando che la giuria cogliesse l'intonazione.

Continuai per un'altra mezz'ora, approfondendo gli stessi temi. Chiesi altri particolari sull'incontro con il signor Bondurant al bar, sulla procedura di pignoramento, sulla sua speranza di vincere la causa.

Lo scopo della deposizione di Lisa era triplice. Mi serviva avere a verbale i suoi dinieghi e le sue spiegazioni. Mi serviva che lei, con la sua personalità, conquistasse la simpatia e la comprensione dei giurati per dare un volto umano a un caso di omicidio. E da ultimo mi serviva che i giurati cominciassero a chiedersi come fosse possibile che quella donna minuscola e dall'apparenza fragile avesse teso un agguato a un uomo, colpendolo per ben tre volte in testa con un martello.

Avviandomi a concludere l'interrogatorio, avevo l'impressione di essere andato molto vicino a conseguire i miei obiettivi. Prima di finire, mi concessi un piccolo crescendo.

«Lei odiava il signor Bondurant?» chiesi.

«Odiavo quello che lui e la sua banca facevano a me e ad altri come me. Non lo odiavo personalmente. Non lo conoscevo neppure.»

«Ma il suo matrimonio si era sfasciato, lei aveva perduto il lavoro e stava per perdere anche la casa. Non sentiva il desiderio di scagliarsi contro le forze che, a suo avviso, la stavano danneggiando?»

«Mi stavo già dando da fare. Protestavo per come ero trattata. Mi ero rivolta a un avvocato e mi stavo battendo contro il pignoramento. Sì, ero arrabbiata, ma non sono una persona violenta. Faccio l'insegnante. Protestavo nell'unico modo che conosco, pacificamente, contro un'ingiustizia. Una grande ingiustizia.»

Sbirciai la giuria e mi parve di scorgere una donna, nell'ultima fila, che si asciugava una lacrima. Speravo in Dio che così fosse. Tornai a volgermi all'imputata per concludere nel modo migliore.

«Glielo chiedo ancora una volta, Lisa. È stata lei a uccidere Mitchell Bondurant?»

«No.»

«Non ha preso un martello per colpirlo nel garage della banca?»

«No. Non ero lì. Non sono stata io.»

«E allora come mai è stato ucciso con il martello che si trovava nel suo garage?»

«Non lo so.»

«E come mai hanno trovato del sangue sulle sue scarpe?»

«Non lo so, davvero. So solo che non sono stata io a ucciderlo. Mi hanno *incastrata*!»

Feci una breve pausa e abbassai la voce prima di concludere.

«Un'ultima domanda, Lisa. Quanto è alta?»

«Un metro e cinquantasette.»

«Grazie, non ho altro da chiederle.»

L'accusa aveva trovato pane per i suoi denti. Lisa Trammel era stata una teste attendibile; non sarebbe stato facile demolire la sua deposizione. Il procuratore tentò di metterla in difficoltà su un paio di punti, ma Lisa seppe rispondere a tono. Dopo una mezz'ora in cui la Freeman aveva tentato di abbattere una porta con uno stuzzicadenti, cominciai a pensare che l'imputata se la sarebbe cavata. Ma finché un cliente non ha lasciato il banco dei testimoni ed è tornato a sedersi di fianco al suo avvocato, non ci si può sentire al sicuro. La Freeman aveva un'ultima carta in serbo e alla fine la giocò.

«L'avvocato Haller le ha chiesto, poco fa, se lei ha commesso il delitto e lei ha risposto di no, di non essere una persona violenta. Se lo ricorda?»

«Certo, è la verità.»

«Non è forse vero che, quattro anni fa, ha colpito uno studente con un righello ed è stata costretta a cambiare scuola e a sottoporsi a una terapia per imparare a controllare gli scatti di rabbia?»

Balzai immediatamente in piedi obiettando e chiedendo di conferire con il giudice e l'accusa. Mi fu concesso.

«Giudice,» sussurrai prima che Perry arrivasse a chiederlo «in nessun documento tra quelli esibiti si fa cenno a un righello. Da dove salta fuori?»

«Giudice,» sussurrò a sua volta la Freeman precedendo la risposta di Perry «si tratta di una nuova informazione che ci è arrivata soltanto la scorsa settimana. Abbiamo dovuto verificarla.»

«Ma insomma! Mi sta dicendo che il fascicolo sull'esperienza professionale dell'imputata non era pronto prima del fischio d'inizio di questa nostra partita? Si aspetta che le creda?»

«Lei può credere quello che le pare. Non abbiamo inserito questa informazione tra le altre prove perché non avevamo intenzione di servircene. Ma poi la sua cliente, dichiarando di non avere precedenti di violenza, ha smentito le nostre risultanze e a questo punto abbiamo dovuto utilizzarla.»

Tornai a rivolgere la mia attenzione a Perry.

«Giudice, non è una scusa accettabile. L'accusa non si attiene alle regole sull'esibizione delle prove. All'accusa non dovrebbe essere concesso di continuare il controinterrogatorio lungo questa linea.»

«Giudice, è...»

«L'avvocato Haller ha ragione, procuratore Freeman. Si riservi la domanda per quando verrà il momento di smentire la deposizione dell'imputata, a condizione che lei abbia dei testimoni, ma non può proporla in questa fase. Il documento doveva essere depositato a tempo debito.»

Riprendemmo i nostri posti. A questo punto dovevo mettere in moto Cisco per indagare su quell'incidente perché sicuramente l'accusa l'avrebbe tirato fuori in seguito. La cosa mi seccava perché uno dei primi compiti che avevo assegnato a Cisco era stato quello di passare al setaccio tutta la vita della nostra cliente. Non so come quell'episodio fosse sfuggito ai suoi accertamenti.

Il giudice ingiunse alla giuria di non tenere conto della domanda dell'accusa e disse alla Freeman di imboccare un'altra strada nell'interrogatorio. Ma io sapevo che era scattato, alto e nitido, un campanello d'allarme. Era possibile cancellare la domanda dal verbale, ma non dalla mente dei giurati.

La Freeman continuò con attacchi a casaccio, che non scalfirono la corazza delle precedenti affermazioni. Non le riuscì di smuovere l'imputata da quanto aveva dichiarato prima, e cioè che non si era mai trovata nei pressi della WestLand National la mattina dell'omicidio. Se non fosse stato per la faccenda del righello, l'inizio sarebbe stato ottimo perché la giuria aveva ormai capito che la strategia della difesa era volta a dimostrare l'innocenza dell'imputata. Non ci saremmo arresi senza combattere.

L'accusa continuò a interrogare l'imputata fino alle cinque, riservandosi così la possibilità di escogitare qualcosa durante la notte e picchiare sodo sulla Trammel il mattino dopo. Il giudice sospese l'udienza e tutti rientrarono alle loro case, tranne me, che mi recai in ufficio. C'era ancora molto lavoro da fare.

Prima di uscire dall'aula, mi consultai con la cliente al tavolo della difesa e le sussurrai rabbiosamente: «Grazie per non avermi detto niente del righello. Che altro mi nascondi?».

«Niente. Lo so, è stata una stupidaggine.»

«Che cosa? Il fatto di avere picchiato un ragazzino con un righello o di non avermelo detto?»

«È successo quattro anni fa, e lui se lo meritava. Non c'è altro da dire.»

«Non sta a te decidere. La Freeman può tornare su questa storia quando contesterà le tue dichiarazioni, perciò ti conviene pensare a quello che le dirai.»

L'espressione del suo viso tradiva la preoccupazione.

«Come è possibile? Il giudice ha detto alla giuria di non tenerne conto.»

«L'accusa non può controinterrogarti su quel punto perché non è emerso nell'interrogatorio diretto, ma troverà il sistema di tirarlo fuori in seguito. Ci sono molti modi per contestare un teste. Ti conviene descrivermi l'episodio nei dettagli ed essere sicura che non ti sia sfuggito qualcos'altro.»

Lanciò un'occhiata al di sopra della mia spalla e io capii che cercava Herb Dahl. Ignorava quello che Dahl mi aveva riferito ed era all'oscuro del suo doppio gioco.

«Dahl non è qui» le dissi. «Coraggio, Lisa, hai altro da dirmi?»

Di ritorno in ufficio, trovai Cisco nell'ingresso, intento a chiacchierare, le mani in tasca, con Lorna che stava seduta alla sua scrivania.

«Che succede?» chiesi. «Vi credevo all'aeroporto a prendere la Shami.»

«Ho mandato Jennifer» disse Cisco. «Stanno già tornando.»

«Jennifer avrebbe dovuto restare qui a prepararsi a deporre, il che probabilmente avverrà domani. L'investigatore sei tu, toccava a te andare all'aeroporto. Quelle due non saranno in grado di trasportare il manichino.»

«Sta' tranquillo, Capo, hanno già provveduto. Va tutto bene. Bullocks ha appena chiamato, sono per strada. Tu sta' calmo e lascia fare a noi.»

Lo guardai con durezza. Non m'importava che fosse più alto di me di quasi quindici centimetri e avesse quaranta chili di muscoli in più. Ne avevo abbastanza. Non ne potevo più di dover pensare a tutto.

«Vuoi che mi rilassi? Vuoi che stia calmo? Va' a farti fottere, Cisco. Abbiamo appena cominciato la fase difensiva senza avere niente in mano. Solo un sacco di chiacchiere e un manichino. Il fatto è che se non cominci a darti da fare e a scoprire qualcosa, sarò io che finirò per somigliare a un manichino. Perciò non dirmi di stare calmo, d'accordo? Tocca a me stare davanti alla giuria ogni giorno.»

Lorna fu la prima a scoppiare a ridere, e Cisco la imitò subito dopo.

«Credi che sia divertente?» sbottai sentendomi oltraggiato. «Ti giuro che non lo è. Cosa c'è da ridere, cazzo?»

Cisco alzò le mani in un gesto pacificatore, fino al momento in cui riuscì a smettere di ridere.

«Scusami, Capo, è che quando cominci a sbraitare... e quella storia del manichino, poi.»

Al che Lorna scoppiò di nuovo a ridere. Mi dissi che l'avrei licenziata dopo il processo, anzi, li avrei licenziati tutti e due. Allora sì ci sarebbe stato da ridere.

«Ascolta,» disse Cisco, intuendo che non coglievo il lato comico della situazione «va' nel tuo studio, togliti la cravatta e siediti in poltrona. Vado a prendere la mia roba e ti mostrerò quello che ho in mano. Sono stato in contatto con Sacramento tutto il giorno; le cose vanno a rilento ma ci stiamo avvicinando alla fine.»

«Sacramento? Il laboratorio della Scientifica?»

«No, una storia di documenti societari. Burocrazia, Mickey. Ecco perché ci è voluto tanto tempo. Ma non preoccuparti. Tu fai il tuo lavoro e io faccio il mio.»

«Mi è difficile fare il mio lavoro aspettando che tu faccia il tuo.»

Dirigendomi verso lo studio e passando accanto a Lorna, le lanciai un'occhiata accorata. Servì solo a farla scoppiare in un'altra risata.

«Sì, che divertente! Hai preso le scarpe che ti ho detto di prendere?»

«Sì. Fatto tutto.»

Senza rispondere entrai nello studio e chiusi la porta dietro di me.

40

Il mio arrivo fu imprevisto e inaspettato. Ma poiché non avevo visto mia figlia per un'intera settimana – a causa del processo ero stato costretto a disdire il nostro solito appuntamento del mercoledì sera – e l'ultima volta che avevo incontrato Maggie ci eravamo lasciati piuttosto bruscamente, mi ero sentito in obbligo di fare un salto a casa loro, a Sherman Oaks. Maggie, che evidentemente mi aveva visto attraverso lo spioncino, aprì la porta e mi guardò storto.

«Brutta serata per una visita a sorpresa, Haller» disse.

«Be', starò con Hayley per un po', se ti va bene.»

«È lei che ha una brutta serata.»

Indietreggiò di un passo e si mise di lato per farmi entrare.

«Davvero? Che è successo?»

«Ha un mucchio di compiti e non vuole essere disturbata da nessuno, neppure da me.»

Dall'ingresso guardai verso il salotto, ma non vidi mia figlia.

«È in camera sua con la porta chiusa. Buona fortuna. Io vado a riordinare la cucina.»

E mi lasciò lì. Alzai gli occhi verso il piano superiore e all'improvviso la cameretta di Hayley mi parve inaccessibile. Mia figlia era un'adolescente con tutti gli sbalzi d'umore tipici di quell'età. Impossibile prevedere come mi avrebbe accolto.

Salii e bussando garbatamente alla porta mi sentii accogliere con un: «*Che c'è?*».

«Sono papà. Posso entrare?»
«Papà, ho tonnellate di compiti.»
«Vuoi dire che non posso entrare?»
«Fa' come vuoi.»
Aprii la porta ed entrai. Era a letto, sotto le coperte, in mezzo a libri e cartellette e con un portatile sulle ginocchia.
«Non puoi baciarmi. Mi sono messa la crema per l'acne.»
Mi avvicinai al letto e mi chinai. Le diedi un bacio sulla testa prima che tirasse su il braccio a respingermi.
«Quanti compiti hai ancora da fare?»
«Te l'ho detto: tonnellate.»
Aveva il testo di matematica aperto a faccia in giù per non perdere il segno. Lo presi per vedere di che lezione si trattava.
«Non perdere il segno.»
Panico assoluto, nella sua voce un'angoscia da fine del mondo.
«Non preoccuparti. Maneggio libri da quarant'anni ormai.»
Da quanto potevo capire, la lezione trattava le equazioni a due incognite. Cose al di là della mia portata. Peccato che fossero nozioni che non avrebbe usato mai.
«Non potrei aiutarti neanche se lo volessi.»
«Lo so. Neanche la mamma. Sono sola al mondo.»
«Lo siamo tutti.»
Mi resi conto con un po' di tristezza che da quando ero entrato non mi aveva guardato neanche una volta.
«Be', volevo solo farti un saluto. Me ne vado subito.»
«Ciao. Ti voglio bene» disse, senza girare gli occhi su di me.
«Buonanotte.»
Mi chiusi la porta alle spalle e scesi in cucina. L'altra donna in grado di condizionare il mio umore con i suoi capricci era seduta su uno sgabello al tavolo della colazione. Aveva davanti a sé un bicchiere di Chardonnay e un fascicolo aperto.
Lei perlomeno mi guardò. Non mi sorrise, ma mi fissò negli occhi, e già questo mi parve una vittoria. Poi tornò a esaminare i documenti.
«Su cosa stai lavorando?»
«Mi sto rinfrescando la memoria. Domani ho un'udienza preliminare, un braccio di ferro con un avversario molto ag-

guerrito. Non ho riguardato le carte da quando è stata formalizzata l'imputazione.»

La solita pressione del sistema giudiziario. Non mi offrì un bicchiere di vino perché sapeva che non bevevo. Mi appoggiai al tavolo di fronte a lei.

«Sto pensando di concorrere alla carica di procuratore distrettuale» le dissi.

Sollevò di scatto la testa e mi fissò.

«Cosa?»

«Niente. Era solo un tentativo per richiamare la tua attenzione.»

«Scusami, ma sono impegnata. Ho del lavoro da fare.»

«Sì, be', me ne vado. Probabilmente anche la tua amica Andy Freeman starà sveglia a lavorare.»

«Credo di sì. Dovevo vederla dopo l'ufficio per un aperitivo, ma ha disdetto. Cosa le hai fatto, Haller?»

«Le ho tagliato un po' le ali quando stava per concludere la sua parte, poi mi sono avventato sulla difesa come un falco. Immagino che stia cercando un modo per farmela pagare.»

«Già, penso che sia così.»

Ritornò al suo fascicolo. Venivo congedato senza tante parole. Prima mia figlia, adesso la mia ex moglie, che amavo ancora. Non mi andava di sparire in silenzio.

«E noi, a che punto siamo?» chiesi.

«Che cosa vuoi dire?»

«Sto parlando di te e di me. Non ci siamo lasciati bene l'altra sera da Dan Tana's.»

Chiuse il fascicolo, lo spinse di lato e levò lo sguardo su di me. Finalmente.

«A volte va così. Non è cambiato niente.»

Mi scostai dal tavolo per avvicinarmi al banco della colazione. Mi appoggiai sui gomiti e la guardai negli occhi, che ora erano all'altezza dei miei.

«Se non è cambiato niente, che intenzioni abbiamo? Che facciamo?»

Si strinse nelle spalle.

«Voglio fare un altro tentativo. Ti amo ancora, Mags. Lo sai.»

«So anche che non ha funzionato. Siamo incapaci di lasciare il lavoro fuori dalla porta di casa. È per questo che non ha funzionato.»

«Comincio a credere che la mia cliente sia innocente, che l'abbiano incastrata e che forse non riuscirò a tirarla fuori dai guai. Come fai a non portarti dietro un cruccio così?»

«Se ti tormenti tanto, forse non è una cattiva idea quella di candidarti a procuratore distrettuale. Il posto è vacante, lo sai.»

«Sì, forse lo farò.»

«Haller per i Cittadini.»

«Già.»

Mi fermai ancora qualche minuto, ma senza alcun esito. Maggie aveva la capacità di escluderti radicalmente e di non farne mistero.

Le dissi che me ne andavo e le raccomandai di dare la buonanotte a Hayley. Non si mise a correre per impedirmi di raggiungere la porta, ma Maggie disse una cosa che mi fece star bene.

«Dammi del tempo.»

Mi girai verso di lei.

«Di cosa stai parlando?»

«Di chi, non di cosa. Di Hayley... e di me.»

Annuii e dissi che l'avrei fatto.

Rientrando in macchina, mi tirai su di morale pensando ai risultati che avevo ottenuto quel giorno in tribunale. Mi misi a riflettere sul teste che avrei chiamato dopo Lisa. Avevo davanti a me un compito impegnativo, ma era inutile rimuginarci con tanto anticipo. Meglio godersi il presente e ricominciare da lì.

Percorsi tutta Beverly Glen e poi imboccai Mulholland verso est in direzione di Laurel Canyon. Vedevo le luci della città a nord e a sud. Los Angeles si stendeva come un oceano scintillante. Lasciai che l'aria fredda e la solitudine mi penetrassero nel cuore.

41

VENERDÌ MATTINA, durante il controinterrogatorio di Lisa Trammel, nell'arco di venti minuti andò perduto tutto quello che mi ero aggiudicato il giorno prima. Essere imbrogliati dall'accusa nel mezzo di un processo non è mai una buona cosa, ma per molti versi è accettabile: è parte del gioco. Ma essere imbrogliati dal proprio cliente è la cosa peggiore che possa capitare.

Lisa Trammel era al banco dei testimoni, quando Andrea Freeman si avvicinò al leggio, portando un grosso incartamento dagli orli arricciati e un post-it rosa che spuntava dalle pagine. Non ci feci caso, pensando che fosse un trucco per distrarmi. Cominciò con una serie di domande di quelle che io definisco "domande trabocchetto", quelle che servono per mettere a verbale le risposte del teste e poi dimostrare che sono false. Vedevo delinearsi la trappola, ma non sapevo a che punto sarebbe scattata.

«Ieri ha dichiarato che non conosceva Mitchell Bondurant. Conferma?»

«Sì, confermo.»

«Non lo ha mai incontrato?»

«Mai.»

«Non gli ha mai parlato?»

«Mai.»

«Però ha cercato di incontrarlo e di parlargli: è così?»

«Sì, sono andata due volte alla banca per avere un colloquio, ma non ha voluto ricevermi.»

«Ricorda a quando risalgono questi tentativi?»

«All'anno scorso, ma ho dimenticato le date.»

A questo punto l'accusa finse di cambiare direzione, ma io sapevo che si trattava di un trucco: era parte di un piano studiato minuziosamente.

Pose a Lisa una sfilza di domande all'apparenza innocue sulla sua organizzazione e sulle finalità del gruppo. Avevo toccato molti di quei temi nel mio interrogatorio, ma non riuscivo ancora a scoprire il suo gioco. Lanciai un'occhiata all'incartamento con il post-it rosa e cominciai a credere che dopotutto non si trattasse di una messinscena. Maggie mi aveva detto ieri che Andrea Freeman intendeva lavorare di notte. Ora capivo il perché. Evidentemente aveva scoperto qualcosa. Mi protesi sul tavolo, come se potesse essermi di aiuto trovarmi più vicino all'incartamento.

«Lei ha un sito web che usa per sostenere l'attività della sua organizzazione, vero?» chiese.

«Sì, si chiama *www.battiamociperlacasa.com*. Lottiamo contro i pignoramenti.»

«Lei è anche su Facebook?»

«Sì.»

Dal modo timido e guardingo con cui la mia cliente lo aveva ammesso capii che lì stava la trappola. Lisa non mi aveva mai detto di essere su Facebook.

«Per quei membri della giuria che forse non lo sanno, può dirci che cos'è Facebook, signora Trammel?»

Mi appoggiai allo schienale e senza farmi notare estrassi il telefono cellulare. In fretta mandai un messaggio alla Bullocks ingiungendole di piantare in asso quello che stava facendo e di cercare la pagina Facebook di Lisa. «*Guarda cosa contiene*» le scrissi.

«È un servizio in rete che mi permette di restare in contatto con chi partecipa al mio movimento, STELLE E STRISCE CONTRO L'INGIUSTIZIA. Informo su quello che succede, comunico dove incontrarci, cose di questo genere. Tramite uno smartphone o il computer, tutti possono connettersi ed essere aggiornati su quello che metto in bacheca. È stato molto utile per organizzarci.»

«Lei può inviare un messaggio su Facebook anche dal suo cellulare, vero?»

«Sì.»

«La "bacheca" è il luogo digitale al quale lei invia questi messaggi, giusto?»

«Sì.»

«Lei ha usato la bacheca non solo per inoltrare i suoi messaggi sulle marce di protesta: è così?»

«Qualche volta è successo.»

«Lei ha pubblicato dei regolari aggiornamenti sul pignoramento della sua casa, no?»

«Volevo tenere una specie di diario personale del mio esproprio.»

«Ha usato Facebook anche per avvertire i media delle sue attività?»

«Sì, anche per questo.»

«Per ricevere queste informazioni era necessario registrarsi tra i suoi amici, giusto?»

«Sì, è così che funziona. Quelli che vogliono partecipare mi chiedono l'amicizia. Io accetto e loro hanno accesso alla mia bacheca.»

«Quanti amici ha?»

Non sapevo dove avrebbero portato quelle domande, ma sapevo che non si trattava di un luogo ameno. Mi alzai e obiettai, dicendo al giudice che l'interrogatorio stava procedendo a tentoni, apparentemente senza uno scopo. La Freeman ribatté che lo scopo sarebbe apparso chiaramente di lì a poco e Perry la lasciò continuare.

«Risponda alla domanda» disse a Lisa.

«Be', sì... l'ultima volta che ho guardato il sito, mi pare fossero più di mille.»

«Quando è entrata in Facebook la prima volta?»

«L'anno scorso, in luglio o agosto. Ho presentato i documenti per costituire la mia associazione e contemporaneamente ho avviato il sito web.»

«Dunque, cerchiamo di fare il punto. Per quanto riguarda il sito, tutti vi possono accedere se hanno un computer e sono collegati a internet. È così?»

«Sì.»

«Ma la pagina Facebook è più personale. Per accedervi uno deve registrarsi ed essere accettato. Giusto?»

«Sì, ma io in genere accetto tutti. Non li conosco uno per uno perché sono in tanti. Parto dall'idea che abbiano sentito parlare della nostra organizzazione e siano interessati. Non respingo nessuno. Ecco perché sono diventati più di mille in meno di un anno.»

«D'accordo, e da quando è su Facebook lei posta regolarmente dei messaggi in bacheca?»

«Sì, piuttosto regolarmente.»

«Lei ha tenuto aggiornato il suo sito su questo processo?»

«Sì, ho espresso le mie opinioni su quanto succedeva.»

Sentivo che mi si alzava la temperatura corporea. Mi sembrava che il completo che indossavo fosse di plastica e intrappolasse al suo interno il calore del corpo. Avrei voluto allentare il nodo della cravatta, ma sapevo che quel gesto, se intercettato da un giurato, sarebbe stato interpretato come un segno di difficoltà.

«Chiunque può accedere alla sua pagina e postare un messaggio a suo nome?»

«No, soltanto io. Gli altri possono rispondere e postare i loro messaggi, ma non a mio nome.»

«Quanti messaggi immagina di avere postato sulla sua bacheca dalla scorsa estate?»

«Non ne ho idea. Molti.»

Il procuratore sollevò il pesante documento con il post-it che sporgeva.

«Ci crede se le dico che ha postato più di milleduecento messaggi?»

«Non li ho mai contati.»

«Io sì. Sono tutti qui, stampati. Vostro onore, mi consente di avvicinarmi alla teste con questo documento?»

Prima che Perry potesse rispondere, chiesi di conferire con

lui e con il procuratore. Il giudice ci fece cenno di avvicinarci. La Freeman portò il grosso fascicolo.

«Che succede, vostro onore?» dissi. «La situazione è sempre la stessa: l'accusa si sottrae deliberatamente all'obbligo di esibire gli elementi probatori in suo possesso. Non si è mai accennato ai messaggi su Facebook in precedenza, e ora vuole produrne milleduecento? È una cosa indecente, ammettiamolo.»

«Nessuna omissione da parte nostra. Fino a ieri sera non sapevamo niente di questo account su Facebook.»

«Giudice, è come credere agli asini che volano.»

«Vostro onore, ieri pomeriggio il mio ufficio è venuto in possesso di una copia cartacea dei messaggi postati dall'imputata sulla sua pagina Facebook. Tra tutti, me ne è stata segnalata una serie, datata a partire dallo scorso settembre, che ritengo rilevante ai fini di questo procedimento per valutare la testimonianza resa dall'imputata. Se posso proseguire avrò modo di dimostrarlo e anche la difesa se ne convincerà.»

«Che cosa significa che il suo ufficio è "venuto in possesso"?» dissi. «È necessario far parte degli amici per vedere la bacheca della mia cliente su Facebook. Se l'accusa ricorre a dei sotterfugi...»

«La copia cartacea mi è stata fornita da un giornalista, che è tra gli amici dell'imputata su Facebook» mi interruppe Andrea Freeman. «Non esistono sotterfugi. Ma qui non è in discussione la fonte dell'informazione. *Res ipsa loquitur*: il documento è eloquente di per sé. Sono sicura che l'imputata è in grado di identificare i propri post. Il tentativo della difesa mira solo a impedire che la giuria veda quella che è chiaramente una prova di colpevolezza.»

«Giudice, non so di che stia parlando l'accusa. Io ho appreso l'esistenza di questa pagina su Facebook per la prima volta durante il controinterrogatorio. È opinione della difesa...»

«Molto bene, procuratore Freeman» interruppe Perry. «Mostri il documento all'imputata, ma si sbrighi ad arrivare al punto.»

«Grazie, vostro onore.»

Mentre tornavo al mio posto, sentii vibrare il cellulare in tasca. Lo tirai fuori e, tenendolo sotto il tavolo per non farmi vedere dal giudice, lessi il testo. Il messaggio, mandato da Jennifer, diceva semplicemente che era riuscita ad accedere alla bacheca Facebook di Lisa e che avrebbe seguito le mie indicazioni. Digitando con un'unica mano, le scrissi di controllare i post a partire da settembre, quindi mi rimisi in tasca il cellulare.

L'accusa consegnò all'imputata i fogli stampati e le chiese di confermare se i post più recenti provenivano dalla sua bacheca.

«Grazie, signora Trammel. Ora può ora andare alla pagina contrassegnata con il post-it?»

Riluttante, Lisa fece come indicato.

«Come vede, ho evidenziato tre o quattro messaggi a partire dal sette settembre. Le spiace leggere alla giuria il primo di questi testi, compresa l'ora in cui fu postato?»

«Sì... una e quarantasei: "Sto entrando nella WestLand per vedere Bondurant. Questa volta non accetterò che mi rispondano di no".»

«Lei ha appena pronunciato il nome Bondurant, ma nel suo testo è scritto in un altro modo. È così?»

«Sì.»

«Come è scritto nel suo post?»

«B-A-S-T-A-R-D-U-R-A-N-T.»

«Noto che lei l'ha scritto così in tutti i post. Era intenzionale o un errore?»

«Mi stava portando via la casa.»

«Risponda alla domanda.»

«Sì, era intenzionale. Lo chiamavo Bastardurant perché non era una brava persona.»

Sentivo il sudore scorrermi tra i capelli. La Lisa nascosta stava per saltar fuori.

«Legga, per favore, il post successivo. E non si dimentichi dell'ora.»

«Due e diciotto. "Non mi hanno lasciata entrare. Che ingiustizia."»

«Legga anche il post che segue e l'ora.»

«Due e ventuno. Ho scoperto dove parcheggia. Lo aspetterò nel garage.»

Il silenzio in aula era più rumoroso dello sferragliare di un treno.

«Signora Trammel, lei ha aspettato Mitchell Bondurant nel garage della WestLand National il sette settembre dell'anno scorso?»

«Sì, ma non a lungo. Ho capito che era una stupidaggine e che avrei dovuto attendere tutta la giornata. Così me ne sono andata.»

«È tornata ad aspettarlo nel garage la mattina in cui è stato assassinato?»

«No! Ho già detto di no. Non mi trovavo lì.»

«Lo ha visto nel caffè e si è arrabbiata. Lei sapeva dove trovarlo, vero? È entrata nel garage per aspettarlo e...»

«Obiezione!» gridai.

«...lo ha ucciso con un martello, vero?»

«No! No! No!» urlò Lisa. «Non sono stata io!»

Scoppiò in lacrime, gemendo come un animale braccato.

«Obiezione, vostro onore! L'accusa sta infierendo...»

Perry diede l'impressione di riscuotersi da una fantasticheria mentre guardava Lisa Trammel.

«Accolta!»

L'accusa si fermò. Nell'aula non volava una mosca. L'assistente giudiziario le si avvicinò con un pacchetto di fazzolettini di carta e alla fine Lisa smise di piangere.

«Grazie, vostro onore» disse da ultimo la Freeman. «Non ho altre domande.»

Quella mattina chiesi la sospensione anticipata per dar modo all'imputata di riprendersi e per valutare se interrogarla a mia volta su quel punto. Il giudice accolse la mia richiesta probabilmente perché era dispiaciuto.

Le lacrime di Lisa non toglievano nulla al fatto che l'accusa avesse teso la sua trappola con maestria. Ma non tutto era perduto. Il lato positivo di una strategia di difesa che tende a dimostrare l'esistenza di un tranello per incastrare l'imputato, è che quasi tutti gli elementi probatori e le dichiarazioni testimoniali – anche se rilasciate dal proprio cliente – possono essere interpretate come parte del tranello.

Dopo che la giuria fu uscita, mi avvicinai al banco dei testimoni per consolare Lisa. Tirai fuori due fazzolettini dal pacchetto e glieli porsi. Lei li prese e cominciò a tamponarsi gli occhi. Misi la mano sul microfono per non divulgare la nostra conversazione a tutta l'aula e cercai di controllare il tono della voce.

«Lisa, perché vengo a sapere solo adesso questa storia di Facebook? Hai idea di come può danneggiarti?»

«Pensavo che lo sapessi! Ho chiesto l'amicizia a Jennifer.»

«La mia Jennifer?»

«Sì.»

Ma allora era una congiura!

«E cosa mi dici dei post di settembre? Ti rendi conto di quanto possono nuocerti?»

«Sono desolata. Me ne ero completamente dimenticata. È passato tanto tempo.»

Sembrava sul punto di ricominciare a piangere. Cercai di cambiare argomento.

«Be', con un po' di fortuna, magari riusciremo a volgere a nostro favore questa faccenda.»

Smise di tamponarsi il viso con il fazzolettino e mi guardò.

«Davvero?»

«È possibile. Devo uscire a chiamare Bullocks.»

«Bullocks?»

«Scusami, è il soprannome di Jennifer. Ora calmati.»

«Dovrò rispondere ad altre domande?»

«Sì. Intendo riprendere l'interrogatorio.»

«Posso sistemarmi la faccia?»

«Buona idea, ma non metterci troppo tempo.»

Uscii nel corridoio e chiamai Bullocks in ufficio.

«Hai visto i post del sette settembre?» chiesi a mo' di saluto.

«Sì, in questo momento. Se la Freeman...»

«L'ha già fatto!»

«Merda!»

«Già, è stato un brutto momento, ma forse c'è una via d'uscita. Lisa mi ha detto che sei sua amica su Facebook.»

«Sì, mi dispiace. Sapevo che aveva una pagina, ma non ho pensato di guardare i precedenti post nella sua bacheca.»

«Ne riparleremo. Ora come ora, mi serve sapere se puoi accedere alla lista dei suoi amici.»

«Ce l'ho sotto gli occhi.»

«Bene, stampa l'elenco, consegnalo a Lorna e di' a Rojas di portarlo qui al volo. Voglio che tu e Cisco vi mettiate a lavorare sui nomi. Scoprite chi è quella gente.»

«Sono più di mille. Dobbiamo passarli in rassegna *tutti*?»

«Se necessario. Sto cercando un collegamento con Opparizio.»

«Opparizio? E perché?»

«La Trammel costituiva un pericolo per lui, così come lo era per la banca. Minacciava di denunciarli per pignoramento fraudolento, dove la frode era stata commessa dall'ALOFT. Sappiamo da Herb Dahl che lei era nel mirino di Opparizio, quindi è ragionevole supporre che qualcuno in quella società la controllasse tramite Facebook. Lisa ha appena dichiarato che accettava chiunque come amico e forse, con un po' di fortuna, è anche possibile che ci si imbatta in un nome noto.»

Seguì una pausa di silenzio, poi Bullocks saltò alle conclusioni.

«Così, tramite Facebook hanno saputo quello che aveva in mente.»

«E anche che una volta aveva aspettato Bondurant nel garage.»

«E quindi hanno organizzato il delitto sulla base di questi elementi.»

«Bullocks, odio dirtelo, ma ragioni come un avvocato difensore.»

«Mi metto subito al lavoro.»

Percepivo l'urgenza nella sua voce.

«Bene, come prima cosa stampa quell'elenco e mandamelo. Tra quindici minuti comincerò a interrogarla, quindi fammelo recapitare subito. Se poi tu e Cisco scoprite qualcosa, comunicatemelo subito con un messaggio sul cellulare.»

«Sicuro.»

42

QUANDO RITORNAI IN AULA, Andrea Freeman stava ancora gongolando per la vittoria di quella mattina. Mi si avvicinò con aria oziosa e incrociò le braccia, appoggiandosi al tavolo con il fianco.

«Haller, ammetti che è stata tutta una finzione quella di non saper niente della pagina su Facebook.»

«Spiacente, non è così.»

Levò gli occhi al cielo.

«Oh, oh, a quanto pare siamo di fronte a una cliente che ci nasconde le cose. O forse avremmo bisogno di un nuovo investigatore, capace di scoprirle.»

Ignorai la stoccata, sperando che la piantasse di gloriarsi e tornasse al suo posto. Cominciai a sfogliare le pagine del taccuino fingendo di cercare qualcosa.

«Per me è stata una manna dal cielo ricevere quella copia cartacea e leggere quei post, ieri sera.»

«Sarai molto orgogliosa di te. Quale stronzo di cronista te l'ha fornita?»

«Ti piacerebbe saperlo, eh?»

«Tanto succederà presto. Il primo che pubblicherà un'informazione esclusiva trapelata dalla procura è quello che ti ha dato una mano. Comunque da me non riceverà altro che un no comment.»

Ridacchiò. La mia minaccia la lasciava indifferente. Lei aveva tirato fuori i post davanti alla giuria e solo quello contava. Alla fine, alzai gli occhi, e la guardai storto.

«Non capisci, vero?»

«Che cosa devo capire? Che la giuria adesso è al corrente del fatto che la tua cliente era stata sul luogo del delitto e quindi sapeva benissimo dove trovare la vittima? No, questo lo capisco benissimo.»

Distolsi lo sguardo e scossi la testa.

«Aspetta e vedrai.»

Mi alzai e mi diressi verso il banco dei testimoni. Lisa Trammel era appena rientrata dal bagno, dove si era rifatta il trucco. Quando aprì la bocca per parlare, coprii di nuovo il microfono.

«Cosa ci facevi con quella stronza? È una persona orribile.»

Un po' sorpreso da quello scoppio di rabbia, tornai a guardare Andrea Freeman, che adesso stava seduta al tavolo dell'accusa.

«Non è orribile e non è una stronza, d'accordo? Sta solo facendo il suo lavoro.»

«Sì che lo è. Tu non sai quanto.»

Mi chinai e sussurrai.

«E tu, invece? Non comportarti come una squilibrata. Ti interrogherò per un'altra mezz'ora e cerchiamo di arrivare in fondo senza traumi. D'accordo?»

«Non so di cosa stai parlando, ma le tue parole mi fanno male.»

«Mi dispiace, ma io cerco di difenderti e non mi aiuta scoprire le cose che hai scritto su Facebook.»

«Ti ho già detto che mi dispiace. Ma la tua socia lo sapeva.»

«Be', io no.»

«Senti, prima mi hai detto che forse saresti riuscito a volgere questa storia a nostro favore. In che modo?»

«Semplice. Se qualcuno avesse voluto incastrarti, la pagina Facebook sarebbe stata il punto ideale da dove cominciare.»

Le mie parole la colpirono. Lisa alzò gli occhi e un'espressione di sollievo le si dipinse sul viso quando intuì la tattica che avrei adottato. La rabbia che l'aveva incupita appena un attimo prima si era dissolta. Le feci un cenno di assenso e tornai al tavolo della difesa, mentre il giudice ordinava all'assistente giudiziario di far entrare i giurati.

Una volta che tutti si furono sistemati ai loro posti, Perry mi chiese se, dopo il controinterrogatorio, intendevo porre altre domande alla mia cliente riguardo ai punti sollevati dall'accusa. Saltai su come se avessi aspettato dieci anni quell'occasione. Ma lo slancio mi costò caro. Una fitta di dolore mi trapassò il torace. Le costole si erano saldate, ma mi bastava compiere un movimento brusco per vedere le stelle.

Mentre mi avvicinavo al leggio, la porta in fondo all'aula si aprì ed entrò Lorna. Tempismo perfetto. Tenendo un fascicolo in una mano e il casco da motociclista nell'altra, percorse il corridoio centrale fino alla transenna, che separava la zona riservata al pubblico da quella riservata alle parti.

«Vostro onore, posso conferire un attimo con la mia collaboratrice?»

«Faccia presto, per favore.»

Andai incontro a Lorna, che mi consegnò il fascicolo.

«Questo è l'elenco di tutti i suoi amici su Facebook, ma da quanto mi consta, Dennis e Jennifer non hanno trovato alcun contatto con chi sai.»

Mi suonava strano sentir chiamare Cisco e Bullocks con i loro nomi. Guardai il casco che teneva in mano e sussurrai.

«Sei venuta qui in moto?»

«Volevi che arrivassi subito e sapevo che avrei potuto parcheggiare nelle vicinanze.»

«Dov'è Rojas?»

«Non lo so. Non ha risposto al cellulare.»

«Bene. Lascia la moto di Cisco dov'è e torna in ufficio a piedi. Non voglio che ti metta a guidare quel veicolo da suicidio.»

«Non sono più tua moglie. Sono sua moglie.»

Mentre le parlavo, guardando oltre la sua spalla, scorsi Maggie McPherson seduta tra il pubblico. Era lì per me o per la sua amica Andrea Freeman?

«Questo non c'entra...»

«Avvocato Haller?» intonò il giudice dietro di me. «La stiamo aspettando.»

«Sì, vostro onore» dissi ad alta voce senza girarmi. Poi, sempre sussurrando: «Lorna, ti ho detto di tornare a piedi».

Mi incamminai di nuovo verso il leggio e aprii il fascicolo. Conteneva soltanto dei dati grezzi – più di un migliaio di nomi su due colonne in ogni pagina – ma io lo fissavo come se fosse stato il Santo Graal.

«Va bene, Lisa, parliamo della sua pagina su Facebook. Ha dichiarato prima di avere più di mille amici. Li conosce tutti personalmente?»

«No, assolutamente no. Molti mi conoscono tramite la mia associazione e quindi do per scontato che se qualcuno vuole annoverarsi tra gli amici sia un sostenitore di quella causa. Io accetto tutti.»

«I post della sua bacheca sono quindi aperti a un considerevole numero di persone... su Facebook sono amici, ma in realtà dei perfetti sconosciuti per lei. È così?»

«Sì, è così.»

Sentii vibrare il telefonino in tasca.

«Quindi tutti questi sconosciuti interessati al suo movimento, potevano semplicemente entrare nella sua pagina e vedere i post nella sua bacheca. Giusto?»

«Sì, giusto.»

«È possibile, per esempio, che in questo preciso momento qualcuno vada su quella pagina, scorra i messaggi e venga a sapere che nel settembre dell'anno scorso lei gironzolava nel garage della WestLand aspettando Mitchell Bondurant. Giusto?»

«Sì, è possibile.»

Estrassi il cellulare dalla tasca e, usando il leggio come paravento, lo posai sul ripiano. Con una mano sfogliavo gli elenchi dei nomi, con l'altra aprii il messaggio che avevo appena ricevuto. Era di Jennifer.

«*Terza pagina, colonna di destra, quinta riga dal basso: Don Driscoll. Un certo Don Driscoll è stato dipendente dell'*ALOFT. *Stiamo verificando.*»

Tombola. Questo sì che era un colpo!

«Vostro onore, vorrei mostrare questo documento alla testimone. È un elenco stampato dei nomi delle persone che hanno contattato Lisa Trammel su Facebook.»

La Freeman, vedendo in pericolo il glorioso risultato ottenuto quella mattina, mosse obiezione, ma il giudice la respinse senza che avessi il tempo di protestare, dicendo che lei stessa aveva dato inizio a quel capitolo. Porsi alla cliente l'elenco e tornai al leggio.

«Le spiace portarsi a pagina tre e leggere il nome che compare alla quinta riga dal basso della colonna di destra?»

Nuova obiezione dell'accusa perché l'elenco non era stato autenticato. Il giudice le rispose di chiarire il punto durante il controinterrogatorio se pensava che io stessi presentando una prova fasulla. Chiesi a Lisa di leggere il nome.

«Don Driscoll.»

«Grazie. Quel nome le è familiare?»

«No, assolutamente no.»

«Ma è uno dei suoi amici di Facebook.»

«Lo so, ma come ho detto non conosco tutti quelli che fanno parte dell'elenco degli amici. Sono troppi.»

«Ricorda se Don Driscoll ha mai preso contatto diretto con lei e si sia identificato come dipendente di una società che si chiama ALOFT?»

La Freeman obiettò e chiese di poter conferire con il giudice che ci convocò entrambi.

«Giudice, che cosa sta succedendo? L'avvocato non può buttar lì dei nominativi a caso. Deve dimostrare che ha delle buone ragioni per citare qualcuno.»

Perry annuì con aria pensosa.

«Sono d'accordo con l'accusa, avvocato Haller.»

Il mio cellulare era ancora sul leggio. Un eventuale aggiornamento da parte di Bullocks non sarebbe riuscito a raggiungermi.

«Giudice, possiamo ritirarci nel suo studio e telefonare al mio investigatore, se lo ritiene opportuno. Ma vorrei chiedere un po' di flessibilità. Soltanto questa mattina, l'accusa ha addotto tra le prove la pagina Facebook, e io sto cercando di replicare. Possiamo sospendere in attesa di verifiche o possiamo aspettare che la difesa lo chiami a testimoniare, permettendo così all'accusa di torchiarlo, valutando così l'attendibilità della mia ipotesi.»

«Intende chiamarlo a testimoniare?»

«Non credo di avere alternative dopo che il procuratore vuole usare i vecchi post della mia cliente.»

«Sta bene, aspetteremo la deposizione del signor Driscoll. Ma non mi deluda, avvocato Haller, tornando in aula e dicendo di avere cambiato idea. Non sarei in grado di apprezzare un comportamento del genere.»

«Va bene, vostro onore.»

Tornammo ai nostri posti e ripresi l'interrogatorio dal punto in cui l'avevo lasciato: «Don Driscoll l'ha mai contattata su Facebook o altrove dicendo che lavorava per l'ALOFT?».

«No, mai.»

«Lei conosce l'ALOFT?»

«Sì. È la denominazione della società di cui si servono le banche come la WestLand per le pratiche di pignoramento.»

«Si è occupata anche del pignoramento della sua casa?»

«Sì, ha seguito tutta la pratica.»

«ALOFT è una sigla. Lei sa a cosa corrispondono le singole lettere?»

«Sì, è il nome della società di Anthony Louis Opparizio.»

«Cosa penserebbe se risultasse che questa persona, Donald Driscoll, uno dei suoi amici su Facebook, lavora all'ALOFT?»

«Ne dedurrei che qualcuno dell'ALOFT accedeva ai miei post.»

«Questo Driscoll, insomma, avrebbe avuto modo di conoscere i suoi spostamenti, giusto?»

«Sì, esatto.»

«Grazie Lisa, non ho altro da chiederle.»

Riprendendo il mio posto al tavolo, sbirciai la Freeman. Non era più raggiante e fissava dritto davanti a sé. Guardai il pubblico per vedere se Maggie era lì, ma se n'era andata.

43

Il pomeriggio sarebbe stato dedicato alla deposizione della dottoressa Shamiram Arslanian, perito giudiziario di New York, di cui mi ero già servito con ottimi risultati in precedenti processi. Aveva studiato ad Harvard, al MIT, al John Jay College, dove attualmente lavorava come ricercatrice. Oltre a tutto questo, la sua integrità era tale da conferirle una sorta di aura, che rendeva la sua testimonianza indiscutibile e speciale. Era il sogno di ogni avvocato difensore, un asso nella manica, ma assumeva l'incarico soltanto se era sicura dei dati scientifici e credeva in quello che avrebbe detto sul banco dei testimoni. Nel caso specifico c'era, ai miei occhi, un vantaggio in più: aveva la stessa statura della mia assistita.

Durante la pausa pranzo, Shami aveva sistemato un manichino davanti al settore della giuria: una figura maschile alta esattamente un metro e novanta, come Mitchell Bondurant, con indosso un completo simile a quello che portava la vittima la mattina in cui era stata assassinato e ai piedi scarpe identiche. Il manichino era dotato di articolazioni che gli permettevano di compiere l'intera gamma dei movimenti di un essere umano.

Rientrata la giuria, Shamiram Arslanian sedette al banco dei testimoni e io iniziai a elencare le sue molteplici credenziali. Volevo che i giurati capissero le qualità di quella donna e apprezzassero la naturalezza del suo modo di rispondere alle domande. Volevo anche che capissero che gli studi compiuti e la competenza la collocavano su un piano diverso dai periti dell'accusa. Decisamente più in alto.

Una volta trasmessa questa impressione, passai al manichino.

«Dottoressa Arslanian, le ho chiesto di esaminare le caratteristiche dell'omicidio di Mitchell Bondurant. È così?»

«Sì.»

«In particolare, le ho chiesto di analizzare la dinamica dell'omicidio, vero?»

«Sì, in sostanza mi ha chiesto di accertare se la sua cliente avrebbe potuto compiere il delitto secondo le modalità descritte dalla polizia.»

«Lei ha concluso che avrebbe potuto?»

«Sì e no. Ho accertato che sì, avrebbe potuto compierlo, ma non secondo le modalità indicate dai detective.»

«Può dirci a quali conclusioni è arrivata?»

«Preferirei darne una dimostrazione, impersonando la sua cliente.»

«Quanto è alta, dottoressa Arslanian?»

«Un metro e cinquantasette senza scarpe, la stessa statura di Lisa Trammel, a quanto mi è stato detto.»

«Le ho mandato un martello che è il duplicato di quello che, secondo la polizia, è l'arma del delitto. Lo conferma?»

«Sì, l'ho portato con me.»

Alzò il duplicato del martello, che era posato sul piano davanti al banco dei testimoni.

«Ha ricevuto anche le foto, dove si vedono le scarpe da giardino dell'imputata sequestrate nel garage, e sulle quali si sono scoperte successivamente tracce del sangue della vittima?»

«Sì, le ho ricevute, e con l'aiuto del responsabile del suo ufficio ho potuto farne una copia identica. Le ho ai piedi in questo momento.»

Tese la gamba lateralmente, esibendo una scarpa impermeabile e suscitando un'ondata di garbata ilarità. Chiesi al giudice se la teste aveva la facoltà di eseguire la dimostrazione prevista e lui l'autorizzò, respingendo l'obiezione dell'accusa.

Shamiram Arslanian scese dal banco dei testimoni impugnando il martello e diede inizio alla sua esibizione.

«La domanda che mi sono posta era se una donna della statura dell'imputata, alta un metro e cinquantasette come me, avrebbe potuto colpire sulla cima della testa un uomo di un metro e novanta, anzi di più, tenuto conto delle scarpe. Il martello, che allunga di venticinque centimetri il raggio d'azione del braccio, sarebbe stato sufficiente a colmare la distanza? Questo mi sono chiesta.»

«Dottoressa, mi permetta di interromperla per chiederle di parlarci del suo manichino e di illustrarci come l'ha preparato per la deposizione.»

«D'accordo. Questo è Manny e lo uso quando sono chiamata a deporre in qualità di perito durante un processo e quando conduco esperimenti di laboratorio. Ha tutte le articolazioni di un essere umano e, se necessario, lo si può anche scomporre. La sua virtù principale è che non mi contraddice mai e non mi dice che i jeans mi fanno sembrare grassa.»

Ancora una volta si udirono in aula delle risatine educate.

«Grazie, dottoressa» intervenni, prima che il giudice l'ammonisse ad astenersi dalle battute. «Continui con la dimostrazione.»

«Certamente. Ho usato il rapporto dell'autopsia, le fotografie e i grafici per localizzare con precisione sul manichino il punto su cui è calato il colpo mortale. L'incavo sulla testa del martello ci dice che il signor Bondurant è stato aggredito alle spalle. Dall'uniformità della depressione provocata dal colpo sappiamo che l'impatto è avvenuto perpendicolarmente. Così attaccando il martello a perpendicolo...»

Salita su una scaletta accanto a Manny, piazzò la testa del martello sulla sommità del cranio e fissò l'attrezzo sotto il mento del manichino servendosi di due fasce. Una volta scesa dalla scaletta, indicò il martello e il manico che sporgeva ad angolo retto, parallelo al pavimento.

«Come vedete, la cosa non funziona. Con queste scarpe ai piedi sono alta un metro e sessanta, e lo stesso vale per l'imputata, mentre il manico del martello è un bel pezzo più in alto.»

Tese il braccio, ma non le fu possibile impugnarlo adeguatamente.

«È dimostrato quindi che il colpo mortale non poteva essere inferto dall'imputata se la vittima era in posizione eretta e con la testa dritta. Ora, quali sono le altre posizioni che possiamo contemplare con i dati che abbiamo a disposizione? Sappiamo che il signor Bondurant è stato aggredito alle spalle, ma neppure se si fosse chinato in avanti, nell'ipotesi che gli fossero cadute le chiavi o qualcos'altro, sarebbe stato possibile colpirlo sulla cima della testa, perché l'estensione del braccio non sarebbe stata sufficiente.»

Mentre parlava, muoveva il manichino, piegandolo all'altezza della vita e cercando di raggiungere il martello da dietro.

«Niente da fare. Ci ho lavorato per due giorni, tra una lezione e l'altra. Le altre possibilità sono che la vittima fosse in ginocchio o accucciata, oppure avesse piegato la testa all'indietro per guardare il soffitto.»

Di nuovo mosse il manichino per raddrizzarlo. Gli piegò quindi la testa all'indietro e il manico del martello si abbassò, permettendole di afferrarlo. La posizione era compatibile, ma il viso del manichino era completamente rivolto verso l'alto.

«Il rapporto dell'autopsia parla di abrasioni sulle ginocchia e di una rotula incrinata, e conclude che sono lesioni da impatto, verificatesi quando il signor Bondurant è caduto dopo essere stato colpito. Si è abbattuto sulle ginocchia e poi è crollato in avanti, a faccia in giù. Con quelle abrasioni sulle ginocchia è da escludere che fosse già in ginocchio o accucciato. Quindi l'unica alternativa è questa.»

Indicò la testa del manichino, piegata all'indietro con la faccia all'insù. Osservai i giurati. Erano attentissimi. Sembravano scolaretti che ascoltassero incantati una lezione.

«D'accordo, dottoressa. Rimettendo la testa dritta o appena piegata all'indietro, sarebbe in grado di stabilire con buona approssimazione quale dovrebbe essere la statura della persona che ha inferto il colpo?»

La Freeman saltò su e in tono esasperato obiettò alla domanda.

«Vostro onore, questa non è scienza, è fantascienza. Questa sceneggiata non è altro che fumo negli occhi. E come se non bastasse l'avvocato chiede alla teste di indicare la statura giusta per poter commettere l'omicidio. Ma se non si sa nemmeno quale fosse la posizione della vittima...»

«Vostro onore, le arringhe finali avranno luogo la prossima settimana» intervenni. «Se l'accusa ha delle obiezioni, le sollevi davanti alla corte e non si rivolga alla giuria tentando di influenzarla.»

«Ora basta, e mi rivolgo a entrambi» disse il giudice. «Avvocato Haller, lei ha avuto ampia libertà di manovra, ma in questo caso concordo con il procuratore Freeman. Obiezione accolta.»

«Grazie, vostro onore» disse la Freeman come se si fosse persa nel deserto e qualcuno fosse appena arrivato a salvarla.

Mi ricomposi, guardai la teste e il manichino, controllai i miei appunti e alla fine annuii. Avevo ottenuto quello che volevo.

«Non ho altre domande» dissi.

La Freeman di domande ne aveva molte, ma per quanto cercasse in tutti i modi di demolire la deposizione di Shami Arslanian, la veterana dei procuratori non riuscì a smuovere di una virgola la veterana dei periti. Per circa quaranta minuti la sottopose a un fuoco di fila di quesiti, ma il massimo che ottenne fu di farle ammettere che non era possibile stabilire con certezza quello che era accaduto nel garage, quando Bondurant era stato ucciso. Il giudice aveva comunicato, già all'inizio della settimana, che l'udienza di venerdì sarebbe stata breve per via di una conferenza dei magistrati distrettuali da tempo fissata per quel pomeriggio. Lavorammo quindi fin quasi alle quattro senza pause, poi Perry sospese il dibattimento per il fine settimana. Alla vigilia di quei due giorni di interruzione mi sentivo in netto vantaggio. Avevamo indebolito l'impianto accusatorio smantellando gran parte delle prove e infine Lisa Trammel aveva negato ogni responsabilità, affermando di essere vittima di una montatura. Inoltre il perito da me convocato aveva dimostrato come fosse fisicamente impossibile che l'imputata avesse commesso il delitto. A meno che, naturalmente, non avesse colpito la vittima mentre, a faccia in su, fissava il soffitto del garage.

Erano elementi di dubbio molto forti. Ero molto soddisfatto e, quando ebbi finito di raccogliere le carte, indugiai al banco della difesa fingendo di cercare nel fascicolo un documento che non c'era. Mi aspettavo che Andrea Freeman si avvicinasse e mi proponesse un patteggiamento. Ma non successe, e quando smisi la mia finta ricerca e levai lo sguardo, mi accorsi che se n'era andata.

Presi l'ascensore e mi fermai al secondo piano. Se anche i giudici smettevano in anticipo per partecipare a una conferenza che si riprometteva di salvaguardare il decoro dei tribunali dal progressivo disprezzo delle regole, mi dissi che nell'ufficio del procuratore il lavoro sarebbe continuato fino alle cinque. Chiesi al banco di Maggie McPherson e mi lasciarono passare. Maggie divideva l'ufficio con un viceprocuratore che fortunatamente era in ferie. Eravamo da soli. Presi la sedia del collega assente e mi accomodai di fronte a lei.

«Sono passata in aula un paio di volte oggi» disse. «Ho assistito all'interrogatorio della dottoressa del John Jay College. Un ottimo testimone.»

«Sì, è brava. Ti ho vista, ma non sapevo se fossi venuta per me o per la tua amica Andrea.»

Sorrise.

«Forse sono venuta per imparare da te, Haller.»

Fu il mio turno di sorridere.

«La terribile Maggie che impara da me? Davvero?»

«Be'...»

«No, non rispondere.»

Scoppiammo a ridere.

«In ogni caso, sono contento che tu sia venuta» dissi. «Cosa farete questo weekend tu e Hay?»

«Non lo so. Non credo che andremo via. Tu avrai da fare, immagino.»

Annuii.

«Dobbiamo rintracciare una persona. Lunedì e martedì saranno le due giornate più importanti del processo. Ma forse prima possiamo andare al cinema o fare qualcosa insieme.»

«Perché no?»

Rimanemmo in silenzio per qualche istante. Avevo appena concluso una delle udienze più brillanti che avessi mai condotto, eppure mi sentivo trafiggere da un senso crescente di perdita, da un sentimento di tristezza. Levai lo sguardo sulla mia ex moglie.

«Non torneremo insieme, vero Maggie?»

«Cosa?»

«Mi è venuto in mente adesso. Tu vuoi che le cose rimangano come sono ora. Quando uno dei due è in difficoltà, può contare sull'altro, ma non è più come una volta. Questo non me lo concederai mai.»

«Perché parlarne adesso, Michael? Sei nel bel mezzo di un processo impegnativo.»

«Sono nel bel mezzo della vita, Mags. Vorrei tanto che tu e Hayley foste orgogliose di me.»

Si protese in avanti e mi pose la mano sulla guancia, poi la ritrasse.

«Credo che Hayley sia molto orgogliosa di te.»

«Davvero? E tu?»

Sorrise, ma l'espressione era triste.

«Va' a casa e per stasera cerca di non pensare a niente. Sgombra la mente, rilassati.»

Scossi la testa.

«Non posso. Alle cinque devo vedere un informatore.»

«Per il caso Trammel? Di chi si tratta?»

«Non importa. Stai cercando di cambiare argomento. Il problema è che non riuscirai mai a dimenticare e a perdonarmi del tutto. Non è nel tuo dna. Ecco perché sei così brava come procuratore.»

«Già, proprio brava! Per questo resto inchiodata qui, a Van Nuys, a occuparmi di rapine a mano armata.»

«È una questione di politica interna. Non ha niente a che fare con il merito e la dedizione.»

«Non importa, e ora basta con le chiacchiere. Sono ancora in servizio e tu devi vedere il tuo informatore. Chiamami domani se vuoi portare Hayley al cinema, mentre io faccio qualche commissione.»

Mi alzai. Sapevo riconoscere una causa persa.

«Me ne vado. Ti chiamerò domani. Spero che verrai al cinema con noi.»

«Vedremo.»

«D'accordo.»

Scesi le scale a piedi per fare più in fretta, attraversai la piazza e mi diressi a nord su Sylmar Avenue verso Victory Boulevard. Vidi una motocicletta parcheggiata sul bordo della strada. Era quella di Cisco, un'Harley-Davidson del '63 con i coperchi delle valvole dalle caratteristiche forme a casseruola, il serbatoio nero cangiante e i parafanghi in tinta. Ridacchiai. Lorna, la mia seconda moglie, aveva fatto come le avevo detto. Era una novità.

Non aveva messo la catena, probabilmente pensando che sarebbe stata al sicuro davanti al palazzo di giustizia e all'adiacente sede della polizia. La presi e mi incamminai giù per Sylmar Avenue. Che spettacolo! Un signore, vestito con un impeccabile completo di Corneliani, che spingeva una Harley con la ventiquattrore appesa al manubrio.

Quando rientrai in ufficio erano passate da poco le quattro. Mancava poco più di mezz'ora all'appuntamento con Herb Dahl, che andava preparato. Chiamai i miei collaboratori e cercai di concentrarmi, anche per distrarmi dal pensiero della conversazione con Maggie. Dissi a Cisco dove avevo parcheggiato la moto e chiesi di essere aggiornato sull'elenco degli amici di Facebook della cliente.

«Innanzitutto, perché diavolo non mi avete informato della sua pagina Facebook?» chiesi.

«Colpa mia» disse subito Jennifer Aronson. «Come ti ho detto, ne ero al corrente e ho persino accettato di far parte dei suoi amici. Non ho capito l'importanza che aveva.»

«È sfuggita anche a me» disse Cisco. «Le ho chiesto l'amicizia. Volevo vedere se trovavo qualcosa, ma non ho scoperto niente. Avrei dovuto essere più attento.»

«Anch'io» aggiunse Lorna.

Li guardai. Erano un fronte compatto.

«Fantastico» dissi. «Così, nessuno di noi quattro si è accorto di niente, e la cliente non si è presa la briga di informarci. Immagino che saremo tutti licenziati in tronco.»

Mi fermai per vedere l'effetto di quelle parole.

«Ora, che mi dite di questo Don Driscoll? Da dove arriva? Che altro sappiamo di lui? Chissà che la Freeman non ci abbia consegnato inavvertitamente la chiave del caso stamattina, ragazzi. Avanti, raccontate.»

Bullocks guardò Cisco, come a prender tempo.

«Come sapete,» disse lui «l'ALOFT è stata venduta in febbraio al gruppo LeMure. Opparizio continua a dirigerla. Poiché la LeMure è una società quotata in Borsa, la Commissione federale per il commercio ha seguito il negoziato, tenendo informati gli azionisti e un certo numero di dipendenti, che anche dopo la vendita erano rimasti in azienda. Ho l'elenco di questi dipendenti, datato 15 dicembre.»

«Abbiamo fatto dei controlli incrociati tra la lista dei dipendenti dell'ALOFT e gli amici di Lisa su Facebook» disse Bullocks. «Don Driscoll era tra i primi perché l'elenco è in ordine alfabetico, quindi lo abbiamo trovato quasi subito.»

Annuii, favorevolmente colpito.

«Chi è Driscoll?»

«Nei documenti della Commissione il suo nome compare sotto la dicitura Tecnologia dell'Informazione» disse Cisco. «Ho chiamato l'ALOFT e ho chiesto di lui. Mi hanno detto che Don Driscoll un tempo lavorava lì, ma il suo contratto, scaduto il primo di febbraio, non era stato rinnovato.»

«Avete cercato di rintracciarlo?»

«Sì, ma il suo è un cognome comune e questo ci rallenta. Non appena troveremo qualcosa, sarai il primo a saperlo.»

Cercare qualcuno nel settore privato richiede sempre molto tempo. Non è come nella polizia, dove basta digitare un nome in uno dei molti database per arrivare a un risultato.

«Non mollate, potrebbe essere determinante.»

«Non preoccuparti, Capo» disse Cisco. «Nessuno ha intenzione di mollare.»

44

DONALD DRISCOLL, TRENTUN ANNI, ex dipendente dell'ALOFT, viveva a Long Beach, nella zona di Belmont Shore. Vi andai domenica mattina con Cisco per notificargli un mandato di comparizione, con la speranza che avrebbe accettato di parlarmi prima di salire sul banco dei testimoni.

Rojas acconsentì a lavorare nel giorno libero per rimediare alle sue molte malefatte. Lui guidava, noi eravamo seduti sui sedili posteriori. Cisco mi ragguagliò sulle conclusioni cui era giunto nell'indagine sul delitto Bondurant. Non c'era dubbio che la difesa poggiava su argomenti solidi, e Driscoll poteva essere il teste risolutivo. «Sapete,» dissi «potremmo persino vincere, se Driscoll collaborerà, dicendo quello che ci serve.»

«È un "se" grande come una casa» replicò Cisco. «Teniamoci pronti per ogni evenienza. Per quanto ne sappiamo, questo tipo potrebbe anche essere l'assassino. Sapete quanto è alto? Un metro e novanta. È scritto sulla sua patente di guida.»

Lo guardai.

«Certo, è una violazione della privacy. È stato un caso che l'abbia saputo, ecco tutto.»

«Bene. Non dirmi altro. Cosa suggerisci di fare quando arriviamo? Bussiamo alla porta?»

«Sì, certo. Ma andiamoci cauti lo stesso.»

«Ti starò alle spalle.»

«Sei un vero amico.»

«Già. A proposito, se domani dovessi chiamarti a testimoniare, mettiti una camicia con le maniche e il colletto. Cerca di renderti presentabile; mi chiedo come faccia Lorna a sopportarti.»

«Basta che mi sopporti più di quanto sia riuscita a sopportare te.»

«Giusta osservazione.»

Mi girai a guardare fuori del finestrino. Avevo due ex mogli che probabilmente erano le mie due migliori amiche. Il guaio era che non avevo saputo tenermele. Qual era il mio problema? Non lo sapevo. Il mio sogno a occhi aperti era che un giorno Maggie, mia figlia e io saremmo tornati a vivere insieme, come una vera famiglia. Purtroppo dubitavo che sarebbe mai accaduto.

«Tutto bene, Capo?»

Mi girai verso Cisco.

«Sì, perché?»

«Non lo so. Sembri turbato. Perché non lasci che mi presenti io alla porta di Driscoll? Se è disposto a parlare, ti faccio uno squillo sul cellulare e arrivi tu.»

«No, andiamoci insieme.»

«Sei tu il Capo.»

«Già.»

E invece mi sentivo un perdente. In quel preciso istante decisi che avrei cambiato vita e avrei trovato il modo di redimermi. Subito dopo il processo.

Belmont Shore aveva l'aria di una cittadina rustica, anche se faceva parte di Long Beach. Driscoll abitava in un piccolo condominio a due piani in stile anni Cinquanta, dipinto di azzurro e bianco e non lontano dal molo di Bayshore.

Il suo appartamento, al secondo piano, dava su un ballatoio esterno che correva lungo la facciata dell'edificio. Era il numero 24, a metà del ballatoio. Cisco bussò e si posizionò di fianco alla porta, lasciando me davanti.

«Stai scherzando?» gli dissi.

Mi guardò. No, non stava scherzando.

Mi spostai di lato di un passo. Aspettammo, ma nessuno rispose sebbene non fossero ancora le dieci di domenica mattina. Lanciandomi un'occhiata, Cisco levò lo sguardo come per chiedermi: "Cosa vuoi fare?".

Non risposi. Mi girai verso la ringhiera e guardai di sotto, nel parcheggio antistante la casa. I posti macchina erano numerati e alcuni erano vuoti. Li indicai.

«Cerchiamo il 24 e vediamo se la sua macchina è lì.»

«Vai tu, io do un'occhiata qui intorno.»

«Perché?»

Non mi pareva che ci fosse niente da vedere da quelle parti. Ci trovavamo su un ballatoio largo un metro e mezzo, sul quale si affacciavano tutti gli appartamenti del primo piano. Non c'era niente, non un mobile, non una bicicletta, soltanto cemento.

«Va' a dare un'occhiata al parcheggio.»

Scesi le scale. Dopo essermi chinato sotto tre vetture per leggere il numero scritto a vernice per terra, mi resi conto che i posti macchina non corrispondevano agli appartamenti. Il condominio aveva dodici appartamenti, dall'uno al sei al primo piano, e dal ventuno al ventisei al secondo e ultimo piano. I posti macchina erano numerati dall'uno al sedici. Da come era impostata la numerazione e presumendo che a ogni appartamento fosse abbinato un posto macchina, Driscoll doveva avere il numero dieci. Due posti erano riservati agli ospiti, e altri due erano riservati agli invalidi.

Ero immerso in questi ragionamenti e stavo guardando una BMW, che doveva avere almeno dieci anni ed era parcheggiata nel posto dieci, quando Cisco mi chiamò dal ballatoio sovrastante e mi fece segno di salire.

Arrivando, lo vidi in piedi sulla soglia dell'appartamento 24. La porta era aperta. Con un gesto della mano mi indicò di entrare.

«Dormiva, ma finalmente ha risposto.»

Oltrepassai la soglia e vidi un uomo scarmigliato seduto su un divano in una stanza arredata con pochi mobili. I capelli erano un groviglio di ciocche rigide e arruffate. Se ne stava accucciato con una coperta sulle spalle. Nonostante il suo stato di trascuratezza, riconobbi in lui il tipo della foto che Cisco aveva trovato su Facebook.

«È una menzogna» disse. «Io non l'ho invitato a entrare. È lui che ha fatto irruzione.»

«No, sei stato tu a invitarmi. Ho un testimone» disse Cisco e indicò me. Lo sguardo appannato di Driscoll seguì la direzione del dito e per la prima volta l'uomo mi fissò. Capii dai suoi occhi che mi aveva riconosciuto. Forse avevamo scoperto qualcosa di importante.

«Ehi, non so che cosa avete in mente, ma...»

«Lei è Donald Driscoll?» chiesi.

«Non ti dirò un cazzo, amico. Non potete piombare qui in questo modo.»

«*Piantala!*» strillò Cisco.

L'uomo fece un salto sul divano. Sobbalzai anch'io, colto di sorpresa dalla nuova tattica inquisitiva di Cisco.

«Rispondi alla domanda» continuò Cisco con voce più calma. «Sei Donald Driscoll?»

«Chi vuole saperlo?»

«Lo sai» intervenni. «Mi hai riconosciuto nell'istante stesso in cui mi hai visto. E sai bene perché siamo qui. Non è vero, Donald?»

Attraversai la stanza e tirai fuori il mandato di comparizione dalla giacca a vento. Driscoll era alto e smilzo; il viso aveva un pallore da vampiro, il che era strano per uno che viveva a un isolato dalla spiaggia. Gli lasciai cadere in grembo il documento piegato.

«Che cos'è?» chiese, gettandolo sul pavimento senza neppure aprirlo.

«Un mandato di comparizione. Puoi anche buttarlo per terra e decidere di non leggerlo, ma non fa differenza. Ormai ti è stato notificato. Ho un testimone e sono qui in veste di ufficiale giudiziario. Se domattina alle nove non ti presenti a testimoniare, sarai arrestato entro l'ora di pranzo.»

Driscoll raccolse il mandato.

«Fanculo! Mi stai prendendo in giro? Vuoi farmi ammazzare?»

Lanciai un'occhiata a Cisco. Avevamo decisamente messo le mani su qualcosa.

«Che stai dicendo?»

«Sto dicendo che non posso testimoniare! Se appena mi avvicino a un tribunale, sono un uomo morto. Cazzo, probabilmente mi stanno già sorvegliando la casa.»

Guardai Cisco e poi l'uomo seduto sul divano.

«Chi vuole farti fuori, Donald?»

«Non te lo dico. Secondo te, chi cazzo è?»

Mi lanciò contro il mandato; il documento rimbalzò sul mio petto e cadde a terra. Lui saltò su dal divano e fece per correre verso la porta aperta. La coperta gli cadde dalle spalle e notai che portava solo una maglietta e un paio di pantaloncini da palestra. Non riuscì a fare tre passi che Cisco lo aveva già bloccato e mandato a sbattere contro una parete. Driscoll si accasciò. Il poster incorniciato di una ragazza che solcava un'onda su una tavola da surf scivolò lungo il muro e si abbatté accanto a lui.

Chinandosi con calma, Cisco tirò su l'uomo e lo rimise seduto sul divano. Io raggiunsi la porta e la chiusi per evitare che si affacciasse qualche vicino curioso.

«Non credere di cavartela, Donald» dissi. «Se ci racconti quello che sai e quello che hai fatto, potremo aiutarti.»

«Aiutarmi a finire ammazzato, stronzi! Cristo, mi avete maciullato una spalla.»

Cominciò a girare il braccio come se si stesse riscaldando prima di lanciare una palla e fece una smorfia.

«Ti fa male?» chiesi.

«Te l'ho detto... forse è rotto. Ho sentito l'osso che si schiantava.»

«Se fosse rotto, non ce la faresti a muovere il braccio» disse Cisco in tono minaccioso, quasi a suggerire che ci sarebbero state altre conseguenze oltre alla spalla fratturata. Intervenni con voce calma e benevola.

«Cosa sai, Donald? Perché sei un pericolo per Opparizio?»

«Non so niente e non ho fatto nomi... sei stato tu a nominarlo.»

«Cerca di capire una cosa. Ti è stato notificato un mandato

di comparizione. Ci sono due possibilità: ti presenti a testimoniare oppure resti in carcere finché non ti decidi a farlo. Pensaci, Donald. Se dichiari quello che sai sull'ALOFT e quello che hai combinato, ti proteggeremo. Nessuno oserà torcerti un capello, perché in caso contrario non ci sarebbero dubbi su chi è stato. Non hai vie d'uscita.»

Scosse la testa.

«Sì, magari oggi lo capirebbero tutti, ma tra dieci anni quando nessuno si ricorderà più del tuo stupido processo e quella gente avrà ancora montagne di soldi?»

A questo non sapevo dare una risposta.

«Senti, la mia cliente, che è imputata in questo processo, si sta giocando la vita. Ha un figlio, un ragazzino, e quella gente, come dici tu, sta cercando di portarle via tutto.»

«Va' a farti fottere, amico. Probabilmente è lei l'assassina. Qui stiamo parlando di due cose diverse. Io non posso aiutarla. Non ho nessuna prova, non ho niente. Lasciatemi in pace. E la mia vita? Anch'io voglio avere una vita.»

Lo guardai e scossi tristemente la testa.

«Non posso lasciarti in pace. Domani sarai sul banco dei testimoni e potrai rifiutarti di rispondere. Potrai perfino appellarti al Quinto emendamento, se hai commesso qualche reato. Ma ci sarai, e anche loro. Lo sanno che per loro sei un problema, quindi ti conviene spiattellare tutto quello che sai, Donald. Di' tutto e verrai protetto. Anche tra dieci anni, non potranno mai farti niente perché c'è comunque un verbale.»

Driscoll fissava un portacenere pieno di monete sul tavolino, senza vederlo.

«Forse dovrei procurarmi un avvocato» disse.

Lanciai un'occhiata a Cisco. Non era quello che volevo. Un testimone con un avvocato non è una cosa che funziona.

«Sì, certo. Se hai un avvocato, chiamalo. Ma nessun avvocato riuscirà a bloccare gli sviluppi di questo processo. Quel mandato di comparizione è inattaccabile, Donald. Un avvocato ti chiederà mille dollari per tentare di invalidarlo, ma non ci riuscirà. Riuscirà solo a irritare il giudice per avergli fatto perdere tempo.»

Sentii il telefonino che mi ronzava in tasca. Era piuttosto insolito che qualcuno mi chiamasse a quell'ora della domenica. Lo tirai fuori per vedere chi era. Maggie McPherson.

«Rifletti su quello che ti ho detto, Donald. Devo prendere questa telefonata, ma farò in fretta.»

Mentre rispondevo, raggiunsi la cucina.

«Maggie? Tutto bene?»

«Sì, perché?»

«Non lo so. È piuttosto presto. Hayley dorme?»

La domenica era il giorno in cui mia figlia recuperava ore di sonno. Era capace di dormire fin dopo mezzogiorno, se nessuno la svegliava.

«Sì, ovvio. Ti sto chiamando perché ieri non ti abbiamo sentito. Non è oggi che volevi andare al cinema?»

«Oh...»

Ricordavo vagamente che venerdì pomeriggio, nell'ufficio di Maggie, le avevo promesso di portarle a vedere un film.

«Ho capito, sei occupato.»

La sua voce aveva un tono che conoscevo bene, un tono dal messaggio chiaro: "Sei un pezzo di merda".

«Sì, in questo momento sono occupato. Mi trovo a Long Beach con un testimone.»

«Niente cinema, allora? È questo che devo dirle?»

Dal soggiorno mi arrivavano le voci di Cisco e Driscoll, ma ero troppo distratto per capire cosa stessero dicendo.

«No, Maggie, non dirglielo. Solo che non so a che ora riuscirò ad arrivare. Non appena finisco qui, ti chiamo. Probabilmente non si sarà ancora svegliata. Va bene?»

«D'accordo. Ti aspetteremo.»

Chiuse la telefonata senza lasciarmi aggiungere neanche una parola. Rimisi il telefono in tasca e mi guardai intorno. La cucina aveva l'aria di essere il locale meno utilizzato dell'appartamento.

Ritornai in soggiorno. Driscoll era ancora sul divano, e Cisco, seduto vicino a lui, gli impediva ogni via di fuga.

«Donald mi stava dicendo che testimonierà» disse Cisco.

«Davvero? Come mai hai cambiato idea?»

Mi portai davanti all'uomo, che levò lo sguardo su di me, si strinse nelle spalle e con la testa indicò Cisco.

«Mi ha detto che nessuno dei tuoi testimoni è mai stato fatto fuori e che in ogni caso conosce dei tizi che sanno come trattare certa gente. Ho deciso di credergli.»

Annuii e rividi la stanza buia del club dei Saints, ma la ricacciai subito dalla mente.

«Sì, è vero» dissi. «Allora sei pronto a collaborare?»

«Sì, dirò tutto quello che so.»

«Bene. Cominciamo subito.»

45

All'inizio del processo Andrea Freeman era riuscita a impedire che la mia sostituta Jennifer Aronson sedesse con me al tavolo della difesa, in quanto compariva anche nell'elenco dei miei testimoni e, la mattina del lunedì, cercò di impedirle di salire sul banco dei testimoni dicendo che la sua deposizione sarebbe stata irrilevante rispetto ai capi di imputazione. Non ero riuscito a respingere la prima obiezione, ma ora sentivo di avere dalla mia parte gli dei della legalità e anche il giudice, che era in debito con me perché mi ero conformato a due decisioni cruciali nelle prime fasi del dibattimento.

«Vostro onore,» dissi «non è possibile che questa sia un'obiezione sincera. L'accusa ha sottoposto alla valutazione della giuria il movente che avrebbe spinto l'imputata a commettere il delitto. La vittima stava per portarle via la casa. L'imputata avrebbe ucciso perché era disperata. È questo il fondamento del processo. Opporsi ora alla deposizione di una teste che preciserà nei dettagli l'irrilevanza del presunto movente, è una richiesta inconsistente nel migliore dei casi e ipocrita nel peggiore.»

Il giudice non ebbe esitazioni a replicare e a deliberare.

«L'obiezione è respinta. Si faccia entrare la giuria.»

Non appena i giurati ebbero preso posto e Jennifer Aronson si fu seduta al banco dei testimoni, cominciai l'interrogatorio chiarendo perché la consideravo una testimone importante per quanto riguardava il pignoramento della casa di Lisa Trammel.

«Avvocato Aronson, lei ha rappresentato Lisa Trammel nella causa di pignoramento?»

«No, io ero il legale che affiancava lei, avvocato Haller.»

Annuii.

«In tale veste, è stata lei a istruire l'intera pratica, anche se era il mio nome a comparire negli atti giudiziari, vero?»

«Sì, ho preparato quasi tutti i documenti della causa di pignoramento. Una vertenza che mi ha coinvolta profondamente.»

«Succede all'inizio della carriera.»

«Immagino di sì.»

Ci scambiammo un sorriso. Da qui la condussi, passo a passo lungo tutta la procedura di pignoramento. Di fronte a una giuria, bisogna usare parole che siano comprensibili a tutti. Quelle dodici persone, tra cui possono esserci uomini che si occupano di finanza o mamme a tempo pieno, hanno alle spalle esperienze di vita diverse. A tutte bisogna raccontare la stessa storia e c'è una sola occasione per farlo. È questo il trucco. Dodici teste, un'unica storia che deve parlare a ciascuno di loro.

Una volta chiariti i termini della vertenza legale e finanziaria che la mia cliente si trovava ad affrontare, proseguii a illustrare come la WestLand e la sua rappresentante, l'ALOFT, giocassero la partita dei mutui.

«Quando ha avuto in mano questa pratica, qual è stato il suo primo passo?»

«Avvocato Haller, lei mi aveva raccomandato di controllare sempre ogni dettaglio. Mi ha spiegato di accertare, in ogni singolo caso, la fondatezza della pretesa del richiedente; dovevamo assicurarci che l'istituzione che presentava istanza di pignoramento, in questo caso la banca, avesse fondati motivi per farlo.»

«Ma non era evidente, visto che i Trammel avevano pagato le rate del mutuo alla WestLand per quasi quattro anni, prima che le difficoltà finanziarie cambiassero la situazione?»

«Non è così ovvio. Abbiamo constatato che il mancato pagamento delle rate del mutuo era diventato un fenomeno assai vasto. Insomma, i mutui accesi, poi rimpacchettati e ceduti, erano in tale quantità che spesso gli atti di cessione non venivano perfezionati. In questo caso era importante individuare il legittimo titolare dell'ipoteca, non le persone o l'ente a cui i Trammel pagavano le rate del mutuo.»

«Sta bene. Cosa ha scoperto quando ha controllato le date e i dettagli del pignoramento?»

L'accusa si oppose di nuovo sostenendo l'irrilevanza di quel dibattito, e ancora una volta la sua obiezione venne respinta. Non fu necessario che riformulassi la domanda a Jennifer.

«Ho constatato che esistevano discrepanze e irregolarità tali da configurare gli estremi della truffa.»

«Può descrivercele?»

«Sì. C'erano prove incontrovertibili che i documenti di trasferimento del mutuo erano contraffatti, il che non dava alla WestLand la possibilità di chiedere il pignoramento.»

«Ha questi documenti?»

«Sì, e sono in grado di mostrarli con una presentazione in Power Point.»

«Prosegua.»

Jennifer accese il computer portatile che aveva appoggiato sul piano davanti a sé e avviò il programma. Il documento in questione comparve sulle lavagne luminose e io le chiesi ulteriori precisazioni.

«Può dirci a che cosa corrisponde questo documento?»

«Sei anni fa Lisa e Jeff Trammel comprarono la casa ottenendo un mutuo tramite un intermediario, la CityPro Home Loans. La CityPro inserì questo mutuo in un portfolio con altri cinquantanove mutui di pari entità e la WestLand acquistò l'intero pacchetto. Era compito della WestLand a questo punto accertarsi che l'ipoteca su ciascuna proprietà le fosse ceduta nelle dovute forme e con regolare documentazione. Ma questo non è mai avvenuto. In realtà il trasferimento dell'ipoteca non è stato effettuato.»

«Come lo sa? Non abbiamo qui davanti a noi l'atto di trasferimento?»

Mi scostai dal leggio e indicai le lavagne.

«Questo documento si presenta come l'atto di cessione dell'ipoteca, ma se si va all'ultima pagina...»

Premette un tasto e si portò rapidamente all'ultima pagina del contratto, dove comparivano le firme di un funzionario della banca e di un notaio, che aveva apposto anche il suo sigillo.

«Due cose vanno evidenziate. Stando alla dichiarazione notarile, il documento risulta sottoscritto il 6 marzo 2007, poco dopo l'acquisto del portfolio delle ipoteche da parte della WestLand. La funzionaria che ha firmato si chiama Michelle Monet. Non siamo riusciti fino a questo momento a rintracciarla; il suo nome non risulta in nessuna filiale. Osservando il sigillo notarile, emerge – e questo è il secondo punto controverso – che la data di scadenza è il 2014.»

Si interruppe – avevamo già collaudato quella pausa nel preparare la sua deposizione – come se la frode riguardante il sigillo notarile fosse chiara a tutti. Attesi un lungo istante, quasi mi aspettassi dell'altro.

«Cosa non va nella data di scadenza indicata?»

«Nello stato della California, i notai sono abilitati a esercitare per cinque anni. Questo significa che il sigillo notarile non può essere stato rilasciato prima del 2009, ma la data del documento, attestata dal notaio, è il 2007. Ne deriva che questo documento, che cede alla WestLand National l'ipoteca sulla proprietà dei Trammel, è un falso.»

Ritornai al leggio per controllare i miei appunti e lasciare che le dichiarazioni di Jennifer indugiassero nel silenzio un po' più a lungo. Sbirciai i giurati e notai che parecchi di loro tenevano gli occhi fissi sulle lavagne luminose. Buon indizio.

«Che cosa ha dedotto nello scoprire il falso?»

«Che era possibile opporsi alla pretesa manifestata dalla WestLand di pignorare la proprietà dei Trammel. La WestLand non aveva la legittima titolarità dell'ipoteca, che era ancora della CityPro.»

«Lo ha comunicato alla Trammel?»

«Il 17 dicembre dell'anno scorso abbiamo convocato la cliente. All'incontro erano presenti Lisa Trammel, lei, avvocato Haller, e io stessa. In quell'occasione le abbiamo comunicato che avevamo prove solide e convincenti che nella pratica di pignoramento era stato perpetrato un falso. Le abbiamo anche comunicato che avremmo usato le prove per negoziare il mutuo a suo favore.»

«Come ha reagito alla vostra comunicazione?»

L'accusa obiettò che la risposta alla mia domanda avrebbe riportato un'impressione, non un dato di fatto.

Replicai che mi doveva essere consentito di stabilire qual era lo stato d'animo dell'imputata all'epoca dell'omicidio. Il giudice accolse la mia richiesta, e Jennifer Aronson poté rispondere.

«Era felice e fiduciosa. Ha detto che il fatto di non dover lasciare la sua casa era il miglior regalo di Natale che potesse ricevere.»

«Grazie. C'è stato un momento in cui lei ha scritto una lettera alla WestLand National e l'ha sottoposta alla mia firma?»

«Sì. Ho scritto una lettera, poi sottoposta alla sua firma, in cui delineavo le caratteristiche fraudolente che avevo individuato. Era indirizzata a Mitchell Bondurant.»

«Qual era lo scopo della lettera?»

«Faceva parte della transazione di cui avevamo parlato con Lisa Trammel. Intendevamo informare il signor Bondurant di come si comportava l'ALOFT. Pensavamo che il signor Bondurant si sarebbe preoccupato di salvaguardare l'immagine e il buon nome della WestLand e credevamo di facilitare in tal modo una trattativa favorevole alla nostra cliente.»

«Quando ha scritto quella lettera e l'ha sottoposta alla mia firma sapeva o prevedeva che il signor Bondurant l'avrebbe inoltrata a Louis Opparizio?»

«No.»

«Grazie, avvocato Aronson. Non ho altre domande.»

Il giudice sospese l'udienza per un breve intervallo, e Jennifer si sedette sulla sedia dell'imputata mentre Lisa ed Herb Dahl uscivano a sgranchirsi le gambe nel corridoio.

«Eccomi finalmente seduta al tavolo della difesa» disse.

«Non preoccuparti. Dopo la giornata di oggi sarai qui fissa. Sei stata grande, Bullocks. Adesso viene il difficile.»

Sbirciai Andrea Freeman che, al tavolo dell'accusa, era intenta a mettere a punto il controinterrogatorio.

«Ricordati che hai il diritto di riflettere prima di rispondere. Se ti pone domande rischiose, respira a fondo, raccogli le forze e rispondi solo se sai la risposta.»

Mi guardò quasi volesse chiedermi se parlavo sul serio. *Significa che devo dire la verità?*

Annuii.

«Andrai bene.»

Dopo l'intervallo, la Freeman raggiunse il leggio e aprì il fascicolo con gli appunti e le domande scritte in precedenza. In realtà era tutta scena. Si dava un gran daffare, ma era sempre un bell'impegno controinterrogare un avvocato, anche se alle prime armi. Per circa un'ora tentò di minare la deposizione di Jennifer, inutilmente.

Da ultimo impresse una diversa direzione al controinterrogatorio usando il sarcasmo, un segno sicuro del fatto che fosse in difficoltà.

«Quando ha rivisto la cliente dopo quel festoso incontro prenatalizio?»

Jennifer rifletté un po' prima di rispondere.

«Dopo il suo arresto.»

«Ci sono state telefonate nel frattempo? Vi siete parlate al telefono in qualche momento successivo all'incontro prenatalizio?»

«So che ha chiamato alcune volte l'avvocato Haller. Io ho parlato con Lisa Trammel solo dopo il suo arresto.»

«Quindi, lei non aveva idea di quale fosse lo stato d'animo della cliente nell'intervallo tra l'incontro nel vostro studio e l'omicidio?»

Come da istruzioni ricevute, la mia giovane socia rifletté a lungo prima di rispondere.

«Se avesse cambiato idea sulla sua situazione e su come si mettevano le cose, penso che me lo avrebbe detto direttamente o tramite l'avvocato Haller. Ma non è successo.»

«Mi scusi. Io non le ho chiesto quello che pensa, le ho chiesto quello che sa per conoscenza diretta. Intende sostenere davanti a questa giuria che, in base all'incontro di dicembre, lei sa quale fosse lo stato d'animo della cliente a un mese di distanza?»

«No, non lo so.»

«Perciò, lei non può dirci quale fosse lo stato d'animo di Lisa Trammel la mattina dell'omicidio?»

«Posso dire soltanto quello che risulta dal nostro incontro.»

«Sa dirci quali erano i pensieri dell'imputata quando, la mattina dell'omicidio, ha visto nel caffè Mitchell Bondurant, l'uomo che tentava di portarle via la casa?»

«No, non lo so.»

La Freeman guardò gli appunti e parve esitare. Capivo il perché: l'aspettava una decisione difficile. Sapeva di aver segnato qualche punto agli occhi della giuria, e adesso doveva decidere se cercare di guadagnarne qualche altro, oppure finire il controinterrogatorio in tono rilassato.

Alla fine decise che bastava così e richiuse il suo fascicolo.

«Non ho altre domande.»

Il teste successivo avrebbe dovuto essere Cisco, ma il giudice sospese in anticipo l'udienza per la pausa pranzo. Con i miei collaboratori andai da Jerry's Deli a Studio City. Lorna mi aspettava in un séparé vicino alla porta che dava sulla pista da bowling, dietro il ristorante. Mi sedetti di fianco a Jennifer e di fronte a Lorna e Cisco.

«Com'è andata questa mattina?» chiese Lorna.

«Bene, mi pare» risposi. «Andrea ha segnato qualche punto nel controinterrogatorio, ma sono convinto che nel complesso siamo ancora in vantaggio. Jennifer è stata molto brava.»

Forse nessuno se n'era accorto, ma avevo deciso di non chiamarla più con il nomignolo. A mio giudizio, aveva superato la fase dei soprannomi dopo la brillante prova del controinterrogatorio. Non era più la giovane di studio appena uscita dall'università. Si era fatta le ossa lavorando sul caso Trammel dentro e fuori l'aula giudiziaria.

«D'ora in poi farà parte dei soci dello studio» aggiunsi.

Lorna si rallegrò e applaudì.

«Adesso è il turno di Cisco» disse Jennifer, chiaramente a disagio per essere stata al centro dell'attenzione.

«Forse no» dissi. «Credo che sia più opportuno chiamare Driscoll a testimoniare.»
«Come mai?»
«Perché questa mattina ho comunicato la sua esistenza al giudice e al procuratore, e ho avvertito di averlo aggiunto all'elenco dei testi della difesa. L'accusa ha obiettato, ma era stata lei a tirar fuori Facebook per prima e il giudice ha dichiarato che non contravvenivo alle regole. Quindi prima lo chiamo, meno tempo avrà Andrea per prepararsi. Se invece seguo la tabella di marcia e chiamo Cisco, l'accusa si prenderà tutto il pomeriggio per lavorarselo mentre i suoi investigatori andranno a fondo su Driscoll.»
Soltanto Lorna annuì a quel ragionamento, ma mi bastava.
«Merda, e io che mi sono messo in ghingheri!» esclamò Cisco.
Era vero. Il mio investigatore indossava una camicia a maniche lunghe, che dava l'impressione di essere sul punto di scoppiare, se appena lui avesse flesso i muscoli. L'avevo già vista: era la camicia che usava sempre quando veniva chiamato a testimoniare.
Ignorai la sua protesta.
«A proposito di Driscoll, in che stato è, Cisco?»
«I miei uomini l'hanno prelevato stamattina e l'hanno istruito a dovere. Da quanto ne so, sta giocando a biliardo al club.»
Lo fissai.
«Non lo faranno bere, vero?»
«Ovvio che no.»
«Mi manca solo questo, un teste ubriaco alla sbarra.»
«Non preoccuparti. Li ho avvertiti, niente alcolici.»
«Bene, chiama i tuoi e avvertili di portare Driscoll in tribunale entro l'una. Sarà il mio prossimo teste.»
C'era troppo rumore nel ristorante per telefonare. Cisco si diresse verso l'uscita con in mano il cellulare e noi lo guardammo allontanarsi.
«Sta bene con la camicia» disse Jennifer.
«Davvero?» rispose Lorna. «Non mi piacciono le maniche.»

46

Faticai a riconoscere Donald Driscoll, vestito con un completo e con i capelli ben pettinati. Cisco lo aveva fatto accomodare fuori dall'aula, in una delle stanze riservate ai testimoni. Quando entrai, levò su di me uno sguardo spaventato.

«Com'era il club dei Saints?»

«Avrei preferito essere da un'altra parte.»

Annuii, fingendo una compassione che non provavo.

«Sei pronto?»

«No, ma sono qui.»

«Tra qualche minuto Cisco verrà a prenderti per portarti in aula.»

«Va' a farti...»

«Ascolta, lo so che non ti sembra di avere fatto la scelta giusta, ma ti sbagli, puoi credermi.»

«Non so... mi sembra un'idiozia.»

Non seppi rispondere.

«Be', ci vediamo tra poco in aula.»

Uscendo, feci cenno a Cisco, che era fermo in corridoio con i due che si erano occupati di Driscoll. Indicai l'aula e Cisco annuì. Proseguii per la mia strada e raggiunsi il tavolo della difesa. Jennifer Aronson e Lisa Trammel erano già lì. Mi sedetti, ma prima che potessi aprir bocca, entrò il giudice e salì sul suo scanno. Non appena arrivarono i giurati, riprendemmo i lavori dal punto in cui erano stati sospesi. Chiamai Donald Driscoll al banco dei testimoni. Prestò giuramento e senza preamboli cominciai l'interrogatorio.

«Signor Driscoll, qual è la sua professione?»

«Mi occupo di tecnologia dell'informazione. Lavoro con i computer, con internet. Cerco di utilizzare al meglio queste nuove tecnologie per dare ai clienti – datori di lavoro o altri – tutte le informazioni di cui possono aver bisogno.»

«Lei è un ex dipendente dell'ALOFT, vero?»

«Sì, ho lavorato lì per dieci mesi fino all'inizio di quest'anno.»

«Occupandosi di tecnologia dell'informazione?»

«Sì.»

«Che cosa faceva esattamente?»

«Ho coperto diversi incarichi, perché l'azienda ha una forte attività digitale. I dipendenti sono molti e hanno bisogno di acquisire informazioni tramite la rete.»

«E lei aiutava l'azienda a ottenerle?»

«Sì.»

«Conosce l'imputata Lisa Trammel?»

«Ho sentito parlare di lei, ma non la conosco di persona.»

«La conosce in relazione a questo processo?»

«Sì, ma anche da prima.»

«Anche da prima? E come mai?»

«Uno dei miei compiti all'ALOFT era di tenere d'occhio Lisa Trammel.»

«Perché?»

«Non lo so perché. Mi hanno detto di farlo e io l'ho fatto.»

«Chi le ha detto di tenere d'occhio Lisa Trammel?»

«Il mio superiore, il signor Borden.»

«Le ha detto di tenere d'occhio qualcun altro?»

«Sì, un gruppetto di altre persone.»

«Un gruppetto... cioè, quante?»

«Una decina, mi pare.»

«Chi erano?»

«Altri come la Trammel, che protestavano per i pignoramenti. E anche qualche funzionario delle banche per le quali lavoravamo.»

«Per esempio?»
«L'uomo che è stato assassinato, il signor Bondurant.»
Controllai i miei appunti per qualche istante per far sì che quelle parole si imprimessero bene nella mente della giuria.
«Cosa intende per "tenere d'occhio"?»
«Dovevo cercare in rete tutto quello che riguardava quelle persone.»
«Il signor Borden le ha mai spiegato il perché?»
«Gliel'ho chiesto una volta e mi ha risposto che il signor Opparizio voleva quelle informazioni.»
«Lo stesso Louis Opparizio che è il fondatore e il presidente dell'ALOFT?»
«Sì.»
«Il signor Borden le ha dato qualche specifica istruzione riguardo Lisa Trammel?»
«No, mi ha chiesto solo di fare quelle ricerche.»
«Quando le è stato affidato quel compito?»
«L'anno scorso. Ho cominciato a lavorare per l'ALOFT in aprile; perciò sarà stato qualche mese dopo.»
«Intorno a luglio o agosto?»
«Sì, in quel periodo.»
«Ha passato al signor Borden le informazioni trovate?»
«Sì.»
«A un certo momento lei è venuto a sapere che Lisa Trammel era su Facebook?»
«Sì, Facebook è uno dei primi siti da controllare.»
«Le ha chiesto l'amicizia?»
«Sì.»
«Questo le ha dato modo di controllare i suoi post riguardanti l'associazione di cui si occupava, STELLE E STRISCE CONTRO L'INGIUSTIZIA, e il pignoramento della sua casa, è così?»
«Sì.»
«Ne ha specificamente informato il suo superiore?»
«Gli ho detto che Lisa Trammel era su Facebook, che si dava molto da fare e che da quella piattaforma era possibile monitorare le iniziative sue e del suo movimento.»
«E lui cosa le ha risposto?»

«Mi ha detto di monitorare Facebook e di tenerlo informato settimanalmente tramite mail. È quello che ho fatto.»

«Ha usato il suo vero nome quando ha mandato a Lisa Trammel la richiesta di amicizia?»

«Sì, io ero già su Facebook e non mi sono mai nascosto. Dubitavo però che lei sapesse chi fossi.»

«Che tipo di messaggi mandava al signor Borden?»

«Riferivo se il gruppo progettava di organizzare una protesta da qualche parte, comunicavo loro il giorno e l'ora. Cose di questo tipo.»

«Ha appena usato il pronome "loro". Cioè, riferiva anche ad altri, non solo al signor Borden?»

«No, ma sapevo che lui inoltrava le informazioni al signor Opparizio perché questi mi mandava di tanto in tanto una mail in cui accennava al materiale che avevo inviato al signor Borden. Capivo così che aveva letto i rapporti.»

«Nel corso di questa sua attività, mentre curiosava in rete per conto di Borden e Opparizio, ha mai commesso qualcosa di illegale?»

«Nossignore.»

«In uno dei suoi rapporti settimanali su Lisa Trammel ha mai fatto riferimento a un post nel quale l'imputata diceva di trovarsi nel garage della WestLand National in attesa di parlare con il signor Mitchell Bondurant?»

«Sì, una volta. La WestLand era uno dei maggiori clienti dell'ALOFT e ho pensato che forse il signor Bondurant avrebbe dovuto essere informato, se già non lo sapeva, che Lisa Trammel lo aveva aspettato nel garage.»

«Lei, quindi, ha riferito al signor Borden che l'imputata era venuta a sapere dove si trovava il posto macchina del signor Bondurant e lo aveva aspettato?»

«Sì.»

«Lui l'ha ringraziata?»

«Sì.»

«Tutto questo via mail?»

«Sì.»

«Ha una copia delle mail che ha inviato al signor Borden?»

«Sì.»
«Come mai?»
«Tengo sempre le copie dei messaggi, soprattutto quando tratto con gente importante.»
«Per caso ha portato con sé una copia di quella mail?»
«Sì.»
L'accusa obiettò e, ottenuto di conferire con il giudice e con me, sostenne che non era possibile avvalersi di una vecchia mail stampata e non autenticata. Il giudice le diede ragione e, accogliendo l'obiezione, mi impedì di esibire il documento e mi avvertì di basarmi su quanto Driscoll ricordava.
Ripreso posto al leggio, mi dissi di avere già chiarito a sufficienza che Borden, il tramite di Opparizio, sapeva che la Trammel era stata nel garage. Gli elementi della trappola erano ormai dispiegati davanti a noi. L'accusa avrebbe cercato di convincere i giurati che Lisa era andata nel garage quella prima volta per ispezionare il posto in vista dell'omicidio che aveva in mente di commettere. Io, invece, avrei dovuto convincere i giurati che chi aveva teso un tranello alla Trammel sapeva, grazie a Facebook, tutto quello che gli serviva.
Affrontai un altro punto.
«Signor Driscoll, lei ha detto che il signor Mitchell Bondurant era una delle persone sulle quali le era stato chiesto di raccogliere informazioni. È così?»
«Sì.»
«Quali informazioni ha raccolto su di lui?»
«In gran parte riguardavano il suo patrimonio immobiliare personale. Gli immobili che possedeva, quando li aveva acquistati, quanto aveva pagato. A chi erano intestati i mutui. Cose di questo tipo.»
«In breve, lei ha fornito al signor Borden una fotografia della sua situazione finanziaria.»
«Sì.»
«È venuto per caso a sapere se sui beni del signor Bondurant gravassero delle ipoteche o altre garanzie a favore dei debitori?»
«Sì. Il signor Bondurant era fortemente indebitato.»
«Lei ha trasmesso a Borden queste informazioni?»

«Sì.»

Decisi di non approfondire oltre l'argomento; non volevo distrarre la giuria dal punto principale della deposizione di Driscoll, il fatto che l'ALOFT aveva controllato Lisa e aveva raccolto tutte le informazioni utili a tenderle una trappola per incastrarla. Driscoll era stato efficace e ora mi accingevo a chiudere con un bel botto.

«Signor Driscoll, quando se ne è andato dall'ALOFT?»

«Il primo di febbraio.»

«Si è dimesso o è stato licenziato?»

«Ho comunicato che me ne sarei andato e loro mi hanno licenziato.»

«Perché voleva andarsene?»

«Perché il signor Bondurant era stato assassinato nel garage e non sapevo se era stata Lisa Trammel, nel frattempo arrestata, o se dietro quell'omicidio c'era dell'altro. Il giorno dopo, quando la notizia è apparsa sui giornali, ho incontrato il signor Opparizio in ascensore. Stavamo salendo, e quando l'ascensore si è fermato al mio piano, lui mi ha trattenuto per un braccio mentre gli altri uscivano. Siamo saliti nel suo ufficio da soli, in silenzio, finché non si sono aperte le porte. A quel punto ha detto: "Tieni a freno quella cazzo di lingua", ed è uscito. Le porte si sono chiuse.»

«Sono state queste le sue parole: "Tieni a freno quella cazzo di lingua"?»

«Sì.»

«Ha detto altro?»

«No.»

«È stato allora che ha deciso di lasciare il suo posto di lavoro?»

«Sì. Circa un'ora dopo ho dato il preavviso e dieci minuti più tardi il signor Borden si è avvicinato alla mia scrivania e mi ha detto che ero licenziato. Mi ha dato uno scatolone per metter dentro la mia roba e una guardia della sicurezza mi ha controllato mentre impacchettavo. Poi mi hanno accompagnato fuori.»

«Le hanno dato la liquidazione?»

«All'uscita, il signor Borden mi ha dato una busta con dentro un assegno corrispondente a un anno di stipendio.»

«Non crede che sia stato un gesto generoso, tenuto conto che non aveva nemmeno completato l'anno e che era stato lei ad annunciare le proprie dimissioni?»

L'accusa si oppose alla domanda in quanto non rilevante, e il giudice accolse l'obiezione.

«Non ho altro da chiedere al teste.»

Era il turno della Freeman, che aprì sul leggio il suo voluminoso fascicolo. Avevo aggiunto Driscoll all'elenco dei testimoni quella mattina stessa, ma il suo nome era saltato fuori venerdì, ed ero sicuro che si fosse adeguatamente preparata. Quanto, me ne sarei accorto di lì a poco.

«Signor Driscoll, lei non è laureato, vero?»

«No.»

«Ma ha frequentato l'università, in particolare l'UCLA, vero?»

«Sì.»

«Come mai non si è laureato?»

Mi alzai per obiettare che quelle domande non riguardavano nessun punto dell'interrogatorio di Driscoll. Il giudice però disse che ero stato io a chiedere al teste quali fossero le sue credenziali e la sua esperienza nel campo della tecnologia dell'informazione e quindi gli ordinò di rispondere.

«Non mi sono laureato perché mi hanno espulso.»

«Per quale motivo?»

«Truffa. Sono entrato nel computer di un docente e ho scaricato il tema d'esame il giorno prima della prova.»

Driscoll lo spiegò con un tono di voce quasi annoiato. Come se si fosse aspettato che sarebbe saltato fuori. Sapendo che c'era questa macchia nel suo passato, gli avevo detto di essere assolutamente franco e di rispondere sinceramente a quello che gli avrebbe chiesto l'accusa.

«Lei, quindi, è un imbroglione e un ladro. Giusto?»

«Sì, ma è successo più di dieci anni fa. Non imbroglio più. Non ne vale la pena.»

«Davvero? E con il furto come la mettiamo?»

«Stessa cosa. Non rubo più.»

«Non è forse vero che lei è stato licenziato in tronco dall'ALOFT perché si è scoperto che rubava sistematicamente alla società?»

«È una menzogna. Ho detto che me ne sarei andato e loro mi hanno cacciato.»

«Non è lei quello che mente?»

«No, sto dicendo la verità. Crede che potrei inventarmi una cosa simile?»

Driscoll mi lanciò un'occhiata disperata. Almeno non l'avesse fatto! Il rischio era che fosse interpretata come segno di complicità tra noi. Driscoll era solo sul banco dei testimoni. Non potevo aiutarlo.

«Sì, lo credo. Non è forse vero che lei faceva qualche affaruccio per conto suo mentre lavorava per l'ALOFT?»

«No.»

Driscoll scosse con forza la testa per enfatizzare il proprio no. Lessi nel suo atteggiamento che mentiva e capii di essere in un grosso guaio. La busta con l'assegno, pensai. Lo stipendio di un anno. Non si licenzia in tronco un dipendente e non gli si dà lo stipendio di un anno, se ha rubato. Avrei dovuto scavare più a fondo.

«Non si è mai servito dell'ALOFT per comprare, a nome dell'azienda, dei software costosi e, una volta decrittati i relativi codici di sicurezza, rivenderne in rete delle copie pirata?»

«Non è vero. Me l'immaginavo che sarebbe finita così se avessi detto quello che sapevo.»

Questa volta non si limitò a guardarmi, ma puntò il dito contro di me.

«Gliel'ho detto che sarebbe andata così. Gliel'ho detto che questa gente non...»

«Signor Driscoll!» tuonò il giudice. «Risponda alla domanda che le è stata fatta. *Non* si rivolga all'avvocato difensore né a nessun altro.»

Cercando di tenere alta la tensione, la Freeman si preparò a sferrare il colpo mortale.

«Vostro onore, mi autorizza ad avvicinarmi al teste con un documento?»

«Sì. Intende usare il documento come elemento di prova?»

«Sì. Reperto numero nove.»

Aveva copie per tutti. Mi chinai verso Jennifer per poter leggere insieme a lei. Era una copia della relazione di un'indagine condotta all'interno dell'ALOFT.

«Ne eri al corrente?» mi sussurrò.

«No, naturalmente» le risposi, sussurrando anch'io.

Mi protesi in avanti per concentrarmi sulla relazione. Non volevo che un avvocato in erba avesse da criticarmi perché ero stato molto superficiale nei controlli.

«Che cos'è questo documento, signor Driscoll?» chiese il procuratore.

«Non lo so» rispose il teste. «Non l'ho mai visto prima.»

«È la sintesi di un'indagine interna condotta dall'ALOFT, vero?»

«Se lo dice lei.»

«Che data porta?»

«Primo febbraio.»

«Il suo ultimo giorno di lavoro all'ALOFT, no?»

«Sì. Quella mattina ho dato al mio superiore il preavviso di due settimane. Subito dopo hanno cancellato il mio codice di accesso e mi hanno licenziato in tronco.»

«Per giusta causa.»

«Senza giusta causa. Secondo lei, perché mi avrebbero dato un sostanzioso assegno quando me ne sono andato? Avevo delle informazioni e hanno cercato di comprare il mio silenzio.»

La Freeman guardò il giudice.

«Vostro onore, può dire al teste di non rispondere con domande alle mie domande?»

Perry annuì.

«Il teste si limiti a rispondere ed eviti di porre domande.»

Poco male, mi dissi.

«Signor Driscoll, le spiace leggere il paragrafo della relazione d'indagine evidenziato in giallo?»

Obiettai dicendo che la relazione non era annoverata tra i reperti probatori. Il giudice respinse la mia obiezione e autorizzò la lettura a condizione che successivamente il documento fosse acquisito tra le prove.

Driscoll lesse il paragrafo tra sé e sé e poi scosse la testa.

«A voce alta, signor Driscoll» gli disse il giudice.

«Sono menzogne, tutte menzogne.»
«Signor Driscoll,» intervenne il giudice stizzito «legga il paragrafo ad alta voce.»
Driscoll esitò ancora e alla fine iniziò a leggere.
«Il dipendente ammette di avere comprato dei software dichiarando di essere a ciò autorizzato dalla società e di averli restituiti dopo avere copiato il materiale protetto da copyright. Il dipendente ammette di avere venduto in rete copie contraffatte dei software, usando i computer aziendali per facilitare gli scambi. Il dipendente ammette di avere incassato più di centomila...»
All'improvviso Driscoll appallottolò il documento tra le mani e lo buttò dall'altra parte dell'aula.
Contro di me.
«È stato lei!» urlò, seguendo la traiettoria con l'indice puntato. «Le cose mi andavano bene finché non è comparso lei.»
Ancora una volta il giudice Perry avrebbe potuto usare il martelletto. Richiamò il teste all'ordine e disse ai giurati di ritirarsi in camera di consiglio. Sfilarono fuori dell'aula come se fosse stato Driscoll stesso a cacciarli. Una volta che la porta si chiuse alle loro spalle, il giudice chiamò l'assistente giudiziario.
«Jimmy, trattenga il testimone in cella finché non avrò discusso con le parti.»
Si alzò, scese dallo scanno e rapidamente scivolò nel suo studio prima che io potessi protestare per come era stato trattato il mio teste.
Andrea Freeman lo seguì e io, deviando, mi avvicinai al banco dei testimoni.
«Va' e io sistemo la cosa. Sarai subito fuori.»
«Bugiardo del cazzo!» disse guardandomi con occhi rabbiosi. «Mi hai detto che sarebbe stato facile, che non c'erano pericoli e guarda qua! L'universo intero mi crede un maledetto ladro di software! Come farò a trovare un altro lavoro?»
«Se avessi saputo che facevi copie pirata dei software, probabilmente non ti avrei chiamato a testimoniare.»
«Fanculo, Haller. Augurati che l'interrogatorio sia finito, perché se torno, ti sputtanerò al punto che non riuscirai più a riprenderti.»

L'assistente gli fece strada verso la cella adiacente all'aula. Mentre Driscoll si allontanava, notai Jennifer in piedi vicino al tavolo della difesa. Il suo viso esprimeva costernazione. Tutto il buon lavoro che aveva fatto quella mattina era andato sprecato.

«Avvocato Haller?» mi chiamò l'ausiliaria dalla sua postazione. «Il giudice la sta aspettando.»

«Sì, vengo» dissi.

Mi avviai alla porta.

47

Il Four Green Fields era sempre un mortorio il lunedì sera. Lo frequentavano gli avvocati che verso metà settimana sentivano il bisogno di bere per alleggerire il peso che avevano sulla coscienza. Avremmo potuto scegliere il tavolo migliore, ma preferimmo il bar. Jennifer si sedette tra Cisco e me.

Ordinammo una birra, un cosmopolitan e un vodka tonic con una fettina di lime e senza vodka. Ancora malconcio dopo il fiasco della testimonianza di Driscoll, avevo indetto quell'incontro fuori orario per parlare dell'udienza del giorno dopo. E anche perché pensavo che ai miei due collaboratori sarebbe giovato bere qualcosa.

La televisione trasmetteva una partita di baseball, ma non mi preoccupai di sapere chi giocava o quale fosse il punteggio. Non mi interessava; in quel momento pensavo solo alla disastrosa testimonianza di Driscoll, conclusasi con il suo scoppio di collera e l'indice puntato su di me. Nel suo ufficio il giudice aveva messo a punto un discorsetto terapeutico da rivolgere ai giurati. Avrebbe detto che sia l'accusa sia la difesa erano d'accordo di esonerare Driscoll dalla deposizione. Nel migliore dei casi il teste era stato una catastrofe. Nell'interrogatorio da me condotto aveva avvalorato l'ipotesi che fosse stato Opparizio a causare la morte di Mitchell Bondurant, ma la sua credibilità era stata minata nel controinterrogatorio, e non mi avevano aiutato il suo comportamento instabile e l'ostilità nei miei confronti. Il giudice, inoltre, dava a me la responsabilità della scenata e questo probabilmente avrebbe finito per nuocermi.

«Allora, cosa facciamo?» chiese Jennifer dopo il primo sorso di cosmopolitan.

«Continuiamo a lottare. Un testimone ci ha danneggiati, è stato un vero fiasco. Tutti i processi conoscono momenti simili.»

Indicai il televisore.

«Sei una tifosa, Jennifer?»

Sapevo che aveva frequentato l'università della California a Santa Barbara e poi era passata alla Southwestern. Né l'una né l'altra avevano grandi squadre.

«Quello non è football. È pallacanestro.»

«Certo. Ti piace il football?»

«Mi piacciono i Raiders.»

«Lo sapevo!» disse Cisco con gioia. «La ragazza ha i miei stessi gusti.»

«Be', un avvocato difensore è un po' come un terzino. Sai benissimo che di tanto in tanto ti scotti... fa parte del gioco. Quando succede, ti tiri su, ti dai una ripulita e non ci pensi più, perché gli avversari stanno per colpire la palla di nuovo. Oggi hanno segnato un punto e sono *io* che gliel'ho lasciato fare. Ma la partita non è finita, Jennifer. Assolutamente no!»

«Giusto. Allora, cosa facciamo?»

«Quello che abbiamo in mente già da un pezzo. Stare alle costole di Opparizio. È lui la chiave di tutto. Devo metterlo alle strette e Cisco mi ha fornito gli elementi per farlo. Speriamo che abbassi la guardia ora che Dahl gli ha detto che sarà una passeggiata. In questo momento penso che accusa e difesa siano pari. Forse l'accusa ha qualche punto di vantaggio su di noi e se domani non riesco a capovolgere il punteggio, finiremo per perdere.»

Seguì un cupo silenzio finché Jennifer non fece un'altra domanda.

«Che ne sarà di Driscoll, Mickey?»

«Be', con lui abbiamo finito.»

«Sì, ma hai creduto alla sua storia dei software? Pensi che lo abbiano incastrato gli uomini di Opparizio? Forse quella del furto dei software era una fandonia costruita su misura per incastrarlo. Ormai ne parlerà tutta la stampa.»

«Non lo so. Andrea Freeman è stata in gamba. L'ha collegato a un fatto innegabile, il furto della prova d'esame. Così i conti tornavano. In ogni caso, quello che penso io non conta. Conta quello che pensa la giuria.»

«Secondo me, sbagli. Credo che sia importante quello che pensi tu.»

Annuii.

«Forse hai ragione, Jennifer.»

Buttai giù un lungo sorso del mio anemico drink. Jennifer, a questo punto, imboccò un'altra direzione.

«Come mai non mi chiami più Bullocks?»

Guardai lei e poi il mio drink. Mi strinsi nelle spalle.

«Perché oggi sei stata bravissima. Sei cresciuta, non me la sento più di affibbiarti un nomignolo.»

Guardai Cisco.

«Lui, invece, con un cognome come il suo, Wojciechowski, si porterà dietro il soprannome per tutta la vita. Così stanno le cose.»

Scoppiammo tutti e tre a ridere e la tensione si allentò. Sapevo che l'alcol aiuta in questi casi, ma da due anni ero sobrio e mi sentivo forte. Non ci sarei ricascato.

«Cosa deve riferire Dahl?» chiese Cisco.

Mi strinsi di nuovo nelle spalle.

«Che la difesa è allo sbando, che ci siamo giocati male la carta migliore e che l'accusa ha fatto a pezzi Driscoll. E poi le solite cose, noi non abbiamo niente contro Opparizio e la sua testimonianza filerà liscia come l'olio. Ha detto che mi avrebbe chiamato dopo aver parlato con loro.»

Cisco annuì.

«Credo che potremmo concludere con Opparizio» continuai. «Se nel corso dell'interrogatorio riesco a trasmettere alla giuria quello che abbiamo scoperto, mettendolo con le spalle al muro, possiamo finire lì. Non sarà più necessario che tu salga sul banco dei testimoni, Cisco.»

Jennifer aggrottò la fronte; non era sicura che fosse una buona mossa.

«Bene,» disse Cisco «così domani potrò evitare di vestirmi come una scimmia ammaestrata.»

Si allargò il colletto come se fosse di carta vetrata.

«Eh no, ti toccherà metterti di nuovo in ghingheri. Non si sa mai. Hai un'altra camicia?»

«Non mi pare. Vuol dire che laverò questa stasera.»

«Stai scherzando?»

Cisco emise un fischio basso e con la testa indicò la porta alle mie spalle. Mi girai nell'istante stesso in cui Maggie McPherson sgusciava sullo sgabello vicino a me.

«Eccoti qui.»

Puntò il dito sul mio bicchiere.

«Spero che non sia quello che credo.»

«Non preoccuparti: non lo è.»

«Bene.»

Ordinò a Randy, il barista, di prepararle un vero vodka tonic, probabilmente per girare il coltello nella piaga.

«Allora per annegare i tuoi dispiaceri in acqua tonica senza vodka, ho saputo che è stata una buona giornata per i bravi ragazzi.» Si riferiva all'accusa. Come sempre.

«Forse. Hai trovato la babysitter per lunedì sera?»

«No. Era libera stasera. La prendo tutte le volte che può. Adesso ha un ragazzo fisso, così dovrò dire addio alle mie uscite del venerdì e del sabato sera.»

«Allora stasera hai la babysitter e te ne vai sola soletta al bar?»

«Non ti è neanche venuto in mente che forse cercavo te, Haller?»

Mi girai sullo sgabello voltando le spalle a Jennifer e la guardai dritta in faccia.

«Davvero?»

«Già. Ho pensato che ti avrebbe fatto bene un po' di compagnia. Non rispondi al cellulare.»

«Mi sono dimenticato di riaccenderlo dopo l'udienza.»

Lo tirai fuori e lo accesi. Ecco perché non avevo ricevuto la chiamata di Herb Dahl.

«Andiamo a casa tua?»

La fissai a lungo prima di rispondere.

«Domani sarà la giornata più importante del processo. Dovrei...»

«Sono libera fino a mezzanotte.»

Respirai a fondo, ma uscì più aria di quanta ne fosse entrata. Accostai la testa alla sua, come fanno gli spadaccini prima di iniziare una gara e le sussurrai all'orecchio.

«Non posso continuare così. Ritorniamo insieme oppure chiudiamo.»

Mi mise la mano sul petto e mi respinse. Avevo paura di come sarebbe stata la mia vita se lei ne fosse uscita completamente. Rimpiansi l'ultimatum perché sapevo che, se l'avessi messa alle strette, avrebbe scelto la seconda soluzione.

«Che ne dici se pensiamo a stasera soltanto?»

«D'accordo» dissi così in fretta che entrambi scoppiammo a ridere.

Avevo schivato un proiettile che io stesso avevo fatto partire.

«Però, a un certo punto, dovrò mettermi a lavorare.»

«Sì, ci penseremo.»

Andò al bar a prendere il suo drink e per sbaglio prese il mio. O forse non per sbaglio. Lo sorseggiò e fece una faccia schifata.

«Senza la vodka ha un sapore orribile. Che senso ha?»

«Lo so. L'hai fatto per controllarmi?»

«No, è stato uno sbaglio, nient'altro.»

«Già.»

Bevve dal suo bicchiere. Mi girai a guardare Cisco e Jennifer. Erano impegnati a conversare con le teste accostate e mi ignorarono. Tornai a girarmi verso Maggie.

«Risposiamoci, Maggie. Cambierò tutto dopo questo processo.»

«Me l'hai già detto.»

«Sì, ma stavolta è la verità. Sta già succedendo.»

«Devo rispondere su due piedi? La tua proposta vale solo adesso, oppure posso pensarci?»

«Pensaci. Ti do qualche minuto. Vado alla toilette e torno.»

Scoppiammo di nuovo a ridere, poi mi chinai a baciarla e appoggiai il viso sui suoi capelli.

«Non mi vedo con nessun'altra» le sussurrai di nuovo.

Si girò verso di me e mi baciò sul collo, poi si ritrasse.

«Odio le smancerie in pubblico, soprattutto in un bar. È volgare.»

«Scusami.»

«Andiamo.»

Scivolò giù dallo sgabello e, stando in piedi, bevve un ultimo sorso del suo drink. Tirai fuori i contanti e lasciai un numero di banconote sufficienti a pagare per tutti, con una bella mancia per il barista. Dissi a Cisco e a Jennifer che me ne andavo.

«Pensavo che avremmo discusso di Opparizio» protestò Jennifer.

Scorsi Cisco che di nascosto le stringeva un braccio per farla tacere. Ne fui contento.

«Sapete una cosa?» dissi. «È stata una giornata lunga. A volte smettere di pensare a un problema è il modo migliore per risolverlo. Sarò in ufficio domattina presto, prima di andare in tribunale. Se volete, raggiungetemi lì. Altrimenti vi vedrò in aula alle nove.»

Ci salutammo e io uscii con la mia ex moglie.

«Vuoi lasciare qui la macchina?» le chiesi.

«No, troppo pericoloso tornare dopo avere cenato ed essere stata a letto con te. Avrò voglia di un altro drink e magari non sarà l'ultimo. La babysitter mi aspetta e domani devo lavorare.»

«È così che ti immagini la serata? Per te è solo cena, sesso e ritorno a casa prima di mezzanotte?»

Avrebbe potuto ferirmi davvero; avrebbe potuto dire che piagnucolavo come una donnetta lagnosa, ma non lo fece.

«No,» disse «per me è la serata migliore della settimana.»

Le misi la mano sulla nuca e la strinsi mentre ci avviavamo verso le nostre macchine. Questa volta non protestò, anche se si trattava di una smanceria in pubblico.

48

MARTEDÌ MATTINA, LA TENSIONE SALÌ percettibilmente mentre Louis Opparizio si avvicinava al banco dei testimoni. Indossava un completo marrone chiaro, una camicia azzurra e una cravatta marrone. Aveva un'aria autorevole che parlava di potere e di denaro. Ed era chiaro che mi guardava con occhi sprezzanti. Era un testimone della difesa, ma ovviamente non erano rapporti amorosi quelli che intercorrevano tra noi. Fin dall'inizio del processo avevo puntato il dito accusatore su qualcuno che non era la mia cliente. L'avevo puntato su Opparizio, che adesso mi stava di fronte. Era il nodo cruciale del processo, e aveva attratto una gran folla di giornalisti e spettatori.

Iniziai in tono cordiale, ma non intendevo continuare in quel modo. Perseguivo uno scopo ben preciso, dal quale dipendeva il verdetto finale. Dovevo mettere con le spalle al muro l'uomo che in quel momento sedeva al banco dei testimoni. Si trovava lì solo perché si era lasciato incastrare dalla cupidigia e dalla vanità. Aveva ignorato il consiglio dei suoi avvocati, non si era appellato al Quinto emendamento, aveva accettato la sfida di un faccia a faccia davanti a un'aula strapiena. Stava a me fargli rimpiangere quelle decisioni.

«Buongiorno, signor Opparizio. Come sta?»

«Preferirei essere da qualche altra parte. E lei come sta?»

Combattivo fin dal primo momento. Gli sorrisi.

«Glielo dirò tra qualche ora» risposi. «Grazie per essere venuto. Ho notato un lieve accento del Nord-est: lei non è di Los Angeles?»

«Sono nato a Brooklyn cinquantun anni fa. Mi sono trasferito qui per frequentare gli studi di legge e non me ne sono più andato.»

«Durante questo dibattimento ci si è più volte riferiti a lei e alla sua società, che sembra far la parte del leone nel settore dei pignoramenti, almeno in questa contea.»

«Vostro onore,» interruppe Andrea Freeman, restando seduta al suo posto «ci sarà finalmente una domanda a questo punto?»

Perry la guardò per un attimo.

«È un'obiezione, procuratore?»

Si rese conto di non essersi alzata in piedi. In alcuni precedenti incontri il giudice ci aveva detto che dovevamo sempre alzarci per proporre un'obiezione. Lei si levò immediatamente.

«Sì, lo è, vostro onore.»

«Formuli la domanda, avvocato Haller.»

«Stavo per farlo. Signor Opparizio, può descriverci in poche parole l'attività dell'ALOFT?»

Opparizio si schiarì la gola e nel rispondere si rivolse direttamente ai giurati. Era un testimone cortese e competente. Mi avrebbe dato del filo da torcere.

«Ne sarò lieto. L'ALOFT è un'azienda che fornisce a grosse banche come la WestLand National la gestione delle pratiche di pignoramento. Provvediamo a tutto, dalla preparazione della documentazione alla notifica, se necessario, di un ordine di comparizione davanti al giudice. Le tariffe sono forfettarie. Nessuno gioisce al sentir parlare di pignoramento. Tutti noi ci battiamo per pagare le bollette e non mettere a rischio la nostra casa. Ma talvolta le cose non vanno come dovrebbero andare e si arriva al pignoramento. A questo punto interveniamo noi.»

«Lei ha detto: "Talvolta non va come dovrebbe andare". Negli ultimi anni, però, è andata molto bene per voi, no?»

«La nostra attività ha visto un enorme incremento negli ultimi quattro anni; soltanto adesso sta tornando ai livelli normali.»

«Ha citato, tra i suoi clienti, la WestLand National. Era un cliente importante, vero?»

«Lo è stata e lo è tuttora.»

«Quanti pignoramenti gestite in un anno per la WestLand?»

«Non saprei dirglielo con precisione. Ma credo di andare sul sicuro dicendo che arriviamo alle diecimila pratiche all'anno. La WestLand opera in molte zone degli Stati Uniti occidentali.»

«Ci crede se le dico che negli ultimi quattro anni avete gestito, per ogni anno, più di sedicimila pratiche per conto della WestLand? Risulta dal rapporto annuale della banca.»

Sollevai il documento perché tutti lo potessero vedere.

«Sì, sono pronto a crederci. I rapporti annuali non mentono.»

«Quale compenso chiede l'ALOFT per ogni pignoramento?»

«Per immobili residenziali la tariffa è di duemilacinquecento dollari, tutto compreso, anche se dobbiamo ricorrere alle vie legali.»

«Con un po' di matematica, si può calcolare che la sua società incassa quaranta milioni di dollari soltanto dalla WestLand. Giusto?»

«Direi di sì, se lei ha fornito i numeri giusti.»

«Do per assodato a questo punto che il conto della WestLand era molto importante per l'ALOFT, no?»

«Tutti i nostri clienti sono importanti.»

«Lei, quindi, conosceva bene Mitchell Bondurant, la vittima?»

«Sì, lo conoscevo bene e credo che sia terribile quello che gli è successo. Era una persona perbene che si adoperava per fare un buon lavoro.»

«Condividiamo tutti il suo dispiacere. Ma all'epoca della morte del signor Bondurant i vostri rapporti non erano dei migliori, vero?»

«Non so cosa intenda. Eravamo soci d'affari. Di tanto in tanto insorgevano piccole divergenze, ma fa parte del corso naturale delle cose.»

«Non mi sto riferendo a piccole divergenze o al corso naturale delle cose. Le chiedo specificamente di una lettera che il signor Bondurant le ha mandato poco prima di essere ucciso, minacciando di portare allo scoperto pratiche fraudolente compiute dalla sua società. È stata la sua segretaria personale a firmare la ricevuta della raccomandata. L'ha letta?»

«Le ho dato una scorsa. Mi segnalava che uno dei miei centottantacinque dipendenti aveva preso una scorciatoia. Una questione di poco conto e nient'affatto minacciosa, come dice lei. Ho ordinato alla persona che gestiva quella particolare pratica di provvedere. Ecco tutto, avvocato Haller.»

Ma non era tutto quello che avevo da dire sulla lettera. Ordinai a Opparizio di leggerla alla giuria e, nella mezz'ora che seguì, gli posi domande sempre più stringenti e specifiche circa le accuse formulate. Passai quindi all'avviso di reato dell'autorità federale e gli ordinai di leggerlo. Ma Opparizio, imperturbabile, dichiarò che era infondato, uno sparo nel buio.

«Sono pronto a ricevere i funzionari federali a braccia aperte» disse. «Ma sa una cosa? Finora nessuno si è fatto vivo. In tutto questo tempo, non una parola né dal procuratore Lattimore né dall'agente Vasquez né da nessun altro. E questo perché la loro lettera non ha dato risultati. Non sono scappato. Non mi sono intimorito, non ho gridato che il documento era illegale, non mi sono nascosto dietro a un avvocato. Ho detto che sapevo che era il loro mestiere fare accertamenti, che venissero pure a controllare quello che c'era da controllare. Le nostre porte sono aperte e noi non abbiamo niente da nascondere.»

Era una risposta ben pensata e ben presentata; Opparizio stava vincendo i primi round. Niente di male perché tenevo in serbo i colpi migliori. Volevo che si sentisse sicuro di sé e padrone della situazione. Tramite Herb Dahl gli era stata servita una ricca porzione di fiducia. Era stato portato a credere che non avevo niente in mano, tranne pochi disperati indizi su un complotto che gli sarebbe stato facile demolire, come faceva in quel momento. Quindi era sempre più sicuro di sé. Ma quando si fosse fatto troppo sicuro e troppo compiaciuto, io avrei attaccato e l'avrei messo al tappeto. E la lotta non sarebbe durata quindici round.

«Quando sono arrivate quelle lettere, lei era impegnato in una trattativa segreta, vero?»

Per la prima volta da quando avevo cominciato l'interrogatorio, Opparizio esitò.

«Ero impegnato in trattative private, come quasi sempre. Non userei la parola "segreta", che ha una connotazione ambigua. La segretezza non è una buona cosa, la discrezione è naturale.»

«Giusto. La trattativa riguardava la vendita dell'ALOFT a una società quotata in borsa? È così?»

«Sì.»

«Una società che si chiama LeMure?»

«Sì, esatto.»

«Un contratto di consistente valore patrimoniale, vero?»

Andrea Freeman si alzò e chiese di conferire con me davanti al giudice. Ci avvicinammo e lei, sussurrando con vigore, espose la sua obiezione.

«In che modo è rilevante? A cosa puntiamo con questo interrogatorio? La compagnia è quotata a Wall Street, ma non ha niente a che fare con Lisa Trammel e le prove contro di lei.»

«Giudice,» intervenni rapidamente prima che potesse togliermi la parola «tra poco dimostrerò la rilevanza delle domande. L'accusa sa bene dove conduce l'interrogatorio e vuole evitare che vi si arrivi. Ma la corte mi ha autorizzato a preparare una difesa che possa incriminare una terza parte. Siamo a questo punto, giudice. Qui i fili si riannodano e chiedo alla corte di essere ancora indulgente.»

Perry non ci mise molto a rispondere.

«Avvocato Haller, continui, ma non ci metta troppo a venire al punto.»

«Grazie, giudice.»

Ritornammo ai nostri posti, e decisi di procedere a un ritmo più serrato.

«Signor Opparizio, lo scorso gennaio, mentre conduceva le

trattative con la LeMure, lei sapeva che se le avesse portate a buon fine, avrebbe avuto un grosso vantaggio finanziario, giusto?»

«Sarei stato generosamente ricompensato per gli anni che avevo dedicato a far crescere la mia società.»

«Ma se avesse perso uno dei suoi maggiori clienti – parlo di un volume di affari di quaranta milioni all'anno – la conclusione della trattativa sarebbe stata a rischio, no?»

«Nessun cliente minacciava di andarsene.»

«Richiamo la sua attenzione sulla lettera che il signor Bondurant le ha mandato. Non le sembra che contenga la chiara minaccia di toglierle la gestione dei pignoramenti della WestLand? Ha ancora sotto gli occhi una copia della lettera.»

«Non occorre che la legga. La lettera non contiene alcuna minaccia. Mitch sottopose il caso alla mia attenzione e io me ne sono occupato.»

«Così come si è occupato di Donald Driscoll?»

«Obiezione» s'interpose la Freeman. «Punto controverso.»

«Ritiro la domanda. Signor Opparizio, lei ha ricevuto questa lettera nel bel mezzo della trattativa con la LeMure, vero?»

«Nel corso del negoziato, sì.»

«Quando le ha spedito questa lettera, il signor Bondurant stesso era in una difficile situazione finanziaria, no?»

«Non sapevo niente della situazione finanziaria personale del signor Bondurant.»

«Non aveva incaricato un suo dipendente di accertare la consistenza patrimoniale del signor Bondurant e di altri banchieri con cui trattava?»

«È ridicolo. Chiunque l'abbia detto mente.»

Era venuto il momento che accertassi la bontà del lavoro di Herb Dahl come doppiogiochista.

«Il signor Bondurant era al corrente della sua trattativa segreta con la LeMure, quando le ha mandato quella lettera?»

Opparizio avrebbe dovuto rispondere: "Non lo so". Ma avevo detto a Dahl di lasciar intendere che i difensori della Trammel erano del tutto sguarniti su questo fronte cruciale della loro strategia.

«Non ne sapeva niente» disse Opparizio. «Avevo tenuto all'oscuro della trattativa tutte le banche nostre clienti.»
«Chi è il funzionario al vertice della gestione finanziaria della LeMure?»
Opparizio parve momentaneamente sconcertato dalla domanda e dalla direzione apparentemente diversa assunta dall'interrogatorio.
«Syd Jenkins. Sydney Jenkins.»
«Era lui a guidare la squadra che negoziava l'acquisto dell'ALOFT?»
L'accusa sollevò obiezione e chiese dove volessi arrivare. Replicai dicendo che sarebbe stato chiaro di lì a poco e, nel concedermi di proseguire, il giudice ordinò a Opparizio di rispondere alla domanda.
«Sì, ho trattato con Syd Jenkins.»
Aprii il fascicolo, ne trassi un documento e chiesi il permesso di avvicinarmi al teste. Come previsto, l'accusa obiettò. Ne seguì un acceso dibattito davanti al giudice, il quale, dopo avermi negato l'autorizzazione a introdurre il rapporto di Driscoll sulle indagini interne ordinate dall'ALOFT, ora pareggiò concedendomi di presentare il documento.
Ottenuto il permesso, porsi una copia al teste.
«Signor Opparizio, può dire alla giuria di che documento si tratta?»
«Non so per certo cosa sia.»
«Non è la copia cartacea di un'agenda digitale?»
«Se lo dice lei.»
«Quale nome compare in alto sul foglio?»
«Mitchell Bondurant.»
«Che data porta la pagina?»
«Tredici dicembre.»
«Può leggere l'appuntamento fissato per le dieci?»
Andrea Freeman chiese di nuovo di poter conferire con me e il giudice, e di nuovo ci trovammo davanti al suo seggio.
«Stiamo processando Lisa Trammel, non Louis Opparizio o Mitchell Bondurant. Ecco cosa succede quando qualcuno approfitta della disponibilità della corte e della possibilità di ma-

novra che gli si concede. Mi oppongo a questo tipo di interrogatorio. L'avvocato ci porta lontano dal tema su cui deve deliberare la giuria.»

«Giudice, si tratta del coinvolgimento di una terza parte e della sua possibile colpevolezza. Questa è la pagina di un'agenda digitale che la difesa ha ottenuto nella fase di esibizione delle prove. La risposta alla domanda dimostrerà alla giuria che la vittima era coinvolta in un sottile ricatto del teste. E questo è un possibile movente dell'omicidio.»

«Giudice, è...»

«Basta così, procuratore Freeman. Ammetto la domanda.»

Riprendemmo i nostri posti e il giudice ordinò a Opparizio di rispondere. Io ripetei la domanda per la giuria.

«Quale appuntamento aveva il signor Bondurant alle dieci del mattino del 13 dicembre?»

«L'agenda dice: "Sydney Jenkins, LeMure".»

«Non ne ricava che il signor Bondurant sapeva della trattativa ALOFT-LeMure fin dal dicembre dell'anno scorso?»

«Non ho idea di cosa si siano detti in quell'incontro e neanche se abbia avuto luogo.»

«Per quale motivo l'uomo che conduceva le trattative per l'acquisizione dell'ALOFT avrebbe incontrato uno dei più importanti clienti della società?»

«Lo chieda al signor Jenkins.»

«Forse lo farò.»

Nel corso dell'interrogatorio il viso di Opparizio si era aggrondato. Il seme gettato da Herb Dahl stava dando i suoi frutti. Proseguii.

«Quando si è conclusa la vendita?»

«Alla fine di febbraio.»

«A quale prezzo?»

«Preferisco non rivelarlo.»

«La LeMure è una società quotata in Borsa. L'informazione è pubblica. Ci farà risparmiare tempo se...»

«Novantasei milioni di dollari.»

«La maggior parte di questa somma è andata a lei, in quanto proprietario unico, vero?»

«Una rilevante parte, sì.»
«E possiede anche un bel pacchetto di azioni della LeMure, no?»
«Sì, continuo a gestire la società, ma adesso ho dei capi.»
Tentò di sorridere, ma i giurati, quasi tutti lavoratori dipendenti, non colsero l'arguzia di quel commento, sapendo quanti milioni aveva incassato Opparizio.
«Sicché lei tuttora segue da vicino la gestione quotidiana della società?»
«Sì.»
«Signor Opparizio, lei personalmente ha incassato sessanta milioni dalla vendita dell'ALOFT, come scritto sul "Wall Street Journal"?»
«L'informazione è errata.»
«Come mai?»
«Il contratto aveva quel valore, ma la somma non mi è stata versata in un'unica soluzione.»
«Ci sono stati pagamenti differiti?»
«Sì, più o meno. Ma non capisco che cosa c'entri con l'assassinio di Mitch Bondurant. Perché sono qui? Non avevo niente...»
«Vostro onore?»
«Si astenga dal rispondere per il momento, signor Opparizio» disse il giudice.
Si sporse sul suo banco e fece una pausa quasi contemplasse qualcosa.
«Interrompiamo per una pausa. L'accusa e la difesa vengano nel mio studio. La corte si ritira.»
Ancora una volta seguimmo il giudice nel suo studio e ancora una volta ero consapevole che sarei stato messo alle strette. Ero così adirato con Perry che partii all'attacco. Rimasi in piedi mentre lui e Andrea Freeman si sedevano.
«Vostro onore, con tutto il dovuto rispetto, ero arrivato a un punto cruciale e l'interruzione ha tolto slancio all'interrogatorio.»
«Avvocato Haller, lei ha avuto ampio modo di interrogare il teste, ma ci stiamo allontanando dalla materia del contendere.

Ho fatto i salti mortali per permetterle di articolare la difesa coinvolgendo una terza parte, ma comincio a credere di essere stato preso in giro.»

«Giudice, mi mancavano quattro domande per tirare le fila, lei mi ha fermato.»

«È stato lei a fermarsi, avvocato. Non posso stare a guardare. L'accusa ha obiettato, e ora anche il testimone ha sollevato obiezione. Faccio la figura dello stupido. Lei sta pescando nel torbido. Ha detto a me e ai giurati che avrebbe dimostrato non solo che la sua cliente non aveva commesso il delitto, ma che ci avrebbe fornito le prove sul vero colpevole. Abbiamo già sentito cinque testimoni della difesa e ancora non è successo niente.»

«Non posso crederci... ascolti, non sto tirando in lungo. Sto fornendo prove. Bondurant aveva minacciato di volere trentun milioni da quell'uomo. È ovvio, chiunque dotato di senso comune lo capisce. Se questo non è un buon movente per l'omicidio, allora...»

«Il movente non è una prova» intervenne la Freeman. «È chiaro che la difesa non ha niente in mano. L'intero impianto difensivo è grottesco. Cosa dobbiamo aspettarci? Che l'avvocato citi come sospette tutte le persone cui Bondurant pignorava la casa?»

Puntai il dito contro di lei, che se ne stava seduta.

«Non sarebbe una cattiva idea. Ma è un fatto che la strategia della difesa non è una farsa. Se mi si permette di continuare l'interrogatorio, arriverò ad avere le prove molto presto.»

«Si sieda, avvocato Haller, e controlli il tono quando si rivolge a me.»

«Sì, vostro onore, chiedo scusa.»

Mi sedetti e rimasi in attesa mentre Perry rifletteva sulla situazione. Alla fine parlò.

«Procuratore Freeman, ha qualche altra osservazione da fare?»

«Lei conosce la mia opinione sull'ampio margine di manovra concesso all'avvocato Haller. Ho avvertito fin dall'inizio, e ripetuto spesso nel corso del dibattimento, che la difesa avrebbe inscenato uno spettacolo che niente aveva a che fare con il caso in esame. Abbiamo di gran lunga oltrepassato il limite e concordo con il fatto che il giudice rischia di fare la figura dello sciocco e di lasciarsi manipolare.»

Aveva esagerato. Mentre parlava vidi raggrinzirsi la pelle intorno agli occhi di Perry. Lo aveva quasi convinto, ma ora se l'era giocato.

«Grazie, procuratore Freeman. A questo punto sono incline a tornare in aula e dare alla difesa l'ultima possibilità di tirare le fila. Ha capito cosa intendo per *ultima* possibilità, avvocato?»

«Sì, giudice. Mi atterrò alle sue istruzioni.»

«È nel suo interesse, perché la pazienza della corte è quasi esaurita. Torniamo in aula.»

Di nuovo al tavolo della difesa, vidi Jennifer in attesa, da sola, e mi resi conto che non mi aveva seguito nello studio del giudice. Mi sedetti stancamente.

«Dov'è Lisa?»

«Nel corridoio con Dahl. Che è successo?»

«Ho ancora una possibilità. Devo sbrigarmi e prepararmi a sferrare il colpo mortale.»

«Sei in grado di farlo?»

«Vedremo. Devo andare alla toilette prima di ricominciare. Perché non sei venuta nello studio del giudice?»

«Nessuno me l'ha chiesto, e non sapevo se dovevo seguirti.»

«La prossima volta vienimi dietro.»

I palazzi di giustizia sono progettati in modo da tenere separate le parti processuali. I giurati dispongono di stanze a loro riservate per riunirsi e per deliberare; ci sono ali e corridoi distinti per l'accusa, la difesa e i rispettivi collaboratori. Ma la toilette è uguale per tutti. Non si sa mai chi si incontra lì dentro. Entrando nei servizi riservati agli uomini, per poco non andai a sbattere contro Opparizio che si lavava le mani. Piegato in avanti, levò lo sguardo e mi vide nello specchio.

«Allora avvocato, il giudice l'ha bacchettata sulle mani?»

«Non la riguarda. Andrò in un'altra toilette.»

Mi girai per uscire ma Opparizio mi bloccò.

«Non occorre. Ho finito.»

Scosse le mani bagnate e si avviò alla porta, passandomi vicinissimo. Poi si fermò.

«Lei è una persona spregevole, Haller. La sua cliente è un'assassina, e lei ha il coraggio di tentare di incolparmi. Come fa a guardarsi allo specchio?»

Si girò e indicò gli orinatoi.

«Lì dovrebbe stare. In un cesso.»

49

Tutto si sarebbe risolto nella successiva mezz'ora, forse un'ora, al massimo. Seduto al tavolo della difesa, cercavo di mettere ordine nei miei pensieri. Eravamo ai nostri posti, tranne il giudice che era rimasto nel suo studio, e Opparizio che, compiaciuto, conferiva con i suoi due avvocati, seduti in prima fila nella zona riservata al pubblico. La mia cliente, chinandosi verso di me e senza farsi sentire neppure da Jennifer, mi sussurrò: «C'è dell'altro, vero?».

«Cioè?»

«Hai dell'altro, vero? Qualcos'altro che serva a incastrarlo?»

Si rendeva conto che quello che avevo tirato fuori non era sufficiente. Le sussurrai di rimando: «Lo sapremo prima di pranzo. Allora berremo champagne oppure verseremo calde lacrime».

Si aprì la porta dello studio del giudice e ne uscì Perry. Prima ancora di essersi seduto sul suo seggio, ordinò che fosse chiamata la giuria e che il teste tornasse al suo posto. Di lì a pochi minuti, ero di nuovo al leggio e fissavo Opparizio. Dopo lo scontro nella toilette sembrava più sicuro di sé e il suo atteggiamento rilassato era un modo per dichiarare al mondo che era certo di vincere. Decisi che non era il caso di indugiare. Era venuto il momento di serrare i ranghi.

«Allora, signor Opparizio, riprendendo la discussione da dove l'abbiamo interrotta, lei non è stato del tutto sincero oggi, vero?»

«Questa domanda è offensiva. Sono stato assolutamente franco.»

«Lei ha sempre mentito, non è così? A cominciare dal nome quando ha prestato giuramento.»

«Ho cambiato nome legalmente trentun anni fa. Non ho mentito e la cosa non ha niente a che fare con il processo.»

«Qual è il suo nome sul certificato di nascita?»

Opparizio rimase interdetto e mi parve di cogliere in lui il primo segnale che aveva intuito dove volevo andare a parare.

«Mi chiamo Antonio Luigi Apparizio, lo stesso di oggi ma non la A. Un po' alla volta, tutti cominciarono a chiamarmi Lou o Louie perché nel mio quartiere c'erano molti Anthony e Antonio. Decisi per Louis e ho cambiato legalmente nome, trasformandolo in Anthony Louis Opparizio. L'ho americanizzato. Ecco tutto.»

«Perché ha cambiato anche il cognome?»

«C'era un giocatore di baseball professionista, che si chiamava Luis Aparicio. Ho pensato che i due cognomi fossero troppo simili. Non volevo chiamarmi come un personaggio celebre, così ho cambiato la grafia. Le basta, avvocato Haller?»

Il giudice lo ammonì dicendogli di limitarsi a rispondere alle domande e di non farne a sua volta.

«Sa quando Luis Aparicio smise di giocare?»

Lanciai un'occhiata al giudice dopo avere posto la domanda. Se già prima la sua pazienza era stata lì lì per esaurirsi, temevo che ora non fosse più spessa del foglio di carta su cui mi sarebbe stato notificato il reato di oltraggio alla corte.

«No, non so quando si è ritirato.»

«La sorprende che fosse otto anni prima che lei cambiasse nome?»

«No, non mi sorprende.»

«Lei crede che la giuria possa credere che lei ha cambiato nome per evitare di essere confuso con un giocatore che aveva smesso da anni?»

Opparizio si strinse nelle spalle.

«È quello che è successo.»

«Non è forse vero che lei ha cambiato il suo nome da Apparizio a *Opparizio* perché era un giovanotto ambizioso e voleva distanziarsi dalla sua famiglia?»

«No, non è vero. Volevo avere un cognome che suonasse più americano; non mi distanziavo da nessuno.»

Vidi che saettava un'occhiata ai suoi avvocati.

«In origine lei portava il nome di suo zio, vero?»

«No, non è vero» rispose in fretta.

«Lei aveva uno zio che si chiamava Antonio Luigi Apparizio, lo stesso nome e cognome del suo certificato di nascita, e mi sta dicendo che è una mera coincidenza?»

Rendendosi conto dell'errore commesso mentendo, Opparizio tentò di rimediare, ma non fece che peggiorare le cose.

«I miei genitori non mi hanno mai detto niente sul nome; neanche che mi avevano dato il nome di qualcuno.»

«Un uomo brillante come lei non l'ha mai notato?»

«Non ci ho mai pensato. Sono venuto in California a ventun anni e da allora ho preso le distanze dalla mia famiglia.»

«Intende dire geograficamente?»

«In tutti i sensi. Ho cominciato una nuova vita. Sono rimasto qui.»

«Suo padre e suo zio erano coinvolti nella criminalità organizzata, vero?»

Sollevando obiezione, l'accusa chiese di conferire davanti al giudice e, quando fummo lì, espresse il proprio disappunto roteando gli occhi.

«Vostro onore, quel che è troppo è troppo. L'avvocato forse non ha remore a infangare la reputazione del suo teste, ma adesso basta. Siamo in un'aula di giustizia per dibattere, non per rimestare nel torbido.»

«Che ne dice, avvocato Haller?»

Porsi al giudice un voluminoso fascicolo rilegato dal quale spuntavano numerosi post-it di diversi colori.

«È la relazione sulla criminalità organizzata che il procuratore generale degli Stati Uniti presentò al Congresso. Si era nel 1986 e il procuratore generale allora era Edwin Meese. Se apre il fascicolo in corrispondenza del post-it giallo, troverà la prova nel paragrafo evidenziato.»

Il giudice lo lesse, quindi girò il libro perché potesse leggere anche la Freeman e, prima che lei finisse, decise circa la sua obiezione.

«Ponga la sua domanda, avvocato Haller. Le do dieci minuti per tirare le fila. Se non lo avrà fatto entro questo tempo, le toglierò la parola.»

«Grazie, giudice.»

Ritornai al leggio e posi di nuovo la domanda, ma la formulai in modo diverso.

«Signor Opparizio, lei sapeva che suo padre e suo zio facevano parte di una cosca nota come Famiglia Gambino?»

Opparizio mi aveva visto porgere al giudice il fascicolo e sapeva che avevo degli elementi a sostegno della domanda che gli avevo appena posto. Invece di negare recisamente, rispose in modo vago.

«Come ho detto, ho lasciato i miei familiari quando sono andato all'università. Da allora non ho più saputo niente di loro, e niente mi era stato detto prima di allora.»

Era venuto il momento di metterlo con le spalle al muro.

«Suo zio non era per caso conosciuto come Anthony lo Scimmione, noto per la sua brutalità e violenza?»

«Non lo so.»

«Non è forse vero che suo zio è stato per lei una figura paterna nell'adolescenza mentre il suo vero padre era in carcere per estorsione?»

«Mio zio si è preso cura di noi finanziariamente, ma non è mai stato una figura paterna.»

«A ventun anni è venuto in California per allontanarsi dalla sua famiglia o per ampliare il suo giro di affari?»

«È una menzogna. Sono venuto qui per iscrivermi a legge. Non avevo niente e non portavo niente con me, neppure delle amicizie familiari.»

«Sa cosa vuol dire il termine "in sonno" applicato alle indagini sul crimine organizzato?»

«Non so di cosa stia parlando.»

«La sorprenderebbe sapere che fin dagli anni Ottanta l'FBI credeva che le cosche tentassero di infiltrarsi in settori legittimi dell'economia reale iscrivendo alle università i membri della generazione giovane o inserendoli in ambienti rispettabili, in modo che potessero radicarsi e fare affari, e che queste persone erano chiamate "in sonno"?»

«Io sono un uomo d'affari che agisce nella *legalità*. Nessuno mi ha mandato da nessuna parte e mi sono mantenuto agli studi di legge lavorando come messo giudiziario addetto alle notifiche.»

Annuii come se mi fossi aspettato quella risposta.

«A proposito di messi giudiziari, lei è proprietario di numerose società, vero?»

«Non capisco.»

«Mi permetta di riformulare la domanda. Quando ha venduto l'ALOFT alla LeMure Fund, lei ha continuato a essere il proprietario di varie società che avevano contratti con la sua precedente azienda, vero?»

Opparizio rifletté a lungo prima di rispondere. Lanciò un'altra occhiata furtiva ai suoi avvocati, un'occhiata che diceva: "Tiratemi fuori". Sapeva dove volevo arrivare e sapeva che doveva impedirmelo. Ma era al banco dei testimoni e c'era una sola via d'uscita.

«Sono proprietario e comproprietario di varie aziende. Tutte legali, tutte perfettamente regolari e legittime.»

Una buona risposta, ma non abbastanza buona.

«Che tipo di aziende? Quali servizi fornisce?»

«Lei ha parlato di servizi legali... è solo uno dei settori di cui mi occupo. Possiedo una società che offre consulenza paralegale e di collocamento. Un'altra che opera nel settore della ricerca di personale qualificato per aziende e una che fornisce arredi d'ufficio. Un'altra...»

«Possiede anche un servizio di corriere espresso?»

Il teste attese prima di rispondere. Cercava di prevedere le due successive domande, ma non riusciva a tenere il mio ritmo.

«Ho investito in una società di corrieri. Non sono il titolare unico.»

«Parliamo del servizio di corrieri: per cominciare, qual è la denominazione?»

«Wing Nuts Courier Services.»

«La sede è a Los Angeles?»

«La sede è qui, ma ci sono uffici in sette città. Opera in California e Nevada.»

«Qual è la sua quota di capitale sociale?»

«Sono socio di minoranza. Possiedo il quaranta per cento.»

«Chi sono gli altri soci?»

«Sono parecchi. Alcuni sono a loro volta società.»

«Come la AA-Best Consultants di Brooklyn, New York, che nel registro delle società di Sacramento è indicata come socia della Wing?»

Ancora una volta, Opparizio indugiò prima di rispondere. Questa volta sembrava essersi smarrito in cupi pensieri, tanto che il giudice lo sollecitò.

«Sì, credo che sia uno dei soci.»

«I documenti societari conservati nello stato di New York attestano che il socio di maggioranza della AA-Best è un certo Dominic Capelli? Lo conosce?»

«No.»

«Sta dicendo che non conosce uno dei soci della Wing Nuts?»

«Il socio è la AA-Best. Non conosco tutte le persone del pacchetto azionario.»

Si alzò la Freeman. Era ora. Aspettavo la sua obiezione da almeno quattro domande. Ero diventato impaziente nell'attesa.

«Vostro onore, che senso ha tutto questo?»

«Comincio a chiedermelo anch'io» disse Perry. «Vuole illuminarci, avvocato?»

«Ancora tre domande, vostro onore, e la rilevanza apparirà chiaramente a tutti» dissi. «Mi appello all'indulgenza della corte per le ultime tre domande.»

Parlando, avevo tenuto lo sguardo fisso su Opparizio. Mandavo un messaggio. Togli la spina adesso oppure il tuo segreto salterà fuori. Lo verrà a sapere la LeMure. Lo verranno a sapere i soci azionisti. Lo sapranno tutti.

«Va bene, avvocato» disse il giudice.

«Grazie.»

Abbassai lo sguardo sui miei appunti. Era arrivato il momento. Guardai Opparizio.

«Signor Opparizio, sarebbe sorpreso di sapere che Dominic Capelli, il socio che lei dichiara di non conoscere, è indicato nel registro di New York...»

«Giudice?»

Era Opparizio. Mi aveva interrotto.

«Su consiglio del mio avvocato e in conformità ai diritti garantiti dal Quinto emendamento della Costituzione degli Stati Uniti e dello stato della California, rispettosamente mi rifiuto di rispondere a questa e a ogni altra domanda.»

Finalmente.

Rimasi immobile, ma era soltanto l'impressione che davo a chi mi guardava. Mi sentii percorrere da un'onda di energia. Mi accorgevo appena dei brontolii e sussurri che pervadevano l'aula. Poi, alle mie spalle, una voce ferma si rivolse alla corte.

«Posso interpellare il giudice?»

Mi girai e vidi uno degli avvocati di Opparizio, Martin Zimmer.

Poi sentii la voce acuta e sicura della Freeman che sollevava obiezione e chiedeva di conferire davanti al giudice.

Sapevo che non sarebbe bastato avvicinarci al suo seggio, restando in aula. Lo sapeva anche Perry.

«Avvocato Zimmer, si sieda, la prego. Sospendiamo l'udienza per la pausa pranzo. Chiedo a tutte le parti di essere presenti in aula all'una. Ordino ai giurati di non discutere il caso tra loro e di non trarre conclusioni dalla deposizione del teste e dalla richiesta da lui avanzata.»

A questo punto scoppiò un putiferio, con i rappresentanti della stampa che vociavano tra loro. Mentre l'ultimo giurato usciva, io mi allontanai dal leggio e mi chinai verso Jennifer seduta al tavolo della difesa.

«Forse questa volta verrai nello studio del giudice» le sussurrai.

Stava per chiedermi cosa intendevo dire, quando Perry annunciò: «Chiedo ai rappresentanti dell'accusa e della difesa di raggiungermi nello studio. Immediatamente. Signor Opparizio, rimanga dov'è. Si consulti con i suoi avvocati, ma non esca dall'aula.»

Così dicendo, Perry si alzò e si diresse verso il suo studio.

Lo seguii.

50

Ormai conoscevo a menadito i mobili, i quadri alle pareti e tutto quello che si trovava nello studio di Perry. Mi aspettavo che quella visita sarebbe stata l'ultima e la più difficile da superare. Entrando, il giudice si tolse la toga e la buttò a casaccio sulla rastrelliera per i cappelli invece di appenderla con cura sull'attaccapanni come aveva fatto le volte precedenti. Lasciandosi cadere in poltrona, emise un profondo respiro e, appoggiato allo schienale, levò lo sguardo al soffitto. Aveva un'espressione petulante, come se fosse più preoccupato di salvaguardare la sua reputazione di giurista che rendere giustizia alla vittima di un omicidio.

«Avvocato Haller» disse, con il tono di chi si sgrava di un pesante fardello.

«Sì, vostro onore?»

Si sfregò il viso.

«Mi dica che non era sua intenzione fin dall'inizio dell'interrogatorio costringere il signor Opparizio a trincerarsi dietro al Quinto emendamento davanti alla giuria.»

«Giudice, non avevo idea che vi sarebbe ricorso. Non credevo che l'avrebbe fatto. Lo incalzavo, sì, ma volevo che rispondesse alle mie domande.»

Andrea Freeman emise un suono derisorio e scosse la testa.

«Ha qualcosa da aggiungere, procuratore?»

«Vostro onore, credo che fin dall'inizio del processo l'avvocato della difesa si sia comportato in modo offensivo nei confronti della corte e dell'accusa. Persino in questo momento ha evitato di rispondere alla sua domanda. Non ha detto che non era sua intenzione; ha detto che non ne aveva idea. Sono cose distinte e sottolineano che l'avvocato gioca sul filo dell'ambiguità e ha tentato di sabotare il processo fin dalle prime battute. Ci è riuscito. Era chiaro che Opparizio sarebbe ricorso al Quinto emendamento. Il tentativo di demolire il processo era stato progettato fin dall'inizio, e se questo non è sovvertire il sistema del dibattito processuale, non so cosa potrebbe esserlo.»

Lanciai un'occhiata a Jennifer. Sembrava mortificata e forse persino scossa dalle affermazioni di Andrea Freeman.

«Giudice,» intervenni con calma «posso dire solo una cosa al procuratore Freeman. Che dimostri la veridicità delle sue affermazioni. Se è così sicura che sia stata una sorta di strategia, cerchi di dimostrarlo. La verità – e la mia giovane collega idealista può darne conferma – è che solo da pochissimo tempo noi siamo venuti a sapere dei legami di Opparizio con la criminalità organizzata. Il mio investigatore ci è arrivato per caso mentre cercava di risalire alle società finanziarie di Opparizio, così come risultano alla Commissione di controllo sulle società titoli e la Borsa. Anche la polizia e l'accusa avevano modo di farlo, ma hanno trascurato questa possibilità, oppure non hanno ritenuto che valesse la pena di andare a fondo. Credo che il disappunto dell'accusa dipenda da questo, non dalla tattica che ho usato nel dibattimento.»

Il giudice, ancora appoggiato allo schienale della poltrona con gli occhi levati al soffitto, alzò la mano con movimento ondulatorio. Non sapevo che significasse.

«Giudice?»

Perry girò la sedia e si chinò in avanti, rivolgendosi a tutti tre.

«Allora, che facciamo?»

Guardò me per primo. Io sbirciai Jennifer per capire se aveva qualcosa da suggerire, ma lei sembrava paralizzata sulla sedia. Tornai a voltarmi verso il giudice.

«Credo che non ci sia niente da fare. Il teste ha invocato il

Quinto emendamento e ha finito di deporre. Non possiamo continuare in modo selettivo lasciando che si trinceri dietro la garanzia costituzionale quando e come gli pare. Se ne è avvalso e quindi capitolo chiuso. Passo al teste successivo. Ne ho ancora uno. Sarò pronto per l'arringa conclusiva domattina.»

Andrea Freeman non ce la fece a ingoiare il rospo restando seduta. Si alzò e cominciò ad andare avanti e indietro vicino alla finestra.

«È molto sleale. Una manovra sporca. L'avvocato Haller convoca un teste, lo spinge a invocare il Quinto emendamento e priva l'accusa della possibilità di controinterrogarlo e di chiarire. Definireste corretto un comportamento del genere?»

Perry non rispose. Non ce n'era bisogno. Lo sapevamo tutti che non era corretto. Il procuratore non poteva controinterrogare Opparizio.

«Annullerò l'intera deposizione» dichiarò Perry. «Dirò alla giuria di non tenerne conto.»

La Freeman incrociò le braccia sul petto e, delusa, scosse la testa.

«Ma per l'accusa è un vero disastro. Quanto di più sleale!»

Rimasi zitto perché aveva ragione. Il giudice poteva dire ai giurati di non tenere in considerazione neanche una parola di quello che aveva detto Opparizio, ma era troppo tardi. Il messaggio era passato e si era insinuato nelle loro teste. Tutto secondo i miei piani.

«Purtroppo non vedo alternative» disse Perry. «È ora di pranzo, e ci penserò su. Vi consiglio di fare lo stesso. Se prima dell'una vi viene in mente qualcosa, lo esaminerò volentieri.»

Nessuno aprì bocca. Stentavo a credere di esserci riuscito. La conclusione del processo era prossima. E tutti gli elementi si incastravano secondo i miei piani.

«Andate ora» aggiunse Perry. «Dirò all'assistente giudiziario che il signor Opparizio è stato esentato dal deporre. In corridoio lo starà aspettando un esercito di giornalisti pronti a divorarlo. E probabilmente darà a lei la colpa, avvocato Haller. Le conviene stargli alla larga finché è in tribunale.»

«Sì, vostro onore.»

Mentre ci avvicinavamo alla porta, Perry prese il telefono per chiamare l'assistente giudiziario. Seguii la Freeman giù per il corridoio fino in aula. Non mi sorpresi quando si girò per fissarmi con lo sguardo rabbioso.

«Ora lo so, Haller.»

«Che cosa sai?»

«Perché tu e Maggie non tornerete mai insieme.»

Quella parole mi inchiodarono, e Jennifer, che mi seguiva alle spalle, venne a sbattere contro di me. Andrea Freeman tornò a girarsi e proseguì.

«Un colpo basso, Mickey» disse Jennifer.

Osservai la Freeman che entrava in aula.

«No, non lo è» dissi.

51

L'ultimo testimone era Dennis Wojciechowski, detto «Cisco», che iniziò alla ripresa dell'udienza e dopo che il giudice ebbe detto ai giurati che l'intera deposizione di Opparizio sarebbe stata cassata dai verbali. Come era prevedibile, Cisco dovette compitare due volte, lettera per lettera, il suo cognome. Indossava la stessa camicia del giorno prima, ma non si era messo la cravatta e non portava la giacca. L'illuminazione al neon dell'aula lasciava intravedere sotto il tessuto azzurro chiaro, teso sulle maniche, le catene nere tatuate sui bicipiti.

«La chiamerò Dennis, se non le spiace» dissi. «Sarà più facile per la stenotipista.»

Una risatina di cortesia serpeggiò nell'aula.

«A me sta bene» disse il teste.

«Lei lavora per me, che rappresento la difesa, svolgendo incarichi investigativi. È così?»

«Sì, esatto.»

«Lei ha lavorato molto per la difesa indagando sull'omicidio di Mitchell Bondurant, vero?»

«Sì. Si potrebbe dire che ho condotto la mia indagine parallelamente a quella della polizia, controllando se avevano omesso qualcosa o avevano frainteso qualche particolare.»

«Ha lavorato sulla base del materiale investigativo che l'accusa ha inoltrato alla difesa?»

«Sì.»

«Compreso in quel materiale c'era un elenco di targhe automobilistiche, giusto?»

«Sì. Il garage della WestLand National ha una telecamera installata sopra l'entrata. I detective Kurlen e Longstreth hanno esaminato il video e riportato i numeri di targa di tutte le macchine entrate tra le sette del mattino, l'ora di apertura del garage, e le nove, quando il signor Bondurant era già morto. Hanno poi controllato tramite il computer della polizia se i singoli proprietari delle vetture avessero precedenti penali o andassero indagati per altre ragioni.»

«Sono state condotte ulteriori indagini sulla base di quell'elenco?»

«Stando ai loro verbali, non risulta.»

«Lei, Dennis, ha dichiarato di essersi mosso parallelamente alla polizia. Ha controllato anche lei le targhe delle macchine?»

«Sì. Settantotto, una a una. Nei limiti del possibile, non avendo accesso ai computer della polizia.»

«Ha ritenuto che qualche macchina meritasse ulteriore attenzione? È arrivato alle stesse conclusioni dei detective Kurlen e Longstreth?»

«Una macchina meritava, a mio avviso, maggiore attenzione. Ho svolto altre indagini.»

Chiesi il permesso di porgere al teste l'elenco con i settantotto numeri di targa. Il giudice acconsentì.

«Quale di questi numeri di targa meritava un supplemento d'indagine?»

«La W-N-U-T-Z-9.»

«Cosa ha suscitato il suo interesse?»

«Quando ho esaminato questo elenco, le indagini avevano già imboccato altre strade. Sapevo che Louis Opparizio era contitolare di un'azienda chiamata Wing Nuts. Mi è venuto in mente che ci potesse essere una correlazione con la targa del veicolo.»

«Che cosa ha appurato?»

«Che la macchina intestata alla Wing Nuts svolgeva un servizio di corriere per un'azienda che in parte appartiene a Louis Opparizio.»

«Le chiedo di nuovo perché riteneva quel particolare meritevole di attenzione?»

«Come ho detto, ho avuto il beneficio del tempo. I detective Kurlen e Longstreth hanno compilato l'elenco il giorno stesso dell'omicidio. Non conoscevano gli elementi chiave e neppure le persone coinvolte. Io ho esaminato quell'elenco parecchie settimane dopo l'inizio delle indagini. A quel punto sapevo che la vittima, il signor Bondurant, aveva scritto una lettera di fuoco al signor Opparizio e...»

L'accusa sollevò obiezione circa l'espressione usata per descrivere la lettera, e il giudice ordinò di togliere dal verbale l'espressione *di fuoco*. Poi dissi a Cisco di continuare.

«Dal nostro punto di vista, quella lettera indicava in Opparizio una persona su cui valeva la pena indagare e così ho lavorato molto su quel versante. Tramite la Wing Nuts l'ho collegato a un socio che si chiama Dominic Capelli. Capelli è noto alla polizia di New York perché opera nella criminalità organizzata con una famiglia retta da un certo Joey Giordano. Capelli aveva molti legami con altre disdicevoli...»

La Freeman fece di nuovo obiezione e il giudice l'accolse. Assunsi un'aria di disappunto come se l'accusa e il giudice tendessero a nascondere la verità alla giuria.

«Torniamo all'elenco. Come mai ha pensato che potesse essere coinvolta la macchina della Wing Nuts?»

«Quella macchina era entrata nel garage alle 8.05.»

«A che ora è uscita dal garage?»

«La telecamera posta all'uscita diceva che era passata alle 8.50.»

«La vettura quindi è entrata prima dell'omicidio ed è uscita dopo l'omicidio. È così?»

«Sì.»

«È riuscito a determinare se ci fosse un motivo legittimo perché la macchina della Wing Nuts fosse in quel garage?»

«Sì, certamente. La Wing Nuts svolge servizio di corriere. L'ALOFT la usa regolarmente per la consegna di documenti alla WestLand National. Ma quello che mi ha incuriosito è che la macchina era entrata alle 8.05 ed era uscita alle 8.50, quando la banca non era ancora aperta al pubblico.»

Fissai Cisco per un lungo momento. L'istinto mi diceva che avevo ottenuto tutto quello mi serviva. Non avevo spolpato del tutto l'osso, ma a volte conviene smettere in anticipo per lasciare la giuria con qualche curiosità insoddisfatta.

«Non ho altre domande.»

Il mio interrogatorio si era limitato a chiedere precisazioni sulle targhe, non era andato oltre. La Freeman quindi poteva muoversi entro margini molto stretti. Segnò tuttavia un punto a proprio vantaggio quando, a una sua domanda Cisco dovette ammettere che la WestLand National occupava soltanto tre piani di un edificio di dieci. Il corriere della Wing Nuts non necessariamente era diretto alla banca, il che spiegava perché era presente così presto nel garage.

Ero sicuro che se avesse appurato che nell'edificio, oltre alla banca, c'era un altro destinatario dei servizi del corriere, l'accusa l'avrebbe tirato fuori – o magicamente l'avrebbero tirato fuori gli avvocati di Opparizio – sottolineando la contraddizione con la deposizione di Cisco.

Dopo mezz'ora, la Freeman concluse e si sedette. A quel punto il giudice mi chiese se avessi terminato anch'io.

«Sì, la difesa ha finito.»

Il giudice congedò i giurati per quella giornata e disse loro di trovarsi nella sala riunioni la mattina dopo alle nove. Dopo l'uscita della giuria, Perry preparò la scena per la conclusione del processo, chiedendo alle parti se intendessero produrre altre testimonianze a confutazione delle precedenti. Io dissi di no. Andrea Freeman dichiarò che si riservava il diritto di produrle l'indomani.

«Sta bene. Riserviamo la mattinata a eventuali deposizioni di contestazione. Le arringhe conclusive cominceranno immediatamente dopo la pausa pranzo. Ciascuna parte avrà un'ora a propria disposizione. Con un po' di fortuna e senza ulteriori sorprese, domani a quest'ora la giuria si ritirerà per deliberare.»

Perry si allontanò e io rimasi al tavolo della difesa con Jennifer Aronson e Lisa Trammel, che appoggiò la sua mano sulla mia.

«Una seduta brillante, tutta la mattina è stata brillante. Credo che alla fine i giurati si siano convinti. Li ho osservati. Secondo me, conoscono la verità.»

Le guardai entrambe e sui loro visi lessi espressioni diverse.

«Grazie, Lisa. Non ci vorrà molto per saperlo.»

52

La mattina dopo Andrea Freeman mi sorprese. In piedi davanti al giudice, dichiarò di non avere testimoni per contestare le precedenti deposizioni. Si rimise quindi al giudizio della corte.

Un momento di pausa. Mi ero preparato ad affrontare almeno un ultimo scontro: un teste che avrebbe spiegato la presenza del veicolo Wing Nuts nel garage della banca, o forse il supervisore di Driscoll che avrebbe infierito su di lui, o addirittura un esperto in pignoramenti che avrebbe confutato la deposizione di Jennifer. Niente di tutto questo. L'accusa aveva finito.

Nell'arringa finale avrebbe insistito sulle tracce di sangue. Sebbene fosse stata derubata della possibilità di un crescendo alla *Shéhérazade*, avrebbe messo in luce l'unico aspetto incontrovertibile dell'intero processo: il sangue.

Sospesa l'udienza per la mattinata in modo che le parti avessero il tempo di lavorare alle arringhe finali, il giudice si ritirò nel suo studio per mettere a punto le istruzioni da impartire ai giurati indicando loro il complesso di elementi da esaminare nel formulare il verdetto.

Chiamai Rojas perché venisse a prendermi in Delano Street. Non volevo tornare in ufficio. Troppe cose mi avrebbero distratto. Gli dissi di andare dove gli pareva, e io disposi i documenti e gli appunti sul sedile posteriore della Lincoln. In macchina pensavo e lavoravo meglio.

La corte si riunì all'una in punto. Come tutto il resto nel procedimento penale, le arringhe finali sono organizzate in modo da favorire l'accusa. Il procuratore prende la parola per primo e per ultimo; la difesa si colloca in mezzo.

Sapevo che Andrea Freeman avrebbe esposto la sua tesi accusatoria nei modi tradizionali, partendo dai fatti e successivamente facendo appello alle emozioni.

Punto per punto, esaminò le prove contro Lisa Trammel senza omettere niente di quello che aveva presentato all'apertura del processo. L'arringa fu concisa e di una logica stringente. Affrontò il tema dei mezzi e del movente, concluse con le tracce di sangue, il martello, le scarpe, i risultati incontrovertibili del dna.

«Ho affermato all'inizio del dibattimento che il sangue sarebbe stato la chiave di volta. Ed ecco qui: anche a prescindere da tutto il resto, la prova del sangue basta da sola a dimostrare che l'imputata ha commesso il reato ascrittole, come indicato nell'atto di rinvio a giudizio. Sono sicura che seguirete la vostra coscienza ed emetterete un verdetto di colpevolezza.»

Si sedette, e fu il mio turno. Mi piazzai davanti agli scanni della giuria e mi rivolsi direttamente alle dodici persone lì sedute. Ma non ero da solo. Come autorizzato dal giudice, avevo portato con me il manichino Manny, il fedele compagno della dottoressa Shamiram Arslanian, con il martello conficcato nel cranio e la testa piegata all'indietro con l'angolazione che avrebbe dovuto avere se a vibrare il colpo fatale fosse stata Lisa Trammel.

«Signore e signori della giuria,» esordii «ho una buona notizia. Entro stasera saremo tutti fuori da quest'aula, pronti a riprendere la vita normale. Vi ringrazio per la pazienza e l'attenzione che avete mostrato nel corso del dibattimento. Vi ringrazio per come valuterete le prove. Non vi porterò via molto tempo perché è mio desiderio che ritorniate presto alle vostre case. Dovrebbe essere facile oggi. Questo è un caso semplice, da decidere in tempi rapidi; uno di quei casi in cui si arriva al verdetto in cinque minuti. Un caso in cui il ragionevole dubbio investe ogni elemento probatorio tanto che probabilmente arriverete a un verdetto unanime alla prima votazione.»

Passai quindi a esaminare le prove addotte mettendo in evidenza le contraddizioni e le carenze dell'ipotesi accusatoria.

Riproposi le domande rimaste senza risposta. Perché la ventiquattrore era aperta? Come mai il martello era stato trovato dopo tanto tempo? Perché il garage di Lisa non era chiuso a chiave? Perché l'imputata avrebbe eliminato Bondurant, sapendo che poteva opporsi al pignoramento e vincere la causa?

Arrivai da ultimo al punto cruciale della mia arringa: il manichino.

«Basta la dimostrazione della dottoressa Arslanian a demolire la tesi dell'accusa. Anche senza considerare gli altri elementi prodotti dalla difesa, Manny è in grado di sollevare un ragionevole dubbio. Sappiamo dalle lesioni alle ginocchia che la vittima era in piedi quando ricevette il colpo fatale e, se l'omicida fosse Lisa Trammel, non avrebbe potuto che trovarsi in questa posizione: testa piegata all'indietro, viso rivolto al soffitto. Possibile? È questa la domanda che dovete porvi. Probabile? Cosa potrebbe avere indotto Mitchell Bondurant a guardare in alto? Che cosa c'era lassù?»

Feci una pausa, una mano in tasca, una posa naturale e sicura. Osservai gli occhi dei giurati. Fissavano tutti il manichino. Tesi la mano verso il manico del martello e lentamente lo spinsi in su finché la faccia di plastica venne a trovarsi al suo livello normale con il manico del martello a un angolo di novanta gradi, troppo in alto perché Lisa Trammel avesse potuto impugnarlo.

«La risposta, signore e signori, è che lui non guardava in alto e che Lisa Trammel non ha commesso l'omicidio. Lisa Trammel stava tornando a casa in macchina quando qualcun altro ha messo in atto il piano criminoso per eliminare la minaccia rappresentata da Mitchell Bondurant.»

Un'altra pausa perché i giurati assimilassero quella mia versione.

«Con la lettera a Opparizio, Mitchell Bondurant aveva svegliato non il cane, ma la tigre che dorme. Intenzionale o no, era una minaccia alle due cose che danno alla tigre forza e ferocia. Il denaro e il potere. Metteva in pericolo un sistema affaristico assai più grande di Louis Opparizio e Mitchell Bondurant. Metteva in pericolo un intero contesto finanziario, legale, economico, e bisognava provvedere.

Così è stato, e Lisa Trammel è diventata il capro espiatorio. I veri colpevoli la conoscevano, controllavano i suoi movimenti; lei aveva un movente plausibile. Era il bersaglio ideale. Nessuno le avrebbe creduto quando avesse negato di avere commesso l'omicidio. Il piano è stato avviato e portato a termine con efficienza e sfrontatezza. Mitchell Bondurant è caduto sul pavimento di cemento di un garage, la sua ventiquattrore è stata saccheggiata. La polizia è arrivata e ha sposato la soluzione più semplice.»

Scossi la testa con rassegnazione, quasi a dimostrare disgusto verso la società intera.

«La polizia aveva i paraocchi. Come quelli che si mettono ai cavalli perché non si allontanino dal tracciato. La polizia era su una pista che portava a Lisa Trammel e non ha cercato da nessun'altra parte. Lisa Trammel, Lisa Trammel, Lisa Trammel... L'ALOFT e i dieci milioni di dollari che Mitchell metteva in pericolo? Niente, un particolare insignificante. Davanti a loro non vedevano altro che Lisa Trammel. La macchina era avviata e ci saltarono su.»

Tacqui, camminando avanti e indietro di fronte alla giuria. Per la prima volta mi guardai intorno. L'aula era piena zeppa; c'erano persino persone in piedi sul fondo. Tra loro scorsi Maggie McPherson e, al suo fianco, mia figlia. Mi bloccai, ma subito mi ripresi. Mi sentii incoraggiato mentre, tornando a volgermi alla giuria, concludevo la mia arringa.

«Ma voi vedete quello che gli inquirenti non hanno visto o non hanno voluto vedere. Voi vedete che hanno imboccato la strada sbagliata. Voi vedete che si sono lasciati manipolare. Voi vedete la verità.»

Indicai il manichino.

«Le prove materiali non bastano. Le prove indiziarie non bastano. L'accusa non regge a un esame approfondito. L'unica soluzione è il ragionevole dubbio. Lo dice il buonsenso. Ve lo dice l'istinto. Vi chiedo di lasciar libera Lisa Trammel. È la cosa giusta da fare.»

Ringraziai e tornai al mio posto, dando un colpetto affettuoso sulla spalla di Manny mentre gli passavo accanto. Come avevamo concordato in precedenza, quando mi sedetti, Lisa Trammel mi afferrò il braccio e me lo strinse una volta. Disse "grazie" con le labbra in modo che i giurati potessero vederla.

Controllai di nascosto l'orologio e mi accorsi di avere impiegato soltanto venticinque minuti. Mi stavo preparando ad ascoltare la seconda parte dell'arringa dell'accusa quando la Freeman chiese al giudice di ordinarmi di portar via il manichino. Il giudice accolse la richiesta e tornai ad alzarmi.

Portai il manichino alla transenna dove mi venne incontro Cisco, che aveva assistito all'udienza.

«Va bene, Capo. Lo prendo io» sussurrò.

«Grazie.»

«Un'arringa efficace, Capo.»

«Grazie.»

Andrea Freeman avanzò nel centro dello spazio riservato alle parti per la seconda parte della sua arringa. Attaccò di petto le conclusioni della difesa.

«Non ricorrerò ad artifici per cercare di portarvi fuori strada. Non invocherò complotti o assassini senza nome e senza volto. Mi baso sui fatti: le prove concrete dimostrano ben al di là di ogni ragionevole dubbio che Lisa Trammel ha assassinato Mitchell Bondurant.»

Continuò su quella linea. Utilizzò tutto il tempo che le era stato assegnato, picchiando duro sulla tesi della difesa e nello stesso tempo valorizzando le prove che la polizia aveva raccolto. Una tipica arringa che si appellava alla concretezza dei fatti. Fatti, fatti presunti, ripetuti e ribaditi, un martellamento. Non male, ma neanche eccelsa. Notai che i giurati a tratti si distraevano, il che poteva essere inteso in due modi. Uno, che non ci credevano; due, che già ci credevano e non avevano bisogno di sentirselo ripetere.

Andrea Freeman proseguì con tenacia fino al gran finale, una sintesi a conferma del potere dello stato di giudicare e fare giustizia.

«I fatti, in questi caso, sono inequivocabili. I fatti non mentono. Le prove dimostrano con chiarezza che l'imputata ha atteso Mitchell Bondurant, nascosta dietro un pilastro del garage.

Le prove dimostrano con chiarezza che quando la vittima è scesa dalla sua vettura, l'imputata l'ha aggredita. Lo confermano il sangue sul martello e sulla scarpa dell'imputata. Questi sono i fatti, signore e signori. Accertati e inequivocabili. Sono i mattoni che reggono l'edificio accusatorio. Prove che dimostrano al di là di ogni ragionevole dubbio che Lisa Trammel ha ucciso Mitchell Bondurant. Che gli è sopraggiunta alle spalle e l'ha colpito brutalmente con un martello. Che lo ha colpito ripetutamente dopo che era caduto a terra ed era già morto. Non sappiamo con certezza in quale posizione fosse lui o fosse lei. Soltanto lei lo sa. Ma noi sappiamo che è stata lei a commettere l'omicidio. Tutte le prove puntano in quell'unica direzione.»

E naturalmente indicò con il dito la mia cliente.

«Lei, Lisa Trammel, ha ucciso. E ora vi chiede, ricorrendo ai trucchi del suo avvocato, di lasciarla andare. Non fatelo. Rendete giustizia a Mitchell Bondurant. Dichiaratela colpevole di omicidio. Grazie.»

Tornò al suo posto. Diedi alla sua arringa un buon voto, non il massimo, anche se io – egocentrico come sono – mi ero già dato la lode. Ma all'accusa, per vincere, bastava la sufficienza. Il procuratore gioca sempre con carte truccate e spesso lo sforzo del difensore, anche se eccellente, non basta ad avere la meglio sul potere e la forza delle istituzioni.

Senza indugi, il giudice Perry si rivolse alla giuria per impartire le ultime istruzioni. Non erano soltanto le regole per deliberare, ma anche indicazioni per il caso specifico. Sottolineò l'importanza della presenza di Louis Opparizio e ricordò di nuovo che la sua testimonianza non doveva essere presa in considerazione.

Andò a finire che le istruzioni del giudice durarono quanto la mia arringa, ma alla fine, dopo le tre, i giurati si ritirarono nella sala riunioni per mettersi al lavoro. Mentre li guardavo uscire ero tranquillo, anche se non proprio fiducioso. Avevo giocato le carte migliori a mia disposizione. Sicuramente avevo interpretato le regole con qualche spregiudicatezza e superato qualche limite. Mi ero esposto troppo, rischiando di perdere la faccia nella convinzione che la mia cliente potesse essere innocente.

Guardai Lisa mentre la porta si chiudeva alle spalle dei giurati. Non lessi la paura nei suoi occhi. Era sicura del verdetto; sul suo viso non c'era traccia di dubbio.

«Che ne pensi?» sussurrò Jennifer.

«Credo che abbiamo il cinquanta per cento di probabilità, il che non è male, specie in un caso di omicidio. Stiamo a vedere.»

Il giudice si ritirò nel suo studio dopo essersi assicurato che l'assistente giudiziario avesse i numeri di telefono di tutte le parti, e averci raccomandato di non allontanarci per più di quindici minuti, nel caso ci fosse stato un verdetto. Il tempo sufficiente a raggiungere il mio ufficio. Mi sentivo ottimista e magnanimo, tanto che dissi a Lisa che poteva invitare Herb Dahl a venire con noi. Prima o poi, avrei dovuto raccontarle il doppio gioco del suo angelo custode, ma l'avrei fatto in un altro momento.

Mentre uscivamo nel corridoio, fummo circondati dai giornalisti che chiedevano a me e a Lisa di rilasciare una dichiarazione. Vidi Maggie al di là del capannello che si appoggiava alla parete e, seduta vicino a lei su una panca, mia figlia, occupata a mandare messaggi sul cellulare. Dissi a Jennifer di vedersela lei con i giornalisti e tentai di svignarmela.

«Io?» mi chiese.

«Sai come rispondere. Non permettere a Lisa di aprir bocca. Almeno finché non avremo il verdetto.»

Seminai un paio di reporter che mi seguivano e raggiunsi Maggie e Hayley. Con una finta mossa da una parte mi portai dall'altra e baciai mia figlia sulla guancia prima che lei potesse sfuggirmi.

«*Paaaapà!*»

Mi raddrizzai e guardai Maggie. Sorrideva lievemente.

«L'hai tenuta a casa da scuola per me?»

«Ho pensato che dovesse essere qui.»

Era una concessione significativa.

«Grazie» dissi. «Che ne dici?»

«Dico che potresti vendere ghiaccio nell'Antartide.»

Sorrisi.

«Questo non significa che sarai tu a vincere» aggiunse.

Aggrottai la fronte e allargai le braccia.

«Grazie di cuore.»

«Cosa vuoi da me? Sono un procuratore. Non mi piace vedere un colpevole che se la cava.»

«Non è questo il caso. Lisa non è colpevole.»

«Immagino che tu sia tenuto a credere in quello che sei tenuto a credere.»

Tornai a sorridere. Con un'occhiata a mia figlia vidi che era ancora occupata a mandare messaggi, del tutto indifferente alla nostra conversazione, come al solito.

«Andrea ti ha parlato ieri?»

«Alludi alla tua manovra che ha portato il teste ad appellarsi al Quinto emendamento? Sì. Non hai giocato lealmente, Haller.»

«Questo non è un gioco leale. Ti ha raccontato quello che mi ha detto dopo?»

«No. Cosa ti ha detto?»

«Non importa. Si sbagliava.»

Aggrottò le sopracciglia. Era turbata.

«Te lo racconterò dopo» dissi. «Ti fermi?»

«No. Accompagno Hayley a casa. Deve fare i compiti.»

Sentii vibrare il telefonino in tasca. Lo tirai fuori e guardai. Il monitor diceva *Corte d'assise di Los Angeles.* Risposi. Era l'assistente del giudice Perry. Ascoltai e chiusi la telefonata. Mi guardai intorno per assicurarmi che Lisa Trammel fosse nei pressi.

«Che cos'è?» chiese Maggie.

La guardai.

«Abbiamo il verdetto. Dobbiamo rientrare in aula.»

Parte Quinta

LE ILLUSIONI DELL'INNOCENZA

53

Arrivarono a frotte dalla California meridionale, seguendo il canto delle sirene di Facebook. Lisa Trammel aveva annunciato di voler festeggiare il verdetto il giorno dopo che era stato emesso e ora, sabato pomeriggio, una straripante folla si addensava alla cassa del bar. Sventolavano tutti bandiere a stelle e strisce, e si erano vestiti in rosso, bianco e blu. La lotta contro i pignoramenti a fianco della portavoce della causa, che per poco non aveva subito il martirio, era più americana che mai. Accanto a ogni porta della casa di Lisa Trammel erano collocati dei grandi secchi, e altri erano intervallati a distanza regolare, nei quali versare le donazioni a sostegno delle spese e per il proseguimento della battaglia: un dollaro per un distintivo, dieci dollari per una scadente maglietta di cotone. Per una foto con Lisa la donazione era di almeno venti dollari.

Ma nessuno recriminava. Dalla graticola della falsa accusa Lisa era emersa illesa e sembrava sul punto di spiccare il balzo da attivista a icona. Non ne era affatto dispiaciuta. Correva voce che ci fossero dei contatti per un film con Julia Roberts nel suo ruolo.

Io me ne stavo con i miei collaboratori nel cortile sul retro, a un tavolo da picnic sotto un ombrellone. Un posto comodo che ci eravamo accaparrati, approfittando del fatto che eravamo arrivati di buon'ora. Lattine di birra per Cisco e Lorna; acqua minerale per me e Jennifer. C'era una lieve tensione al tavolo, e da certe allusioni capii che, lunedì sera, dopo che me n'ero andato con Maggie, Cisco si era trattenuto fino a tardi con Jennifer al Four Green Fields.

«Accidenti! Guarda quanta gente» disse Lorna. «Non sanno che un verdetto di non colpevolezza non vuol dire innocenza?»

«Non essere maleducata» dissi. «Non si devono dire queste cose, soprattutto se ti riferisci a una cliente.»

«Lo so.»

Aggrottò la fronte e scosse la testa.

«Tu non credi in Dio, Lorna?»

«Non dirmi che tu ci credi.»

Mi rallegrai di avere gli occhiali da sole. Non volevo esprimermi su quel punto. Alzai le spalle come se non lo sapessi o non fosse importante.

Ma lo era. Ciascuno di noi deve vivere con se stesso. Quando mi guardavo allo specchio, mi facilitava le cose sapere che esisteva una fondata possibilità che Lisa Trammel meritasse il verdetto assolutorio.

«Voglio dirti una cosa» disse Lorna. «Il nostro telefono non ha smesso di suonare da quando è stata emessa la sentenza. Gli affari andranno a gonfie vele.»

Cisco annuì approvando. Era vero. Sembrava che tutti i criminali della città volessero ricorrere al mio patrocinio. Sarebbe stato magnifico, se avessi voluto continuare su quella strada.

«Hai controllato il prezzo di chiusura della LeMure ieri al Nasdaq?» chiese Cisco.

Gli lanciai un'occhiata.

«Ti sei messo a seguire il mercato azionario?»

«Volevo vedere se il processo aveva avuto larga eco e, a quanto pare, è stato così. In due giorni la LeMure ha perso il trenta per cento. Non le ha certo giovato il fatto che il "Wall Street Journal" abbia pubblicato un articolo che collega Opparizio con Joey Giordano e abbia fatto delle congetture su quanta parte di quei sessantun milioni sia finito nelle tasche della criminalità organizzata.»

«Probabilmente tutti» disse Lorna.

«Mickey, come facevi a saperlo?» chiese Jennifer.

«Sapere che cosa?»

«Che Opparizio avrebbe invocato il Quinto emendamento.»

Di nuovo mi strinsi nelle spalle.

«Non lo sapevo. Me lo sono immaginato non appena è apparso chiaro che nel dibattimento i suoi vari legami sarebbero saltati fuori. Non poteva che interrompere la deposizione. Non aveva alternative.»

Jennifer non parve soddisfatta della risposta. Distolsi lo sguardo e lo portai sull'altra parte del cortile. Il figlio della mia cliente era a un tavolo vicino, con la zia. Sembravano annoiati, come se fossero costretti a essere lì. Un nutrito gruppo di bambini si era raccolto vicino al terrazzamento delle erbe aromatiche. In mezzo a loro una donna distribuiva caramelle tirandole fuori da una borsa. In testa aveva un cappello rosso, bianco e blu come quello dello zio Sam.

«Dobbiamo fermarci molto, Capo?» mi chiese Cisco.

«Quanto ci pare. Non siamo in servizio. Ho pensato che fosse doveroso farci vedere.»

«Io voglio fermarmi» disse Lorna probabilmente per ripicca verso di lui. «Chissà che non arrivi qualche attore di Hollywood.»

Alcuni minuti dopo, la principale attrazione del giorno uscì dalla porta sul retro, seguita da un reporter e da un cameraman. Scelsero un punto affollato, sul retro della casa, e Lisa Trammel si prestò a rilasciare una breve intervista. Non ci provai nemmeno ad ascoltarla. Avevo sentito quelle dichiarazioni più volte negli ultimi due giorni.

Conclusa l'intervista, Lisa si allontanò dai giornalisti, strinse un paio di mani e posò per qualche foto. Da ultimo si diresse verso la nostra tavola fermandosi a scompigliare i capelli di suo figlio nel tragitto.

«Eccovi! I vincitori! Come sta la mia squadra oggi?»

Mi sforzai di sorridere.

«Sei brava, Lisa. E sei in forma. Dov'è Herb?»

Si guardò intorno come se cercasse Dahl tra la folla.

«Non lo so. Doveva venire.»

«Che peccato!» disse Cisco. «Sentiremo la sua mancanza.»

Lisa non diede mostra di avere colto il sarcasmo.
«Devo parlarti, Mickey» mi disse. «Ho bisogno del tuo consiglio per il programma televisivo a cui partecipare: *Good Morning America* o *Today Show*? Entrambi mi hanno invitata, ma devo scegliere, perché entrambi vogliono l'esclusiva.»
Schioccai le dita come se la risposta non contasse.
«Non lo so. Probabilmente Herb potrà aiutarti. È lui l'uomo dei media.»
Con un'occhiata al gruppo dei bambini, Lisa cominciò a sorridere.
«Ho quello che ci vuole per loro. Volete scusarmi?»
Si allontanò di corsa e sparì dietro l'angolo della casa.
«Le piace, eh, la festa» disse Cisco.
«Piacerebbe anche a me» disse Lorna.
Guardai Jennifer.
«Come mai così silenziosa?»
Si strinse nelle spalle.
«Non lo so. Non so se mi piace occuparmi di diritto penale. Penso che se accetterai di patrocinare qualcuno di quelli che hanno telefonato potrei continuare a occuparmi di pignoramenti.»
Annuii.
«Credo di sapere quello che provi. Potrai occuparti di pignoramenti, se ne avrai voglia. Ce ne saranno molti per qualche tempo, soprattutto con gente come Opparizio ancora in giro. Ma ti passerà, Bullocks, vedrai.»
Non reagì sentendomi tornare al soprannome e non commentò neanche quello che avevo detto. Mi girai per guardare dall'altro lato del cortile. Lisa era tornata facendo rotolare davanti a sé una bombola contenente elio, che aveva tirato fuori del garage. Disse ai bambini di avvicinarsi e cominciò a gonfiare dei palloncini. Arrivò il cameraman per riprendere la scena. Sarebbe andata benissimo per il telegiornale delle sei.
«Lo fa per la televisione o per i bambini?» chiese Cisco.
«Non l'hai capito?» rispose Lorna.
Lisa gonfiò un palloncino blu e lo porse a una bambina di

circa sei anni, che afferrò la cordicella e lasciò che il palloncino salisse a circa due metri dalla sua testa. La bambina sorrise e volse in alto il viso per guardare il nuovo giocattolo. In quel momento capii perché Mitchell Bondurant aveva sollevato la faccia per guardare in alto quando Lisa lo aveva colpito con il martello.

«È stata lei» sussurrai tra me.

Sentii accendersi milioni di sinapsi, che mi corsero giù per il collo e si sparsero sulle spalle.

«Cos'hai detto?» mi chiese Jennifer.

La fissai senza rispondere e tornai a guardare la mia cliente. Riempì di gas un altro palloncino, lo annodò sul fondo e lo porse a un bambino. Quello che era accaduto prima si ripeté. Il ragazzino tenne il cordoncino e levò il viso felice per guardare il palloncino rosso. Una reazione istintiva, naturale. Alzare il viso per guardare un palloncino.

«Oh, mio dio!» esclamò Jennifer.

Aveva collegato le cose.

«Ecco come è successo.»

Adesso si erano voltati Cisco e Lorna.

«La teste ha detto che Lisa portava una grossa borsa» disse Jennifer. «Abbastanza grossa per contenere un martello e dei palloncini.»

Fui io a continuare.

«Sgattaiola nel garage, lascia andare i palloncini sopra il posto macchina di Bondurant. Forse ha attaccato dei cordoncini alle estremità per essere sicura che lui li noti.»

«Sì, come a dire: ecco come ti pago.»

«Si nasconde dietro un pilastro e aspetta» continuai.

«E quando Bondurant alza il viso verso i palloncini... *bang* proprio sulla cima della testa» concluse Cisco.

Assentii.

«I due scoppi che in un primo momento si è creduto fossero colpi di arma da fuoco e poi un ritorno di fiamma, non erano né l'uno né l'altro» dissi. «Uscendo dal garage, ha fatto scoppiare i palloncini.»

Un silenzio greve cadde sulla tavola. Fu Lorna a romperlo.

«Fermi tutti. Stai dicendo che aveva premeditato le modalità dell'omicidio? Sapeva che se lo avesse colpito sul cranio, la giuria sarebbe rimasta sconcertata?»

Scossi la testa.

«No, è stato un colpo di fortuna. Voleva impedirgli di continuare nel suo lavoro. Ha usato i palloncini per essere sicura che lui si sarebbe fermato e così lei avrebbe potuto prenderlo alle spalle. Tutto il resto è stata fortuna... e la difesa ha saputo utilizzarla.»

Non riuscivo a guardare i miei colleghi. Fissavo Lisa che continuava a gonfiare palloncini.

«L'abbiamo aiutata a farla franca.»

Era una dichiarazione, non una domanda, da parte di Lorna.

«Sentenza passata in giudicato» disse Jennifer. «Non può essere processata per lo stesso fatto.»

Come per coincidenza, Lisa si volse a guardarci mentre legava il fondo di un altro palloncino bianco e lo dava a un bambino. Mi sorrise.

«Cisco, quanto costa la birra?»

«Cinque dollari a lattina. Un latrocinio.»

«Mickey, no» disse Lorna. «Non ne vale la pena. Sei stato bravissimo.»

Distolsi lo sguardo da Lisa e lo posai su Lorna.

«Bravo? Vuoi dire che sono un bravo ragazzo?»

Mi alzai e, allontanandomi da loro, mi avviai verso il bar nel cortile sul retro. Mi misi in fila. Pensavo che Lorna mi avrebbe raggiunto, ma fu Jennifer a mettersi dietro di me. Parlò a voce bassissima.

«Cosa vuoi fare? Mi hai detto che non devo avere scrupoli di coscienza. Mi stai dicendo che tu li hai?»

«Non lo so» sussurrai di rimando. «So solo che mi ha manipolato come le pareva. Lei sa che io so. L'ho capito dal suo sorriso. L'ho letto nei suoi occhi. E ne è orgogliosa. Ha portato la bombola in cortile per mostrarmela e farmi capire...»

Scossi la testa.

«Mi ha imbrogliato fin dal primo momento. Faceva parte del suo piano.»

Mi bloccai, paralizzato da un'intuizione.
«Che c'è?» chiese la Aronson.
Tacevo mentre continuavo a mettere insieme i particolari.
«Che hai, Mickey?»
«Suo marito non era suo marito.»
«Che vuoi dire?»
«Il tizio che mi ha chiamato, quello che è venuto. Non è qui perché non era lui. Faceva parte della messinscena.»
«Dov'è allora suo marito?»
Bella domanda, ma non avevo la risposta. Ormai non avevo più risposte.
«Me ne vado.»
Uscii dalla fila e mi diressi verso la porta posteriore.
«Dove vai, Mickey?»
«A casa.»
Attraversai la casa e uscii dalla porta anteriore. Essendo arrivato abbastanza in anticipo, avevo trovato da parcheggiare ad appena due isolati di distanza. Ero quasi alla Lincoln quando mi sentii chiamare.
Era Lisa. Veniva verso di me lungo la strada.
«Mickey! Te ne vai?»
«Sì.»
«Perché? La festa è appena cominciata.»
Mi venne vicino e si fermò.
«Me ne vado perché ho capito.»
«Cosa pensi di aver capito?»
«Che ti sei servita di me come ti servi di tutti. Persino di Herb Dahl.»
«Oh, su! Sei un avvocato. Vedrai quanti clienti troverai dopo questa storia.»
Ammetteva tutto, senza scomporsi.
«Se non volessi altri clienti? Se volessi soltanto la verità?»
Rimase in silenzio. Non capiva.
«Smettila di darti arie, Mickey. È ora che ti svegli.»
Annuii. Era un buon consiglio.
«Chi era, Lisa?» chiesi.
«A chi ti riferisci?»

«Al tizio che mi hai mandato, quello che ha detto di essere tuo marito.»

Un lieve sorriso di orgoglio le increspò il labbro inferiore.

«Addio, Mickey. Grazie di tutto.»

Si girò per tornare a casa. Io mi infilai nella Lincoln e mi allontanai.

54

Il cellulare suonò mentre, seduto sul sedile posteriore, passavo sotto il tunnel di Third Street. Sul monitor lessi che era Maggie. Dissi a Rojas di abbassare il volume – il cd era l'ultimo di Clapton – e risposi.

«L'hai fatto?» mi chiese come prima cosa.

Guardai fuori del finestrino mentre, sbucando dal tunnel, ritornavamo sotto il sole sfolgorante. Una sensazione in sintonia con il mio stato d'animo. Erano passate tre settimane dalla sentenza, e quanto più mi allontanavo da quel giorno, tanto meglio mi sentivo. In quel momento la mia strada procedeva in un'altra direzione.

«Sì.»

«Congratulazioni!»

«Ho pochissime probabilità; i concorrenti sono tanti e non ho soldi.»

«Non importa. Sei conosciuto in questa città e hai intorno un alone di integrità che tutti percepiscono e a cui reagiscono positivamente. E sei un outsider, per giunta. Gli outsider hanno sempre la meglio. Non disperare, i soldi verranno.»

Non ero sicuro che io e l'integrità stessimo bene insieme nella stessa frase. Ma accettavo il resto e, per di più, da molto tempo non sentivo Maggie così felice.

«Bene» dissi. «A me importa avere il tuo voto; se poi ci saranno anche altri, tanto meglio.»

«Sei carino, Haller. E poi?»

«Bella domanda. Devo aprire un conto presso una banca e mettere insieme...»

Il telefono mi segnalò un avviso di chiamata. Controllai lo schermo e mi accorsi che era bloccato.

«Mags, resta in linea per un attimo. Controllo chi mi sta chiamando.»

«Va bene.»

Risposi.

«Qui Michael Haller.»

«Sei stato tu.»

Riconobbi la voce adirata di Lisa Trammel.

«Io? A fare cosa?»

«La polizia è qui. Stanno scavando in giardino. Lo cercano. Li hai mandati tu i poliziotti.»

Supposi che quel "lo" fosse il marito scomparso, che non era mai andato in Messico. La voce aveva il tono acuto che ben conoscevo, quello che lei assumeva quando si sentiva alle strette.

«Senti, io...»

«Ho bisogno di te! Ho bisogno di un avvocato! Vogliono arrestarmi!»

Sapeva quello che la polizia avrebbe trovato in giardino.

«Lisa, non sono più il tuo avvocato. Posso raccomandare un...»

«Nooo! Non puoi abbandonarmi! Non in questo momento!»

«Lisa, mi hai appena accusato di avere mandato i poliziotti a casa tua. E vuoi che ti rappresenti?»

«Ho bisogno di te, Mickey! Ti prego.»

Cominciò a piangere, un singhiozzo lungo e profondo che avevo sentito troppe volte in passato.

«Trovati un altro, Lisa. Io ho finito. Se la fortuna mi assiste, forse sarò io a sostenere l'accusa.»

«Cosa stai dicendo?»

«Ho appena presentato la mia candidatura a procuratore distrettuale.»

«Non capisco.»

«Cambio vita. Sono stufo di avere intorno persone come te.»

La risposta non fu immediata, ma sentivo il suo respiro. Quando alla fine parlò, la sua voce era piatta, spenta.

«Avrei dovuto dire a Herb di mutilarti. È quello che ti meriti.»

Adesso ero io senza parole. Sapevo a cosa si riferiva. I fratelli Mack. Dahl mi aveva mentito dicendo che era stato Opparizio a ordinare l'aggressione. Un'assurdità; ora sì che la storia reggeva. Era stata Lisa a volerlo. Per allontanare i sospetti da sé aveva fatto aggredire il suo avvocato.

Riuscii a ritrovare la voce per dirle le ultime parole.

«Addio, Lisa. Buona fortuna.»

Mi ripresi e tornai a parlare con la mia ex moglie.

«Scusami. Era un cliente. Un vecchio cliente.»

«Tutto bene?»

Mi appoggiai al finestrino. Rojas stava svoltando su Alvarado diretto alla 101.

«Sto bene. Vuoi uscire stasera e discutere della campagna elettorale?»

«Sai, mentre ero in attesa, mi sono detta: perché non vieni tu da me? Mangiamo un boccone con Hayley e poi discutiamo mentre lei fa i compiti.»

Raramente mi invitava da lei.

«Insomma uno deve candidarsi a procuratore distrettuale per essere invitato a casa tua?»

«Non esagerare, Haller.»

«Va bene. A che ora?»

«Alle sei.»

«A presto.»

Chiusi il cellulare e per un po' guardai fuori del finestrino.

«Avvocato Haller, è vero che si candida a procuratore distrettuale?» chiese Rojas.

«Sì. Ti dispiace?»

«No, Capo. Avrà ancora bisogno di un autista?»

«Sicuro, non perderai il posto.»

Chiamai l'ufficio e Lorna rispose.

«Dove sono gli altri?»

«Qui. Jennifer è nel tuo studio impegnata con un nuovo

cliente. Un pignoramento. Dennis sta lavorando al computer. Dove sei?»

«In città. Ma sto tornando. Accertati che nessuno se ne vada. Voglio parlare con tutti.»

«D'accordo, lo comunicherò.»

«Bene. Sarò lì tra mezz'ora circa.»

Chiusi la telefonata. Stavamo salendo la rampa che portava alla 101. Le sei corsie erano intasate da un serpente di metallo che strisciava lentamente ma ininterrottamente. Mi piaceva così la mia città, non avrei voluto che fosse diversa. Guidata da Rojas, la Lincoln nera schizzò in mezzo al traffico, portandomi verso un nuovo destino.

Ringraziamenti

L'autore desidera ringraziare tutte le persone, e sono tante, che l'hanno sostenuto in molti modi durante la stesura di questo romanzo. Tra queste Asya Muchnik, Bill Massey, Terrill Lee Lankford, Jane Davis ed Heather Rizzo. Un ringraziamento speciale a Susanna Brougham, Tracy Roe, Daniel Daly, Roger Mills, Jay Stein, Rick Jackson, Tim Marcia, Mike Roche, Greg Stout, John Houghton, Dennis Wojciechowski, Charles Hounchell e, ultima ma non meno indispensabile, Linda Connelly.

Questa è un'opera di fantasia. Qualsiasi errore riguardante luoghi, fatti, questioni legali e procedurali è imputabile esclusivamente all'autore.

Finito di stampare presso Grafica Veneta S.p.A.
Via Malcanton, 2 – Trebaseleghe (PD)
Printed in Italy

Certificato PEFC
Questo prodotto è realizzato con materia prima da foreste gestite in maniera sostenibile e da fonti controllate
PEFC
PEFC/18-31-226
www.pefc.it

Piemme usa carta certificata PEFC
che garantisce la gestione sostenibile delle risorse forestali

GRAFICA VENETA
GV CARBON NEUTRAL

Questo libro è fabbricato da Grafica Veneta S.p.A.
con un processo di stampa e rilegatura certificato 100% carbon neutral
in accordo con PAS 2060 BSI